실어증 환자

실어증 환자

초 판 1쇄 2025년 11월 26일

지은이 계영수
펴낸이 류종렬

펴낸곳 미다스북스
본부장 임종익
편집장 이다경, 김가영
디자인 윤가희, 임인영
책임진행 안채원, 이예나, 김요섭, 김은진, 국소리

등록 2001년 3월 21일 제2001-000040호
주소 서울시 마포구 양화로 133 서교타워 711호
전화 02) 322-7802~3
팩스 02) 6007-1845
블로그 http://blog.naver.com/midasbooks
전자주소 midasbooks@hanmail.net
페이스북 https://www.facebook.com/midasbooks425
인스타그램 https://www.instagram.com/midasbooks

ⓒ 계영수, 미다스북스 2025, Printed in Korea.

ISBN 979-11-7355-602-9 03810

값 21,000원

※ 파본은 구입하신 서점에서 교환해드립니다.
※ 이 책에 실린 모든 콘텐츠는 미다스북스가 저작권자와의 계약에 따라 발행한 것이므로 인용하시거나 참고하실 경우 반드시 본사의 허락을 받으셔야 합니다.

미다스북스는 다음세대에게 필요한 지혜와 교양을 생각합니다.

실어증 환자

계영수 장편소설

미다스북스

저자의 말

2023년 첫 장편 『너도 학처럼 날아보고 싶지?』는 한국전쟁에 대한 새로운 해석을 시도하여 전후세대가 전쟁의 기억과 망각 속에서 어떤 삶을 살게 되었는지를 조명한 소설이었습니다. 이번에 출간된 두 번째 소설 『실어증 환자』는 1980년대의 민주 혁명의 미완 과제를 이민 가족의 이야기로 풀어내어 독자들에게 새로운 시선을 제공하여, 특히 젊은 세대에도 공감대를 넓혀가고자 의도하였습니다.

현대에서 발생한 의미 있는 사건을 배경으로 역사소설을 쓴다는 것이 작가로서는 큰 도전이라고 생각합니다. 사건 나아가 역사는 해석의 대상이 되고, 우리가 지금 숨 쉬고 있는 시간에서 발생한 많은 것들을 다뤄야 하므로, 의도치 않게 정치적인 색채를 띤 내용으로 간주하게 될 위험도 있기 때문입니다.

구체적으로 제 소설은 주로 지난 20세기 후반기부터 21세기 초반기 사이에 발생한 사건들을 배경으로 다루고 있습니다. 저는 이 시기를 엄청난 쏠림의 시간이었다고 해석하고, 이것은 광범위한 일상의 현상으로 바로 이 순간까지 이어져 증폭되어 오고 있다고 생각합니다. 쏠림이란 극단까지 치닫는 사람들 사이의 생각 차이, 변화의 차이, 부의 차이, 지위의 차이 등 세상 곳곳에 존재하고 있습니다.

여기서 갈등과 모순이 나타나고, 이것들이 해소되지 못하고 우리의 삶이 표류할 때 나타나는 현상은 뻔뻔함일 수밖에는 없다고 생각합니다. 우리는 개인 차원의 뻔뻔함을 일상에서 경험하며 살고 있지만, 개인은 거대한 현대 서사의 파편화된 일부에 불과하다는 인식에도 도달하게 됩니다. 작가로서 저는 이 문제를 풀어나가고 싶었습니다.

이번 작품을 쓰는 과정에서 생각지도 못했던 어려움이 있었습니다. 지난 2024년 12월 3일 대통령에 의한 친위 쿠데타가 발생한 것이었습니다. 이번 작품에서 일부 군 장성과 장교들의 행태, 부패상, 무속신앙의 신봉 그리고 허망한 권력의지 같은 주제어들을 과거형으로 다루고 있는 것과는 완전히 다른, 바로 현재진행형의 사건이었다는 것에서 작가로서 작품의 소재와 주제를 현실의 사건에서 선점당했다는 당혹감 때문이었습니다. 다행히 시민의 한 사람으로서는 역사의 퇴행이었던 여운을 남긴 심각한 후유증과 동시에 빠른 정치적 회복력을 목격하게 되었습니다.

그러나 그 무엇보다도 창작을 통하여 나타나는 표현의 자유가 문제가 될 수도 있었을 상황을 극복할 수 있었다는 것의 의미가 크게 다가옴을 느꼈습니다. 자유에는 책임이 따른다면, 저로서는 앞으로 좋은 작품을 쓰는 책임이 있을 것입니다.

2025년 늦가을
계영수

목차

1
009

2
068

3
118

4
146

5
181

6
207

7
240

8
275

9
308

10
358

이 소설은 순수 창작물로 작품에 나오는 이름, 인물, 사건, 지명, 기관 등은 실제와 관련이 없습니다. 특정한 사실 혹은 사건과의 유사성은 전적으로 우연의 일치임을 밝힙니다.

1

 바람이 불었기 때문이었을까? 강진희는 서진애 여사의 전화를 받았다. 예기치 못했던 일이었다. 바로 그날 밤에 서로 만나기로 약속하고 전화를 끊었으나, 진희는 의아한 생각이 들었다. 왜 그녀가 갑자기 전화해 왔는지 그리고 어떤 바람이 불어 진희에게 관심을 보이게 됐는지 궁금해졌다.
 따듯한 햇빛, 잔잔한 파도, 그리고 조용한 행복은 바람의 영향을 받는다. 바람은 피할 수 없다. 서진애는 지금 집 앞마당에서 큰 바다를 바라보고 있다. 매일 똑같은 모습의 바다. 저 멀리 보이는 수평선을 바라보며 바로 앞쪽으로 다가오는 파도는 일정하다.
 잔잔한 파도는 항상 소곤, 소곤 소리를 낸다. 한 번도 폭풍우 같은 거대한 파도의 모습을 자신에게 보여준 적이 없는 바다. 조그만 언덕을 내려가면 바로 만날 수 있는 바다. 그녀는 해변을 거닌다. 요즘에는 매일 이른 아침에 깨어나 바닷가로 걸어간다. 안개 낀 해변을 걷는 것이 좋다. 아직 뜨거운 햇빛이 나타나지 않는 이른 시간의 어두컴컴함의 고요함과 안개가 제공하는 몽롱함이 좋다. 조그마하게 형성된 해변을 걷는다. 맨발로 걸으며 자신은 매일 무엇을 느끼고 있는지 자문하면서.

  혼자 이른 아침에 해변을 걷는 것이 하루의 시작이 된 지 꽤 오래됐다. 그 이유는 무엇일까? 생활의 여유로움이 주는 일종의 혜택? 혹은 나이 먹음에 비례하여 나타나는 수면 부족에 따른 생활 리듬의 변화 때문인가? 그렇게 조용히 해변을 걷다가 그녀는 밀려오는 파도의 바다를 만진다. 밋밋한 바다 냄새 그리고 물의 촉감. 이로써 그녀는 매일 이른 바다의 삭막함을 만나고 있지는 않은지 생각해 본다.

  일상성에 갇혀 있다는 것은 안심과 불안이 매일 교차하고 있음을 확인하는 하나의 절차가 되어 간다는 뜻이다. 이 모순된 삶의 형태에서 벗어날 수 없다는 것이 자신을 조여오고 있다는 느낌. 시간이 흐르면 흐를수록 일상성에서 조금씩 나타나는 어떤 현상에서 헤어날 수 없다는 것을 점점 더 확연히 느낄 수 있다. 일상성이 주는 피동적인 삶에 세팅이 되어 버린 지 오래였을 뿐만 아니라 여기서 빠져나올 수 없다는, 말하자면 풍요 속의 빈곤함, 안정된 지위일수록 불안해지는 모습 같은 모순이 분명했다.

  그녀는 삶에서 모순이라는 것을 모르고 있었다. 모순과 같이 적나라하지 않으면서도 은근히 삶의 여러 현장에 느닷없이 나타나서 때로는 자기 발목을 잡는 일로도 느껴지는 어려움은 없었다. 혹은 없다고 생각했을 정도로 그녀의 삶은 아마도 정형적이었는지도 모른다. 노력과 시도와 그에 수반되는 성취의 화려함 그리고 그것을 지속 가능하게 해야 할 당위의 세계에서 삶의 모순은 존재할 수 없었다. 이 모순이라는 것을 알지 못했었고 그래서 삶은 도식적인 솔직함이 있었다.

그런데 서진애는 이제는 삶은 모순덩어리라고 느끼기 시작한 지 오래되었다. 이러한 느낌은 사실 자신에게만 어떤 특수한 의미가 있는 것인지 헷갈릴 수 있었다. 그러나 이것은 중요하지 않다. 모순이라는 것이 뭐 그리 중요하다는 것인가 하고 생각도 해보았다. 살다 보면 하나가 맞으면 다른 것은 틀리는 경우를 보게 된다는 논리로 모순을 이해하는 것하고 자신이 직접 모순을 모른 채 살아온 것과는 다르다는 것을 이제는 이해하기 시작하는 것 같다. 그러나 자신은 밤에 잠을 잘 수가 없다.

인생의 역정을 이제 와서 회상하는 것이 어쩔 수 없다고 해도, 자기 삶의 궤적이 모순으로 점철되었다는 자괴감에서 벗어날 수 없음은 돌이킬 수 없다. 이 모든 것은 그저 한갓 바람 같은 것이었을까? 멈출 수 없었던 바람의 연속이었을까? 그저 스쳐 지나가는 바람에 휩쓸렸던 것이었을까?

태어나서 어른이 되어 결혼하기 전까지의 삶은 가난, 결핍, 노력으로 점철되었으며 고통과 불안의 연속이었다고 그녀의 기억 속에 남아 있다. 마치 안개가 낀 현실을 조심스럽게 한편으로는 용기를 가지고 불투명하게 생각되었던 미래를 헤쳐 나가는 과정이었다. 특히 그녀에게는 이 시기가 매우 중요했다. 남들보다 한참 뒤처진 환경에서 자란 탓이었다. 이러한 삶의 조건은 그녀를 자의식이 강한 여자아이로 성장하게 했다. 그것은 수치심에서 비롯되었다. 그러나 자기보다 나은 환경에서 자란 또래 아이들에게 열등감을 가져보지는 않았다.

이유는 자신은 공부를 잘하는 아이로 자신을 규정하여 이 환경을 이겨내고자 했고, 자신의 가난은 이를 전략적으로 생각하게 하는 외부요인이 되었기 때문이다. 그 어린 나이에 그녀가 전략적이라는 생각을 하게 됐다는 것은 자신의 집안 배경과 환경의 열악함을 상쇄하고도 남을 신체적 우월성 때문에 그녀는 수치심을 달고 살 수밖에 없었다는 뜻도 포함되었다.

열등감이 없었기 때문에 수치심이 생겼다. 열등감이 태생적인 한계에서 비롯되었었다면 그녀는 절망했을지도 모른다. 그래서 그녀는 현실을 무던히 타결해야 할 어떤 종류의 도전으로 인식했고 또한 이를 매우 성공적으로 대처했다. 우수한 학업 성적 그리고 빼어난 신체 조건—월등한 키, 하얀 피부, 이목구비가 뚜렷한 인상의 미인형 얼굴, 자신 있어 보이는 태도와 낭랑한 목소리—같은 것들이 자신의 전략적인 자산이 되었다.

그러므로 고통스러웠을 수도 있었을 당시의 삶이 이제는 오히려 낭만적인 모습으로 비치게까지 한다. 마치 빛바랜 흑백 사진첩에서 꺼내 본 자신과 주변의 모습같이 그저 아련한 추억으로 다가오고 있다. 그래서 그녀의 어린 시절의 외부적인 악조건들은 삶의 모순으로 작용하지 않았다.

서진애 인생의 다음 단계는 아마도 자신의 인생의 꽃을 피우는 열정적인 과정이었고 노력한 만큼 혹은 그 이상의 성취를 가져다주었다. 지금의 남편과의 결혼으로 시작되었고 그 이후 그와 함께 서로 인생의 동반자일 뿐만 아니라 인생의 전략적 파트너로서 살아오게 되었다. 남편의 성공과 행복을 위해 그녀는 아내로서 적극적으로 그를 돕고 자신을 희생하며 모든 중요한 순간마다 최선의 역할을 다하고자 했다. 따라서 당연하게도 노력하고 시도한 만큼 성과가 뒤따랐다. 남편의 출세는 그녀 성공의 등식으로 성립되었다. 남편이 전도가 유망한 젊은 지도자감이었다면, 그녀는 이를 현실로 될 수 있도록 하는 견인차 같은 역할을 했다.

결혼 당시에 여자로서 삶의 목표는 이제는 잘 쓰이지도 않는 용어인 현모양처가 되는 것이었다. 당시 누구에게 물어보아도 여자는 결혼하여 현명한 어머니가 되어 아이들을 잘 키우고 또한 좋은 아내가 되어 남편을 잘 보필해야 하는 것이 사회규범이 되었다. 자신은 이러한 틀에 잘 맞춰졌고 원대한 목표를 위해 최선을 다했다.

결혼 후, 아이들을 낳고, 남편의 출세에 동참하며 아이들이 성장하고 우리 부부는 장년의 세월로 향하는 이 긴 시간의 흐름이 화양연화와 같은 시절이었다고 할 수 있었다. 그녀에게는 부와 명성을 얻게 되었던 시기였다. 그러니까 우리의 인생 목표는 한국이 전쟁 후의 빈곤과 혼란에서 재건과 번영을 이뤄내야 할 지상목표와 같이하는 것이었고, 이 모든 과정에서 우리는 승리자가 되기 위해 열심히 살았다.

이제 인생의 현재는 아직 진행 중이지만 완결판이 되어야 했는데, 완벽함이 없었다. 마치 생의 초기 단계로 되돌아간 듯한 느낌도 받게 되었다. 우리의 격렬했던 삶의 양상을 뒤로 하고 이제는 시간상으로 여유 있는 그리고 정신적으로 풍요로워야 할 삶은, 우리의 부와 명성과는 상관없이 찾아오지 않았다. 한국에서의 삶을 정리하고 이곳으로 이주해 온 것을 그녀 인생의 마지막 장의 시작으로 스스로 규정하며 살아온 지 벌써 오래되었다. 그러나 화려한 완결판이 아니라 인생의 황혼기에 허무와 번민, 그리고 불안함으로 남아 있고 서진애는 매일 이를 경험하며 살고 있다.

말리부 바닷가의 이 넓은 집에 이제는 자신과 남편만이 살고 있다. 이른 아침 서진애는 침대에서 일어나 해변으로 간다. 약간 쌀쌀한 느낌의 아침 공기 그리고 습관처럼 다가오는 아침 안개를 뚫고 해변을 걷는다. 주위에 아무도 없다. 혼자 걷는 것의 상쾌함을 여기에서 새벽 해변의 산책을 통해 습득했었다. 그러나 상쾌함은 찰나처럼 순간으로 나왔다가 사라지는 속성이 있었다. 아마도 이러한 속성 때문에 매일 이른 아침 혼자 자위하듯 조용히 해변을 걷는지도 모른다. 이 습관의 원천은 죄의식 때문이었을까?

오늘은 아침부터 비가 내리고 있다. 캘리포니아의 겨울비를 서진애는 사랑했다. 이곳으로 오기 전까지 많은 눈과 비에 익숙했던 풍토에서 이곳의 겨울비는 오히려 살랑거리는 듯한 다정한 자연의 변화로 여겨졌다. 그러나 오늘 내리는 비는 비상식적인 격렬함으로 느껴진다. 새벽의 밝음이 오기 전의 어스름한 바깥 해변의 모습은 장대비에 가려 검은색으로 변했고 파도도 사납게 출렁거리고 있다. 격렬한 바람이 만들어낸 파도는 그녀를 흔들었다.

충동적으로, 해변으로 향한다. 순식간에 몸은 젖었고 살은 한기에 굳어져 소름이 돋아오른다. 미친 듯이 빠르게 걷는다. 걷다 숨이 가빠지면 천천히 걷는다. 그러다 다시 빠르게 걷는다. 이렇게 반복적으로 걷기를 하다 보면 내리는 비도 많이 내리다 적게 내리기를 반복하는 것 같은 착각이 든다.

서진애는 세차게 내리는 비를 다 맞으며 이 비가 끝날 때까지 해변을 서성일 참이었다. 남들이 보면 정신 나간 사람의 행동으로 보일지도 몰랐다. 그러나 그녀는 일종의 자학적 희열을 느끼고 있는지도 몰랐다. 그녀는 비로소 어떤 소리를 내고 있었다. 그러나 요란한 빗소리에 묻혀 자신도 자신의 목소리를 들을 수 없고 무엇보다 자기 자신이 어떤 소리를 내고 있는지도 몰랐다.

이제 한기가 서서히 사라지기 시작한다. 완전히 젖은 옷에 그녀의 몸은 이미 지쳐 있다. 신발을 신지 않아 발은 모래투성이다. 서서히 집으로 향한다. 이제 집에서 따뜻한 욕조에 몸을 눕혀 목욕한다. 그리고 뜨거운 커피를 내려 마신다. 온몸이 나른해진다. 다시 2층의 침실로 가 잠시 눈을 감고 있고 싶다. 남편을 깨울까 봐 살금살금 계단을 오른다.

침실문을 열고 침대에 오르려는데 침대에 남편이 없다. 자신이 아래층에서 목욕하고 커피를 내리는 소리를 듣고 잠에서 깼는지도 모른다고 생각했다. 그녀는 집안을 뒤지기 시작한다. 그리고 남편을 부르기 시작한다. 큰 집의 위아래 여섯 개의 방, 네 개의 화장실, 두 개의 부엌, 거실, 현관, 지하실의 헬스장, 작업실 겸 서재 그리고 차고까지 다 찾아봤다. 남편 차가 없다. 그가 어딘가로 갔다는 뜻이다.

남편 강용환이 사라졌다. 자신이 조금 전까지 세찬 빗속에서 해변을 헤매고 있었던 광경을 남편은 침실 창을 통해 어렴풋하게나마 보았을 것 같았다. 남편은 아내의 이른 아침 해변 산책하는 습관을 잘 알고 있었기 때문이다. 서진애는 그의 아내로서 남편을 찾아야 한다는 현실을 맞았다.

재아는 이른 아침의 몽롱한 상태에서 침대 옆에 놓아둔 핸드폰의 울림소리를 들었다. 그 소리가 조금 전까지 꾸고 있었던 꿈의 계속된 소리였는지 실제 소리였는지 잠시 혼란스러웠다. 전화를 받지 않자, 울림소리는 계속됐다. 재아는 굼뜬 움직임으로 팔을 뻗쳐 전화를 받았다. 네 아버지가 오늘도 어디로 떠나셨나 보다, 재아야. 어머니 서진애의 목소리가 들려왔다. 그런데, 이번에는 좀 예감이 좋지 않아, 재아야, 듣고 있니? 재아는 머리가 깨질 듯한 통증으로 말하기가 힘들었다.

어제저녁부터 마신 술이 처음에는 가벼운 샴페인으로 시작하여, 달콤한 칵테일로 몇 잔을 더 하고, 나중에는 로열 살루트를 온 더 록스로 마셨다. 프랭크와 그가 데려온 친구들과 같이 마셨다. 그러다, 어느 순간 재아는 점점 필름이 끊기는 듯 몽롱한 상태가 되었다. 자신이 어떻게 집까지 무사히 오게 됐는지에 대한 기억이 없다.

아마도 프랭크와 일행 중 술을 안 마신 친구의 도움으로 왔을 것이다. 그 친구가 차를 운전하고 프랭크는 축 처진 재아의 몸을 부축하며 시내 한 복판에 있는 고급 콘도의 맨 위층 35층 주니어 스위트 룸까지 재아를 엘리베이터에 태우고 침대에 뉘어 놓고 떠났을 것이 틀림없었다. 그러나 그녀는 지금 머리가 너무 아프다. 당장 타이레놀 두 알을 삼켜야 한다는 생각밖에 없다.

재아는 겨우 말을 뱉어낸다. 맘, 걱정하지 마. 아빠는 강한 분이잖아. 누구보다 엄마가 잘 알잖아? 그녀는 엄마가 잠시 숨을 고르는 것 같다고 생각했고 잠시 말이 없었다. 맘, 아 유 데어? 어머니의 목소리가 가늘게 들려왔다. 오, 그래 재아야, 네 말이 맞아. 하지만, 이번엔 좀 이상한 느낌이 들어. 내가 좀 요즘 예민해졌나 봐. 그래, 맘, 아빠가 이번에도 며칠 쉬시다가 오실 거야. 너무 걱정하지 마. 그래 알았다.

그런데, 재아야, 네 목소리가 좀 이상하네? 아, 어제저녁 프랭크가 데려온 친구들과 가게에서 한잔했어. 술을 좀 많이 마셨나 봐. 프랭크가 집에 데려다줬어. 머리가 좀 아픈데, 괜찮아. 재아야, 알겠다. 너무 술 많이 마시면 안 돼. 아빠가 돌아오시면, 그때 프랭크를 아빠에게 인사 시켜줘라. 아빠도 프랭크 만나는 것 반대 안 하시는 것 같아. 무슨 말인지 알아듣겠지, 재아야? 맘, 알겠어. 아빠 돌아오시면 알려줘.

재아는 엄마와 통화를 끝내자마자 침대 옆 서랍에서 타이레놀 두 알을 꺼냈다. 그리고 비틀거리며 거실을 건너 주방 냉장고의 문을 열고 찬물에 약을 삼켰다. 기운이 하나도 없었다. 비틀거리며 창가로 갔다. 엄마의 전화로 잠에서 깨어나 허탈한 상태로 창밖을 쳐다본다.

오늘도 하늘은 맑았다. 햇살이 비춰와서 두 눈을 자극할 정도다. 창 밑으로는 이제 서서히 도시가 일상을 시작하는 것 같았다. 이른 아침이라 차들도 아직 많지 않았고, 사람들도 도로에 많지 않다. 그녀의 집 창가에서 서쪽을 조망할 수 있어 멀리 바다의 모습을 볼 수 있다. 그러나 그녀는 바다를 보지 않는다.

재아는 다시 침실로 향한다. 앞으로 두세 시간만 더 자고 싶다. 그리고 더운 샤워를 하고, 브런치를 먹고 오후에 프랭크를 만날 것이다. 그는 항상 바쁜 듯하다. 그러나 오늘 자기와의 약속을 잡아줬다. 오늘은 금요일이므로 주말을 껴서 2박 3일간 둘만의 여행을 그가 제안했기 때문이다.

그는 어딘가로 그녀를 데려갈 것이다. 평소 명랑하고, 잘 웃고 그러나 세심한 성격으로 사람을 좋아하고 술도 즐기는 그의 성격상 어제처럼 파티하고 싶어 할 것 같았다. 친구들이 있다는 샌프란시스코로 가서 그들과 오랜만에 회포를 풀고 싶다고 말하곤 했다. 재아는 상관없었다. 그가 좋아하는 곳이면, 그가 좋아하는 것이면 재아는 괜찮았다. 자기도 오랜만에 샌프란시스코에 가보고도 싶기도 했다. 패시픽 코스트 하이웨이를 끼고 여기서 북쪽으로 차를 몰고 가는 짜릿한 즐거움 끝에 샌프란시스코로 갔었던 기억이 있었기 때문이다.

벌써 까마득히 오래된 기억이다. 그때 우리가 이곳으로 이민 와서 처음으로 가족여행으로 아빠, 엄마, 오빠들 그리고 자신까지 모두 다섯 식구가 갔었던 곳이 샌프란시스코였다. 그때의 기억이 좋았다. 한국에서는 항상 바빠서 평소에 얼굴도 보기 힘들었던 아빠가 우리 모두를 데리고 여행다운 여행을 해보기는 그때가 처음이었던 것 같다.

이민을 와서야 비로소 아빠에게 시간이 생겼다고 당시에 재아는 느꼈다. 여행 자체는 즐거웠다. 맛있는 음식을 먹고, 좋은 곳을 찾아다니고, 나파 밸리에서 캠핑 후 다시 로스앤젤레스로 오는 열흘간의 느리고, 여유 있는 일정은 그들 모두를 행복하게 했다. 그러나 그 여행은 그들의 첫 번째이자 마지막 가족여행이 되었다.

어느덧 두통이 좀 나아진 것 같다. 차를 몰고 그녀의 직장인 할리우드 입구 쪽에 있는 에이치 레스토랑 & 카페로 간다. 에이치라는 이름은 할리우드의 시작 알파벳 에이치를 뜻하며, 그곳의 상징적인 명소로 자리매김하겠다는 뜻이 담겼었다. 이른 오후가 되었다. 매장 안에 있는 자신의 사무실은 카페 왼쪽 끝에 있다.

재아는 이곳의 종업원이 아니라 주인이기 때문에 자기 맘대로 일을 하면 된다. 아니다. 일을 안 하면 된다. 자신이 여기에 나와 있다는 것이 매장 내 종업원들—지배인, 메인 셰프, 보조 셰프들, 바리스타, 바텐더, 웨이터와 웨이트리스, 버스보이, 그리고 밤에 필요한 보안요원들까지, 낮과 밤으로 각각 조를 나눠서 항상 스무 명 이상의 인원이 움직여야 한다—에게 사장이 일을 하고 있다는 것을 일깨워 주는 것이다.

재아가 학교를 그만두고, 결국에는 엘에이로 돌아왔을 때, 아빠는 말없이 그녀에게 이 할리우드의 부동산을 사주었다. 앞으로 이를 운영해 보라고 하셨다. 엄마도 찬성했다. 이 매장은 아빠가 하는 건설업 프로젝트의 결과물로 오래된 부지와 건물을 헐고 재건축하는 사업의 최근 성과물 중의 하나였다.

캘리포니아다운 긴 단층 건물로 직사각형의 흰색 멕시코풍 건물로 옛 20세기 초 스타일의 칙칙한 벽돌색의 건물이 완전히 바뀐 것이다. 거대한 규모의 매장은 아버지의 사업 친구들의 도움으로 실내장식과 각종 내부 시설이 완벽하게 갖춰지게 되었다.

그녀도 다른 H 대 동창들처럼 졸업 후—물론 재아는 중퇴생이지만—그들의 가업을 이어받은 것처럼 되었다. 삶은 단순함을 넘어 너무 쉬운 대상이 되었다. 그녀는 그 쉬운 삶을 동경하지는 않았지만, 그것에 묶여 지내고 있는 자신을 발견하고 일상성에 쉽게 매몰되었다.

새로 단장한 매장은 가장 새로운 장식으로 메워졌다. 최신식 디지털 기기의 음향, 포스트모던을 넘어서는 벽 장식을 보여주는 흑백사진들, 벽화 그리고 페인팅, 마치 은으로 도금한 듯한 기기들, 아프리카와 남미에서 왔다는 발음하기도 어려운 여러 종류의 커피, 채식주의자를 위한 특별 메뉴, 각종 칵테일과 위스키, 낮은 알코올류 제품 그리고 알코올 냄새만 나는 무알코올류 음료들이 온통 건물의 겉과 속을 채색하고 있었다.

이곳은 새로운 명소로 이름을 날리게 되어 있었다. 가만 있어도 이곳을 들락거리는 고객들은 다양한 인터넷 환경에서 SNS로 이곳의 미덕을 온 세상에 퍼져가게 선전을 해 댈 것이다. 그리하여 이곳은 할리우드의 일부 유명 그리고 그보다 훨씬 많은 무명 인사들의 만남의 장소가 될 것이었다.

재아가 이 새로운 환경을 받아들이게 되면서 비로소 할리우드라는 새로운 커뮤니티의 일원이 되었다. 부자연스러움을 내장한 채로 말이다. 가게의 고객들에게 편리함과 경이로운 즐거움을 주는 것만큼 사는 방식이 쉬어지면서 부자연스러움은 서서히 무너져갔다.

여기서 고객들은 항상 새로운 가장 최근의 유행을 따르는 팝 음악을 들을 수 있다. 가끔은 제3세계 음악도 틀어 주기도 하여 뜨내기 외국 관광객의 마음도 어루만져주는 문화 이미지를 영접하게 해주고, 벽을 장식한 예술 작품들 혹은 예술을 가장한 유사 예술 작품들을 정기적으로 교체하여 고객들의 시각적인 맛에 신경을 썼다. 이런 모든 것들의 대가로 이곳의 메뉴는 할리우드 기준으로도 가장 비쌌고, 그래서 사람들이 찾아오게 되어 있었다.

철저히 할리우드 스타일을 표방하는 보여주고, 들려주는 음식이었다. 재아는 솔직히 이 스타일이 무엇인지 완전히 알거나 혹은 알고 싶어하지도 않았으나 이것이 맞는 말인 것은 틀림없었다. 그래서 스타일은 훌륭한 콘텐츠가 되는 것이었다. 스타일의 추구가 이곳의 특성이며 진리가 되었고, 재아의 삶도 스타일의 실체가 무엇인지에 상관없이 그것을 추구하게 되었다. 스타일로서 스타일을 추구하는 삶이 되었다는 모순이 숨어 있었다.

재아가 나른한 오후 시간을 사무실에서 아무것도 안 하고 멍하니 프랭크를 기다리고 있는 동안 마침내 그가 왔다. 사무실 문을 경쾌하게 두드리며 그가 앞에 나타났다. 프랭크는 그들의 약속을 위해 오늘 사무실 동료 행크—사실은 그의 보스이지만—의 양해를 구했다고 말한다.

그는 재아에게 몸 상태는 어떠냐고 묻는다. 그녀는 괜찮다. 아침에 두통이 있었는데 이제는 괜찮고, 진짜 우리의 멋진 주말여행을 즐길 준비가 되었다고 말한다. 실제로 그랬다. 설레는 마음의 여행이 될 것이다. 프랭크는 자기가 캐스팅한 배우가 유럽에서 촬영이 있어서 그의 아우디 컨버터블을 빌릴 수 있었다고 자랑스럽게 말한다.

일사천리로 시내가 주말 교통으로 마비되기 전에 빠져나와 고속도로로 접어들었다. 남 캘리포니아의 겨울바람을 맛보기 위해 차의 지붕을 걷어냈다. 약간 쌀쌀함이 있었으나 오히려 감촉이 좋았다. 북서풍으로 느껴지는 바람을 타고 남쪽에서 북쪽으로 해안도로를 운전하여 올라가는 맛이 좋았다.

몸으로 다가오는 바람. 뺨을 가볍게 애무하듯, 달래 주듯 다가오는 바람은 황홀감마저 주는 듯했다. 옆에서 프랭크가 뭐라고 자신에게 말하고 있는데 듣고 싶지 않았다. 그녀가 대답하지 않자, 그가 말을 멈추고 그냥 운전에 전념하는 듯했다. 지금 자신의 감정을 이해해 주는 것 같아 고마웠다.

이 황홀감은 무엇인가 잠시 생각하고 싶었다. 그러나 생각하고자 하면 이 느낌의 의미를 포기해야 했다. 단지 옆에 달콤한 칵테일이 있었다면 한 잔을 쭉 들이켜고 황홀의 터널로 계속 들어가고 싶었다. 그리고 거기서 나오지 않고 머물러 있고 싶다고 생각했다.

재아는 머리를 뒤로 젖히고 바람에 나부끼는 머릿결을 그대로 놔두며 한참 동안 머리를 왼쪽, 오른쪽으로 돌리고 있다. 차는 앞으로 쌩쌩 달리고 있다. 차의 속도와 불어오는 바람의 저항이 적당한 지점에서 교류하듯 만나고 있다. 그때 그녀의 뺨에 물기가 느껴지기 시작한다. 처음에는 자신이 무의식적으로 울고 있었나 생각했다. 뺨을 닦는데도 계속 젖어온다. 빗방울이다. 프랭크가 차의 지붕을 서서히 닫는다. 재아는 그에게 미소를 보낸다. 고마워.

그녀는 한참 조용히 앉아서 차의 앞창으로 천천히 떨어져 내리는 빗물을 본다. 빗물은 곧 와이퍼에 의해 닦인다. 반복적으로 그녀의 시야는 비로 흐렸다가 곧 맑기를 계속한다. 재아는 멍하니 이 광경을 한참 동안 응시한다. 마치 자기를 감싸고 있는 자연스러운 허무의 흐리고 우울한 물기를 현실적으로 닦아내고 있는 듯한 반복된 운동 같았다. 눈가가 비로소 젖어 든다. 그녀의 문제는 까닭 없이 감정의 진폭이 오르락내리락하고 있다는 것이다. 그녀는 조금 전까지 나쁘지 않았었다.

젠, 괜찮아? 재아는 당황하여 프랭크를 바라본다. 프랭키, 미안, 갑자기 이상한 감정이 생기네. 이상한 감정? 젠, 이거 해봐, 하며 마리화나를 내민다. 좀 진정이 되면서 기분도 나아질 거야, 젠. 재아는 프랭크에게 미안한 마음이 든다. 그녀는 옆 창문을 조금 열고 피우기 시작한다. 피우다 남은 부분을 그에게 준다.

프랭키, 미안해. 오늘 우리가 만난 후 처음 장거리 여행인데 내가 너무 우울하면 안 되는데…. 프랭크는 왼손으로 차를 운전하며 동시에 오른손을 재아에게 내민다. 재아는 두 손으로 그의 손을 잡는다. 그리고 그녀의 입으로 가져간다. 사랑해, 프랭크라고 그에게 속삭인다. 그리고 그를 쳐다본다. 그는 웃으며 젠, 난 네가 나를 사랑하는 것보다 훨씬 더 너를 좋아해, 알지? 라고 말한다. 서로 마주 보며 웃는 동안 비가 그치고 햇볕이 다시 구름 사이로 나타나기 시작한다.

재아는 생각한다. 프랭크 램버트. 그녀가 그를 알게 된 지도 1년이 거의 다 돼간다. 처음에 그는 가게에 손님으로 왔었다. 평일 오전 시간을 제외하고는, 저녁 시간이나 특히 주말에는 항상 손님들로 넘쳐났다. 낮에는 그냥 뜨내기손님들, 말하자면 근처를 돌아다니다 들리는 사람들 그리고 온갖 관광객들이 들려 가벼운 식사나 스낵, 칵테일 혹은 커피로 쉬어 가는 곳이 재아의 가게다.

그러나 저녁때부터는 단골손님들이 온다. 단골들은 주로 업계 사람들이 많다. 자기 가게의 상호가 상징하듯 할리우드 영화계 사람들이다. 그들은 여기서 만나 일을 한다. 수많은 제작자, 프로듀서들, 작가들, 배우 혹은 배우 지망생들, 에이전트들 등 이 여기서 만난다. 물론 영화에 의지해 살아가는 음악, 미술, 안무, 스턴트 등을 담당하는 사람들도 여기에 온다.

처음에 재아는 당연히 프랭크가 손님으로 왔었는지도 몰랐다. 수많은 사람 중에 그를 알아볼 수가 없었기 때문이다. 그가 점심시간 무렵에 자주 오게 되면서 서로 마주치게 되었다. 이후 자연스레 그를 알아볼 수 있게 되었고, 나중에는 그와 마주칠 때마다 가볍게 눈인사를 나누는 정도가 되었다. 이렇게 해서 재아와 프랭크와의 관계가 시작이 된 셈이었다. 그는 모든 사람의 시선을 끌 만큼 잘 생겼다. 이곳 할리우드 기준으로도 그랬다. 약간 고전적인 모습으로 나이에 걸맞지 않은 중후한 분위기의 남자였다.

그녀가 그와 사귀면서 나중에 알게 됐지만 자신보다 세 살밖에 나이가 많지 않았다. 중간 정도의 키에 적당히 균형 잡힌 몸매의 백인 남자. 그녀가 어렸을 때 봤던 할리우드 고전영화의 주인공처럼 생겼다. 그의 하얀 얼굴에 박혀 있는 파란 눈, 그가 웃음을 지을 때 눈가에 주름이 잡히며 다가오는 그의 상냥한 눈빛 그리고 매너 있는 행동은 그녀를 기쁘게 하였다. 아니, 기쁘다기보다 그녀의 마음을 설레게 했고, 마침내 그에게 빠져들어 갈 정도가 되었다. 단지, 재아는 이를 그에게서 감춰야 했다.

재아가 생각에 잠겨 있는 동안에도 옆자리의 프랭크는 앞만 바라보며 차를 몰고 북쪽으로 계속 올라간다. 재아는 안다. 그가 그녀의 마음을 존중하여 가만히 혼자 있고 싶을 때 그는 그냥 옆에 앉아서 기다려주고 또 그녀가 기분이 좋아져 마구 얘기하며 시끌벅적하게 놀면 그대로 받아 준다. 그는 참으로 남의 마음을 배려할 줄 아는 흔치 않은 미국인이다. 자기중심적인 그들의 발상과 태도 그리고 행동과는 아주 다르다.

이윽고 그녀는 침묵을 깨고 프랭크에게 수다를 늘어놓기 시작한다. 그는 기다렸다는 듯 장단을 맞춰준다. 그렇게 한참 별 쓸데없는 농담과 일상의 잡담으로 그들은 곧 유쾌해졌다. 몬테레이에서 그들은 좀 이른 저녁을 먹고 계속 샌프란시스코 쪽으로 향한다.

똑같은 코스로 옛날에 재아가 가족과 함께 처음 로스앤젤레스로 와서 샌프란시스코로 갔었을 때와 비교해 모든 분위기가 완벽히 새롭다. 그때 그녀가 막 열두 살이었을 때와 지금 프랭크와 단둘이서 하는 여행의 차이는 크다. 그 차이는 그때 그녀의 다섯 식구가 함께했었던 여행에 대한 이미지는 거의 사라져 버렸다는 것. 단지 어떤 희미한 기억으로만, 그것도 의식적으로 기억하려고 시도해야만 겨우 의식에서 새어 나오는 머릿속에 안개같이 생존해 있는 모습 같았다. 반면에 지금 그녀는 프랭크와 현실에 있다. 지금 당장의 현실은 행복감이다.

둘은 밤늦은 시간에 목적지에 도착했다. 그의 친구들과 만나기로 약속한 바에서 술을 마신다. 시내의 유명한 구불구불한 언덕 중간에 있는 그곳은 밤새 시끌벅적한 분위기로 넘쳐났다. 4인조 밴드의 라이브 공연, 좁다란 공간에서 서로 부딪치듯 술잔을 기울이고, 오랜만에 만난 친구들과의 포옹, 한 잔, 두 잔, 석 잔….

프랭크의 친구들은 모두 넷이었다. 프랭크가 재아를 그들에게 소개해 줬다. 그들 중 셋은 프랭크처럼 영화 관계일을 한다고 했다. 나머지 한 명은 프랭크의 오랜 고향 친구라고 했다. 호리호리한 키에 살바도르 달리처럼 수염을 기르고 가죽점퍼에 청바지를 입은 첫 번째 친구는 배우로 영락없는 60년대의 히피 모습이었다. 약간 살점이 있는 두 번째 친구는 흰 셔츠에 작업복 비슷한 옷을 입고 나왔는데, 머리를 완전히 파란색으로 염색하고 있었고 음악을 하는 친구로, 영화음악에도 관여한다고 했다.

샌님 같은 이미지의 세 번째 친구는 동그란 뿔테 안경을 쓰고 나왔는데 별 특징이 없는 얼굴이었다. 프랭크가 그 친구가 영화 스크립트를 쓰는 작가라고 말을 안 했으면 그냥 고등학교 국어 교사라고 해도 어울릴 뻔한 분위기의 남자였다. 마지막으로 프랭크의 고향 친구는 그중 유일하게 회사에 다니고 있었다. 이미 결혼해서 이곳 샌프란시스코에 자리를 잡은 듯했다. 말도 느릿느릿한 전형적인 미국 중서부 시골 출신 사람 같은, 샌프란시스코의 자유분방한 분위기에는 잘 어울리지 않은 촌티가 아직 가시지 않은 듯했다.

프랭크는 사람들과 친밀히 지내는 듯했다. 하기는 그녀도 그의 친밀함에 끌렸었다. 처음에는 그의 준수한 외모에 끌렸었으나, 나중에는 훌륭한 외모보다 그의 성격에 점점 더 끌리게 되었다. 모든 사람에게 친절했고 사람들을 만나면 그가 먼저 떠벌리기보다 상대방의 말을 먼저 듣고 반응하는 그의 자세가 좋았다. 어떤 때는 그에 대해 존경심이 생길 정도였다.

그가 할리우드로 와서 영화에 출연할 배우들을 물색하고 제작자와 배우들 사이의 중간 임무를 수행하면서 배우들에게 적절한 배역을 만들어 주는 일을 하는, 즉 캐스팅하는 일은 그의 성격에 잘 들어맞는 것이 틀림없었다. 사람들과의 네트워킹에 능해야 하고 무엇보다 참을성 있게 일을 만들어 나가는 일이 얼마나 중요한지 그를 통해 알 수 있을 정도였다.

오늘도 그는 친구들과 잘 놀았다. 그리고 재아가 그의 친구들과 서먹서먹해지지 않도록 배려해 주는 것을 그녀는 알았다. 그 친구들을 만나면서 재아는 오랜만에 자신의 대학교 때의 기억이 떠올랐다. 지금은 오랜 기억이 되어 가고 있지만, 자신도 한때 학생이었다.

그때 거의 매일 술에 취해 살았다. 술을 마시고 싶으면 언제나 가능했다. 학교 앞 술집들은 그녀와 동료들의 아지트였다. 날이 어둑어둑해 지면 우리들은 단골 맥줏집이나 학생 술집으로 모여들었다. 특별한 이유 없이 그녀가 그곳에 가면 항상 애들이 있었다.

　대학 생활 3년 동안 자주 거기로 갔다. 수업을 듣는 행위는 술 마신 다음 날 체면치레로 하는 퍼포먼스같이 되었다. 몸에서 전날 밤의 술 냄새가 역하게 나지 않게 하려고 아침에 깨끗이 샤워하고 온몸에 향수를 뿌리고 강의실에 나타났다. 신성한 학문의 전당인지는 몰라도, 최소한 매너는 지키고 싶었다. 그녀가 어떤 종류의 학생이었는지는 애들은 알았다.

　조그만 사립대학교의 커뮤니티에서 개인적 비밀은 없었다. 3년을 거기서 버티는 것이 힘들었다. 자신과 비슷한 다른 애들도 힘들었을 것이다. 그래도 그 애들은 대부분 졸업은 했다. 큰 의미가 없었을지언정. 졸업장으로 그녀나 그 애들이나 그것으로 취직할 필요가 없었기 때문이다. 허무함으로 그녀는 다시 서부의 집으로 왔다. 이후 많은 일들이 발생했다. 지금 당장은 프랭크와 같이 있으므로 그리고 무엇보다도 그를 만난 후 처음으로 여행을 왔으니, 이 순간에 충실해야 할 필요가 있었다.

　여행 첫날 밤 재아는 프랭크의 친구들과 신나게 술을 마시며 즐겼다. 거의 새벽 시간까지 마신 것 같았다. 그녀는 자신이 어떻게 그들과 헤어져서 호텔로 오게 됐는지 다소 기억이 희미해졌다. 아마도 일행 중 한 명이 이제는 술도 많이 마셨고, 시간도 꽤 지났으므로 이제 그만 마시고 헤어지자 했을 것이다.

　다행히 그녀는 목요일 밤처럼 필름이 끊어지지는 않았다. 만약 그랬더라면, 그녀 자신이 프랭크에게 정말 미안해야 했기에. 밤의 신선한 공기를 마시며 샌프란시스코의 해안 쪽에서 불어오는 밤바람을 맞으며 재아는 술김에 황홀한 기분이 들었고 술도 살짝 깨는 듯했다. 프랭크가 재아에게 젠, 괜찮아? 여기 오니까 기분이 좋아? 라고 묻고 있었다. 재아는 물론이라고 대답했고, 그의 품속으로 파고들어 가며 그의 입에 자신의 혀를 가져갔다.

다음날 둘 다 늦잠을 잤다. 서로 취한 상태에서 둘은 서로를 탐하고 있었기에, 하루 종일 운전을 한 피로까지 겹쳐, 둘은 쉽게 행복감에 빠져들었다. 늦은 아침 겸 점심을 먹고, 시내를 구경하고, 외곽지역까지 다 돌고 맛있는 이른 저녁을 먹고 다시 로스앤젤레스로 향한다. 아주 짧은 여행을 아쉬워하며 다음에는 요세미티로 가서 며칠간 캠핑을 하자고 서로 약속했다. 재아는 프랭크와 운전을 나눠서 하며 도로를 달렸다. 비록 빌린 차였지만, 차는 멋있었고 밤의 적막을 뚫고 한적한 도로를 뚫고 내려가는 스릴이 있었다. 이른 월요일 새벽 시간에 엘에이에 도착했다. 프랭크가 재아를 콘도에 내려다 주며 작별 키스를 하고 떠나갔다.

집 안의 썰렁한 적막이 몰려왔다. 몸은 좀 피곤했으나 정신은 맑았다. 금요일 아침에 엄마에게서 받은 전화가 문득 생각이 났다. 주말 사이에 아빠가 돌아오셨을까 걱정이 되었다. 재아의 걱정에는 이유가 있었다.

엘에이의 기준으로 바람이 유난히 심하게 불던 오후 시간이었다. 진희는 예상치 않은 전화를 받고 좀 놀라고 있었다. 서진애 여사의 전화였다. 아버지 사촌 형님의 아내가 바로 그녀. 그동안 같은 엘에이에 살면서도 크게 왕래가 없었던 집안 사이였는데 좀 이상한 기분이 들었다. 진희? 아니 앨리스, 그냥 편하게 내 영어 이름인 마리아 큰어머님이라고 부르면 돼.

잘 지냈니? 내가 갑자기 너에게 전화해서 좀 놀랐지? 네가 대학원 졸업 후 좋은 직장에 다닌다는 소식을 들었는데, 그동안 내가 축하도 못 해주고 미안하네… 아주 바쁘지? 너 시간 좀 낼 수 있니? 진희는 그녀가 약간 가식적으로 말하고 있다고 느꼈지만, 대답했다. 아, 네, 저도 큰어머님 덕분에 잘 지내고 있어요.

그런데, 저와 무슨 특별한 볼일이 있으셔요? 아, 전화상으로 말하긴 그렇고… 네가 편한 시간… 오늘이든 내일이든 네 업무시간이 끝나고 나와 같이 저녁을 먹으면 어떨까? 진희는 순간적으로 자신의 업무 일정을 머리로 헤아리며 그녀의 의도를 가늠하려 했다. 오늘이 수요일이니까 좀 늦은 저녁이라도 9시쯤이면 시간이 될 듯했다. 그럼, 오늘은 어떠세요? 좀 늦지만 9시. 내일부터 주말까지 업무 때문에 줄곧 회사에 묶여 있어야 해서… 다행히 오늘 시간이 되네요. 늦은 시간이지만 9시 괜찮으시겠어요, 큰어머님?

진희는 그녀에 대해 깊이 생각해 본 적이 없었다. 그냥 친척 어른이라는 것 이상 생각해 본 적이 없다는 뜻이다. 같은 엘에이에 살아도 자기네 집과 아주 다른 큰아버지네였기에도 그랬다. 어렸을 때, 그러니까 진희가 국민학교 2학년 때 가족이 이곳으로 이민 오기 전에 자기네 식구들이 한국에서 큰아버지 식구들을 만났었는지에 대한 기억이 없었다. 당시 자신이 아주 어렸기 때문에 집안 어른들끼리 왕래했다 하더라도 자신의 의식에는 남아 있지 않을 수도 있겠다고 생각했다.

그런데 자기 가족이 미국으로 이민 온 지 5년 후에 큰아버지네가 이민을 그것도 같은 엘에이로 이민을 온 것이다. 이렇게 해서 두 집안이 친척이라는 인식이 생기게 됐다.

마리아 큰어머니는 진희 자신의 아버지보다도 두 살쯤 나이가 많았고 브루스 큰아버지는 마리아 큰어머니보다 또 대여섯 살 나이가 많으셔서 진희는 두 분에 대해 그저 나이 많은 어르신들이라는 생각밖에 없었다. 그분들 자식들 재영, 재식 오빠 그리고 재아와 자기 오빠 진명 그리고 본인 진희가 친척이 되었으나 서로 나이 차이가 크게 나지 않아 친구들처럼 지낼 수도 있었다. 그러나 두 집안 간의 생활 수준의 차이로 서로 많은 교류 없이 지금까지 지내오고 있었다.

미국이라는 특수한 환경에서 같은 지역에 살고 있다는 공통점으로 서로 간 친척 사이라는 의식이 생성되었다는 정도 이상은 없었다. 엘에이에 같이 산다는 것은 같은 지역, 같은 커뮤니티에 산다는 뜻은 아니었다. 요컨대, 서로 친척이라는 것의 편이성 정도가 남아 있을 뿐이었다.

진희야, 그동안 내가 어른이라고 연락도 없다, 불쑥 전화해서 미안하구나. 아니어요. 저도 마찬가지인데요. 그동안 안부 인사도 못 드렸는데요. 그나저나, 다들 잘 지내시죠? 큰아버님도 건강하시고요? 재아도요? 응, 재아는 잘 지내, 사귀는 남자가 있어 조만간 우리에게 인사시킬 것 같아. 그래서 말인데… 너한테 내가 이 말을 하기가 좀 미안하고 부끄럽기까지 하지만… 네가 나를 좀 도와줄 일이 있다.

재아 아빠가 연락이 안 돼서… 네가 좀 나를 도와주었으면 해서. 너도 알다시피 이 일을 내가 재아에게 맡기기가 좀 그래서…. 진희는 큰어머니의 말에 놀란다. 무슨 말씀이세요? 큰아버지가 실종되셨다는 뜻인가요? 그녀는 말을 망설인다. 한동안 말을 못 하다, 이윽고 이 시점에 실종이라고 단언할 수는 없구나, 진희야, 라고 말을 잇는다. 큰어머님, 큰아버지가 언제부터 연락이 안 되셨는데요?

큰어머니는 남편이 지난주 금요일 아침부터 지금 수요일 밤까지 1주일 가까이 연락을 안 해온다고 했다. 그녀는 큰아버지가 갔을 만한 곳과 지인들에게 연락을 해봤다고 한다. 그가 회원으로 있는 컨트리클럽, 업무 관계로 자주 만나는 지인들, 그가 속해 있는 많은 한인 단체에 다 연락을 해봤으나 그의 행적을 알 수 없었다.

심지어 과거 그가 낚시를 좋아해서 갔었던 아이다호주 타호의 호텔에도 연락했지만, 성과는 없었다. 또한 그가 자주 가는 라스베이거스의 호텔과 카지노에서도 그의 행적이 발견되지 않았다고 했다. 물론 큰아버지는 과거에도 며칠씩 여행을 떠나 여행지에 도착해서야 그의 행적을 아내에게 알리는 버릇이 있기야 했다.

아마도 과거 그의 직업과 관련된 업무의 특수성에 기인한 비예측성에서 비롯된 습관인지도 모르겠다는 말도 전했다. 그러면서 큰어머니는 재아에게 직접 도움을 청할 수가 없었기에 친척인 진희에게 미안하다고 말했다. 재아는 곧 프랭크라는 미국 청년을 아버지에게 소개해 줘야 하는데 정작 아버지가 정말 실종이라면 상당한 충격을 받을 것이며 이제 겨우 두 오빠의 악몽에서 헤어나기 시작한 삶이 더 이상 흐트러져서는 안 될 일이었다. 진희는 이 대목에서 큰어머니가 이기적이라는 생각도 들었으나 동시에 연민의 감정도 들었다.

큰어머님은 자신의 초조함을 진희에게 감추지 않았다. 남편이 지금까지 한국에서도 이곳 미국에서도 이렇게 오랜 시간 동안 자신의 거취를 안 알려준 적이 없었다고 한다. 그녀의 아름다운 얼굴에 수심이 가득 찬 모습을 보니 진희도 안쓰러운 마음이 들었다. 그녀의 말을 이해할 만했다.

재아의 섬세한 유리알같이 쉽게 깨질 수 있는 성격은 조그마한 비정형적인 상황이라도 이를 감당하기 어렵다는 것을 큰어머니는 이미 알고 있었기 때문이다. 진희는 이해했다. 자신도 재아에 대해서는 할 말이 있었으므로. 큰어머니가 재아를 "연착륙"시켜야 할 아이라고까지 표현했다.

진희는 재아가 처음 이민 온 후 반년간만 같이 지냈으므로 그 이후의 모습은 자세히는 모른다. 최근에는 너무나도 바빠 사느라고 재아의 가게에도 잘 찾아가지 못했다. 사실 진희도 재아의 근황이 좀 궁금했다. 그런데, 재아가 애인이 생겨 결혼할지도 모른다는 소식은 좀 생경하게 들리기도 한다. 그러나 한편 진희는 재아를 축하해주고 싶은 마음도 있었다.

무엇보다 큰어머니는 남편을 찾아야 한다. 빨리 찾아야 한다. 그래서 자신의 도움이 필요하다고 한다. 진희는 이에 동의할 수밖에 없다. 문제는 남편을 찾기 위해 경찰의 도움을 받아야 할지에 대해 큰어머니는 망설이고 있었다. 경찰이 개입되면 남편을 찾는 데 가장 도움이 될 성싶었다. 그러나 이 경우 남편의 실종이 이곳 한인 커뮤니티에 삽시간에 알려지게 된다.

남편의 지위와 명성을 위해 한국에서처럼 이곳 엘에이에서도 지금까지 큰 목표를 가지고 쌓아왔던 모든 것들이 한꺼번에 손상될 수도 있다는 것. 그의 체면과 사생활이 좁은 한인 커뮤니티에 그대로 노출될 수밖에 없는 현실에 직면하게 되는 상황이 될 수 있다. 큰어머니는 이를 잘 안다. 그녀 자신도 큰아버지 못지않게 명성을 이곳에서 쌓아오며 유지해 오고 있었기에 더욱 그랬다. 진희도 두 분이 한인사회에서 지도자급의 지위를 누리고 있다는 것쯤은 알고 있었다.

큰아버지가 아무 일 없이 집으로 돌아올 가능성도 남아 있는 마당에 미국 경찰을 부르는 것이 바람직하지 않을 수도 있다는 것이 큰어머니의 생각이었다. 진희도 이에 동의했다. 큰아버지는 비록 나이가 많으셔도 항상 절도 있는 행동의 소유자였고 또한 이 미국 사회에서 누구보다도 무기를, 즉 총을 잘 다루고 항상 지니며 다니고 있다고 큰어머니는 말한다.

진희도 이에 동의할 수밖에 없다. 그래서도 누군가 그를 해치려는 의도로 납치했을 가능성은 상대적으로 낮다고 했다. 더군다나 그는 지난주 금요일 새벽에 스스로 집에서 차를 타고 어딘가로 나간 것, 즉 자의에 의한 행동인 것이 확실하므로 섣불리 경찰을 불러 일을 불필요하게 부풀릴 수는 없었다. 최악의 경우, 사고가 났다면 경찰에 의해 발견됐을 것이고, 누군가에게 납치당했다면, 납치범들이 연락해 왔을 것이다.

그런데도 큰어머니 서진애 여사의 레이더에 남편의 흔적이 발견되지 않은 것, 평소와 다르게 스스로 연락을 안 하는 것, 혹은 못 하는 것. 큰어머니가 그의 휴대전화에 무수히 전화하고 메시지를 남겨도 연락을 끊고 있거나 심지어는 이틀 전부터는 휴대전화를 꺼버렸다는 데에 낙담했다. 아무리 무뚝뚝한 성격의 과묵한 남편이라도 그동안 연락을 끊는다는 건 상상하기 어려웠기에 더욱더 가슴이 답답해진 것이었다.

심지어 큰어머니는 남편의 한국에 살고 있는 친척에게도 연락했다고 진희에게 털어놨다. 아주 오랜만에 안부 전화를 가장한 통화에 친척들이 의아해할 수도 있을 것을 그녀는 당연히 의식했을 것이다. 그런데 다행히 이때가 바로 한국의 명절인 설날, 음력으로 치르는 새해 첫날 명절의 때가 되었기에 그녀가 은폐하기가 쉬웠다는 점이 있었다. 친척들은 오히려 남편은 잘 지내고 있냐고 질문함으로써 남편이 한국에 없다는 것이 간접적으로 증명이 되었다. 큰어머니의 초조함은 진희에게 어른으로서 이를 감추고 싶었을 것이나 어쩔 수 없었다.

진희는 큰어머니에게 신중하게 말했다. 사설탐정을 고용하면 어떨까 한다고. 그녀도 동의했다. 사실 같은 생각을 하고 있었다며, 오늘 진희에게 의견을 물어보고 싶었다고. 그리고 구체적으로 한인 탐정 혹은 미국인 탐정 중 어느 쪽이 나을지를 물어봤다. 진희는 어느 쪽이라도 상관없을 것이라고 대답했다. 어느 경우든 우리의 프라이버시를 지켜줄 것이라고. 바로 이 목적 때문에 사설탐정이 필요한 것이니까.

단지, 큰아버지가 한인 커뮤니티의 리더이므로 이러한 특수성과 업무 협조의 용이성 때문에 한인 탐정이 나을지도 모른다고 사족을 달아서 자신의 의견을 말했다. 물론 탐정이 의도했든 안 했든 큰아버지에 대한 불필요한 소문이 생길 수도 있다는 또 다른 사족을 달아 자신의 의견을 말해 드렸다. 큰어머니는 역시 진희는 신중하고, 판단에 대한 감각이 있다고 칭찬했다. 진희는 어떻게 반응할지를 몰라 그냥 가만히 있었다.

큰어머니가 진희를 부른 것은 남편의 실종사건—이것이 사건이라면 실종 사건이라고 불러야 할 것이다—에 대한 탐정의 일에 진희가 의뢰인의 역할 해주기를 원해서였다. 그녀와 대화하는 동안 이를 알 수 있었다. 큰어머니 본인이 직접 사건을 의뢰하기 싫은 이유는 단순했다. 큰아버지의 익명성이 중요했다면, 자신의 그것도 중요하다는 논리였다. 사립 탐정의 고용과 실제 의뢰인으로서 자신을 스스로 배제하겠다는 이중의 장막을 쳐놓는 것이 진희는 이해가 되지 않았다.

왜 숨기는지 묻고 싶었다. 그러나 그러지 않았다. 대신 큰어머니의 현재 심리 상태를 이해하고자 진희는 애쓰게 되었다. 진희는 큰아버지 실종의 정확한 이유를 알 수는 없으나 두 아들에게 벌어진 불행한 일 그리고 재아의 존재와 무관할 수가 없다고 추측했다. 탐정들도 이러한 바탕을 중심으로 일을 착수할 수밖에 없다고도 생각했다.

진희는 큰어머니를 대신하여 의뢰인으로서 자신의 이름을 빌려드리는 것 자체는 전혀 문제 될 수 없다고 생각했다. 크게 보면 진희도 가족이니까. 단지 직계가 아니라는 것이 부자연스러울 따름이다. 일단 탐정들은 일을 착수하게 되면 모든 비용, 업무보고 등을 큰어머니와 직접 연락할 것이다. 바쁜 자신이 이 일에 관여될 수는 없으니까. 이런 점도 큰어머니가 모를 리 없다. 진희 대신 재아가 의뢰인이 될 수도 있는데 이해하기 쉽지 않았다.

진희가 큰어머니의 이러한 모습을 이해할 수 있었다면, 흩어져 버린 혹은 떠나가 버린 가족을 자신이 찾아야 하는 경우가 발생할 때, 정작 자신의 가족 안에서 도움을 찾을 수 없다는 현실에 실망하고, 좌절하며 한편 이를 은폐할 수밖에 없는 상황에서 손아래 친척인 진희를 선택한 것이 아닐까, 추측했다. 진희의 친오빠는 이미 이곳 엘에이에 살지도 않으니, 그의 도움도 가능하지 않아 비록 상당한 나이와 사회적 지위의 차이에도 불구하고 자신에게 의지하고 싶었을 수도 있다고 진희는 유추했다.

물론 진희는 그녀가 자신을 이용하려 한다고 생각했을 수도 있었다. 그러나 그렇게 마음을 쓰지 않았다. 먼 친척이지만 그리고 그동안 왕래도 뜸했던, 어찌 보면 우연히 이곳 엘에이에서 친척 사이가 된 가족이지만, 가족은 가족이었다. 진희의 아버지나 어머니가 이 일에 관여할 입장이 되지 못하는 것도 큰어머니의 고민이었을 것이다. 그래서 진희밖에 없다고 느꼈을 것으로 추측했다.

큰어머니와는 그동안 자주 만나 뵙지는 못했지만, 뵐 때마다 보는 앞에서 칭찬하면서 재아와 비교하는 통에 진희는 매우 난처했다. 키 크고, 예쁘고, 똑똑하고, 공부 잘하고, 혼자서 자기 앞가림을 잘하는 독립심이 강한 아이라고 말이다. 그런데 그런 면에서는 재아도 키 크고, 예뻤다. 어쩌면 진희보다 더 예뻤다. 큰어머니가 한국에서 대학 다녔을 때 뷰티 퀸으로 뽑힌 적이 있었을 정도의 탁월한 미모로 이 우월한 유전자를 이어받았을 재아였다.

진희는 그녀에게 말한다. 큰어머님, 너무 부담감 느끼지 마시고, 빨리 큰아버지를 찾아야지요. 제 이름으로 의뢰인이 되든 안 되든 저는 상관없어요. 오히려 제가 회사 일로 더 이상 도움을 못 드리는 게 죄송하죠. 진희야, 이해해 줘서 고맙다. 둘은 서둘러 헤어졌다. 서진애는 다음 날 아침이 되자마자 한인타운에 있는 사립 탐정 사무실에 전화를 걸 것이다. 어둡고 한산해진 시내 도로를 운전하며 집으로 가면서 진희는 큰어머니가 왜 자신에게까지 의지할 정도로, 심리적으로 유약해졌는지 궁금해지기 시작했다.

진희는 다음 날 오전 반나절을 휴가 처리해야 했다. 최근 회사에서의 업무가 무척 바빠졌는데 미안한 생각이 들었다. 진희는 이곳 엘에이에서 손꼽히는 투자 컨설팅회사에서도 가장 바쁘고, 업무의 강도가 센 M&A, 즉 기업 인수합병을 담당하는 부서에서 신입직원으로 일하고 있다. 신인이니까 다른 베테랑 직원보다 더 바빠야 한다.

그들 업무를 보좌하며 자신의 고유 업무인 기업 분석의 업무를 동시에 수행해야 한다. 회사의 고객사들은 주로 어떤 특정한 기업을 인수하려는 회사 혹은 자산가들이 주를 이루고 있으나, 그 반대의 편에 속하는 회사들도 있었다. 업무의 특성상 일반적으로 짧은 기간 혹은 일정한 시간상의 공간 안에서 일을 어떻게 되던 마무리 지어야 하는 아주 업무의 강도가 셌다.

그녀가 출근해서 하루 열대여섯 시간 일하는 것은 통상적이었다. 일이 한참 클라이맥스로 향할 때는 휴일을 반납하고 일해야 한다. 고객이 원하는 날짜에 우리는 원하는 결과물을 제공해야만 한다. 비록 진희는 아직 주니어 분석가의 역할이지만, 자신이 제공하는 모든 수치화한 분석 자료는 무조건 정확해야 했다.

그녀는 회사가 초임자인 자신에게 기회를 준 이유를 정확히 알고 있었다. 그들의 이유를 위해 자신은 전략적인 선택을 했었고, 현재 이 선택은 훌륭했다. 이 선택을 바꿀 생각은 당분간 없을 것 같았다. 이 선택의 내면에는 자신만의 특수한 환경이 크게 작용했다는 점을 스스로에게 인정했다. 누군가가 자신에게 왜 이 일을 하느냐는 질문을, 심지어는 부모님들을 포함하여 아무도 아직 해오지 않았지만, 진희는 자기 결정의 정당성을 느끼고 있다.

당장은 이곳에서 성공해야 한다. 어제 수요일 밤에 느닷없이 큰어머니를 만났고 자신이 그녀의 일을 도와야 한다고 생각하면서, 동시에 알았다. 오늘이 목요일이니까 일단 출근한다. 출근해서 점심시간까지만 일하고 집안 사정으로 반일은 개인 볼일을 보겠다고, 그녀의 보스를 사무실에서 보자마자 말했다. 그는 괜찮다, 그러나 하던 일이 지체되지 않았으면 좋겠다고 했고, 진희는 당연히 그의 반응을 이해하면서 오늘 반차를 쓴 대가로 늦게까지 사무실 혹은 집에서 일을 하거나 주말을 반납해야 하는 상황임을 알았다는 뜻이었다.

탐정 사무실은 한인타운에서도 약간 후미진 지역에 있었다. 진희가 약속 시간인 오후 2시에 사무실로 찾아갔을 때 이미 큰어머니가 와 계셨다. 사무실은 낮은 건물의 2층에 있었는데, 진희가 사무실에 들어서니 그녀는 두 명의 남자와 같이 있었다. 그들은 가볍게 사무적인 인사를 나누고 곧장 본론으로 들어갔다. 아마도 큰어머니가 미리 와서 그들이 해야 할 업무에 관한 설명했기 때문에 진희는 다소 마음이 가벼워졌다.

그들의 업무는 단순한 것. 사람을 찾아 주는 것이다. 큰어머니는 남편에 대해 상세한 설명을 했을 것이다. 어쩌면 진희가 큰아버지에 대해 많은 사실 알기를 꺼렸거나 혹은 알 필요가 없었을지도 모르는 내용이 있을지도 모른다는 생각이 진희의 뇌리를 잠깐 스쳐 갔다.

진희는 그것이 큰어머니의 자존심 때문일지 모른다고 추측해 봤다. 그녀의 자존심은 큰아버지의 자존심과도 연관이 되기 때문이라는 느낌을 받았다. 그럼에도 자존심을 지키기 위해서 진희의 도움이 필요하다는 모순이 있었다. 진희는 이에 대해 깊숙이 생각할 겨를이 없었다. 그녀는 이미 업무의 과중한 스트레스에 시달리고 있었으니까. 단지 자신이 오늘 이 자리에 있어야 할 이유 같은 것은 알 수 있을 것 같았다.

이 한인 탐정 회사는 조금 전 보았던 두 사람과 한 명의 여자 사무원으로 구성되어 있었다. 사장인 독고 훈 씨. 서울 강남 경찰서에서 강력계 반장으로 활약하다 은퇴 후 이곳으로 가족과 이민 온 베테랑이었다고 자신을 소개하고 있었다. 또 다른 사람은 멕시코계 미국인이었다. 가르시아 씨. 그는 40대 중반으로 경찰 출신이었다. 나이가 나이인 만큼 아직 현역으로 근무하고 있는 그의 옛 동료들과의 유대가 돈독하다고 자랑을 해 댔다. 또한 이곳의 거대한 멕시코 이민 커뮤니티에서 발생하는 각종 업무에 능통하다고 부연 설명을 했다. 여자 사무원은 한국계로 사건의 내용을 정리하는 업무를 담당하는 듯했다.

독고 사장은 사건의 성격상 즉시 업무에 착수하고 최소한 이틀에 한 번 서면 혹은 구두로 일의 진척 상황에 대해 보고를 드리겠다고 약속했다. 그는 한국 교민 사회를 중심으로 신중하게 탐문 작업에 들어갈 것이며, 가르시아 씨는 그의 파트너로 이곳 경찰과의 협력 그리고 필요한 정보 확보의 업무를 수행할 것이다. 그렇다면 진희의 임무는 무엇일까? 그녀는 대충 마음속으로 짐작은 하고 있었다.

그러나 큰어머니께 제가 뭐 특별히 해야 할 일은 뭔가요? 라고, 다소 어색함을 감추며 물었다. 그녀의 대답은 이랬다. 상황상 필요하다고 느낄 때 이 회사와의 소통을 담당해 달라는 것, 특히 가르시아 씨와의 소통 같은 것이 중요할 수도 있다는 것이었다. 다시 말하면, 큰어머니 자신이 필요할지도 모를 영어를 통한 소통에 진희를 이용하고 싶다는 것이었다. 큰어머니의 영어 구사력은 그냥 보통 이민 온 한국인들보다 크게 좋지 않은 것의 다른 표현 방식으로 이해하면 되었다.

그녀에게 직설적으로 말하지 않는 큰어머니의 노회함이 느껴졌다. 그리고 진희는 큰어머니와 탐정들의 보고서를 공유하며 그 내용의 분석을 도와달라는 주문이 이어졌다. 형식적인 미안함의 표현과 함께. 네가 회사 일로 바쁜데… 미안하다고 말한다.

그녀는 진희가 대학에서 심리학을 전공하고, 대학원에서 경영학으로 학위를 받고 현재 방대한 내용의 비즈니스에 관련된 중요한 분석 업무를 하고 있다는 사실을 일반적으로 이해하고 있었을 뿐만 아니라, 그녀 가족이 이곳으로 이민을 왔을 때부터 막내딸 재아를 통해 알게 된 그녀가 가지지 못한 영어 능력을 익히 알고 있었음이 분명했다.

진희는 두 탐정의 명함을 받지 않았다. 자신의 명함도 당연히 주지 않았다. 자신은 사건의 당사자가 아닐뿐더러 매우 바쁜 사람이라고 해명했다. 탐정들이 이해한다는 듯 머리를 끄덕이는 것을 큰어머니는 옆에서 지켜봤다. 진희의 이러한 태도가 자신과 큰어머니와의 관계에서 공정한 것이라는 암시였다. 이것은 진희가 처음 겪었던 그녀의 딸 재아와의 경험에서 얻어진 교훈을 반영하고 있기도 했다.

탐정들은 남편이 실종된 지 8일 만에, 그러니까 그들이 사건을 접수하고 일을 시작한 지 48시간이 채 지나가기 전인 금요일 오후에 첫 보고서를 보내왔다. 서진애는 긴장했다. 보고서는 남편이 지난 금요일 비 오는 새벽에 차를 몰고 집에서 나와서 지금까지 여러 곳을 돌아다닌 흔적을 보고하고 있었다.

이곳 말리부에서부터 할리우드 포에버 묘지, 엘에이 시내, 애리조나주 북부 지역에 펼쳐있는 나바호 인디언 자치 지구를 통과하여 뉴멕시코주 앨버커키 그리고 텍사스주 댈러스까지의 그의 여정을 추적하는 데 성공하였음을 보여주고 있었다. 보고서에는 남편이 댈러스에 도착한 것은 이틀 전인데, 아직 댈러스를 떠난 것 같지는 않다고 했다. 탐정들은 보고서에서 의뢰인이 원하면 댈러스 혹은 다른 도시로도 출장할 수 있어 남편을 만나볼 수도 있다고 했고, 이에 대한 답변을 요청하고 있었다.

서진애는 대략 알 것 같았다. 이제야 다소 긴장이 풀리는 것 같았다. 그녀는 즉각 답변으로 남편을 만나볼 필요는 없고 계속 그의 행적을 추적하되 어떤 특이 사항이 있을 때는 즉각 긴급으로 연락을 취해 달라고 요청했다. 그리고 진희에게 전화했다. 회사 업무로 항상 바쁜 아이였으나 자신이 먼저 그 아이에게 도움을 청했으니, 남편의 소재에 대해 알려주어야만 했다. 진희는 기뻐했다. 다행이라고 했고 자신이 더 도움이 될 일이 있으면 언제든지 연락을 주시라는 말도 곁들었다.

서진애는 그 아이가 좋았다. 항상 낭랑한 음성으로 자신에 찬 말과 거기에 걸맞은 똑 부러진 행동이 좋았다. 그 아이는 아마도 탐정들이 차량

GPS, 고속도로 GPS, 차량 번호판 추적 장치, 그리고 큰아버지의 신용 카드 사용 내용의 추적 같은 수단을 사용한 것 같은데 자기가 보기에는 이런 방식은 정식 경찰이나 할 수 있는 영역이지만, 탐정들의 영역과 경찰의 영역을 구분하는 것이 이 시점에서 중요한지는 잘 모르겠다고 서진애에게 말해줬다. 혹시 모르니까, 나중에 탐정들이 실수를 저질렀을 때—그 실수가 뭔지는 현재 특정할 수는 없어도—큰어머님은 그들이 만약에 불법 혹은 편법으로 정보를 습득한 것에 대해서는 모르는 사항이어야 한다고 일깨워줬다.

진희는 탐정 회사와의 의뢰서 그리고 계약서를 살펴보았다고 서진애에게 말하고 있었다. 이에 의하면, 의뢰자는 위와 같은 내용에 대해 알 수 없었고 그러므로 큰어머니와 진희 자신에게 기본적인 면책조항이 있으므로 일반적으로 문제없다고 말해주고 있었다. 그러나 이런 종류의 의뢰는 의뢰인이 초조함과 답답함, 그리고 정신적 압박감으로 실수를 자신도 모르게 저지를 수 있다고 서진애에게 일깨워 주었다.

어떤 수단과 방법도 가리지 않고 대상인의 소재와 안전을 파악해 달라고 하는 의뢰인의 요청을 그들은 반드시 녹음할 것이라고 말해줬다. 즉 합법적인 절차가 무시될 경우, 그리고 특정적으로 사건이 확대되어 경찰, 즉 형사에게 일이 맡겨질 경우의 만약의 불상사—그것도 만약 발생한다면 이례적일 수는 있다고 했다—즉, 형사와 탐정 간의 이익 출동—이것도 발생 가능성은 희박한 사안이기는 하다—이 발생할 때를 대비한 것이라고 서진애에게 말해줬다.

다시 말해 사건이 어려우면 어려울수록 형사는 탐정의 도움을 절실히 요구하고 협력을 강화할 수밖에 없는 속성을 알고 있었기에 그런 일은 거의 발생하지 않는다고 했다. 진희는 큰어머니가 탐정들에게 어떤 측정한 지시와 요구를 아주 조심스럽게 해야 한다는 취지로 말씀드리는 것이라고 말해줬다.

서진애는 속으로 당황했다. 진희의 말은 아주 정확한 지적이었기 때문이다. 젊은 아이가 어쩌면 철두철미하게 사안을 파악하고 아무리 작은 가능성이라도 의뢰인인 자기 큰어머니의 무의식적인 실수를 방지시키겠냐는 그 아이의 마음도 헤아리게 되었다. 그럼에도 그 아이의 치밀함에 서진애는 좀 불편한 마음도 동시에 생겨나는 것이었다. 좀 무서운 아이라는 것이었다. 그러니 이곳에 있는 초일류회사에서 야무지게 일을 할 수 있는 것이라는 사실에 의심의 여지가 없었다.

진희와의 통화를 끝내고 서진애는 재아에게 전화를 걸었다. 두 번의 전화를 다 안 받았다. 하는 수없이 간단히 텍스트 메시지를 보냈다. 아빠가 댈러스 쪽으로 가셨나 봐. 특별한 일이 생기시지는 않은 것 같아. 재아야, 전화해라. 오후 8시가 지난 시각이 돼서야 서진애는 딸의 전화를 받았다.

재아는 아버지에 관한 질문 대신에 지난주 프랭크와의 샌프란시스코 여행에 대해 늘어놓기 시작했다. 서진애는 참고 이 아이의 말을 들었다. 거의 20분가량 혼자 독백하듯 이 얘기, 저 얘기를 늘어놓다가 또 느닷없이 자기는 프랭크 없이는 못 살 것 같다고 한다.

서진애는 참다못해 재아야, 아빠가 1주일 넘게 연락이 안 됐었는데 궁금하거나 걱정되지도 않았어? 라고 소리를 질렀다. 엄마, 엄마가 문자 메시지 보내서 아빠가 괜찮으시다는 것 알았으면 됐지, 뭐 엄마가 그렇게 나에게 예민할 필요는 없잖아? 라고 재아는 반응했다. 서진애는 그저 알겠다 하고 전화를 끊으려 했다. 엄마, 아빠 곧 돌아오시면, 프랭크를 만나주셔야 한다고 다짐하듯 말했다. 서진애는 알았다고 말하고 재아와의 통화를 끝냈다.

서진애는 남편이 댈러스로 간 이유를 충분히 짐작하고 있었으나 댈러스의 일보다 재아와 프랭크와의 사이를 매듭짓는 것이 더 중요한 일이 되었다고 믿기 시작했다. 남편과 댈러스의 일은 시간이 필요한 사안이지만, 재아와 프랭크와의 일은 지체할 이유가 없어 보였다. 그들은 이미 서로 연인 사이가 되어 있었고 서진애는 남편에게 그들의 결혼을 허락해야 할 것이라고 설득할 것이다.

재아가 더 이상 망가지는 것을 막고 정상적인 결혼을 통해 앞으로는 보다 건전한 생활을 할 수 있다면, 자기는 이 결혼을 반대하지 않을 것이다. 남편도 이제는 재아가 한국인이 아닌 미국인과 결혼할 수 있다는 것을 깨닫기 시작했을 것이라는 그녀의 생각은 좀 더 확신에 가까웠다.

남편은 집을 나선 지 12일 만에 돌아왔다. 탐정 회사의 첫 번째 보고서 날짜부터 4일이나 더 타지에 머물다 돌아온 것이다. 서진애는 그사이 두 번의 보고를 더 받고 남편의 행적을 파악하고 있었으므로 긴장감은 많이 해소된 상태였다. 바로 어제 아침에 받은 탐정들의 보고에 의하면 남편은 댈러스에서 오는 길에 라스베이거스에서 사흘을 머문 것 같았다.

전에도 혼자 혹은 가까운 친지들과 가서 카지노 게임을 즐기기도 한 적이 있었기에 그녀는 그의 행적에 대해 놀라워하지 않았다. 단지, 그가 이번에 12일이나 가족들에게, 최소한 아내에게도 알리지도 않고 혼자 다니고 있었다는 것이 마음에 걸렸다. 아내로서 서진애는 남편에게 화를 내야 할 충분한 이유가 있었으나 그렇게 하지 않았다. 아니 그렇게 하지 못했다.

남편은 아내의 생각과 의지와는 상관없이 자기 방식대로 지금까지 살아왔고, 그것을 옆에서 보고 살아온 서진애는 그가 항상 옳았다는 것을 시인할 수밖에 없었다. 그랬던 그가 흔들리고 있다는 것은 분명했다. 그가 흔들리면 그녀도 같이 흔들렸다. 흔들림이라는 것은 그의 외부적인 상황에 의해 흔들림보다는 그가 자신으로부터 흔들리고 있다는 징후를 보여주고 있었기에 심각함이 있었다.

외출, 출장, 여행, 어떤 식으로 표현한다 해도 남편은 아내에게 그의 행선지를 알리고 떠났었다. 매년 최소한 한 번 이상 가는 유럽, 친지들과의 골프 여행, 혼자서 떠나는 낚시 여행, 그가 속해 있는 여러 단체가 주관하는 혹은 그가 주관하는 행사로 인한 출장, 게임 혹은 도박으로 시간을 보내기 위한 여행 등, 그는 당연히 아내에게 행선지를 알리고 떠났었다.

남편은 늦은 오후 시간에 집으로 돌아왔다. 서진애는 그에게 화를 내지 않았고 행동을 최대한 자연스럽게 하려고 노력했다. 아, 어떻게 긴 여행을 말 한마디 없이 다녀오셨냐고 일반적으로 항의하는 식으로 반응했을 뿐이었고 이미 준비된 한식 저녁 식사를 내놓았다. 며칠 수염을 깎지 못해 덥수룩한 모습에 장거리 운전의 피로가 그의 얼굴에 그대로 묻어 있었다. 남편은 밥을 두 공기나 비우며 그동안의 한국 음식을 못 먹은 허전함을 해소하였다. 혼자 식사를 끝내고 그는 피곤하다며 침실로 향했다. 서진애는 남편이 코를 골며 자는 모습을 오랫동안 혼자 지켜봤다.

다음날 이른 새벽 어둑어둑한 시각에 서진애는 평소의 습관처럼 일찍 눈을 떴다. 침대 옆에서 남편은 아직도 자고 있다. 거대한 목각인형처럼. 그녀는 침실 창문을 본다. 어둠 속에서 서서히 새벽안개 사이로 비가 내린다. 그녀는 집 앞에 펼쳐지는 해변으로 간다.

특유의 아침 한기가 느껴진다. 비의 크기는 가늘다. 비를 맞으며 천천히 걷는다. 오늘 아침에도 어둑한 백사장에는 아무도 없다. 밀려오는 파도에 발을 담그고 계속 걷는다. 집에서부터 펼쳐지는 조그만 해안의 반대편 끝까지 걸어갔다 다시 집 쪽으로 걸어오기를 반복한다. 한참을 그렇게 하니 오늘도 날은 느릿느릿하게 밝아오고 있다. 그녀는 지지난 금요일처럼 집으로 돌아와 뜨거운 모닝커피를 만들어 마시고 다시 침실로 돌아온다. 그리고 눈을 감는다.

강용환이 탐정으로부터 전화를 받은 것은 목요일 저녁이었다. 자신이 찾고 있는 사람의 소재가 파악되었으니 빨리 댈러스로 오라는 전갈이었다. 월요일에 그는 찾는 사람에 대한 정보를 제공했었다. 기본적인 사항만으로도 충분할 것이라 확신했다. 제프리 강, 한국 이름으로는 강재식, 1981년 3월 10일생, 댈러스에서 산 지는 1년, 현지 한인 커뮤니티 안에서 식료품업을 하는 것으로 추정됨. 한인 장로교회에 다니고 있을 가능성. 이 정도면 그를 찾는 것은 식은 죽 먹기 식일 것이었다.

그가 현지 미국 탐정 회사에 일을 의뢰하면서 아마도 2, 3일 이내에 그의 소재를 파악할 수 있을 쉬운 사안이라고 말해줬다. 그가 현지의 한국계 탐정 회사를 고용하지 않은 것은 자신의 특수 사정 때문이라고 사실은 불필요한 사족을 달았다. 그들은 그와 찾는 사람과의 관계를 물었다. 그는 제프가 자신의 둘째 아들이라고 알려줬다. 다만, 그들이 일하는 과정에서 최대한 본인이나 주변 사람들이 모르게 했으면 하는 희망 사항을 전해주었다.

재식의 정확한 소재가 파악된 만큼 강용환은 서둘러야 했다. 댈러스로 이주한 지난 1년 동안 재식은 부모의 생일 때 흔한 축하 카드나 전화 한 통보내오지 않았다. 몇 달 전 추수감사절 때도 부모 앞에 나타나지 않았다. 강용환은 실망했다. 애초 그 애가 댈러스로 이주하겠다는 의사를 자신과 아내에게 밝혔을 때, 그들은 강력히 반대했었다.

강용환은 이제 너의 고향은 이곳 로스앤젤레스이다. 여기에서 살아야 한다고 설득을 시작했다. 아내는 눈물을 흘려가며 재식의 손을 잡고 간청하다시피 했다. 이 아버지는 재식을 위해, 너의 새로운 인생을 위해 여기 엘에이에서 새로운 사업을 시작했고 이를 성공시킬 것이다. 너는 이 사업을 받아서 운영하면 되고, 정 이것이 싫다면 경영인을 고용하여 유지해도 되니, 제발 이곳을 떠나지 말라고 타일렀다. 아버지의 말을 재식은 듣고 있지 않았다. 대신 그 아이는 아버지의 보는 앞에서 화를 내고 있었다.

강용환은 속으로 깜짝 놀랐다. 아버지 앞에서 지금까지 한 번도 반항하거나 자신의 의견을 드러낸 적이 없었던 온순한 성격의 아이가 처음으로 큰소리까지 내면서 아버지를 거부하는 것이었다. 한국에서 강용환이 가족이 이민하게 된다고 선언했을 때 첫째 아들 재영이 격렬하게 반대했던 기억이 소환될 지경이었다.

그때 재식이는 어리기도 했고, 위에 형 재영의 존재를 항상 의식하고 사는 상황이었기에, 그리고 그 아이는 형과 달리 천성적으로 현실을 인정하는 식이었고 자기 생각을 드러내서 말하는 적이 없어서 아버지는 그렇게만 인식하고 있었다.

이미 재식이 댈러스로 이주하겠다는 의사, 사실은 일방적인 통보를 분명히 말했었다. 재식은 부모에게 이제는 독립하여 수잔과 같이 댈러스로 떠날 것이라고 했고, 수잔네 가족이 댈러스로 이주하는 데 같이 갈 것이라고 했다. 수잔의 아버지가 하는 식료품점을 정리하여 댈러스로 가 그의 형님과 같이 더 큰 규모의 상점을 열 것이라고 강용환에게 말해줬다. 자신은 그 상점에서 일할 것이라고 그리고 자신을 앞으로 찾지 마시라고 아버지에게 부탁까지 하고 있었다.

탐정의 사무실을 나서니 어느덧 늦은 밤이 되었다. 강용환은 받아 든 주소의 재식이 일하는 식료품점 근처 음식점에 앉아서 인터넷으로 주위를 검색해 보았다. 예상대로 새로 형성되는 시내 한인타운에 자리 잡고 있었다. 그는 식료품점과 가장 가까운 호텔에 투숙했다. 다음 날 아침이 되었다. 호텔은 마침 식료품점의 맞은편에 있었기에 재식의 동태를 파악하기에 안성맞춤이었다. 호텔은 허름한 옛날식 건물이었으나 그는 2층에 있는 커피숍에서 식료품 상점을 잘 볼 수 있었다. 식품점은 제법 컸다. 각종 한국산 식품을 파는 곳으로 엘에이의 큰 규모의 비슷한 상점보다는 작았지만, 댈러스 기준으로는 큰 규모일 거라는 생각이 들었다.

거기서 재식은 사실상 하루 종일 노동하면서 지내고 있을 것이었다. 직업의 특성상 매일 아침 일찍 일어나 상점 문을 열고 많은 종류의 상품을 관리하며 밤늦게까지 일하는 생활 방식일 수밖에 없는 모습이었다. 아마도 주말 휴일도 없이 미국 명절이든 한국 명절이든 상관없이 상점 문을 닫지 않고 1년 365일을 일하고 있어야 할 것이었다.

강용환은 가슴이 메었다. 재식이 스스로 어려운 노동자의 삶을 살고 있어야 하는지 그는 이해하지 못했다. 아니 이해하기 싫었다. 호텔 창문을 통해 간혹 재식의 모습이 잡혔다. 배달된 상품을 트럭에서 받아서 가게 안으로 옮기는 모습 그리고 가끔 밖으로 나와 담배를 피우는 모습 또 고객들 상품을 들어서 차에 옮겨 싣는 모습들이 눈에 들어왔다. 그는 재식의 모습을 보고 원초적으로 반가웠으나 어쩐 일인지 눈물이 핑 돌았다. 재식은 건강해 보였고 살도 좀 오른 것 같았다. 그는 좀 망설였다. 자신이 그 아이를 보려고 엘에이에서 여기까지 일부러 긴 자동차여행을 하여 바로 지척에서 보게 되니 갑자기 바로 앞에서 그 아이를 직접 볼 수 있을지 자신이 없었다. 그러나 강용환은 최소한 재식에게 자기 생각을 말해주고 싶었다. 그리고 재식과 소통하고 싶었다.

망설인 끝에 그는 재식의 식료품 가게로 전화했다. 재식이 아닌 다른 사람이 전화를 받았다. 그의 목소리는 나이 지긋한 남자의 것이었다. 그는 순간 그 사람이 수잔의 삼촌 되는 사람이라고 느꼈다. 강용환은 재식과 통화하고 싶다고 했고 잠시 후 재식의 목소리가 휴대전화 안으로 들려왔다. 단번에 그의 목소리를 알아들을 수 있었다. 가늘고 낭랑한 그 아이의 목소리를 아비인 자신이 어찌 못 알아들을 수가 있을까?

무엇을 도와드릴까요? 재식아 네 아버지다. 그동안 잘 지내고 있었냐? 재식은 잠시 말이 없었다. 어떻게 알고 전화를 하셨나요? 그것이 중요한 게 아니고, 이 아빠가 너를 꼭 만나서 이야기하고 싶다. 제가 이미 1년 전에 아버지, 어머니에게 이곳 댈러스로 올 거라고 말씀드렸잖아요. 저한테 변한 건 없어요, 아버지. 재식아, 그건 1년 전 얘기고. 부모와 자식으로서 너와 내가 못 만날 이유가 있겠느냐. 저는 아버지에게 빚진 것이 없어요. 1년 전에 이미 저는 다 말씀드렸어요.

재식아, 내가 너에게 꼭 할 말이 있다. 그래서 사실은 내가 여기 댈러스에 와 있다. 바로 네 가게 앞 호텔에서 전화 걸고 있어. 재식아, 네가 갑자기 아버지가 나타나서 당황할 수 있을 것이라고도 생각한다. 그러나 나는 너를 보러 먼 길을 왔다. 이 아버지를 한번 만나야 하지 않겠니? 아버지는 항상 이런 식이었어요. 제 의사를 무시하고 항상 아버지 식으로 저를 대하셨잖아요. 제가 로스앤젤레스에서 아버지를 위해 제 모든 것을 희생하고 아버지의 뜻을 따랐잖아요.

아버지가 저에게 뭘 원하시는지… 죄송하지만, 더 이상 관심이 없어요. 저는 이제부터는 제가 원하는 삶을 살 것입니다. 그래서 이곳 댈러스에서 제 삶을 새로 시작하려는 것이에요. 재식아, 이 아버지가 기왕 여기까지 온 이상 너를 보지도 못하고 떠날 수는 없지 않겠느냐? 잠깐만이라도 좋으니, 네가 편안한 시간에 바로 네 가게 바로 앞 호텔 2층에 있는 커피숍으로 왔으면 한다. 네 얼굴을 잠깐만이라도 보고 싶다, 재식아. 재식은 알겠어요, 라고만 말하고 전화를 끊었다.

잠시 후 재식이 나타났다. 점심시간이 시작되는 시각이어서 그의 가게가 좀 한가할 때였다. 아까 호텔 창문을 통해 봤던 모습처럼 재식의 모습은 건강해 보였다. 재식은 자신의 아버지를 좀 서먹서먹한 표정으로 바라봤다. 강용환은 재식에게 앉으라고 권유했다. 점심을 먹어야 하지 않겠냐? 재식은 괜찮다고 했다. 점심시간이라도 그렇게 한가해지지는 않다며 사양했다. 아버지는 웨이터를 불러 음식을 주문했다. 음식이 나오는 동안 둘은 서로 어색한 분위기를 깨지 못하고 있었다. 이윽고 아버지가 말했다. 재식아, 다시 엘에이로 돌아와라. 성혜랑 같이 와도 돼.

내가 너를 위해 회사를 하나 따로 차려줄 거야. 여기서 이렇게 고생하지 말고, 가족이 있는 엘에이로 가자. 이제 너밖에 남지 않았느냐? 재아도 곧 결혼을 시켜야 할 것 같다. 네 형이 떠나고 재아도 결혼해 나가면 사실 엘에이에 아무도 없다. 이 아비가 너한테 무슨 뜻으로 하는 말인지 잘 알지? 내가 여기서 자식들이 고생하고, 불필요한 노동일도 하면서 지내는 것을 보려고 이민 온 것은 아니지 않느냐? 이 아버지가 성혜에게 상처를 준 것을 미안하게 생각한다. 그러니 너희들이 다시 엘에이로 와서 새출발하면 어떻겠니? 네 엄마도 나와 같은 생각이야. 잘 생각해 보자.

재식은 아무 말 없이 한동안 듣고 있었다. 침묵을 깨고 대답했다. 아버지, 수잔은 앞으로 석 달 후가 되면 애를 낳아요. 저는 여기 댈러스에서 계속 살 겁니다. 수잔과 아이와 제가 셋이 함께 여기서 살 겁니다. 이제는 아버지의 반대나 강요 없이 제 삶을 사는 겁니다. 아버지는 저를 위해 사신 게 아니라 아버지 자신을 위해 사신 겁니다. 그것을 저는 조금 늦게 깨달았을 뿐입니다. 저도 이제는 어엿한 성인입니다. 수잔도 마찬가지죠. 그러니 저희의 생각을 이해해 주셨으면 합니다.

그들은 식탁 위에 놓인 점심에 손도 대지 못하고 있었다. 강용환은 재식이 앞으로 곧 아빠가 된다는 사실에 무척 기뻤다. 자신의 손주가 태어난다는 사실에 가슴이 뛰도록, 형언할 수 없는 무한의 행복감을 느꼈다. 그러나 불행히도 그는 자기의 마음을 바로 앞에 앉아 있는 아들 재식에게 표현할 수 없었다. 아마도 이것이 그와 아들의 간극의 실체인 것으로 보였다. 그는 재식에게 그저 내 손주가 태어난다니 무척 기쁘구나 라고, 말해줄 뿐이었다.

재식이 그에게 말했다. 아버지가 저를 낳으신 것도, 우리가 미국에 이민 온 것도, 제 인생을 설계해주신 것도 모두 아버지의 의지였습니다. 다시 마지막으로 말씀드립니다. 이제는 제 인생을 제 스스로 설계해 나가겠습니다. 여기서 마음 편안히 살겠습니다. 여기서 제가 가게에서 하는 노동은 제 일이고 아주 신성한 일입니다. 아버지 이제 더 이상 말씀드리지 않겠습니다. 죄송하지만 이제 제가 일어서야 할 것 같습니다. 아버지 먼 길을 오셨는데 아버지가 원하는 답을 못 드려 죄송합니다. 제가 비록 앞으로 못

뵐지라도 건강하시기를 바랍니다.

　강용환은 일어서서 나가려는 재식의 팔을 잡았다. 그리고 재빨리 얘기했다. 재식아, 새 아이가 태어나면 반드시 네 엄마, 아빠에게 연락해라. 그리고 이 아비가 너에게 조만간 연락할 것이다. 재식아, 부모와 자식 간의 인연을 끊지는 말아라. 무슨 말인지 알지? 재식은 묵묵히 고개를 살짝 끄덕이며 또한 머리를 조아리며 천천히 떠나갔다. 멀어져가는 아들을 허탈하게 바라보며, 그는 당분간 재식을 다시 보기가 어려울 것이라는 두려움에 사로잡혔다.

　강용환은 라스베이거스를 거쳐서 말리부 집으로 가는 길을 택했다. 재식과 만나고 혼자 돌아오는 여정에서 그는 자주 가는 호텔에 묵으며 쉬어 가고 싶었기 때문이다. 사실은 술을 마시고 자고 싶어서였는지도 모른다. 차를 운전하는 내내 답답함, 처량함과 쓸쓸함이 있었다. 이미 60 중반을 넘어선 그의 나이는 옛날의 지칠 줄 모르던 체력을 잃어버리고 있었다.
　라스베이거스에 도착하니 마침 점심시간이 되었다. 점심 후의 식곤증이 몰려왔다. 위스키를 스트레이트로 몇 잔을 마시니 졸음이 몰려왔다. 그는 호텔 방에서 곧 잠에 떨어졌다. 다음 날 아침 일어났을 때 도시는 황량해 보였다. 사막 속의 오아시스 같은 존재로서의 이 도시의 인위성과 생경함으로 뜨거운 태양 빛 가운데서 그는 홀로 서 있었다.
　미국의 사막은 서쪽으로 달릴 때 의미가 있었다. 서쪽으로 향해갈 때 사막을 뚫고, 황량한 모래바람을 뒤로하고 달리면 서쪽 끝에는 젖과 꿀이 흐르는 낙원이 있었다. 그러나 그 낙원의 끝자락에서 그는 매일 말리부의 삭막함을 경험한다. 거기서 그는 태평양 반대편 서쪽을 바라본다. 그쪽으로 계속 가면 날자선이 바뀌며 어느 해안선부터는 동쪽이 된다. 서쪽이 동쪽으로 바뀌는 기이한 현상을 본다. 그는 생각에 잠긴다. 떠나왔던 그곳으로 다시 갈 수 있을까?

서진애는 진희에게 전화하기 싫었다. 그녀의 자존심이 좀 구겨진 상황으로 귀착되었기 때문이다. 사건이라고도 말할 수 없는 결말로 남편이 돌아왔기에. 그리고 그 과정에서 탐정의 업무를 부정한다는 뜻은 아니었어도, 역할이 단순화되었고 결론적으로 남편은 긴 여행을 혼자 무사히 다녀온 것이다. 서진애는 왜 그가 댈러스로 갔었는지를 안다. 자신이 이것을 그에게 상기시켜 줄 필요는 없었다. 자신의 침묵으로 남편은 이해했을 것이다. 일종의 사건 공범끼리의 무언의 인정과 이해였다면, 그녀는 진희에게는 좀 호들갑스럽게 들릴지라도 남편의 귀환을 알려야 했다.

진희는 큰아버지의 소식에 반가워했고 다행이라고 말해줬다. 서진애는 그 아이의 큰아버지가 어디로 가셨었는지에 대한 질문을 원천 봉쇄하기 위해 남편이 댈러스의 아들을 보러 갔었다고 얘기해 줬다. 진희는 아, 네 그러셨었군요, 하고 더 이상의 반응은 안 했다. 그녀는 도움에 고맙다고 말했고, 네가 걱정할까 봐 알려준다고 했다.

진희가 친척 오빠 재식이 댈러스에 살든 안 살든 관심이 없었을지도 모른다. 진희 자신의 지금까지의 삶이 정신없이 일을 스스로 해오면서 해결해 나가는 과정이었으니, 타인과 다름없는 친척의 근황에 관심이 없을 수도 있었다. 문제는 남편에 의해 진희에게는 불필요했을 수도 있는 재식의 현 상황을 알게 해준 결과로 귀착이 되었고 또 자신과 남편과의 특수한 관계도 좀 노출이 된 것이다.

말하자면 정상적인 부부 사이라면 남편의 긴 외출은 아내에게 미리 알려준다. 진희는 이를 이상히 여겼을 것이다. 아무튼 결과론이라고 치부하더라도 그녀가 진희를 끌어들인 것은 실수였음을 깨달았다. 그러나 이번의 남편 가출 해프닝으로 끝난 일을 통해 그녀는 진희의 명석함과 치밀함을 좀 새롭게 알게 된 소득도 있었다. 이것은 서진애가 진희와 계속 가까워지기로 생각하는 계기가 됐다는 뜻이다.

그리고 보니 서진애가 친딸인 재아보다 먼저 진희에게 남편의 귀환을 알려준 셈이 되었다. 재아의 반응은 거봐, 엄마, 아빠는 강한 사람이야. 엄마 내가 걱정하지 말라고 했잖아, 였다. 그것이 사실이었다 해도 그녀는 남편에 대해 요즘 걱정이 많아졌다. 그녀는 재아에게 남편이 재식 오빠를 만났다고 간단히 언급해 주었다. 재아의 반응은 오빠는 잘 지낸대? 수잔과 잘 지낸대? 였고, 엄마는 수잔이 임신했다는 사실을 말해줬다. 재식 오빠 좋아했겠네, 정도의 반응이었다. 어차피 재식 오빠 엘에이에서 살지 않을 사람이지 않아? 서진애는, 이 같은 재아의 반응에 좀 어이가 없어졌다.

그녀는 화제를 바꿔 프랭크를 집으로 초대하는 결정을 얘기해 줬다. 재아의 기쁨은 서진애가 생각했던 것보다 크게 들렸다. 전화 속에서 그 아이는 크게 웃으며 목소리의 톤이 갑자기 올라가는 것이었다. 아빠가 결국은 프랭크를 인정한 거지? 나와 프랭크와의 사이를 인정한 거지, 그렇지? 하고 서진애에게 다짐하듯 말하고 있었다.

강용환, 서진애 두 부부는 1주일 후에 프랭크를 말리부 집으로 초대했다. 서진애는 재아가 왜 프랭크를 좋아하게 되었는지 그를 보자마자 단번에 알 것 같았다. 그는 말 그대로 미남이었다. 재아가 말했듯이 그는 할리우드 고전영화에 나올만한 미남형으로 전형적인 미국인으로 보였다. 그것이 친절하고, 관대하고, 낙천적이고 또한 정형적으로 단순한 유형의 사람이라고 판에 박히듯 말할 수 있다면, 그랬다. 한눈에도 할리우드에 잘 어울리는 모습으로 여겨졌다. 서진애는 그에 대해 호감이 생겼다. 게다가 그는 나이에 어울리지 않은 여유로운 행동을 보였다.

이윽고 남편이 그에게 질문을 퍼붓기 시작했다. 프랭크는 유연하게 대처했다. 아마도 재아가 미리 아빠가 어떤 질문을 해올 것이며, 또 어떻게 대처해야 할지를 얘기해 줬을 것이다. 소위 동서양 문화의 차이로 인한 오해는 물론이고 아빠의 치밀함과 진지함이 더해져서 이 첫 번째 미래의 사윗감과의 상견례를 망칠 필요는 없게 진행이 될 터였다.

자네는 어디 출신인가? 저는 중서부 캔자스시티 출신입니다. 미주리주에 있는 도시 출신인데, 사실은 외곽 도시권에서 살았습니다. 가족관계는? 아버지, 어머니 그리고 두 살 아래 여동생이 있습니다. 아버지는 무엇을 하시나? 시내 패키징 회사에 다니십니다. 패키징이라면? 축산물 가공공장, 즉 육류 가공업으로 이를 패키징하는 회사를 뜻하는 겁니다. 그럼 자네 부친은 공장에서 직접 패키징 일을 하신다는 건가? 아, 과거에는 직접 하셨으나 지금은 진급하여 관리 업무를 하십니다. 어머니는? 아버지와 같은 공장에 다니셨는데, 지금은 몸이 불편해지셔서 커뮤니티에서 가끔 시간제 일을 하십니다. 어디가 아프신지 물어도 되나? 네, 물론입니다. 무거운 물품을 오래 다루는 일을 하시느라, 허리에 무리가 갔습니다. 일종의 직업병이죠. 알겠네. 여동생은? 고향에서 주니어 칼리지를 마친 후 시카고로 가서 회사 취직 후 거기서 결혼해 살고 있습니다.

자넨 어떻게 로스앤젤레스로 오게 됐나? 고등학교 때 친하게 지내던 2

년 선배가 졸업 후 엘에이로 가서 저를 불렀습니다. 저는 고교 졸업 후 주니어 칼리지를 다니며 고향에서 직장을 잡고, 정착하고자 했었습니다. 저는 처음에는 거절했었습니다. 그런데 막상 제가 캔자스시티에서 직장 생활을 해보니까 재미가 없었습니다. 회사에서 주어진 일만 하는 게 지루하게 여겨지게 되었습니다. 그때가 취직한 지 1년도 채 안 된 시점이었지만, 제가 그 선배에게 연락하게 되었는데, 그는 그사이 할리우드에서 영화배우 캐스팅하는 일을 하고 있다가, 마침 저에게 같이 해보겠냐고 제안을 해 왔습니다. 그래서 이곳으로 오게 되었습니다.

그래서 자넨 지금 하는 일이 괜찮다고 생각하나? 물론입니다! 여러 사람들을 만나고, 영화사 사람들과 업무 협의하고, 저희가 캐스팅한 배우가, 특히 무명 배우가 영화로 성공하는 것을 볼 때 많은 보람을 느낍니다. 내가 보기에 자네는 아주 잘생긴 미국 젊은 친구인데, 일하다 엉뚱한 짓을 하는 것은 아닌가? 솔직히 말해보게.

아, 저는 제가 정말 잘 생겼다고 생각해 본 적이 한 번도 없었습니다. 여기 할리우드에는 정말 잘생긴 남자배우들로 넘쳐납니다. 저는 인물면에서도, 연기력인 면에서도 한 번도 배우가 된다는 생각이 없었습니다. 행크, 아 제 선배이자 이제는 사업 파트너입니다. 행크와 저는 프로페셔널들입니다. 저희는 우리들의 업무와 작업을 매우 심각할 정도로 존중합니다. 저희는 엉뚱한 여자들을 전혀 만나지 않습니다. 걱정 안 하셔도 됩니다.

이런 식으로 아버지와 프랭크 사이의 질문과 대답 세션이 진행되고 있었다. 그사이 참고 기다리고 있었던 재아가 마침내 그들 사이의 대화에 끼어들었다. 아빠, 오늘 처음 만나는 사람에게 너무 실례되는 질문을 하시면 안 돼요. 자, 천천히 쉬면서 그리고 술도 한잔하고 저녁도 같이하면서 자연스럽게 프랭크와 얘기하시도록 해요. 프랭크가 너무 긴장하잖아요. 젠, 아니야, 괜찮아 하고 프랭크가 말했다.

아버지가 뒤로 물러나자, 이번에는 어머니가 끼어들어 말한다. 프랭크, 만나서 정말 좋아요. 난, 프랭크를 처음 본 순간 좋아하게 됐어요. 본인은 아니라고 하겠지만, 내가 프랭크를 처음 봤을 때 옛날 록 허드슨이나 로버트 레드포드를 보는 듯한 분위기를 느꼈어요. 내가 한국에서 여학교 다녔을 때 우상과 같은 존재들이었어요. 프랭크는 이 말에 너털웃음을 지으며 자기는 전혀 그렇지 않다고 손사래를 치기까지 했다. 어머니는 앞으로 재아를 사랑해 주라고 프랭크에게 다짐하듯 말하고 더 이상의 질문을 퍼붓지 않았다. 어머니는 이미 프랭크의 팬이 되어 있었다.

아버지, 어머니, 재아 그리고 프랭크와의 첫 만남은 그렇게 하여 비교적 수월하게 끝났다. 저녁 늦게까지 즐겁게 먹고, 마시고, 얘기하다가 재아와 프랭크는 말리부를 떠났다. 그들이 떠난 후 남편은 아내에게 묻고 있었다. 당신은 프랭크가 좋은 모양이야. 아까 보니까, 마치 여학생처럼 좋아하는 것 같던데? 여보, 당신이 어차피 재아의 결혼만큼은 재아의 의지대로 하도록 하겠다고 말씀하셨잖아요? 그랬지. 그런데도 나는 좀 허전하고 답답해지네. 남편은 더 이상 말이 없이 지하층 자신의 서재로 들어가서 위스키를 술잔에 따르고 연거푸 몇 잔을 들이켰다.

취기가 올라왔다. 술에 취해 그의 감각을 무디게 하여 그의 절망을 잠시나마 잊게 하고 싶었으나 이상하게도 반대의 현장이 나타났다. 의식은 오히려 더 뚜렷해지고 감각은 그의 의식을 과장되게 반응하게 하는 듯했다. 재아를 결혼시키면 이제 그는 무엇을 해야 할 것인가? 그는 재아의 남편감을 한국에서 데려오고 싶었었다. 이곳 엘에이의 한국 커뮤니티 안에서

실어증 환자   55

훌륭한 남편감이 나올 것 같지 않았기 때문이다.

비록 자신이 어쩌다 엘에이로 이민 와 그들과 섞여 지내며 이곳 교민 사회의 지도자로서 역할하고 있어도, 자신은 그들과 다르다. 그들 중 이민에 성공해서 잘 사는 부류들을 안다. 대부분 그들의 성공은 여기에서 피나게 일해서 이룬 경제적인 성공을 뜻할 뿐이었다. 여러 가지 이유로 한국을 떠날 수밖에 없었던 그들, 이민자들은 한결같이 돈이 없이 맨주먹으로 시작했고 이제 성공했다고 해도 대부분 그저 미국 중산층으로 신분 상승을 했다는 정도였다. 그들의 미국 사회 내에서의 정치적 영향력은 미미하다는 뜻이다.

자신의 경제력은 성공한 교민들이 상상하는 것보다 훨씬 더 높기에 그들 중 괜찮은 집으로 재아를 시집보낸다는 것은 그에게는 큰 의미가 없었다. 한국 유학생들도 재아의 남편감이 되기에는 마땅치 않았다. 대부분 한국의 중산층 가정 출신으로 그 아이들은 여기서 공부를 마치면 한국으로 들어가 학교나 연구소 같은 곳으로 가는 것을 목표로 했기 때문이다.

그의 재아에 대한 목표는 한국에서 남편감을 구해 여기서 살게 하는 것이었다. 한국에서 영향력 있는 집안과 사돈지간이 되는 것이 그의 목표였기 때문이다. 그의 사랑스러웠던 첫째 아들 재영의 실패, 둘째 아들 재식의 일탈로 그는 이제 막내딸 재아만 곁에 남게 됐다는 현실을 받아들일 수밖에 없다. 이제 남은 재아만이라도 자신이 한국에서 훌륭한 남편감을 데려와 줘야겠다고 생각했었다. 이유는 간단했다. 그는 다시 한국으로 돌아가야만 한다는 당위 때문이었다. 뜻하지 않은 이민으로 이곳 미국으로 온 지 이미 오랜 시간이 흘렀다. 그동안 한해, 한해 시간이 지나가며 그의 초조함도 깊어졌다.

또 한 가지 재아의 남편을 한국에서 데려오고 싶었던 이유는 재아 자신에게 있었다. 좁은 한국 교민 사회에서 재아의 평판은 좋은 편이 아니었다. 물론 재아는 교민 사회와는 상관이 없는 생활이지만, 강용환은 그렇지 않다. 그는 이곳의 지도자로 행세한다. 그가 특별히 교민 사회에 관심이 있다는 것보다 그가 그래도 어림잡아 20만 명이 넘는 이곳 로스앤젤레스와 인근지역의 한국계 미국인들의 지도자가 되는 것은 여러모로 그가 다시 어떤 형태로든 한국으로 고개를 들고 다시 돌아갈 수 있는 방편이 되기도 하다는 것을 알고 있기 때문이다.

재아가 무슨 범죄를 저질렀거나 해서가 아니었다. 자기 딸이지만, 재아는 이민 와서 지금까지 정상적인 삶의 행태를 보여주지 못하였다. 공부를 따라가지 못하여 재아는 대학교 진학에 애를 먹었다. 진학 컨설턴트의 조언을 따를 수밖에 없었다. 그가 학교에 기부금을 내서 딸을 공부 못하는 미국 부잣집 아이들이 주로 가는 동부의 사립대학교에 입학시킬 수 있었다. 재아는 계속 공부를 못했을 뿐만 아니라 애들과 노는 데만 열심이었다. 그는 안다. 재아가 거의 알코올 중독자에 가까운 행태를 보인 적도 있었다는 것을. 그 아이가 혹시 마약에도 손을 댔었는지는 분명치 않다. 그렇지 않았기를 간절히 바랄 뿐이다.

재아는 대학을 3학년까지만 겨우 학점을 받고 최종적으로 학위를 마치지도 못하고 엘에이로 다시 왔다. 재아는 하는 일 없이 집안에서 빈둥대거나 아니면 친구들과—그 친구들이 어떤 종류의 아이들인지 그는 모른다—어울려서 밤늦게까지 놀다 새벽에 들어오는 삶을 한동안 이어갔다.

이제는 다 큰 성년이 된 그리고 미국식 자유분방한 생활에 익숙한 딸에게 그는 특별히 대처할 방법을 못 찾고 있었다. 그는 재아의 용돈을 없애는 것을 생각도 해보았다. 신용 카드를 차단하는 것도 생각해 보았다. 그의 걱정은 재아의 반발과 일탈 가속화의 가능성을 보았기에 포기했다. 그는 아내와 상의 끝에 재아를 독립시켜 줘야 한다고 결심했다.
 엘에이 시내에 콘도를 사주고 할리우드 근처의 요지에 큰 레스토랑 겸 카페를 만들어줬다. 차라리 재아를 여성 사업가로 자리매김할 수 있도록 했다. 어차피 자신 재산의 상당 부분은 재아에게 남겨줄 것이라면 지금 그렇게 하기로 했다. 재아는 새 가게를 나름대로 잘 유지하는 듯했다. 그도 그럴 것이, 재아의 새 장소는 훌륭한 시설로 요지에 자리하고 있었기 때문에 장사가 안될 수 없는 곳임을 그는 알았기 때문이다. 거기서 손님으로 만났던 프랭크를 재아는 오늘 그에게 데려왔다.

 재식과 성혜 사이에 첫아이가 태어났다. 딸이었다. 재식은 기뻤다. 단지 기뻤다는 표현은 사실을 왜곡할 정도로 그는 흥분했고, 이 세상에서 가장 행복한 사나이가 됐다. 재식은 이 사실을 엘에이의 아버지, 어머니에게 알릴까에 대해 망설였다. 성혜의 산후조리가 끝나 몸이 회복된 시점인 한 달 후 재식은 이 문제를 성혜와 상의했다. 성혜는 재식을 나무랐다. 새 아이가 태어난 지 한 달이 되도록 부모에게 소식을 안 알리는 것은 불효 중 가장 나쁜 불효라고 했다. 재식은 하는 수 없이 문자 메시지로 손녀의 탄생을 알렸다.
 재식은 자신이 너무 옹졸했었나, 생각했다. 그래도 부모님이고 가족인데. 그러나 재식은 왜 자신이 여기에 서 있는지를 생각하고 있었다. 그는 지금 자기 자식의 탄생으로 세상 누구보다 행복한 놈이고 더군다나 마침내 성혜와의 맺음의 결실로 새 생명을 얻었다는 희열과는 다른 허탈함을 감출 수 없었다. 애초부터 아버지가 어느 날 갑자기 우리 가족이 미국으로 이민을 떠나 살 것이라고 선언했을 때 그는 그것을 그냥 사실로 거역할 수 없는 것으로 받아들였다. 물론 그는 가족이 왜 갑자기 이민을 떠나야 하는지, 왜 생각지도 못했던 새로운 이민 생활을 해야 하는지 이해가 되지 않았다. 그는 이를 조용히 받아들이는 것 말고 다른 생각을 할 수 없었다.

그러나 형은 달랐다. 형은 아버지에게 대들었다. 자기는 혼자 한국에 남겠다고까지 했다. 당시 고등학교 2학년생이었던 형은 심지어 한국에 혼자 남아서 아버지가 남은 고등학교 2년 동안만 학비를 지원해 주면, 그 이후에는 자신이 독립적으로 살겠다고 하며 저항했다. 그러나 결국에는 형도 같이 이곳으로 올 수밖에 없었다. 부모님은 형이 말리부의 사립고등학교 대신 공립고등학교에 다니겠다는 고집을 꺾지는 못했다. 고교 졸업 후 대학 진학도 주립대를 다녔다. 캘리포니아 엘에이 분교 UCLA를 다녔다. 형은 고학으로 대학교를 마쳤다. 그리고 아예 동부로 갔다. 거기서 대학원을 시작했다. 역시 아버지의 도움을 거부한 채로 떠났다.

그는 형처럼 명석한 편이 아니었다. 갑자기 이민 와 언어장벽, 문화장벽, 학교에서 다른 학생들의 차별에 시달렸다. 한국에서처럼, 부모님은 그를 위해 그리고 재아를 위해 모든 지원을 다 해 주셨다. 형은 그것을 거부하고 스스로 어려운 이민 초기의 장벽을 이겨내고 있었다. 영어 과외, 학과 수업 과외, 특기 과외 등 학기 동안뿐만 아니라 여름학교 같은 것까지 재식과 재아를 보내셨다. 둘은 비싼 사립고등학교를 다녔다.

형도 같은 학교를 보내려고 부모님들이 애쓰신 것을 재식은 알고 있었다. 그러나 형은 그러면 등교를 거부하겠다고 했고, 실제로 1주일 이상 학교를 안 갔다. 아버지의 고집도 우리는 잘 알고 있었으나, 형의 고집도 아버지보다 못하지 않았다. 그 아버지에 그 아들인 셈이었다.

　부모님의 지원에도 그와 재아는 학교 성적이 별로 좋지 않았다. 한국에서도 그랬다. 그러나 그때는 그들이 아주 어렸을 때였기에 실감하지 못했으나, 미국에서는 달랐다. 영어가 딸리는 것은 어쩔 수 없다 치더라도 다른 과목에서도 성적은 그저 그랬다. 그는 나름 노력을 했다. 그러나 결과는 별 차이가 없었다. 그는 이를 사실로 받아들여 그에게 맞는 대학교에 진학하면 그만이라고 생각했다. 아버지의 재력과 상관없이 그는 비싼 사립대학교로 가기 싫었다.

　만약 그가 성적이 뛰어나서 명문 사립대학을 갈 정도의 실력이 됐었다면, 그는 아버지의 제안대로 그렇게 했을지도 몰랐다. 이 점이 그와 형과의 차이였다. 형이 반항적이고 자기주장이 강한 편이라면, 그는 현실적이고 순응적인 편이었다. 아무튼, 그는 집 근처에 있는 주립대학교로 가고 싶었다. 자기 성적에 맞는 학교로 간다는 뜻 외에도 그에게는 다른 이유도 있었다.

　바로 성혜, 수잔 때문이었다. 성혜와 같은 대학에 다니고 싶었기 때문이다. 성혜는 재식의 가족이 처음 이곳으로 이민 와서 임시로 다녔던 엘에이 시내의 공립학교에 다니고 있었다. 아버지가 말리부에 새로 집을 사고, 수리하고 입주하는 데 시간이 걸렸다. 그래서, 재영, 재식, 재아 세 자녀는 엘에이 시내에 임시거처를 정하고 그곳에서 한 학기를 다녔다. 아버지는 좀 더 나은 환경의 다른 곳으로 임시거처를 정하실 수도 있었을 것이라는 생각이 들었었다. 그런데 그렇게 하지 않으셨다. 나중에 그가 큰 후에 아버지의 생각을 유추해 보니 나름의 뜻이 있었던 듯했다. 그것은 아버지의 이력서에 이 도시의 서민층이 사는 동네의 이름을 그 거주기간이 아주 짧아 실제로 의미가 없었다 해도 넣고 싶었던 것 때문이었을 것임이 틀림없었다. 아버지의 치밀함을 그때는 어린 재식이 전혀 눈치챌 수 없었다.

모든 것이 낯선 재식에게 처음 다가온 친구는 성혜였다. 그와 동갑내기인 성혜는 아무도 그에게 관심을 주지 않는 동급생들과는 달랐다. 시내 중심에 있는 새 학교는 아주 낯설었다. 아마도 전 세계 모든 인종, 민족과 나라 출신의 아이들이 모여든 것 같은 학교였다. 재식은 당시 한국에서 중학교 2학년을 다니다 어느 날 갑자기 이민이라는 명목으로 이곳에 왔다. 아버지는 당분간—그것은 실제로 한 학기만을 의미했다—여기 학교에 다니고 우리가 이사에 갈 다른 좋은 지역으로 옮겨갈 것이니, 잘 참고 다니라고 우리에게 말씀하셨다. 그때 재영 형은 고등학교 2학년, 재아는 초등학교 6학년으로 각각 편입되었다. 우리는 같은 지역의 다른 학교에 다녔다.

영어를 할 수 없었다는 것은 다른 모든 차별보다 형벌에 가까웠다. 자기 형제들이 제일 영어를 못했다. 그래도 형은 빨리 이를 극복하였다. 그들 중 가장 불리한 조건의 형이었다. 가장 나이가 많은 형은 한국에서 영어를 교과목으로 배우긴 했어도 완전히 새로 현지 사정에 맞게 언어를 배우기에는 가장 불리한 조건이었다. 그럼에도 형은 대략 1년 안에 상당 부분 극복한 것 같았다. 아마도 한국에서 공부를 잘했었다는 것은 형의 영어 능력도 포함되었던 것 같다. 그와 재아는 좀 달랐다. 정규 학교 수업 외에 둘은 외국 이민자 출신 학생들을 위한 특별 영어프로그램을 다녀야 했다. 영어에 대한 기초 지식이 없었던 재식과 재아는 항상 원어민 학생들에게 뒤처져서 학교에 다닐 수밖에 없었다.

많이 자존심이 상하는 상황이었으나 어쩔 수 없었다. 그때 성혜가 재식 앞에 나타났다. 성혜는 재식과 같은 나이였으나, 한 학년 위에 있었다. 재식이 언어교육 과정을 받으면서 학교에 다니기 시작했을 때 성혜가 그를 돕기 시작했다. 실망한 재식에게 성혜는 이렇게 말해주었다. 재식아, 너무 위축되지 마. 늦은 나이에 이민 오는 아이들은 다 이 과정을 겪는 것뿐이야.

우리 가족은 내가 다섯 살 때 엘에이로 왔어. 그래서 나는 자연스럽게 영어를 사용하게 된 것뿐이야. 재식이 말을 못 하니까, 그의 곁에 아무도 다가오지 않았다. 그는 그로 인한 소외감뿐만 아니라 학교폭력의 대상이 될까 봐 걱정도 되었다. 덩치 큰 백인, 멕시칸 그리고 흑인 아이들이 자신을 해칠까 봐 그는 항상 전전긍긍하고 있었다.

그때 성혜는 그의 보디가드 역할을 해주었다. 가냘픈 동양 여자애임에도 성혜는 그를 지켜주었다. 학교를 마치고 집에 갈 때 성혜는 항상 그와 같이 다녀주었다. 그리고 그는 성혜의 손에 이끌려 그녀가 다니는 한인 교회에도 나가게 되었다. 그는 거기서 다른 한인 학생들과 사귀게도 되었다. 성혜는 교회에서 열심히 활동하며 이미 여러 직책을 맡고 있었다.

일테면, 학생합창단, 독거노인 방문 그리고 바이블 스터디 클럽의 핵심으로 활동하고 있었다. 그때 교회에서 사귀었던 또래 친구 중에는 그와 지금껏 서로 연락하고 지내는 친구들도 있다. 엘에이에 사는 친구들은 물론이고 동부 혹은 중북부 지역으로 이사한 친구들과도 서로 연락하고 지내고 있다. 이 모든 것이 성혜로 인하여 생겨난 미국에서의 새로운 인연이 되었다.

시간이 지나면서 재식은 성혜가 모든 사람과 잘 지내는 것을 알게 되었다. 성혜는 자신의 집안에서도 장녀로서 부모님과 밑의 남동생과 잘 지냈다. 잘 지낸 정도가 아니라 자신을 희생하다시피 이민 1세대 가정의 특수한 환경을 극복하려고 노력하고 있었다. 성혜는 노래를 잘 불렀다. 아마도 그가 성혜의 매력에 빠진 것은 그녀의 친절함, 고운 마음씨보다 오히려 그녀의 아름다운 노래였을지도 모른다. 성혜에게 이끌려 교회로 갔던 첫날 성혜는 청년 합창단원이었으나 중간에 단독으로 노래를 불렀다. 메조소프라노로 불러 젖히는 성악곡에 재식은 곧바로 매료되었다. 성혜는 미인은 아니었지만, 미인보다 더 예뻤다.

재식이 반년 만에 말리부로 이사하고 다른 사립학교로 전학하면서 성혜와 학교에서는 헤어지게 되었으나 그는 성혜를 계속 만났다. 그는 주말에 교회로 갔다. 주님을 보기 위해서가 아니라 성혜를 보기 위해서였다. 성혜는 음대로 갈 수 있을 정도의 실력이었으나 집안을 돌보기 위해 포기했다. 그녀의 부모님이 모두 일하시고 당시 작은 식료품점을 열고 계셨기 때문에 1년 365일을 거의 매일 일하셔야 했다. 이것이 이민 세대의 전형적인 모습이었다.

그에 비해 자기 집의 경우는 아주 다르다는 점 때문에 그는 솔직히 양심의 가책 같은 감정을 느꼈다. 그가 16세가 되어 운전면허증을 딴 시점은 그가 이곳 미국으로 온 지 2년 후였다. 그의 아버지는 좋은 자동차를 사주셨다. 그는 이제 진짜 어른이 되고 행동의 자유를 얻었다고 생각했다. 이제는 성혜를 그가 보고 싶을 때 볼 수 있었기 때문이다. 그는 방과 후 성혜와 같이 공부했고, 같이 저녁도 먹고, 가끔 토요일에는 사람들의 눈을 피해 성혜와 짧지만, 행복한 데이트를 즐겼다.

그들이 고3이 되었을 때 대학은 어디로 가고 전공은 무엇을 할까를 같이 의논하게 되었다. 성혜는 사회복지학을 전공하겠다고 했고, 이곳 엘에이에 남아 집에서 멀지 않은 주립대학을 선택하겠다고 재식에게 말해줬다. 그는 너는 성적도 좋은데 왜 하향 지원하려고 하냐고 물었다. 성혜는 좋은 대학을 가는 것보다 자기가 원하는 공부를 하고 싶다고 대답했다. 자신은 크리스천으로서의 충실한 삶을 살고 싶다고 했고 자신의 전공은 이에 부합되는 것으로 하고 싶다고 했다. 그러면서 재식에게 어떻게 할 건지 물었다. 당시 그는 딜레마에 빠져 있었다. 부모님은 동부의 사립대학교로 그를 보내실 준비가 되어 있었고 또 정치학이나 경제학 같은 인기 학과를 선택할 것을 주문하고 있었다.

그는 우선 실력이 안 되니 무리하게 사립대학을 다니고 싶지 않다고 했고, 이 사실을 성혜에게 고백 비슷하게 했다. 그리고 그는 너와 같은 학교로 가서 같이 졸업하고 싶다고 말해줬다. 이것은 성혜에게 하는, 일종의 자기 방식으로의 수동적인 프러포즈로 생각했다. 영민한 성혜가 이를 모를 리 없었다. 성혜의 대답은 나도 너와 같은 학교에 가고 싶다는 짤막한 것이었으나 그녀의 표정은 다소 굳어 있었다.

재식은 처음으로 성혜에게 물어봤다. 왜 너는 나를 좋아하게 되었니? 그리고 지금도 그러냐고. 성혜는 망설임 없이 답했다. 내가 너를 처음 학교에서 봤을 때 나는 너를 도와줘야겠다고 생각했어. 영어도 못 하고, 미국학교 생활도 모르고, 모든 것이 낯선 환경에 떨어진 한국에서 온 이민학생을 보고 내가 모른척하기 싫어서였지.

재식이 대답했다. 나는 잘 생기지도 못했고, 공부도 별로고, 특별한 재능도 없고, 그저 지극히 평범한 이민 학생인데, 네가 왜 나를 아직도 만나주고 있는지 모르겠다고 솔직히 털어놨다. 성혜는 웃으며 대답하길, 너는 착해서라고 짧게 말해줬다. 내가 착하다? 그는 한 번도 그렇게 자신에 대해 생각한 적이 없었다. 착하다는 것은 많은 뜻을 담고 있을지도 모르나, 보통 특징 없고 별 볼 일 없는 사람, 그리고 무능한 사람을 지칭하는 표현일 수도 있었기에 그는 자신에게 실망했다. 성혜는 그의 실망감을 눈치챘는지 몰라도 재식아, 너는 착하고, 착한 아이야라고 재식에게 미소 지으며 말해줬다. 그러면 됐지 더 뭘 원해, 그렇지 않아?

재식은 성혜의 이 말에 감동하였고 그 순간 그녀와 일생을 함께하겠다고 마음속으로 다짐했다. 그는 형보다 못났고, 항상 형과 비교되면서 살아오고 있었고, 형처럼 용감하지도, 진취적이지도, 명석하지도 못해서 형을 형으로서 존중하고는 있었으나 그는 형에 대한 열등감으로 살아오고 있었다. 부모님들의 기대와 희망도 형에게로 집중될 수밖에 없었고 그는 이를 그대로 받아들였다. 그의 형에 대한 굴욕감은 일상이 되었다.

아버지는 형이 대학을 졸업하면 큰 사업을 하게 하여 향후 아버지의 계획에 참여시킬 꿈에 젖어 있었다. 어머니도 장남으로서의 형에 대한 애정을 드러냈다. 형을 세상에서 가장 훌륭한 가문의 규수와 결혼시켜야 한다고 평소에 말하고 계셨다. 재식에 대해서는, 재아에 대해서는 그런 말씀이 없으셨다. 그는 서운했다. 그래도 자식인데. 부모님이 그렇다고 그와 재아를 형과 차별하였다기보다 형의 비범함에 대한 인정과 부모로서 장남에 대한 기대감의 표출이었다고 말하는 것이 좀 더 공정할 수는 있었다.

그러나 재식을 긍정적으로 대한 사람은 성혜가 유일했다. 그는 착할 수도 아니면 착하지 않을 수도 있었다. 성혜는 그녀의 눈으로 그의 좋을 수도 있는 점을 볼 줄 아는 능력이 있었다고 생각할 수밖에 없었다. 그는 그때나 지금이나 성혜를 사랑한다. 그 이유는 자신 역시 성혜의 한없는 선함, 착함이다. 그러나 그가 성혜와 시간이 지나면서 깊게 사귀고 지금 같이 살면서 더욱 느끼는 것은 일종의 모성애였음을 그는 자각한다.

모성애. 재식은 성혜에게서 자신의 어머니에게서 느껴볼 수 없었던 모성애 같은 애틋한 감정이 피어오름을 은연중 알게 된다. 내가 너를 사랑한다는 감정을 넘어선, 이성 간의 사랑의 마음을 초월하는 그 어떤 감정이 성혜를 향해 생겨나기 시작했을 때 그는 좀 속으로 당혹해하고 있었으나, 이제는 알 것 같았다. 그의 모성애에 대한 결핍 그로 인한 갈망이 성혜로부터 새로이 생겨나고 있었음을 그는 비로소 알게 되었다.

재식은 성혜와 절대 헤어지지 않을 것을 또다시 스스로에게 다짐했다. 그는 용기를 내어 아버지에게 말씀드렸다. 대학을 이곳 엘에이에서 다니겠다고. 자기 성적에 부합되는 학교로 다니되, 학교 전공은 아버지가 원하시는 것으로 선택하겠다고 타협안을 내놓았다. 만약에 아버지가 허락하지 않으시면, 학교를 안 가겠다고 했다. 그리고 대학 때 열심히 공부하여 좋은 학점을 따고 필요하다면 대학원은 명문대학원으로 진학하여 드리겠다고 덧붙였다. 이렇게 해서 재식은 대학을 엘에이 근교에 있는 대학으로 갈 수 있게 되었다. 아버지 눈에는 형편없는 학교로 비칠 수도 있었으나, 학교는 명성보다는 실제로는 내실이 있는 곳임을 사람들은 알고 있었다.

비로소 그는 성혜와 같은 대학 캠퍼스를 누비고 다닐 수 있었다. 그들의 4년간의 학교생활은 지금 생각해도 가장 행복했던 시절이었다. 그는 처음에는 말리부에서 통학했으나 곧 집을 나와 학교 근처에서 자취하게 되었고, 성혜는 자주 자신의 집을 찾아왔다. 같이 공부하고, 토론하고, 먹고, 뒹굴었다. 그는 3학년 때에는 교환학생으로 한국 대학에서 학점을 따고 한국을 비롯한 아시아 여러 나라를 여행했다. 유럽보다는 아시아로 가고 싶었다. 한국 외에도 중국, 일본, 타이완, 태국, 필리핀, 미얀마, 말레이시아, 인도네시아, 마지막으로 인도까지 배낭여행을 했다. 성혜와 함께하지 못해서 아쉬웠으나, 그가 다시 엘에이로 왔을 때 성혜는 이미 졸업하여 엘에이시의 사회복지지국에 취직이 되어 있었다.

그는 성혜보다 2년 늦게 졸업했다. 그가 외국 여행하며 여유 있게 지내는 동안 성혜는 학점을 따고 빨리 졸업해 버렸다. 성혜는 직업이 필요한 상황이었다. 그는 이를 충분히 이해했고, 자신에게 좀 창피한 생각도 들었다. 그가 대학을 졸업하고 무엇을 할 것인가를 생각해 보니 그저 아득하다는 생각이 들었다.

문제는 자신이 무엇을 원하고 있는지 모른다는 것이었다. 전공인 정치학은 그저 아버지가 원한 것이었고 그와 타협했다는 것의 결과라는 것 외에는 다른 어떤 의미로 다가오지 않았다. 정치학을 전공하여 정치가가 된다는 것은 말이 안 되는 것처럼 비현실적이었다. 성혜처럼 자기가 원하는 것을 하지 못하고 여태껏 스스로 찾지도 못하고 아버지와 타협이나 하며 세월을 허송하고 있었다는 회한이 몰려왔다.

성혜와의 만남이 그에게는 부담으로 느껴지기 시작했다. 그의 무능함 그리고 그녀의 유능함이 대비되어 그는 괴로웠다. 그와 성혜와의 만남은 전보다 드물게 되었고 만나도 좀 서먹한 분위기가 되었다. 그의 열등감과 같은 자격지심이 작동하고 있는 것이었다. 성혜는 그에게 너무 조급해하지 마라. 천천히 생각하고, 엉뚱한 생각은 버리고, 너 자신이 무엇을 원하는지를 앞으로 찾아보도록 하자라고 충고하고 있었다. 그로서는 괴로운 나날이 전개되고 있었다. 부모님에게도 눈치가 보이기 시작했다.

바로 그 시점에 그에게, 그의 가족 모두에게 뜻하지 않은 불행이 다가오고 있었고, 이에 따라 그의 인생도 완전히 바뀌고, 사랑하는 성혜와도 헤어지게 되었다. 그것은 상상하기도 싫은 사고에서 비롯되었다.

2

　불행의 발단은 온전히 바람, 스산한 바람에 있었다. 바람이 광기를 몰아오고, 부추기고 있었다. 요상한 바람은 사람들의 피부에 스치고 모세혈관을 통해 몸속으로 깊숙이 파고들어 와 그들의 심장을 서늘하게 흔들고, 한 번 흔들린 심장은 이 흔들림을 제어하지 못하고, 마침내 머릿속을 송두리째 흔든다. 이른 봄날의 바람은 특히 위험했다.
　겨울의 차디찬 위축된 공기가 이른 봄기운과 만날 때, 즉 스산한 바람이 불 때, 이 스산함은 사람을 꿈틀거리게 하며 마침내 자극한다. 겨우내 움츠렸던 광기가 살아난다. 마치 겨울잠에서 깨어난 난폭한 동물의 폭력성처럼. 그래서 바람은 풍파를 일으키게 되어 있다. 피할 수 없는 운명 같은 존재다. 우리의 이성과 의지와는 전혀 상관없는 봄바람은 사람을 미치게 한다.

이 광기의 바람이 이 대학교 캠퍼스에 불어왔고 학교는 발칵 뒤집혔다. 총기 난동으로 인해 학생 두 명이 현장에서 즉사하고 세 명은 중태에 빠진 사건이 발생했다. 초봄 새 학기를 맞아 모두 들뜨고 설레는 아침 시간이었다. 겨우내 우울했던 시간이 지나가고 새출발의 시간에 느닷없이 발생한 사고는 모두를 충격에 빠뜨렸다.

그런데, 이 요상한 바람이 바로 그 시각에 불어나지 않았다면, 이 사건이 발생하지 않았을 수도 있었다. 그러나 바람은 분다. 항상 어디서든 그리고 예고 없이 불어온다. 그리고 스산한 바람은 반드시 일을 내고야 만다. 그래서 사건은 날 수밖에 없다. 단지, 개별 사건의 양상만 다를 뿐이다. 피할 수 없다. 단지 시간문제일 뿐이었기 때문에.

뉴욕시와 워싱턴 디시 사이의 유서 깊은 이 도시. 이 도시를 그저 P라는 대문자로 표기해 두자. 왜냐하면 누구나 이 도시의 긴 이름을 다 풀어서 쓰고, 말하지 않아도 다 알고 있기 때문이다. 이 P시 안에서도 세계적으로 저명한 대학과 병원에서 사람이 죽었다. 총기 난동 사건이 미국에서 일어나는 것은 이제는 하나의 오랜 전통처럼 되어 있었으나, 누구나 나에게는 그러한 불행이 일어나지 않는다, 특히 내가 살고 있는 안전한 지역에서는 절대로 그럴 일이 없다는 신앙이 깨진 것이다. 학교는 시내에 있어도 도심의 우범지역과는 상관이 없는 근엄한 분위기로 가득찬 지성의 현장이었다. 그러나 지성의 현장은 다시 말하거니와, 바람과 총과는 상관없는 것이다. 지성이 광기를 이길 수 없기 때문이다.

두 명의 백인 남성—한 명은 의대 인턴 과정의 수련의 다른 한 명은 대학 부속병원 업무과의 직원—이 현장에서 즉사했다. 그들은 범인이 쏜 총에 얼굴과 가슴을 맞고 쓰러졌다. 부상자 세 명 중 첫 번째 사람은 병원 간호사로 흑인 여성이었다. 두 번째 사람은 학부 3학년 백인 학생으로 학교의 병원 관련 프로젝트로, 병원으로 향하던 중 총을 맞았다. 마지막 한 명은 동양계 의대생으로 역시 사건 현장에서 봄학기 첫 수업에 가던 중 총을 맞았다. 범인은 20대 초반의 백인 남성으로 사건 현장에서 범행을 저지른 후 입을 벌려 자기 목 속으로 총을 당겨 스스로 목숨을 끊었다. 현장에서 도주하다 약 100m쯤 떨어진 교내 부속건물의 2층 비상계단에서 죽었다.

범행이 발생하자 즉시 학교 그리고 병원의 모든 비상 사이렌이 울리고, 교내 자체 경찰과 보안요원들이 현장으로 들이닥쳤다. 약 15분쯤 후에는 P시의 경찰차가 요란한 사이렌 소리를 내며 현장에 도착했다. 약 20분 후에는 P시의 주요 방송사들과 신문사 기자들이 카메라맨을 대동하고 현장 중계를 숨 가쁘게 시작했고 CNN 같은 전국 네트워크의 방송사도 현장에서 실시간으로 방송을 보내고 있었다.

많은 경찰 인력이 즉시 투입된 것에 비해 사건은 허무하게 끝났다. 범인은 정신병과 마약 전과가 있는 젊은이로 단숨에 파악되었고, 살인자는 스스로 목숨을 끊었기 때문에 현장에 투입된 인원들은 사건 현장 주위를 경계하며 더 이상의 범죄행위가 없을 것임을 파악한 후에 돌아갔다. 공범자가 없다는 것을 확인한 경찰과 언론은 더 이상의 새로운 뉴스가 없어지자 곧 철수했다.

사건의 충격은 컸으나 총기 난사 사건은 주기적으로 반복되고 있었기 때문에 하루, 이틀 정도 뉴스에서 요란히 떠들고 지나가면 또 없었던 일처럼 되어 버리는 패턴이 되고 있었다. 이 사건도 마찬가지였다. 피해자들의 억울한 죽음과 부상, 가해자에 대한 증오, 경찰의 대응력, 그리고 풀리지 않는 총기 규제에 대한 해묵은 논쟁 같은 것이 거론되고 잊히는 것이었다.

단지 이 사건의 특징은 최고 명문대학에서 발생했기 때문에 충격이 좀 더 컸다는 차이 밖에는 없었다. 학교는 그날 폐쇄되었고 사건 현장인 병원 주변은 철저한 보안이 유지되었다.

문제는 다친 세 명의 긴급한 치료였다. 불행 중 다행인지 병원 입구에서 사건이 발생하여서 두 명의 현장 사망자는 즉시 시체실로 옮겨졌고 부상자들은 응급실로 이송되었다. 이송이라고 할 것도 없었다. 불과 2, 3분 안에 응급처치가 시작될 정도로 신속하고 유능하게 전개되었다. 캠퍼스 내에서 발생한 사건이었고 피해자들도 다름 아닌 학교 내 사람들이었기에 병원 내 최고의 교수들이 직접 응급실로 투입되었다.

병원 간호사인 캐럴 스위니는 범인의 총에 머리와 가슴을 맞았다. 학부 3학년생인 에드워드 커밍스는 다리와 머리를 맞았다. 의대 4년생인 제이슨 강은 목과 가슴을 맞았다. 부상자 세 명은 중상을 입고 모두 의식이 없는 상태로 응급처치 후 긴급 수술을 받았다. 학교는 큰 슬픔에 잠겼다. 특히 의대와 부속병원의 충격과 슬픔은 이루 말할 수 없었다. 200년 가까운 전통의 학교에서 처음 발생한 총기 난사 사건으로 특히 다섯 명 피해자 모두 의과대학과 병원 관련 사람들이었다는 것을 현실로 받아들이기가 너무도 힘들었다.

충격과 비통 속에서도 병원은 필사적으로 부상당한 세 명의 피해자를 더욱더 살리고 싶어 했다. 살려서 피해를 최소화하고 또 병원 의료진의 우수한 실력을 보여주고 싶기도 했다. 대학 총장과 병원장이 직접 진두지휘를 하고 있었다. 우리 학교와 병원은 훌륭하게 이 위기를 극복해 내리라는 결의에 차 있었고, 이는 마땅히 그래야만 했다. 사건 발생 후 학교가 정상적인 모습으로 차차 회복되자 학생들, 교직원들, 인근 주민들이 하나둘씩 사건 현장에 꽃 한 송이를 놓기 시작했다. 애도와 위로의 격문도 곁들여졌다. 밤이 되자 촛불을 놓아 현장은 수백 개의 꽃송이, 격문 그리고 촛불로 수십 미터의 건물 벽을 도배하고 있었다. 현장에서 기도하며 우는 학생들, 애도하는 주민들이 계속 줄을 이어갔다.

이른 아침 시간에 울리는 전화 소리에 강용환은 잠에서 깼다. 병원에서 긴급하게 연락이 온 것이다. 그는 갑자기 둔탁한 흉기로 머리를 맞은 것 같은 충격을 받았다. 옆에서 자고 있던 아내 서진애도 잠에서 깼다. 강용환이 말했다. 재영이가 사고를 당했어. 급히 가봐야 해. 그는 짧지만 침착하게 말했다. 서진애는 놀라며 다급한 목소리로 재영이가요? 어떻게, 말 좀 해봐요? 라고 묻고 있었다. 병원에서 아침에 총기 난사 사건이 났는데, 범인이 쏜 총에 맞았어. 중태인가 봐. 빨리 가야 해.

서진애는 오 마이 갓, 어찌. 재영이가! 라고 침대에서 울부짖으며 소리 내 울기 시작했다. 강용환이 침통하지만, 침착한 목소리로 말했다. 재식이와 재아에게 우리가 재영이 사고로 P시에 간다고 알려. 걔들은 가지 말고 우리만 가자. 어차피 응급실에 있으니까 환자 면회도 안 될 거야. 어서 갈 준비를 해. 나는 여행사에 얘기해서 비행기표를 사 놓을 테니까. 서진애는 묻고 있었다. 여보, 재영이가 얼마나 다쳤대요? 어딜 다쳤대요? 나도 잘 모르겠어. 전화상으로 목과 가슴부위를 맞았다고 하는데 현 상태에 대해서는 정확히 알려 주지를 않네.

둘이 병원 응급실 환자 대기실로 도착한 것은 같은 날 밤 9시가 넘은 시각이었다. 다른 두 명의 부상자 가족도 와 있었다. 그들은 서로 인사를 나누며 눈물을 흘리기도 했고 서로 어깨를 감싸안으며 위안하기도 했다. 강용환과 서진애가 도착하자 병원 관계자가 상황을 설명하기 시작했다. 50대 중반으로 보이는 노련한 모습의 백인 의사였다. 제이슨 강은 아직 중태이며 사건 발생 후 즉각 응급처치에 들어가 심장 부위에 박힌 탄환을 제거하는 수술을 했고 식도 부위의 상처도 봉합수술을 하여 경과를 지켜봐야 한다고 말했다. 말끝에 현재 상황 이외에 가족들에게 진전 사항에 대해서는 추후 브리핑이 있을 것이라고 짧게 말했다.

그는 이렇게 말했다. 제이슨은 저도 잘 아는 학생입니다. 우리 병원에서 사건이 발생하여 깊은 유감입니다. 저희는 최선을 다할 것입니다. 제이슨의 부모들이 할 수 있는 것은 기다림밖에 없었다. 불안, 걱정, 초조함, 지루함과 함께. 그리고 아마도 깊은 회한이 있었을지도 몰랐다.

재영은 의식을 떠올리려고 안간힘을 쓰고 있었다. 차디찬 응급실에서 중환자실로 옮겨진 이 방은 전혀 낯설지가 않다. 그가 의대생으로 지난 4년간 일했던 많은 병실 중의 하나였기 때문이다. 자신이 이 시각에 이 병실에 누워 죽을지도 모른다는 생각이 비현실적으로 생각되었다. 오늘 아침 9시 좀 못 되는 시각에 그는 대학교 쪽에서 긴 길을 통해 병원 그리고 의대 강의실이 만나는 그 지점에 서 있었다. 거기서 왼쪽으로는 병원 오른쪽으로는 의대로 연결되는 지점이었다. 그곳은 항상 사람들로 붐비는 지점이었다. 환자와 가족 방문자들은 물론이고 의대생들과 간호사, 의사들 그 외 병원 관계자들이 이 지점을 통과하는 곳이었고 학부생들도 캠퍼스 외부로 나갈 때도 자주 이용하는 지점이었다.

그 시각에 재영은 동료 의대생들과 새 학기 첫 강의를 듣기 위해 교실로 향하다 바로 그 지점에서 만나 잠시 걸음을 멈추고 인사를 나누고 있었다.

실어증 환자 73

겨울방학 때 못 봤던 얼굴들을 보며 많은 지나가는 인파 속에서 서로 반가워하며 웃고 떠들며 서 있었다. 겨울 스키여행을 다녀온 친구, 바하마로 추위를 피해 떠났던 친구, 유럽으로 친구를 만나러 갔었던 친구 그리고 자신처럼 아르바이트로 돈을 벌었던 친구들이었다. 지난 4년간 서로 경쟁하며 고생하며 지낸 친구들은 여느 다른 친구들 못지않게 서로 친밀감과 동지애가 강했다.

재영은 그들과 웃으며 얘기를 하다가 문득 대학교 쪽에서 누군가가 쏜살같이 뛰어오는 모습을 왼쪽 고개를 들어 바라봤다. 그쪽에서 이상한 바람 소리 같은 것을 느꼈기 때문이었다. 다른 친구들도 그쪽을 보게 되었다. 약 30m 앞에 어떤 조그만 체구의 대략 1m 67cm로 보이는 마른 체구의 백인 청년이 뛰어오고 있었다. 머리는 헝클어진 금발로 창백한 그의 하얀 얼굴을 더 차갑게 느껴지게 하는 모습이었다. 옅은 하늘색 재킷에 검정 바지, 신발은 흰색 스니커를 신고 있었다. 이 짧은 순간에 재영은 그가 가열하게 병원과 의대 강의실이 나뉘는 지점까지 뛰어오고 있는 모습을 바라봤다.

그의 맞은편에 서 있던 친구들의 손가락이 그를 가리키기 시작했다. 친구들 쪽으로 다시 등을 돌리고 서 있던 재영은 순간적으로 고개를 돌리게 되었다. 친구들은 어, 어, 어!!! 소리를 지르고 있었고 주변을 지나고 있던 사람들이 소리를 치기 시작했다. 그 젊은 친구와 재영의 눈이 순간적으로 마주쳤다. 그의 손에는 작은 총이 들려 있었고 그는 정신없이 큰소리로 저주를 퍼붓고 있었다. 아주 사납고 성난 소리를 질러댔다. 가까운 거리에서 그의 소리가 울려 퍼졌다.

그는 대략 재영의 10m 뒤쪽에서 이미 총을 난사하기 시작했다. 사람들이 비명을 질렀고 주변은 순식간에 아비규환에 빠졌다. 이미 두 명쯤 쓰러진 모습이 재영의 눈앞에 들어왔다. 그는 본능적으로 피해야 한다고 생각하고 몸을 굽혀 옆 나무쪽에 붙거나 병원 혹은 강의실 쪽으로 도망을 쳐야 한다는 것을 알았다. 바로 그 순간 재영과 그 광기의 젊은 친구와 눈이 다시 마주쳤다. 재영과 친구들과 그와의 거리는 대략 5m도 안 돼 보였다. 재영은 순간적으로 그의 총탄을 피할 수 있을지 걱정이 되었다. 그 젊은 친구는 재영과 친구들에게 총질을 시작했다.

불행하게도 그는 재영과 눈이 마주쳤기에 재영에게 먼저 총을 쐈고 그 다음에 바로 옆에 있던 친구 제프 스마이스에게 총질을 해 댔다. 재영은 총을 맞고 쓰러지면서 제프가 피하는 것을 목격했고 총알은 제프를 피하여 지나가던 다른 사람들을 맞춘 것 같았다.

재영은 쓰러지는 순간에도 그 장면을 알 수 있었다. 재영은 총을 맞는 순간, 자신이 이렇게 죽게 되는구나 하고 생각했다. 아무런 감흥이 나지 않고 의외로 담담한 심정이 되고 있었다. 죽음보다 더 한 것은 그의 왼쪽 가슴을 관통해 오른쪽 식도를 통해 날아간 총탄이 남긴 통증이었다. 그리고 자신의 대퇴부도 총상을 입은 것 같았다. 재영은 그 자리에 쓰러졌고 친구들이 이 친구가 총을 맞았어요! 빨리 구급대원을 불러야 해요! 라고 외치는 소리를 들었다. 그리고 그는 의식을 잃었다.

나는 죽은 줄 알았다. 그러나 나의 의식은 희미하게나마 살아서 다시 돌아왔다. 몸을 움직일 수 없었고 부상당한 부위가 너무나 쓰리고 아팠다. 병원에서 내게 응급조처했고 어쩌면 긴급 수술을 했는지도 모른다. 아마 지금 나는 잠시 마취 상태에서 벗어나 있는 것 같았다. 곧 다시 마취 주사를 놓게 될 것을 알았다. 지금부터 그때까지 얼마나 시간적 공간이 남아 있는지 모르겠으나, 많아 봐야 30분 정도일 거로 생각했다. 내가 의대학생의 경험으로 봐서 그렇다는 것이다.

나는 아직 희미하게나마 남아 있는 의식을 부여잡고 이제 곧 죽을지도 모른다고 느끼며 나의 생애에 대해 생각하기 시작했다. 이것은 자연스러운 현상이었다. 아직 서른 살도 채 되지 않은 나의 짧았던 인생을 한 번쯤 되돌아보고 싶었다. 내 인생의 마지막에 전혀 준비되어 있지 않은 상황이 좀 황당하다는 생각이었으나 이상하게도 나를 쏜 그 젊은 친구에 대한 원한의 생각이 나지 않았고 내 머리는 그저 구름 속에서 환상적인 구도하에 있는 것 같았다. 이대로 죽게 된다는 것의 가능성에 대해 억울한 생각도 이상하리만치 들지 않았다.

이 순간까지의 내 삶의 궤적이 추억처럼 지나가고 있었을 뿐이었다. 내가 사망선고를 받기 전까지 내 삶의 의미를 정리하고 싶을 뿐이었다. 순간적으로 내가 살게 될 수 있을까를 생각해 봤다. 이상하게도 그것에 대한 열망보다는 내 마음이 차분해지는 느낌이었다. 아직도 마취에서 완전히 깨어나지 못해서 꿈꾸는 듯한 몽롱한 상태일지도 모른다고 생각하는 순간, 여간호사가 내 옆에 왔고 나는 그녀를 짧게 원망했지만, 다시 의식을 잃었다.

언제 다시 내가 의식으로 돌아왔는지는 확실치 않았다. 꽤 오래된 것도 같았고 아니면 아주 짧았던 시간이었던 것 같기도 했다. 나는 이 밀폐된 공간에 홀로 생사의 갈림길에서 힘겹게 싸우고 있는 것을 알았다. 그러나 나의 의지 같은 것은 이미 없어졌다. 나의 의지와는 상관없이 내 생각은 의식이 돌아오는 순간 멈출 수 없었다. 나의 모든 감정은 사라지지 않았다. 처음 의식이 들어왔었던 순간이 황홀하다고 느꼈다. 그러나 그 황홀함은 사라졌고 지금, 이 순간의 의식을 나는 사무치는 그리움으로 가득 채우고 있었다.

가족들 생각이 났다. 부모님 그리고 두 동생. 그들과의 추억이 떠올랐다. 아주 오래된 아련한 기억으로만 남은 것 같았다. 흩어진 파편처럼 많은 이미지들이 의식 속에서 맴돌았다. 안타깝게도 나는 흐릿한 이미지들을 붙잡아 놓을 수 없었다.

그러나 나는 리사 실버먼이 미치도록 보고팠다. 내가 죽는다면 다른 미련은 없다. 오직 내가 그녀를 떠나야 한다는 것이 슬플 것이다. 그녀는 지금 이 중환자실 문밖에서 나를 기다리며 울고 있을 것이다. 아버지와 어머니도 멀리 로스앤젤레스에서 도착하여 나를 기다리고 있을 것이다. 재식과 재아도 와 있을지도 모른다. 그러나 나는 리사에게 제일 미안하다. 내가 총을 맞은 것은 내 잘못이다. 리사에게 나의 이런 모습을 보여줘서는 안 된다. 슬프고 안타까운 감정이 내 목구멍을 타고 올라왔다. 아주 아팠다. 목 주위의 부상은 나의 아픔을 더욱 실감 나게 한다.

내가 리사를 처음 만났던 때는 4년 전이다. 바로 이 캠퍼스에서 만났다. 처음에 내가 로스앤젤레스에서 이곳 동부로 올라왔을 때 많은 고민 끝에 의대 진학을 결정했었다. 리사도 나와 같이 이곳 의대로 입학했다. 그녀는 뉴욕 맨해튼 출신으로 처음에는 서로 잘 몰랐었다. 같이 입학한 학생 숫자가 200명 가까이나 되니 학기 초에는 잘 알기가 어려웠다. 그런데 리사와 나는 교내 태권도 클럽에서 서로 인사를 하게 되었다. 그때는 리사가 의대생인지도 몰랐다. 서로 옆에서 기합 소리를 내며 수련하는 동호회원 학생 정도로만 여겼었다. 나는 당시 태권도를 한국에서부터 연마해 왔던 터이므로 내 옆편에서 동작을 따라 하는 초보자인 리사에게 몇몇 기초 동작을 가르쳐 주었다. 그때 리사는 나에게 미소를 지어주었다.

그런데 나는 리사를 강의실에서 또 만나게 되었다. 병리학 수업에서 또 옆자리에 우연히 나란히 앉게 된 것이다. 이후 나와 리사는 급속히 친해지기 시작했다. 리사는 바브라 스트라이샌드를 닮아 광대뼈가 나오고 넓은 입술을 가진 전형적인 유대인의 얼굴을 하고 있었다. 머리는 검고 키도 전형적인 미국 여자와는 달리 그리 크지 않은 편이었다. 언뜻 보면 동유럽 여자로 보일 정도였다. 어쩌면 약간 동양적인 이미지도 있었다. 외모와는 달리, 리사는 상냥했고, 친절했고 무엇보다 속이 깊은 사람이었다. 나와 같은 나이였어도 나의 미숙함을 그녀의 원숙함으로 덮고 있었다.

리사와 나는 늘 같이 붙어서 공부했고 스터디 그룹이나 임상실험 등의 학과 활동에도 같은 편에 속했다. 동료 학생들 사이에 급속도로 우리들 사이에 대해 소문이 퍼졌다. 우리는 아랑곳하지 않았다. 나는 로스앤젤레스에서 대학에 다닐 때부터 아르바이트해야 했고 이곳 동부의 의대로 진학해서도 계속되어야 했다. 나는 고교 졸업 후 부모로부터 완전히 독립하여 살기를 원했고 지금까지 그렇게 해왔다.

비싼 의대 등록금은 학생 학자금 대출과 장학금으로 충당이 되어도 생활비는 내가 감당해야 했다. 의대를 다니면서 아르바이트를 병행해야 한다는 것은 무리였다. 리사는 다른 학생들보다 절대적으로 불리한 상황의 나를 알게 되었고 나를 도와줬다. 리사는 정신과 전문의, 나는 특수 외과 전문의를 목표로 하고 있었다.

두 분야 모두 공부하기에 만만치 않았다. 인턴, 레지던트를 거치고 의사 면허를 따고도 별도의 과정이 필요한 민감한 전문 분야였다. 공부의 어려움도 어려움이지만 시간이 많이 필요한 자신과의 싸움인 것이 전문의가 되는 길임을 우리는 알았고 리사와 나는 40대 중반까지만 대도시 종합병원에서 일하면서 나의 학자금 대출을 갚은 후 지방 소도시로 이사하여 개업의 부부로 살아가는 계획을 세워놓고 있었다.

리사는 뉴욕의 부유한 유대인 가족의 외동딸이었다. 아버지도 의사였고 어머니는 변호사로 맨해튼의 센트럴 파크가 내다보이는 파크 애비뉴의 고층 아파트에서 살고 있었다. 리사는 우리가 의대 1학년 때 처음 맞은 짧은 봄방학에 나를 그녀의 BMW 차에 태우고 맨해튼 그녀의 부모에게 소개해 줬다. 리사와 뉴욕에서 신나게 즐겼다. 아마도 내가 이 세상에 태어나서 비록 짧은 주말의 시간이었지만 이토록 행복감에 젖어 지냈던 적이 있었을까 싶었다.

우리는 우선 근사한 저녁을 먹고, 술을 마셨으며, 요란한 라이브 음악에 맞춰 춤을 췄고, 또 술을 마셨다. 늦은 시각 우리는 리사의 부모님 집에 고양이처럼 살며시 들어갔다. 나는 게스트 룸으로 들어가서 샤워하고 잠을 청하고 있었다. 리사가 조용히 내 방으로 왔다. 그녀도 역시 샤워를 마친 상태였다. 그녀의 아름다운 검은색 머리는 아직도 물기에 젖어 있었다. 리사가 내 방의 어둠 속에서 나직이 속삭였다. 헤이 맨, 오늘 밤 외롭지 않아? 나는 건방지게 말했다. 헤이 걸, 나는 괜찮은데, 자기가 외로워 보여. 우리는 그날 밤 천국으로 갔다.

다음날 토요일에 우리는 맨해튼 남부에서 전위예술 공연을 보고, 근처 차이나타운 식당에서 점심을 게걸스럽게 먹었다. 그리고 MOMA로 더 알려진 뉴욕 현대 미술관에서 특별전시를 보았다. 리사는 미술 애호가였다. 솔직히 나는 예술 쪽에 큰 관심이 없어서 리사는 나를 항상 이제 겨우 미개인을 벗어난 공붓벌레라고 놀리곤 했다. 나는 반박할 수 없었다. 그리고 우리는 배가 고파져서 나의 안내로 33번가 근처의 한국식당으로 갔다. 나는 정말 오랜만에 매운 한국 음식을 먹고 싶었고 리사에게도 먹이고 싶었다. 한국 음식은 모두 다 슬로 푸드이고 소울 푸드니까 네 정신건강에 좋을 거라는 허풍을 떨며 데리고 갔다. 김치찌개, 떡볶이, 불고기를 사줬다.

사주면서 솔직히 내 주머니 사정에 대해 순간적으로 걱정했었다. 나의 가난함을 탓할 수밖에 없었다. 리사는 매운 것을 잘 못 먹었다. 그러나 억지로 맛있었다고 나에게 말해줬다. 나는 처음에는 사람들이 잘 못 먹는데, 먹다 보면 맛있어지는 것이 한국 음식의 특징이라고 말해줬다. 날이 어둑해지고 우리는 근처 브로드웨이 뮤지컬을 봤다. 나는 그다지 재미없었으나, 역시 예술 지향적인 리사는 신나게 보고 있었다. 〈레 미제라블〉에서 여주인공이 애인을 떠나보낸 후 애절하게 부르는 대목에서 리사는 눈물을 흘렸다. 우리는 저녁에 독한 술을 마시기로 했다. 토요일 밤의 열기를 우리 둘만이 발산하고 싶었다.

우리는 서로 말은 안 했어도 지난 1년 차 의대생으로의 긴장과 스트레스로 가득했던 초년생 과정을 자축하고 싶었다. 이것은 우리의 젊은 에너지를 발산해야만 풀릴 수 있는 것이었다. 우리는 리사네 집 근처 술집으로 갔다. 요란한 음악과 청춘들이 떠들어대는 좁은 공간의 구석 테이블을 차지하고서 우리는 위스키부터 시작하여 칵테일 그리고 나중에는 보드카까지 마구 마셔 댔다.

술이 올라오니 기분이 좋아졌다. 나는 리사의 팔을 잡고 좁은 술집의 플로어로 안내했다. 우리는 때로는 격정적으로 때로는 감미롭게 서로 붙잡고 춤을 췄다. 나는 리사에게 키스했다. 이것이 행복이었다. 나로서는 로스앤젤레스에서 고교 졸업 후 한 번도 긴장을 풀지 않고 여기까지 왔던 시간 동안, 이 순간처럼 나를 즐겼던 기억이 없다. 나는 스스로 살아남아야 한다는 강박감에 사로잡혀 있었기 때문이었다.

우리는 그날 밤 어떻게 리사의 부모님 아파트로 돌아갔는지 기억이 없다. 아마도 리사가 나보다 더 술이 셌던 모양이다. 아무튼 나는 숙취에 기절하다시피 침대에 쓰러지자마자 깊은 잠이 들었던 모양이다. 아침에 누군가가 내 방문을 두드리는 소리에 나는 잠이 깼다. 리사가 완전히 운동복으로 갈아입고 나에게 손짓하며 말하고 있었다. 게으른 제이, 일어나서 나랑 조깅하러 가야지? 나는 시계를 보았다. 정각 아침 6시를 가리키고 있었다. 조깅? 이 이른 시각에? 그래, 나는 매일 아침에 해. 그러니 일어나. 내가 10분 줄 테니까, 준비하고 거실로 나와. 리사의 명령에 나는 마치 군대의 신입 사병처럼 정신없이, 양치하고, 샤워하고, 옷 갈아입고를 실시했다.

우리는 센트럴 파크를 뛰고 있었다. 리사가 나를 생각해 오늘은 3마일만 가볍게 뛰자고 했다. 일단 나도 뛰다 보니 기분이 좋았다. 상쾌한 아침 공기를 마시는 기분 그리고 주위에 많은 젊은이들과 뛰는 것도 좋았다. 우리는 조깅을 마치고 근처 〈샌디스 비스트로〉에서 모닝커피와 샌드위치를 먹었다. 꿀맛이었다.

오후가 되어 우리는 리사와 부모님과 같이 저녁 식사를 했다. 레스토랑은 아마도 뉴욕의 최고급인 것 같았다. 집 근처의 고층빌딩에서 내다보이는 공원과 저 멀리 허드슨강이 보이는 전망 좋은 곳이었다. 리사의 아버지는 의사답게 나에게 앞으로 어떤 과목에 관심이 있냐고 물어봤다. 나는 아직 결정하지는 않았지만, 외과 쪽을 하고 싶다고 대답했다. 리사의 어머니는 공부하는 데 힘들지는 않은지 물어봤다. 아마도 리사의 귀띔으로 내가 고학하면서 학교에 다니는 것을 알았기 때문인 것 같았다. 나는 일하면서 학교에 다니는 것은 이미 대학교 때부터 해오던 것이기에 특별히 어려움은 없다고 대답했다. 두 분과 리사는 나를 보고 미소를 지어줬다.

그날 밤 우리는 다시 리사의 차를 타고 학교로 향했다. 짧았던 주말의 휴가가 지나가고 있었지만, 리사가 내 옆에 있다는 것에 나는 무한한 행복감에 젖었다. P시로 돌아가는 길은 내가 운전했다. 리사가 물었다. 제이, 네 가족이 로스앤젤레스에서 사는데, 왜 멀리 동부까지 와서 학교에 다니는지 좀 궁금해. 서부에도 좋은 의대가 많잖아? 나는 대답을 피하려고 좀 농담조로 말했다. 너, 리사를 만나려고 내가 일부러 P 대 의대로 온 거야 하며 어색한 웃음을 지었다.

리사가 정색하며 다시 물었다. 그 난센스 같은 대답을 내가 싫어하는 것을 알지? 진짜 이유가 뭐야? 하는 수 없이 나는 말했었다. 대학을 캘리포니아 주민 혜택을 받기 위해 주립대학으로 갔어. 마음 같아서는 동부든 남부든 좀 더 멀리 있는 학교로 가고 싶었지만, 학비가 싸고 파트타임 일이 많은 시내 한인타운에서 멀지 않은 엘에이 분교를 선택했지. 현실적인 결정이었어. 다행히 공부를 잘해서 장학금을 받고 내가 필요한 생활비는 해결될 수 있었어. 방도 학교 기숙사에 있다가 나중에 학교 근처에 방 하나를 얻어 생활하니까 편하더라고.

잠깐, 가족이 같은 로스앤젤레스 지역에 사는데 그렇게까지 스스로 떨어져 살 필요가 있었던 거야? 사실 말리부에 있는 아버지 집에서 학교까지는 한 시간 내 등교가 가능하니까 통학하며 다닐 수는 있었을 거야. 잠깐만. 제이, 지금 말리부라고 했어? 그런데, 왜? 말리부는 나 같은 뉴요커도 아는 캘리포니아에서도 제일 부유한 지역이야!

나는 아버지와 상관없이 나 스스로 살기로 작정했어. 내 말은…. 나는 네가 로스앤젤레스로 이민 온 비교적 가난한 가족의 아들일 거라고만 생각했어. 네가 말했듯이, 너는 공부하는 시간을 빼면, 어떻게 해서든 돈을 벌려고 했으니까. 너는 아버지를 싫어하니? 음… 우리 집에서 모두 아버지를 제너럴 캉이라고 불러. 그 이유 때문이야.

제너럴 캉? 네 아버지가 군인이셔? 한국에서 군인이셨지. 적어도 8년 전까지는. 퇴역하시고 1년 후 우리는 미국으로 이민을 왔어. 그때가 1994년이었어. 우리는 말리부로 왔어. 부모님과 내 두 동생 그리고 나. 나는 당시 아버지의 이민 결정에 충격을 받았고 그 이후로 줄곧 아버지와 거리를 두고 살아온 거야. 아마도, 너는 어렸을 때부터 아버지를 존경하지 않았던 것이 분명해 보이네. 너에게 그렇게 얘기하고 싶지는 않지만, 그 말은 진실에 가까워. 아버지의 이민으로 나의 모든 계획은 엉망이 되었어. 아버지가 갑자기 이민을 결정하게 된 이유를 나는 정확히 알 수는 없지만, 나는 충분히 짐작할 수 있었어. 그때 내가 막 고교 2학년이 되었는데, 아버지의 이민 결정으로 나의 대학 진학 계획이 헝클어지고 또 장래 희망이 사라져 버리게 될 것 같은 두려움이 생기게 되었어.

나는 혼자 한국에 남겠다고까지 했었지. 결국 나는 미국에 가족과 같이 오게 됐지만, 나는 아버지가 왜 이민하게 됐는지를 항상 의식하면서 살게 되었어. 한국에서 대학 졸업 후 사법고시에 합격 후 판사나 검사가 되는 길을 가지 않고 곧장 변호사가 되고 싶었는데, 아버지가 이민 한다고 했을 때 나는 나의 꿈을 포기해야 한다는 것을 알았지.

제이, 미국에서도 얼마든지 변호사가 될 수도 있잖아? 리사, 나는 한국에서 변호사가 되고 싶었던 거야. 그 이유를 설명하려면 내 아버지에 대해 이야기할 수밖에 없어. 아버지는 많은 돈을 갖고 이곳 미국으로 이민을 온 거야. 나는 이를 인정하기 싫었어. 제너럴 캉은 아마도 내가 상상하는 것보다 훨씬 돈이 많을지도 몰라. 나는 그의 돈으로 공부하고 싶지 않았어. 이제 내 말을 좀 이해할 수 있겠지?

리사는 대답하지 않았다. 대신 계속 정면을 바라보며 운전하고 있는 재영을 옆눈으로 바라보며, 왼손으로 그의 허리를 감싸안았다. 차는 미끄러지듯 하이웨이를 빠져나와 P시의 외곽으로 접어들었다. 멀리 시내 풍경이 밝은 불빛으로 물들고 있었다. 침묵을 깨고 리사가 말했다. 제이, 내일 수업 후 태권도 클래스에서 보자. 내가 도시락 두 개를 싸 올게. 네가 내일 네 시간짜리 파트타임 일이 있는 줄 알아. 너 저녁을 제대로 먹을 시간도 없잖아? 재영이 힐끗 리사를 쳐다보며 미소를 지었다. 리사, 내가 아버지를 따라 미국에 이민 온 것을 후회하지 않는 단 한 가지 이유가 있다면 바로 리사 실버먼이야. 리사가 미소를 지으며 대답했다. 제이, 나도 알아.

강재영은 여기까지 자신의 의식 속에서 기억해 내고 또다시 무의식의 혼미 속으로 서서히 빠져들었다. 빠져들면서 자신이 지금 당장 리사를 한 번만이라도 볼 수 있다면 당장 죽어도 좋다고 생각하며 속으로 눈물을 흘리고 있었다. 그리고 어둠이 보였다.

같은 시각 병원 중환자실 밖 가족 대기실에 비보가 전해졌다. 부상당한 세 명 중 첫 번째 사망자가 발표됐다. 캐럴 스위니, 병원 15년 경력의 노련한 간호사였던 그녀는 부상당한 머리부위를 긴급 수술한 보람도 없이 사망한 것이다. P시 시내 거주자인 캐럴의 어머니는 비보를 듣고 울음 끝에 기절해 버렸다. 캐럴의 열세 살 그리고 열한 살 아들과 딸도 울며 할머니를 부둥켜안았다. 병원의 동료 의사와 간호사들이 들이닥치며 같이 울음을 터트리고 캐럴의 어머니와 아이들을 안았다. 그들은 캐럴이 가다니? 믿을 수가 없어! 라고 외치고 있었다. 또 다른 부상자인 에드워드 커밍스의 부모님도 옆에서 이 광경을 보며 울었다. 그들은 캐럴의 아이들에게 손을 내밀며 힘껏 안아줬다. 그리고 이렇게 말했다. 너희들은 씩씩한 애들이야, 알았지? 하느님이 너희를 잘 돌보실 거야, 알았지?

이 광경을 또 다른 부상자의 가족인 강용환과 서진애는 멀거니 맞은편 의자에 앉아 보기만 할 뿐이었다. 강용환은 답답한 마음에 끊었던 담배를 피우고 싶어서 문을 열고 복도로 향했고 서진애는 멍하니 앉아 있기만 할 따름이었다. 그녀는 결코 캐럴 스위니의 가족에게 위로의 한마디도 하지 않았고 아이들의 손을 잡아주지도 않았다. 그녀도 시원한 바깥 공기를 마시고 싶어 했는지 병원 밖으로 나갔다.

서진애는 강용환이 담배를 피우고 있는 것을 봤다. 그에게 다가서며 말했다. 여보, 재영이는 이제 어떻게 될까요? 조금 전 흑인 간호사가 죽고 이제 백인 학생 아이와 우리 재영만이 남았어요. 살 수 있을까요? 강용환은 대답 없이 허공만 바라보며 담배 연기를 뿜어내고 있었다. 여보, 재식이와 재아도 당장 이리로 오겠대요. 오라고 할까 봐요. 나 혼자 있으려니까 너무 불안해서…. 애들이라도 같이 있으면 좀 나을 것 같기도 해요. 강용환이 침묵을 깼다. 재식이, 재아가 온다고 뭐 바뀔 게 있어? 어차피 재영이를 볼 수도 없잖아? 여보, 어떻게 남 얘기하듯 해요? 그게 아니라, 사실이 그렇잖아? 당신도 너무 불안에 하지 말고 침착히 기다려 보자고.

강용환이 두 번째 담배를 왼쪽 호주머니에서 꺼내서 라이터 불을 켰다. 그리고 길게 한숨을 쉬었다. 서진애가 말했다. 재영이를 처음부터 이곳까지 멀리 보내는 게 아니었어요. 제 잘못도 커요. 이건 그냥 사건이야. 자네

실어증 환자   85

탓이 아니야. 그냥 사건이라고요? 어떻게 제 자식이 죽어가는데 그렇게 말할 수가 있어요? 진정하고 내 말을 들어봐. 이건 사건이고 사고야. 군대에서 어느 방향에서 오는지 모르고 총에 맞는 경우와 비슷해. 단지 민간인 환경에서 발생했고, 그리고, 그리고…. 이곳 미국에서 발생한 거야. 한국이라면 벌어질 수 없는 사고야.

강용환은 미국에 온 이후 처음으로 이민 온 것을 후회하고 있었다. 맏아들을 잃을지도 모른다는 생각에 그의 가슴 속 끝에서 한없는 압박과 후회가 밀려오는 것을 실감하고 있었다. 결국 이틀 후 재식과 재아도 병원으로 왔다. 재식은 아버지처럼 뒷짐을 지고 병원 대기실을 서성거리고 있었고 재아는 울음을 터트렸다. 서진애를 부둥켜안고 울다가, 잠들다, 울기를 반복하고 있었다.

어둠의 블랙홀처럼 빠져들어 가던 의식이 다시 돌아왔다. 재영은 잠시 이것은 기적인가 하는 착각에 빠졌다. 자신이 입은 부상 정도라면 이미 출혈이 많았을 것이며, 가슴, 다리 그리고 식도 같은 장기가 심하게 손상이 되었을 것이며 아마도 자신의 의대 교수님이 수술을 직접 집도했다면 그의 상식으로는, 그가 지금까지 배워왔던 최신의 의학 지식으로는 자신의 소생 가능성보다 사망 가능성이 더 높다고 판정되어야 했다. 당장 패혈증을 걱정해야 했고, 출혈에 따른 수혈도 어느 정도의 수준 이상이 될 수 없을 한계치에 도달할 것이며, 예민한 부위인 식도가 상했다면 치명적인 상처를 입었을 것이었다.

소생해도 온전한 삶이 불가능한 것으로 아마도 재수가 나쁘면 하반신마비 그리고 식도의 부상으로 음성 기능과 음식 섭취 기능의 심각한 손상이 수반될 것이었다. 나의 가슴은 총탄의 흔적으로 아프지만 정통으로 맞은 것 같지는 않았다. 심지어 정통으로 맞아도 총탄을 끄집어내 외과적 수술로 많은 환자들을 소생시킨 사례를 나는 알고 있었다. 한 가지 확실한 것은 내가 의대생으로서 나를 진단한다면 살아도 정상으로 돌아갈 수는 없다는 사실이었다. 그렇다면, 나는 차라리 죽는 것이 낫다는 결론이었다. 의사는 냉정해야 한다. 심지어 자신에게까지도.

내가 살아난다면 누구보다 리사가 좋아할 것이다. 그러나 나는 리사에게 정신적, 육체적 짐이 되어 앞으로 남은 세상을 살 수 없다. 나는 리사를 떠날 수밖에 없다. 나는 리사를 거부할 수밖에 없다. 그녀의 앞날을 위하여. 그러면 나는 다시 로스엔젤레스로 가든가 아니면 다른 곳으로 옮겨져 외로운 재활병원에서 나의 남은 인생을 살게 될 것이다.

이렇게 된다면, 나는 아마도 자살로 생을 끝낼 것 같다. 내가 재활병원으로 간들 아버지와 어머니가 나를 방문할 일도 없을 것을 나는 안다. 재식과 재아는 내가 사랑하는 동생들이지만, 걔들도 평생 장애인이 된 형과 오빠를 그들 인생의 부담으로 느끼며 살 것이 분명하므로 나는 역시 죽어야 한다는 명확한 결론에 도달했다. 그들이, 리사를 포함하여, 나를 추모하며 좋았던 추억을 기억하며 살도록 해야 한다.

그런데도 나는 아직 살아 있다. 헨더슨 박사께 나는 진심으로 말하고 싶다. 나를 죽게 놔두라고. 헨더슨 박사는 나의 은사이지만 또한 외과 의사다. 그는 나보다 나의 상태를 잘 알고 있을 것이다. 저 문밖에서 기다리는 제너럴 캉, 서진애 여사 그리고 아마도 여기까지 지금쯤 와 있을 재식과 재아에게 차분하고 냉정하게 제발 말해줬으면 한다. 나의 제자인 제이슨 강은 불행하게도 온전한 소생이 불가능하므로 우리가 알아서 그의 마지막 인생의 길을 따라가도록 돕겠다고 말해주기를 나는 간절히 바란다. 그러나 나는 이제 다시 돌아온 희미한 의식만 깜박이고 있을 뿐 움직일 수도 없고 이미 나의 목소리도 잃었을 것이다. 기다림은 이제 고통이 된다.

꿈결을 헤매는 듯한 의식이 있는 한, 생각이 그러니까 기억이 되살아난다. 제너럴 캉은 어느 날 술을 마시고 집으로 와서 가족들을 불러 모았다. 그리고 이제부터 우리는 로스엔젤레스에서 산다고 짧게 말했다. 나는 이 말이 처음에는 아버지가 군대에서 보직이 변경되어 해외 근무로 된 것으로 생각했다. 그래서 나는 아버지에게 엘에이에서 얼마나 머물게 되는지 여쭤보았다. 그게 아니라, 우리는 이민을 가는 거야. 이민이라니요, 아버지? 제너럴 캉은 표정 변화 없이 우리는 이제부터 미국에서 살 거야. 너, 재영이 그리고 재식, 재아 다 미국에서 학교 가고 대학까지 가는 거다. 너희들을 위한 내 결정이다.

이민 준비는 크게 필요 없고, 너희들은 어차피 학교에 가야 하는데, 처음에는 적응이 필요하겠지만, 1년, 2년 지내다 보면 새 환경에 익숙해질 것이며, 우리는 투자이민으로 가기 때문에 경제적 어려움은 없을 거니까 공부만 열심히 하라고 덧붙여 알려주셨다.

나는 아버지의 말을 듣는 순간, 나의 모든 계획이 엉클어지는 것을 알았다. 나는 당시 고등학교까지만 아버지의 도움으로 공부하고, 대학부터는 독립하여 집을 나가는 것을 계획하고 있었다. 나는 제너럴 캉의 아들인 것이 싫었다. 내가 아버지를 제너럴 캉이라고 부른 것은 어머니가 아버지가 준장으로 진급했을 때 가장 기뻐했었고, 남편이 별을 달게 된 것이 마치 자기가 그렇게 된 것처럼 좋아했었고, 어머니는 이후 아버지보다 더 장군처럼 행세하기 시작했었기 때문이었다. 아버지에 대한 호칭도 처음에는 "강 장군님" 그리고 최근에는 "제너럴 강"으로 그리고 미국으로 와서는 "제너럴 캉"으로 바꿔 불렀다. 나에게 아버지는 영원히 "제너럴 캉"이 되었다.

나는 제너럴 캉을 존경하지 않았다. 그가 무뚝뚝한 군인이어서도 아니고 그가 집에서 독재자처럼 굴어서도 아니었다. 이런 종류의 아버지는 대한민국에 아주 많았기 때문에, 그가 반드시 존경의 대상이 못 된다는 것은 아니었다. 그는 최소한 내가 중학생이 되었을 때부터 옛날의 아버지 같은 모습을 점차 잃어버리기 시작했다.

나는 그때 이후 아버지로부터 나에 관한 질문과 관심을 받아보지 못했다. 가령, 다정스럽게 아들인 나의 머리를 쓰다듬어 주신 적도 없었고, 내가 사춘기의 어려움을 겪고 있을 때, 나에게 전혀 관심을 주지 않았다. 학교에서 교우관계의 어려움, 나와 관련된 크고 작은 얘깃거리, 가령 나의 취미, 좋아하는 음식, 음악이나 앞으로의 희망과 포부 같은 것을 나에게 물어보지 않으셨다. 단 한 가지 예외는 내 학교 성적에 관해서는 관심을 표명했다.

나는 제너럴 캉의 이러한 나에 대한 불감증이 그에게만 국한된 것이 아님은 잘 알고 있었다. 우선, 동생인 재식과 재아에게도 똑같이 불감증을 보였다. 따라서, 내가 이러한 이유만으로 그를 그저 존경하지 않았다면, 아마도 나는 그에 대해 부당한 생각일 수도 있다고까지 생각했다. 내 학교 친구들도 정도의 차이는 있어도, 바쁘고, 항상 피곤한 그들의 아버지를 대하는 태도가 나와 별다르지 않았다는 것도 알았으며, 이는 그냥 그런 것이었다. 크게 얘기하면, 아버지들은 집안을 위해 돈을 버는 기계, 아이들은 공부를 위한 기계 같은 존재들로서 기능하면 되는 식이었다.

나의 아버지에 대한 문제는 바로 돈이었다. 돈을 버는 기계라는 기능의 면으로 보면, 제너럴 캉은 아주 훌륭한 아버지였다. 나는 이 사실에 적어도 중학교 2, 3학년쯤부터 의문을 품기 시작했었다. 돈을 잘 버는 훌륭한 아버지라는 의문은 논리적으로 맞지 않는 표현임에도 나는 그렇게 생각하기 시작했다. 그때도 제법 규모가 되는 집안 살림인 것을 나 같은 어린 나이의 학생으로도 알고 있었는데, 더군다나 셋이나 되는 아이들을 부족함 없이 키울 수 있는 아버지의 능력에 처음에는 좀 신기해하다가, 그것이 이후 궁금함으로 나중에는 이상한 감정으로 변해갔다. 아무리 아버지가 고급장교의 위치에 있었다고 해도 우리는 항상 윤택했다. 이 감정의 의문부호에서 나중에는 그를 존경의 대상으로 보아야 할까 하는 나의 개인적인 질문을 넘어선 고민으로까지 생각이 번진 것이다.

　나의 이러한 생각의 계기는 의외로 사소한 에피소드에서 비롯되었다. 내가 중학교 2학년 초에 당시 유행하던 홍콩 독감에 걸려 학교를 며칠씩이나 못 가다 겨우 몸을 추스르고 등굣길에 오르게 되었다. 어머니가 제너럴 캉에게 여보, 오늘 출근길에 재영이 오늘 학교 가는데 좀 태워다 줘요, 라고 말했다. 며칠간 앓아서 애가 아직 몸이 정상이 아니에요. 나는 대답했었다. 엄마, 괜찮아. 나 혼자 갈 수 있어. 아니야, 걷는 길이 제법 멀잖아. 제너럴 캉은 무뚝뚝하게 그래, 재영아, 내가 학교 입구까지 태워다 줄게. 나는 학교 입구에서 대략 100m쯤 앞에서 내려달라고 했다.

　나를 내려준 제너럴 캉의 차가 멀리 지나가고 있었다. 그 순간, 내 짝이었던 형민이 어디선가 나타나서 나에게 물었다. 재영아, 네 아버지가 군인이셔? 네가 자가용차에서 내리는 것을 봤어. 너희 집 부잣집이니? 그 순간 나는 얼음처럼 몸이 굳어졌다. 형민에게 대답을 못 하고 그냥 그런 게 아니야 하고 말해주었을 뿐이었다. 이 에피소드 이후 나의 성격이 차츰 내성적으로 변해갔다. 당시 어린 형민이 그냥 아무 뜻 없이 뱉은 말일 수도 있었다.

그러나 우리 세 남매는 당시 모두 아버지의 능력으로 가장 비싼 비밀 과외수업을 받고 있었고, 어머니의 주장대로 우리 각자는 특기 교육을 또한 과외로 받고 있었다. 나는 태권도, 재식이는 미술, 재아는 피아노를 비싼 돈을 주고 배우고 있었다. 어머니 자신도 비싼 외국산 옷에 화려한 치장을 하고 다니시기 시작했던 것을 나는 기억하고 있다. 그때까지만 해도 귀했던 전용 고급 자동차를 어머니가 직접 타고 다니실 정도였으니까. 아버지가 아무리 고급장교 그리고 나중에 장성에 오르시게 되셨다 해도, 국가 공무원의 봉급 수준을 이미 나는 알 수 있는 나이가 되었고, 어머니의 친정도 결코 부유한 집안이 아닌 것도 잘 알고 있었기 때문에 나의 심리적 갈등이 심해질 수밖에 없었다.

고교진학 후에는 이러한 나의 내향적 심리 상태가 더 심해지게 되었다. 나의 문제는 혈육인 아버지와 현실의 아버지와의 괴리를 생각하지 않을 수 없다는 것이었다. 내가 고민한 나로서의 해방은, 결국 대학 진학까지 아버지에게 의지할 수밖에 없는 것이라면, 대학부터는 나의 삶을 찾아야 한다는 스스로에게 매겨진 강박감을 통한 탈출이었다.

그래서 나는 대학 진학 후 그에게서 벗어나고자 했는데, 느닷없이 어느 날 갑자기 미국 이민이 결정되니, 나의 계획이 수포로 돌아가게 된다는 것을 직감했다. 솔직히 위기감을 느낄 정도였다. 애초 계획은 내가 다행히 공부를 잘하니 좋은 대학의 법대를 가서 졸업전에 사법시험을 보고 경제적으로 일찍 독립하는 것이었다. 이 길이 최선이라고 믿었었다.

그런데, 나는 지금, 이 순간 또다시 나의 의식이 흐려짐을 느낀다. 눈도 뜰 수 없을 정도로 사경을 헤매고 있는 것은 틀림없었다. 간호사의 손길을 지금 느낀다. 나는 금세 무의식의 어둠으로 향한다. 어둠으로 가면서 나는 순간적으로 느낀다. 이 여행이 마지막일 수도 있다는 것을. 그리고 내가 사건 현장에서 즉사하지 않고 지금까지 생사의 경계에서 의식과 무의식의 상태를 반복하고 있게 된 것은 그나마 내가 스스로 나의 짧았던 인생을 회고하고 죽음을 애도할 수 있는 배려가 있었던 것으로 생각되어 다행이라고 생각했다.

같은 시각, 병원 중환자 대기실에서 새로운 브리핑을 시작하고 있었다. 남은 두 명의 부상자 중, 에드워드 커밍스는 중환자에서 장기 치료 환자로 지위가 바뀐다는 발표였다. 병원 관계자는 커밍스는 살아남을 것임을 분명히 했으나, 그의 하반신마비는 장기 치료가 필요한 상태로 될 것이며, 따라서 병동을 옮겨 치료를 계속해야 한다는 병원의 조치임을 설명해 주었다. 커밍스 가족의 환자 하반신의 치료 가능성에 관한 질문에 브리핑 담당 의사는 내일부터 병동을 옮겨 치료가 시작되지만, 하반신을 움직이지 못하는 상태는 오래갈 것이며, 상당 기간 휠체어에 의지하여 환자가 움직일 수밖에는 없고, 치료 과정은 장기 과제여서 예단하기 어렵다고 설명해 줬다.

커밍스 학생의 가족은 아버지, 어머니, 할머니, 동생들 그 외 친척들 하여 열 명 가까이나 되었다. 동료 학생 친구들 서너 명도 같이 있었다. 가족들은 조용히 울고 기도를 드리고 있었다. 이 광경을 제이슨 캉의 가족도 옆에서 지켜보고 있었다. 제너럴 캉은 담배를 피우러 병원 바깥으로 나갔고, 재식, 재아는 그들 가족에 위로의 말을 건네고 있었다. 서진애 여사는 그들을 위해 기도를 드리겠다고 했다. 그녀는 한국말로 10분이나 되는 기도문을 올렸다. 커밍스 학생 가족이 대기실을 떠나자, 이제 덩그러니 제너럴 캉 가족만이 남았다.

제이슨 강은 그의 소망대로 소생하지 못하고 죽었다. 사건 후 거의 1주일가량이나 버티다 죽음에 굴복하고 말았다. 이 총기 난동 사건의 희생자 다섯 명 전원이 대학의 학생 혹은 직원이어서 학교 당국은 합동 추모예배를 개최하였다. 네 명 사망, 한 명 영구 장애의 치명상을 당한 희생자를 위한 추도예배는 고색창연한 고딕 건물의 교회에서 많은 교내외 인사들이 참석한 가운데 엄숙히 거행되었고, 강재영의 유해는 다음날 로스엔젤레스로 운구되어, 또 한차례 영결식이 제너럴 캉과 서진애 여사가 후원회장과 장로로 봉직 중인 한인 교회에서 거행되었다. 재영의 가족들은 그를 위해 마지막으로 눈물을 흘렸다. P시에서 로스앤젤레스까지 그리고 묘지까지의 며칠 동안 날씨는 잔인하다시피 맑았고 안온했다. 재영의 영면을 위한 하늘의 마지막 배려인지도 몰랐다.

하늘이 맑은 것이 잔인할 정도로 느껴진다면, 로스앤젤레스만 한 곳도 없었다. 이곳은 마치 해맑은 태양 아래의 오아시스 같은 곳이었다. 캘리포니아 사막의 땡볕을 피해 남쪽 바닷가로 오면 나오는 영원한 태양의 도시가 전개되는 것이다. 햇볕은 항상 거기에 있었고, 바람은 항상 훈훈했다. 폭풍, 홍수 그리고 폭설이 없는 이 땅에서는 오로지 적막한 하나만의 질서가 놓여 있는 것 같았다. 질서는 죽음이었다. 이제 스물여덟 살 젊은 아시아 청년이 조용히 묻혀서 살기에 기가 막히게 좋은 땅이 되었다.

재아는 재영 오빠가 삶과 죽음의 고통 속에서 1주일을 병원에서 지내는 동안 리사가 줄곧 중환자실 밖에서 지냈던 것을 알고 있었다. 사건 후 자신이 엘에이에서 병원으로 오자마자 만난 것도 리사였다. 서로 부둥켜안고 울었다. 리사는 재아에게는 언니와 같은 존재였다. 이제 리사는 오빠가 없는 세상에서 내일부터 마치 아무 일도 없었던 양 살 수가 없다고 했다. 오빠와 바로 1주일 전까지 몸과 마음에 붙어 있었던 진한 경험과 기억을 지울 수 없었다. 리사는 이번 학기를 휴학하기로 했다고 재아에게 얘기해 줬다.

재아가 말했다. 리사, 미안해. 리사는 오히려 자기가 미안하다고 말했다. 그리고 휴학하는 동안 오빠를 애도하고 새출발을 다짐한다고도 했다. 재아는 리사에게 말했다. 리사, 내가 대학교 입학 때 언니와 오빠가 학교 캠퍼스로 찾아왔던 것 기억나? 물론이지. 그때 네가 매사추세츠주 H 대학에 진학해서 우리가 금요일 수업이 끝나자마자 차를 몰고 네가 있던 곳까지 갔었잖아. 제이가 같이 가자고 해서 나도 갔었지.

오빠는 너를 사랑했어. 제이는 네게 맛있는 음식을 사주고 싶었지. 네가 학교에 적응하지 못하고 있을지도 모른다는 걱정에 너를 보러 갔던 거야. 기억하지? 물론이지, 언니. 난 그때 오빠의 자상함을 처음 느꼈어. 그리고 왜 오빠가 동부까지 와서 학교에 다니게 됐는지도 이해하게 되었지. 내가 아빠의 의지로 동부에서 대학에 다닌 것과는 달리, 오빠는 순전히 자신의 의지로 된 것이야. 그것은 자유를 위해서였던 것이었다는 것이 내가 막상 동부로 오니까 그 이유를 알겠더라고.

오빠에 대한 애도는 재아가 H 대에 입학 후, 스스로 회의에 잠겨 있을 때 오빠와 리사가 그녀를 학교로 찾아오게 된 기억으로 시작되고 있었다. 재아는 아버지 강 장군이 이 학교에 입학시켜 준 것을 알고 있었다. 학교에 일정한 금액의 찬조금, 장학금, 발전 기금, 그 어떤 식이든지 간에 기여하는 조건으로 입학하게 되는 것이었다. 그녀 외에도 다수의 입학생이 이런 식으로 입학이 가능한 적당한 명성을 유지하고 있었던 동부 사립대학은 부유한 집안의 게으른 학생들을 위한 교육시설로 평판을 유지하고 있었다.

이른바 세븐 시스터즈로 별칭 되는 명문 여자대학이나 아이비리그 대학의 명성과 실력을 흉내 낼 수는 없어도 자기 자식들이 그런대로 괜찮은 학교에 다녔다는 명성만큼은 보여주고 싶었던 부유한 집안을 위한 일종의 특수학교 비슷한 위상이라고 말할 수 있었다. 재아는 집 근처의 주립대학에 가고 싶었다. 그녀는 공부가 싫었고 그냥 그렇게 살고 싶었다. 인생의 목표가 없었다. 고등학교 때의 성적도 그냥 캘리포니아 주립대학 중 하나쯤은 겨우 갈 수 있는 정도로 되었다.

그런데 아버지와 어머니는 자신들의 막내딸을 평범하게 키우고 싶지 않았다. 동부의 이른바 명문대학을 갈 실력이 없다면, 딸을 그 비슷한 흉내를 내는 분위기의 대체재로 보내야 했다. 자기들 딸의 인생에 도움이 되는 외피를 마련해 줘야 한다는 그들의 신념이었다. 그런 면에서 둘째 재식 오빠의 고집을 재아는 존경하게 되었다. 오빠는 소신대로 엘에이 근교 주립대학에 갔다. 부모의 동부 사립대 진학의 유혹과 압력을 이겨내고 그냥 이곳에 남은 이유를 그녀는 안다. 오빠의 중학교 여자 친구를 따라 같은 학교에 가기 위해서였다.

그래서인지 재아의 대학 진학 차례가 됐을 때 부모들은 좀 집요하게 동부로 가기를 강요하다시피 했다. 어차피 작은 오빠는 포기해도 스스로 힘으로 동부의 의대로 진학한 큰오빠가 언젠가는 우리 집안을 대표하고 이

끌어가리라는 그들의 바람이 있었다. 그런데 이제 그 희망은 사라졌다. 재영 오빠는 이제 땅에 묻혔다. 묻힌 자는 다시 살아오지 않는다. 재식 오빠도 형을 애도하고 있을 것이다. 그의 삶이 형의 죽음으로 어떻게 바뀔지 재아는 가늠할 수가 없었다. 남은 가족은—제너럴 캉의 통솔하에 남겨진 모든 구성원은—큰아들의 죽음을 어떻게 받아들여야 할까에 전전긍긍하고 있기 때문이었다.

재아는 큰 오빠가 자신을 데리고 그때 학교 앞 이탈리아 식당에서 했던 말을 지금도 또렷이 기억한다. 재아야, 너와 이렇게 마주 보고 얘기하기도 참 오랜만인데, 나는 알아. 네가 아버지 따라 이곳으로 이민 오는 것을 원하지 않은 것을. 그건 나도 그리고 재식이도 마찬가지야. 아버지의 일방적인, 그리고 갑작스러운 결정이었지. 우리는 거역할 수 없었지. 우리는 아직 어렸으니까. 어머니도 마찬가지야. 그러나 어머니는 강 장군의 오른팔 같은 사람이야. 너도 알잖아.

그런데 재아야, 그래도 이왕 네가 여기 동부까지 왔으니, 마음을 잡고 공부를 마칠 수 있으면 그렇게 했으면 해. 네가 이곳으로 나와 멀지 않은 곳에서 대학에 다니게 됐다는 것을 알고 나는 무척 기뻤어. 내가 스스로 독립하기 위해서 그동안 혼자 사느라 동생들, 특히 하나밖에 없는 여동생을 잘 챙겨주지도 못해서 미안한 생각이 컸었어. 내 마음과 같지 않게 너를 자주 찾아오고 싶었는데, 이제야 왔어. 오빠가 말할게. 재아야, 너는 이제부터는 아버지의 의지로 살지 말고, 너로 살아야 해. 아버지 의지의 희생자 같은 마음으로 살면 안 돼. 알았지? 대학까지는 마치고 네 인생이 새롭게 전개됐으면 해. 그리고 이 오빠는 항상 너 뒤에 있다는 것도 잊지 말고.

그러나 재아는 H 대를 끝내 중퇴했다. 3학년까지만 다녔다. 그 정도까지 버티고 다닌 것이 오히려 긴 시간처럼 느껴졌다. 큰오빠가 말한 "너로 살아야 해."라는 말이 그녀 자신에게 오히려 비수처럼 마음을 찌르는 것 같았다. 큰오빠의 스스로 자신의 운명을 헤쳐 나가고자 하는 의지 그리고 작은오빠처럼 부모의 결정을 거부하고 자신이 좋아하는 대로 살고파 하는 소박한 의지가 재아 자신에게 있는지 불분명했다. 혹은 그녀가 학교를 그만두는 것 자체가 자신의 의지였다면 그렇게 부를 수도 있었을지 모를 일이었다. 결과는 아버지의 의지를 배신한 것이었기 때문이다.

 재아의 대학에서 경험은 처음 자유의 만끽 같은 느낌. 신입생에 대한 헤이징이라고 불리는 짜릿하지만, 싱거운 신고식, 주말마다 열리는 파티에서의 음주와 마리화나 같은 환각의 질주, 남녀 간의 짝짓기 같은 젊은 수컷과 암컷들의 싱싱한 성적 매력을 위한 향연, 매년 펼쳐지는 3월의 미친 스포츠 행사, 매일 펼쳐지는 각종 세미나, 심포지엄, 정치적 혹은 성적 소수자 학생들의 소그룹 모임, 여름방학 동안의 유럽 여행, 동양인 여학생에 대한 미묘한 성적인 제스처와 인종적 분별력 그리고 마침내 발견되는 학기 말을 앞둔 시험 준비와 망각. 이러한 모든 것이 프로그램화되어 펼쳐지는 것이 거듭되면서 재아는 흥미를 서서히 잃어가게 되었으며 나중에는 완전히 잃게 되었다.

 그녀는 주로 백인 남자애들과 만났다. 백인 위주의 학교였기에 그럴 수밖에 없었는지 모른다. 그녀는 자연스럽게 사귀었다. 걔네들은 재아를 호기심으로 만났고 그 호기심이 사라졌을 때 떠나갔다. 재아도 마찬가지였다. 그 주기는 몇 달 길어야 1년을 넘기지 못했다. 그녀가 성적으로 문란하다기보다 많은 또래의 애들과 비슷하게 사귐과 헤어짐의 짧은 애정의 순환 같은 식이었다.

그런 면에서는 큰오빠처럼 늦게—오빠는 분명히 학부 때 스스로 학비를 마련해야 하는 부담감으로 연애 같은 경험을 할 수가 없었을 것이며 의대로 진학해서 리사 언니를 만났을 때 오빠의 진심이 펼쳐졌을 것이다—그러나 온전히 한 여자에게 헌신하는 사랑 그리고 작은 오빠처럼 중학교 때 여자 친구와 한결같은 마음으로 지금까지 관계가 유지되고 있는 것과는 아주 다른 재아의 삶이었다.

재아는 지금 할리우드에 있는 자신의 가게에 있다. 큰오빠를 멀리, 멀리, 그리고 영원히 하늘나라로 보내고 리사 언니도 이제는 떠나보낸 것 같았다. 자신의 삶을 의지했던 두 사람이 갑자기 사라져 버린 것이다. 아버지 제너럴 캉과 어머니 마리아 서 여사의 자식을 잃은 슬픔에 비교될 수 없는 그녀의 슬픔일 것이었다. 자식을 먼저 보내는 부모의 마음을 재아는 헤아릴 수 없었지만, 그 못지않게 자신의 인생에서 중요했던 두 사람과 이별을 고해야 하는 것은 그녀를 힘들게 했다.

이 미국 생활의 단순함과 무자극성의 반복된 지루함 속에서 빛났던 두 사람에게 이러한 일상의 삶을 비웃기라도 하듯 어떤 미친 녀석이 이 생경한 봄날의 소슬한 바람을 뚫고 총을 쐈다. 불행히도 오빠가 거기에 있었다. 재아는 슬픔을 넘어 허무를 느끼는 것은 무엇일지 생각해 보았다.

이제 맏아들 재영을 이곳 로스앤젤레스 땅에 묻고 강용환은 지금 자신에게 너는 누구냐고 묻고 있다. 아이들이 자신이 안 보이는 곳에서 자신이 들리지 않는 곳에서 아버지인 자신을 언젠가부터 제너럴 캉이라고 부르기 시작했던 것을 안다. 아내조차도 남편을 그렇게 부른 적이 있다는 것도 안다. 아마도 그가 그때 그러니까 1993년 초의 군내 사조직 해체의 충격으로 이후 미국 이민을 고민하고 마침내 다음 해 초에 가족에게 알려줬을 때쯤부터 자신이 서서히 이렇게 불리게 된 것을 알게 된 것 같다. 사실은 자신이 그보다 훨씬 전부터 그렇게 불리고 있었는지도 모른다고까지 생각했다.

재영이 이민에 반발했을 때, 아버지로서 강용환은 이렇게 말할 수밖에 없었다. 재영아, 이것이 우리를 위한 최선의 길이야. 너 재영, 재식 그리고 재아가 미국에서 더 좋은 곳에서 살 수가 있다. 한국보다 더 좋은 대학을 가고…. 그때 재영이 외쳤다. 아버지, 저는 더 이상 듣고 싶지 않다며 자기 방으로 들어갔다. 아내가 재영이 방으로 따라 들어갔다. 재영에게 심한 훈계를 해 댔다.

강용환은 속이 답답했다. 그는 가족들에게 왜 갑자기 미국으로 이민을 가야만 하는 진짜 이유를 결코 말할 수가 없었기 때문이다. 아내는 아마 어렴풋이 짐작할지도 모른다. 이제 거의 성년의 나이가 된 재영도 스스로 그 이유를 인지하고 있었을지도 모를 일이었다.

그가 대한민국 육군의 고급장교로 또 나중에 장성으로 진급되었을 때마다 그는 가족과 멀어져감을 느끼고 있었다. 중요한 군관계 일을 하면서 항상 같은 일만 반복되는 것과 같은 일상은 없었다. 그의 군복무는 항상 긴장 속에서 만일의 사태에 대비해야 하는 경직성 그리고 준비의 철저함으로 되어 있어야 했다. 그리고 군복무 초기 이후 계속 진급하면서 아니면 그 중간 시기에도 정기적 혹은 비정기적으로 보직이 변경되며 근무지도 자주 바뀌었다. 따라서 가족들의 생활도 그의 군부대 생활에 크게 영향을 받을 수밖에 없었다.

아내는 이러한 남편의 군인으로 사는 삶을 완전히 이해하고 있었을 뿐만 아니라 전적으로 지지해 주고 있었다. 강용환은 그의 군 생활의 성과는 일정 부분 아내의 몫이기도 했다는 것을 잘 안다. 그러나 아이들은 반드시 이해하고 지지해 주고 있었을지 자신은 잘 알지 못했다. 실제로 자신의 군 생활은 진급을 거듭하게 되면서 너무나 바빠졌다. 오랜 지방부대나 군사 요지에서의 근무를 마치고 서울로 근무지를 옮겨오게 되면서 그는 너무도 바쁜 나날 그리고 정신적인 압박과 긴장 속에서 군 생활을 계속했다. 늦게 일과를 끝내고 가족이 있는 집에 들어올 때쯤이면 아이들은 이미 잠이 들어 있었고 아내만이 기다리고 있었다.

아이를 기르는 일은 아내의 몫이 될 수밖에 없었다. 대한민국의 아버지들은 가족을 먹여 살리기 위해 너무나도 바쁘고 고단하게 산다는 것은 진리였다. 그도 예외는 아니었다. 어떤 종류의 일을 하든지 상관없이 아버지들은 바빠야 했다. 그래야 겨우 먹고 살 수 있는 식이 되었다. 생존경쟁의 치열함은 아버지들을 심적 그리고 육체적으로 압박하고 있었다. 그리고 그는 중요한 군 업무를 하고 있었기 때문에, 다른 아버지들보다 업무의 강도가 비교할 수 없을 정도로 높았기에 그는 항상 긴장 속에서도 일종의 자부심 같은 것을 가지고 있었다. 그래서 아내의 애들 키우는 몫은 커지게 되었고 그는 그 책임으로부터 스스로 면제되었다는 인식으로 남게 되었다.

자신이 국가를 위해 헌신하는 동안 아내가 자식을 키우고 보호해야 한다는 현실은 옛날 장수가 적을 무찌르러 전장에 나갈 때 아내가 조용히 아이들을 키우며 기다리는 것과 같은 의미가 있었다고 믿었다. 자신이 아버지로서 아이들에게 자상하게 다가서지 못하고 있어도 아이들은 나중에 그의 국가에 대한 헌신을 이해해 주리라고 믿고 있었다.

아이들이 그가 근무지를 옮겨 다닐 때마다 자주 전학하고 오랫동안 학교에서 친구를 사귈 기회가 없어지게 되는 것을 사실 그는 안타깝게 생각하고 있었다. 그러나 아이들이 자라서 철이 들기 시작할 때쯤부터는 그의 근무지가 서울로 바뀌게 되면서 줄곧 서울에서 지금까지 살아오게 되었다.

그는 아이들에게 잘 되었다고 생각하게 되었다. 더 이상 지방이나 전방 부대 근무가 없어지게 되어 아이들이 좀 더 나은 환경에서 자랄 수 있게 된 것이 기뻤다. 그가 비록 아이들을 매일 못 보는 날이 많을 정도로 바쁠 때도 그는 아이들이 잘 자라주리라는 것을 믿어 의심치 않았다. 아버지로서 부족한 자신의 몫을 아내가 충분히 메워주고 있을 터였다.

그의 소년 시절의 야망에 부합한 곳은 사관학교였고 거기서 그는 가장 잘했다. 그는 잘했기에 입학 때부터 교수들, 선배들의 주목을 받는 생도가 되었다. 졸업 후 그는 전방의 전투부대로 지원했다. 그는 자기의 운명을 스스로 개척할 것이었고 그는 거기서 소대장의 임무를 수행했다. 군인으로서 전투병과를 일찌감치 지원했던 것은 당시 남북 간 군사적 긴장의 고조에도 이유가 있었다. 그는 북한군과 싸울 준비가 되어 있었다.

중위로 진급하면서 베트남으로 파견 업무를 맡게 되었다. 당시 파병부대의 철수 준비와 남베트남 군대의 전반적인 전쟁 전략과 정보를 파악하는 중요한 업무를 수행하게 되었다. 그때 우리 정부는 베트남전쟁이 남베트남 군대에 불리하게 전개되고 있다는 것을 이미 알고 있었고 주요 원인과 현황을 파악하여 우리 군대의 대북한 방위 업무에 활용하고 이를 토대로 당시 계속되는 북한군의 도발에 효율적으로 대처하고자 했다.

당시, 그러니까 60년대 말과 70년대 초반 북한군의 도발은 극에 달했었다. 청와대 습격, 울진, 삼척 공비 투입, 동해안과 서해안 우리 어민의 납치, 그리고 날로 증가하는 간첩들의 암약 등 국가 존재의 위기 상황이었다. 특히 우리 남한군의 베트남 파병 이후 남북 간의 긴장은 고조되었다.

강용환은 사명감에 넘쳐 있었다. 남베트남에서 고급 군사정보를 습득하게 되면서 그는 남측이 북측을 이길 수 없으리라는 것을 차차 알게 되었다. 미군의 철수 계획은 이 사실을 증명하고 있는 것이었다. 한국과 베트남의 전투적 지형이 다르다는 것이 중요한 것은 아니었다. 남베트남은 북베트남과 싸울 의지가 약해져 있었다고 그는 생각했다. 그는 남베트남 군대의 주요 장교들—그들은 대부분 강용환보다 나이도 많고 계급도 더 높았다—과 교우하게 되었고 아이러니하게도 그가 미국에 이민 왔을 때 그들을 엘에이에서 만나고 서로 돕고 지내는 사이가 되었다. 우리는 국적은 달라도 같은 전우였으니 말이다.

강용환의 베트남전쟁에서의 경험은 사실은 충격적이었다. 미국 내에서 반전운동이 심화하고 있었다는 것을 이해할 수 없었다. 동시에 서유럽에서 태동하고 있었던, 이른바 68혁명이라는 것도 베트남전쟁에 반대하는 것에서 원인을 찾을 수 있었지만, 그는 이러한 서구의 반전운동이 공산 세력에 대한 패배 의식에 기반을 두고 있다고 믿게 되었다. 당장 한국에서 북한의 도발에 의한 위기 상황을 어떻게 봐야 할 것인지 그는 답답한 마음이었다. 그런 의미에서 그의 베트남에서의 경험은 그가 군인으로서 향후 어떻게 처신해야 할지, 나아가 어떻게 상황을 인식해야 할지에 대한 교훈을 제공한 셈이 되었다.

강용환은 베트남에서 2년 가까운 근무 후 귀국하면서 대위, 소령으로 계속 진급하게 되고, 동기 기수 중에서 가장 빨리 진급한 군인이 되어 가고 있었다. 이미 형성되었던 기수별 엘리트 모임에 그도 참여하게 되었고 그는 앞으로 그가 어떻게 처신해야 할지를 생각하게 되었다. 즉, 군대 내의 사회생활의 중요성을 알게 되었다.

이는 일종의 생존 전략 같은 것이었다. 사실 생존 전략이라기보다는 생존을 위한 본능에 가까웠다. 군인으로서 나라를 위해 목숨을 바칠 각오가 되어 있다는 자세 못지않게 군인은 살아서 목숨을 부지하고 있어야 하는 것이 현실적인 과제이자 최고의 덕목이 되는 것도 알게 되었다. 그는 학교에서, 전투부대에서 그리고 베트남에서 몸소 이를 터득했다. 비록 그는 북한군과의 직접 전투나 어떠한 다른 전투를 경험하지 못한 군인일지언정, 그의 직업적 본능을 한 번도 잊은 적이 없었다.

그는 이미 그 당시에도 한국전쟁이 많은 사람들, 특히 젊은이들의 머리에 기억되지 못하고 그저 교과서에서 배우는 역사로 잊혀 가고 있었다는 사실에 안타까워했다. 그의 진급은 한국 사회에서 급속한 산업화의 과정과 맞물려서 돌아가고 있었다. 남북 대치 상황—한국전쟁이 종료되지 못하고 정전으로 어정쩡하게 결과 지어진 것이 이를 역사적으로 증명하고 있다—그리고 이러한 군사적 긴장 상태에서 산업화를 수행해야 하는 모순이 존재하고 있었다.

남북 대치 상황은 우리가 산업화를 이루는 데 엄청난 방해 요소가 되었다. 60년대에서 70년대로 넘어가면서 남북 위기 상황을 겨우 넘길 수 있었다면, 70년대에서 80년대로 넘어가는 과정은 군사정권에 대한 도전 그리고 싹트는 민주화운동으로 산업화를 이루는 데 다른 의미에서의 도전이었다. 그는 당시에도 이후 상당한 시간이 흐른 지금도 그가 이 모든 과정에서 군인으로서 자신이 어떻게 처신해야 할지를 항상 생각하게 되었다. 이는 힘의 원심력이 어떻게 교체되고 있는가에 대한 반응의 문제였다.

그러던 중에 그는 새로운 보직을 맡게 되었다. 전투와 작전 병과에서 그의 능력을 인정받아 진급과 함께—그는 이미 중령이 되어 있었다—그는 방첩 병과를 맡게 되었다. 군인으로서, 특히 이제는 광범위하고 다른 의미에서 엄중해진 국가 방위 업무에서 막중한 군 방첩 업무의 실무책임자 역할을 맡게 된 것이었다. 민감한 대북한 정보 업무는 특수하게도 제한된 지리적 장애 그리고 북한에 대한 가장 최신의 정보를 습득하는 과정의 지난함 때문에 그는 솔직히 새로운 업무에 두려움을 느꼈다.

이제까지와는 완전히 다른, 어떤 면에서는 실제 전투 상황보다도 더 중요한 일이 되었다. 이러한 한계는 결국 수많은 첩보를 어떻게 다루고, 또 해석해야 하는 도전적 과제를 그에게 안겨주었다. 확인되지 않은 첩보는 이것이 정보가 되어야 하나 현실적으로 이 수준으로 격상되기는 사실상 불가능했다. 그렇다고 마냥 시간을 끌며 중요한 결정을 미룰 수도 없는 미묘한 과제였다.

전쟁이 종식되지 않고 중단된 채 시간이 흐르고 있다는 것이 평화가 아님은 그와 같은 고급장교들, 특히 대북한 정보를 담당하는 특수병과 군인들에게는 아주 심각한 현안이 될 수밖에 없었다. 북한은 총 대신 이제는 우리와 심리전을 펼치고 있다는 것은 당연한 논리였고 현실이었다. 군사적 도발 이후, 국지전으로 그리고 그것이 종식된 이후의 방법은 대량의 간첩 남파로 이어졌다.

그의 임무는 주로 간첩 색출로 될 수밖에 없는 운명이 되었다. 그리고 여기서 그의 성공과 성과, 그리고 회의와 회한 그리고 위기로 연결되었다. 성공이라는 동전의 앞면 뒤에는 그에 따르는 대가라는 뒷면의 보이지 않는 그늘이 있었다. 이는 당시의 시대 상황이었다. 그는 거기서 탈피할 수 없음을 간파하고 있었다.

서진애가 지금 남편이 된 강용환과 결혼을 한 것은 그가 대위 때였다. 그와 결혼하기 전 당시 강 대위는 곧 소령으로 진급을 앞두고 있다는 것을 그녀는 알고 있었다. 나름대로 그녀의 정보력을 발휘하여 강용환이라는 자신의 결혼 상대자가 될지도 모를 남자에 대해 여러 경로를 통해 알아보았다. 그녀가 그와 결혼한다는 것이 주위 사람들에게 알려지게 되었을 때의 반응은 대체로 의아하다는 것이었다.

그녀는 당시 대학 졸업 후 직장에 다닌 지 1년여밖에 안 됐었고 그는 이미 서른 살이 넘어 영관급 장교를 바라보는 위치로 서로 나이 차가 너무 많이 난다는 반응과 함께 그래도 E 대 메이 퀸 출신이 명문 가족, 이를테면 재벌가나 유명 정치 가문 같은 집안의 남자와 결혼하는 것이 보다 보기 좋은 우아하고 자연스러운 결과일 것이었다는 식이었다.

메이 퀸이 된다는 것, 그것도 명문 여자대학 5월의 여왕으로 뽑힌다는 것은 당시 미스코리아로 뽑히는 것보다 한 단계 높은 공인된 미인으로 뽑힌다는 것을 의미했다. 지성미를 여기에 덧입힐 수 있다는 것으로 단지 얼굴과 몸매만 훌륭하다고 아무나 메이 퀸이 될 수 있는 것이 아니었다. 미스코리아 출신 미인들이 종종 스캔들에 휩싸이는 것을 볼 때, 메이 퀸은 절대 그럴 수 없는 지위로 여겨지기도 했다.

메이 퀸이 되기 위해서는 우선 학업 성적이 우수해야 했고, 자기 학교의 경우 크리스천이어야 했고, 교수들의 추천, 그리고 참가 학생들에 대한 면접시험, 소양 시험 등이 우선시 되었고 이런 모든 것을 통과해야 미모, 몸매 등의 외형적 조건을 심사하는 까다로운 과정이었다. 최후의 승자가 퀸이 되고 나머지 참가자들은 들러리처럼, 시녀처럼 5월의 여왕 대관식을 치렀다. 이 행사는 여러 언론의 보도 거리가 되었다.

서진애는 당시 가정과 전공으로 재학 중이었는데, 가정과라는 것은 쉽게 말하면 대학에서 현모양처를 공식적으로 길러내는 과정이었다. 이 가정과는 그녀가 졸업한 몇 년 후 폐과가 되었다. 시대에 뒤처지는, 시대의 조류에 맞지 않은 것으로 인식이 되었다. 그러나 그녀가 학교 다닐 때 만해도 가정과는 여학생에게 인기 있는 학과였고, 일류대 출신의 가정과 학생들은 자연스럽게 좋은 신붓감으로 간주하였다. 이후 산업화가 본격적으로 진행되면서 여성들의 사회 진출이 늘어감에 따라 훌륭한 아내로 현명한 어머니로 남편과 가정의 조력자로서 덕목의 중요성은 서서히 희석되어 갔다.

그녀가 손꼽히는 여자대학교 출신, 인기 학과 전공의 여성, 그리고 메이 퀸이라는 어마어마한 타이틀을 소유하게 되었다는 것은 최고의 강점이 되었다. 그녀가 메이 퀸으로 선발이 되자 일간신문이나 여성 잡지사 등과의 인터뷰가 뒤따랐다. 그녀는 그들이 무엇을 원하는지를 파악하고 있었고, 그들은 서진애가 명실상부한 엘리트라는 것을 기사로서 확인하고 싶었다. 선발되신 소감은? 아, 네. 여러 가지로 부족한 제가 선발되어서 감사할 따름입니다. 앞으로 메이 퀸으로서의 영광을 지켜 나가는 삶을 살고 싶습니다. 평소 미모를 가꾸는 비결은? 네, 특별한 것은 없고, 단지 고른 식사와 수영, 요가 등으로 몸매를 가꾸려 신경 쓰는 편입니다. 가족관계는 어떻게 되십니까? 대기업 회사원이신 아버님, 가정주부이신 어머님, 그리고 자영업 하시는 큰오빠, 역시 회사원이신 작은오빠, 이렇게 다섯 식구입니다. 졸업 후 계획은? 대학원 진학이나 직장 생활을 원합니다. 이상적인 남편감은? 자기 일에 충실한 그리고 저를 사랑해 줄 수 있는 분이면 어떤 분이라도 좋을 것 같습니다.

실제로 기사가 실렸을 때 그녀는 모 대기업 간부의 딸, 벤처사업가를 오빠로 둔 유복한 가정의 외동딸, 평소 수영, 요가, 등산, 에어로빅스 등 다양한 스포츠를 즐기는 여학생 그리고 졸업 후 미국으로 유학을 준비 중인 재원으로 사진과 함께 소개되고 있었다. 그녀는 화가 났다. 사실의 과장이 너무 심했기 때문이다.

　아버지는 간부도 회사원도 아닌 조그만 기공소의 공원이었고, 어머니는 서울 북쪽 변두리 지역의 어느 조그만 시장 바닥에서 주로 노동자들의 끼니를 채워주는 식당을 수년째 해오고 있었다. 큰오빠는 어머니의 식당 일을 도와주며 근근이 살아가고 있을 뿐이었다. 작은오빠는 고교 졸업 후 군대에 지원해 다녀오고 아직 직장을 찾지 못하고 있었다. 쉽게 얘기하면 그녀의 가정은 하류계급의 전형적인 모습이었고, 자신은 거기서 어렸을 적부터 돌연변이 비슷한 존재로 자라오고 있었던 셈이었다. 오빠들이 고교 졸업 후 직장을 잡거나 영세 자영업으로 가족의 생계를 돕는 것이 당연시되었다. 대학교로 진학한다는 것은 언감생심이 되었다.

　서진애의 어렸을 적 처음 경험, 그러니까 당시 국민학교에 들어가기 전의 기억은 어린아이가 예쁘고, 똑똑하게 생겼다는 주위 어른들의 말이었다. 실제로 아이는 국민학교 1학년 때부터 공부를 잘했다. 선생님들, 가족과 주위 사람의 칭찬이 뒤따랐다. 그때 아주 어렸을 때의 나이였으나, 서진애는 차차 세상일을 터득하고 있었다. 자신은 똑똑하고, 공부를 잘하므로, 앞으로 잘될 것이라는 확신 같은 것이 생기기 시작했다. 앞으로의 희망, 어떤 무엇을 바라기 전에 자기가 먼저 이미 무언가를 위해 은연중, 무의식적으로, 때로는 아주 의식적으로 행동하게 되었다. 자신이 어떻게 행동해야 사람들로부터 칭찬을 받을 수 있는가에 대해 민감했고, 유능하게 해냈다. 하나하나의 과제를 해냈을 때 따라오는 성취는 정직했다.

중학교, 고등학교 때 다른 부잣집, 구태여 부잣집 아이들이 아니라도, 중간쯤 수준으로 사는 집의 아이들도 받을 수 있었던 과외 공부를 그녀는 한 번도 받은 일이 없었다. 아직도 일하고, 먹고, 또 다음날을 위해 근로를 해야만 하는 가정에서 과외는 사치품임을 이미 알고 있었으나, 당시 사춘기로 접어드는 그녀의 나이에서 이 과정을 넘기기가 어려웠다.

최초의 위기가 찾아왔다. 중2에서 중3으로 넘어가는 과정에서 그녀의 학교 성적이 조금씩 처지기 시작하고 있었다. 과외수업을 통한 선행학습이 부진했기 때문에 공부를 열심히 해도, 과외를 받은 아이들만큼 효과적으로 공부를 하지 못하고 있었다. 시험에 나올 수 있는 문제를 중심으로 공부하는 아이들을 이기기가 버거웠다. 서진애는 고민 끝에 과외를 받는 공부 잘하는 아이들과 사귀어야겠다고 결심했다. 자신의 첫 번째 전략적 선택이었다. 서진애는 그 아이들의 과외 노트를 보며 하나하나 수업의 내용을 파악하게 되었다. 그렇게 해서 무사히 좋은 고등학교로 진학할 수 있었고, 고등학교 과정을 과외 없이도 효과적으로 공부할 방법을 중학교 때의 경험을 바탕으로 알 수 있게 되었다.

당시 그녀는 남녀공학 고등학교에 다녔는데, 자신은 여학생 중에는 가장 우수한 학생 그룹에 속했다. 그러나 남학생 중 공부 잘하는 아이들보다 성적이 항상 조금 처져 있는 것을 알게 되었다. 그래서 그녀는 남학생 중 공부를 제일 잘하는 아이, 따라서 학교에서 공부를 제일 잘하는 아이와 사귀어야겠다고 결심했다. 고3 초에 그 아이를 하굣길에 맞닥뜨렸다.

그녀는 그 아이에게 이렇게 말했다. 철규야, 나 너와 사귀고 싶어. 뭐, 서진애가 나와 사귀고 싶다고? 왜? 내가 공부로 너를 이기고 싶어서. 철규는 피식 웃으며 대답했다. 진애야, 너는 날 못 이겨, 절대 안 되지. 왜, 그런 게 어딨어? 라고 그녀는 반문했다. 어느 여자애들도 나를 한 번도 이긴 적이 없었기 때문이야. 네가 나를 전혀 이길 수 없지는 않을 수도 있지. 그런데 이제 너나 다른 애들이 나를 이길 시간이 없어. 벌써 우린 고3이고 이제 시험 볼 때까지 시간도 없어. 그러니 포기해, 진애야. 너도 너만큼 잘하잖아? 철규야, 그러면 이렇게 하자. 내가 너 공부하는데 방해될 일은 없을 거야. 너나 나나 우리 학교에서 공부라면은 원, 투 펀치잖아? 너는 원하는 서울대로 가고 나는 내가 원하는 E 대로 가고 싶어. 그런데, 나는 점수를 지금보다 10점 정도 올리고 싶어. 그래도 너를 이길 수 없다는 것을 알아. 내가 원하는 학교와 학과로 가기에는 우리 같은 변두리 학교에서는 커트라인보다 그 위에 안전한 점수를 받아야 해. 너도 알잖아? 하고 서진애는 꼬리를 내렸다. 자신이 원하는 방향으로 철규를 설득하기 시작했다. 1주일에 두 번만 나와 같이 공부해 줄 수 있겠니, 철규야?

　철규는 비로소 얼굴에 미소를 띠며 말을 받아 준다. 진애야, 네가 우리 학교에서 얼굴도 제일 반반하다는 것 알아? 서진애는 일부러 대꾸하지 않았다. 그렇다고 철규에게 그래 나는 사실은 예쁘기까지 하다고 말하면 일을 망치게 되는 것 정도는 이미 알고 있었다. 그녀는 이미 작은 여우가 되어 가고 있었다. 뭐라고? 철규야, 너 날 놀리려고 그러지! 그럼 내가 너한테 한 말 취소하고 앞으로 널 봐도 아는 체도 안 할게. 넌 나를 그저 얼굴 반반하니까 만나겠다고 하는 수작이었어! 당황한 철규는 그게 아니라 사실이 그렇다는 거야. 솔직히 우리 학교의 퀸카는 진애 너뿐인 것 모르는 애들이 어디 있어? 내가 너를 얼굴 반반하다고 말한 것 사과할게. 미안해.

　이로써 서진애는 철규를 포섭하는 데 성공했고, 둘은 학교에서 가장 잘

나가는 캠퍼스 커플이 되었다. 둘은 같이 아주 열심히 공부했고 방과 후 같이 빵집이나 떡볶이집 같은 곳에서 같이 식사하는 모습이 목격되어 학교 내에서 가장 유명한 학생들이 되었고 부러움의 대상이 되었다. 철규네 집도 진애의 집과 비슷한 면이 있어서 그녀는 철규에게 진심으로 가까워지고 있었던 것도 사실이었다. 철규의 아버지는 진애네가 사는 근처 대학교 앞에서 조그만 책방을 하고 계셨고, 어머니는 어느 개인 세무사사무소에서 사무 보조원으로 일하고 계셨다. 철규는 여동생 하나가 있었는데 중학교 2학년생이었다. 그 아이도 공부를 잘했다. 진애도 자기 가족 얘기를 철규에게 해줬다. 그리고 덧붙여 철규에게 말해줬다. 철규야, 그래도 너희 집이 우리보다는 좀 나은 것 같네. 철규는 대답 없이, 짧게 말했다. 야, 그냥 우리 공부나 하자. 쓸데없는 얘기를 하지 말자고. 진애는 속마음이 들켜버린 것 같아, 내심 당황했다.

철규는 서울대에 합격해 모교의 영웅이 되었고, 진애도 원하는 E 대로 진학할 수 있었다. 합격이 발표된 날, 둘은 시내로 향했다. 12월 초 첫눈이 내리며 그들을 축복해 주는 것 같았다. 동숭동 찻집에서 커피를 마시고, 근처 중국집에서 특별히 자장면과 탕수육을 시켜 먹었다. 날이 어둑어둑해지기 시작했고 눈은 아직도 내리고 있었다.

진애와 철규는 근처 허름한 술집으로 가 막걸리를 김치와 파전 하나를 놓고 말했다. 지금 기억이 많이 지워져서 그때 그들이 나눴던 수 많았던 말들이 다 생각이 나지는 않는다. 아마도 앞날에 대해 말했을 것이다. 자신들이 비록 다른 학교에 다녀도 자주 만나자, 너는 대학교 가서도 공부 계속 열심히 할 거니? 앞으로 여자 친구 사귈 거니? 아니, 너 진애만 만날까 해 등등의 말들을 했을 것이다. 그러나 그 말들은 이미 허공에 흩어져 세월이 흘러가 버렸다.
 둘은 술을 마신 후 이제는 제법 쌓인 눈길을 따라 한동안 같이 걸었다. 날씨가 추워지기 시작했고, 길거리 행인들의 발걸음도 뜸해지는 시간이 되어 가고 있었다. 다시 그들이 살고 있는 동네로 가는 버스에 탔다. 맨 뒷좌석에 앉아서 가고 있는 동안 서로 말이 없이 차창 밖 거리만 바라보고 있었다. 둘은 종점 한 정거장 앞에서 내렸다. 같이 걸었다. 진애는 왼편으로 가야 하고 철규는 오른편으로 가야 할 삼거리에 다가섰다. 철규가 진애의 손을 잡으며 골목 어두운 곳으로 향했다. 진애야, 난 너를 좋아해라고 그녀의 귓가에 소곤대며 말했다. 동시에 그의 입을 그녀의 입에 가져다 놓았다. 그리고 서투른 키스를 해주었다. 그리고 도망치듯 골목을 빠져나갔다. 이후 진애는 철규를 다시 만나지 못했다. 둘 사이 말의 다짐과는 달리 대학 입학 후 각자 바쁘게 살아갔다.
 진애는 생각했다. 철규는 행정학과로 진학했기에 행정고시 공부를 해서 정부 고위공무원의 길을 걸었을 수도 있고, 아니면 변호사나 법무사가 되어 있었거나 혹은 평범한 직장인이 되어 있을 수도 있을 것 같았다. 아니면, 그의 착실한 겉모습과는 판이한 운동권 학생으로 변모해 있을지도 몰랐다. 진애 자신이 대학에 진학하자 맞닥뜨린 것은 캠퍼스의 낭만이 아닌 생존이었다. 학자금 조달을 위해 중고등학교 아이들 과외수업을 시작했다.
 당시 서울의 잘사는 동네의 공부 못하는 학생들을 가르치는 일은 그녀에게는 그저 필요한 일이었으나 학부모들의 반응은 예상을 넘어섰다. 자신이 훌륭한 과외 선생이었는지는 자신도 잘 몰랐다. 그러나 어머니들은 그녀를 칭찬하기 시작했다. 선생님 인상이 좋다, 잘생기고 공부를 잘 가르친다, 성격이 좋고 예절 바른 선생님이라는 식이었다.

심지어 어떤 어머니는 그녀를 며느리로 삼고 싶다고까지 말해주었다. 이러한 좋은 평판으로 서진애는 4년간의 대학 생활을 무사히 해나갈 수 있었다. 당시 장학금이나 학생 대출제도가 거의 없었던 시절이었음을 생각할 때 다행이라고 생각했다. 그때 자신의 외모에 대해 심각하게 의식하기 시작했다. 자기의 외모가 앞으로의 인생의 무기가 될 수 있다는 것을 상기시켜 주었다는 심각성이 있었고, 이는 그녀를 나중에 학교에서 메이 퀸으로 등극하게 하는 하나의 중요한 동기가 되었다.

메이 퀸이 되었다는 것은 그녀를 향한 많은 관심을 불러오는 요인이 되었음은 말할 필요가 없을 정도였다. 학교 교문을 나서면 중년 아줌마 나이의 매파가 그녀를 부르는 일이 생겨났고, 그 외 연예계 스카우터라고 주장하는 아저씨들도 앞에 나타났다. 또 다른 중매 아줌마들을 통해 그녀에게 결혼 제의가 뒤따랐다. 지방 갑부의 아들과의 혼담, 서울 모 중견 회사의 아들과의 혼담, 당시 제법 잘나가고 있었던 가수나 배우들이 직접 혹은 간접적으로 접근해 와 그녀와 사귀기를 원했다. 또한 또래의 남자 대학생 아이들도 그녀 뒤를 한동안 따라다녔다. 그녀가 수업을 끝내고 교정을 나서면 그들은 슬며시 다가오며 그녀를 만나고 싶어 했다. 서진애는 이 모든 접근하는 자들이 대부분 그녀를 떠보려는 수작이라고 믿었다. 자신은 퀸으로서의 체통과 품위를 지켜야 했다.

당시 여대생이 처한 상황은 결혼에 대한 압박감이었다. 졸업 전에 결혼하는 일도 있었고 졸업 후 얼마 지나지 않아 결혼해야 하는 사회적 분위기였다. 당시 그녀가 다니던 여자대학교는 재학 중 결혼을 금지하는 학칙이 존재하고 있었다. 자신은 이것을 이해할 수 없었다. 이때가 1970년대 초중반 때의 분위기였던 점을 생각할 필요는 있었다.

대학교 3학년이 지나 4학년이 될 즈음이면 여학생들은 초조함을 드러내는 예도 있었을 정도로, 당시의 결혼 연령은 낮았고 결혼이라는 제도는 사람으로서 살아가야 하는 데 필수 불가결인 것이었다. 자신도 당연히 예외일 수 없었다. 메이 퀸이기에 좀 더 심적인 스트레스를 받았는지도 몰랐다. 학생 때 연애해서 혹은 중매를 통해서 장래의 배필감이 되는 남자를 찾는 것이 특히 여자의 입장에 볼 때 가장 중요한 목표가 되고 있었다.

서진애는 졸업 때까지 변변한 남자 친구를 못 만들어 놓고 있었다. 메이 퀸이라는 타이틀이 사실은 일종의 족쇄로 작용했다. 그녀는 아무나 사귀어서는 안 되는 존재로 되어 있었고 자신이 메이 퀸이 된 이후 시간이 지나면서 그녀에 대한 세간의 관심은 다소 덜하였다 하더라도 그녀는 스스로 퀸으로서의 체통을 지켜야 했다. 그런 데다, 그녀는 졸업하기 전까지도 계속 아르바이트로 수험생들을 가르쳐야 했기에, 연애를 위한 시간 따위는 없었다. 가끔 철규 생각도 났지만, 이미 과거의 일이 되어 있었다. 또한 현실적 장애물은 그녀의 가족이었다. 하층민 집안에서 유일한 여대생이 된 그녀는, 자신의 처지와 걸맞지 않은 메이 퀸이 되었다. 이것은 모순이었고, 기만이었고, 자신의 기를 꺾는 요인으로 작용하고 있었지만, 그럴수록 그녀는 자존심을 의식해야 하는 고통이 있었다.

졸업 후 결혼할 여건과 준비가 전혀 안 되는 상황에서 서진애는 취직을 하기로 결심했다. 무엇보다 돈을 모아야 했다. 아르바이트로 그동안 벌었던 돈은 학비로 다 충당이 되어 집안 살림에 전혀 도움이 못 되었고, 따라서 부모님께 미안한 마음이 생겼다. 학교 당국의 배려로 그녀는 국영기업체 사장의 비서실로 발령을 받을 수 있었다. 이 정도 수준의 직업이 당시 여자로서 나쁘지 않은 것이었다면 요즘 젊은 여자들은 이해하지 못할 것이다. 좋은 대학교를 졸업하고 비서가 된다는 것은 요즘 같은 후기산업사회의 분위기와는 사뭇 달랐다는 것을 이해할 필요는 있었다. 아무튼, 서진애는 업무를 잘했다. 업무라고 해도 중요성도 없는 내용이었고 잘못할 일도 없는 것이기는 했다.

1년 정도 근무 기간이 지날 즈음, 그녀는 맞선 제안을 받았다. 같은 부서의 임원급 간부 친구의 아들을 소개해 준다는 제의였다. 그래서 그녀는 당시 육군 대위로 근무하던 강용환을 만나게 되었다. 근무 후 시청 근처 다방에서 만남이 약속되었다. 오후 1시 30분 약속 시간에 그는 나타나지 않았다. 2시가 넘어가고 2시 20분이 거의 되어 가고 있었다. 당시 핸드폰도 없던 시절 그가 왜 나타나지 않는지 혹은 못 하는지 서진애는 알 도리가 없어 답답했고, 이미 50분이나 넘게 약속 위반을 한 사람과 만날 기분이 전혀 들지 않았다. 그녀는 자리에서 일어나 나갈 자세를 취하고 있었다.

그때 어떤 시커먼 얼굴에 육군 근무복장을 한 건장한 남자가 그녀의 앞에 나타났다. 그의 군복 군데군데에는 흙탕물 자국이 있었고 그의 군화는 진흙투성이였다. 다방 안 사람들이 그의 출현을 다 쳐다보게 될 정도로 그의 모습은 이질적이었다. 서진애 씨 맞으시죠? 그가 그녀에게 다가오면서 우렁찬 소리로 다방이 떠나가도록 말했다. 사람들이 웃었다. 그의 씩씩한 모습과 현재 상황의 언밸런스를 그는 의식하지 못하고 있었다. 서진애도 어이없는 미소를 지었다. 죄송합니다. 오늘이 토요일 주말의 시작이라 일찌감치 주말 외박을 신청하여 진애 씨를 만나려고 제가 부대를 나오려는데, 비상소집에 걸려 버렸습니다. 이 때문에 시간이 지체되어 제 근무지인 의정부에서 여기까지 오는데 시간이 없다는 것을 알게 되었습니다. 제가 사정 얘기를 하여, 부대 차를 차출 받아 부랴부랴 이렇게 오게 됐습니다. 다시 한번 죄송합니다. 진애 씨가 저를 안 만나고 지금 가신다 해도 저는 할 말이 없게 됐습니다.

서진애는 그에게 커피 시키셔야죠? 하고 대답했다. 자신은 그가 곧 소령으로 진급을 앞두고 있으며, 대한민국 육군의 엘리트 장교의 과정을 밟고 있는 유능하고, 성실한 남성이라는 정보를 알고 있었다. 그는 서진애라는 사람이 일류 여대 메이 퀸 출신으로 얌전하고, 살림 잘할 가정과 출신으로 그의 훌륭한 배필감이 될 것이라는 언질을 받았을 것이다.

두 사람은 늦은 점심 식사를 같이했고, 다음날인 일요일에도 만났다. 군 복무 중인 장교의 신분상 그리고 지리적으로 떨어진 근무지의 차이로 매일 계속 만나서 연애한다는 것은 불가능했다. 실제로 서진애가 그와 6개월 후 결혼식을 올릴 때까지 서로 자주 만나지 못했을 뿐만 아니라 데이트를 즐기며 여유 있게 서울 시내 거리를 누빌 정신적 여유도 없었다. 이것이 그들에게는 불만이었으나, 이런 현실을 각자 수용하고 있었다. 그가 주로 서울로 왔지만, 서진애도 의정부로 그를 찾아가기도 했다.

서진애가 그를 남편으로 택한 이유는 다분히 전략적인 것에 있었다. 그는 자신보다 여섯 살 나이가 많은 어찌 보면 이미 아저씨 같은 존재였으나, 서진애로서는 오히려 이것이 좋았다. 그는 이미 군인으로서 안정된 지위로 올라가고 있었고 서진애 자신은 그의 안정성과 발전성에 미래를 투자하고 싶었다. 또한 그는 젠틀맨이었다. 사관학교 시절부터 터득한 생활 태도였음이 분명해 보였다. 그녀를 숙녀로 존중해 줬다. 심지어는 처음에는 그녀에게 존댓말을 쓰기도 했다. 절도 있는 모습, 흐트러짐 없는 자세, 그리고 정확히 말하는 버릇은 그녀에게 충분한 신뢰를 주었다.

비록 그녀가 그때까지 꿈꾸어 왔던 남성상의 이미지가 실제로 구체화하는 계기는 없었어도, 그를 통해 비로소 현실이 되었다는 굳은 신념이 생겼다. 그들이 몇 달을 사귀며 보다 친숙해졌을 때, 그는 서진애에게 결혼 이야기를 비쳤다. 그의 특수사정상 그녀와의 데이트 시간을 잘 못 내는 군인의 신분이므로 차라리 결혼해 함께하면서 진지한, 실제적인 결혼 겸 연애 생활을 하자는 제안이었다.

서진애로서도 반대할 명분이 없었다. 그는 이미 그녀의 마음에 자신의 남자라고 새겨져 있었다. 다 큰 성인이었어도, 둘은 아직 육체적인 관계를 삼갔다. 그의 엘리트 장교로서의 절도와 자제심이 발휘된 것임이 틀림없었다. 요즘 세태와 전혀 맞지는 않지만, 그때는 그래도 순수의 시대였고, 그들 사이에서는 더했다. 그들은 나름대로 엘리트 의식이 있었으니까. 그의 잘나가는 장교로서의 신분 그리고 그녀가 죽을 때까지 달고 살아야 할 메이 퀸 출신이라는 지위는 위선적일 수도 있으나 자존심의 원천이기도 했다.

그래서 서진애는 그를 좋아했고 그에 대한 존경심이 스스로 우러나게 되었다. 그러나 그의 제안에 선뜻 화답하지 못했다. 의아해하는 그에게 서진애는 속마음을 털어놨다. 자신은 사실 하층민 집안 출신이다. 아버지, 어머니, 두 오빠 다 교육도 제대로 못 받았고, 제대로 된 직업도 없이 근근이 살아가는 집안의 딸이라고. 자기의 메이 퀸이라는 지위는 우연히 따라온 타이틀일 뿐인 것이라고. 자기 집안은 그의 출세를 도와줄 수 있는 사회적 지위나 경제적 위상도 전혀 없는 거지 같은 집안이라고 서진애는 담담히 그에게 말해주었다.

그는 정색하며 대답했다. 진애 씨, 어떻게 자기 집안을 거지라고 말할 수 있어요? 당신이 나를 잘못 봤어요. 나는 당신네 집이 잘살아서 당신을 만난 게 아니에요. 당신은 자신 집안이나 본인을 너무 비하하고 있어요. 나는 당신의 물질적인 풍족함 그리고 높은 학벌 때문에 당신을 좋아하는 것이 아니에요. 그리고 내가 당신을 처음 만났을 때, 나는 좀 설레는 마음이 있었어요. 내가 메이 퀸 출신 아가씨를 만난다는 것 말이에요.

　나는 진애 씨가 우리 첫 맞선 장소에서 거의 1시간 가까이 나를 기다려 준 것에 감동하였고, 내가 생각했던 미인의 콧대 높은 모습과는 다른 매력을 당신에게서 느낀 거예요. 그리고 당신이 대학 4년 내내 고학하며 학업을 마쳤다고 말했을 때 나는 이 아가씨는 속이 꽉 찬 사람이라는 확신이 생겼어요. 남자가 처갓집의 도움을 받아 출세한다는 것을 나는 한 번도 생각해 본 적이 없어요. 그런 친구들은 졸장부가 되는 거예요. 진애 씨, 내가 하는 말 이해하지요?

　서진애는 말없이 고개를 끄덕이고 있었다. 이윽고 대답했다. 저는 용환 씨가 저를, 우리 가족을 받아들이신다면, 저는 용환 씨의 배우자로서 뿐만이 아니라 용환 씨의 동반자가 될 생각이에요. 저는 용환 씨를 반드시 장군으로 만들 거예요. 저는 용환 씨를 제 손으로 출세시킬 거예요. 두고 보세요. 강용환은 말없이 서진애를 바라보며 미소를 짓고 있었다.

3

　　업무의 강도는 자신이 업무를 익히고, 일에 대한 성과를 내고 선배들이 인정해 주는 것만큼 세져 갔다. 이제는 더 이상 그녀는 기업 인수·합병팀의 막내가 아니었다. 이미 졸업 후 직장의 첫해를 무사히 마치고, 두 번째 해의 징크스를 극복했을 뿐만 아니라 이제는 경력직인 면에서도 안정적인 3년째의 과정을 넘어갔다.
　　그러나 그동안의 긴장감 나는 업무에서 이제는 익숙해지는 시점인 3년이 지나고 4년으로 향하던 때 강진희는 무력감을 느끼기 시작했다. 그녀의 연봉은 올라가 있었고 연말에는 성과급도 많이 받았다. 그녀는 이러한 재정적인 성공에 도취해 있었고 이제는 비로소 어머니, 아버지 생일 선물도 멋있는 것으로 해드리고, 연말 보너스의 상당 부분을 저축도 했다. 저축이란 자신같이 재무분석을 전공으로 살아가는 사람이 하는 주식 투자를 안 했다는 뜻이다. 대신 정기예금이나 안전한 채권에 투자했다.

그녀는 이 방식이 좀 바보 같은 심지어 유행에 뒤처지는 방식이라는 것을 누구보다도 잘 안다. 주식 투자의 다양한 방법을 잘 알고 있었다. 안전한 대기업, 유망한 벤처기업, 실험실 단계의 바이오 회사와 정보통신 회사에 에인절 투자, 건실하지만 저평가된 회사에 투자 등 많은 회사들이 있었다. 심지어는 자신의 회사에서 주시하고 있는 특정 주식의 단계적 매입 그리고 매각 등 다양한 종류의 기회 과목을 그녀는 잘 알고 있었다. 너무나 잘 알고 있었다.

그러나 진희는 그렇게 하지 않았다. 자신이 어쭙잖은 투자의 윤리학을 신봉해서가 아니었다. 그녀가 윤리론자였다면 애초 경영대학원에 진학하지도 않았을 것이다. 이러한 여러 형태의 주식 관련 투자는 모두 합법적이고 심지어 합리적이기까지 했다. 그러나 자신의 짧은 실세계에서의 경험은 사실 투자와 투기를 구분하기 애매한 때가 있었다. 그리고 자기 업무의 성격상 철저히 회사 방침을 준수해야 했다. 공식적인 회사 업무든 사적인 투자의 경우든 이해충돌이 되는 업무는 피해야 했다. 회사의 모든 직원은 정기적으로 이러한 반칙 행위에 직간접으로 관여하지 않는다는 것을 자필 서명으로 확인하고 있는 터이었다.

진희의 경우, 회사 신입 시절에 가장 공격적으로 투자를 했었다. 자신의 탐욕이 아마도 가장 크게 자라고 있었던 시절이었던 것 같다. 자신의 학부 시절의 성취를 바탕으로 돈을 단시간 내에 벌 수 있다고 자신했다. 그녀는 학부 때, 정확히 3학년 말부터 졸업할 때까지 아르바이트로 교내 벤처회사에 취직했었다. 교내 게시판에 붙여진 구인 광고에 자연스럽게 눈이 갔었다. 시간당 보수가 당시 자신이 올림픽가의 한인 식당에서 기본급을 받으면서 일했던 수준의 두 배가 넘는 제안이었다.

　그녀는 운 좋게 이 일을 움켜잡을 수 있었다. 자신이 경영이나 경제 관련 전공 학생이 아니었기에 절대적으로 불리한 상황이었다. 진희는 면접 때 사장에게 어필했다. 모든 투자는 결국은 심리 게임이다. 숫자도 중요하고, 투자시장에 대한 지식도 중요하지만, 가장 근본이 되는 요소는 사람의 마음이라고 설득을 시도했다. 자신은 심리학과 학생으로서, 투자에 대한 분석이 오히려 더 세련되고, 정교할 수 있다고 설득했다.

　심리적 기제는 투자뿐만 아니라 모든 인간 행동에 공통으로 적용될 수 있다고 갈파했다. 투자와 소비 같은 특정한 행동으로 옮겨가는 과정에는 결정적으로 심리적 요소가 깔려있다고 했고, 종교도 심리학이며, 전쟁도 심리학이며, 남과 여의 관계도 심리학이라고 했다. 그리고 자신은 특히 분석 업무에 강점이 있으며 일을 잘 해낼 자신이 있다고 말했고, 사장님이 자신을 못 믿으신다면 3개월 동안 수습 과정을 부과하셔도 좋고 그 후 정식으로 쓸지 말지를 결정하셔도 좋다고 덧붙였다.

　사장님은, 그녀의 성적, 즉 GPA를 물으셨고, 진희는 자신 있게 4점 만점 중 3.65이며, 전공인 심리학 과목에서는 전부 A 혹은 A+라고 대답했다. 그리고 덧붙여 말했다. 지금 학교 밖 올림픽가 한국식당에서의 일을 자기는 나쁘게 보지는 않으나, 보수가 너무 낮다. 그래서 자신은 이 업무가 필요하다고 강조하여 말씀드렸다. 진희는 고용되어—일단 3개월 조건으로, 자신이 그렇게 제안했으므로 그렇게 됐다—일을 시작했고, 성공적으로 졸업 때까지 일을 할 수 있었다. 이것은 여러모로 그녀에게 흥미로운 그리고 효과적인 결과를 가져다주었다.

　한인 가게에서 일하고 지친 몸으로 힘들게 자전거나 불편한 시내버스로, 학교로 가서 수업을 들을 필요가 없어 시간과 돈 그리고 중요하게도 체력을 아낄 수 있었고, 봉급 수준이 올라가 있었기 때문에 진희는 가끔 스스로에게 맛있는 간식을 사줄 수 있었다. 그리고 주말에는 가끔 부모님과 같이 한인 식당에 가 맛있는 불고기, 소고기 갈비 그리고 김치찌개, 순두부 백반들을 사드릴 수 있었다. 이 작은 사치는 진희 행복의 원천이 되었다.

그녀가 졸업 때쯤 되니까 이 학교 내 벤처 투자회사는 크게 성장을 하게 되어 진희는 자연스럽게 정직원으로 될 수 있었고, 결국은 나중에 이때의 경험으로 경영대학원을 갈 수 있었던 기회를 잡게 됐다는 사실이 자신을 너무도 기쁘게 했다. 진희는 원래 대학 졸업 후 심리 카운슬러가 되어 이 분야의 전문가가 될 계획이었고 과목도 심리학 관련 과목은 물론 관련분야의 지식을 늘리기 위해 사회학, 복지학 심지어는 임상학까지 이수했었다. 결론은 그녀가 비록 경영 쪽으로 진로를 바꿨어도 심리학과 연관 분야에서 경험이 크게 도움이 되었다는 것이다.

대학원 졸업 후 공격적인 자신의 개인 투자의 실패는 아팠지만, 좋은 약이 되었다. 진희는 빨리 돈을 벌고 싶었던 심리 상태였다. 그래서 봉급의 상당 부분을 공격적으로 주식에 투자했었다. 결과는 완패였다. 1년이 거의 지나갈 때가 되니 그녀는 투자 원금의 상당 부분을 잃고 있었다. 스스로 투자분석을 시도했다. 무엇보다 자신은 돈을 좇아 성급한 마음을 제어하지 못했고 심리적으로 붕 뜬 상태에서, 즉 허상에 가까운 미래의 결과에 대한 행복감에 젖어 있었다. 자신이 그동안 냉철하게 투자자의 심리 분석을 통해 성과를 올려왔던 것이 화근이 되었던 것 같았다.

즉, 성공에 대한 과도한 자만과 조급함이 실패의 원인이 되었다고 결론을 내렸다. 자신답지 않다고 그녀는 속으로 무수히 반성했다. 또 한 가지 교훈은 자신이 직접 여러 기법을 사용해 투자하고 있었다는 것은 자신의 업무에 심각한 방해 요인으로 작용하고 있었다는 것이다.

어떤 때는 자기가 사들였던 주식의 동향을 따라가느라 자기 본연의 업무에 등한할 수도 있음을 깨닫고 스스로에게 그리고 회사에 미안했다. 이후 자신의 여윳돈은 간접투자 방식의 주식 펀드나 주가지수 연동형 펀드 같은 쪽으로 방향을 바꿨고 나중에는 더 보수적인 채권이나 적금으로 전환하기도 했다. 그래서 진희는 좀 더 업무에 집중할 수 있었다.

진희가 연말 보너스를 안전자산에 투자한 연유는 이러한 배경에 깔려 있었다. 그리고 이 투자의 성과물은 나중에 부모님의 집을 장만하는 데 쓰일 예정이었다. 그것은 최소한 부모님이 지금까지 월세로 사는 집—이 집은 자신과 오빠가 같이 살며 성장했었던 집이기도 하다—에서 해방되어 주택값이 비싸기로 유명한 엘에이 지역에서 괜찮은 단독주택을 마련하는 데 최소한 계약금 자금이라도 해 드려야겠다는 계획 때문이었다.

지금까지도 우리는 오래된 저층 아파트에서 살고 있지만, 부모님을 위한 내 집 마련 프로젝트는 건전한 투자를 통해서 실현되어야 할 성질임을 진희는 잘 알고 있었고, 또한 자신의 개인적 투자 실패의 사례에서 보듯이 절실히 그러하여야 했다. 이 시점에서 진희는 앞으로 몇 년 정도만 연말 보너스를 두둑이 타고 이를 안전하게 잘 굴리면 어머니와 아버지를 기쁘게 해드릴 수 있을 것으로 봤다.

물론 이것이 진희가 전적으로 부모님을 위해서 산다는 것을 뜻하는 것은 아니다. 자신이 이곳 미국식 사고방식처럼 일률적으로 동아시아인에 대한 편견으로, 그것이 긍정적이든 부정적이든 상관없이, 동양인 문화의 기저에는 유교적인 요소가 지배하고 있어 자신의 모든 행동이 부모님에 대한 효도에서 비롯되었다는 발상에 전혀 동의하지 않는다.

　유교적 효도의 발로가 아니라, 그보다는 자기 가족의 환경적 여건이 그녀의 생각과 행동을 지배하고 있다고 믿었다. 그녀의 가족은 이곳으로 이민 오기 전부터 가난했다. 부모와 오빠와 같이 서울도 아닌 그렇다고 인천도 아닌 두 대도시 사이에 낀 신흥도시에서 살고 있었다. 지금까지도 기억하는 자신의, 그리고 가족의 모습은 가난한 것뿐이었다. 아버지는 그때도 그리고 지금도 장애인이었고, 어머니가 집안 살림을 꾸리며 두 자식을 키워왔다.

　진희의 첫 번째 어린 시절의 기억은 아주 작은 낡은 아파트에서 살고 있었던 것이었다. 가족이 미국으로 이민 오기 직전인 진희가 국민학교 2학년 때에 자신의 가족은 남들과 다른 임대아파트에서 살고 있었다는 것을 알게 되었다. 학교에서 또래의 아이들이 자기네들은 어떻게 사는지, 집은 어디고, 아버지는 무엇을 하시고, 집에 차는 있는지, 있으면 어떤 차인지 등등을 서로 물으며 학교를 마치고 집으로 돌아오는 길에 서로 물어보고, 비교하고 있었다. 진희의 의식이, 말하자면 자신의 사회적 의식이 그 아이들이 자신의 집에 대해 겁 없이, 뜻도 없이, 천진난만하게, 당돌하게, 아니면 영악하게 그도 아니면 잔인하게 물어볼 때 진희는 짧은 인생의 첫 번째 슬픔을 맛보았다.

　진희네 가족은 아주 작은 아파트에서 살았다. 작은 방 두 개, 그중 하나는 엄마와 아빠 그리고 나머지 조금 더 작은 방은 진희보다 네 살 많은 오빠와 비좁게 같이 쓰고 있었고 나머지 공간은 작은 주방 그리고 그보다는 조금 큰 그러나 역시 작은 거실 그리고 화장실이 차지하고 있었다. 거실에는 낡은 2인용 소파 그리고 앞에 작은 텔레비전 세트가 놓이면 꽉 찰 지경이었다. 거실에 식탁을 따로 놓을 공간이 없었으므로 작은 거실 테이블을 식탁으로 이용했다.

진희네 아파트는 다른 일반아파트로 둘러싸여 있는 아파트촌의 제일 왼쪽 구석에 자리하고 있었다. 이것이 무엇을 의미했는가 하면, 진희가 당시 학교 수업 후 아이들과 다 같이 집으로 향할 때 자기만 아파트촌 가운데에서 왼쪽으로 꺾어서 돌아가야 했기에 자신은 아이들에게 가장 가난한 집의 아이라는 것을 알리는 것이 되었다.

진희는 그때 왜 어른들이 자기 가족이 사는 임대아파트를 한쪽 구석에 드러나듯이 지어놓고 심지어는 외벽 색깔을 다른 일반아파트와 완전히 다른 것으로 구분해 칠해 놓았는지 당시 어린 나이였지만 이해할 수 없었고, 유감으로 여겼다. 자신처럼 임대아파트에 살고 있었던 아이들은 노란 색깔 아파트에 사는 아이들이라는 별칭이 붙여졌다. 어른들도, 어린아이들도, 부동산 중개인 아저씨들도, 학교 선생님들조차도 쉽고, 편하게 별생각 없이 그렇게 부르고 있었다.

진희가 국민학교 2학년으로 오빠가 6학년에서 중학교로 올라가게 된 그해 초봄, 어머니는 우리는 미국으로 이민을 가야 한다고 말씀하셨다. 이민은 이미 몇 년 전에 결정이 되었었는데, 그동안 이민비자 발급에 시일이 걸렸을 따름인데 드디어 이번에 이민국의 허가가 내려졌다는 것이 엄마의 설명이었다. 미리 엘에이에 이민 하였었던 외삼촌네 가족의 초청이민이 마침내 긴 대기시간 끝에 자신의 가족 차례가 왔다는 설명이었다. 그러면서 이제 우리 진명이도 곧 중학교로 가야 하고 우리 막내 진희도 국민학교 고학년으로 올라갈 텐데, 서로 한방에서 불편하게 지내지 않고 미국에서

방이 세 개가 딸린 집으로 가게 될 것 같아 다행이라고 말했다.

진희는 이를 나쁘지 않다고 여겼다. 오빠도 별말은 없었지만, 같은 생각일 것임이 틀림없었다. 엄마는 진희와 오빠가 미국에서 학교에 다니게 되어 너무 좋다고 했다. 영어도 배우고, 미국학교로 가서 우리 식구 거기서 잘살아 보자고 하셨다. 그리고 미국 좋은 병원에서 아빠의 병을 낫게 해주고 싶다고도 했다. 아이들도 이에 대해 별다른 의견이 있을 수 없었다. 오빠와는 달리 진희는 태어나서 아빠를 볼 때마다 항상 지금과 같은 장애인의 몸이었기에 별 감흥도 못 느꼈다. 아무튼 당시 어린 철부지 나이에 진희는 또래의 아이들에 의해 자기 가족이 부당하게 차별을 받지 않아도 된다는 사실에 기뻤다.

이민 이후 시간이 지나면서 진희의 언어장벽은 빠르게 해소되었어도, 자신과 비 이민 미국인들 사이에는 문화적 장벽이 존재했다. 이것이 독특한 미국 이민 세대들의 문제였다. 동화될 수 있는 것과 그렇지 못한 것이 동시에 그리고 따로 존재하고 있었다는 뜻이다.

그리고 진희 가족의 특수한 사정도 있었다. 식구들은 가난했기에 흩어졌다기보다는 오히려 더 뭉치게 되는 요인이 되었다. 아빠는 몸이 불편해도 몸이 허락하는 한 집에서 일을 하셨다. 보잘것없는 일이었지만 아빠도 열심히 하셨다. 엄마는 말했듯이 초인에 가깝게 일을 해내고 지금까지 왔다. 오빠도 동생처럼 고등학교 때 여러 아르바이트를 섭렵하며 공부했다.

가난은 모든 악의 근원이라는 말은 맞지 않았다. 이민자들은 가난했으나, 그리고 자신들도 예외가 아니었지만, 그들의 경우는 가장인 아버지의 신체적 장애가 역설적으로 자신들이 이민자라는 사회적 장애를 극복하는

데 하나의 긍정적인 역할이 있었다고 진희는 생각하게 되었다. 한국에서도 그랬듯이, 식구들은 살아내야 했고 지금까지 그렇게 했다. 그러니 진희 자신이 좋은 직장을 다니며 높은 연봉을 받는다는 것은 자기 혼자 잘살자는 뜻이 전혀 아니게 되었다. 오빠는 지금 비록 엘에이에 살지는 않지만, 우리 삶의 방식을 충분히 이해하고 있는 것임에는 의심의 여지가 없었다. 그러므로 진희의 연말 보너스는 우리 집, 그야말로 우리의 홈 스위트 홈을 만들어내는 데 기여할 것이다.

진희가 이제는 직장에서 일에 대해 타성을 느끼게 될 즈음 큰아버지 집에서 좋은 소식이 들려왔다. 막내딸 재아의 결혼 소식이었다. 그녀는 재아네 가족이 자신의 가족보다 5년쯤 늦은 1994년에 이곳 엘에이로 오게 돼서 처음 한 학기를 자신과 같은 학교에 다니게 됐을 때가 은연중 생각났다. 짧은 다섯 달 정도 같이 학교에 다니면서 진희는 재아와 친구가 되었고 또한 적이 되었다. 그때 진희는 이미 중학생이 되어 있었고 재아는 같은 나이지만, 보다 정확히 말하면 둘 다 같은 해에 태어났어도 진희는 2월에 재아는 10월에 태어났기에 진희가 한 학년 빨랐다.

재아는 일단 초등학교 6학년으로 편입되었지만, 영어를 하지 못해서 수업을 따라가기 어려워했다. 말하자면 재아는 초등학교 진희는 중학교에 다니고 있었고 같은 지역이라도 엄연히 다른 학교에 다니게 되었다. 진희는 자신의 경험에 비추어 재아의 언어 문제를 도와주고 싶었다. 따라서 큰어머니께 얘기해서 자신이 방과 후 재아에게 영어 습득 그리고 학교 공부를 따라갈 수 있도록 학업에 도움을 주겠다고 제의했고 그녀는 반색하시며 좋아하셨다.

문제는 재아였다. 그 아이는 어떤 이유였는지 몰라도 처음서부터 진희의 모든 것에 시비를 걸어오고 있었다. 흥미로웠던 사실은 재아가 진희를 싫어하면서도 도움을 거부하지는 않았다는 점이다. 진희는 지금까지도 재아의 속마음을 이해하지 못한다. 단지 그 아이가 심리적으로 불안정한 상태로 오랫동안 살아왔고, 그것이 미국이라는 낯선 환경에서 불안감이 증폭된 것 같았다.

또한 재아는 자기 어머니에 대해 진희한테 그러듯 좀 이중적인 자세를 보이는 것 같았다. 워낙 짧은 시간 동안의 관찰이기에 자신이 잘못 봤을 수도 있었다. 그러나 재아는 진희와의 대화 중에 은근히 자기 엄마에 대한 불평을 늘어놓곤 했다. 가령, 엄마가 내가 이러는 것을 알기나 할까? 엄마는 너무 아빠만 챙기니까 난 너무 싫어, 엄마는 내가 무얼 좋아하는지도 몰라, 같은 엄마에 대한 원망 같은 말을 해 댔다. 진희는 어떻게 대꾸해야 할지를 몰라 그냥 속으로 당황하며 가만히 듣기만 했다.

그럼에도 재아는 자기 엄마 앞에서는 나이에 걸맞지 않게 재롱 같은, 심지어 갓난아이가 옹알이하는 것 같은 목소리로 다정하게 말을 건넸다. 재아는 엄마에게 학교에서 공부를 잘 따라가고 있고, 진희가 잘 도와줘서 도움이 된다고 시키지도 않는 거짓말을 내 앞에서 천연덕스럽게 해 대고 있었다. 진희는 그때 어린 나이였지만 재아의 목덜미를 잡아 흔들고 싶은 충동을 가까스로 참아야 했다.

재아는 진희가 영어를 도와줄 때마다 네가 뭘 안다고 시부렁대냐? 네가 나한테 잘난 채 하는 거 다 알아. 그리고 네가 지금 미국에 좀 일찍 왔다고 영어를 나보다 잘한다고 생각할지 모르지만, 앞으로 1년 후에는 내가 너보다 훨씬 더 잘할 걸 등의 자신의 염장을 지르는 말을 서슴없이 해 댔다.

진희는 재아에게, 너 까불지 마! 하고 얼굴이 벌게지며 말할 뿐이었다. 아무튼 재아는 자기가 마음만 먹으면 언제든지 상대방을 짓밟고, 무안을 주고 무시하는 말을 눈 하나 깜짝 안 하고 할 수 있는 능력을 갖추고 있었고 진희는 그저 그 아이의 그런 능력 아닌 능력에 할 말을 잃기 일쑤였다.

그때 한 학기 동안 진희에게 재아와의 사귐―그것을 사귐이라고 꼭 얘기해야 할지는 불분명했지만―은 이후 자신이 사람을 대하는 태도에 많은 영향을 준 것도 사실이었다. 재아 가족이 마침내 말리부로 이사 가고 진희네 가족이 거기로 놀러 가게 되었다. 재아네 새집 하우스 오프닝에 초대받은 것이었다. 진희가 그때까지 짧은 인생을 살아오면서 재아네 집처럼 훌륭하고 넓은 집을 직접 본 적이 없었다.

함께 갔었던 아빠는 어차피 말씀을 못 하셨기에 조용히 계셨지만, 엄마는 예의 바르게 집이 좋다, 앞으로 두 가족이 떨어져 살고 있더라도 자주 만나 뵙기를 희망한다고 말씀하셨고, 큰어머님의 음식 준비를 도우시느라고 바쁘게 움직이셨다. 진희는 자기네 가족이 엄연히 초대를 받았는데 엄마가 그 집 일로 바빠야 하는 것에 불만을 가졌으나, 그뿐이었다.

그때 진희는 친척 오빠가 되는 그 집 장남 재영 오빠와 차남 재식 오빠를 가까이 볼 수 있었다. 둘 다 그녀를 따뜻이 대해 줬다. 특히 큰 오빠는 진희에게 관심을 보이며 학교 공부는 잘하는지, 앞으로 계획은 뭔지, 학교에서 소수민족 학생으로서 어려운 점은 없는지, 앞으로 아르바이트로 일할 계획은 있는지, 취미는 무언지 등을 소상하게 물었다. 진희는 재영 오빠에 대해 금방 호감을 느끼게 되었다. 그는 아빠를 닮아서 키가 큰 편이었고 미국 학생들과 견주어도 덩치가 밀리지 않아 보였다. 그의 얼굴은 엄마를 닮아서 미남형의 하얀색으로 이목구비가 뚜렷했다. 진희는 알고 있었다. 이 정도의 외모라면 이 오빠는 학교에서도 인기 짱임이 틀림없을 거라고.

진희는 그 오빠 앞에서 좀 수줍어지는 자신을 발견하고 속으로 좀 당황하고 있었다. 그리고 나중에 오빠가 UCLA로 진학하면서 한인타운의 여러 업소에서 아르바이트하고 있는 것을 알게 되면서 좀 충격을 받았다. 반면 재식 오빠는 말이 없는 수더분한 편이었고 사람을 편하게 해주는 분위기의 사람이었다. 재식 오빠가 나중에, 그러니까 몇 년 후 대학을 엘에이 지역에서 다니면서 진희도 가끔 한인타운 같은 곳에서 우연히 마주치는 경우가 생겼을 때마다 점심을 사주곤 했던 다정다감한 면이 있었다.

반대로 진희는 재아가 말리부로 이사한 이후 거의 만나본 적이 없었다. 서로 또래의 친척이며 같은 여성으로서 진희는 좀 안타까운 생각도 들었다. 그러나 진희는 재아가 학교생활에 싫증을 냈으며 고등학교 때에는 가끔 사고를 치는 학생이었다는 소문을 또래 아이들을 통해 들었다. 그리고 그 아이가 대학을 동부에 있는 학교로 가게 된 것은 순전히 자기 아버지의 도움으로 된 것이라는 것을 알만한 아이들은 다 알고 있었다. 아무리 넓은 로스앤젤레스 지역에 많은 한국 사람이 살고 있어도 근본적으로는 한인 커뮤니티는 특정 지역에 집중한 형태로 움직이고 있었기 때문에 사실은 좁은 세상 안에서 우리들은 살고 있었고 그래서 누구누구의 소식에 대해 자연스럽게 알려지는 속성이 있었다.

재아가 대학을 다 마치지 못하고 엘에이로 돌아왔을 때 진희는 당시 그녀의 인생에서 가장 바쁘게 살고 있었다. 졸업 후 투자회사의 정식직원이 된 후 낮에는 일하고 밤에는 경영대학원 입학을 위해 준비를 하고 있었다. 그래서 재아를 만날 엄두를 못 내고 있어서 좀 미안한 생각도 들었으나 한편으로는 재아를 만나는 게 좀 꺼려지게도 됐다. 자기도 정신없이 바쁜데, 재아와 만나 감정이 상할 일이 생길까 봐 염려되기도 했다는 뜻이다. 진희가 재아를 비로소 보게 된 것은 재아가 할리우드 앞에 레스토랑 겸 카페를 연 지 제법 시간이 지난 시점이었고 그때 이후 그녀는 거기를 세 번쯤 더 갔었다.

처음 재아를 만났을 때 진희에게 반가운 웃음을 지어주었고 심지어 포옹까지 해주었다. 오, 앨리스, 정말 오랜만이야! 우리가 친척 사이인데도 자주 못 만나네, 잘 지내지? 그래, 잘 지내. 너도 잘 지내지? 야, 이 카페 너무 좋다. 엘에이의 새로운 명소가 될 것 같아. 앞으로 자주 올게. 내 클라이언트에게도 여기를 소개해 줄게. 좀 늦었지만, 축하해, 젠. 그러나 이후 진희가 다시 갔을 때마다 재아는 가게에 없어서 만나지를 못했었다.

이제 재아의 결혼 소식을 듣게 되니 진희는 깜짝 놀랄 수밖에 없었다. 즉각 재아에게 전화하여 축하의 말을 전했다. 고맙다는 당연한 반응을 재아는 보였다. 둘은 재아의 새 신랑에 대해 몇 마디 문답하고 전화를 끊었다. 진희는 재아의 행복을 진심으로 비는 마음이 들었다. 재아의 어려웠던 과거는 과거이고, 자신과 어렸을 때의 감정싸움 같은 것도 이미 먼 옛날의 한갓 사춘기 시절의 추억으로 덮을 수 있는 성질의 것이었고, 진희는 이후 재아와 가까이 그리고 자주 만나지는 못했어도 재아는 그래도 엄연한 진희의 친척이었다. 우리는 어쨌든 이 머나먼 미국 땅에 이민 온 한 가족이었다.

그런데 재아가 결혼한다는 것이 누군가를 사랑해서 하는 행위의 귀착이라는 의미였다면, 그것은 진희에게는 충격적이었다. 아무도 사랑할 수 없었던 재아가 사랑을 찾았다는 것. 동시에 진희 자신은 사랑을 못 찾았다는 자각을 가리키고 있었다. 가난한 이민자 가정의 자식으로 살아오면서 자연히 생존이라는 현실에 매몰된 채 살아온 것은 자신의 삶에서 사랑이라는 것은 그저 사치품처럼, 시간의 낭비처럼, 비효율적인 대상인 것처럼, 어디 멀리 나중에 자신이 성공이라는 목표를 이룰 때 나타날 수 있는 보상처럼 생각할 대상이었을 뿐이었다.

다시 말하면, 현실에 존재하는 모든 것은 자신의 의지를 뛰어넘는 운명과 같은 존재이며, 이는 원칙적으로 타동사와 같은 것이었다. 자신은 이것에 타율적으로 움직여지는 존재일 뿐이었다. 이 존재의 실체는 괴물과 같은 야비한 힘이 있고, 음모와 같은 실패를 내재하며, 태생적 사악함으로 행복을 막아서는 엄청난 움직임의 물체이다. 보이지 않는 물체 덩어리이다. 이것이 자신을 움직이게 작용하는 것이라면, 자신은 이것의 대상이 되며 자신의 의지만이 남는다. 의지는 타동사형의 자동사가 된다. 모순어법이다. 진희는 이런 식으로 세상을 인식하고 살아오고 있지 않았을까 생각해 본다. 생존은 의지의 산물이 되며, 생존에서는 사랑이 없다는 우울한 결론에 도달한다.

재아 때문이 아니다. 재아의 사랑을 탓하지 않는다. 그러나, 실존이라는 운명을 짊어지며 사는 인생의 고달픔이 자신의 처지에서 생각났을 뿐이다. 진희 자신만이 이 세상의 고달픔을 다 짊어지고 살지는 않는다는 것을 당연히 안다. 가장 가까운 자신 아버지의 불행, 어머니의 고생은 자신의 현실과는 아주 비슷하지만, 사실은 다른 실존적 존재이다. 그런 의미에서 지금, 이 세상 사람이 아니게 된 친척 오빠 재영의 삶의 방식을 이해할 수 없었다. 그는 스스로 삶이 아닌 생존의 길을 택했었다. 그의 실존은 아마도 진희와는 최소한 다른 많은 부분이 있었다. 항상 궁금했었다. 그리고 왠지 모르게 그와 대화하고 싶었었다.

재영이 죽고, 재식이 결국에는 아버지에게 반기를 들고 집을 나가고 재아까지 학교를 중퇴하고 다시 엘에이로 오게 되면서 서진애는 극도의 우울증과 무력감에 시달리기 시작했다. 남편도 못지않게, 아니면 더 괴로웠을지 몰랐다. 그는 강한 사람이기에, 남자이기에 그의 마음을 표출하지 못하고 속으로 쌓아두고 있음이 분명했다. 그래도 이제 재아의 결혼으로 가족의 우울한 인생에 하나의 큰 위로가 되었고 어쨌든 재아의 결혼으로 부모로서 마지막 자식에 대한 의무는 다하게 된다는 점에서 위안을 삼았다. 서진애는 안다. 남편이 재아의 새신랑을 탐탁하게 생각하지 않는다는 것을. 그러나 서진애는 재식의 결혼처럼 재아의 결혼도 우리의 의지, 아니 남편의 의지대로 강압적으로 결혼 상대를 정해주는 것에서 재식의 불행이 싹트기 시작했다고 남편을 설득했다. 남편은 아내의 말에 설득을 당할 수밖에 없었다. 재아마저 잃을 수는 없었기 때문이다.

 재아의 성격은 자기가 원하는 것이 성취되지 못하면 삐뚤게 나가기 때문에 부모로서 노심초사하게 되었다. 재아의 성격이 유별나게 된 것이 자신의 탓처럼 생각되기도 했다. 집안의 막내딸로 어려서부터 귀염만 받고 컸던 데에 기인하는 것 같았다. 재아가 아주 어렸을 때 아버지가 전방부대에서 근무하면서 재아의 버릇을 잘못 키운 것 같기도 했다. 취약했던 주변 교육 환경에 서진애는 재아를 그저 어르고 달래는 식으로 열악한 환경에 대한 보상으로 재아가 원하는 것을 모두 다 들어주는 것이 그 아이에게 유익한 것이라고 착각했었다.

 그런 재아가 자신의 인생에 순전히 자신만의 결정으로 남편감을 우리에게 데리고 왔다는 것은 사실 지극히 정상적인 것이고, 특히 미국처럼 아무리 자식이라도 개인의 자유를 존중해 주는 풍토에서 당연하기도 했다. 그러나 서진애는 이 사안이 재아에 관한 것이었기에 걱정이 되었다. 그러나 재아가 데려온 프랭크는 자신의 기우를 날려 보낼 정도로 나이스 그리고 핸섬 가이였다.

  부모는 재아를 위해 한국식의 성대한 결혼식을 원했었다. 그러나 재아 그리고 특히 프랭크가 반대하고 나섰다. 아마도 프랭크가 재아를 설득한 것처럼 보였다. 재아가 프랭크의 처지를 변호하는 것처럼 보였다. 또 실제로 재아도 떠들썩한 결혼식을 피하고 싶었는지도 몰랐다. 그 대신 멋진 신혼여행을 원했다. 어차피 프랭크의 부모님과 여동생은 여기 엘에이로 와야 했고, 프랭크도 고향을 떠난 지 오래되어 친구들은 이미 엘에이에 있었다. 서진애와 남편은 상의 끝에 자신의 말리부 집에서 가든파티 식으로 결혼식을 올리자고 제안했고 재아와 프랭크의 동의를 얻었다. 넓은 집 앞마당에 멋있는 테이블 세팅을 하고 바닷가 풍경을 보며 목사님의 축복 하에 거행하는 프라이빗 결혼식도 나름 나쁘지 않을 것 같았다.

  결혼식은 성황리에 끝났고 재아와 프랭크는 유럽으로 신혼여행을 떠났다. 이제 모든 하객이 떠났고, 남편은 보이지 않았다. 아마도 지하층의 자신만의 공간인 서재에 있을 것 같았다. 거기서 독한 위스키를 혼자 마시고 있을 것이다. 서진애는 거실에서 밖에 펼쳐지는 광경을 보고 있다. 밖은 이미 어둑어둑해지고 해변의 파도는 무심한 듯 똑같은 리듬을 반복하고 있었다. 그리고 해변에 옅은 구름이 시야를 가리고 있었다. 가는 비가 내리고 있었다. 서진애는 무의식적으로, 해변으로 향한다.

  이 순간 서진애는 첫아들 재영이 보고 싶다. 그 아이가 우리를 떠나간 이후 한순간도 잊은 적이 없었다. 매 순간 쉬는 자신의 숨결에서 아들 재영이는 같이 숨 쉬고 있었다. 그 아이는 어느 날 연기처럼 사라졌어도 그녀의 의식 안에서 살아 있는 것이다. 피할 수 없는 숙명처럼 재영을 애도하며 남아 있는 자신의 목숨이 끊길 때까지 서진애는 먼저 떠난 아들의 노예가 되어 살아가게 될 것이다.

여기서 얼마 안 떨어져 살고 있는 둘째 아들 재식은 오늘 재아의 결혼식에 안 나타났다. 재식이 그녀의 가슴을 후빈다. 남편이 아니 자신이 아니 우리가 그 아이에게 그렇게 못되게 했단 말인가? 재식의 마음 응어리가 풀리지 않는 한 나는 재식을 다시는 못 볼 것이다. 재식의 딸, 우리의 손녀도 안아볼 수도 없을 것이다. 결국 재식은 한국에서 이곳 말리부를 거쳐 마침내 그의 마지막 종착지인 댈러스로 이민갔다. 말리부는 그저 경유지에 불과했던 셈이다. 그녀는 그저 재아가 프랭크와 행복하기를 바라는 신세로 축소되었다. 남편도 축소되었다. 그러나 그는 이를 인정 안 할 것이다. 그래서 서진애는 두려움에 싸이게 된다.

재식은 형의 죽음을 원망한다. 그를 애도하고 싶지 않았다. 형의 갑작스러운 죽음으로 아버지는 미친 사람처럼 변하셨다. 아버지는 비록 형이 오래전부터 독립된 삶을 살고 있어도 언젠가는 아버지의 품으로 다시 돌아올 것이라고 확신하고 있었던 듯했다. 아버지와 형은 다른 공간에 있었어도 현재라는 같은 시간에 존재했기에 언젠가는 형이 아버지에게 돌아올 수밖에 없다고 믿었다. 결국 아버지는 부모와 자식 사이의 끊을 수 없는 연결고리에 매달리고 있었다.

그 매달림은 결국은 시간이 해결해 줄 것이라는 믿음 때문이었던 것 같다. 아버지는 형을 탕아로 생각하시고 형은 언젠가는 돌아온 탕아로 될 것으로 보았던 것 같다. 아버지가 말씀하시는 대로 시간이 지나면 너희들은 이 아비의 마음을 이해해 주리라는 것을 말이다. 그때 아버지는 형의 한때 젊음의 혈기를 용서해 주실 것이라 믿었다. 그래, 형에게 자율을 주자. 자유를 허락해 주자. 그러나 종국에는 형은 아버지를 이해하고 아버지와의 심리적 거리를 좁히며 다가오게끔 되어 있었다. 마치 그리스도교의 예정조화설처럼 말이다. 그러나 재식 자신은 댈러스에서 말리부로 다시는 찾아오지 않을 것이다. 그가 돌아온 탕아가 되기를 거부했기 때문이다.

그러나 형은 이제 사라지고 없다. 총기사고의 희생자가 된 것은 지극히 미국적인 비극이다. 한국이었다면 결코 발생할 수 없는 방식으로 형은 죽었다. 형은 억울하게 죽어갔겠지만, 살아남게 된 아버지의 예정조화설은 산산이 부서졌다. 하지만 아버지는 이를 인정할 수 없었다. 그래서 재식은 형의 대용품이 되었다.

재식은 대학 졸업 후 방황 생활 끝에 결국은 아버지를 돕는 일을 하게 되었다. 형이 영영 가족을 떠난 이후부터 아버지는 재식에게 가족회사의 일을 맡으라는 분부를 내렸다. 재식은 이를 어쩌면 자연스러운 상황의 전개라고 생각했다. 특히 형이 아버지의 의지와는 아랑곳하지 않고 동부로 날아가 자기만의 삶을 살고 있었던 것에 재식은 두 가지의 상반된 생각이 있었다. 형의 아버지 못지않은 의지력과 독립심은 자기가 도저히 흉내 낼 수 없는 자질이었고 그래서 형의 능력에 감탄하고 있었다면, 형은 강하면 부러질 정도의 자신에 대한 신념의 과신으로 아버지를 완전히 무시하는 것은 좀 너무하는 것 아닌가 하는 생각이 공존하고 있었다. 그래서 재식은 은연중 형과는 다른 방식으로 삶을 유연하게 살아야 할 것으로 마음먹고

실어증 환자 135

있었다. 그래서 그는 아버지의 건설회사에 자연스럽게 들어가서 일을 시작하게 되었다. 아버지의 둘째 아들에 대한 바람은 빨리 회사 업무를 배우고, 아버지의 지도하에 경영 성과를 내도록 하는 것이었다.

아버지의 계획은 지금의 작은 규모의 회사를 급속 성장시켜 엘에이 내에서 새로운 바람을 일으키는 중견 회사로 키우고 이를 바탕으로 증권시장에 상장을 도모하는 것이었다. 아버지가 재아를 위해 엘에이에서도 요지인 할리우드 입구에 새롭게 대형 레스토랑 겸 카페를 건설해 주신 것도 그의 원대한 계획의 작은 부분일 뿐이었다. 재식은 아버지의 도움으로 엘에이에 계속 유입되는 이민자들과 중하류층 사람들을 위한 하우징 프로젝트에 착수했다.

엘에이시에서도 해결 못 한 중하류층을 위한 내 집 마련 프로젝트는 그의 야심작이 되었다. 회사는 단계적으로 이 사업을 전개해 나가고 있었고, 성과를 내기 시작했다. 시 당국의 협조, 시내에 산재하고 있는 한인타운뿐만 아니라, 베트남, 남미 그리고 멕시코에서 이민 온 저소득층을 위한 하우징 사업은 아버지의 원대한 계획의 출발이 되어 가고 있었다. 이 과정에서 아버지의 오랜 베트남 지인들도 아버지의 사업에 동참하고 있었고, 아버지는 다른 이민 사회의 리더들과 교류하면서 참여를 독려하고 있었다.

이 모든 과정은 아버지의 기획과 연출하에 재식의 프로젝트가 되었다. 재식은 회사의 사장이 되었고 아버지는 회장이라는 직함을 달았다. 재식은 정신없이 살았고 바쁘게 많은 사람들을 만났다. 한인 단체장들은 물론 다른 이민자 사회의 리더들도 만났다. 은행 사람들, 하청업자들 그리고 엘에이시 주택 담당 부시장도 만났다. 그리고 회사 사업을 위한 특혜를 요청했다. 시 소유의 공지를 우리에게 매각해 줄 것과 각종 세무 혜택 등을 요청했다. 물론 회사의 요청이 다 받아들이지는 않았지만, 시 당국은 전반적으로 협조하는 자세를 보였다. 그럴 수밖에 없었다. 항상 세수 부족, 예산 부족에 허덕이는 시는 공공 주택공급에 부진을 면치 못하고 있었는데, 사기업 쪽에서 이 프로젝트를 맡겠다고 제안하는 데 반대할 명분이 없었다.

아버지와 재식은 엘에이 시내에 놀고 있는 땅의 소유권을 요구했다. 그것도 상당히 낮은 가격으로. 당연히 시 당국은 난색을 보였다. 우리에게 일방적으로 유리한 특혜로 비칠까에 대한 우려였음을 그들은 알고 있었다. 아버지는 한인 신문, 방송을 비롯한 지역 언론을 이용했다. 이들은 엘에이시 당국은 뭘 하고 있나? 서민을 위한 정책은 어디 있는가? 이민자를 위한 차별을 철폐하라, 이민자들도 잘 살 수 있는 권리가 있다고 보도했고 지난 수년간 급증하는 이민자 수에 비해 주택 보급량이 현저히 부족함을 통계와 그래프로 보도하여 여론을 자극했다.

결정타는 당시 새 엘에이 시장의 선거를 앞두고 있었다는 상황에서 민감한 주택공급 이슈가 주요한 정치쟁점의 하나가 되었고 회사는 이민자들의 염원을 해결할 수 있는 후보를 지지할 수밖에 없다는 압력을 각 정당에 알렸다. 정치 후원금은 어느 정당이 이민자들의 요구에 친화적이냐에 달렸다고 통보했다.

재식은 이러한 일련의 과정에서 아버지의 통찰력, 추진력 그리고 치밀함에 탄복하게 되었고 아버지에 대한 존경심과 두려움을 동시에 갖게 되었다. 이러한 아버지의 바람은 모두 아들로 이관되어 종국에는 재식의 업적이 될 것이었고 성공으로 기록될 것이었다. 형이 죽은 후 아버지는 오히려 더 일에 적극적이었고 무서울 정도로 몰아붙이는 근성을 보여줬다. 마치 형의 죽음을 우리 아니 재식의 성공으로 만회하고 마침내 형의 죽음에

실어증 환자

대해 속죄하기라도 할 것같이 말이다. 최소한 형의 죽음을 잊기 위해서도 아버지와 둘째 아들은 성공해야 했고, 그래서 재식은 아버지의 이 원대한 목표에 차출되었다.

　결국 그들은 성공했다. 이로써 재식은 엘에이 지역의 젊은 기업인으로서 성공 가도를 달리는 인물로 주목받았다. 한인사회 내 신문, 잡지, 방송은 물론 다른 이민 사회에서도 그를 취재해 갔고, 엘에이 내 주류 영어 언론에서도 그를 인터뷰하고 기사를 실어줬다. 채 2년도 안 되는 짧은 기간 동안 거둔 성과치고는 대단했다. 회사의 매출은 이제 기존 중견기업에 비추어도 괄목할 만했고 재식은 이에 만족했다. 그는 이대로 아버지 회사를 이어받으며 형의 못다 한 꿈, 비록 그것이 아무리 아버지의 꿈과 질적으로 다르다 하더라도 대신 이루어 낸 것 같았다.

　그런데 아버지는 회사 일로 재식과 점심 식사를 같이 하면서 아버지의 다음 단계의 목표를 말씀하셨다. 첫 번째, 이 회사는 이제부터는 대규모 프로젝트를 위주로 사업을 할 것이다. 너도 이제는 알겠지만, 우리가 애초 이민 온 것은 투자이민의 형태로 왔다. 그래서 나는 단기간에 이곳 엘에이에 있는 한국계 작은 건설회사를 인수하면서 자본금을 늘렸다. 기존 설립자와 동업 형태를 유지하다가 곧이어 그의 지분을 인수하면서 나는 사업을 본격적으로 확장해 가겠다고 작정했다.

　그때가 공교롭게도 네 형이 불의의 사고를 당하던 바로 전의 일이었어. 형이 우리를 떠날 때 나는 한동안 아무것도 할 수 없었다. 회사 일도 싫었고, 그저 여기저기 떠돌아다녔다. 낚시, 도박, 골프, 여행 등등 말이다. 1년 정도 네 형을 애도하면서 아무것도 안 하고 지내는 동안 나는 서서히 새로운 결심을 했지. 이 회사를 키워서 너에게 주자. 네 형 몫까지 다 네가 받도록 운명지어진 것이라면 그렇게 하자. 너는 내가 생각했던 것보다 나의 계획에 잘 따라줬고 이제 회사를 증시에 상장시키는 일만 남았다.

두 번째 목표는 너를 성공한 사업가로만 만들지는 않을 것이다. 이 교포 사회에서도 성공하여 조그만 가게에서 시작해 규모를 늘려 제법 성공한 사람들이 많다. 그들이 성공해 번 재산도 사실은 대부분 대단한 것도 아니고 경제적으로 미국의 중상류층에 편입될 수 있는 정도일 뿐이야. 그들의 재산에 미국 사람들은 부러워할지 모르지만, 그들은 결코 존경의 대상은 아니지. 이 점은 너도 이제는 어느 정도 느낄 수 있는 나이가 됐다. 미국은 철저한 자본주의 사회이지만, 자본이 많다고, 즉 돈이 많다고 성공하는 것이 아니라는 것이야. 우리는 정치적인 힘을 가져야 비로소 존경을 받는다는 것이지.

재식아, 너 존경이라는 것이 무슨 뜻인지 아니? 존경은 이 미국 사회에서 힘, 즉 파워를 말하는 것이야. 이 파워는 돈과 힘으로 비로소 완성되는 것이야. 그래서 나는 너를 정치인으로 만들어 줄 것이야. 이게 나의 꿈이야. 경제적인 성공은 사실은 정치적인 파워가 공존하지 못하면 지켜내기 어렵다는 것쯤은 너도 이제는 알아야 해, 재식아. 우리 회사가 제법 커져서 돈을 좀 벌었는지는 몰라도 진짜 게임은 이제부터야.

지금까지는 우리의 약함에 호소하여, 그것을 시 정부가 인정하도록 여러 민족사회와 연합하여 만든, 어찌 보면 인위적 성공이야. 너는 이를 깨달아야 한다. 다시 말해 우리는 건설공사를 따내지 못하거나 우리가 지은 집들이 팔리지 않으면 삽시간에 망하게 되어 있는 사업상의 구조가 되어 있다는 것이야. 그래서 우리의 이익을 대변할 기반을 만들어야 한다. 우리는 이미 오래전에 이민 온 다른 민족들보다 아주 늦게 미국에 도착했다.

그래서 우리의 정치적 기반이 중요한 것이야. 재식아, 이 아버지의 말 이해할 수 있겠지?

그래서 먼저 나는 너를 이번 가을에 치러질 구의원 선거에 출마시킬 것이다. 너는 쉽게 당선이 될 것이다. 너의 지역구는 한인들 밀집 구역이고 나머지 비한인들도 한인들에게 비교적 우호적이기 때문에, 너는 무난히 당선될 것이야. 내가 이미 정지 작업을 해 놨으므로 너는 결심만 하면 된다. 재식은 머리를 심하게 얻어맞은 것 같은 충격을 받았다. 자기가 정치인이 된다는 것은 꿈속에서도 상상하지 못했던 일이었다.

자신이 아버지의 뜻을 따라 아버지 회사에 다닌 것은 아버지가 형을 잃은 불행에서 조금이라도 헤어 나오실 수 있다면, 기꺼이 그리하겠다는 뜻 이외의 것이 아니었고, 아무리 아버지가 아버지의 회사를 아들의 것으로 만들어 주시려고 그에게 상당한 지분을 넘겨주신다고 해도, 회사는 엄연히 아버지의 것이었다. 아버지의 작품이었다. 자신은 단지 아버지의 조연에 불과했다.

재식의 꿈은 성혜와 결혼하여 조용히 사는 소박한 것이었다. 그가 정치인이 된다는 것은 수용할 수 있는 선을 넘어서는 것이 분명했다. 자신은 정치에 소질도 없고, 남 앞에서 수줍어하며, 심지어 평소 정치에 관심도 없었다. 재식은 즉각 아버지에게 그의 생각을 말씀드렸다. 아버지의 반응은 너는 이미 대학에서 정치학을 전공했다는 것이었다. 재식은 그것은 경제나 경영 같은 분야의 전공이 싫어서 할 수 없이 정치학을 전공한 정도이지, 그 이상은 아니라고 대답했다. 당시 자신의 장래에 대한 뚜렷한 생각 없이 정치냐 경제냐의 두 가지의 전공을 제시한 아버지에게 수동적으로 반응한 것이었고, 이제 이에 대해 많이 후회한다고 말씀드렸다.

어차피 너는 이제 최소한 이 한인사회에서 유명 인물이 되었다. 네가 구의원이 되는 것에 크게 마음을 쓸 필요는 없다. 너는 의회에 참석해 우리 한인의 이익을 대변하는 말만 하면 된다. 임기도 길지 않다. 일단 해보고 싫으면 그때 그만둬도 된다. 현임 구의원의 평판이 시원치 않은 것도 너에게 유리하게 작용하고 있어. 내가 너를 뒤에서 도울 것이니 너무 부담감을 가질 필요는 없어. 1년 정도 구의원 노릇을 해보고 싫으면 그때 그만둬도 내 아무 말도 하지 않을 것이다. 약속하마. 아, 그리고 너는 공화당원으로 가입하고 너는 "이민자 출신 유권자의 권익을 위하는 새로운 공화당 구의원"이라는 후보자로 출마하게 될 거야.

재식은 또다시 아버지 편에 섰다. 그리고 구의원이 되었다. 다음번 목표는 시의원이었다. 전혀 예상하지 못했던 것은 아니었다. 그래서 그는 단호하게 여기서 그만두겠다고 아버지에게 분명히 말씀드렸다. 자신에게는 안 어울리는 모자를 계속 쓰고 살기 싫다고 했다. 그리고 이제는 결혼하여 조용히 살겠다고 선언했다. 이번에는 어머니가 나섰다. 여태까지 조용히 옆에서 지켜보시던 어머니였다. 재식아, 너는 이제 네가 싫든 좋든 우리 집안의 장자가 되었어. 아버지가 어떻게 한국을 떠나 이곳 미국까지 너희들을 데리고 이민을 오시게 된지 알기나 하니? 아버지의 원대한 꿈이 더 이상 한국에서 이루어지기 어려워졌기 때문이야. 이민 당시에는 너희들이 어려서 그 연유를 자세히 얘기해 줄 수 없었지만, 이제는 너도 커서 성인이 됐잖아. 아버지는 이제는 너를 통해 아버지의 꿈을 이루고 싶으신 거야.

재식아, 네 형이 우리를 떠나고 이제는 네가 우리 집 기둥이 된 거야. 이것도 네 운명이라면 운명이다. 그러나 네가 감당할 수 있는 운명이기도 해. 나는 네가 시의원이 아니라, 주의원 그리고 이상까지도 될 수 있다면

실어증 환자

너를 네 아버지 못지않게 뒷바라지를 해줄 것이야. 네 형이 우리를 떠나고 멀리 독립해서 살겠다고 했을 때 네 아버지와 나는 얼마나 섭섭했는지 아니? 그리고, 그리고… 재영이 불의의 흉탄에 쓰러져 사라졌을 때 나는 차라리 걔 대신 내가 죽고 싶었어. 네 아버지도 같은 심정이었겠지. 어머니는 이 말씀을 하시면서 눈물을 보이셨다. 너는 재영이 몫까지 살아줘야 해. 재영이 보다 더 잘돼야 해, 재식아.

재식은 성혜와 결혼하고 싶다는 뜻을 식구들에게 말했다. 그의 마음은 이랬다. 그래, 자신이 아버지가 원하시는 대로 시의원, 주의회 의원, 뭐가 돼도 좋다고 생각했다. 그러나 결혼만큼은 성혜와 할 것이었다. 그래서 가족에게 그렇게 선언해 버렸다. 가족들이 모두 아는 성혜였다. 성혜의 가족은 재식의 부모님이 다니는 교회를 다니고 있었다. 그래서 서로 알고 있을 뿐만 아니라, 재식이 이민 초기부터 성혜와 친하게 지낸 것도 알았다. 그래서 그는 서로 알고 지내는 가족끼리, 더군다나 성혜의 존재를 오래전부터 알고 있었기에 그 둘의 결혼을 인정해 줄 것으로 믿었었다. 그러나 아버지는 성혜를 탐탁하게 여기지 않으셨음이 분명했다. 아무 말씀이 없었다. 어머니는 이 결혼은 결사반대한다고 하셨다. 우리 집과 격이 맞지 않는, 즉 너무나 한쪽으로 기우는 혼사는 있을 수 없다고 했다.

보잘것없는 작은 식품점 딸, 가난한 집안 사정, 그리고 그 집 부모님들의 낮은 교육 수준, 교양 수준, 그리고 전망 등 모든 다른 면에서 비교될 수 없는 것이라는 것이었다. 재아도 거들고 나섰다. 난, 성혜가 항상 밥맛 없는 애라고 생각했어. 혼자 잘난 체하고, 혼자 착한 척하고. 난 그런 애들 보기 싫어서라도 교회에 잘 안 나갔어. 걔가 내 올케가 된다는 것이 말이 나 돼?

재식은 폭발했다. 재아야, 아무리 네가 싫어해도 성혜는 나이로 너보다 언니야. 그리고 내 여자 친구야. 어떻게 네가 말을 함부로 할 수가 있어! 그리고 네가 성혜에 대해서 알면 얼마나 안다고 지껄이고 있어! 넌, 친구가 있기나 하니? 넌 네가 만나는 모든 사람에 대해 좋은 말을 한 적이 없어. 심지어 사촌지간인 진희도 싫어했잖아?

난 알아, 진희가 우리 이민 초기에 너를 얼마나 도와주고 싶어 했는지를. 그런데 너는 항상 삐딱했어! 너 이 엘에이 바닥에서 너를 좋아하는 친구들이 하나도 없다는 걸 알기나 해? 그리고 어머니, 성혜네가 그렇게 싫으세요? 우리가 지금 옛 조선시대에 살고 있나요? 여기는 미국이에요. 우리는 얼마나 잘났나요? 말씀해 보세요.

어머니와 재아가 말이 없자, 아버지가 나섰다. 조용히 재식에게 타이르듯이 말씀을 시작했다. 재식아, 나는 네가 재영이 형과는 다르다고 항상 생각했다. 조용하고, 자상하고, 자족할 줄 아는 자식으로, 형과는 다르게 말이다. 그런데, 오늘 보니까 너는 형과 크게 다르지 않았어. 세상을 사는 게 자기 자신만을 생각해서는 안 되는 것이야. 네가 회사 생활 그리고 정치인으로 살면서 혼자 너만 잘났다고 하면, 사람들이 너에게서 멀어져가게 되는 것이야. 이것이 세상의 이치이지. 네가 원하는 결혼도 마찬가지야. 결혼은 너와 여자만의 결혼이 아니야. 결혼은 우리와 상대 당사자 집안과의 결혼이야. 네가 10대 어린아이도 아니고, 우리는 서로 사랑하니까 결혼시켜 줘야 한다는 식으로 부모님께 철없이 대할 나이는 한참 지났지 않았니?

결혼은 상대방의 과거, 현재 그리고 미래를 함께하는 두 집안의 중대한 인생사가 되어야 하는 것이야. 우리가 상대 집안의 가문, 명성, 부유함 같은 덕목을 따지는 데에는 그만한 이유가 있는 것이지. 이 말씀에 어머니는 네 아버지 말씀이 하나도 틀린 게 없다. 특히 네가 앞으로 할 일이 많은데, 너와 우리 집안의 번영과 행복에 도움이 될 집안과 혼사를 치러야 해. 성혜네는 우리와 전혀 안 어울려, 라고 말했다. 재아도 거들며 말하길, 오빠, 오늘 난 오빠에게 실망했어. 오빠가 별 볼 일 없는 성혜를 좋아하다니.

재식은 완전히 고립됐다. 그리고 외로웠다. 오랜만에 형이 보고 싶었다. 만약에 형이 이 상황에 자신의 옆에 있었다면, 옹호해 줄 것 같았다. 그러나 형이 살아 있었다면, 지금까지 그에게 일어난 일들이 없었을 것이었다. 현실이 너무도 자신에게 잔인하게 느껴졌다. 그리고 처음으로 형을 이해할 수 있는 마음이 생겨났고 그래서 형을 가엽게 생각하게 되었다.

재식은 결국에는 성혜와 헤어졌다. 성혜는 집안에서 반대하는 결혼은 절대 하지 않을 것이라고 재식에게 분명히 말했다. 재식은 성혜에게 말해주었다. 자신이 집에서 탈출해 너에게 가겠다고. 성혜는 그런 상황을 받아들일 수 없다고 했고, 재식에게 불효자 자식이 되지 말라고 충고하면서 앞으로 너와 나는 그냥 친구로 지내자고 말했다.

재식은 기어코 성혜 앞에서 난생처음 눈물을 흘렸다. 형이 죽음으로 우리 앞에 나타났을 때도 참았던 눈물이었다. 성혜야 너에게 너무 미안하다. 성혜는 말했다. 내가 너를 처음 만났을 때 내가 너에게 해준 말 기억해? 난, 너는 착한 아이라고 했었어. 응, 기억하지. 그래, 난 그동안 착한 아이와 행복했어. 그거면 족해. 이렇게 말하는 성혜의 눈에서도 이슬이 맺혔다. 그리고 성혜는 돌아서서 그의 시선에서 멀어져 갔다.

그는 비로소 깨달았다. 사랑은 무조건 상대를 좋아하는 것이 아니라는 것을. 사랑은 자존심이라는 것을 알게 되었다. 성혜는 이 자존심이 짓밟혀졌고, 그는 자존심도 없는 놈이 되었다. 그저 노바디가 되었다는 것을 말이다. 그는 자포자기의 심정이 되었다. 그는 부모님들이 정해준 대로 그들의 정치적 의지를 충족시키는 데 도움이 되는 여자와 결혼했다.

아일랜드계의 클라라 오도넬이라는 이름을 가진 여자와 결혼했다. 그녀의 아버지는 일정 부분 정치적 영향력이 있는 인물이라 했고, 또한 재식네 집 재산과 아버지의 명성 그리고 재식 자신의 재산을 고려하여 둘 사이의 결혼에 찬성했음을 알 수 있었다. 아버지의 건설사업은 재식 장인의 정치적 영향력을 더해 번창하고 있었고, 그는 현실에 안주했다.

성혜가 없는 세상은 그에게 의미가 없으므로 그는 회사의 사장이라는 직함에 연연하지 않았고, 아버지는 부사장을 통해 아들을 보좌하는 역할로 공백을 메워나갔다. 그의 정치적 경력도 그저 그랬다. 구의회에 나가도 그는 존재감이 없었다. 아버지는 이를 알아채고, 이제 시의원으로 도전해 보자고 하셨다. 재식은 그러시라고 했다. 어차피 이 모든 게임은 아버지의 기획, 어머니의 협조 그리고 재아의 성원하에 그는 꼭두각시처럼 각본에 의해 움직일 따름이었다. 그런데 그들 앞에 격변이 찾아 들어오고 있었다.

4

　새로운 월요일 아침이 되었다. 명종숙은 자신의 막내딸 강진희를 막 출근시키고 모처럼 식탁에 앉아서 커피 한 잔을 마시며 생각에 잠겨 있다. 진희는 자신이 만들어 준 샌드위치, 삶은 달걀 그리고 우유를 먹는 둥 마는 둥 서둘러 시내 회사사무실로 떠났다. 진희는 지난 토요일 밤 회사에서 지친 모습으로 돌아왔었다. 엄마에게 미안하다고 하며 곧장 자기 방에 가 잠을 자야겠다고 했다.
　명종숙이 잠시 후 진희 방을 살며시 열어보니 아마도 서류 더미를 보다가 잠이 든 모양이었다. 전등불도 못 끄고 잠에 떨어진 모습이었다. 그녀는 조용히 불을 끄고 나왔다. 진희는 일요일 아침 늦게까지 잠을 잤다. 그리고 저녁 식사 후 이제는 오빠 진명이 오래전부터 신학대학원으로 진학하면서 비게 된 방을 자신의 작업실 겸 서재로 삼아 거기서 늦게까지 일을 계속했다.

 진희는 어렸을 때 이민 와서 처음 살기 시작했던, 이제는 낡고 낡은 지금 방 세 칸짜리 아파트에서 부모와 같이 살고 있다. 부모가 진희와 떨어져 지냈던 적은 진희가 경영대학원 진학으로 2년간 캘리포니아 북쪽에 있는 스탠퍼드에 있었을 때뿐이었다. 진희는 재학 때 이곳 엘에이에 있는 회사에서 여름 인턴을 하느라 다시 집으로 돌아왔다. 그 바람에 우리는 실제로 진희가 멀리 떨어져 살고 있었다는 느낌이 없었다. 남편과 자신은 진희에게 졸업 후 이제는 독립해 살라고 적극 권유했다. 그러나 진희는 엘에이에 남겠다고 했다.

 진희의 설명으로는 대학원 졸업 후 뉴욕 같은 고용시장이 넓은 곳으로 갈 수도 있었고, 특히 자기가 전공한 분야인 기업 인수합병, 투자금융 같은 분야의 큰 시장인 뉴욕은 매력적이라는 곳이라고 했다. 그러나 신기술에 따른 큰 시장이 캘리포니아에서 서서히 태동하고 있었고 그래서 샌프란시스코 근처의 좋은 학교로 갔다고 했다. 그리고 엘에이에 남았다. 자기 경력을 쌓기에 오히려 뉴욕보다 더 유리할 것이라는 계산이 섰기 때문이라고 했다. 그녀는 진희같이 똑똑한 아이의 판단을 믿었다.

 그럼에도 마음 한쪽에서는 진희의 진의는 부모를 배려한 것이라는 느낌을 지울 수 없었다. 다른 아이 같으면 부모와 같은 도시에 살아도 경제적으로 독립하는 것이 자연스러웠다. 더군다나 일부러 낡은 부모의 임대아파트에서 살기를 고집할 수는 없는 노릇이니까. 아들 진명이 가족을 영원히 떠나갔을 때 명종숙은 남편과 같이 울었다. 그 아이가 6년 전 오리건주 신학대학원에 입학하면서, 부모는 이제 그 아이가 자신들의 아이가 아니라는 사실을 확인할 수밖에 없었다. 진명은 하느님의 사도로서 신부가 되기 위한 어려운 길을 떠난 것이다.

　명종숙의 솔직한 심정은 진명의 그러한 행로를 마음 편하게 받아들일 수 없는 것이었다. 그러나 남편은 진명의 결정을 존중해 주자고 아내에게 말했다. 남편은 언어장애로 사람들과 소통이 불가능한 장애인이다. 남편과 소통할 수 있는 사람은 이 세상에서 아내인 자신밖에 없다. 그가 내는 이상한 소리는 언어라기 보다는 그냥 이해하기 힘든 소리에 가까웠지만, 표정과 몸동작으로 같이 소통할 수 있었다.

　강진명은 하느님의 축복으로 집을 떠났는지는 모르나, 그의 부모는 사랑스러운 아들을 그리고 동생 진희는 가까웠던 오빠를 잃게 된 것으로 믿었다. 부모는 몰래 눈물을 훔치고 있었고 진희는 애써 슬픈 표정을 감추고 있었다. 그러나 진희는 오빠의 등을 두드리며 그의 종교적 여행을 축복해 주었었다. 이제 시간이 흘러 진명은 신부가 되기 위한 지난 10년간의 모든 과정의 마무리 단계에 와있다. 그는 앞으로 강진명으로 살지 않고 테오도르 강 신부라는 이름으로 살 것이다. 우리를 떠나 새로 부임할 가톨릭 구역의 주임신부로 앞으로 살아갈 것이다.

　테오도르 신부님은 진희와는 다르게 엘에이로 부임해서 올 것 같지는 않다. 자신의 의지보다는 하느님의 뜻 그리고 교단의 결정에 복종하는 삶을 살아가게 될 것이기 때문이다. 명종숙은 진명이 택한 길을 절대 원망하지는 않는다. 그럼에도 자신의 인간적 아쉬움 그리고 부모로서의 그와의 인륜을 생각하게 된다. 진명이 큰 뜻을 품고 세상에 나간다는 것에 어찌 무어라고 말할 수 있으랴? 진명은 자기 아들로 태어났지만, 어릴 적부터 착한 성품에 신앙심이 깊었다.

　가족이 교회와는 담을 쌓고 살았었지만, 진명은 한국에서 친구들의 이

끌림으로 그리고 나중에는 자신이 친구들을 이끌고 성당에 가기 시작했다. 결국 다른 아이들은 중간에 하나둘씩 교회를 떠났지만, 진명은 계속 다녔다. 미국에 이민 와서도 계속됐다. 아마도 진명의 신심은 더욱더 깊어졌었던 것 같다. 어떤 때는 학교 공부보다 교회에 더 열심이었고, 가톨릭 교리 책에도 열심이었다. 그렇게 하여 진명은 가족으로부터 서서히 멀어져 가기 시작했다.

아마도 오빠 진명 때문이었을까? 진희는 반대로 부모에게 왔다. 그래서 명종숙은 기쁘기도 하지만 진희에게 미안한 마음을 지울 수 없었다. 미국에 이민 온 지 벌써 오랜 시간이 흐른 지금까지도 우리는 아직도 처음 이사 온 집에서 그대로 살고 있다는 것은 스스로에게 그리고 아이들에게 부끄러운 현실적 결과이다. 남편이 장애인이어서 그래서 이민을 결심했지만, 우리의 삶의 조건은 그리 나아지지 않았다.

남편이 정상적인 경제활동을 할 수 없다는 것은 명종숙 자신이 혼자 네 식구의 생계를 책임져야 하는 현실이 되었고 자기 능력의 한계 때문에 아무리 열심히 일해도 겨우 살아가는 정도의 수준 이상을 제공할 수 없었다. 진명과 진희도 학교 다니며 아르바이트로 생활을 도왔다. 이민 오기 전에 남편의 치료비를 쓰고 그나마 남아 있던 돈을 늙은 시부모님께 드리고 이리로 왔다. 그야말로 맨주먹으로 왔다. 이미 이곳에 먼저 이민 와 있었던 친정 오빠 가족의 도움이 없었으면 명종숙의 가족은 정말 거리에 나앉았을 수도 있었다.

명종숙은 이곳에 짐을 풀자마자 일을 시작했다. 한인타운에서 안 해본 일이 없었다. 식당에서 주방일, 홀 서빙, 음식 만들기, 청소, 노인 돌봄이 등 닥치는 대로 일했다. 하루에 투잡을 뛰었다. 남편도 집에서 가내수공업

같은 그의 손재주로 할 수 있는 일을 했다. 광고물 포장, 선물용 장식물 만들기, 목각품 만들기 등으로 작지만 집안 살림에 도움이 되고자 열심히 일했다. 그럼에도 캘리포니아의 높은 물가 수준을 따라잡기가 버거웠다. 다행히 진명과 진희는 어려운 이민 초기의 사춘기를 탈선하지 않고 잘 버텨 주었다. 명종숙은 지금도 한이 맺힌다. 누구나 다 가는 디즈니랜드를 자신의 가족은 지금껏 구경조차 못했다는 것에. 진명과 진희에게 이런 소박한 즐거움의 기억도 못 만들어 준 자신이 원망스러웠다.

오늘 아침 진희를 회사로 출근시키고 명종숙은 걱정이 생겼다. 진명이 가톨릭교회의 테두리 안에서 오랜 규율과 정해진 과정으로 이를테면 바깥 세상과 유리되어 보호막으로 둘러싸인 안전한 삶을 그리고 정해진 삶을 살아오고 있었다면, 진희는 그 반대의 삶을 살아왔다. 자신이 모든 것을 결정하고, 헤쳐 나가고, 스스로 목표를 만들어 실행해 나가는 그 아이의 삶은 도전이었다는 것을 자신이 어머니로서 알고 있었다. 부모의 도움 없이 어린 나이 때부터 좌충우돌하며 살게끔 결과 지어진 것에 그녀는 진희에게 한없이 미안했다. 진희는 마치 성공이 아니면 죽음을 달라는 절박한 삶을 살아왔다고 생각되었다. 그래서 그녀는 진희에게 이제는 좀 여유 있게, 쉬면서 일하라고 충고하고 싶었다.

진희의 건강도 염려가 되기 시작했다. 지금까지 젊은 나이의 몸으로 버티며 살아가는 것에도 한계가 있다는 것을 그녀는 안다. 우리의 인생에 쓸 수 있는 에너지의 마일리지에는 한계가 있어서 젊을 때 미리 쓰면 나중에 힘들어진다는 자명한 사실을 진희에게 얘기해 준다. 그러면서, 자기 자신이 지금껏 가용한 과부하 마일리지에 대해 의식도 해본다.

진희는 직장에서 인정받고 있었으나 항상 바빴다. 그 대신 높은 연봉과 연말 보너스가 따라왔다. 그 중의 상당 부분을 저축하는 것 같았다. 진희는 항상 소박하게 차리고 다녔기 때문이다. 비싼 화장품, 옷가지, 장식품 그리고 자동차를 멀리했다. 명종숙은 그러는 진희를 대견하게 여겼다. 자신은 몸이 부서져라 일해도 그만큼의 금전적 대가가 따르지 않는 노동집약적 일을 하고 있는 데 반해 자기 딸은 아주 생산적인 일을 하고 있었으니까.

그러나 진희는 지금 지쳐 있다. 재충전의 시간이 정말로 필요해 보였다. 진희는 어머니가 우려하는 말에 항상 괜찮다고 말한다. 그러나 절대 그렇지 않다. 또한 이제는 좋은 남자 친구도 사귀고 결혼도 해야 할 것이다. 좋은 배필감을 못 찾을 것 같던 재아도 최근 결혼을 했다. 이제는 진희 차례처럼 생각되었다. 그러나 자신과 남편은 진희에게 훌륭한 남편감을 구해 줄 능력이 없었다. 자신이 아무리 미국에 오래 살았어도 한국식으로 부모가 자식의 배필감을 찾아줘야 한다는 의무감 같은 것을 잊지 않았다.

명종숙은 진희에게 몸과 마음의 재충전을 위해서도, 그리고 그동안 오랫동안 정신없이 지내느라 뵙지 못한 한국에 계신 친척 어른들을 방문하도록 해야 할 시점이 되었다고 느꼈다. 자신이 가야 하지만, 남편을 돌봐야 하는 것도 있지만, 진희를 보내는 것이 의미가 있을 것 같았다. 진희가 어렸을 때 이민을 와서 한국 친척들의 존재를 잘 모르고 지내왔다는 것이 부모로서 마음에 걸렸다. 진명이는 이미 다른 세계에서 사는 사람이 되었으므로, 명종숙은 진희를 미국 가족을 대표해서 한국에 보내고 싶었다.

언젠가는 진명과 진희가 한국에 가보기를 항상 생각해 왔다. 지금까지 허락되지 못했던 한국 방문의 시기는 지금이 적절해 보였다. 진희의 고모할머니, 그러니까 아버지 아버지의 친여동생 할머니가 여든 살이 넘으셨는데, 더 늦기 전에 집안의 뿌리를 알게 해주고 싶기도 했다. 한국을 여행하면서 아직 시골에 살고 계신 고모할머니와 다른 친척분들을 찾아뵙게 하고 싶었다. 자신이 진희와 같이 못 가는 것이 아쉬웠지만, 어쩔 수 없었다. 아마도 진희도 내 뜻을 이해하고 자기가 한국에 가는 것을 기대하고 있을지도 몰랐다.

진희는 재식 오빠를 만났다. 한 달 전 오빠의 결혼식에 참석하지 못한 미안함으로 자신이 근사한 저녁을 사기로 하고 시내 유명 중국 레스토랑에서 만났다. 그녀가 뉴욕 출장을 취소하고 중요한 인수합병의 마무리 단계의 업무에 빠질 수가 없었다. 지난 1년 가까이 회사에서 심혈을 기울인 프로젝트의 첫 실무 팀장으로서의 업무였다. 그러나 이 이유 말고도 진희는 재식 오빠를 만나고 싶었다. 자신이 최근 오빠에 대한 안 좋은 소문을 들어서 걱정과 함께 오빠로부터 얘기를 듣고 싶었기 때문이었다.

재식 오빠는 평소와 다른 사람 같은 모습으로 나타났다. 그는 핼쑥하진 얼굴로, 수염도 며칠 깎지도 않은 사람의 모습이었고 놀랍게도 옷도 정장 차림이 아닌 티셔츠에 점퍼 그리고 청바지를 입고 있었다. 그는 진희를 보자마자 진희야, 결혼 축하 카드 잘 받았다며 말문을 열기 시작했다. 너 일로도 바쁠 텐데 직접 만화로 그려서 수제 카드를 보내줘서 고마웠고, 그 카드를 보니까 옛날 생각이 나더라. 너 기억하니, 네가 내 생일 때 직접 그린 카드를 나한테 보내줬던 걸. 재영이 형도 너한테서 같은 카드를 받았던 것을 나는 알아. 너는 재아에게도 똑같이 했잖아. 지난번 걔 결혼 축하 카드도 네가 그린 카드였잖아. 아직도 나는 네가 보내준 카드를 다 보관하고 있어. 회사 일로 바쁜데 날 위해 시간 내줘서 고맙다, 진희야.

아, 오빠는 별걸 다 기억하네. 알잖아, 내가 어렸을 때부터 만화를 잘 그려 애들한테 그려줬던걸. 한동안은 미술 선생님이 미술 전공을 하지 않겠냐고 물어 오신 적도 있었지. 하지만, 난 어디까지나 아마추어야, 취미지. 회사 일은 여전해. 이제 바쁘게 사는 데 적응이 돼서 괜찮아.

그건 그렇고, 오빠 오늘 보니까 몸이 많이 안 좋아 보여. 무슨 일이 있어? 재식 오빠는 한참을 망설이다가 어색한 웃음을 지으며 이렇게 말했다. 진희야, 내가 요즘 좀 힘드네. 지난번 시의원 선거에서 낙선을 이미 예견하고 있었어. 사실 나는 낙선하기를 바랐고 그렇게 됐지. 진희야, 너도 알다시피 나는 정치인이 되는 것에는 소질이 없는 사람이야. 아버지의 바람일 뿐이었지.

나는 선거운동에도 아주 소극적이었어. 내가 너무 수동적으로 선거운동을 하니까 나중에는 장인어른이 나에게 화를 내시더라고. 클라라와의 관계도 서먹서먹해지고. 어차피 아버지와 장인이 만들어낸 정략결혼이었으니까. 아버지는 장인의 도움으로 나를 시의원 이후 주의원까지 만들 계획이었고,

장인은 돈 많고 한인사회에서 이름깨나 내는 우리 집안의 유일한 아들에게 클라라를 결혼시키는 게 나쁘지 않았다고 판단하셨을 거야. 장인은 여기 엘에이 토박이로 평생을 선거꾼으로 사셨기 때문에 선거의 생리를 잘 아시고 계셨어. 나는 장인이 시키는 대로만 하면 당선이 되도록 돼 있었지.

진희가 재식 오빠의 말을 막았다. 그러면, 오빠는 스스로 일종의 태업을 한 거야? 일부러 선거에 지려고? 설마, 말이 안 되잖아? 일단 선거에 경쟁이 붙으면, 이기고 봐야 하는 거 아냐? 재식 오빠는 한숨을 쉬며 조용히

대답했다. 진희야, 그게 아니야. 아버지, 어머니 심지어 재아까지 내가 성혜와 결혼하는 데 반대했어. 바로 그 이유로 성혜는 나한테서 떠나갔어. 난, 성혜를 완전히 잃어버린 거야.

잠깐만, 오빠가 성혜 언니와 그렇게 결혼까지 생각할 정도로 가까운 사이였어? 난, 오빠가 성혜 언니와 친하다는 것은 알았어도… 몰랐었네. 진희야, 재영이 형이 죽고 내가 우리 집 장남이 됐잖아. 그래서 나는 아버지를 위로하고 돕는다는 생각에 아버지 회사에서 일했어. 그런데, 아버지는 나를 일약 청년 사업가로 급기야 청년 정치인으로 내 옷에 맞지 않은 장식품을 달아주신 거야. 그리고, 그리고, 지금 이렇게 된 거야, 이해하겠냐?

진희는 재식 오빠에게 어떻게 말해줘야 할지 몰라 속으로 당황했다. 자신이 그동안 정신없이 자기 한 몸 돌보고 사는데 바쁘다 보니 재식 오빠의 어려움을 전혀 의식하지도 못했다. 자신이 엘에이에서 고등학교 그리고 대학에 다닐 때 재영 오빠나 재식 오빠를 가끔 한인타운에서 우연히 만난 적은 있었다. 그때까지만 해도 같이 밥도 먹고 얘기도 하고 서로 격려하고 지내는 사이였다.

재식 오빠가 성혜 언니와 계속 가까이 지내게 됐는지도 몰랐다. 자신은 성혜 언니를 잘 모른다. 단지 몇 번 본 정도였다. 그저 성혜 언니의 선한 미소가 좋았었다고 기억할 뿐이었다. 재식 오빠가 처음 엘에이로 왔을 때 성혜 언니가 오빠에게 많은 도움을 줬다고 얘기한 것도 기억했다. 그러나 그것은 오래전 기억일 뿐이었다. 한편, 재식 오빠를 이해하지 못하는 큰아버지, 큰어머니 그리고 재아는 어떤 사람인가 하는 생각이 들었다.

오빠, 이번 일을 계기로 완전히 독립해서 살면 어때? 오빠가 어린애도 아니고. 진희야, 너다운 생각이네. 그래서 나는 네가 친척이지만 널 좋아해. 나는 너의 씩씩함이 부러워. 그리고 죽은 형도 이제 좀 이해하게 돼. 왜 형이 어린 나이에 일찍 집을 떠나 독립하였었는지. 그런데, 진희야, 난 이미 클라라와 결혼한 몸이야. 이제 겨우 신혼이야. 난 알아. 장인은 내게 화나 있어. 바보 같은 짓으로 선거에 진 놈이라고. 장인은 미국인이지만, 아버지와 별반 다르지 않아. 오빠, 일단 클라라와 잘 살려고 노력을 해봐.

그런데 클라라는 어떤 여자야? 글쎄, 솔직히 잘 모르겠어. 우리가 결혼 전 데이트 동안 만났을 때 나는 별 감흥이 없었어. 당연한 반응이었지만, 클라라는 착한 것 같기도 하다가 한번 화내면 무서운 표정도 짓고는 했지. 그냥 평범한 미국인, 보수적인 공화당원인 아버지의 다섯 자식 중 두 번째 딸, 뭐 그런 정도야.

아, 그리고 나 아버지 회사에서 이미 나왔어. 이제 새 직장을 잡아야 해. 너한테 창피한 말이지만, 아버지는 내게 계속 월급을 주고 계셔. 회사로 돌아오라는 신호시지. 그리고 장인과 클라라에 대한 배려 같기도 하고. 난, 괴롭다. 아버지와 장인 그리고 클라라의 중간에 낀 샌드위치가 된 것 같이 답답하네. 난, 네가 부러워.

오빠, 그런 말 하지 마. 그리고 자꾸 자학하지도 마. 오빠는 착하잖아. 착한 것이 좋은 건 아니라고 오빠가 즉각 반박했다. 진희는 할 말이 없었다. 오빠, 힘내고 앞으로 서로 자주 연락하고 지내자고 했고, 언제든지 도움이 필요하면 주저하지 말고 연락하라고 말해주었다. 그들은 테이블에 놓인 요리를 먹는 둥 마는 둥 했다. 오빠도 진희도 음식이 맛이 없었다.

재식 오빠를 오랜만에 만났지만, 그의 우울함에 같이 동화되어서 그녀는 우울한 마음으로 차를 몰고 집으로 왔다. 마치 그의 우울함이 자신에게 전염된 듯했다. 이입된 우울함과 내재적 피곤함이 몰려왔다. 몸을 씻고 잠자리에 들었다. 침대 전등불을 끄려는 순간 스마트폰이 울렸다. 뜻밖에도 윌리엄 시만스키의 이름이 액정에 새겨져 있었다.

진희는 전화를 받으며, 윌, 무슨 일로 엘에이로 전화를?이라 물었다. 늦은 시간에 전화해서 미안한데, 내가 다음 주 엘에이로 출장을 가게 돼서 미리 너에게 전화하는 거야, 앨리스. 윌, 늦은 시간이라니? 거기 뉴욕은 아, 새벽 2시 가까이 될 텐데? 내가 엘에이에 있는 고객사와 업무가 생겨서 1주일 출장을 가게 되는데, 일을 끝내고 짧은 엘에이 구경을 할까 해. 그래서 네가 생각났어. 앨리스, 너도 바쁠 텐데… 그래서 미리 전화하는 거야. 나같이 뉴욕 촌놈에게 엘에이 구경시켜 줄 주말 시간을 네가 낼 수 있는지 물어보려고. 그렇군, 사실 우리 팀이 지난번 뉴욕 출장 때 너한테 좀 신세를 지기는 했지. 그래 엘에이 보여줄게. 그런데, 사실 나도 엘에이 잘 몰라. 너 내가 아직 디즈니랜드도 못 가봤다면 믿겠니? 아, 그래? 그럼 잘됐네. 나랑 같이 가면 되겠네, 오케이?

컬럼비아 대학원에서 수학을 전공한 윌은 상대방 회사의 대리인으로 진희의 상대역이었다. 역할은 서로 달랐지만 일의 본질은 같았다. 진희는 인수하는 회사를 대표했고, 윌은 인수당하는 회사를 대표했었다. 정해진 시간 안에 정해진 규칙에 따라 쌍방이 합의할 수 있는 합리적인 가격과 조건을 실무적으로 만들어내야 하는 임무를 수행하는 전문인들이었다. 윌의 팀과 일을 하면서 수없이 이메일을 교환하고, 화상회의를 거치고 하면서 서로 친숙해졌으나, 그들이 마지막으로 거래를 마무리하러 뉴욕에 갔을 때 돌발변수 하나가 튀어나왔다. 피인수 회사에서 갑자기 인수 가격을 10% 올려서 불렀다. 진희와 윌 모두 동의했다. 협상 마무리 순간에서 발생하는 변수로 인수회사의 의지를 시험해 보는 일종의 허세였다. 사실 모든 분석과 규약에 따른 서류상의 보고서와 평가서는 흠잡을 수 없었다. 그러나 이런 식의 고객 회사 최고 경영자에 의하여 벌어지는 막판 변수는 실무책임자들의 영역을 넘어서는 경지가 되었음을 의미했다. 양측 실무진은 일단 업무를 중단하고 기다렸다. 진희와 윌 회사의 중역진들과 고객사의 경영진들이 막판 협상에 들어갔다.

실무팀은 긴장된 상태로 기다렸다. 진희 팀의 애초 예정된 뉴욕 출장 시간이 길어지고 있었다. 진희는 마냥 기다린 것만은 아니라 자신이 주축이 되어 만든 플랜 B를 가동했다. 거래 가격이 높아졌을 때 대비한 분석 틀을 가동했다. 윌도 똑같은 분석을 상대 고객사의 입장에서 수행했음이 틀림없었다. 결국은 인수가를 3.5% 포인트 올리되, 인수 후 1년 안에 서로 합의한 합병회사 주식가격의 변동에 못 미칠 경우, 이 인상 금액에 대한 분석과 가능한 조정을 쌍방의 합의로 수행할 수도 있다는 모호한 문장으로 결말을 보게 되었다.

진희의 팀장으로서의 첫 번째 프로젝트는 이로써 성공적으로 마무리되었고, 윌도 마찬가지였다. 양측 실무팀은 신나는 자축 저녁 파티를 했고, 윌은 엘에이 원정팀을 위해 신경을 많이 써줬다. 뉴욕이 제공할 수 있는 최고 호텔의 레스토랑 한 층을 전세 내 밤새 신나게 놀았다. 그때 진희는 윌과 서로 가까운 동료 사이가 됐다고 느꼈다. 솔직히 윌이 지금 진희에게 전화해서 만나겠다는 것이 진짜 그가 엘에이로 출장을 올 일이 있어서였는지 아니면 자신을 보고 싶어 하는 것의 간접적 접근법이었는지 진희는 궁금했고 그가 1주일 후에 자신을 여기서 만나면 알게 될 것 같았다.

윌은 일에도 프로페셔널이듯이 진희와 만나서 짧은 1박 2일의 주말 일정을 그녀의 도움으로 같이 지내면서도 어떤 이상한 낌새를 주지 않았다.

그저 자연스러운 여행객이었다. 그들은 디즈니랜드로 가서 어린애들처럼 웃고 놀았고, 시내 고급 식당에서 같이 맛있는 식사를 하고, 할리우드, 선셋 블러바드 그리고 샌타바버라 해변 등지를 갔다. 밤에는 같이 술도 마셨다. 마지막 날 점심은 진희가 한인타운에서 한우갈비를 사줬다. 그리고 그들은 이후로도 서로 안부를 묻는 사이가 되었고, 가끔 특정 업무에 대해 서로의 경험을 공유하기도 했다. 진희와 윌 사이의 엘에이와 뉴욕의 공간적 차이가 실감 날 정도로 서로 바쁘기도 했지만, 이후 각자의 시간이 흐르며 좀 서먹서먹해지기도 했다.

그러는 사이 진희에게 일종의 번아웃 현상이 생기는 것 같았다. 회사 생활 4년에 접어드는 시점이었다. 나이로도 이제 서른 살이 가까운 시점이었다. 진희는 속으로 아직 중년이 되기도 멀었는데 벌써 중년의 위기 증상을 보이고 있는지 궁금했고, 걱정이 되기 시작했다. 증상은 일하는 도중 문득 까닭 없이 순간적으로 일이 싫어지는 것, 업무 중 중요한 요소를 순간적으로 놓쳐서 속으로 당황하는 경우가 전부터 자주 발생하는 것, 가끔 동료들에게 짜증을 내고는 후회하는 일 등이었다.

다시 말해 업무에 대한 생산성이 떨어져 가고 있었다. 전에는 절대 없던 늦잠으로, 엄마가 깨워줘야 겨우 일어나 정신없이 출근하는 일이 잦아졌다. 주말에 집에서 쉬어도 쉰 것 같지 않은 만성피로가 생겼다. 우울증도 몸의 내부에서 올라오고 있는 것 같았다.

진희는 같은 직종의 선배인 윌―그는 진희보다 3년 나이가 많았다―에게 묻고 싶은 심정이 되었다. 남들보다 두 배 일하는 업무량, 과중한 업무의 강도와 책임감, 조그만 실수도 용납되지 않는 경쟁 구도 하의 사무실 분위기 같은 우리가 수행하는 직업을 잘 알고 있는 윌에게 물어보고 싶었다. 당신도 번아웃 현상 같은 경험이 있었느냐고. 그러나 그에게 진희가 자신의 문제를 상의할 정도로 친밀한 사이였는지 확신이 없었기도 했다. 그녀의 입사 동기들이 하나둘씩 회사를 떠났을 때 진희는 그들이 왜 그랬는지를 알았다. 그들을 이해하면서도 자신에게는 절대 일어나지 않을 것이라고 자신했었다. 그런데, 불안한 징후가 자신에게서 스멀스멀 나타나기 시작했다는 것을 부인할 수 없었다.

주변 친척들의 불행을 보면서 자신의 증상이 더 촉발됐는지도 몰랐다. 자신이 좋아했고, 존경했던 재영 오빠의 뜻하지 않은 죽음. 진희는 당시 충격을 받았었지만, 그때는 지금보다 어렸을 때의 일이어서 그때의 느낌은 살면서 지나쳐가는 허무감으로 은폐할 수 있었는지도 몰랐다.

재식 오빠의 불행이 재영 오빠 죽음의 연장선에서 발생하여 오늘에 이른 것은 무슨 의미인가? 착한 재식 오빠가 자기가 원하는 소박한 꿈이 거부당한 채 슬픈 삶을 살아야 한다는 것에 진희는 당사자가 아니라 해도 숨이 막히고 동정심이 생겼다. 반면에 자신과 정반대의 인생을 살았던 재아는 가장 쉽게 현실을 받아들이고 편한 삶을 선택했고, 이제는 잘생긴 남편을 만나 행복을 꿈꾼다. 이것이 삶의 모순처럼 느껴진다. 같은 나이의 재아가 잘 살 수 있다면 그것은 그 아이의 몫이지만, 진희는 인생의 허망함도 본다.

큰아버지와 큰어머니의 일상성 그리고 자신의 아버지와 어머니의 일상성은 다른 것임을 진희는 당연히 알고 있었고, 자기 친오빠 진명이 가족을 떠나갔을 때 분명히 허망함을 경험했다. 그리고 그 영향이 자신을 심하게 흔들어 댔다. 결국은 자신의 가족이 여기 엘에이까지 와서 무엇이 변했고, 무엇이 안 변했는가를 진희는 알고 싶어졌다. 질풍노도와 같이 바람을 가르며 용감히 살아왔던 자신의 삶은 무엇이었는지 알고 싶었다. 진희는 이 시점에서 무엇보다 정신적으로 지쳐있었다.

결국 진희는 엄마의 제안을 받아들이기로 했다. 이미 오래전에 엄마는 딸 진희에 대해 걱정하고 있었고, 진희 자신도 잘 알고 있었다. 문제는 회사에서 벌어지는 일이었다. 일은 쉴 틈을 주지 않고 계속되었다. 마침내 엄마는 회사에 휴가를 내라. 그리고 한국을 다녀오라는 제안을 했다. 제안이라기보다는 당위 같아 보였다.

어머니 명종숙은 이미 진희가 한국으로 가져갈 친척들 선물을 챙겨 놓았다. 주로 시집 친척들 선물이었다. 진희는 휴가로 한국이 아닌 다른 곳, 예를 들어 유명 휴양지나 유럽 같은 곳을 갈 수도 있었다. 그러나 어머니의 제안을 따랐다. 아마도 어머니는 딸로서 진희가 떠나온 한국을 지금쯤은 가봐야 할 때라고 생각했을 것 같았고, 이로써 진희가 아버지와 어머니 대신, 그리고 오빠 강진명 대신, 늦었지만 한국의 어른께 인사를 드리게 되었다.

어린 나이에 이민 오면서 지금까지 자신의 삶은 이 익숙하지 않았던 모든 환경—언어, 학교, 외모, 색깔, 태도, 제도 그리고 이 모든 이질적인 것들을 하나로 표현하면 문화—에 적응하고자 하는 과정이었다. 항상 타자는 자신을 시험하고 있다는 강박감이 무의식적으로 형성되어 왔는지도 몰랐다.

그사이 한국은 잊힌 타국 같은 존재, 이제는 자신의 삶과는 상관없는 존재감 없는 배경이 되었다. 현재 진희 자신이 내면에서 경험하는 감각이 방향성을 잃었다면, 지금까지 잊고 있었던 희미한 자신의 옛 나라는 무엇이었나 하는 생각이 들었다. 엄마는 한국에 계신 어른들, 옛 친구들, 자신이 태어나고 자랐던 곳, 그리고 그동안 못했던 도리 등을 얘기하고 있었다. 진희는 궁금해졌다. 한국은 그녀에게 그야말로 고향 같은 포근함을 줄지, 아니면 그동안 이질적인, 이상한 모습으로 변했을지.

서진애와 결혼하고 6개월 후 그는 소령으로 진급했다. 마치 새 커플의 결혼을 축복이라도 해주듯이. 진급하면서 의정부에서 더 위쪽의 전방부대로 배치되었다. 부부는 장교관사에서 살았다. 그러나 서진애는 서울이라는 큰 도시와 다른 생경한 환경에 주눅 들지 않았다. 이제부터 자신이 해야 할 일이 중요했다. 남편을 위해, 시부모님들을 위해 자신은 아들을 낳아야 했고 또한 남편의 성공을 돕는 역할을 할 준비가 되었다. 그러나 바라던 임신이 되지 못했다. 차라리 잘 됐다 싶기도 했다. 임신으로 자기가 몸이 무거워져서 짐이 되는 대신 신임 소령의 아내로서 민첩하게 움직여야 한다는 것을 알았기 때문이다.

그녀는 남편의 상관들, 우선 남편 주둔부대의 중령, 대령 그리고 장군들의 부인들을 모시기로 결심했다. 남편의 진급이 남자들의 일만이 아니라는 자명한 진리를 곧 깨달았기 때문이다. 군인의 아내들도 근무해야 하는 분위기임을 모를 만큼 아둔한 그녀가 아니었다. 중령의 부인은 그녀의 상관, 대령의 부인은 중령 부인의 상관, 준장의 부인은 대령 부인의 상관이 되는 식으로 철저한 계급사회였다. 일반사회보다 더 경직된 분위기였다. 서진애는 잦은 고급장교들 부인의 비공식 모임에 한 번도 빠지지 않고 참석했다. 거기서 그녀는 많은 일을 했다.

사령관 부인은 관사에서 자주 점심 모임을 소집했다. 그럴 만도 했다. 부대 내외에 군사시설 외에 사병들을 위한 시설들은 있을지 몰라도 여자들을 위한 시설은 전혀 없었다. 그러니 고급장교의 부인으로서 남편의 계급에 부합하는 권위, 위엄 그리고 체통을 지켜야 했기에 부인들은 그들의 관사나 숙소에서 자주 그들끼리 여러 모임을 가질 수밖에 없었다. 그만큼 군인의 아내들로 사는 것이 어렵다는 것을 그녀는 새롭게 깨닫기도 했다. 군인으로서 어려운 근무 환경에서 국방의 의무를 다해야 한다는 현실은 남편들이 자부심 없이는 그들의 어려움을 상쇄할 수 없는 것이 되었다.

그래서 서진애는 당시 강용환 소령의 아내로서 그의 진급을 위해, 그의 출세를 위해 힘껏 도와야 한다는 것을 다시 한번 스스로에게 다짐했다. 군인이 진급 못 하면 옷을 벗고 사회로 나와야 한다는 강박감을 자신도 공유하기 시작했다. 물론 그는 잘나가는 군인이었다. 지방 출신으로 육군사관학교에 수석 입학, 졸업, 그리고 장교로서의 생활. 주변에 많은 사람들이 그를 주시하고 있었다. 그가 엘리트 장교의 과정을 밟아가고 있었다는 것을 주변의 모든 사람이 알고 있었다는 사실은 또한 그의 몰락을 바라는 사람들도 다수 여기저기에 포진하고 있었다는 뜻이었다.

가장 빨리 대위로 진급한 강용환이 늦은 나이에 결혼한 대상이 서진애였다는 것은 주목을 받아야 했다. E 대 가정과 출신의 미모의, 그것도 그냥 예쁘다는 일반적인 형용사로서의 예쁨이 아닌 메이 퀸이라는 희귀재를 낚아챈 엘리트 육군 장교는 선망과 질투 그리고 경계의 대상이 됐다. 그래서 그녀는 이런 특수한 환경을 뚫고 나갈 전략을 세웠다. 자신이 첫 번째로 한 일 중 하나는 장교부인회 모임에서 가장 허드렛일을 자청해서 나서는 일이었다.

당시 사병들이 종종 차출되어 모임의 준비를 도와주는 경우가 있었다. 그녀는 이를 거부하고 스스로 일을 했다. 음식과 간식 준비 그리고 설거지와 청소 등을 솔선수범했다. 이 일은 사실 어려운 일도 아니었다. 왜냐하면 그녀가 먼저 움직이면 강 소령보다 낮은 직급 장교의 부인들이 거들어 돕게끔 위계질서가 서 있었기 때문이었다. 중요한 것은 강 소령의 부인이 누구보다 먼저 움직였다는 것이었다.

초겨울 김장철이 되면, 서진애는 남편의 차를 타고 서울, 인천, 강릉 등 지역을 다녀왔다. 중령, 대령, 장군들 본가의 김장 하기에 자원했기 때문이다. 새벽에 일어나 칙칙한 색깔의 점퍼에 몸뻬 바지를 입고 출발한다. 그때 만해도 김장이 있었고 보통 한 집에 200~300포기 정도의 김장을 하는 것이었다. 그녀는 상관 부인들에게 인사하고 김장을 시작한다. 우선 배추를 씻고, 소금물에 절여놓는다.

그리고 다음날 일찍 다시 온다. 밤새 잘 절인 김치를 김칫소와 함께 본격적인 김장을 한다. 다시 차를 타고 전방 남편의 숙소로 돌아오면 그녀의 몸은 그야말로 파김치가 된다. 피곤함에 온몸이 쑤신다. 이렇게 1주일, 열흘을 상관 집 김장하는 일을 자원하는 일은 매해 초겨울에 실시되는 연례행사가 된다. 초겨울의 얼음을 깨고 찬물에 손을 담그고 얼얼한 고춧가루와 자극적인 김장재료를 버무리면 서진애의 손은 한동안 퉁퉁 부어오른다. 남편 상관 가족의 경조사도 챙겨야 한다. 대령님 아버지가 돌아가셨을 때, 서진애는 인천으로 갔다. 그리 먼 곳이 아니라서 다행이었다. 그녀는 문상객들을 위한 음식을 장만하는 일을 도왔다. 이런 일들은 예고 없이 자주 벌어지곤 했다.

한번은 부대 사령관 부인이 그녀를 부른 적이 있었다. 주말을 맞아 서울로 쇼핑을 가는데 도와주지 않겠냐는 부탁이었다. 사실 부탁이 아니라 명령이었다. 부인과 서진애는 운전병이 운전하는 장군 차에 올랐다. 부인이 말했다. 내가 자네같이 젊고 세련된 친구하고 쇼핑하고 싶었어. 나야 항상 남편 따라 일선 부대를 전전하는 처지라 여자들 옷의 유행이나 패션을 잘 몰라. 더군다나, 자네가 여학교 메이 퀸 출신이니 내게 오늘 좀 도와주게나. 모처럼 제 큰누이 같으신 사모님을 모시고 간만에 저도 서울에 가게 돼서 영광이고 마음이 설렌다고 서진애는 대답했다. 이 단독 찬스를 그녀는 허투루 버릴 수 없었다.

신세계 백화점에서 그들은 맛있는 점심을 먹고 본격적인 쇼핑을 시작했다. 부인은 해외브랜드 의류 그리고 국내 일류 여성 디자이너의 옷들을 많이 샀다. 옷 하나하나마다 고를 때 서진애의 의견을 물어보았으나 결국 자신의 취향에 맞는 옷들을 골랐다. 거기에 어울리는 장신구들도 샀다. 서진애는 비교적 싼 가격의 옷을 골랐다.

마지막으로 여성용 밍크코트를 샀다. 강 소령의 월급 형편에 비싼 물건이었다. 이 코트를 사모님께 드렸다. 사모님께 아주 잘 어울리시는 물건이라 기쁘다는 허사와 함께. 사모님은 아니, 이런 좋은 옷을… 잘 입겠다고 화답했다. 사모님은 좋아서 얼굴에 웃음이 가득 찼다. 아, 오늘은 보람찬 하루였다고 서진애는 속으로 생각했다.

오늘 같은 날이 올 것을 기약하며 그녀는 지난 1년 동안 남편 봉급에서 알뜰히 돈을 모아왔다. 오늘 그 돈을 값지게 쓰게 된 것이다. 서진애는 사모님이 자신을 좋아하는 것을 눈치채고 단독면담의 기회를 엿보고 있었는데 오늘 바로 그 기회가 온 것이었다. 사모님도 서진애도 다가오는 군 인사 발령의 시점을 의식하고 있었을 것이다. 그들은 지하층 커피숍에서 민간이 만든 맛있는 커피를 마시고 마치 둘이 다정한 자매가 된 양 즐겁게 웃었다.

남편 강용환은 소령에서 중령으로 진급했다. 이 역시 최단기간 내에 성취한 진급 속도였다. 서진애도 남편의 군대 생활에 이제는 자연히 잘 적응하고 있었다. 그동안 어려웠던 임신도 되었다. 그녀는 임신이 남편이 중령으로 진급한 것을 축복해 주는 상서로운 기운의 발로라고 여겼다. 첫아들 재영을 얻었다. 진급과 함께 남편은 전방부대 근무에서 서울로 발령을 받았고 보직도 중요한 군 정보와 첩보를 다루는 쪽으로 바뀌었다.

이러한 변화는 남편이 비로소 육군의 내부 핵심부로 향하고 있는 것으로 여겨졌다. 또한 남편은 군 핵심부를 차지하고 있는 일종의 비밀조직의 중간 역할을 맡은 것으로도 보였다. 중령이라는 계급은 위의 군 최고의 장성급과 아래 청년 장교들이 차지하는 전체 구조의 중간 역할을 담당하는 상징과 실제였던 것 같았다. 강용환 중령이 비로소 서울로 임지를 바꿔 이사 오게 되었을 때 서진애는 한없이 기뻤지만, 남편은 매일 얼굴도 보기 힘들 정도로 바쁜 나날을 보내고 있었다.

이 무렵에 둘째 아들 재식이 태어났다. 서진애는 두 아들을 혼자 키우느라고 힘이 들었다. 친정어머니가 애를 돌보는 것을 도와준다는 것은 언감생심이었다. 큰아들의 도움으로 허름한 음식점을 하시면서 겨우, 겨우 살아가는 친정에 서진애가 기댈 몸은 없었다. 오히려 도와주어야 할 형편이었다. 시어머니는 시골에 살고 계셔서 서울로 올라와 아이들을 돌본다는 것도 역시 어려웠다. 남편이 아내가 밤에 피곤한 몸으로 자고 있을 때 집으로 오는 경우도 많았다. 남편은 항상 긴장된 얼굴을 하였다. 전방부대 근무 때와는 다른 표정이었다. 업무의 스트레스를 많이 받는 듯했다. 육군 내 주요 정보 업무의 실무책임자로서 남편은 원래 과묵한 성격으로 입을 잘 열지는 않는 편이지만 그때 더욱 그랬다.

1980년대 군부독재에 항거하는 학생들과 재야 세력의 민주화운동은 점점 더 거세지기 시작했다. 북한이 이 혼란상을 이용해 간첩을 남파하는 것을 사전에 파악하고, 격멸하는 것이 남편의 주요 임무가 되는 것은 그가 말을 안 해도 알 수 있었다. 그녀가 고급장교의 아내로서 그 정도의 눈치와 나름의 생각이 없을 수 없었다. 이때부터 남편은 술을 많이 마시기 시작했던 것 같다. 담배는 육사생도 때부터의 금기 때문에 피할 수 있었던 것은 다행이었다. 늦게 근무를 끝내고 집에 와서 저녁 식사를 할 때 남편은 항상 독한 위스키 몇 잔을 들이켜곤 했다. 아마도 이렇게 해야, 피곤한 몸을 빨리 숙면시킬 수 있다고 믿은 것 같았다.

막내딸 재아가 둘째 오빠 재식의 탄생 3년 후에 태어났다. 남편이 특히 좋아했다. 사내 녀석들만 있는 집에 딸을 얻었다는 기쁨을 숨기지 않았다. 무뚝뚝한 남편의 얼굴에서 재아를 볼 때마다 미소가 흘렀다. 늦은 나이에 결혼하여 아내의 불임으로 마음고생하며 겨우 첫아들을 낳은 후에 둘째 아들 그리고 막내딸은 순조롭게 세상에 태어났다. 그러다 보니, 막내는 늦둥이가 되었고, 그런 만큼 딸에 대한 특별한 감정이 있었을 것이다. 그리고 남편은 곧이어 대령으로 진급했다. 서진애는 남편보다 더 기뻤다. 그녀가 혼자 아이들을 키우고 정신없이 집안 살림을 하면서도 자신의 할 일을 다 했다. 그것은 남편을 측면에서 또 뒤에서 계속 도와야 한다는 자명한 일이었다.

남편의 소령 때 소속 부대 사령관은 이제 중장이 되었다. 육군 내 중요한 행정조직과 미군사령부와의 협력 업무를 담당하고 있었다. 서진애는 중장님 사모님과 아직도 각별한 사이를 유지하고 있었다. 또 당연히 지금 남편이 맡고 있는 정보사령부 사령관님의 사모님과도 잘 지낸다. 어떤 면에서는 중장 사모님보다 더 친한 것 같다. 새 상관의 사모님은 서진애의 대학교 3년 선배 언니였기에 안 친해질 수가 없었다. 물론 사령관님도 남편의 육사 6년 선배였다. 서울 시내 유명 호텔 레스토랑에서 사모님들은 자주 만났다. 서진애는 밥을 자주 얻어먹었다. 상관 사모님들이 두 번 사면 서진애는 반드시 한 번은 답례로 밥을 샀다. 마냥 얻어먹기만 하는 것은 하수의 실수라는 것쯤은 이미 예전에 터득한 처세법임을 그녀는 익히 알고 있었다.

그런데, 서진애가 선배 사모님들로부터 새로이 배운 것이 있었다. 여사님들은 자기 남편들의 진급을 앞두고 은밀히 무속인들을 만나는 것이었다. 특히 대령에서 준장으로 그야말로 첫 번째 별로 진급을 앞둔 사모님들의 불안감은 엄청났다. 진급 시기를 반년쯤 앞둔 시점부터 사모님들은 점을 보러 다녔다.

자신들의 남편이 다가오는 군 인사에서 별을 달수 있겠느냐? 이번에 별을 달 천운이 같이하느냐? 그 천운을 담아내려면 무엇을 해야 하나? 만약 남편이 진급을 못 하면, 아내로서 정성의 부족 때문일지도 모른다는 심리적 불안감을 떨쳐내야만 한다는 사모님들의 생각을 서진애는 전적으로 부정하고 싶지 않았다. 준장에서 소장으로 소장에서 중장으로 그리고 마지막 별 네 개를 달게 된다면, 사모님들은 한 단계, 한 단계 진급 때마다 무속인들의 조언과 예언을 들을 것이다.

기본적으로는 남편들은 유능한 군인들이다. 그런데 진급을 거듭할수록 경쟁자들의 유능함은 넘쳐났다. 남편들의 능력치는 최대한 발휘가 되어야 할 것이지만, 능력을 초월하는 기운이 특정한 시간이라는 공간에서 작용하는 원리에 의해 영향을 받게 된다면 이를 알 수 있어야 했다. 그래서 무속인들의 힘이 도움이 될 것이었다.

　만약에 기운이 성하지 못하고 쇠하는 패턴으로 흐른다면, 사모님들은 그 나쁜 기운을 조금이라도 되돌리기 위해 정성을 다할 것이다. 정성이라는 것이 여러 가지 방법으로 표출된다는 것도 알게 되었다. 이제 고지가 저만치 보이는데, 강용환 대령이 마침내 별을 달 날이 서서히 다가오는데 서진애는 쉴 수가 없었다.

　셋이나 되는 아이들을 자신이 다 키울 수 없어 보모를 들였다. 남편의 배려였다. 남편이 중령이 된 이후부터, 그러니까 서울로 올라오면서부터 집안 경제 사정이 현격히 나아졌음이 피부로 느껴졌다. 그녀는 남편의 능력을 존경하게 되었다. 자신들의 세 아이를 남들보다 잘 키우려면, 무엇보다 부모의 경제력이 중요했는데, 남편이나 아내의 본가가 경제적으로 도와줄 처지가 못 되었다. 그래서 서진애는 남편이 혼자서 여기까지 올라온 것에 경의를 표한다. 그녀는 그의 아내로서 그를 한껏 도울 것이지만, 우리 아이들도 잘 키울 것이다. 아이들을 낳고, 전방부대 생활을 뒤로 하고 마침내 서울로 남편과 왔을 때 그녀는 알고 있었다. 남편이 다른 동료들처럼 중요하지도 않은 병과에 변방부대를 떠돌지 않고 당당히 서울로 입성해 아무나 맡을 수 없는 주요 보직을 맡았다는 것에 감사했고 이제는 자라나는 아이들도 잘 키울 것이었다.

　다만, 남편은 서울로 오며 진급하고 새로운 임무를 맡으면서 가중되는 업무에 힘들어하고 있었다. 그가 퇴근 후 집에 와서 특유의 과묵함과 무뚝뚝함으로 이를 내색하지 않아도 알 수 있었다. 그의 업무는 자신의 한계로 직접 도울 수 없는 성질의 것이어서 그저 안타깝게 옆에서 지켜보는 수밖에 없었다. 나라를 위한 일을 한다는 것이 결코 쉬운 일이 아닐 것임을 그저 막연하게 느낄 뿐, 남편 업무의 무게를 가늠할 수는 없었다.

그러나 한 가지 분명한 것은, 남편의 국가에 대한 헌신은 보상이 뒤따라야 할 것이었다. 진급이 표면적인 인정과 보상이라면 그에 따르는 그보다 더 높은 보상은 명예가 되었다. 강용환 대령은 3년간의 어려운 임무를 수행하고 이제는 새로운 임무를 맡게 되면서 드디어 별이 되었다. 이제는 4성 장군이 된 선배의 발자취를 따라, 그는 육군본부의 주요 행정업무를 맡게 되면서 과중한 업무의 무게에서 해방된 듯했다. 서진애는 기뻤다. 이제 그가 별 하나를 땄다. 그녀는 목표를 더 높게 두었다. 그와 함께 공동운명체로서 앞으로 계속 나아갈 것에 믿어 의심이 없었다.

프랭크가 재아와 결혼하여 그녀의 콘도로 들어와 살게 된 지도 벌써 반년이 되었다. 프랭크는 남편으로서 좀 미안하다고 재아에게 거의 매일 말하다시피 했다. 프랭크는 자기의 고향 선배 행크에게서 언젠가는 독립해서 오로지 자신만의 회사를 차리고 싶다고 얘기하면서 조금만 기다려 달라고 했다. 재아는 프랭크에게 말했다. 그러지 마. 나는 지금 이대로도 너무 좋아. 자기가 내 옆에만 있어도 돼. 그래, 알지. 그래도 젠, 나도 이제는 할리우드 경력이 곧 10년이 돼. 나도 이 영화판에서 웬만큼 모르는 사람이 없어. 배우 캐스팅에 대한 경험도 네트워크도 풍부하다는 얘기지. 행크는 좋은 사람이지만, 나도 이제는 독립할 때가 됐어. 그래, 프랭크, 자기가 독립할 때, 내가 얘기하면, 아빠가 물심양면으로 자길 도우실 거야. 아빠는 능력자셔, 자기도 알잖아? 노, 노, 노, 내가 장인 도움을 바라고 그런 거 아니잖아? 그래, 알았어. 난 자기 능력을 믿어.

프랭크는 결혼 후 부쩍 바빠졌다. 그만큼 수입도 좋아졌다. 재아도 만족해하고 있었다. 재아의 가게에서 나오는 수입에 비하면 매우 작았지만, 그럭저럭 돈을 벌고 있었다. 문제는 직업의 특성상 남편이 자주 출장을 가거나 출장이 아니라도 할리우드 촬영 스튜디오에서 지내는 시간이 많아졌다는 것이다. 어떤 때는 밤을 새워 일을 해야 했다. 남편이 일을 끝내고 집에 오면 밀린 잠을 자고, 또 나가는 일이 계속됐다.

재아는 프랭크가 열심히 일을 하며 남편 구실을 잘하려고 하는 것에 가슴이 뿌듯해지는 느낌이 들었지만, 막상 남편의 일이 결혼 전 생각했던 것보다 고된 것임을 알고 좀 안타까운 생각도 들었다. 막연히 화려해 보이는 할리우드의 일에 남편 같은 스태프 일을 하는 사람이 많다는 것도 알게 되었다.

결혼 후 남편을 따라 몇 번 영화 촬영 현장을 구경하러 갔을 때, 재아가 느꼈던 것은 아, 이곳이 매우 바쁜 일터일 뿐만 아니라 모든 사람이 일정한 규칙하에 일사불란하게 움직이는 조직같이 생각되었다. 각자 업무를 맡은 스태프들은 말할 것도 없고, 배우들도 여유 있는 것이 전혀 아니었다. 그들은 촬영에 들어가기 전, 거의 신경증 환자들처럼 대본을 외우는 데 전력을 다하였다. 자신도 알아볼 수 있는 몇몇 유명 배우들과 눈을 마주쳤을 때, 그들의 반응은 모르는 체하거나 순간적으로 목례만 하고 대본에 빠져 들었다.

옆에 있던 남편이 말해주었다. 자기가 기껏 캐스팅한 조연급 신인배우 중 한 명이 대본을 못 외워 최종 탈락했다는 것. 감독이 그 배우에게 화를 내지 않고 캐스팅 프랭크에게 화를 내서, 엄청 난감하였었다고 했다. 남편은 부랴부랴 대체 배우를 섭외하여 겨우 전체 촬영에 큰 지장을 주지 않고 마무리할 수 있었다고 털어놨다. 그러면서 하는 말이 할리우드는 일종의 공장이라고. 공정 하나라도 삐끗하면 안 되는 철저히 시간과 자본과의 싸움이라고 했다.

순간적으로 재아는 좀 안심이 됐다. 자기 가게에서 자신이 하는 일은 사실 아무것도 없고, 단지 주인이라는 이유로 쉽게 돈을 벌고 있었다는 것을. 그리고 자기 돈도 결국은 부자 아버지가 만들어 준 것이었다는 것을. 지금까지 그래 왔듯 앞으로도 자신이 부자로 있는 한, 자기는 프랭크의 뒷배가 되어 줄 수 있다는 자부심이 들었다. 다른 아내와 달리 자기는 경제적 능력이 있으므로 프랭크가 비굴하게 굴지 않고 맘 놓고 일할 수 있었으면 좋겠다고 생각했다.

재아는 프랭크와 행복했고 곧 그의 아이를 갖고 싶었다. 그러나 프랭크는 이에 반대했다. 아직 젊은데 자신들의 삶이 아이 때문에 묶이는 것이 싫다는 것이고 또한 남편은 사실 지금 일로 너무 바쁘니까 나중에 자신만의 회사를 차려 행크로부터 독립한 후에 아이를 갖자고 했다. 그때는, 자기도 시간적 여유가 있어 아이의 아빠 노릇도 제대로 할 수 있을 거라고 말해줬다.

프랭크는 유럽, 멕시코, 캐나다 외에 미국 내 다른 지역에도 자주 출장을 갔다. 회사에서 캐스팅한 배우가 실제로 영화 촬영 때 제대로 감독의 마음에 드는 연기를 해줘야 하기에 촬영 현장에 같이 가야 한다고 재아에게 자상하게 설명해 줬다. 재아는 불만이었으나, 수긍할 수밖에 없었다. 프랭크는 미안하다, 그러나 곧 자기 회사를 차리겠다는 그의 계획을 다시 말해줬으며, 늦어도 내년쯤에는 이를 실현하겠다고 말하며, 아내에게 키스했다. 젠, 조금만 기다려줘. 나도 지금 최선을 다하고 있어. 자기야, 그래 나도 알아. 재아는 프랭크의 달콤한 키스와 애무에 빠져들었다.

재아는 오빠 재식을 비웃고 있었다. 자기가 젊고, 잘 생기고, 장차 할리우드의 인플루언서가 될 만한 남자를 남편으로 만든 데 반해, 재식은 성혜 같은 여자를 우리 가족에 데려와서 결혼하겠다는 바보 같은 짓을 했다는 것에 실망했다. 재아는 재식 오빠는 재영 오빠처럼 똑똑하지 못했고, 우유부단한 성격, 게다가 남들 앞에 잘 나서지도 못하는 내성적인 인물이었다고 믿었다. 재영 오빠가 아버지를 닮아서 키도 크고, 잘생기고, 덩치도 있는 남성적인 매력이 있는 데 반해 재식 오빠는 정반대였다. 형만큼 잘 생기지도 못했고, 왜소하여, 그저 남자 평균신장에 겨우 도달할까 말까 한 사람이었다.

　그런 오빠가 자기와 여러모로 비슷한 성혜를 가족 앞에 데려왔을 때 재아는 즉각 알아챘다. 성혜는 재식의 여자 버전이라고, 그래서 자기는 거부권을 행사했었다. 자신은 특징 없고, 개성 없는 사람을 좋아하지 않는다. 더군다나, 성혜네 집안과 우리 집안과는 비교할 수 없을 정도다. 아무리 재식 오빠가 순진해도, 세상을 너무 모른다.

　아버지도 많이 속이 상하셨을 것 같다. 특히 능력 없는 재식 오빠를 이제는 정치인으로 만들려는 아버지의 의지와 정성이 갸륵하게 느껴질 정도다. 오빠가 아버지가 노력하는 반, 아니 반의 반이라도 기울였다면, 오빠는 그렇게 나빠지지는 않았을 것 같다. 아버지와 장인이 차려준 밥상을 그렇게 매몰차게 걷어찰 수는 없는 것 아닌가? 올케 클라라에 관한 생각을 하나도 안 하면 어쩌려고 그러는지 답답했다.

　재아는 고등학교 이후 재식 오빠와 거의 같이 말한 적이 없었다. 자신이 대학을 동부로 가게 돼서 자연히 멀어지게 된 것이었고, 그때에도 큰오빠와는 가끔 전화도 하고 지냈고, 동부로 처음 왔을 때 오빠는 리사 언니와 학교로 일부러 찾아올 정도로 친밀했었다. 그러던 오빠가 갑자기 우리 곁을 떠난 후에도 자신과 재식 오빠와의 관계는 좋아지지 않았다. 자신의 가게에도 처음 몇 번 인사치레로 찾아왔을 뿐, 그 이후 발길을 주지 않았다.

아마도 재식 오빠는 같은 남매지간이라도 동생을 별로 좋아하지 않았는지도 모른다. 그녀도 마찬가지였는지도 모른다. 비록 자신이 그를 비웃고 있는지는 몰라도, 이 시점에서 오빠의 처지를 보니 연민의 감정이 생기기도 한다. 자신의 어리석음이 초래한 그의 불행이라도 불행은 불행이다. 그럼에도 우리는 이제 둘만 남은 우리 아버지와 어머니의 자식들이다. 피는 물보다 진하다는 것은 거짓은 아니었다.

강용환의 욕망은 재식의 배신에도 수그러들지 않았다. 오히려 다른 방향으로 굴절되어 활활 타오르게 되었다. 사돈 존 오도넬의 영향이 컸다. 강용환은 재식의 일탈에 존에게 고개를 들지 못할 정도의 미안함과 수치심이 생겼다. 미안함은 약속이 지켜지지 못한 것에 대한 것, 수치심은 자기 자식 하나 제대로 통제 못 하고 망신을 당한 것이었다. 강용환이 존에게 술을 사면서 앞으로 재식을 위한 방향 설정에 대해 도움말을 청했다.

존은 호인다운 면모를 지닌 인물이었다. 나이도 강용환과 비슷했고 평생을 캘리포니아 공화당 조직에서 일해왔던 정치적 인물이었다. 그렇다고 그가 직접 정치인이 된 것은 아니었고, 철저히 공화당 정치조직의 일원으로 살아온 경력의 소유자였다. 그의 손을 통해 많은 주정부 의원 그리고 연방 국회의원들이 탄생했다. 말하자면, 민주당 텃밭인 로스앤젤레스 나아가서 캘리포니아주에서 신념을 가지고 꾸준히 공화당을 위해 헌신해 온 폴리티컬 머신의 주요 부분이 되었다는 것이다.

존은 강용환에게 말하길, 자신들이 좀 성급했던 것 같다. 그러니 제프 강에게 좀 휴식을 주자. 그리고 그가 선출직 같은 경쟁을 통한 업무에 맞지 않는다면, 엘에이시나 캘리포니아주 정부 내에서 일할 수 있는 자리를 만들어 주자. 그래서 자기 사위 제프가 행정직을 맡고 나중에 고위직으로 되면서 경험과 경력을 쌓고, 또 그때쯤 되면 지금보다 더 성숙한 인물로 거듭날 수도 있다고 했다. 그러면서, 존이 자기 집안과 강용환의 집안이 사돈이 된 것은 나름의 인연이 작용한 것 같다고도 했다.

그것은 존의 외삼촌이 오래전 한국전쟁에 참전했던 용사로 이를 자랑스럽게 여기고 계시다는 얘기를 했다. 공화당의 보수적 가치가 민주당의 혼란스러운 가치, 특히 캘리포니아에서의 이상한 정치 지형과 분위기에서 공화당의 존재가 새롭게 드러나야 한다고도 역설했다. 강용환은 존의 말에 동조했고 그가 재식을 위해 배려하는 깊은 마음에 감명을 받았다. 존이 말했다. 강 장군 같은 한국 출신의 훌륭한 군인을 만나고, 서로 사돈을 맺게 되어 영광이라고. 그리고 같은 정치적 가치와 믿음을 공유하고 있는 집안과 인연을 맺게 돼 기쁘다고 말했다.

강용환도 화답했다. 존의 조카를 자신의 건설회사에서 일하게 해주겠다고 했다. 또한 자신의 회사는 이제부터는 엘에이에서도 다섯 번째 안에 꼽히는 큰 회사로 키울 것이며, 이미 프로젝트가 진행 중이라고 말했다. 그의 조카가 회사에 많은 도움이 되길 기대한다고도 했다. 프로젝트는 소수민족 이민자를 위한 하우징 프로젝트를 대규모로 전개하는 내용으로 이것의 성공 후 강용환은 엘에이 시내 핵심부에 초고층 오피스 건물을 짓는 복안을 가지고 있었다.

그는 존을 자신의 회사에 이사로 영입할 생각을 하고 있었다. 강용환의 야심은 첫째 재영을 후계자로 하여 그의 사업을 키우는 것이었다. 재영이 기업가나 정치인이 안 되는 것은 안타까웠으나, 의사가 되어도 상관없었다. 재영이 의사가 되어 부모와 떨어져 살겠다고 해도 상관이 없었다. 집안의 첫째 아들로서의 기본 역할을 해준다는 것에 동의만 해준다면 괜찮았을 것 같았다.

이제 자신도 나이를 점점 더 의식하게 되는 시점이 되니, 앞으로 2, 3년간만 회사를 키워놓고 그 이후의 회사 경영은 전문경영인에게 맡기면 된다는 생각도 했었다. 자신과 재영은 회사의 대주주 역할만 하면 되니까, 이런 상황이 오히려 바람직할 것이었다. 그러나, 이제 재영은 그의 곁에 없다. 영원히 떠났다. 형의 죽음으로 재식이 형의 몫을 해주어야 했다.

재식의 배반은 강용환을 당황케 했다. 재식은 재영보다 더 과격하게 아버지에게 반발하고 있다는 것이 믿기지 않았다. 착하고, 고분고분할 줄 알았던 아이였지 않은가? 재아를 억지로 대학에 보냈지만, 졸업을 못 하고 돌아왔을 때, 그는 실망했었다. 그러나 이는 어느 정도 예상할 수 있었던 사태라 그 사실을 담담히 받아들였었다. 다행히 자신이 만들어 준 가게를 잘 운영하고 있었고, 이제는 결혼까지 했다. 재아가 데리고 온 남편감은 자신의 기준에 한참 부족한 인물이었으나, 재식의 경우를 생각해서 그대로 인정해 주기로 했다. 그렇게 해서 재아의 문제는 해결이 됐다.

이제는 자신도 나이가 들어 사업과 돈과 그리고 지금까지의 인생을 정리하고 홀가분해지고 싶다는 약한 생각의 유혹을 받는다. 처음에 이민의 형식으로 미국에 왔을 때 강용환은 수년 내로, 다시 한국으로 돌아가야 한다는 계획이 있었다. 여기서 성공하여 한국 내 언론의 집중조명을 받으며 재외국민 몫으로 설정된 정부 내 감투 자리를 차지하여 그가 못 이루었던 정치적 야망의 작은 불씨라도 다시 살릴 수 있는 계기를 마련하는 것이었다.

그러나 강용환이 미국에 있는 동안 한국 내의 정치적 변화는 그의 소망이 이루어지기 힘들게 전개되었다. 그와 대척점에 있었던 정파의 득세 그리고 한국의 경제위기 같은 변화가 전개되었고 그러는 사이 시간이 많이 흘러갔다. 그가 의지할 수 있는 세력 기반은 와해되었고, 따라서 그의 이름은 이제는 완전히 잊히게 되었다.

이제 강용환은 다시 생각한다. 자신은 지금까지 모든 도전을 헤쳐나왔고 많은 성취를 이뤄냈다. 그 성취가 욕망에 비해 항상 부족하다는 자각이 그를 움직이게 하는 원동력이 되었다. 그래서 여기 미국의 로스앤젤레스라는 땅에서 다시 한번 도전했고 아마도 이번이 마지막 도전일 것이다. 그래서도 자신은 재식을 만나야 한다.

그러나 재식에게는 아버지와의 문제보다 클라라와의 관계가 괴로웠다. 자신의 아버지와 클라라의 아버지 사이의 책략에 의한 결혼에 클라라가 이용됐다는 것이 믿기지 않았다. 재식은 클라라와의 첫 데이트 때 물었다. 너는 우리들의 만남이 일종의 책략에 의한 거래 같은 것이라는 생각은 안 들었냐고. 제프, 책략? 거래? 나는 아버지의 딸이야. 나는 아버지를 믿고 존경해. 우리 집 다섯 남매 모두 아버지와 어머니 밑에서 행복하게 살아왔어. 책략이라기보다, 처음 아버지가 너를 나에게 소개했을 때, 나는 매우 거북했어. 그런데, 내가 제프 너를 만났을 때 첫인상이 나쁘지 않았어. 뭐랄까? 착하다는 느낌? 순수한 분위기? 대충 그런 면이 너에게서 느껴졌었지.

그들이 데이트를 몇 번 거듭하면서, 클라라가 재식에게 말해줬다. 자기가 오랫동안 사귀어 왔던 남자 친구의 배신으로 헤어진 지 반년이 되었다고. 재식도 오랜 여자 친구와 헤어진 지 오래되지 않았다고 클라라에게 실토했다. 재식은 성혜와 헤어지게 된 구체적인 정황을 클라라에게 다 털어놓을 용기가 나지 않았다. 집안의 반대, 그것도 생각하기 힘들 정도의 성혜와 그녀의 집안에 대한 무시 아니 멸시. 그래서 성혜는 울면서 그와 헤어질 수밖에 없었다고 말할 수 없었다. 너무나 창피한 일이었기 때문이다. 그리고 미국인들이 이해할 수 없는, 자기 가족 같은 한국 이민 세대의 생각을 클라라에게 이해시킬 수 있을지도 자신이 없었다.

아버지는 클라라와 재식을 위해 엘에이 근교 어바인에 주택을 사 주셨다. 둘은 그렇게 해서 신혼살림을 시작하게 되었다. 신혼의 감흥은 없어도 안락함은 있었고, 안락함은 평상적인 삶을 보장했다. 그러나 평상성은 정상적인 상황에서 나오는 분위기가 아니라 내재하고 있는 자기혐오를 숨기고 있는 것이었다. 그들의 애매한 신혼의 일상성은 결국 클라라로부터 깨지기 시작했다. 신혼생활 반년도 채 지나지 못한 때였다.

재식은 우연히 클라라가 한밤중에 혼자 거실에서 울고 있는 모습을 보았다. 놀란 재식에게 나를 용서해 줘, 제프라고 말하고 있었다. 제프, 난 사실 아이가 있어. 옛 남자 친구도 아이 문제 때문에 나와 헤어졌었어. 내 남자 친구에게 임신을 알렸을 때 그는 아이를 지우자고 했어. 아이를 낳을 계획이 전혀 없었던 상황에서 임신하면 어쩌냐고 나한테 원망 어린 눈길을 주더라고.

나는 가톨릭 신자다. 낙태는 있을 수 없는 일이다. 나는 아이를 낳을 것이라고 응수해 줬어. 그때 마침 남자 친구는 직장 일로 텍사스로 가야만 했어. 가난한 집의 홀어머니를 모셔야 하고, 당장 아이를 낳아서 기를 형편이 못 되니 다시 엘에이에 올 때까지 기다려 달라고 하고 그는 떠났어.

나는 아이를 혼자 낳았어. 우리 집에서 아무도 모르게 낳았어. 내가 사생아를 낳았다는 것을 집안에 알리기가 죽기보다 싫었어. 그리고 아이를 위탁가정으로 보냈어. 내가 직장 일을 해야 하는데 혼자 아이를 키울 수가 없었지. 곧 엘에이로 다시 오겠다는 남자 친구는 오지 않았고, 나는 그에게 배신감을 느꼈지. 내가 아이를 낳을 걸 알면서도 연락도 끊고 있었지. 원하든 원하지 않든 자기 자식인데, 너무하다고 생각했지.

그 무렵 내가 당신을 만나게 된 거야. 난 당신에게 너무나 미안해. 양심의 가책 같은 얘기도 못 하겠어. 제프, 나는 당신이 착하다는 것에 끌렸어. 내 옛 남자 친구와 달라 보였지. 그리고 솔직히 내가 당신과 결혼하면 내가 경제적으로 많이 안정될 수 있다는 점도 작용했어. 이기적인 생각이겠지만. 우리가 같이 살면서 서로에 대한 이해하는 마음도 생기고, 정도 들면 나는 아이에 대해 당신에게 고백해야겠다고 마음먹고 있었어. 착한 당신이, 그리고 나를 사랑하는 마음이 생긴다면, 아이를 우리들 아이로 받아들일지도 모른다고 생각하면서 하루하루를 지냈지. 제프, 난 결국 당신을 속인 셈이야. 날 용서해 줄 수 있어?

재식은 클라라로부터 상상할 수도 없는 이야기를 듣고 말문이 막혔다. 여러 가지 감정이 형언할 수 없는 모습으로 다가왔다. 그러나 차분하게 말했다. 클라라, 나는 지금 당신에게 화를 낼 수도 있지만, 이상하게 그런 마음이 안 생겨. 나도 왜 그런지 모르겠어. 아무튼, 이제라도 아이에 대해서 얘기해줘서 고마워. 당신이 그동안 아주 고통스러웠을 생각을 하니 나도 답답한 마음이야. 나도 당신에게 내가 여자 친구와 왜 헤어지게 됐는지를 말해줄게. 내 여자 친구는 내가 이민 온 첫날부터 나를 도운 착한 아이였어. 우리 둘은 그때부터 줄곧, 친구 그리고 연인 사이로, 서로 암묵적으로 결혼을 약속하고 있었어.

그런데, 형이 갑자기 총기사고로 죽게 되면서, 내 불행, 그리고 우리 집안의 불행이 시작됐어. 나는 죽은 형의 대용품이 됐지만, 나는 아버지를 이해하는 마음도 있었어. 그리고 내 여자 친구와 결혼하겠다고 말씀드렸지. 그런데 온 집안이 반대하고 나섰어. 이유는 부끄럽게도, 여자 친구의 집안이 못산다, 그러므로 사회적 지위가 우리 집안과 전혀 맞지 않는다는 것이었어. 나는 이런 생각이 우리 집안에 존재한다는 생각도 못 하고 있어서 너무나 충격을 받았지.

여자 친구는 나를 떠나갔어. 집안이 반대하는 결혼을 할 수는 없다고 하면서 떠나갔지. 나는 그녀의 눈물을 닦아줄 용기도 없었어. 클라라, 한국 사람들의 오랜 전통으로 효도라는 것이 있어. 부모를 섬겨야 한다는 것은 결혼이라는 일에도 당연히 적용돼. 그게 현실이야. 비록 엘에이에 몸은 살고 있다고 해도 생각이 쉽게 바뀌지 않나 봐. 나는 이 상황이 창피했고, 창피한 것은 자기 혼자 간직하게 되는 법이야. 그래서 나도 당신에게 말해줄 수 없었어.

그런데, 중요한 것은, 나는 지금 행복하지 않아. 내가 당신과 결혼해서 행복이라는 것을 조금이라도 맛볼 수 있었으면 좋겠다고 간절히 바랐지. 이것이 나의 결심과 바람과는 별개의 것이라는 사실이 현실이 된 거지. 클라라, 당신 탓이 아니야. 내가 지금 당신이 나를 속인 것에 분노하고 있는 게 아니야. 그저 그렇게 일이 흐르게 된 거야. 나는 당신의 아이를 우리 아이로 키울 수도 있어. 그런데, 나는 나 때문에 헤어진 내 여자 친구에게 너무나 미안해. 바보같이 아버지에게 항거도 못 하고 말이야. 다 큰 성인인 내가 내 의지대로 살지를 못하는 겁쟁이인 내가 너무 싫은 거야.

당신은 착한 여자야. 그러나, 나는 당신이 지금이라도 옛 남자 친구를 만나야 한다고 생각해. 당신이 텍사스로 갈 용기 그리고 그 남자가 자기 아이를 부정하지 않을 거라면, 다시 말해 그 남자도 클라라만큼 착하다면, 아이를 받아 줄 거야. 천륜을 끊을 수는 없잖아. 나도 당신을 떠나는 것이 이치에 맞는 것 같아. 아, 인간이니까 실수한다. 그리고 후회를 하며 산다는 말이 나한테 그대로 적용이 되니 나도 괴롭다. 클라라, 당신은 옛 남자 친구를 사랑해야 해. 그리고 나도 떠난 내 여자 친구를 사랑해야 해. 그래서 난 엘에이를 떠나게 될지도 몰라.

클라라, 당신이 고백해 줘서, 나도 용기를 얻은 것 같아. 클라라는 울고 있었다. 제프, 당신이 이런 말을 해줘서 고맙다는 말밖엔 할 말이 없어. 사실, 내 남자 친구는 다시 엘에이로 오고 있어. 그이는 바보같이 내가 진짜 아이를 낳으리라는 것을 상상도 못 했다고 해. 그러면서, 자기는 나를 한 번도 안 사랑해 본 적이 없다고 해. 텍사스에서 자기 어머니와 먹고 살기 어려워 잠시 내게 소홀했던 것에 미안하다고. 나는 이미 결혼했다고 말해 줬더니 나를 포기할 수밖에 없다고 해.

클라라, 당신은 나와 같이 살면 행복해지지 않아. 나도 마찬가지야. 우리가 나쁜 사람이기 때문이 아니라, 서로 사랑하는 사람들은 저 멀리 두고 억지로 만났기 때문이야. 나의 어리석음, 당신의 어리석음이, 이 지경을 만든 거야. 우리는 이혼해야 해. 나는 이혼하면서 아버지와 헤어져야 할지도 모른다는 두려움이 아직은 있어. 그러나 나는 자유를 얻어야 해. 아버지의 돈과 권력을 나는 바라지 않아. 내가 그걸 원하면 난 당신과 살아줘야 해. 난 그게 너무 싫어.

5

 진희야, 니 이제 미국 처녀 다 디뻬렀네? 니는 아마 기억도 몬할기다. 이 할미가 니 아주 어릴 때, 아마 시 살이나 네 살 때였지? 니를 보고 오늘 처음이다. 이 시골에 혼자 살고 있는 이 할매를 다 찾아오고… 고맙데이. 경상북도 문경의 한적한 고향마을에서 뵌 고모할머니는 온통 흰머리에 주름진 얼굴이었다.
 얼핏 큰아버지와 아버지의 광대뼈를 갖고 계신 것 같았다. 진희는 선물보따리를 건네며, 아버지와 어머니 대신 이제 찾아뵙게 돼서 죄송하다는 말씀을 드렸다. 할머니는 괘안타, 괘안타라고 말씀하셨다. 할머니가 손수 만들어 주신 간단한 된장찌개 점심을 진희는 맛있게 먹었다.
 할머니가 긴 한숨을 내쉬셨다. 진희야, 니가 좀 도움이 될까 모르겠다마는… 하고 말문을 여셨다. 그리고 장롱 서랍에서 낡고 바랜 종이쪽지를 꺼

실어증 환자 181

내 보여주셨다. 진희는 꼬깃꼬깃한 종이를 폈다. 겨우 소리 내어 읽어보았다. 이영호? 아이다, 이명호다. 서울시 성북구 보문동 1113? 할머니 1113번진지 1118번진지 흐릿해서 모르겠어요. 내도 오래돼서 잘모르깄다, 진희야. 이름은 분명히 기억한다. 이명호. 이 이명호를 찾아 줄 수 있겠나?

쪽지에 적혀 있는 이명호라는 사람이 할머니를 오래전에 찾아와서 그가 찾고 있던 사람이 큰아버지 강용환이었던 것으로 기억하셨으나, 찾고 있는 이유는 기억을 못 하시겠다고 말씀하셨다. 진희는 이명호라는 사람을 찾을 수 없었다. 마침, 미국으로 돌아갈 시간이 다가오고 있었기에 기껏 보문동 동사무소를 찾아가 조회하는 정도의 노력 이상은 할 수가 없었다. 할머님께 귀국 인사를 겸해 죄송하다는 연락을 드렸다. 자신이 미국에서도 잊지 않고 찾아보겠다는 약속과 함께 엘에이로 와 버렸다.

자신이 아주 어릴 때 떠났던 한국은 진희에게 그리 큰 감흥을 주지 못했다. 찾아봐야 할 친구도 없었다. 자신이 일곱 살 때 이민으로 떠났던 한국이었기에 친구다운 친구를 만들 시간도 없었다. 자기 가족이 살았었던 대도시 주변의 임대아파트 자리는 진희에게 어떤 특정한 그리고 어렸을 때의 즐거운 추억이 남아있는 곳은 아니었다. 친척들도 얼마 없었다. 아버지 쪽 할머니를 만나 뵌 것 그리고 어머니 쪽 친척 몇 분을 만나 뵌 것이 전부였다.

따라서 진희 자신은 외국인 관광객 같은 기분으로 한국을 여행하게 된 셈이라고 느꼈다. 서울은 엘에이처럼 큰 도시였고, 시내 고궁들을 가본 것도 그저 그랬다. 이미 사진으로, 동영상으로 많이 봤었던 모습이었기에 직접 봐도 원래 생성된 이미지와 크게 다르지 않았다. 오히려 서울의 북촌과 서촌의 골목길이 좋았고, 시골 여행 때의 소박한 산, 강, 그리고 들판의 풍경이 좋았다. 기차를 타고 부산의 시끌벅적한 어시장에서 먹어본 회 요리는 독특했다. 그리고 시골 할머니네 집으로 찾아가는 여정은 고즈넉하고 한가한 사진들 속을 뚫고 추억을 찾아가는 것 같았다.

진희가 엘에이로 돌아와 업무에 복귀한 2주 후에 재식 오빠가 연락했다. 그는 그동안의 변화에 대해 말해주었다. 결국 클라라와 헤어졌다는 것, 클라라는 옛 남자 친구를 다시 만나고 그동안 숨겨서 키워졌던 딸을 찾아서 새출발한다는 것. 재식 오빠가 클라라의 딸에 대해 얘기할 때 진희는 충격을 받았다. 재식 오빠 자신은 이것을 계기로 아버지를 영원히 떠날 것이라고 말했다. 회사에서 나오던 월급도 자신의 은행 계좌를 차단해 받지 못하도록 했다. 진희는 물었다. 그러면 지금 오빠는 어디서 사냐고. 아버지가 사준 집에서 나와 단기 임대아파트에서 살면서 취직자리를 찾고 있다고 말해줬다. 오빠, 나도 일자리를 찾아볼게.

그런데, 앨리스, 그거보다 더 중요한 것은 내가 다시 성혜를 찾아가야 하는 것이야. 내가 무의미한 클라라와의 결혼생활을 그만두고 그녀를 보낸 것도 결국은 나를 위한 것이야. 오히려 클라라가 숨겨 놓은 딸이 있었다는 것이 우리의 혼인 관계를 끝낼 수 있는 요건이 되어 어떤 면에서는 난 클라라에게 고마운 생각도 들어. 그러니 나는 이제 성혜에게 다시 가야 해.

오빠, 내가 지난번에 오빠가 독립해야 한다고 했지? 이제는 그 이유가 더 뚜렷해졌어. 오빠, 성혜 언니를 만나서 다 얘기해. 난, 성혜 언니를 잘 모르지만, 좋은 사람이라고 생각해. 언니에게 용서를 빌고 새로 시작하면 되잖아? 앨리스, 나 아마도 엘에이를 떠나게 될 거야. 성혜 가족이 댈러스로 이사를 갔어. 거기서 새로 장사를 시작하게 될 거야. 난 이미 성혜에게 연락했어. 나도 너를 따라 댈러스로 간다고. 아직 회답은 없어. 그냥 부딪쳐보려고 해. 그래서 바쁜 너를 보자고 했어. 어쩌면 너를 당분간 이 엘에이에서 못 볼 것 같아서 말이야. 오빠, 축하해, 진심이야. 축하라니 하며 재식 오빠는 쓸쓸한 미소를 지어 보였으나 그 미소에는 쓸쓸함 못지않게 행복한 부분도 있음을 진희는 감지했다.

오빠가 마지막으로 진희에게 저녁밥을 사려고 하는 것을 만류시켰다. 오빠는 이제는 가난뱅이가 되었으니까 돈 잘 버는 동생인 자기가 사겠다고 했다. 미안해, 앨리스. 그 대신 댈러스로 한번 놀러 와라. 그땐 성혜와 내가 너에게 맛있는 요리를 사줄게. 그래, 고마워. 오빠가 댈러스로 가고 반년이 채 지났을까 한 시점에 오빠는 진희에게 전화로 성혜의 임신 소식을 알렸다.

회사의 업무로 돌아가는 것의 익숙함과 일상성을 깨트린 것은 재아였다. 진희는 오랜만에 일찍 퇴근 준비를 하고 있었다. 재아가 전화를 걸어 왔다. 순간 의아하게 생각했다. 지금껏 재아가 먼저 전화를 해온 적이 없었기 때문이다. 앨리스, 너 퇴근길에 내 가게로 와라. 왜? 아, 내게 문제가 생겼어, 그래서 네 얘기를 들어보고 싶어서…. 재아의 목소리는 가늘게 떨렸다. 항상 소아병적인 재아, 크면서 나르시시즘에 빠진 채 살아온 재아, 그리고 진희의 존재에 대해 항상 부정형으로 대해왔던 사촌 재아였다. 그런데, 그녀에게 예고도 없이 불쑥 연락을 해오니 걱정도 되었다.

재아는 자기 사무실에서 술을 마시고 있었던 모양이었다. 진희를 보자마자, 앨리스, 나 어떡하면 좋아! 내가 프랭크가 행크와 같이 있는 걸 봤어! 가만, 행크는 누구야? 프랭크의 보스이자 사업 파트너야. 그래서 그게 어떻다고? 앨리스, 너 아직도 이해가 안 돼? 둘이 사귀는 것 같아. 사업 파트너가 아니라 사랑 파트너로 말이야! 뭐, 말도 안 돼! 프랭크가 요즘 나를 속이고 있는지도 모른다는 의심이 들기 시작했어. 그 계기가 뭔지 알아? 프랭크가 업무로 바쁜 것은 알아.

그런데, 석 달 전쯤에 멕시코에서 촬영이 있어서 그곳으로 출장을 며칠 다녀와야 한대. 나는 아무 의심이 없었지. 그런데, 하루는 내가 밤늦게 퇴근하면서 마트에서 쇼핑하고 집으로 가는 길에서 그 둘을 우연히 보게 됐어. 어두운 길목에서 내 차 헤드라이트에 어떤 남자의 얼굴이 비치는데 꼭 행크를 닮은 것 같았고, 그 옆에 남자가 있었는데 어둠에 그의 얼굴 실루엣이 분명히 떠오르지는 않았는데 이상하게도 프랭크가 아닌가 하는 생각이 불현듯 드는 거야. 얼굴은 자세히 못 봤어도 그 남자의 키, 몸집, 입고 있던 옷이 전체적으로 낯설지가 않았어. 그리고 그 둘은 곧장 어둠 속으로 사라지고 내 차는 큰길로 접어들게 됐어. 프랭크가 그가 말했던 멕시코에서 돌아왔을 때, 난 그를 추궁하지는 않았고 처음으로 그에 대해 의문을 품게 됐지.

나는 그가 모르게 그의 행적을 추적하게 되었어. 앨리스, 너도 알잖아? 내 성격. 모든 게 확실하지 않으면 부들부들 떠는 성격인 나를 말이야. 아무튼, 나는 그의 행적을 추적해야 한다고 믿었어. 내가 그의 모든 것을 파악할 수 없어서 결국은 탐정을 고용했지. 불과 한 달도 안 되는 시간 내에 프랭크의 정체가 밝혀지게 됐어. 탐정이 찍은 사진들만으로도 충분했어. 행크와 프랭크가 같이 있는 사진들. 그중에는 밤에 둘이 다정하게 팔짱을 끼고 사무실에서 같이 나오는 사진, 사무실 뒤 주차장에서 서로 키스하는 사진, 둘이 행크의 집으로 들어가는 사진들이 있었어. 나는 그것들을 보며 피가 거꾸로 솟는 것 같았어, 앨리스! 나는 그 사진들이 찍힌 날짜와 시간이 프랭크가 나에게 말해줬던 밤샘 촬영 시간대나 출장 날짜와 같다는 것을 최종적으로 확인했어. 프랭크가 나를 속이고 결혼한 거야. 그 자식은 게이였어! 아니면, 바이섹슈얼이야! 나도 좋아하고 행크도 좋아하는 이상한 잡종 같은 새끼란 말이야! 나는 그 자식이 너무나 열심히 일하는 줄만 알고 있었어. 그 자식은 실제로는 이중 결혼생활을 한 거야! 나와 행크 사이를 교묘하게 줄타기하는 사기꾼 새끼였어! 재아는 울분을 토하듯 소리치고 있었다.

진희는 하도 기가 막혀 할 말을 잃었다. 그러나 이상하게 곧 냉정해졌다. 재아, 넌 이제 어떻게 할 거니? 재아는 한동안 말이 없이 조용해졌다. 사무실 밖 매장은 오늘도 어김없이 손님들로 가득 찬 저녁 시간의 활기와 시끌벅적한 분위기를 보여주고 있었다. 그러나 사무실 안은 적막감이 들 정도의 분위기였다.

죽여버려야지, 프랭크, 그 자식이 감히 나를 속이다니. 재아는 입에서 그냥 분노의 말을 뱉어내고 있었다. 그리고 한참 동안 제어하기 어려운 울음을 터트렸다. 진희는 그저 옆에서 바라보았다. 재아야, 넌 왜 나를 불렀지? 프랭크는 아직 네 남편이야. 그가 게이든 양성애자든 프랭크는 프랭크일 뿐이야. 네가 그걸 모르고 결혼했고 결과적으로 프랭크는 너를 속였지. 말할 필요도 없이 너희들 결혼은 애초부터 성립될 수 없었던 거야. 이제 결론은 뻔한 것이 됐잖아? 앨리스, 너는 어떻게 내게 그렇게 말할 수 있니? 너는 분노하지도 않니? 너는 내가 불쌍하지도 않니? 너는 이 사태가 당황스럽거나 창피스러운 일이라고 생각하지도 않니?

재아가 이제는 진희에게 목소리를 높인다. 너는 내가 이 꼴이 된 것을 고소하게 생각하지! 그래, 네가 부르면 와서 널 끌어안고 프랭크를 같이 욕해주거나 너와 같이 울어 주기를 바라서 나를 부른 거라면, 네 착각이야. 난, 네 친구도 아니고, 언니도 아니고, 그저 친척일 뿐이야. 너는 지금까지 나를 한 번도 인격체로 대하지 않았어. 내가 지금 네가 어려운 상황에 이런 얘기 해서 미안하지만, 너는 나를 절대 받아들이지 않았어. 너 자신의 껍데기를 두껍게 할 뿐이었어. 아마도 네가 나를 부른 것이 오늘 처음 일 거다. 난 정말 의아해서 너한테 온 거야.

너 기억이나 하니? 네가 처음 엘에이에 왔을 때부터 지금까지 나는 정말 많이 너를 불렀어. 나는 너를 도와주고 싶었던 거야. 영어도, 공부도, 심지어 네가 말리부로 이사한 후에도 나는 종종 너에게 연락했어. 그때마다 너는 나를 부정했어! 왜 그랬니? 진희는 이 어려운 시점에 재아에게 분노하는 것은 잔인하다는 것을 알았지만, 어쩔 수 없었다. 그러나 진희는 곧바로 자제하기로 마음을 먹었다. 아마도 자기 딴에는 이 황당한 사태에 진희 외에는 얘기할 상대가 없다는 것을 알았기 때문이라고 생각했다.

이윽고 진희는 차분하게 말했다. 재아야, 나도 화가 나. 그 프랭크란 친구한테. 그러나 내가 너의 화를 받아 주는 것 이외에 내가 너를 위해 할 일이 없어. 냉정히 생각해. 이건 너희 둘의 관계야. 이건 정의와 불의 같은 문제가 아니야. 심지어 이곳 엘에이, 좀 더 범위를 좁혀 할리우드의 라이프스타일로 볼 때, 프랭크의 성적 지향이 정상이다 혹은 비정상이라고 말할 수 없을 정도의 분위기야. 너도 알잖아? 솔직히 진희는 재아를 위로해 주고 싶은 마음이 안 들었다.

자신의 인간성이 나쁜 것일까 하는 내적 갈등은 있었으나, 그냥 그런 마음이 없었다. 진희를 향한 재아의 나쁜 태도에 분노하고 있었을 수도 있었다. 그러나 그보다는 재아의 경솔함을 탓하고 싶은 마음이 더 컸다는 것이 더 정확한 표현일 것으로 생각했다. 재아는 다시 말해도, 자기 친구가 아니었고, 친구가 아닌 한에는 한계를 보여주어야 했다. 그저 전에는 작동하지 않았던 친척이라는 관계가 재아의 가족이 어느 날 엘에이로 이민 오면서 갑자기 생성된 가족이라는 개념의 산물로서 재아가 존재했다.

진희가 재아의 사무실을 떠나며 말했다. 네가 나에 대해 섭섭하게 생각한다면 어쩔 수 없어. 그러나 사실은 네가 속아서 프랭크와 결혼한 거야. 혹은 네가 프랭크를 잘 알지도 못하면서 서둘러 그와 사랑을 했었는지도. 아니면 사랑이라고 착각했거나…. 아무튼, 미안하지만, 이는 너희들 둘의 문제야. 내가 너를 도울 수 있는 성질의 것이 아니야. 나 이제 집에 간다. 잘 해결하길 바란다. 고개를 돌려 사무실 문으로 향하는 진희의 뒤통수에 대고 재아가 욕을 퍼붓기 시작했다. 엘리스! 네가 그렇게 잘났냐! 곤경에 빠진 내게 한마디 다정한 위로의 말도 없이, 그냥 냉혈 인간같이 내 아픈 가슴에 꼭 소금을 뿌려야 해! 진희는 뒤도 돌아보지 않고 조용히 가게를 나왔다.

재아가 전에 심하게 말로 진희의 마음을 괴롭혔던 일들이 생각났다. 재아가 이민 와서 잠시 자신과 시내 학교를 같이 다녔을 때, 명품 옷으로 도배하다시피 온몸을 치장하고 백인 남학생 아이들에게 잘 보이고 싶어 하며, 자신이 값싼 옷을 입고 있는 것을 촌스럽다고 놀려대던 일, 재아네 가족이 말리부로 이사 가며 헤어진 후에도 어떻게 소문을 듣고 알았는지, 자신이 학교에서 상을 탈 때마다 시비를 걸던 일. 네가 그렇게 공부를 잘해? 그래봐야 소용없어. 남자는 내가 너보다 더 좋은 놈을 만날 걸, 두고 볼래?

진희가 대학 진학 후 한인타운에서 아르바이트하던 식당에 또래 아이들과 같이 손님으로 와 비싼 음식을 먹으며, 서로 눈이 마주쳤을 때 아는 척을 안 했던 일. 말하기도 치사하지만, 서빙을 했던 자신에게 팁 하나 남기지도 않고, 고급 외국 자동차를 타고 사라지던 일. 그리고 그녀가 경영대학원에 입학이 확정된 후, 우연히 할리우드 거리에서 마주쳤을 때 했던 말. 네가 아시아 쿼터로 합격했다는 소문이 돌던데, 그게 사실이야?

진희는 처음에는 재아의 유치함이라고 생각해서 그냥 참고 넘어가야 한다고 생각했다. 그러다, 그녀가 대학에서 심리학을 전공하면서 점점 드는 생각은 재아가 어렸을 때 이민 오기 전부터 성장 과정에서 문제가 있었을 것으로 추측하게 됐고, 이제 완전히 성인이 된 나이에도 미숙함에서 벗어나지 못하고 있는 것을 확인하게 되면서 그 아이에게 필요한 것은 동정심이 아니라 오히려 냉정함으로 대해야 한다는 것을 깨닫게 되었다.

이제 밖은 완전히 밤이 되었다. 진희는 차를 운전하는 동안 우울해졌고 갑자기 피곤이 몰려왔다. 재아에 대해 생각하기 싫었으나 뇌리에서 떠나지 않았다. 재아에 대한 동정심과 측은함을 떨쳐내고 싶었다. 마시지도 못하는 독한 술을 마시고 깊은 잠을 자고 싶을 뿐이었다. 내일부터 일로 정신없이 바쁠 것을 생각하니 갑자기 짜증이 올라왔다. 한국으로 떠나기 전에 스멀스멀 올라왔던 위기의식이 다시 살아나는 것이 아닌가 하는 의문이 생겼다. 그러면서 오늘 밤 탐정에게 이메일을 보내야 한다는 것을 용케 생각해 냈다.

결국 강용환과 존 오도넬의 사돈 관계는 끝났다. 클라라의 잘못으로 인한 이혼이었음에도 강용환은 자신이 사준 어바인에 있는 주택을 그녀에게 양도해 주었다. 앞으로 사업상의 관계를 위한 인맥으로써 존 오도넬은 아직 유용한 카드로 남아 있었다는 계산 때문이었다.

이제 자신에게 마지막으로 남아 있는 일은 야심 차게 추진하고 있는 대규모 하우징 프로젝트를 완성하고 엘에이 시내에 고층 오피스 건물을 짓는 것이 되었다. 이 일의 완수 후 전문 경영진을 뽑아 회사를 운영하고 재식과 재아에게 자신의 지분을 넘기고 회사를 주식시장에 상장시키는 것으로 그의 소임을 다 할 것이었다.

천 가구에 달하는 아파트를 시내 중심지에 짓는 일은 많은 사전 계획이 필요했다. 투자자 컨소시엄을 결성하는 일은 강용환을 중심으로 엘에이 투자자들, 옛 베트남 전우들, 은행들의 참여로 완성이 되었으며, 성대한 착공식을 치른 후, 땅을 파고, 기초공사를 하며 이미 3개월째 접어들었다. 그리고 그는 재식이 사는 댈러스로 향했다. 서먹서먹한 분위기에서 짧게 재식을 만난 후 그는 재식을 설득하기가 쉽지 않은 일이 될 것임을 직감했다. 그러나 다시 재식을 찾아갈 것이다. 이 프로젝트가 완성되면 재식의 마음도 바뀔지 모른다는 희망을 품고 있었다. 이제 재식은 강요된 정치인도 아니고, 원하지도 않았던 클라라와의 결혼을 뒤로하고 자신이 갈망했던 성혜에게 돌아가지 않았던가? 그렇다면, 자신과 그리고 아내 서진애는 이제는 재식과 성혜 그리고 새로 태어날 손녀딸을 인정해야 하지 않겠는가?

그는 댈러스에서 다시 말리부로 운전하며 오는 동안 줄곧 재식과 새 하우징 프로젝트 생각에 골몰했다. 다음 댈러스 방문에는 아내와 같이 성혜의 부모님을 만나고 손녀딸을 만져보는 기쁨을 갖고 이제는 재식과 성혜를 받아들여야 한다고 생각했다. 재식도 이를 바라고 있을 것이었다. 말리부 집으로 돌아갔을 때 아내에게 미안해졌다. 자신이 연락 없이 집을 나갔었기 때문이었다. 하지만, 그는 재식을 찾아 댈러스로 갔다 왔다고 아내에게 얘기하기 싫었을 따름이었다. 미리 얘기했으면, 아내는 같이 가자고 했을 것이 틀림없었기 때문이다.

아내는 남편이 돌아오자마자 재아가 기다리고 있다고 말했다. 프랭크를 만나야 한다고 했다. 재아가 재촉하고 있다고 했다. 재아는 성격상 한번 조르기 시작하면 자기 성에 찰 때까지 조르는 성격이었다. 프랭크를 말리부 집으로 오라 해서 만났고 강용환은 그가 썩 맘에 들지 않았다. 너무나 잘생긴 얼굴, 나이에 비해 여유 있는 태도, 말쑥한 말솜씨, 세련된 매너 등이 마음에 걸렸다. 마치 원숙한 연기를 하는 듯한 인상을 받았었다. 재아는 말할 것도 없고 아내도 빠져들 정도로 프랭크를 좋아했다. 마치 인기 연예인을 보듯이. 아버지는 재식과 성혜를 떠올리며 이번에는 재아와 프랭크를 반대해선 안 될 것 같았다.

재아를 결혼시키고, 회사 하우징 프로젝트를 정신없이 진행하며 시간은 빨리 지나갔다. 이제 아파트 건물들의 공사 진척도 기초공사가 끝날 단계까지 진행되었다. 곧이어 성혜가 재식의 딸을 낳았다는 소식을 알게 되었다. 이제 아내와 함께 첫 손녀딸을 보러 댈러스로 갈 날을 기대하게 되었다.

프랭크는 재아 앞에서 무릎을 꿇고 울고 있었다. 젠, 난 하느님께 맹세코 너를 속이려고 했던 건 아니야. 믿어줘. 믿어줘? 뭘 믿어? 너는 처음부터 나를 이용하려고 사기 결혼을 한 거야! 그렇지 않아? 재아가 울부짖고 있었다. 넌, 나와 우리 집 재산을 노리고 결혼한 거야, 그렇지 않아? 넌, 어쩌다 할리우드에 굴러들어 온 쓰레기 같은 놈이야, 그렇지 않아? 그동안 나 외에 많은 여자들을 홀리고 다녔지? 그리고, 그리고 행크와는 연인으로 살면서 말이야, 너는 너무 더러운 놈이야! 내가 너와 몸을 섞었었다는 게 너무나 수치스러워!

네가 나에게 보여준 모든 것이 연기 아니 사기였어. 너는 나에게 의도적으로 접근해 내 단물만 빨아먹고 사라질 놈이었어! 이제 와서 생각해 보니까 우리 결혼식 때 네 할리우드 친구들이 거의 오지 않았어. 행크도 당연히 안 왔지. 너는 걔들에게 네가 나와 결혼하는 것을 알려서는 안 되었어. 그렇지 않아? 말 좀 해봐, 변명이라도 해봐, 이 사기꾼 새끼야!

프랭크는 아직도 무릎을 꿇은 상태에서 한참 고개를 숙이고 조용히 있었다. 이윽고 재아에게 말한다. 젠, 당신이 나에게 어떠한 욕을 해도 난 할말이 없어. 하지만, 난 사기꾼은 아니야. 난 당신을 처음 본 순간부터 좋아했어. 믿어줘. 내가 당신과 사귀게 되면서 난 속으로 결심했었어. 내가 당신과 결혼하면 행크와 결별하겠다고 말이야. 이렇게 하는 게 내가 정상적으로 되는 길이라고 믿었어. 젠, 변명처럼 들리겠지만, 난 정말 당신을 사랑했었어. 지금도 그래. 이 말이 너를 또 화나게 할 거라는 걸 알아, 그러나 진심이야.

나보고 네 헛소리를 믿으라는 거냐? 내가 아직도 너에게 만만하게 보여? 너 혹시 동양 여자에게 성적으로 끌리는 페티쉬 성향이 있는 건 아니야? 너, 나 말고 얼마나 많은 동양 여자애를 건드렸니? 말해봐! 프랭크는 이제는 좀 화가 난 음성으로 페티쉬? 그럴지도 몰라. 그런데 내가 처음으로 여자애에게 끌렸던 게 고1 때였어. 그때 한국에서 갓 이민 온 여자애가 우리 반 아이가 됐어. 내 옆자리에 앉아 있는 그 애를 바라보면서 나는 황홀감에 젖어 들었었어. 까만 긴 머리, 흑갈색의 초롱초롱한 눈동자, 갸름하고 하얀 얼굴. 동양인을 거의 볼 수 없었던 캔자스시티 내 주변에서 처음 본 그 아이의 모습은 마치 천사 같았어. 나는 그 애와 친구가 되었고 한 학기를 같이 학교에 다녔지. 그런데, 그 애 가족이 이후 시카고로 이주하는 바람에 헤어지게 되었지. 이후 우리는 편지를 주고받으며 지내다가 서로 연락이 끊기게 되었어. 그러나 그 아이가 내 가슴속에 계속 남아 있게 되었고, 이후 다른 또래 백인이든 흑인이든 여자애들이 내 눈에 들어오지 않게 된 거야.

그러다 행크 선배를 알게 됐어. 행크가 내게 관심을 보이기 시작하면서 나는 서서히 그의 품속으로 들어가게 되었어. 나는 너무나 혼란스러웠어. 내 성정체성에 의문을 품게 되었던 거야. 행크와 노상 같이 지내게 되면서 학교 내에서 소문이 파다하게 퍼지게 되더군. 우리 둘이 사귄다고 말이야. 두 게이 녀석이라고. 나는 너무 창피했어. 그래서 행크에게 인제 그만 만나자고 했어.

마침, 행크도 졸업하면서 엘에이로 떠나갔고, 우리는 한동안 뜸하게 지냈어. 나는 행크가 거기서 새 친구를 사귀길 진정 원했어. 그러나 행크의 나에 대한 구애는 오히려 더 심해지는 것 같았어. 나도 거짓말처럼 행크가 보고 싶어지기도 했지. 다른 여자애들에게 관심이 사라지는 거야. 그래서 나는 내가 게이가 된 것으로 생각했어. 고1 때 잠시 만났던 한국 아이는 그저 호기심에 좋아했었다는 착각처럼 느껴진 거야. 행크의 독촉이 심해지면서 나는 엘에이로 가게 됐고, 결국은 나는 그와 파트너가 된 거야. 그렇게 됐어. 그리고 우리는 정말 열심히 일했어. 젠, 당신도 알잖아? 할리우드에는 게이들이 아주 많다는 것을 말이야. 그래서 행크와 나는 정말 캔자스시티에서 탈출하여 이곳 할리우드에서 자유를 얻은 기분이었어.

그런데 어느 날 내가 할리우드 카페에 들어서는 순간 나는 심장이 멎는 것 같은 충격을 받았어. 내가 고1 때 잠시 사귀었던 동양 여인이 내 옆자리에 앉아 있는 거야. 나는 새라? 하고 그 여자를 불렀지. 실례지만, 새라림 아닌가요? 하고 물었지. 그런데 그 여자가 내게 고개를 돌리며 저는 새라가 아니에요, 하며 미소를 짓는 거였어. 그게 바로 나와 당신과의 첫 대면이었어. 기억하지? 나는 당신을 사귈 수밖에 없다고 생각했어. 내 첫사랑처럼 당신과 사랑하겠다고 말이야. 행크는 잊자. 행크로부터 독립하자. 당신과 사랑에 빠지면서 나는 결심했지. 이제부터는 게이라는 꼬리표를 떼고 정상인으로 살자. 제니퍼 캉이라는 새로운 연인과 행복해지자고. 고향의 부모님께 나는 정상인이라는 것을 증명해 보이고 싶었고, 우리들의 아이에게도 그렇게 살게 되기를 바랐지.

프랭크, 난 너의 말을 못 믿겠어. 나에게 의도적으로 접근했었다는 배신감에 나는 치를 떨고 있단 말이야. 너는 나와 결혼하면서 정상인이 될 수 있다고 생각했니? 이게 말이 되냐고? 동양 여자에 대한 페티쉬로 이제는 나를 능멸까지 하려 하니! 날 바보로 아니! 너 이제 이 순간부터 내 앞에서 영원히 꺼져버려!

젠, 네가 무슨 말을 해도 좋아. 그러나 나는 사기꾼도 아니고 네 재산을 노리고 결혼한 것도 아니야. 내 잘못은 행크를 뿌리칠 수 있으리라는 착각 속에서 동시에 너를 좋아하게 되는 모순에서 시작된 거야! 프랭크는 울부짖고 있었다. 나도 어쩔 수 없어. 나도 미치겠어. 행크가 나에 대해 의심하듯이 당신도 나를 의심하기 시작했지. 나의 이중생활을 내가 어쩔 수 없어서 행크에게 고백했어. 나는 양성애자다. 그리고 몰래 결혼한 것까지도. 행크가 미쳐 날뛰더군.

바로 그때쯤 나는 당신에게 내 정체를 들켜버린 거야. 그러나 다시 말하지만, 나는 결코 사기꾼은 아니야. 난 당신과 결혼 후 열심히 일했어. 어려운 프로젝트를 자원하면서 돈을 모았어. 나는 빨리 집을 사고 싶었지. 당신의 콘도에서 살고 싶지 않았어. 이제 5만 불 정도 모았어. 좀 더 보태서 우리들의 보금자리를 위한 계약금으로 쓸 계획이었어. 이제 난, 이 돈이 필요 없게 됐어. 젠, 이 돈을 당신에게 줄게. 위로금이라고 생각해. 내가 가진 전부가 이것밖에 없어. 미안해. 재아는 울음을 터트렸다. 프랭크, 너는 바보야. 나도 바보야. 우리 모두 바보야!

서진애는 급격히 무력감에 빠져들었다. 재영의 죽음도, 재식의 떠남도, 재아의 이혼도 모두 자기 탓인 것 같았다. 한국에서 남편이 중장으로 진급을 앞두고 실패한 것도 자기의 정성과 노력의 부족으로 여겼었다. 자신은 남편에게 진 빚이 많은데 지금까지 남편이 어려움에 부닥쳤을 때 도움이 못 되었던 것이 한스럽게까지 여겨졌다.

남편은 자신의 친정 식구를 얼마나 잘 챙겨줬던가? 고교 졸업 후 군대 갔다 와서 직장다운 직장을 못 다니고 온갖 임시직으로 떠돌다 엄마가 하는 허름한 식당 일을 돕고 있었던 큰오빠를 큰 공장에 취직시켜 주고 곧 반장으로 승진시켜 준 사람이 남편이었다. 작은오빠도 남편 친구가 전역 후 새로 시작한 사업체에 취업하게 도운 고마운 사람도 남편이었다. 거기서 오빠는 회사의 온갖 궂은일을 도맡아 하며 직장 내 결혼까지 하게 되는 행운도 누렸다.

서진애는 남편에 대한 고마움보다 존경심이 생겼다. 남편이 중령으로 진급하며 서울로 근무지가 바뀌어 새로 집을 옮기고 아이들도 더욱 안락한 환경에서 자랄 수 있게 되었다. 그뿐만 아니라 짧은 기간이긴 했으나 남편은 주미 한국대사관에 무관으로 파견근무의 기회가 생기기도 했다. 그래서 서진애는 남편을 보러 자주 워싱턴 디시를 방문할 수 있었다.

거기서 남편과 모처럼만의 시간적 여유를 누릴 수 있게 되었고, 남편은 곧이어 보다 중요한 보직을 받아 한국으로 귀환했다. 큰 변수가 없는 한, 남편이 이 새로운 임무를 대과 없이 수행하면 예정대로 대령으로 승진할 것이었다. 같은 육사 기수 중 가장 빠르게 말이다. 물론 남편은 해냈고 당연히 승진했다. 그리고 보직을 바꿔가며 남편은 준장 그리고 소장까지 달려 나갔다. 남편과 아내가 목표했던 고지가 보이는 듯했다.

그러나 1993년 정권이 바뀐 후 청천벽력 같은 소식으로 하루아침에 남편의 군대 사조직은 와해하다시피 하였고 남편의 업적은 폄하되었고 장래는 불투명해졌다. 서진애의 동물적 감각은 이 난국을 헤쳐서 살아남아야 한다는 것으로 파악됐다. 이러한 예측하지도 못했던 급변의 상황에 최선의 방어는 무엇보다도 변신에 있었다. 최선의 방어는 최선의 공격이 아니었다. 남편이 더 잘 알고 있었겠으나, 자신도 세상사를 읽을 줄은 알았다. 이 시점에서 공격이 최선책이 될 수 있다는 것은 이미 시효가 빠르게 지나가고 있었기 때문이다.

남편의 변신은 여러 가지 면에서 전개됐었다. 물론 변신해야만 하는 상황에 대한 대책은 이미 마련해 뒀었다. 그러나, 이것과는 별개로 혹은 이것과 함께 민첩하게 움직여야 했었다. 애초 만일이라는 가정법에 따라야만 한다는 것은 군인 정권에 대한 반대 때문이었다.

그래서 시효라는 것이 시간을 거꾸로 흐르게 한 것으로 보였고, 또한 그녀는 반대에 대한 순수성을 의심하고 있었다. 남편은 말은 안 했지만, 이것 때문에 고심하였었음이 틀림없었다. 그의 고뇌가 깊어질수록, 그는 내적 갈등과 좌절의 쳇바퀴에서 헤어 나와야 했다. 그래서 그의 대책은 가장 현실적인 것이 되었고 그의 변신은 가장 이상적인 행동이 될 수밖에 없었다. 보다 구체적으로 말하면, 군인이 옷을 벗는다는 것은 대책이 없이는 불가능하다는 계산에 근거했으며, 대책 없이는 변신할 수 없다는 상호 관계를 지니고 있었다.

변신은 강용환 장군이 더 이상 군인이 되어서는 안 되는 그러한 일반적인 변신을 의미하는 것은 아니었다. 변신은 이러한 사실을 뛰어넘는 의미 있고 중대한 변화를 능동적으로 모색해야만 하는 절체절명의 순간에서의 행동이었다. 진정한 승부는 이제부터였다. 이것이 왜 승부이어야 했나? 남편은 단 하루의 예외도 없이 승부의 세계에서 살아왔고 살아남았다.

군인이라는 특수한 지위에 있는 자들의 세계관은 그러할 수밖에 없었다. 군인은 항상 적이 있었다. 내부와 외부에 다 있었다. 직접 무기를 사용해야만 하는 상황에서든 그렇지 않은 첩보, 정보 그리고 지식과 전략 같은 무기를 사용하지 않는 상황에서든 매 순간이 승부를 강요하고 있었다. 실패는 패배이고 몰락의 길을 걸을 수밖에 없었다.

남편의 진급 누락, 전역과 예편, 정당 가입의 시도 그리고 봉쇄, 관변 단체장으로 전환의 실패, 외국 공사관이나 대사관으로 파견 시도의 실패, 옛 상관과 전우들의 숙청에 따른 무기력감, 새로운 유대를 위한 네트워킹의 실패 그리고 다가오는 어둠의 그림자. 남편은 오래전에 마련해 두었던 대책으로 후퇴할 수밖에 없는 상황으로 몰렸었던 것 같다. 아내로서 서진애는 남편의 일거수일투족을 다 알 수는 없었다. 그러나 그녀는 남편이 이러한 어려운 상황을 견디며 헤쳐 나가려는 일련의 노력을 알고 있었다. 그러나 자신이 도울 수 있는 상황을 뛰어넘고 있었다.

환원하면 평생 군인의 아내로 산 서진애는 군대 조직 밖의 세계와 연결될 만한 선이 없었다. 자기 집안이 훌륭한 가문이 전혀 못되었다는 냉혹한 현실에서 좌절할 수밖에 없었다. 최종적으로 남편이 힘들 때 도움이 될 수 없었다는 자신의 무능함을 한탄하고 있었을 따름이었다. 강용환의 가족은 마침내 1994년에 쫓기듯 미국으로의 이민을 결정할 수밖에 없었다. 남편의 판단은 이민이 최선의 현실에 대한 방어라고 아니면 최소한 작전상 후퇴같이 생각했던 것 같았다. 서진애는 남편의 이민 결정의 상황을 비록 뜻밖의 결정이었어도 이해할 수 있다고 생각했다. 거기에는 이유가 있었다.

이제 자신은 무엇을 해야 하나? 외로웠다. 그녀 인생에 처음으로 혼자 덩그러니 말리부라는 감옥에 갇혀 있는 것 같았다. 아이들은 다 곁을 떠났다. 남편은 아마 생애의 마지막 승부에 들어서 있는 것 같다. 최근 미친 사람처럼 사업에 몰두하고 있었다. 그러나 그들이 이민 이후 오랜 시간을 미국에서 살아오면서, 변신으로서의 우리의 삶은 물질적 풍요와는 상관없이 오히려 우리가 풍요해지면 해질수록 정신적으로 피폐해지고 있었다. 자기 친자식들이 하나둘씩 그녀를 떠나갔다는 것은 역설적으로 조카 강진희를 만나야 한다는 것을 의미하고 있었다.

진희는 큰어머니가 연락해 오리라고 예상하였다. 진희는 어쩌면 전화를 기다리고 있었는지도 모른다. 큰어머니네 집안이 짧은 시간 내에 풍비박산이 된 것은 그녀 자신의 고립을 의미했다. 큰어머니가 전에 큰아버지의 실종 해프닝으로 진희에게 급하게 도움을 청했던 것을 진희는 잘 기억하고 있었다. 지금은 그때보다 훨씬 더 나쁘다. 큰어머니는 이 엘에이 천지에서 누구에게도 도움을 청할 사람이 없다는 것을 진희는 알고 있었다. 큰아버지가 아내의 고립된 모습을 알고 있었을까 하는 의문이 진희의 생각에 잠시 스쳐 지나갔다.

진희는 재식 오빠와 재아가 자신을 만나자고 했을 때 그리고 그들의 어려운 얘기를 들었을 때 곧이어 큰어머니의 차례가 될 것을 읽고 있었다. 큰어머니는 여기에 친구가 없다. 아마도 유일한 친구는 남편일 것이다. 그러나 진희가 알기에 큰아버지는 지금 무척 바쁘다. 진희가 가만히 있어도 그의 소식이 자연스레 들려왔다. 이곳 교민 언론들은 그의 야심 찬 하우징 프로젝트를 벌써 보도하고 있었기 때문이다. 큰아버지의 고통은 프로젝트의 성공으로 봉합될 단계에 놓여 있었다.

아마도 그들 부부는 어떤 괴리감을 느낄지도 모른다고 진희는 추측했다. 그들이 한인교회, 동창회 지부, 봉사단체, 컨트리클럽, 상공회의소, 그리고 한국 관변단체 엘에이 지부 등에 소속되어 있다는 것은 진정한 친구가 없다는 냉엄한 사실의 역설적 증명같이 보였다. 친구가 없으면 친척이 있어야 하나 큰아버지와 큰어머니는 진희 가족이 친척이라는 자격을 인정하고 있었는지 확실하지 않았다.

이민자들로서 미국이라는 광활한 땅은 오히려 그들을 협소한 공간으로 특수화시켰고, 협소한 공간 안에서 특수한 지위를 차지해야 할 것이었다. 진희가 관찰한 큰아버지와 큰어머니가 그러한 관점에 맞아떨어졌다. 그래서 큰어머니는 아마도 앞으로 진희에게 의지해야 할 것으로 보였다. 재영, 재식, 재아 모두 그들을 떠나갔고, 이제는 조카인 진희만이 그들의 대체자로서 필요한 역할을 수행해야만 한다는 큰어머니의 심리적 의존성이 발현될 것만 남은 것 같았다.

진희는 생각해 봤다. 자신은 큰어머니를 거절할 수도 있다. 그러나 그렇

실어증 환자   199

게 하지 않았다. 호기심 때문이었다. 다른 인간에 대한 호기심이 진희를 자극했다. 진희가 대학에서 심리학을 전공한 것도 결국은 타인에 대한 이해를 원해서였다. 물론 예정했던 심리상담사의 꿈을 버리고 더욱 현실적으로 가난한 이민자의 딸로서 돈을 벌 수 있는 직업을 택하기는 했지만, 진희 자신의 원초적인 호기심은 하나도 사라지지 않았다. 오히려 나이를 먹고 사회 경험이 쌓이면서 세상을 보는 눈이 조금은 원숙해졌다고 느꼈다. 물론 원숙함이 적절한 표현이라면 당연히 이를 위한 대가를 치렀다는 생각뿐이었다.

진희는 큰어머니와 저녁 식사 테이블에 마주 앉았다. 공교롭게도 자신이 한국으로 휴가 떠나기 전 재식 오빠와 만났던 같은 레스토랑에 좌석까지 같았다. 시내 빌딩의 창가 좌석. 진희야, 그동안 잘 지냈냐? 아, 네, 그럭저럭이요. 아… 제가 석 달 전에 한국에 휴가차 다녀왔어요. 그랬어? 내가 알았었다면, 선물도 사주고, 여행 경비도 좀 주고 했었을 텐데… 미안하게 됐구나. 아니에요, 큰어머님.

진희는 전보다 무척이나 바뀐 그녀의 모습에 속으로 적잖이 당황하고 있었다. 수척함, 광대뼈의 돌출, 탄력 없는 피부, 심지어 살짝 굽어진 등. 아무리 화장으로 감추고 있어도 숨길 수 없는 모습이었다. 젊었을 때의 미모를 아직 유지하기 위해 그녀는 헬스클럽을 열심히 다니고 있었다는 것을 진희는 알고 있었다. 거기에 골프와 승마까지 꾸준히 즐기고 있었던 그녀였다. 진희는 조용히 큰어머니의 다음 말을 기다리고 있었다.

진희야, 내가 만신님을 만나 봬야 할 것 같다. 그래서 너를 보자고 한 거야. 그녀의 입에서 긴 한숨 소리와 함께 나온 말이었다. 만신님이 뭐예요? 아, 네가 모르겠구나. 만신은 무당을 일컫는 말이야. 무당이요? 아, 네가 미국에서 자라서 모르겠구나. 너 굿이라고 아니? 굿이라면… 아, 어렸을 때 제가 한국 드라마에서 본 것 같아요. 이상한 옷을 입고 춤추며 주문을 외우는 것 같은 일종의 의식 같다고 생각했어요. 아! 그러고 보니 대학교 때 심리학 시간에 샤머니즘에 대한 강의를 잠깐 들었던 기억이 나네요.

그래, 진희야. 내가 만신님을 서울에서 여기로 부를까 한다. 큰어머니, 왜 하필이면 먼 한국에서 부르시려는지요? 진희야, 이곳 엘에이에는 한국에 있는 것은 모두 다 있다. 점쟁이, 법사, 도사 그리고 무당까지도. 그러나 난 가장 효험있는 믿을 만한 만신을 원해. 그래서 내가 미리 한국에 아는 분을 통해 섭외해 놨어. 미국으로 출장비와 그 외 경비까지 합치면 제법 돈이 든다. 그래도 나는 서울에서 오는 만신님을 믿을 수 있을 것 같아. 상당히 알려진 분이니까. 그리고… 그리고 여기 있는 사람을 쓰면… 쓸데없는 소문이 날 수도 있으니까…. 진희야, 내 마음을 이해할 수 있겠니? 큰어머니 서진애의 눈에 이슬이 맺히려는 것을 진희는 순간적으로 포착했다.

진희는 그녀에게 왜 만신을 부르려는지 여쭤보지 않았다. 그렇게 하는 것은 잔인한 행위가 되는 것이기 때문이었다. 진희는 이해할 만하다고 느꼈으나, 그녀와 결코 공감할 수는 없다는 것을 알았다. 그리고 무엇보다도 이 시점에서 큰어머니는 그저 외롭고 의지할 곳 없는 노인으로 보였다. 서진애는 진희가 바쁜 일을 하는 사람임을 잘 알고 있으면서도 의지하고 싶었다. 다른 대안이 없었다. 이 넓은 엘에이에서 이름깨나 날리고 살아왔던 큰아버지와 큰어머니, 그리고 가족. 그러나 지금 이것이 없었다. 진희는 큰어머니를 돕겠다고 결심했다.

1주일 후 서울에서 만신이 왔다. 두 명의 악사 그리고 많은 장비를 대동하고 왔다. 진희는 의뢰자 측 도우미 역할을 수행해야 했다. 굿 자체는 주말에 엘에이에서 한참 떨어진 인적이 없는 사막 지역에서 진행될 것이었다. 만신 일행을 진희가 공항에서 맞았다. 예상과 다르게 만신은 나이가 젊었다. 그리고 심지어 앳돼 보이기까지 했다. 30대 후반 쯤으로 보이는 고운 모습의 미시 같은 모습이었다. 적당한 키에 조그만 몸집을 가진 미지의 여성으로 보였다. 그녀는 자신을 김송화라고 소개했다. 진희를 처음 보고 입가에 살짝 미소를 지은 것을 제외하고는 시종일관 무표정이었다.

김송화 만신 일행은 공항에 도착하자마자 쉬지 않고 두 대의 캠핑카로 굿을 진행할 엘에이에서 떨어진 한산한 지역, 인적이 닿지 않는 호젓한 산길로 향해갔다. 원래는 강용환과 서진애의 말리부 자택에서 굿이 열려야 했다. 그러나 여기는 미국이었다. 굿이라는 이상한 의식, 화려한 무복, 요란한 소리가 이웃 주민들에게 민폐가 될 법한 미신으로 여겨질 것이 틀림없었다. 그러나 그 무엇보다도 소문이 두려웠다. 굿을 행하기 위한 장소를 섭외하는 것은 오로지 서진애 여사의 몫이 되었다. 사전에 김송화 만신과의 합의로 엘에이 외곽 인적이 없는 산악지역에서 은밀히 치르는 것으로 결정하였다.

남 캘리포니아 특유의 뜨거운 태양과 건조한 더위를 뚫고 일행을 태운 차는 계속 달려 나갔다. 도로는 한적해졌다. 한적하다 못해 한낮 더위의 스산함이 느껴질 정도였다. 더위가 주는 나른함보다는 더위에도 불구하고 어떤 이상한 적막감과 괴기스러움 같은 것을 진희는 느꼈다. 해가 사라져 가고 더위가 한풀 꺾이는 시각에 일행은 목적지에 도착했다. 김 만신은 자리를 잡았다. 다음 날 새벽까지 여기에서 기도를 올렸다.

아침이 되었다. 진희는 큰아버지와 큰어머니가 만신님 앞에 앉아 있는 모습을 먼발치에서 보고 있었다. 만신님과 두 분 사이에 화복 길흉에 관한 문답이 진행되고 있었다. 만신님의 소리가 커지기 시작했다. 진희는 만신님의 불쌍하게 죽은 아들, 액운의 자식들, 죽어서 극락에 가고 싶으냐는 말들을 쏟아내는 것을 분명히 들을 수 있었다. 서진애 큰어머니의 흐느낌도 들려왔다. 강용환 큰아버지의 무뚝뚝한 반응도 느낄 수 있었다.

이윽고 굿의 의식이 시작되었다. 해가 떠오기를 기다려 시작이 될 것이었다. 만신님은 기도로 귀신들을 불러 모으고 있었다. 이 시간이 지루할 정도로 오래 지속되었다. 그녀는 혼자 주문을 읊조리고 있었다. 이윽고 악사들의 연주가 시작되었다. 처음에는 조용하고 느린 리듬으로, 반복적으로 연주하다 천천히 빠른 소리를 반복하였다. 무당은 할머니 신을 부르고 있었다. 주문을 반복적으로 낭송한다. 소리 높여 빠르게 부른다. 이제 앉은 자세에서 억울하게 돌아가신 할머니, 저희가 정성을 다하여 할머님의 억울함을 보살펴 드리겠나이다, 할머님 신이시여, 제발 노여워하지 마시고 저희가 살아갈 수 있도록 도와주시옵소서라고 똑같은 말을 수차 반복하며 연신 고개를 숙이고 있었다.

옆쪽에 서 있는 큰어머니도 연신 머리를 조아리고 있었다. 큰아버지도 두 손을 모아 머리를 숙였다. 악사들이 풍악을 힘껏 울렸다. 이윽고 무당은 동자신을 부르기 시작했다. 아이고, 우리 불쌍한 동자신이시여, 아직 눈물을 흘리시나이까, 하며 주문을 외우며 노래를 부르기 시작한다. 저희의 정성이 부족하나이까? 저희의 생각이 부족하나이까? 굽이 살펴 주시고 극락 세상으로 가시옵소서. 가시옵소서, 가시옵소서….

만신님은 이제는 일어나 부채와 방울을 흔들기 시작한다. 징과 북소리가 조용한 캘리포니아 산악의 한적하고 외진 조그만 공간의 적막을 흔들어 깨우고 있었다. 이제 날은 훤히 밝았고, 눈부신 햇빛의 강렬함이 몰려오기 시작한다. 흔들기에서 이제는 온몸으로 빙글빙글 돈다. 같은 자리에서 펄쩍펄쩍 뛴다. 악사들의 음악도 더욱 강렬해진다. 만신의 얼굴은 이미 온통 땀으로 범벅이 됐다. 이러한 몸 흔들기, 돌기, 뛰기를 반복하다가 만신은 마침내 장군님을 부르기 시작한다.

장군님, 장군님, 불쌍하신 우리 남이장군 님, 이년이 장군님을 멀리 미국으로 모셨습니다. 부디 저희를 불쌍히 여기시고, 장군님의 억울한 한과 넋을 삭이시고 굽어살펴 주사옵나이다. 장군님, 장군님, 노여워하지 마시고 저희의 정성을 굽어살펴 주시어 저희의 액과 불행을 다스려 주시옵소서, 장군님, 장군님…. 이윽고, 김송화 만신은 타살굿을 실시한다. 입에 칼을 물고 차려진 제사상에 놓인 돼지머리로 향하여 칼을 손으로 가져가 돼지를 사정없이 찌른다. 계속해서 찌르는 동안 만신은 살을 없애라, 살을 없애라, 너희들 정성이 부족하다, 부족하다, 고약한지고! 고약한지고! 큰어머니와 큰아버지는 지갑에서 현금 백 달러 뭉치를 꺼내 돼지코에 쑤셔 넣으며 연신 고개를 굽실거린다. 만신은 장군님, 장군님을 부르며 절규한다.

그녀의 춤사위가 이제는 미친 사람처럼 변한다. 그녀의 표정은 무표정인 것 같지만, 눈은 이미 이 세상 사람의 것이 아닌 것처럼 처연한 눈동자로 변한다. 마치 어떤 운명의 순간을 맞이한 인간의 모습처럼. 장군님이 다스린다! 장군님이 다스린다!를 반복해 외친다. 그녀의 신내림 의식이 절정으로 향해간다. 부채와 칼자루를 큰아버지와 큰어머니의 몸에 부딪히는 행위를 반복한다. 음악도 부지런히 고조된 가락을 반복한다.

돌아가신 할머니, 동자신 그리고 장군님, 제발, 제발 비나이다. 노여움을 푸시고, 저희의 한 많은 영혼의 소리를 들어 주시고, 저희의 정성을 굽어살피시어 저희의 액운을 막아 주시기를 비나이다, 비나이다. 만신은 이제 다시 조용히 제단으로 가서 기도문을 낭송한다. 소리가 적어졌다. 그러나 울림이 계속됐다. 만신은 이제 나직하게 울기 시작한다. 큰어머니도 옆에 서서 울기 시작한다. 큰아버지도 고개를 푹 숙이고 있는 자세를 유지하고 있다.

 만신님의 흐느낌이 갑자기 바뀌어 노기 어린 목소리로 변한다. 너희들이 내 억울함을 아느냐! 너희가 내 원통함을 아느냐! 너희들이 내 외로움을 아느냐! 만신은 목청껏 소리를 질러댔다. 그 목소리가 사방에 흐트러져 퍼져갔다. 마치 메아리로 다시 돌아오듯 계속 같은 소리를 질러댔다. 그러다가 노하지 마시옵소서, 노하지 마시옵소서라며 흐느끼고 있었다. 이러한 모습을 꽤 오랫동안 반복하고 있는 것이었다. 마치 모노드라마의 연극배우가 연기하듯, 화를 내다, 흐느끼기를 반복하는 것이 미친 사람 같았다. 만신은 제발 조상님들 저에게 오지 마시옵소서, 저에게 오지 마시옵소서, 제발 노여움을 푸시옵소서, 제발! 제발! 하며 갑자기 그 자리에 푹 쓰러졌다.

 이 모습을 보고 진희는 몹시 당황했다. 만신님이 졸도해 버린 것이다. 클라이맥스로 향해가던 굿이 막판에 꼬인 것같이 생각되었다. 진희는 만신님을 팔로 부축하여 물을 먹였다. 큰어머니는 계속 굵은 눈물을 흘리고 있었다. 큰아버지는 민망했는지 고개를 돌려 먼 하늘을 말없이 바라보고 있었다. 만신님은 한참 만에 정신이 돌아왔다. 그러나 아, 무서워, 무서워를 입속에서 되뇌며 몸을 떨고 있었다. 그리고 아무 말 없이 캠핑카로 돌아가 옷을 소복으로 갈아입고 나왔다. 그리고 밖에서 기다리고 있었넌 큰아버지와 큰어머니에게로 가서 큰절했다. 제가 할 수 있는 굿은 다 끝났습니다. 이제 곧장 귀국하고자 합니다. 그리고 저를 위한 굿값은 안 받기로 하겠습니다. 죄송합니다. 악사들 여비나 잘 챙겨 주시기를 바랍니다.

다시 캠핑카를 타고 엘에이로 돌아가는 내내 만신은 차 뒤에 마련된 침대에 누워 눈을 감고 있었다. 진희는 옆에서 지켜볼 수밖에 없었다. 만신은 창백한 얼굴로 사지를 축 늘어 뜨인 채 명상하듯 눈을 감고 있었다. 진희는 걱정이 되기 시작했다. 만신이 다시 정신을 잃을지도 모를 불안이 엄습했다. 한국에서 도착 이후 콜라 외에는 아무것도 먹지 않고 잠도 자지 않았다. 그리고 굿을 하다가 쓰러졌다. 굿의 결말이라는 한 지점을 향해가던 클라이맥스의 순간, 필름이 끊기듯 아니면 어떤 방해되는 순간의 포착으로 숨이 멎듯 끝났다. 진희는 만신의 당혹함을 감지할 수 있었다. 큰아버지와 큰어머니의 허탈함도 충분히 느낄 수 있었다.

진희는 김송화 만신의 귀국 때 호텔에서 공항까지 차로 데려다주었다. 김 만신은 아직 초췌한 모습이었다. 눈에는 밤새 잠을 설쳤는지 피멍울이 맺혀 있었다. 진희의 성화로 그녀는 공항 식당에서 간신히 빵과 수프를 조금 먹었다. 그리고 에스프레소 커피를 서로 시켜 먹었다. 진희에게 처음 공항에서 봤을 때와 같은 미소를 지어주었다. 진희가 물었다. 이번 미국 출장이 힘드셔서 저도 좀 속상합니다. 김송화는 괜찮다고 짧게 대답했다. 진희가 물었다. 제가 만신님 대신 선생님이나 언니로 불러도 될까요? 김송화는 망설이지 않고 선생님은 싫고 그냥 언니라고 불러, 라고 했다. 진희는 언니, 고마워요. 앞으로 제가 언니에게 연락하고 지내도 되죠? 물론이지. 김송화 언니가 이번에는 얼굴에 미소를 담뿍 담아 대답했다.

6

　김송화 만신이 엘에이를 다녀간 지도 벌써 반년이 흘렀다. 2008년 가을에 접어들었다. 강용환은 지난봄 벌렸던 굿판을 떨떠름한 기분으로 기억하고 있었다. 아내 서진애도 마찬가지 심정이 되었다. 용하다는 김송화라는 만신이 굿을 못 했기 때문이다. 결국 굿을 안 한 것만도 못한 찜찜하고 어정쩡한 상태로 끝낸 혹은 끝내지 못한 판이 되었다. 그나마 다행인 것은 남들에게 소리 소문 나지 않게 굿을 했다는 사실만 남게 되었다. 그리고 이 사실은 그들의 머리에서 서서히 사라져 갔다. 선택적 기억상실이 되어 가고 있었다.
　그런데 이때의 가을은 잔인한 가을이 되었다. 미국발 세계를 강타한 금융위기, 비우량 주택담보대출 파생금융 상품을 통한 거래가 러시안룰렛 게임 같은 양상이 되더니 끝내 거품이 터져 버린 것이다. 이 위기는 강용환을 완전히 흔들어 놓았다. 그의 원대한 하우징 프로젝트가 직격탄을 맞았다. 이 사업은 강용환이 감당할 수준을 넘어 있었기에 그의 부단한 노력에도 불구하고 1년 후 그러니까 2009년 여름이 끝나갈 즈음에는 완전히 끝나버렸다.

한편, 진희의 회사도 어려워졌다. 금융시장의 경색을 넘어 마비 사태로 회사의 일감이 현저히 줄어 들었다. 회사 직원들의 무급휴직과 해고가 이어졌다. 다행히 진희는 팀장으로 있었으므로 하위직 직원의 희생으로 귀결되었다. 그럼에도 회사가 어려워지니 진희의 수입도 현저히 줄어들게 되었다. 적지 않은 연봉과 성과급, 보너스를 합하면 만만치 않았던 수입이 되었으나 이제는 반토막이 났다. 그래도 그런대로 괜찮은 수입이었다.

한 가지 진희에게 아쉬운 것은 돈을 모아 자신의 부모님을 위한 집을 사드릴 계약금 수준에 다가설 순간 전 세계를 강타한 위기가 찾아왔다는 것이다. 착실히 돈을 모으면 곧 가족만의 보금자리를 마련할 수 있다는 꿈이 연기될 수밖에 없었다. 그래도 이 비우량 주택담보대출 사태를 통해 집 없는 서민들이 당한 서러움과 경제적 손실에 비하면 진희는 괜찮은 편이었다. 진희는 다음번 경제 사이클을 기다리자는 마음이 생겼다. 사실 그 외에 다른 대안이 없었다.

이 위기의 과정이 초래한 역설도 있었다. 그것은 모든 것이 다 나쁘지만은 않게 작용하기도 했기 때문이었다. 그동안 진희 같은 경력사원을 괴롭히던 번아웃 현상이 알게 모르게 수그러들게 됐다. 일이 줄었다는 것, 회사가 어려워졌다는 것, 그러나 자신은 아직 살아남아 있다는 것은 그 자신의 위기가 과거의 일처럼 되어 버렸다는 것이다.

그 대신 차지하게 되는 것은 자발성이었다. 진희는 자진해서 주간 단위로 일하는 시간을 줄였다. 양심상 일이 없음에도 회사에서 책상머리를 마주할 수는 없었다. 바빠 숨 막히듯 시간을 쪼개서 살아왔던 버릇이 비록 외부적인, 통제할 수 없는 상황에서 사라지게 되었다 해도 진희는 해방감을 느낄 수 있었다.

해방감은 여러 행태의 새로운 행동으로 나타났다. 우선 집에 있는 시간이 많아진 것, 어머니와 대화의 기회가 생겼다는 것, 집 주위를 산책하는 경우가 생겼다는 것, 고개를 들고 맑고, 푸른 엘에이 하늘을 바라보는 시선이 생겼다는 것, 공원이나 바닷가로 나가고 싶다는 마음이 생겼다는 것, 그리고 무엇보다도 일에 관한 생각보다 사물과 현상에 관해 관심이 생겼다는 것이었다.

진희는 이메일을 두 개를 쓰고 있었다. 업무용과 개인용으로 구별해서 썼다. 업무용 이메일은 완벽히 정리가 되어 있었다. 그럴 수밖에 없었다. 그렇지 않으면 일이 차질이 나게 되어 있었고 이메일은 바로 받고 보내야 했기 때문이었다. 어느 날 저녁 진희는 자신의 개인 컴퓨터를 켰다. 뉴욕에 있는 윌 시만스키에게 안부 이메일을 보내고 싶어서였다. 그도 지금 어려운 시점을 지나고 있었을 것이어서 오랜만에 그가 어떻게 지내고 있는지 궁금했다.

그런데 진희는 컴퓨터 화면 왼쪽 위에 "안 읽은 이메일 1개"라는 메시지에 눈길이 갔다. 내가 안 읽은 메일이 있었다고? 진희는 스스로에게 의아하여 물어보았다. 이 이메일을 찾아보니 놀랍게도 4개월이나 지난 이메일이었다. 지난 4개월 동안 자기 일을 뒤돌아보게 되었다. 내가 그동안 회사의 변화로 정신을 놓고 있었거나 너무 바빠 나중에 읽는다는 것을 깜박하고 있었거나 한 이유로 혹은 수많은 정크 메일 중 하나라고 착각해서였을

지도 몰랐다. 아무튼 자신이 평소 업무에서 저지르지 않는 종류의 개인적 실수였다.

진희는 얼른 이 이메일을 클릭했다. 발신인은 서울의 최창식 소장이었고 내용은 이명호에 관한 것이었다. 진희는 놀랐다. 자신이 지난번 한국 방문 때 만났던 할머니 생각이 났다. 그리고 그 쪽지도. 진희는 사과의 글과 함께 최 소장에게 답장을 썼다.

최 소장은 이명호를 찾기 위해 어렵게 수소문해 본 결과 그의 현재 소재는 불명이라 하고 그 대신 그동안의 행적을 추적한 내용을 보내왔다. 1973년생, 고등학교 1년까지 다니다 중퇴, 방화미수를 포함한 전과 2범으로 4년간 복역, 이후 일본으로 밀항 시도 후 체포되어 한국으로 송환 조처됨. 이후의 행적은 파악이 안 됨. 최 소장은 아마도 이명호가 이후 이곳, 저곳을 떠돌아다니며 살아서 주소 불명으로 기록이 뜨는 것 같다고 함께 적었다. 그러면서, 의뢰인이 원하는 행적에 대한 추적은 여기까지라고 했다.

진희는 답답했다. 이 정도의 정보를 위해 자신이 흥신소를 고용한 것이 아니었기 때문이다. 진희는 이명호가 왜 할머니에게 쪽지를 주고 갔는지를 알고 싶었다. 그리고 왜 할머니가 오래전 일을 잊지 않고 미국에서 온 진희에게 낡은 쪽지를 건네주었는지 알고 싶었다. 진희 자신의 성격상 궁금한 것을 그냥 간과하고 넘어가지 않는 점도 있었으나, 할머니와의 약속도 지키고 싶은 것도 있었다. 이명호는 오래된 인물이지만 주변 사람들 그리고 이명호의 집안을 알아봐 달라고 했다. 여기서 실마리가 잡힐 것 같았다.

월 시만스키는 진희에게 안부를 물어봐 줘서 고맙다고 답장을 보내고 자신은 요즘 부모님이 사는 뉴욕주 캐나다 접경 도시인 버펄로에서 낚시로 소일하고 있다고 했다. 진희는 반농담으로 당신 팔자 좋네, 낚시도 다

하고, 라며 답장을 보냈다. 그러면서 한편으로는 진희 자신이나 윌 시만스키나 비록 어쩔 수 없는 상황에서 휴가 아닌 휴가 비슷한 나날을 지내지만, 이 또한 어쩌면 자신들 같은 사람들에게는 좀 쉬어가라는 모종의 신호 같은 느낌이 들었다.

이민 온 이래 앞만 보고 살아왔던 시간이 잠시 멈춰진 것 같은 기분은 그냥 기분만은 아니었다. 진희는 새삼스레 가족을 발견한 것 같은 느낌을 받았다. 저녁에 일찍 집에 들어가면 가끔 음식도 준비하고 아버지, 어머니와 셋이 함께 같이 식사할 수 있는 시간을 가질 수 있다는 것이 조그만 행복이 되었다. 혼자 책을 읽을 수 있는 것도 일종의 호사처럼 느껴졌다. 항상 회사 일로 고객 자료나 업무에 필요한 정보를 처리하는 것만 해도 벅찼던 나날이 아니었던가?

  자료 대신 책을 읽는다는 것은 실로 학교 다닐 때 혹은 방학 때 한가하게 읽을 수 있었던 기억으로밖에 없었는데 이제 자신이 좋아하는 심리학 책 그리고 소설류를 읽는다는 것이 신기하게 생각될 정도였다. 그동안 소원했던 옛 친구들과 인터넷으로 채팅하는 것 또한 재미있었다. 그리고 외삼촌 쪽 가족들과 만나는 것도 의미가 있었다.

  외삼촌네는 진희네보다 먼저 미국 이민을 했으나 아직도 자기네처럼 자기 집이 없고 월세로 살고 있으며 진희 가족처럼 한인타운에서 일을 하며 살고 있다. 두 집안끼리 사이가 좋았지만 명절 때 같이 만나서 식사하는 것 이외에는 별로 자주 만나지는 못했다. 사는 것이 바쁘다는 이유이다. 진희도 동의한다. 자신도 그동안 얼마나 정신없이 살아왔던가?

  외삼촌네는 불행히도 아이가 없었다. 어떤 이유인지 아내가 임신을 못

했다. 이 이유로 외숙모는 외삼촌에게 항상 미안한 표정을 짓는 것 같았다. 외숙모는 오빠와 진희를 어렸을 때부터 참 귀여워했다. 값비싼 장난감은 아니었어도 가끔 남매에게 선물을 줬다. 진희는 외숙모가 웃을 때마다 파이는 보조개를 좋아했다.

외삼촌이 가끔 남매에게 용돈도 주시면서 머리를 쓰다듬어 주시던 기억도 진희는 소중히 간직하고 있다. 그 기억은 외삼촌 손의 감촉에서 시작됐다. 자신이 어렸기 때문이기도 했지만, 그의 손은 컸고 투박했다. 손마디에 굳은살이 박인 거친 손의 감촉이었으나 진희에게는 아주 다정한 손길이었다.

한국에서 아버지의 직장동료로서 그리고 선배로서 아버지가 사고를 당하게 된 것을 외삼촌은 자신의 탓처럼 생각하고 있었다. 불행한 사고였으므로 외삼촌이나 가족 모두 새롭게 되뇌기를 꺼리게 되었으나 진희가 어렸을 때, 아마도 갓 이민을 왔을 때 외삼촌이 자신의 집에 와서 혼잣말처럼 했던 말을 기억하고 있다. 아까운 친구, 내가 지켜주지 못해서 미안하구나. 이제 우리는 이곳 엘에이에서 다시 시작한다는 말을 진희는 분명히 들었다. 그 이후 아버지에 대한 언급은 누구도 삼갔다. 언급하는 것 자체가 아버지에게 실례가 되는 것이며, 아버지의 불운에 염장을 지르는 것이 되는 것이며, 집안의 불행을 불필요하게 끄집어내는 일이 되었다.

우리는 여기서 새출발하기로 했으니, 과거를 잊고 살아야 한다는 우리의 암묵적 합의로 살아오고 있었다. 더군다나 말할 수 없는 아버지의 고통을 상기시키는 것처럼 잔인한 일은 없었다. 특히 엄마에게 그러했을 것이다. 객관적으로 볼 때 배우자가 장애인이 되는 경우 이혼하게 되는 것은 기정사실에 가깝다.

그런데 엄마는 그렇게 하지 않았고, 오히려 친척 그리고 가족의 도움으로 같이 미국에 왔다. 그런 엄마에게 아버지의 무능력을 상기시키는 것은 당사자인 아버지보다도 엄마에게 고통스러운 일이 되는 것이었다. 그래서 우리 가족은 화목했고 지금까지 잘 살아오고 있었다. 의식적으로 남들보다 더 씩씩하게 살아가야 했다. 아버지 대신 어머니가 가족의 구심점이 되어 오빠와 진희를 돌보며, 비록 충분한 자원을 통한 돌봄은 아니었어도 필요한 돌봄은 있었다. 오빠와 진희는 그것을 알고 있었기에 어려운 미국에서 이방인 같았던 성장 과정을 무사히 통과할 수 있었다.

진희는 외삼촌과 외숙모에게 좀 미안한 생각이 들었다. 아무리 자신이 정신없이 바쁘게 살아왔다고 하더라도 너무나 이기적인 삶을 살아오지 않았나 하는 양심의 가책을 느꼈다. 자신이 이제는 좋은 직장에서 돈도 많이 버는 누구보다 경쟁력 있는 사람이 되었는데 시간이 없었다는 핑계로, 바쁘다는 핑계로 한 번도 제대로 도리를 못 했던 것에 대한 미안함이었다.

외삼촌과 외숙모는 자신의 부모 같은 존재였는데 그동안 자기는 무엇을 하고 지냈는지 자신에게 부끄러워졌다. 그녀가 큰아버지와 큰어머니 일에 나름으로 열심히 도와준 것에 비하면 더욱더 말이 안 되는 일이었다. 자신이 할 수 있는 것이 굉장한 것도 아니었기에 더욱 그랬다. 자신이 직장에 들어갔을 때 비록 좀 떨어진 지역에 살고 계셨어도 외삼촌과 외숙모를 초청해서 밥 한 끼라도 대접해야 했으며, 그분들 생일에 자주 선물이라도 보내 드려야 했으며, 하다못해 가끔 전화로라도 안부를 여쭈어야 했다.

진희는 집에서 차로 한 시간이 걸리는 외삼촌과 외숙모의 집으로 찾아갔다. 일요일 오후의 화창한 날이었다. 시내에 있는 아파트에서 동쪽 외곽으로 운전하며 가는 길은 한가해 보였다. 휴일이라 그렇기도 했으나 시내를 벗어날수록 새로운 모습의 풍경을 보는 맛이 났다. 그녀로서는 신선한 경험이었다. 차 밖으로 스쳐 지나가는 풍경은 아름다웠다.

생각해 보니 이민으로 엘에이에 정착하면서 지금까지 줄곧 자신의 주변만 맴돌며 살아왔다. 집 근처에서 중학교, 고등학교에 다녔고, 대학교도 한인타운 아르바이트 직장에서 자전거나 버스로 통학할 수 있는 곳을 다녔으며, 대학원 졸업 후 이곳 엘에이 시내에서 출퇴근 시간이 30분 미만의 짧은 거리의 그것도 항상 교통체증에 시달리며 다니는 직장이었다. 진희가 이 엘에이에서 한 시간 이상 떨어진 지역으로 스스로 운전해서 가본 적이 없었다는 것이 새삼스럽게 여겨졌다. 정말 한곳에서 정신없이 다람쥐 쳇바퀴 돌 듯 살아왔다.

외삼촌의 집은 아담한 크기로 조용한 중산층이 사는 동네였다. 진희는 준비한 케이크, 꽃다발을 외숙모께 드렸다. 이렇게 늦게 찾아뵙게 돼서 죄송하다고 말씀드렸다. 괜찮아. 이제 우리 진희 정말 많이 컸네라고 외삼촌이 미소를 지으며 말씀하셨다. 집이 너무 좋아요. 잘 정돈되고 조그만 뒷마당도 있고요.

외숙모가 말했다. 우리가 운이 좋았어. 이 집을 아주 싸게 월세를 얻었으니까. 이 집에서만 벌써 10년 넘게 살고 있는데 주인 할머니가 그동안 월세를 한 번도 올리시지 않았어. 정말 고마우신 분이지. 우리는 케이크를 먹으며 얘기하고 있었다. 외숙모는 꽃다발을 화병에 꽂으며, 어, 꽃은 선스 플라워 샵 거네? 라고 물었다. 외숙모님, 어떻게 아셨어요? 제가 집에서 오면서 한인타운에서 사 왔어요.

진희야, 내가 한동안 거기서 플로리스트로 일했었어. 내가 원래 인테리어 디자이너가 되고 싶었는데 못되고 대신 내 취미를 살려 거기서 일했었어. 외숙모님, 죄송해요. 제가 너무 정신없이 살았나 봐요. 한인타운은 제가 아르바이트도 많이 했었던 곳인데 몰랐어요. 진희야, 아니야 오히려 내가 미안하지. 네가 학생 때 어떻게 살고 있었는지는 내가 네 엄마한테서 익히 들어 알고 있었어. 내가 너에게 점심 한 번도 제대로 못 사주고… 사는 게 뭔지 말이다. 내가 미안하구나.

그런데, 진희야. 그 꽃집에서 내가 일했던 게 이 집으로 우리가 이사 오게 된 계기가 된 거야. 어느 날 꽃가게로 어느 할아버지와 할머니 손님이 들어오셨어. 할머니가 백합과 수선화로 꽃다발을 만들어 줄 수 있냐고 나한테 물으시더라고. 그래서 내가 말씀드렸어. 이 꽃들은 저도 좋아한다고. 할머니가 내가 만든 꽃다발을 아주 좋아하시더라고. 그때부터 단골이 되셨어. 자기 집은 한 시간 넘어 걸리는 시 외곽에 있는데, 한 달에 한두 번은 여기 한인타운에 와서 꼭 점심으로 순두부찌개와 비빔밥을 드시러 오신다고 하더군.

남편이 젊었을 때 미국 본사의 한국지사에서 3년 정도 근무하였었는데, 그때 한국 음식에 맛을 들였다고 하시더라고. 그래서 그분들과 더 친근해졌어. 그렇게 몇 년을 우리 꽃가게로 오셔서 꽃을 사 가셨지. 그러다 할아버지가 돌아가시게 되면서 할머니가 노인 요양원으로 들어가시게 됐어. 우리 부부가 항상 존 할아버지 그리고 메리 할머니라고 부르던 금실 좋던 부부셨지. 메리 할머니가 우리에게 직장과 좀 멀지만 싸게 집을 빌려줄 테니 어떠냐고 제안하시더군.

할아버지와 정들었던 집을 팔기 싫고 또 나 같은 사람이 살면 집을 잘 관리할 것 같으니 웬만하면 자기 제안을 받아줬으면 좋겠다고 하셨어. 우리는 졸지에 좋은 집에서 살게 돼서 좋았고, 솔직히 월세도 꽤 절약할 수 있었어. 이제 메리 할머니도 90이 다 되셨어. 우리는 할머니 생일 때 그리고 추수감사절 때 할머니를 찾아뵙고 있어. 우리를 만날 때마다 할머니의 눈에 눈물이 고이시는 것을 보기가 안타까웠어.

외삼촌이 말했다. 진희야. 내가 아직 너에게 말을 못 했는데, 우리가 조만간 독립해서 조그만 가게를 낼까 해. 그동안 이민 와서 많은 시간이 흘러도 남들처럼 안정되지 못하고 지금껏 남의 밑에서만 일해 왔잖아. 내가 집사람과 상의해서 좀 무리가 되더라도 우리 가게를 내자고 했어. 여기 우리 동네에 살아보니까 우리가 열심히 하면 먹고살 가게의 전망이 보이는 것 같았어. 그래서 사실 조그만 2층 상가주택을 계약했어. 계약금이 작아서 열심히 벌어야 하긴 하지만….

외숙모가 거들어 얘기했다. 사실은 남편이 그동안 한국에 계신 아버지와 어머니에게 계속 돈을 보내 드렸어. 그래서도 우리 준비가 좀 늦어졌지. 외삼촌이 말했다. 집사람이 참을성이 많고 이해심이 많은 사람이야. 아까 말했던 메리 할머니도 나이가 많으시기에 지금 집에서 우리가 얼마나 오래 살아야 할지도 몰라. 할머니가 돌아가시면 지금 외국에 나가 사는 외아들에게 그 집을 우리가 내주어야 해. 그래서 2층에서는 우리 두 식구가 살고 아래층에서는 조그만 햄버거 식당을 할 거야. 학교 앞이니까 먹고살기엔 괜찮을 것 같아. 진희는 외삼촌, 외숙모, 정말 축하해요. 제가 도울 일 있으시면 말씀해 주세요. 좋은 동네에서 앞으로 계속 사시게 돼서 저도 기분이 아주 좋아요. 라고 말씀드렸다.

외삼촌이 갑자기 표정을 심각하게 하면서 말했다. 진희야, 너는 우리에게 딸과 같은 존재야. 내가 너한테 지금 이 말을 앞에서 얘기하기가 좀 쑥스럽긴 하지만, 이제는 이 말을 너에게 해도 될 것 같아. 내가 네 아버지보다 세 살이 많지만, 우리는 같은 직장에 다니면서 동지같이 지냈고, 내 여동생을 소개해 주고 결혼까지 했잖냐. 네 아버지는 나에게 그저 손아래 처남이 아니야. 직장동료일 뿐만 아니라 그보다 더한 친형제 같은 사람이야.

그러니 너와 오빠 진명이는 우리에게 너무나 특별한 존재들이야. 진희야. 진명이 신학대학을 가고 나중에 신부가 되겠다고 집을 나갔을 때 우리도 네 부모 못지않게 섭섭하고 허전했어. 이제 진희만 우리 곁에 남았다고 느꼈지. 나는 네가 대학원을 졸업하고 직장을 잡았을 때 다른 미국 애들이 그렇듯이 집에서 나가 독립해서 살 줄로 생각했었어. 그런데 넌 직장도 이곳 엘에이에서 구하고 엄마, 아빠 집에서 살며 출퇴근하는 것을 보고 사실 아주 놀랐었어.

네 아버지의 신체적 능력이 사라지면서 네 엄마가 고생한 것을 보면 내 마음이 찢어진다. 그리고 혼자 남은 너를 보면서 나도 널 도와주지 못해서 미안했다. 그러나 너는 잘 자라주었어…. 그래서 더욱 미안했지. 외삼촌은 이런 말도 했다. 진희야, 이제는 너도 다 컸으니, 언젠가는 내가 네 아버지에 대하여 해줄 말이 있다. 아마도 네 엄마는 너에게 네 아버지에 대해 말을 잘하지 않았을 거다. 아마도 그 이유는 아버지에 대해 말하는 것 자체가 너무나 고통스러운 것이기 때문일 거야. 그러나 나는 네 아버지와 어머니에 대해 잘 알고 있을 뿐만 아니라 이제 너에게 비록 아버지가 장애인으로 오랫동안 살아왔어도 네 아버지의 불운과 상관없이 훌륭한 사람이었다는 것을 알려줘야 한다고 생각했어.

진희야. 나는 내 친자식은 없지만, 우리 부모 세대의 사람들은 자식들에게 자신에 대해 말을 안 하고 살아간다. 진희야, 왜 그런 줄 아니? 진희가 대답 없이 생각에 잠겼다. 그것은 그들의 고통과 수치를 감추고 싶기 때문이야. 자식들에게 이를 보여주고 싶지 않다는 것이야. 우리의 이민도 그러한 측면이 있었어. 오늘 오랜만에 유쾌한 자리에서 좀 심각한 말을 너에게 해줘서 미안하지만, 진희야, 너는 이제 성인이야. 내가 나중에 너에게 기회를 마련해 주마.

진희는 외삼촌과 외숙모를 만나고 집으로 오는 내내 자신의 아버지에 대해 생각했다. 그러나 생각하려면 할수록 어떤 상념이 떠오르지 않았다. 어머니에 대한 일상적 친근함 이외에 아버지에 대한 상념이 없다는 것에 당혹감이 일었다. 그동안 아버지는 자신에게 철저한 타인이었던 셈이다.

강용환은 당혹과 분노에 휩싸였다. 당혹은 자신이 손을 쓸 수도 없이 빨리 상황이 급변한 것이기 때문이었고 분노는 그를 둘러싼 모든 사람이 등을 돌리고 있었기 때문이었다. 아파트 분양 신청자들은 꾸준히 증가하고 있었고 또 분양신청금, 계약금 납부 등의 절차를 이행하고 있었다. 그러나 하나, 둘씩 이탈자가 발생하기 시작하더니, 급기야 거의 모두 썰물처럼 빠져나갔다.

은행은 냉정하게 대출을 중단했고, 이 프로젝트를 일말의 재고도 없이 갑자기 중단시켜 버렸다. 강용환 자신이 가장 큰 지분인 51%를 차지하면서 시작된 프로젝트에 그의 돈은 하루아침에 공중으로 날아가 버린 것이 되었다. 남은 것은 껍데기. 중단된 채 흉물로 남은 건물의 철근 뼈대만이 도시 중심에 초상집처럼 어정쩡하게 올라가 있었다.

그는 돈을 잃었다. 그의 야심 찬 일생일대의 마지막 베팅이 끝나버렸다. 그는 상당한 돈을 잃었지만, 말리부 집, 재아의 가게 그리고 시내에 있는 콘도 등은 지켜낼 수 있었다. 다행인 것은 한국과 달리 개인소유의 재산을 대출 담보로 잡지 않는 조건의 은행 대출과 지분 참여였기에 지켜낼 수 있었다. 그러나 회사는 망했다. 강용환이 투자이민 형식으로 기존의 작았던 건설업체를 인수하고 규모를 키워 마침내 이 거대한 하우징 프로젝트의 완성과 함께 상장업체가 될 절호의 기회가 공중분해 되며 날아가게 됐다.

아내 서진애가 집에 몸져누웠다. 말리부 집에서 한 발짝도 움직이지 않는 일이 잦아졌다. 다니던 컨트리클럽, 승마클럽, 사교클럽, 맛집 순방, 마사지 서비스, 피부관리 그리고 성형외과 방문 등이 모두 사라지게 되었다. 하루아침에 가난해져서가 아니었다. 회사는 망했어도 개인적으로 축적한 재산은 그대로 있었다. 재산은 여러 가지 장치를 통해 보호되고 있었고, 재산 상태에 대한 비밀은 보장되었다. 개인적 사치와 신분의 유지를 위한 모든 것은 아직 그대로 있었다.

서진애를 괴롭힌 것은 돈보다 실패였다. 체면이 손상된다는 것 그리고 한국에서의 실패와 좌절을 뒤로하고 미국에서 인생 3막 극의 마지막 장을 멋있게 그리고 웅장하게 마무리하려던 야심 찬 프로젝트는 패배와 굴욕으로 결과 지어졌다. 강용환의 실패는 서진애의 실패가 된다는 것의 현실 자각. 이는 사건이었다. 이 사건은 앞으로 어떻게 전개가 될지 서진애는 답답했다. 하지만 남편 강용환에 대한 걱정이 무엇보다 앞섰다.

재아도 아버지의 몰락을 눈치채고 있었다. 프랭크와의 이혼 후 재아는 매일 술을 마셨다. 혼자 술을 마셨다. 레스토랑과 카페 종업원들이 사장인 재아를 보는 눈길이 서서히 달라지기 시작했다. 매출은 조금씩 줄어들기 시작했고, 종업원들의 업무는 느슨해졌다. 항상 취해 있는 듯한 재아에게 바른말을 해줄 직원이 없었다. 지배인 노릇을 하는 직원이 먼저 배반했다. 회삿돈을 유용하기 시작했고 그동안 같이 일하고 있었던 셰프와 바리스타의 이직이 결정적이었다. 거대한 매장의 매출이 떨어짐과 동시에 직원들이 하나둘씩 떠나갔다.

  강용환이 프로젝트를 정리하고 회사를 해산시키는 모든 과정은 복잡하고, 시간이 걸리는 일이었다. 이 과정이 꼬박 1년 가까이 걸렸다. 모든 일이 끝나고 자신이 마지막 서류에 서명하고 집으로 오던 날 강용환은 허무를 느꼈다. 집으로 온 이후 그는 지하층 자신의 서재에 하루 종일 틀어박혀 나오지 않았다. 위층은 서진애가, 지하층은 강용환이 각각 차지하였다. 이러한 나날이 계속됐다. 그러던 어느 날 밤부터 강용환은 잠결에 간헐적으로 고함을 치며 일어나는 현상을 보이기 시작했다.

  진희는 외삼촌 명종철과 그의 아내가 새로 낸 햄버거 가게의 개업을 축하하기 위해 찾아왔다. 운전하여 오는 길에 진희는 생각해 보았다. 실어증 환자인 자신의 아버지 강병호와 대화가 안 되므로 외삼촌이 대화할 수 있는 수 있는 집안의 유일한 남자 어른이 되었다. 엄마나 외숙모를 공연히 신경 쓰이게 하고 싶지도 않았다. 진희는 서울에서 최 소장이 보내온 새로운 정보를 어떻게 소화해야 할지 좀 막막해졌고 혼자 감당할 수 있는 사안일지에 대한 확신도 없었다. 그러나 외삼촌이 이 일에 개입해야 할 사안인지도 잘 몰랐다. 일단 아니라고 판단했다.

  새로운 정보는 이명호의 소재는 여전히 알 수 없었으나 어머니의 소재를 찾을 수 있었고, 이명호의 어머니도 그의 소재를 모르고 있었다는 것이었다. 그의 어머니를 찾았다 한들 무엇을 어떻게 해야 할지 막막하다는 최 소장의 보고 내용이었다. 진희는 답답함을 느꼈다. 최 소장이라는 사람은 항상 정해준 일만 처리하고 있다는 느낌을 지울 수 없었다.

이명호의 소재를 물으면 그것만, 그것도 소재 불명, 가족관계에 관해 물으면, 현재 파악된 어머니의 소재만 달랑 보내왔다. 다른 말로 하면 최 소장이라는 사람의 생리는 철저히 돈 받은 만큼만 일을 하는 스타일이었다. 진희는 최 소장에게 다시 이명호의 어머니를 직접 면담하고 이명호의 아버지도 만나보라고 주문했다. 돈도 당연히 보냈다. 노회한 최 소장이 조만간 반응해 올 거라고 확신했다.

진희가 예상한 대로 회사에서의 업무가 서서히 평소와 같은 수준으로 올라오기 시작하고 있었다. 이제 아마도 몇 개월 후에는 바쁜 업무가 시작될 터인데, 좀 아쉽다는 생각이 들었다. 그동안 외삼촌과 외숙모를 새롭게 만나는 것 외에, 학교 때 친구들과 연락했다. 중고등학교 친구 중 반은 타주로 이사 갔고, 나머지는 아직 엘에이에 살고 있었다. 대학과 대학원 때의 친구들은 의외로 엘에이에 많이 남아 있지 않았다. 연락이 되는 친구들과 산타 모니카 해변으로 가서 놀았다. 해변 카페에 앉아 시간 가는 줄 모르고 수다를 떠는 것은 오랜만에 맛보는 인생의 낙처럼 느껴졌다. 오랜 기간 자주 못 만났어도 바로 어제 만나고 오늘 또 만나는 것처럼 친밀함이 있었다. 어렸을 때 허물없이 지내던 추억 때문이었다.

한국 이름으로 윤희인 유니스가 저쪽 끝 맞은편 자리에 앉아 있다가 진희에게 다가왔다. 윤희는 중고등학교뿐만 아니라 대학교도 같이 다닌 가까운 친구였다. 진희가 처음 이민 왔을 때 처음 사귀게 된 친구 중 하나였다. 윤희는 뷰티 컨설턴트라는 직함으로 일하고 있었는데 진희는 그 직업이 뭘 의미하는지는 몰랐으나, 윤희가 상당히 매력적인 여자로 컸다는 것은 알았다. 진희 자신이 선머슴처럼 학교 다닐 때부터 각종 아르바이트하며 용감히 살아갔던 것에 비하면 윤희는 반대로 여유 있어 보였고 자연스러운 우아함을 간직하고 있어서 그때부터 남학생들에게 인기가 있었던 친구였다. 성격은 의외로 털털해서 진희와 잘 맞았다. 진희는 항상 윤희를 부러워했었다. 자신이 갖추지 못한 우아함이 있었기 때문이다. 이 우아함은 단순히 아름답다는 것과는 차원이 다른 우월성이었기 때문이다.

윤희가 진희에게 다가서며 넌지시 말했다. 앨리스, 너 제니퍼 소식 듣는 것 없니? 제니퍼? 제니퍼 황? 아니 제니퍼 캉 말이야. 네 친척 아이. 아, 재아? 아니 잘 몰라. 왜 무슨 일 있어? 걔가 이혼한 것은 알만한 애들은 다 알잖아. 일종의 사기 결혼에 당했다는 거…. 유니스, 난 그게 사기 결혼은 아니었다고 생각해. 어떻든, 이혼할 수밖에 없는 상황이었지. 그래, 좀 안됐어. 그런데, 내가 업무상 걔가 하는 카페에 자주 가는 편이거든, 근데… 걔가 안 보여. 전에는 서로 친하지는 않아도 거기서 만나면 인사는 하고 지내는 사이인데, 걔가 몇 달 전부터 카페에서 보이지가 않아.

그래서 내가 거기 종업원들에게 물어봤지. 혹시 이 카페 주인이 바꼈는지. 아니래. 그러다가, 한 열흘 됐나? 내가 걔를 카페에서 봤어. 그때 나와 있더라고. 난 깜짝 놀랐어. 몰골이 말이 아니게 변했더라고. 통통했던 볼살이 다 없어지고, 광대뼈만 남은 얼굴이 된 거야. 그리고 입에서 술 냄새를 풍기고 말이야. 내가 물었지, 젠, 괜찮아? 걔가 웃음기 없이 날 노려보듯, 난 괜찮아! 상관하지 마! 하고 소리를 치는 거야. 앨리스, 네가 그래도 친척이니까 한번 젠에게 연락해 봐라. 좀 걱정이 된다. 유니스, 그래, 고마워 얘기해줘서. 네가 걔한테 연락해 볼게.

강용환의 사업이 망했다는 것을 웬만한 사람들은 다 안다. 교포 언론기관은 물론 엘에이 내 매체에서도 비중 있게 다뤘던 뉴스였다. 금융위기로 많은 사람들이 고통을 받았다. 전 세계적인 충격이었다. 이 위기를 사전에 막을 수 있었을지를 이 시점에서 논의하는 것은 의미가 없었다 하더라도 금융이 무슨 게임을 하듯이 고도의 위험한 노름판처럼 변질된 것도 알 만한 사람들은 알았다. 진희도 그렇게 생각하고 있었다. 즉, 전문가들의 오만과 탐욕이라는 인간의 한계성이 이 위기의 바닥에 존재하고 있었다면 이를 부정하기는 어렵다는 것이었다. 그래서 나 아니면 네 차례가 되는 속성의 비극으로 귀결되었다.

우리가 모두 실패자, 루저가 되는 게임에서 강용환도 졌다. 진희는 생각했다. 이것을 어떻게 해석해야 할지 몰랐다. 그러나 강용환, 서진애, 강재아 세 사람은 실패했다. 그런데 한편 그들이 정말 불행해졌을까 하는 의문도 들었다. 재아는 진희의 전화를 받지 않았다. 문자 메시지를 남겼다. 젠, 혼자 있기 힘들면 내게 연락해.

서울에서 최 소장이 제법 긴 보고서를 보내왔다. 진희는 돈의 위력을 직감했다. 보고서는 최 소장이 이명호의 어머니를 만나서 아버지의 이름이 이선구라는 것을 알아낸 것으로 시작됐다. 어머니는 처음에는 최 소장을 만나는 것을 극도로 경계하여 애를 먹었다고 했다. 최 소장은 어머니에게 아들 이명호가 미국에 있는 의뢰인의 고모할머니를 오래전에 찾아간 적이 있었고, 그때 쪽지를 할머니에게 주고 갔다고 말했다. 어머니는 최 소장이 이명호가 쓴 쪽지를 찍은 사진을 보여주자 눈물을 흘렸고, 그때부터 좀 경계심을 풀게 됐다고 했다. 남편 이선구는 이미 죽었다고 말해줬다.

최 소장이 이명호가 찾고 있던 강용환이라는 사람이 누구인지 아느냐고 어머니에게 물었다. 대답은 의외로 명호가 정신이 나가서 엉뚱한 사람을 찾아 헤맸었던 것 같다고 짧게 대답하고 더 이상 말을 안 했다.

최 소장은 남편은 어떻게 돌아가시게 됐는지를 물었다. 대답은 큰 죄를 짓고 교도소에서 오랫동안 수감생활을 하다 석방되어 집에 온 지 얼마 안 돼 죽었다였다. 교도소에서 몸이 쇠잔해진 상태로 석방이 됐으나 남편은 더 이상 목숨을 부지할 정도의 건강 상태는 아니었다고 덧붙였다. 무슨 큰 죄였습니까? 라는 물음에 이명호의 어머니는 대답하지 않았다. 아드님이 남편분이 돌아가실 때 옆에 있었습니까? 네, 명호는 아버지가 돌아가신 후 곧 가출했어요.

아들 이명호 씨는 어떤 아드님이었나요? 한숨을 내리 쉬면서 겨우 말이 이어졌다. 걔는 착한 아이였어요. 공부도 제법 했고요. 아버지를 많이 따르고 있었지요. 그런데…. 그런데요? 걔가 열서너 살 때부터… 그러니까 철드는 나이가 되면서 아버지가 감옥에 가신 것에 예민한 반응을 보이면서 변하기 시작했어요.

잠깐만요, 이선구 씨 학력은 어떻게 되셨죠? 그건 왜 묻습니까? 사춘기 때 아이들이 부모에 대해 반항기를 거치거든요. 그래서 여쭤봤어요. 아빠가 훌륭하거나, 특별히 아이에게 어렸을 때부터 애정을 보이지 않으면 자식들은 반드시 그 시기에 반항도 하고 저항도 하면서 커갑니다. 옛날과 달리 아버지와 아들의 관계가 무너져 버린 것이 이미 오래됐지요. 아들이 아버지를 존경 안 하는 것은 물론 아예 아버지에게 관심이 없거나 합니다. 아버지로서 욕이나 먹지 않고 살면 다행이랄까요? 제 아이들도 그랬지요. 근데 명호 씨가 아버지를 잘 따랐다는 것은 좀 의미가 있을 수도 있다고 생각했어요.

명호 아버지는 좀 배운 사람이었어요. 말하자면 사람들이 인텔리라고 부르는 사람이었죠. 전 그게 뭔 뜻인지 몰라요. 제가 워낙 배운 게 없는 사람이라서요. 명호 어머니는 최 소장이 묻지도 않은 자신에 대해 얘기하기 시작했다. 의외였다. 그리고 그의 흥미를 동하게 했다. 심지어 명호 어머니는 이 말을 하면서 살짝 미소를 짓기도 했다. 이 짧은 순간을 최 소장이 놓칠 리 없었다. 그가 비록 흥신소 소장, 그러니까 정식 탐정이라는 직업이 공식적으로 인정받지 못하는 환경하에서 업무를 하고는 있어도 그는 전직 수사관이었다. 그는 최소한의 자존심은 갖고 일하고 싶었다. 비록 수입도 적고 사람들이 흥신소라고 불리는 이상한 명칭에 거부감이 있다고 해도 그랬다.

아무튼 이명호의 어머니는 시키지도 않는 말을 시작했다. 최 소장은 가만히 옆에서 듣는 태도를 보였다. 이선구를 자기 집에서 하는 하숙의 하숙생으로 만났다고 했다. 당시 정옥임이라는 젊은 아가씨는 여공이었다. 정옥임은 이선구가 어떤 믿음과 신념으로 사는 사람 같았다고 말했다. 그것이 무엇이었는지에 대해 정옥임 본인은 물론 이선구 자신도 남에게 일부러 말해주지 않았다고 했다.

하숙생 이선구와 하숙집 주인 딸 정옥임은 매일 아침밥과 저녁밥을 차려주고 받아먹는 사이에서 차차 정이 들게 되면서 결혼하게 되었다. 통상적인 사람들의 생각과는 달리 행복하게 살고 있었다고 했다. 그리고 명호는 그들의 행복한 결혼생활의 증거 그리고 미래라고 했다. 그러더니 어머니는 갑자기 말을 멈췄다. 그리고 정색하며 내 아들 이명호를 찾아 달라고 눈물을 짓는 것이었다. 최 소장은 그녀의 감정의 높낮이가 순간적으로 심하다는 것을 직감했다.

최 소장이 물었다. 남편 이선구 씨는 시국사범이었습니까? 시국사범이요? 그게 뭐죠? 다시 말씀드리면 반정부 인사였나요? 그래서 잡혀 들어가 감옥살이했냐 말입니다. 저는 그런 거 몰라요. 남편은 온순한 사람이었어요. 말도 별로 없고, 저를 만나서도 다정하게 말했고… 말하자면 성실한 사람이었어요. 그런데 어느 날 갑자기 남편이 사라졌어요. 명호가 일곱 살 때였어요.

제 주변 사람들이 저를 싫어하기 시작하더라고요. 동료 여공들이 쑥덕이더라고요. 왜 저를 싫어하나? 갑자기 왜 제 남편 이선구가 나쁜 사람 취급을 받나? 왜 우리 가족이 이상한 가족이 됐나? 왜 우리 아들 명호는 어느 날 갑자기 아버지를 못 봐야 하나? 왜 저는 회사에서 잘리고 갑자기 사는 게 힘들어져야 하나? 왜 저는 아무 말도 못 하고 죄지은 사람처럼 살아야 하나? 전 알고 싶었어요.

최 소장이 물었다. 이선구 씨가 사라진 게 언제였나요? 정옥임이 정확히 말했다. 1980년 5월 29일. 제가 어찌 이날을 잊겠어요? 최 소장은 이해할 수 있었다. 그러나 더 이상 정옥임에게 무엇을 말해주는 것은 불필요하다고 느꼈다. 사라졌던 남편이 감옥에서 형 집행 정지로 풀려난 것은 정확히 7년 후였다. 1987년 3월 25일. 정옥임은 이 두 날짜를 기억했다. 이명호가 열다섯 살, 고등학교 1학년 봄이었다. 이선구는 감옥에서 정신착란 증세로 수감생활이 어렵다는 판단을 받고 석방되었다. 이후 아들 이명호는 이상해지기 시작했다. 학교 가기를 거부하고 여기저기 쏘다니기 시작했다고 한다. 그러던 어느 날 어머니에게 강용환을 죽이겠다고 했다.

여기까지가 최 소장의 보고서 내용이었다. 이메일을 덮으며 진희는 생각에 잠겼다. 이명호라는 미지의 인물이 큰아버지 강용환에 대해 살의를 갖게 됐다는 것 자체가 충격적이었다. 어떤 원한에 의한 것 때문이라면 진희는 이를 알아야 한다는 생각을 처음으로 갖게 됐다. 이선구, 정옥임, 이명호 그리고 큰아버지 강용환의 연결고리에 대해 의문을 품기 시작했다. 정옥임은 이명호가 찾고 있었던 강용환이 엉뚱한 사람이라고 했다면, 왜 그렇게 얘기했을까 궁금해졌다. 이명호는 아버지의 죽음으로 그야말로 이성을 잃은 것이었을까?

큰아버지 강용환이 이선구의 죽음의 원인 제공자? 진희의 머리가 복잡해졌다. 이선구 사건의 발생은 한국이었고 그것도 진희가 아직 이 세상에 태어나기도 전의 일이었으며, 자신은 어린 나이에 1989년 어느 날 가족과 함께 미국으로 이민 와 미국인으로 살아가고 있었기에 어렸을 적의 한국에서 삶에 대한 어떤 역사가 없었다.

그러나 진희의 마음속 찝찝함은 자신의 분석가로서의 생리상 앞뒤가 맞지 않는 것, 무언가 설명할 수 없는 것에 대한 답답함에서 비롯되었기 때문이었다. 우선 이명호가 한국에서 할머니를 직접 찾아가 쪽지를 건네게 된 것에 대한 의심이었다. 자신이 할머니를 지난번 한국 방문 때 만나 뵀을 때 이명호가 언제 그리고 왜 할머니를 찾아갔었는지를 여쭤봐야 했다. 그런데 그때는 이 시점을 아는 것이 중요한지도 몰랐다.

느닷없이 할머니가 쪽지를 주시면서 하신 말 외에는 없었기도 했고 아마도 할머니 자신도 그 이외의 것에는 아시지 못했을 가능성도 있기 때문이라고 추측했다. 다만, 이명호가 강용환을, 진희가 아는 큰아버지를 찾기 위해 그의 먼 고향마을까지 가서 할머니 앞에 나타났다면, 강용환을 다른 방법으로 찾는 것이 어렵고 그때까지 실패해서였을 것임은 자명해 보였다.

이선구가 1987년에 석방되고 곧이어 사망하고 이후 이명호는 집을 나갔고 강용환 큰아버지 가족이 엘에이로 이민 간 때가 1994년 봄이었다는 것. 아마도 이명호는 큰아버지네가 이민 온 후 어떤 시점에 할머니를 찾아갔을 것이다. 큰아버지가 한국에 살고 있었다면 할머니는 이명호에게 어떤 식으로 든 강용환 가족의 집을 알려줬을 것 같았다. 할머니가 오랜 세월이 지났음에도 그의 쪽지를 간직하고 진희에게 전달까지 했다는 것에서 이를 알 수 있었다.

진희는 또한 생각했다. 큰아버지가 한국에서 고위 장성에서 전역 후 이곳 미국에 이민 했다면, 이명호도 강용환이 육군의 유력한 장성이라는 사실을 알아내기는 가능했으리라는 것이며, 어렵긴 해도 그의 근무처나 집 주소 등을 파악하려면 할 수도 있었을 것이라는 추론을 끌어냈다. 그렇다면 이명호는 강용환 큰아버지네 집안이 미국으로 떠난 후 할머니를 찾아 왔었다면, 할머니로부터 이미 강용환 가족이 한국에 없다는 얘기를 들었을 것 같았다. 즉 이명호가 스물한 살 때쯤에 강용환 가족은 한국에서 사라진 것이 된다. 그리고 이명호 자신도 사라지게 되었다.

여기까지의 추론은 어렵지 않았는데 막상 이명호가 왜 큰아버지 강용환을 죽이겠다고 했는지, 그것이 지금 막 최 소장의 보고서를 통해 정옥임의 진술을 듣게 되는 것으로 어렴풋이 유추할 수 있을지 몰라도, 왜 그가 강용환을 증오하고 있었는지가 그의 쪽지에 대한 해답이 될 것이었다. 그리고 할머니는 조카인 강용환에게 이명호와 그의 쪽지에 대해 말을 안 하셨을 것 같았다. 진희에게 처음이자 마지막으로 알려주신 것 같은 확신이 들었다. 정황상 그랬다.

왜 할머니는 그 오랜 시간 동안 기다렸을까? 한 가지 확실한 것은 할머니가 그동안 큰아버지에게 이명호라는 청년이 자신을 찾아왔었다는 것을 발설하지 않았다는 것에 어떤 마음의 부담을 느끼고 계시지는 않으셨을까 하는 의문이다. 그래서 아주 늦기는 했지만, 진희에게 이 사실을 마지막으로 알리고 싶으셨을 것 같았다. 만약 진희가 할머니를 찾아뵙지를 않았었다면 쪽지는 영영 없었던 것이 됐고 그래서 이명호라는 사람은 존재하지 않은 것처럼 되었을까?

결론은 명쾌했다. 진희는 큰아버지 강용환이 어떤 사람이었는지를 알아야 한다고 생각하게 되었다. 여기에서 모든 것의 실마리가 풀릴 것 같았다. 이선구는 사망했고, 정옥임은 벌써 정신을 놓은 미망인일 가능성이 높다. 이명호는 행방불명으로 지금 살아 있을 수도 이미 죽었을 수도 있다. 그런데 그가 살아 있다 하더라도 강용환을 찾아가 죽일 수 있는 상태인지도 확실치 않았다. 진희는 최 소장에게 강용환이라는 인물에 대해 조사를 부탁하는 것 그리고 이명호의 소재를 계속 추적하는 것을 부탁하는 이메일을 쓰고 잠자리에 들었다. 그러나 자신이 갑자기 불면증에 걸린 사람처럼 쉽게 잠이 들기가 어렵다는 것을 알았다. 진희는 이 생각 저 생각으로 옮겨 다니다 한참 만에 겨우 잠이 들었다.

시간은 계속 흘러서 2008년의 금융위기에서 서서히 빠져나오게 되었다. 이것은 진희가 다시 바빠지기 시작했다는 뜻이 된다. 오히려 위기 전보다 더 바빠지게 되었다. 처음에는 조심스럽게 금융시장, 그중에서도 기업의 인수와 합병이라는 큰 시장을 움직이는 큰 손 그리고 작은 손들도 다시 경기장에 들어오고 있었다. 진희는 지난 위기의 시간을 보내면서 비록 몸은 전보다 덜 바빠졌어도 항상 일에 관한 생각을 놓치지는 않았다. 매일 금융시장을 모니터링하는 일은 숨을 쉬는 것 같은 본능이 되었다.

뉴욕의 월 시만스키도 예외는 아니었다. 진희와 친해지면서 그와 생활을 공유하는 것은 흥미로웠다. 그는 진희에게 그동안 사귀었던 여자 친구와 아주 결별하게 되었다고 알려왔다. 시장의 휴지기간 동안 여자 친구가 떠나가게 된 것은 오히려 다행이라고 했다. 그렇지 않았으면 그의 고통은 더 컸을 거라고 했다. 업무의 스트레스와 여자 친구와의 결별의 스트레스를 동시에 받는다는 것은 아주 잔인한 상황이라는 이유였다. 진희는 윌이 왜 자신에게 이런 개인적 내용까지 얘기하는지 의아했으나, 그의 생각에 공감할 수도 있겠다 싶었다.

예상대로 새로운 큰 장은 새로운 종류의 기회를 의미했다. 지난번 위기에서 수많은 시장 참여자가 실패하고 떠나버렸기에 이제는 역으로 일종의 체리 피킹 같은 상황이 연출 되었다. 즉, 시장에 새로운 매물이나 진행해야 할 회사 인수합병의 대상들이 인수자의 입맛에 맞는 조건과 가격으로 제법 많이 올라오고 있었다는 뜻이었다. 우리는 좋은 체리밭에서 가장 좋은 체리를 골라 따면 되는 것이었다.

진희의 회사는 진희를 큰 규모의 체리 피킹 프로젝트의 팀장으로 임명했다. 사실 이 프로젝트는 진희가 보고서에서 지목했던 향후 인수 대상이 될 수 있는 회사가 결국은 매물로 나온 사례였다. 거래의 규모가 지난번 때의 다섯 배나 되고 내용은 더 쉬웠다. 진희의 위기 상황 때의 홈워크를 회사가 인정하고 있었다는 증거였다.

진희는 회심의 미소를 짓고 이 기회를 살려 향후 중간 매니저의 위치에서 더 책임 있는 자리로 올라갈 것으로 기대하게 되었다. 회사에서 매일 16시간 이상 일하고, 주말에도 일하고 하는 것이 전보다 훨씬 수월하게 느껴지는 것이 이상할 정도였다. 비록 외부적 사태에 의한 업무의 휴식기를 잘 지낸 것이 오히려 전화위복같이 느껴졌다. 좀 거창하게 인생은 항상 생각과 행동이 일치하지는 않았고 오히려 이를 어떻게 해석해야 하는 과제의 연속처럼 느껴졌다.

프로젝트는 의외로 시간을 소요하게 되었다. 예상은 했으나 매도하는 회사의 거래 후반부의 저항 그리고 새로운 인수 경쟁자가 나타나서 매도자를 현혹하고 있었다. 진희는 즉각 이러한 상황은 페어플레이가 없는 것이며, 경쟁사에 항의하며 업무의 윤리의식이 없는 기회주의적인 행동이라고 몰아붙였다. 회사의 중역진에게도 지원사격을 요청했다. 결국은 거래가 성공을 거두며 진희는 회사에서 두둑한 보너스를 챙길 수 있었다.

인수당한 회사는 정보통신 산업에서 새로운 유통 공급망을 제공하는 회사로 출범했으나 지난번 금융위기로 꽃도 피우기 전에 주저앉았던 회사였다. 진희는 회사 경영진에 재빨리 브리핑했다. 인수할 수 있는 회사의 리스트와 인수당할 회사의 내재가치 그리고 싼 가격으로 살 수 있는 액수의 상한선과 하한선과 함께. 망한 회사들은 즐비했고 새로 인수할 회사들은 이제 시장에 들어오고 있었다. 이 얼마나 흥미로운 상황인가? 준비된 자에게 허용되는 쉬운 거래는 아마도 사실은 쉬운 것이 아니었을지도 몰랐을 것이라고 회고하게 되었다.

일을 마무리하던 날, 회사 사람들, 인수회사 그리고 인수당하는 회사 관계자들과 엘에이 시내 최고급 호텔에서 축하 파티가 있었다. 진희 회사의 인수합병 담당 부사장이 진희를 칭찬하는 것을 진희는 흐뭇하게 듣고 답사를 했다. 오늘의 성공은 우리 모두의 성공이라고 짧게 답했다. 그리고 인수합병 업무가 반드시 상대방을 먹고, 먹히는 정글의 법칙이 아닌 상호 간의 존경심을 바탕으로 임했기 때문에 모두의 성공이 될 수 있었다고 덧붙여 말했다.

진희가 거래를 성공시켜, 앞으로의 승진을 기대하고 두둑한 보너스를 챙기는 것 자체가 자신을 행복하게 하지는 않았다. 그동안 힘들게 일하며 지난 나날들의 성과라는 의미는 이제 어머니와 아버지를 위한 집을 사드릴 수 있는 충분한 자금이 비로소 충족되었다는 행복이었다.

그동안 금융시장의 과열로 인한 부동산 가격의 불합리한 폭등 때문에 진희는 얼마나 마음을 졸였었는지 몰랐다. 충분한 돈이 생겼다고 생각하면 캘리포니아의 집값은, 특히 로스앤젤레스와 인근의 집값은 춤을 추며 올라만 갈 뿐이었다. 이제 위기와 조정의 단계를 지나 가격은 진희에게 친절해졌다.

아버지와 어머니를 엘에이 시내의 한인타운 인근의 낡은 아파트에서 탈출 시켜드리게 되었다. 부모님들이 원하시는 대로 외삼촌과 외숙모가 사시는 동네에서 멀지 않은, 두 분이 사시기에 전혀 좁지 않은, 예쁜 앞마당과 뒷마당이 있는 주택으로 이사하시게 했다. 그리고 진희는 이제는 정말로 독립할 것이었다. 새로 이사 간 부모님 집에서 회사로 출퇴근하는 것이 멀게 되었다. 자신은 회사 근처의 콘도를 임대해서 살면 충분할 것이었다. 이제 정말로 늦은 나이에 독립한다는 것이 좀 쑥스럽게도 느껴질 지경이었다.

일요일을 택해 진희가 새로 엘에이 시내 콘도로 이사 오고 자리에 누웠다. 행복감과 함께 피로가 몰려왔다. 서둘러 대충 저녁을 먹고, 샤워하고 잠자리에 들었다. 습관대로 자신의 이메일을 검색했다. 진희는 깜짝 놀랐다. 개인 이메일로 안 읽은 이메일이 쌓여 있었다. 지난 몇 개월 동안 회사 일로 협상에 매진하였던 일, 그리고 곧바로 부모님의 집을 보러 정신없이 다니던 일로 다시 실수를 범하게 되었다는 것을 인지하게 되었다. 회사 이메일은 빠짐없이 처리하였던 자신이 스스로는 또다시 헐렁하게 지냈다는 것이 한심할 정도로 불완전한 자신이 되었다.

이메일은 실로 150여 통이나 되었다. 진희는 재빨리 정크 메일부터 정리했다. 정리하고 나니 40개의 개인 메일이 안 읽은 상태였다. 친구들에게서 온 메일들, 그리고 서울에서 온 최창식 소장의 메일도 세 개나 되었다. 벌써 한 달 이상이 지난 것들이었다. 진희는 긴장하며 이 이메일들을 순식간에 읽었다. 내용은 대부분 아는 내용이 많았다. 특히 강용환 큰아버지에 대하여 그랬다. 그럼에도 보고서 형식으로 그의 정보를 파일로 보는 것은 새로운 경험처럼 느껴졌다.

최 소장은 큰아버지의 생년월일, 고향, 가족관계, 학력 그리고 경력을 보내왔다. 경력은 육사 졸업 후 소위로 임관한 연도와 승진한 연도와 맡은 보직을 포함한 내용이 열거되어 있었다. 이 정도의 내용은 일반인들의 경우, 취직을 하거나 회사를 옮길 때 작성하는 이력서와 비슷한 것이 되겠으나, 큰아버지와 같은 고급장교 그리고 나중에 장성급으로 승진한 인물의 경우에는 쉽게 노출돼서는 안 될 인사 기밀로 취급될 수 있었을 것으로 진희는 생각했다.

그가 어떤 방법으로 이 자료를 구할 수 있었는지 경이로운 생각이 들었다. 이 역시 돈의 위력인가 하는 생각이 들었다. 최 소장은 자신의 보고서에 관해 공치사하듯 하는 말을 이메일에 절대 쓰지 않았다. 단지 이 내용을 진희 혼자만 간직하라고만 했다. 사실 바로 가까운 거리에 살고 있는 자기 큰아버지에게 물어보면 알 수 있는 내용이 먼 태평양을 건너 꽤 오랜 시간의 경과 후 다시 미국에 있는 자신에게로 온다는 것이 비현실적인 것처럼 느껴졌다.

진희는 정옥임으로부터 들은 이선구의 교도소 수감일과 석방일을 강용환의 승진 연도와 맞춰보는 시도를 해보기로 했다. 자기 머리로는 이 방법 이외의 추리를 생각할 수가 없었다. 수백 개의 퍼즐 조각의 첫째 조각같이 막연히 생각되었다. 이선구가 1980년에 감옥에 갔을 때 강용환은 중령이었다. 그는 1979년에 이미 중령이 되어 있었다. 1987년에 이선구가 석방되었을 때 강용환은 이미 준장이 된 지 2년 정도가 지나 있었다. 전혀 상호 교합 점을 찾기가 불가능하다고 느꼈다. 정옥임의 말처럼 강용환은 관련 없는 사람이었는가?

다음으로 이명호에 대한 진전된 내용은 별로 없었다. 새로운 사실은 그가 징집소집에 불응하여 체포되었고, 결국은 군대 부적응자로 최종 판명받아 군대 소집 중단과 면제 조처를 받았다는 것. 이때가 그의 나이 스물한 살. 1994년 강용환 가족이 미국으로 이민 간 해였다. 확실한 것은 바로 이 시점부터 이명호는 자유인이 된 것이라는 점이었다. 최 소장의 첫 보고서에서 언급된 그의 일본 밀항과 체포는 1994년 8월이었고, 짧은 억류 기간 후 곧 석방되어 한국으로 추방되었다는 것이다.

왜 이명호는 밀항을 결심했을까? 공교롭게도 강용환 가족이 같은 해 봄에 미국으로 이민 간 후의 일이었다는 것. 다시 말해, 혹 이명호가 강용환이 미국으로 갔다는 것을 알고 일본으로 밀항하게 됐을 가능성? 강용환이 한국에 있었다면 이명호가 느닷없이 일본으로 잠입을 기도할 필요가 없었을 것이라는 점. 그런데 미국 밀항이 아니고 왜 일본으로 가려 했을까? 여기서도 어떠한 결정적인 연결점이 발견되지 않았다. 진희는 난감한 심정이 되었다.

고민 끝에 최 소장에게 이메일을 썼다. 마지막 이메일이라고 생각했다.

지금까지 이명호와 강용환에 대한 조사에 그쳤다면 이제는 이선구와 정옥임에 대한 더 심화한, 구체적인 정보를 다시 한번 더 요구했다. 최소한도 이선구, 정옥임, 이명호 그리고 강용환 네 명이 모종의 연결점이 있는데, 지금까지의 두 명에 대한, 즉 할머니로부터 시작된 강용환과 이명호의 관계는 사실은 이선구와 정옥임을 알지 못하면 퍼즐의 일부라도 못 알아낼 것 같은 생각이 들었기 때문이다. 즉 이 네 명을 병렬해서 보지 않으면 그나마 흐릿한 그림이라도 못 보는 것이 될 것 같은 느낌이었다. 진희는 이제 마지막으로 최 소장의 보고서를 기다려 보고 포기해야 할지도 모르는 이 일을 마무리해야 한다고 생각했다. 이명호의 가출, 범죄, 그리고 행방불명의 이유를 알게 되는 것을 아마도 자신이 결정해야 할 수도 있다고 스스로에게 위안하며 잠자리에 들었다.

최 소장의 보고서는 비교적 일찍 도착했다. 그는 정옥임을 만나 꽤 오랜 시간 동안 얘기를 나눴던 것 같았다. 내용은 상당히 구체적인 사실을 담고 있었다. 정옥임은 이선구를 처음 만났던 때를 1970년쯤으로 기억했다. 이선구는 국민학교 선생님으로 정옥임의 집에서 하숙하고 있었다. 지방에 있는 사범대학을 졸업한 후 선생님으로 처음 부임한 곳이 경기도 시흥에 있었던 국민학교였고, 정옥임은 근처에 있는 대형 과자공장에서 여공으로 일하고 있었다. 어머니는 트럭 운전기사였던 남편을 교통사고로 잃고 그가 남기고 간 조그만 집 세 칸 중 두 칸은 자신과 아이들 셋이 쓰고 있었다. 아이 중 맏이인 정옥임은 여고 중퇴 후 집 근처에 새로 들어선 공장에 취직해서 어머니의 살림살이를 돕고 커가는 두 동생의 학비를 보태며 살아가고 있었다.

그러던 중 이선구 선생님이 남은 한 칸 방에 하숙생으로 들어오게 되었다. 정옥임은 새로 들어온 하숙생의 아침밥을 준비하고 출근했고 공장에서 퇴근하자마자 집으로 와 저녁밥을 이선구가 퇴근하고 돌아오는 시간에 맞춰 준비했다. 둘은 아침, 저녁으로 밥상을 주고받으며 매일 만나는 셈이 되었다.

그러던 어느 날 정옥임은 이 선생님의 작은 방 한쪽에 빽빽이 꽂혀 있는 책들에 관심을 보이며, 선생님은 소설이나 시를 좋아하시나 봐요, 라고 묻게 되었고 이선구는 옥임 씨도 그러냐고 되물었다. 옥임은 자신이 비록 고등학교도 졸업을 못 했어도 어려서부터 책을, 특히 소설 같은 것을 읽기를 좋아했다고 대답했다. 그럼, 여기 꽂혀 있는 책 중에서 읽고 싶은 책을 가져다 읽어도 된다고 말했다. 정옥임은 이선구 선생님의 책들이 자기 취향의 순수소설, 연애소설, 서양 고전 소설보다는 한국 소설가들의 책들로 가득 차 다소 실망했지만, 그래도 최인훈, 황석영, 조해일의 소설들 그리고 신경림, 김지하, 신동엽의 시집을 읽었다. 이선구는 정옥임에게 읽은 소감을 묻게 됐고, 정옥임은 자신이 모르고 있었던 것을 많이 배우게 됐다. 그리고 생각보다 감동적이었다. 공감하는 부분이 많았다고 대답했다. 정옥임은 이선구가 이 말에 흐뭇한 웃음을 지었던 것을 기억하고 있었다고 최 소장에게 말해줬다.

1972년 말 이선구는 새로운 임지로 떠나야 했다. 그러나 그는 혼자 떠나지 않았다. 정옥임과 같이 갔다. 둘은 결국은 결혼하게 되었기 때문이다. 이선구가 정옥임에게 청혼했다. 정옥임은 당황하여 나처럼 가난하고 못 배운 사람에게 이 선생님 같은 인텔리는 안 어울린다고 처음에는 그의 청혼을 거부했다. 이선구는 자신은 배우고 못 배우고 가진 게 많고 적고 하는 것으로 사람을 대하지 않는다. 정옥임을 한 사람으로서 존중하고 무엇보다 지난 3년 가까이 같은 집에서 지내는 동안 그녀의 따뜻한 마음을 알게 되어서 오히려 자기가 더 간절한 마음이라고 고백했다.

둘은 부부가 되어 이선구의 다음 임지인 동두천으로 이사를 갔다. 거기서 아들 이명호가 태어났다. 이선구는 그동안 국민학교 선생님으로 일하면서 그의 목표인 소설가가 되기로 하고 신춘문예나 문학잡지를 통해 문인으로 등단하는 것을 목표로 하고 있었다. 그리고 시흥에서 근무했을 때처럼 동두천에서도 지역 문학모임에 활발히 참여했다. 그는 열심히 글을 썼고, 마침내 1976년에 중편소설로 등단했다. 이후 의정부 시내에 있는 국민학교로 다시 전근을 가게 됐다. 교육공무원의 신분으로 3, 4년 정도 한곳에서 근무하고 또 다른 임지로 옮겨가야 하는 의무가 있었기 때문이었다.

그러나 그는 갑자기 1980년 5월에 체포되어 감옥에 가게 되었다. 정옥임은 당시 영문을 몰랐고 지금까지도 남편이 왜 잡혀갔는지를 이해할 수 없다고 했다. 1987년 남편이 석방되어 집으로 오기까지 정옥임은 혼자 어린 이명호를 길러야 했는데 고생을 이루 말할 수 없었다. 그때 정옥임은 살아가는 것이 너무나 치사하게 느껴졌다고 최 소장에게 말했다.

정옥임은 이선구가 체포되는 현장에 없었고, 누가 그를 잡아서 어디로 데려갔는지를 몰랐다. 애타게 기다리던 정옥임에게 어느 날 어떤 사람이 찾아와 이선구는 국가에 큰 죄를 짓고 수감 중이라며 교도소의 위치를 알려주었다. 그것이 전부였다. 정옥임은 아마도 군인들이 잡아갔을 거라고 믿었다. 그러나 자신은 너무나 무서워 남편이 무슨 죄를 지었는지를 묻지도 못했다. 지금까지도 모른다는 것이다. 이유를 모른다는 것이 그녀를 미치게 했다. 교도소로 면회하러 갔을 때 남편은 아주 딴사람처럼 변해 있었고 그저 미안하다. 나도 내가 왜 여기 있는지 모르겠다고만 되풀이해서 말할 뿐이었다고 한다.

진희는 보고서를 읽다 말고 생각에 잠겼다. 이 보고서는 자신에게 전혀 도움이 안 된다. 우선 이 보고서는 지난번 보고서와 크게 다르지 않았다. 특별히 의미 있는 새로운 정보가 담겨 있지 못했다. 이선구는 이미 사망한 지 오래됐고, 이명호는 행방불명이며, 남겨진 정옥임은 정신이 오락가락한 사람인 것 같았다. 도움이 안 되는 보고서를 읽는다는 것은 진희를 더욱 답답하게만 할 뿐이었다.

진희는 생각했다. 군인들이 이선구를 잡아갔다면 그랬을 것이다. 그러나 그렇다고 해서 당시 군인이었던 큰아버지 강용환이 이선구를 잡은 당사자인지는 전혀 알 수가 없었다. 증거도 없고 기록도 없다. 이명호를 만날 수도 없고, 정옥임은 이선구 사건에 직접 피해를 본 당사자임에도 범인이 누구인지 적시를 못 한다. 사건의 성격이 국가의 개인에 대한 폭력 혹은 그 반대되는 것이라 그렇다는 것을 알 뿐이었다.

미국인이 된 자신이 이명호를 위해 할 일이 없는 것 같다는 답답함. 자신이 태어나기도 전의 사람들인 이선구와 정옥임, 그리고 자신이 태어난 곳이지만 이제는 낯선 한국 그리고 오래된 어떤 개인의 이야기가 솔직히 자신에게 가슴으로 와 닿지는 못했다. 진희는 자신이 답답함을 해소하지 못함에 답답해졌다. 자신이 한국에 있는 사람도 아니고 지금까지 나름대로 자기 돈을 써가면서까지 할머니의 간절한 소망을 풀어드리기 위해 노력했지만, 나타나지 않는 이명호를 어쩌란 말인가 하는 자포자기의 마음이 일었다. 자신은 할 만큼 했고 나름 성심껏 알아보지 않았던가 말이다.

이런 어정쩡한 생각으로 산다는 것은 결코 망각이라는 생활의 편리성에서 벗어나지 못하고 무의식으로 떠돌아다니는 모양이 되었다. 이제 평상적인 의식 안에서 진희의 삶은 과거보다 더 견고해졌다. 삶은 여전히 바빴으나, 이제는 더 정신적 여유가 생겼다. 부모님의 집을 마련해 드렸다는 것도 같은 맥락에서 이해할 수 있었다. 이제 아버지와 어머니의 꿈은 무엇일지 진희는 바쁜 삶에서 잠시 생각해 보았다. 이제 내 집 마련의 꿈이 이뤄진 후 몇 달이 지났다. 자신이 엘에이에서 혼자만의 자유를 누리며 살게 된 지도 같은 시간이 지났다. 그동안 멀리 떨어져 신학교에 다니던 친오빠 진명도 곧 정식으로 신부님이 된다. 이제 우리가 꿈꾸던 우리들의 소박한 목표가 이루어져 가고 있다는 것을 실감하게 되었다.

7

한국에서 부음이 들려왔다. 문경에 계신 고모할머니가 돌아가셨다. 진희는 슬픔보다는 미안함을 느꼈다. 할머니가 자신에게 건네주신 이명호의 쪽지가 다시 자신의 의식 속으로 올라왔다. 진희는 흥신소 최 소장께 일을 맡기면서 어느 정도 쪽지에 관련된 내용의 윤곽이라도 잡히면 할머니께 말씀드려야 한다고 생각하고 있었는데 할머니의 부탁을 들어드리지도 못하게 되어 마음이 무거워졌다.

어머니가 한국에 가시겠다고 나섰다. 가서 조문을 드려야 한다고 했다. 큰아버지와 큰어머니는 할머니의 빈소를 찾을 생각을 못 하고 있다고 어머니가 진희에게 말했다. 두 분 다 가실 수 없다면 두 분 중 한 분이라도 가셔야 할 것 아닌가 생각했다. 진희는 이해가 되지 않았다. 큰아버지 가족의 어려움 때문에? 그의 최근 사업 실패 때문에? 한국에서 할머니를 뵙는다는 것이 의미가 없어서? 아니면 정녕 한국이 싫어서? 큰아버지는 그렇다 해도 큰어머니는 그동안 한국을 몇 번이고 다녀올 수 있는 시간적, 경제적 여유가 충분하고도 남는 사람 아니었던가?

큰아버지 가족은 한국을 방문하는 대신 유럽 방문은 많았다. 재아는 수도 없이 다녀왔다. 재식 오빠도 그랬다. 재영 오빠만 혼자 고생하며 학업을 이어 나가다 불의의 사고로 죽었다. 큰아버지와 큰어머니도 같이 유럽을 자주 놀러 간 것을 진희는 알고 있다. 그들에게서 여행기념품을 자주 받았었다. 그 선물들이 아직도 방에 가득 남아 있다. 마치 가상의 여행기념품으로 채워진 가짜 물건들처럼 말이다. 그런데 가족 중 누구도 이제는 돌아가신 할머니를 뵐 생각을 안 하는 것이 이상했다.

어머니는 할머니가 돌아가셨다는 소식을 진희에게 전할 때 눈물을 흘렸다. 아버지와 결혼했을 때 자신을 귀여워해 주셨던 할머니로 기억했고, 이민 오기 전까지 설날이나 추석 같은 명절에도 시골에 계신 할머니를 찾아뵈었다고 했다. 진희는 큰아버지네도 당시 할머니를 찾아뵈었는지를 어머니에게 물어보고 싶은 충동이 일었으나 참기로 했다.

내가 여기 미국에 와서 여태껏 선물 하나 부쳐드리지도 못했잖니, 진희야 하며 어머니는 할머니에 대한 죄송함을 말하고 있었다. 네 아버지가 사고당하면서 집에 들어앉게 된 것을 가장 안타깝게 생각하신 분도 할머니였어. 그때 할머니가 나에게 뭐라고 말씀하셨는지 아니, 진희야? 미안하다. 네가 우리 집안 며느리로 들어와서 내가 해준 것도 없는데, 이제 병호가 사람 구실을 못 하게 됐으니… 미안하다 하시며 우셨어. 종숙아, 네가 내 조카며느리가 되어서 난 너무 좋았다. 이제 병호가 이렇게 됐으니 내가 너보고 네 남편과 같이 살라고 말 못 하겠다 하시며 또 우시는 거였어.

그 순간, 진희는 엄마에게 자기도 같이 한국에 가겠다고 말했다. 진희야, 너는 바쁜데 그럴 것까지는 없다. 아니야, 엄마, 나도 가고 싶어. 회사에서 1주일 정도는 집안 경조사로 유급 휴가를 인정해 주기도 해. 그래서 나랑 같이 한국에 같이 갔으면 해. 그리고 할머니 조문하는 것 외에도 내가 좀 할 일이 있어. 할 일? 그게 뭔데? 아, 그건 한국에 가면서 얘기해 줄게, 엄마. 그보다 빨리 비행기표를 사야 해. 할머니 발인 전에는 가야 하니까. 서둘러야 해. 한국이 여기보다 반일 정도 빠르니까, 정말 서둘러야겠어. 엄마, 한국에 사 갈 물건을 사세요. 나는 비행기표 살게. 그리고 내일 아침 비행기로 바로 떠나야 해요.

진희는 할머니를 마지막으로 뵙는 것도 중요했지만, 마무리도 되지 못한 할머니가 남기신 이명호의 쪽지에 대해 한국에서 최 소장을 만나야 한다고 생각했다. 성격상 일을 끝내지 못하면 늘 마음에 부담이 되었다. 할머니가 돌아가신 것으로 이 일이 없었던 일이 될 수 없다는 사실을 자신에게 상기시킬 뿐이었다. 자신과는 상관이 없었던 일이었고, 이미 오래전의 일이고, 무엇보다 진희 자신은 이명호를 찾아야 할 이유가 없었다.

할머니에 대한 도리 혹은 의리에서 시작된 일은 이제는 잊어도 될 성질의 사안이 되었는데, 할머니의 부음을 접하며 진희가 미안함, 마음 한구석에서의 불편함 같은 것이 생성되고 있다는 것이 의식되었다. 마치 자신의 무의식 속의 세계가 현실적 사실과 논리 그리고 이성이 지배하는 의식 세계를 움직이게 하는 모종의 동인이 되는 듯했다.

이것은 자신이 최 소장에게 새롭게 요청할 일이 생겼다는 것을 의미했다. 바쁜 업무에도 틈만 나면 생각나는 이명호였다. 잊어도 될 인물이었지만, 그녀의 궁금증을 무시하고 지낼 수 없다는 것이 다시 한국에 가게 되는 명분으로 작용하고 있었다. 그리고 김송화 만신을 서울에서 만나고 싶었다. 그녀에게 이명호라는 미지의 인물에 관해 묻고 싶었다. 진희는 최 소장과 김 만신에게 자신이 곧 서울로 간다고 알렸다. 한국 방문 준비를 대충 마무리하고 오늘은 좀 일찍 집으로 향했다. 새로 이사 온 콘도가 회사에서 가까운 거리에 있다는 것의 편리함을 오늘 비로소 처음 느꼈다.

저녁 6시쯤 외삼촌의 전화가 걸려 왔다. 진희 조카가 내일 서울로 출발한다는 얘기를 동생에게서 들으셨다며 전달할 물건이 있으니, 저녁을 같이하면서 만나자는 전화였다. 외삼촌은 오랜 친구가 서울에 사는데 선물을 전달만 해주면 된다고 하시며 그 친구에게는 조카가 서울에 가니까 조카 편리한 장소로 와서 선물을 받아 가라고 얘기해 놓으셨다고 했다.

성함, 주소, 연락처 등을 주시며 선물이 좀 부피가 나가서 미안하다고도 하셨다. 선물은 잘 포장이 되어 있어서 비행기 안에 들고 들어가는데 큰 부담은 없어 보였다. 포장이 되었어도, 그 선물은 악기임이 틀림없었다. 바이올린이었다. 삼촌, 바이올린 아니에요? 진희가 물었다. 그래. 바이올린이야. 그 친구가 좋은 바이올린을 하나 갖고 싶어 했었지. 이 선물도 비록 아주 좋은 물건은 아니지만, 내가 이제 늦었지만, 꼭 선물하고 싶었어. 진희가 좀 전달해 주면 고맙겠어.

진희와 엄마 두 모녀가 단둘이 한국에 가게 된 것에 엄마는 마음이 좀 들떠있는 것처럼 보였다. 공항 로비 카페에서 둘은 비행기를 기다리며 커피를 마셨다. 엄마가 상기된 얼굴로 말했다. 진희야, 난 할머니께 죄송하지만 내가 지금 한국으로 가게 된다는 것이 믿기지 않을 정도로 흥분되고 좋다. 엘에이는 이제 제2의 한국이다시피 되어 한국과의 거리가 좁혀졌는데 나는 그동안 여기서 일만 하고 지냈었는지 내가 좀 한심하다는 생각도 했었어. 진희야. 엄마, 그렇지 않아. 엄마는 너무 훌륭해. 나는 지금까지 엄마를 원망해 본 적이 없었어. 엄마는 용감하게 사셨어. 아빠 노릇까지 하면서. 아빠가 불쌍하다는 생각은 난 해본 적은 있었지만.

진희야, 아빠는 불쌍한 사람이 아니야, 아빠는 용감한 사람이야. 내가 용감하게 산 것이 아니고 사실은 아빠가 용감하게 살아왔던 거야. 진희야, 넌 그걸 알아야 해. 네 오빠 진명이도 그걸 모르고 교회로 갔다면 그건 잘못이야. 엄마가 심각한 표정으로 말해서 진희가 오히려 좀 머쓱해졌다.

진희는 화제를 바꾸고 싶었다. 엄마는 한국 가면 할머니 문상하고 난 다음에 뭘 하고 싶어? 당연히 너와 같이 친정 식구들 만나고 짧은 시간이나마 옛날 내가 살았던 장소로 추억을 찾아가 보고 싶어. 진희 너는 뭐 할래? 진희는 좀 망설이다 할머니의 쪽지 얘기를 했다. 그리고 그간의 전개 과정을 대략 얘기해 줬다. 엄마는 깜짝 놀라며, 그런 얘기는 엄마나 외삼촌하고 상의했어야 한다고 말했다. 죄송해요. 엄마, 난 그저 엄마와 외삼촌이 바쁘신데 신경 쓰이실까 봐 그랬고, 사실 쪽지에 관해 내용이 좀 파악되기 전까지는 이렇다 할 말이 없어서이기도 해서… 그런데, 아직 좀 찜찜한 게… 그렇고, 그래. 그래서 할머니를 마지막으로 뵙고 좀 더 알아보려는 목적도 있어서 한국에 가는 거야. 엄마 혼자 가면 좀 여행이 심심해질 것 같기도 하고 하며 어색한 미소를 엄마에게 지어 보였다.

한국 입국 때 엄마는 이민 갈 때의 김포공항 대신 인천공항으로 도착하며 놀랐다. 진희야, 공항이 엄청나구나! 공항 밖은 이미 시원한 가을의 넉넉한 날씨를 보여주었다. 마치 두 모녀를 다정히 반기듯이. 공항에서 곧장 시골에 있는 할머니 집으로 향했다. 택시를 타고 갔다. 인천에서 경상북도 문경의 외곽에 있는 할머니의 시골집으로 가는 길은 비교적 한산했다. 마침, 추석을 지나 가을철 단풍 행락 철 직전의 시기라 택시는 시원한 바람을 가르며 고속도로를 달려 나갔다. 밤새 비행기에서 잠을 자다, 말기를 반복한 엄마는 좀 피곤하고 배도 고파왔다. 진희야, 우리 뭘 좀 먹고 가자 하여 고속도로 휴게소로 가 아침 겸 점심 요기를 하고 살며시 올라오는 식곤증을 진한 에스프레소 커피로 달리며 택시는 다시 고속도로로 진입했다.

 진희는 엄마의 말이 궁금했다. 지금이 물어보기 좋은 시간이라고 생각했다. 엄마, 엄마가 아빠가 용감한 사람이라고 나한테 얘기했잖아? 그게 무슨 뜻이야? 엄마는 놀라지도 않고 진희에게 시선을 돌리며 말했다. 진희야, 네 아빠는 용감하기도 했지만, 사실은 말랑말랑한 감성을 지닌 사람이었어. 넌 말랑말랑한 감성과 용감하다는 것이 서로 모순된다고 생각할지도 몰라. 그리고 지금 아빠의 모습에서 내가 그렇게 얘기하는 게 믿어지지 않을지도 몰라. 진희야, 그러나 그건 사실이야. 네 아빠는 그랬어. 어떻게 그래?

 너, 나하고 아빠하고 같은 직장에 다니다 결혼한 것 알지? 응, 그 얘기 듣고 좀 재밌는 경우네 하고 생각한 적은 있었지. 아빠는 회사에 나보다 1년 늦게 들어왔지. 나는 그때 노무과에서 여사원으로 근무하고 있었어. 엄마, 노무과는 뭘 하는 부서야? 아, 회사 총무과 같은 부서인데, 말하자면 회사에 생산 부서가 있는 경우 생산직 사원들의 인사, 근태, 관리 등을 맡아서 하는 부서지. 특히 노동조합이 있는 경우 보통 노무과가 있어. 아빠가 바로 우리 회사의 생산직 사원으로 들어오게 됐는데, 마침, 내 업무가 생산직 사원들의 인사 파일을 관리하는 것도 포함하고 있었어.

 네 아빠 강병호 사원은 그때 막 군대를 마치고 우리 회사에 왔는데 맡은 업무가 금형 쪽이었어. 나는 좀 의아하게 생각했어. 금형 업무는 가장 정교한 기술이 필요한 유경험자가 하는 업무였거든. 이력서를 보니까, 아빠가 공업고등학교 다닐 때 금형, 공작 부분에서 기능상을 받았더라고. 이후 반년 이상 시간이 지나갔어. 내가 생산직 사원의 근무 고과를 취합 정리하는 과정에서 보니까 네 아빠의 성적이 단연 돋보이는 거였어. 근무 태만이 전혀 없고, 특히 금형을 제작하는 과정에서의 기술이 몇 년씩 근무한 선배보다 더 나았다는 평가여서 나도 놀랐지. 진희야, 금형이 왜 중요한지 아니? 당시 우리 회사는 새롭게 떠오르는 산업체였어.

대기업의 하도급 공장이었지만, 정교한 부품을 만들려면 금형 기술이 뒷받침되어야 해. 0.01mm만 성형에 차이가 나도 불량이 나는 몹시 어려운 공법의 생산과정이었다는 얘기야. 이 일을 신입사원이 아주 잘 해냈다는 것은 놀라운 일이었지. 회사에서 네 아빠를 주목하고 잘 대해 줬어. 나는 그때 생각했지. 아, 이 강병호 사원은 아주 정교한 손기술을 갖고 있어서 아주 감성적인 사람일 거라고. 사실 너도 알듯이 아빠는 갸름한 얼굴에 손도 여자 손처럼 가늘잖아. 키만 좀 껑충하게 큰 편이었지만.

그런데 우리 회사가 그해 연말에 송년 파티를 하게 됐어. 파티는 회사에서 전 직원, 그러니까 사무직과 생산직을 다 포함한 사원을 대상으로 하는 게 하나 있고, 그와 별도로 생산직 사원들끼리 자율적으로 하는 게 있었어. 왜냐하면 생산직 사원들은 모두 노조원이었으니까 노조원들끼리 송년 모임을 하고 단합된 모습을 보이자는 취지였지. 회사에서 주최한 송년 파티는 외부 가수들과 밴드가 와서 노래 불러주고 밥 먹고, 술 먹고, 회사 사장님과 중역들의 재미없는 개회사, 격려사, 우수사원 포상, 그리고 폐회식 등 매년 똑같이 재미없는 내용이었어. 그래서 사원들은 올해도 연례행사로 지나간다고 하는 식이었어. 그런데 회사 공식 송년회 사흘 후에 노조원들만의 송년회는 완전 딴판이었어.

　우리들끼리 노니까 분위기가 아주 좋았지. 그런데 회사 강당 무대 위로 남자 직원 세 명이 올라오는 거였어. 당시 생산부에 있었던 오빠 명종철 사원은 기타를 들고, 당시 품질관리부에서 근무하던 김상만 씨는 바이올린을 들고, 그리고 신입사원인 금형부의 강병호 사원은 악기도 없이 올라온 거야. 진희야. 아, 그러면 혹시 외삼촌이 부탁한 바이올린이 바로 이분… 김상만 씨에게 드릴 선물이었어요? 그렇지, 진희야. 셋이 무대에서 노래를 연주하는 것이었어. 처음에는 가곡으로 시작하더니, 다음에는 번안곡, 그리고 유행가, 마지막으로는 우리 노조가를 부르더라고.

　아빠는 노래를, 네 외삼촌과 김상만 씨는 반주로 하모니를 맞추는데, 네 아빠가 노래를 너무 잘하는 거야. 그런데 연주하는 중 김상만 씨 바이올린의 화음이 가끔 안 맞아서 그걸 아빠와 외삼촌이 즉흥적으로 넘어가서 무사히 연주를 마쳤지. 객석에서 앙코르가 터져 나왔고, 셋은 신나게 유행가를 연주하고 노래했지. 관객들이 같이 목청껏 부르고 일부 사원들은 춤까지 추더라고.

　그렇게 네 아빠가 일약 송년회 스타가 된 거야. 특히 여직원들 사이에 인기가 갑자기 높아진 거야. 나도 강병호 사원을 좋아하게 됐지. 여기까지 말하고 엄마는 차창 밖을 내다보면서 회상에 젖어 드는 것 같았다. 진희는 옆에서 조용히 엄마의 시선을 훔쳐보게 되었다. 이윽고 엄마가 말했다. 진희야, 이제 다 와 가나 보다. 다음에 또 얘기하자며 자세를 바꿨다. 진희는 순간적으로 차창 사이로 스며들어 오는 가을바람이 좀 차갑다고 느껴졌다.

　할머니의 영정사진 앞에 엎드려 절을 두 번 올리고 진희는 눈을 감고 짧게 기도를 올렸다. 할머니 죄송해요, 제가 다시 여기에 왔어요. 그런데 이번에는 할머니가 눈을 감으셨어요. 죄송해요. 제가 최선을 다해 알아볼게요. 할머니 편히 쉬세요.

할머니의 장례식은 조촐하게 치러졌다. 할머니의 두 오빠분은 이미 오래전 작고하셨고 그 오빠들의 자식인 강용환 씨 가족은 미국에서 아무도 오지 않았고, 다른 오빠의 자식인 강병호 씨는 본인이 장애인이라는 이유로 대신 아내인 명종숙과 막내딸인 강진희가 왔다. 그리고 할머니의 직계 자손들과 할머니의 마을 친구들이 참석했다. 어머니는 진희에게 말했다. 내가 잘못 생각했다. 우리가 내일 할머니 발인까지 마치고 서울로 올라가자. 그냥 조문만 하고 조위금 드리고 발길을 옮기는 것은 도리가 아니다. 해서 두 모녀는 할머니 집에서 하룻밤을 자고 다음 날 장례식에 참석하고 상가에서 마련한 점심까지 들고 떠나게 되었다. 이는 그나마 짧게 잡았던 두 모녀의 한국 방문 일정에서 하루를 더 쓰게 된 결과가 되었다. 진희는 조급해졌다. 서울에서 최 소장을 만나는 일이 하루 늦춰지게 됐다.

다시 서울로 올라오는 택시 안에서 진희는 엄마에게 물었다. 엄마, 이제 서울에 가면 뭐 할 거야? 어, 난 서울로 안 가고 평택에서 내릴 거야. 그러니 너는 평택에서 엄마와 헤어지자. 넌 이 차로 계속 서울로 가라. 그래 내 일모레 난 서울로 갈 거니까 그때 만나자. 아니, 엄마 평택 얘기는 안 했잖아요? 그랬나? 미안하다. 내가 정신이 없었나 봐. 하도 급하게 오는 바람에. 평택에서 옛날 친구들 몇 만나고 오려고. 오랜만에 한국에 왔으니 친구들 만나서 옛날얘기도 하고 올라가려고 해. 진희야, 너야말로 바쁘겠다. 만날 사람도 많고 말이야.

진희가 서울로 올라갔을 때는 이미 늦은 저녁 시간이 되었다. 최 소장과 호텔 근처 한국식당에서 마주 앉았다. 최 소장에게 마지막으로 부탁하고 싶은 것이 있다고 했다. 이선구 씨의 형님과 연락이 되면 꼭 만나 뵙고 미국으로 가겠다는 자신의 결심을 다시 한번 말해줬다. 엘에이에서 출발 때 이선구 씨의 친척을 파악하여 달라는 부탁을 드렸었다. 최 소장은 시간이 없는 것을 아니까 급하게 서둘러 만남을 주선하겠다고 약속했다. 진희는 피곤한 몸을 이끌고 호텔로 들어가 곧 잠이 들었다.

   최 소장이 정옥임을 설득하여 알아낸 이선구의 친가족은 그의 형님이었다. 형님 이선홍 씨는 서울 북쪽 백사마을이라고 불리는 달동네에서 살고 계신다고 했다. 중계동 지하철역에서 한참 더 올라가는 곳으로 서울에 아직도 남아있는 대표적인 낙후 지역 중 하나라고 했다. 진희는 최 소장이 달동네라고 말해 처음에는 말뜻을 잘못 이해했으나 최 소장의 부연 설명에 고개를 끄덕였다. 그 동네는 매일 밤에 달을 볼 수 있는 낭만적인 마을이 아니고 오랜 폐허 속에서 사는 아무도 좋아하지 않는 높은 언덕 꼭대기에 자리 잡은 가난한 주민들이 사는 특수한 지역이라고 최 소장은 진희에게 설명해 주면서 슬럼이니 게토라는 단어를 썼다. 진희의 이해를 돕기 위해서.

   이선홍 씨는 머리가 온통 하얗게 센 노인의 모습을 하고 있었다. 한눈에 봐도 건강해 보이지 않았다. 몸은 말랐고, 누름이 진 모습으로 가끔 기침하고 있었다. 그와 똑같이 늙은 아내 그리고 40대 초반으로 보이는 아들이 손님들을 맞았다. 진희와 최 소장이 그의 앞에 나타났을 때 그는 둘의 방문 목적을 잘 알고 있었다. 비록 몸은 건강하지 못할지 몰라도 아직 의식은 정상인 것으로 보였다.

   그는 진희에게 대뜸 이것을 가져가라며 누런 서류를 내밀었다. 진희는 서류 표지가 최 소장의 도움으로 판결문이라고 읽었다. 그리고 펼쳐봤다. 한 장짜리 간단한 내용이었으나 진희는 읽을 수가 없었다. 내용이 온통 어려운 한자어로 쓰여 있었다. 진희는 말했다. 어르신, 죄송합니다. 제가 이 내용을 알 수가 없네요. 그러자 최 소장이 판결문을 진희 손에서 빼앗아 읽었다. 음, 내란 선동죄라… 어르신 이 판결에 동의하십니까? 노인은 힘없이 아니라고 말하고 있었으나 진희는 옆에서 그의 눈에 핏발이 맺히는 것 같은 느낌을 받았다. 그 순간을 놓치지 않았다.

다 그 사람들의 조작이지요. 군인들이 저지른 만행이에요. 동생은 체포되기 직전 바로 이 방에서 나와 우리 가족과 같이 있었어요. 쫓기고 있었지요. 1980년도 초에 무슨 일이 벌어졌는지 아시오? 동생은 당시에도 학교 선생이었고 그저 글 쓰는 사람들과 교우하고 있었어요. 그런데 그중에 한, 두 사람이 당국의 눈에 났나 봐요. 불온한 인물이라고. 사상범으로 엮어 넣으려고 말이어요. 동생이 운이 없게도 그들과 문학 활동을 같이했나 봐요. 당국은 일망타진을 원했고, 동생은 잡혀 들어갈 수밖에 없었어요. 동생이 잡히기 며칠 전 나에게 가족을 부탁하더라고요. 나는 알았죠. 선구가 잡힐 거라는 걸.

진희는 놀랐다. 내란 선동죄라면 엄청 큰 죄 아닌가요? 놀라운 사건이었네요. 저도 당사자는 아니지만 심장이 떨리는 일이잖아요? 어르신, 저는 당시 한국 사정도 모릅니다. 1980년이면 제가 이 세상에 태어나기도 전이고 또 어렸을 때 미국으로 이민까지 가서 정말 모릅니다. 다만, 제가 오늘 어르신을 뵙는 것은 어르신 조카 이명호 씨의 쪽지 때문입니다. 어르신은 눈을 깜박이며 명호가 일을 저질렀다고 말했다.

그 녀석이 그 참하던 녀석이 자기 아버지가 잡혀간 후로 미쳐 버렸어요.

진희가 물었다. 어르신 강용환이라는 사람을 아시나요? 강용환? 난, 모르오. 명호 씨가 강용환이라는 사람을 찾고 있었어요. 그 사람을 찾아서 죽이겠다고 말했다고 들었어요. 미국 아가씨, 나는 모르오. 단지 내 동생은 군인들이 잡아갈 만큼 죄를 짓지 않았어요. 그때도 그랬고 지금도 아직 여기 산동네에서 근근이 살아가는 나 같은 노인네가 뭘 알겠소? 선구도 마찬가지요. 걔는 순수한 친구였어요. 난, 알지. 걔가 쓴 글을 읽으면 알아요.

이선홍 노인이 말하는 것에 대꾸하지 않고 진희는 한참 동안 묵묵히 침묵을 지켰다. 그 침묵의 시간은 오래되어서 옆에 앉아 있었던 최 소장이 좀 무안해질 정도가 되었다. 명상하듯 조용히 눈을 감고 있었던 진희가 이윽고 침묵을 깼다. 눈을 뜨며 진희는 이선홍 노인을 똑바로 바라보았다.

진희가 말했다. 어르신, 제가 어르신께 부탁드립니다. 어르신께 이선구 씨 사건, 정옥임 씨 관련 내용, 그리고 이명호 씨에 대해 진술을 부탁드립니다. 이 진술을 제가 녹음할 수 있도록 부탁드립니다. 그리고 판결문도 제가 복사할 수 있도록 허락해 주시면 고맙겠습니다. 제가 사례해 드리겠습니다. 진희는 간절한 표정과 음성으로 이선홍 노인에게 말했다.

그리고 진희는 확신하게 되었다. 이명호는 결코 사라져 가지도 않았고 죽지도 않았다고 말이다.

김상만 씨는 아버지처럼 60을 바라보는 나이로 반백의 머리에 건장한 모습이었다. 서울 광화문 근처 커피숍에서 진희는 그에게 바이올린을 건네주었다. 외삼촌이 늦게 선생님께 드리게 되어 미안하다는 말을 저 보고 대신 전해 달라고 하셨어요. 어머니는 지금 평택에 옛 친구분들을 만나신다고 가셔서 저 혼자 왔어요. 김상만 씨는 아, 그래요? 같이 뵀으면 좋을

뻔했는데… 아마도 평택에 가시고 싶어 하셨을 거예요, 라고 대답했다.

많은 추억이 거기에 있었거든요. 거기는 나와, 진희 씨 아버지, 어머니, 명종철 선배 그리고 다른 많은 사람들의 추억이 담긴 곳이에요. 선생님, 왜 그렇죠? 우리 모두 거기서 만났거든요. 우리가 젊었을 때 공장에서 같이 일했던 곳이에요. 선생님, 죄송하지만, 저는 평택이 어딘지, 또 아버지와 다른 분들이 공장에서 함께 일하셨다는 걸 잘 몰랐어요. 이것도 어제 어머니가 문경으로 내려가시면서 처음으로 저에게 말씀하셔서 알게 됐어요. 제가 태어나기도 전에 다들 만나셔서 같이 일하셨다니 좀 믿기지도 않을 지경이네요.

진희 씨, 그게 사실이었으니까 지금 내가 진희 씨한테 바이올린을 받고 있잖아요. 종철 선배가 바이올린에 좀 맺힌 게 있었지요. 당시에 종철 선배, 병호 그리고 나 셋이 다른 회사의 노조 모임에서도 많이 공연을 하고 다녔어요. 우리 셋은 〈평택 트리오〉라고 이름을 짓고 여러 공장에서 노조 모임 때 축하공연을 참 많이도 했지요. 이게 다 진희 씨 아버지 덕에 그렇게 된 거였어요. 왜냐하면 그 친구가 노래를 가수 뺨치게 잘했고, 레퍼토리도 다양해 우리들 공연에서 뭘 부를지를 미리 다 준비해 놓고 연습했지요. 우리 회사에 좋은 노동자 밴드가 있다는 소문이 삽시간에 퍼져 나가며 우리는 유명해졌지요.

그런데, 내 바이올린이 말썽이었어요. 선생님, 그 얘기는 어제 어머니도 저에게 해 주셨어요. 왜냐하면 내 바이올린이 낡은 거였어요. 내가 중학교 때까지 연주했던 악기였는데, 우리 집이 망하며 팽개쳤던 것을 그때 우리 회사 송년회 때 연주하려니까 음이 이상하게 나오는 거였죠. 그래서 종철 선배가 회사에 비싼 거 아니어도 된다, 새 바이올린을 노조 지원 차원에서 사 달라고 요청했지요. 그런데 회사가 거부하더라고요. 섭섭했죠. 그래서 우리 노조 기금에서 사게 됐는데, 재수가 없으려고 그랬는지, 2년쯤 쓰니까 품질이 바닥이 났어요. 나에게 물어보지도 않고 노조에서 좀 싼 물건을 사준 거지요.

그래서 우리가 다른 회사의 노조 모임에서 공연을 하면 항상 내가 음이 틀리는 거예요. 그때마다 종철 선배와 병호가 적당히 즉석에서 임기응변으로 넘어가기는 했는데… 이 공연이 결국은 중간에 중단이 되었는데, 참 아쉬웠지요. 그래서 우리는 아쉽지만 일단 접자. 그리고 나중에 1년 후든, 2년 후든 다시 공연을 해보자고 막연하게 약속했었지요. 그런데 그 후로 우리들은 다시 공연을 할 수가 없었지요. 아주 아쉬웠고 또 가슴이 아팠죠.

우리가 그렇게 일을 하면서 한편으로 공연을 다니며 재미있는 시간을 보낼 수 있었던 것은 지금 와서 생각해 보니까 그때 사회 분위기상 거의 기적 같은 일이었지요. 선생님, 저는 좀 이해가 안 되는데요. 공연을 못 하게 돼서 가슴이 아팠다거나 공연을 하셨다는 것이 기적 같은 일이었다는 것이 좀 상상이 안 가서요. 진희의 이러한 반응을 들은 김상만 씨는 좀 생각하는 듯했다. 진희 씨, 그때는 지금과 사뭇 다른 세상이었어요. 그냥 한마디로 말하면 사람들의 자유가 없었던 때였지요.

우리가 노조 모임에서 신나게, 자유롭게 악기를 연주하며 노래를 부르고 하는 것을 싫어하는 사람들이 있었어요. 노래를 부르는 것도 눈치가 보일 정도의 분위기…. 그런데 이런 것은 아무것도 아니었어요. 진희 씨 아버지가 나중에 불의의 부상을 당하는 사고까지….

일하다 사고를 당할 수도 있는데, 그게, 그게, 너무나 억울한 거였지요. 내가 진희 씨에게 괜한 말을 하고 있는지 모르겠네요…. 아무튼, 종철 선배게 고맙다는 말을 꼭 전해주세요. 그리고 나도 언제 한번 엘에이로 방문하고 싶네요. 김상만 씨는 결국 말을 하다 말고 서둘러 커피숍을 떠났다. 진희는 갑자기 커피숍에 혼자 앉아 있는 꼴이 됐다.

엄마가 평택에서 돌아왔다. 거기서 이틀 밤을 자고 온 셈이었다. 엄마는 기분이 좋은 듯했다. 진희가 물었다. 엄마, 어땠어, 오랜만에 친구들 만나니까? 좋았다고 한마디만 하고 엄마는 더 이상 말을 안 했다. 두 모녀는 남대문 시장과 백화점으로 갔다. 사실 엘에이는 서울에 있는 것은 다 있었다. 그래서 한국에서 특별히 살 물건은 별로 없었다. 그래도 이민 온 후 처음 한국 나들이인데 빈손으로 귀국할 수가 없었다. 엄마는 하모니카, 마른 오징어 그리고 홍삼 제품 등을 샀다. 진희는 엄마와 외숙모를 위해 품질이 좋아지고 있다는 한국산 화장품을 샀다. 본인을 위해서는 옷가지를 챙겼다. 진희는 물었다. 하모니카는 아빠 주려고 산 거야? 그래. 이번에도 짧은 대답이었다.

한 가지 이상한 것은 진희가 오늘 김상만 씨를 만나는 것을 알고 있었음에도 이에 대해 엄마가 한마디도 물어보지도 않았다는 점이다. 그분의 안부에 관한 질문조차도 없었다. 진희는 의아했으나, 아무 얘기도 안 했다. 엄마, 난 사실 어렸을 때 평택에 대한 기억이 별로 없어. 내가 너무 어렸을 때 부평으로 이사 와서인가 봐.

진희야, 너한테는 그럴 거야. 네가 국민학교 1학년에 입학하기도 전에 우리가 부평으로 와서 더욱 그럴 거야. 진명이는 좀 기억이 남아 있을 거야. 진희야, 네가 그때 하도 울어대서 네 별명이 울보였어. 그때마다 진명이가 널 어르고, 달래고, 안아주고, 업어주고 했어. 넌 기억에도 없을 거야. 그런데, 이제 네가 어엿이 커서 제 부모를 돌보게 되니, 라고 말하며

254

입가에 웃음을 지어 보였다.

　호텔로 돌아와 진희는 생각에 잠겼다. 엄마는 장시간의 여행에 따른 시차 적응이 안 된 탓에 그리고 여행의 피로로 힘드시다며 이미 잠자리에 들었다. 진희는 혼자 생각했다. 막상 한국에 다시 왔으나 자신은 찾아갈 고향도, 친구도, 기억해서 찾아갈 곳도 없는 타국 같은 곳이라는 것. 여기 사람들은 자신과 비슷하게 생기고, 알아들을 수 있는 말을 사용하고 음식도 친밀한 것이었으나 자신은 그저 방문객이라는 느낌을 지울 수 없었다. 자신은 한국에서 산 시간보다 미국에서 산 시간이 훨씬 길었을 뿐만 아니라 자신의 의지로 지금껏 살아왔던 경험과 기억이 고스란히 남아 있는 미국이 자신의 고향이라고 느꼈다.

　로스앤젤레스가 고향이었다. 평택은 없었다. 평택은 엄마, 아빠의 젊었을 적의 삶이 녹아 있었던 곳이었을지 모르나 자신하고는 다른 세계, 다른 시간으로 다가왔다. 사실은 한동안 자신의 출생지가 평택이었다는 것도 의식하지 못하고 살았다. 이번에 한국에 오면서 엄마로 인해 평택이 느닷없이 상기되었을 뿐이었다. 지난번 한국 방문 때 찾아뵈었던 할머니 그리고 이제는 할머니와 작별을 고하는 것으로 자신과 한국과의 인연은 다 할 것이었다. 단지, 할머니의 부탁을 충족시켜 드리지 못하고 떠나보내 드린 것이 아쉬울 뿐이었다.

　둘의 짧은 한국 방문은 끝나가고 있었다. 엘에이로 귀국 이틀 전 둘은 서울 관광을 했고, 마지막 날에는 엄마는 엄마 쪽 친척을 만난다고 했다. 진희는 김송화 만신을 만나야 했다. 그녀의 사무실은 강남역 근처 높은 빌딩 안에 있었다. 진희를 보자 그녀는 밝은 미소를 지어 보였다. 흰색의 저고리와 검은색의 치마를 입고 있어 어떤 신흥 종교단체 사람 같은 모습으로 보일 수도 있었을 정도였다. 진희도 활짝 웃으며 선물을 내놓았다. 콜롬비아 커피와 아메리칸 인디언이 만든 공예품이었다. 김 만신은 소녀처럼 좋아했다.

좀 궁금한 게 있어서요. 그때 엘에이에서 모두 다 경황이 없어서 못 물어봤었는데요, 애초 큰아버지 가족의 사주? 사주라 하죠? 점괘 같은 것은 어땠어요? 그건 왜 묻지? 아, 큰아버지네가 저에겐 남도 아니고… 해서… 제가 이번에 한국에 오게 되면 언니를 만나서 여쭤보려고 했어요. 그래, 네 마음도 내가 이해 못 할 것도 없는 것 같네. 네 큰어머니가 보내준 건 가족 이름과 생년월일 같은 아주 간단한 정보만 보내줬어.

그때부터 내 기도가 시작된 거야. 아무튼, 사주가 잘 안 잡혀서 계속 기도하고, 귀신님들께 날 좀 도와달라고 기도했지. 결국은 며칠 만에, 그러니까 내가 그때 엘에이로 가기 바로 직전에 가서야 겨우 감이 잡혀 오더라고. 좀 드문 경우라 나도 좀 혼란스러웠지만…. 솔직히 말해줄까, 진희야? 강용환, 서진애 부부는 원래 결혼해서는 안 되는 사이, 그리고 세 자녀 중 한 명은 이 세상 사람이 아닌 것 같았는데, 그게 장남이었는지, 차남이었는지 아주 헷갈렸었지.

막내딸 재아였든가? 그 친구는 인생의 역마살 같은 것이 껴서 어디로 가게 되는… 말하자면 가출하게 되는 것으로 나왔지. 네? 어떻게 그럴 수가 있죠, 언니? 진희야, 점괘는 안 맞을 수도 있지만, 사주는 그렇지는 않아. 점은 특정한 사안에 대해 그렇다, 혹은 아니라고 봐줘야 하므로 우리 같은 무속인들도 사실 부담이 커. 반면, 사주는 그렇지 않아. 사주는 한 사람의 성격, 성향, 운명 같은 것을 규명하는 하나의 과정이야.

너는 이해가 안 될 수도 있어. 진희야, 너는 이 세상을 기도하면서 살지를 않잖아? 이건 네가 종교인이냐 아니냐의 문제가 아니야. 종교인들도 기도 안 하는 사람이 너무나 많아. 기도한다는 것은 내 마음을 겸손하게 하고 귀신님들께 도와달라고 기원하는 것이야. 그런 면에는 여타 종교와 비슷한 면이 있지. 단지 현대 사람들이 무술, 굿 같은 것을 미신이라고 여기니 할 수 없지….

이 얘기는 그만하고… 그러니 내 마음이 얼마나 무거웠겠니? 내가 아무리 무당이라도, 네 큰아버지와 큰어머니가 그동안 오랜 세월을 나름 산전수전 겪으면서 살아왔을 텐데 아예 서로 만나서는 안 됐을 사람들이라고 어떻게 내가 바로 앞에서 얘기해 줄 수 있었겠니? 내가 보기엔 두 분 서로 화목하신 것 같았는데 말이다. 내가 아직 어린 무당이라서 그런지도 모르겠지만, 나는 모질게 얘기를 못 해. 대부분 무당은 오히려 사주와 점괘를 과장되게 얘기하는 것 같아. 막말로 이렇게 과장되게 얘기하면 돈벌이도 쉽기도 하지. 의뢰인들의 약한 마음을 이용한다고나 할까.

아무튼, 내가 엘에이에 도착하니까, 그분들 자식 중에 이 세상 사람이 아닌 사람은 점점 더 맏아들이라는 심증이 굳어지더군. 그리고 둘째 아들은 현재 좀 멀리 동남쪽 어딘가에서 살고 있다는 것으로 나오고…. 장남, 차남 다 부모들이랑 멀리 떨어져 있으니… 내가 처음에는 좀 헷갈렸던 거야. 막내딸은 그때 울고 있는 모습으로 나에게 이미지화되고 있으니, 어쩌겠냐? 나는 무엇보다 할머니 귀신께 빌었어. 공항에 도착하자마자. 나는 내 기도에 답해 주시라고 귀신 할머님께 간절히, 간절히 말씀드렸지.

서진애 씨를 공항에서 본 순간, 나는 아차 싶었어. 내가 여기까지 오는 게 아니었는데, 하는 후회가 내 마음에 올라오는 거야. 진희야, 무당들이 절대로 굿 판돈을 많이 준다고 다 굿을 해주지 않아. 물론 굿 판돈을 서진애 씨는 두둑이 주기로 했지. 내 해외 출장 프리미엄까지 얹혀서 말이야. 그런데 이상하게 내가 좀 내키지 않더라고. 그리고 강용환 씨, 네 큰아버지를 뵈니까 더 그래.

 그를 보자마자 나는 최영 장군님, 남이 장군님 귀신을 연달아 불렀어. 너는 그때 잘 몰랐을 거야. 내가 그를 본 순간 눈이 감기며 장군님들을 내가 봬야 한다고 굳게 믿었지. 최영 장군님 귀신은 내가 아무리 불러봐도 대답이 없으셔서 나는 초조한 마음에 남이 장군님 귀신께 매달렸어. 장군님, 제발 제 기도에 답해 주시옵소서라고 말이야. 계속 답이 없으시더니 우리가 굿하는 장소에서 하룻밤을 자고 다음 날 동이 틀 무렵 가까스로 장군님이 나한테 나타나시게 되어 겨우 굿이 시작될 수 있었던 거야.

 그다음부터는 네가 그때 본 그대로였지. 진희가 호기심에 물었다. 사실 김송화 언니를 서울에서 만나면 꼭 묻고 싶었어요. 그때 굿 막판에 나는 언니가 남이 장군님 귀신으로 변신하신 것으로 보였어요. 그 용어가 뭐더라, 아, 빙의, 맞다, 빙의한 것 같은 모습으로. 이런 현상이 전 이해가 안 갔어요. 나도 내가 무당이 된 후 처음 당해 보는 경험이었어. 나는 그 순간 굿은 끝났다. 할 수가 없다고 생각하게 됐지. 내가 오래전 무병에 걸렸을 때와 비슷한 마음 상태로 되돌아가는 것이 나를 실망케 하고, 내 무능 그리고 의뢰인들에 대한 미안함 등으로 아주 복잡한 마음 상태가 되었지. 그때도 그랬고 지금도 똑같이 나는 두려웠어. 장군님은 노하고 계셨고, 강용환, 서진애 두 분을 볼 때마다 나는 무서웠어. 아직도 난, 그 이유를 모르겠어, 진희야. 네 질문에 난 답이 없어, 아직도.

 진희는 만신 김송화 언니의 말에 귀 기울였지만, 자신의 인지능력으로 언니의 경험을 다 이해할 수는 없었다. 또한, 바쁜 언니를 오래 붙잡을 수는 없어, 한 가지만 부탁하기로 했다. 이 부탁을 하기 위해 진희는 먼 길을 왔다. 진희의 말이 시작되었으며, 언니는 의미심장한 미소를 보내며, 고개를 끄덕여 주었다.

   맑은 날씨, 상쾌한 바람, 푸른 숲과 나무, 새들의 경쾌한 노랫소리를 마주할 수 있다는 것이 강병호를 기쁘게 했다. 그러나 무엇보다 좋은 것은 처남 명종철과 가까이 살게 되었다는 것이었다. 걸어서 30분이면 처남이 새로 낸 햄버거 가게로 갈 수 있었다. 강병호는 거의 매일 거기로 갔다. 그리고 점심으로 햄버거를 사 먹었다. 대략 오후 1시 반에 갔다. 그래야 점심 손님들로 가게가 바쁜 시간을 좀 지나서 여유가 있을 터이었다. 처남과 처남댁이 자신에게 항상 미소 지어주는 것이 고마웠다. 오후 2시쯤 되면 손님이 잠시 뜸해져 서로 커피잔을 마주하며 얘기할 수 있는 짧은 시간이 주어졌다. 그것이 좋았다. 여기로 새로 이사할 수 있게 해준 딸 진희에게 아빠로서 고마움과 미안함을 제대로 표현할 수 없는 자신의 처지가 답답할 뿐이었다.

   오늘도 종철 형이 말을 건넨다. 병호야, 지난번 네 고모님 돌아가셨을 때 진희가 내 동생 종숙이랑 같이 간 이유를 넌 알고 있어? 진희가 처음 한국 방문했을 때, 그러니까 네 고모님이 아직 살아 계셨을 때, 진희에게 어떤 사람을 찾아봐 달라고 말씀하셨대. 그 사람이 고모님을 찾아와서 어떤 사람을 찾고 있다며 도와달라고 했대.

   나중에 그 찾던 사람이 네 사촌 형 강용환 장군으로 밝혀졌다는 거야. 고모님을 찾아왔던 사람 이름이, 이… 그래, 이명호라는 젊은 친구였다더군. 그래서 고모님이 진희에게 부탁하셨대. 그 사람의 소재를 알려달라고. 진희가 여기 미국에 살고 있는데 그 친구를 찾기가 어려워서 한국에 있는 흥신소에 의뢰했던 모양이야. 이번에 진희 고모할머니가 돌아가셔서 문상으로 갔었지만, 이 일 때문에도 갔던 것 같아. 병호야, 너 좀 집히는 데 없냐?
 병호는 좀 혼란스러운 표정을 지었다. 그저 음, 음… 므… 라고 소리를 낼 뿐이었다. 그리고 고개를 좌우로 저었다. 알겠어, 종철이 답했다. 그런데, 진희가 말을 나에게 잘 안 해도 이 일로 좀 심적 부담이 있는 것 같아. 이명호라는 친구의 소재도 못 밝힌 채 할머님이 돌아가셨으니까… 그런데… 이명호가 강 장군에게 상당한 반감이 있었던 듯해. 병호는 반응이 없었다. 병호야, 내가 진희를 좀 도와줘야 할 것 같아. 이상하게도 그가 관여된 것 같아서도 그래.
 종철을 만나고 집으로 오는 길에 병호는 생각에 잠겼다. 종철 형에게 고마운 마음보다 미안한 마음으로 지금까지 살아왔는데, 이제는 미국까지 와서 같은 지역에서 살고 있다는 것이 서로 떨어질 수 없는 사이가 된 것 같았다. 한국에서 자신이 실어증 환자가 되었을 때 자살을 생각했었다. 실제로 두 번의 시도도 있었다. 자신의 실어증은 브로카 실어증으로 판정되었는데, 이것은 의식은 비교적 정상이었지만 언어기능이 마비되는 병이었다. 강병호는 같은 실어증이라도 베르니케 실어증 환자로 되는 게 차라리 나을 것 같은 심정이 됐었다.
 이 실어증은 언어를 이해하는 기능이 상실되지만, 표현기능은 유지되어 말은 유창하게 잘해도 말의 의미를 담지 못하는 것으로 환자가 잘못 말하고 있다는 것을 인지하지 못하는 병이었다. 아마도 그랬다면 자신의 고통은 덜할 것 같았다. 머리에 심한 충격으로 뇌 기능이 심하게 손상될 때 머리의 어느 부위에 충격을 받느냐에 따라 병의 성격이 다르게 된다는 운명이었다. 전두엽과 측두엽 그리고 언어기능을 담당하는 뇌의 부위 중 상대적으로 어느 쪽에 얼마만큼의 손상이 발생하는가에 따라 브로카와 베르니케로 구분되는 식으로 한 사람의 인생이 농락당하는 것이었다.

베르니케 실어증 환자가 되어 완전한 바보가 되는 것이 차라리 나아야 했다. 바보가 되었는지도 모르고 헛소리를 지껄이며 사는 인생이 나았을지도 모른다. 그러나 불행히도 자신은 브로카 실어증 환자였다. 자신의 인지능력은 사고 전에 비해 저하되었을지 모르나, 의식이 돌아왔고, 상대방이 말하는 것을 이해하는 데 큰 문제는 없었다. 쉬운 구어체로 천천히 말해주면 문제는 없었다.

그러나 이것이 그를 미치게 했다. 이해와 반응의 부조화 현상이 그를 힘들게 했다. 말을 못 한다는 것은 표현이 그것도 가장 단순한 표현도 안 된다는 것이고, 글로 쓴다는 것도 아주 제한적이어서 도움이 되지 못했다. 그것은 불행을 항상 인지하고 살아가야 한다는 형벌이 됐다는 것을 의미했다. 아내 명종숙에 제일 미안했다. 자신이 갑자기 환자가 되었을 때 그리고 병원에서 반년의 시간을 보낸 후 겨우 의식을 회복하고 집으로 돌아왔을 때 그는 아내에게 말했다. 그렇다. 말을 못 하고 그의 마음을 표현했다. 아주 어렵게. 자신에게서 떠나가라고 말이다. 비록 떠듬떠듬 말했어도, 표정과 몸짓으로 표현했어도, 아내는 결국은 그의 진심을 이해했을 것이다.

아내는 울면서 고개를 좌우로 저었다. 종철 형은 병호가 장애인이 된 것은 자기 잘못이라고 하면서 자기 여동생은 병호와 같이 계속 살 거라고 얘기해 줬다. 병호는 참았던 눈물을 흘렸다. 자기 사고의 여파로 종철 형은 미국으로 이민을 결심하고 이후 병호의 가족을 초청하여 함께 이곳에 오게 되었다.

우리는 이민으로 새로운 삶을 모색하게 되었다. 이민으로 갑자기 좋은 일이 생길 리는 없었다. 그러나 병호는 결심하고 있었다. 진명과 진희에게 자신 때문에 더 이상 불행한 삶을 살게 하지는 않겠다고. 그리고 그의 두 번의 자살 시도를 뒤돌아보게 되었다.

이곳 엘에이 근교 타운으로 새로 이사 와서 집 주위로 산책하면서 마주치는 현지 미국인들이 병호를 보고 하이! 하면서 미소와 함께 인사하고 지나갈 때, 그도 같이 미소를 지으며 비록 좀 느리기는 하지만 하이! 라고 대답해 주며 손을 살짝 흔들어 보일 수 있다. 맞은편에서도 같이 손을 흔들어 주면서 지나간다. 그는 이때 꽤 기분이 좋아진다. 이 작은 순간도 서로 인사할 수 있으니까. 이 외에도 그는 예스, 노, 탱큐, 오케이, 바이 등과 같은 간단한 영어 표현을 습득할 수 있었다. 이것으로, 영어로 소통하는데 충분했다.

자신이 한국에서 장애인이 됐을 때 그의 주변 사람들이 가족을 빼고는 다 떨어져 나갔다. 친구들도 더 이상 찾지 않았다. 새로운 친구를 사귄다는 것은 불가능했다. 같은 환자끼리도 소통이 힘들었고, 다른 비장애인들은 그를 차별하고 바보 취급했다. 이런 그의 모습을 바라보는 것을 종철 형이 싫어했을 것이다. 그리고 자기의 여동생이 바보와 사는 인간으로 취급받는 것이 참기 어려웠을 것이다.

그래서 그는 망설이던 이민을 했다. 물론 병호는 또 다른 이유도 안다. 한국에서 삶의 경험에 대한 염증 말이다. 그가 새로 살기를 원했기에 떠났지만, 그의 여동생과 병호를 이곳으로 초청하기 위해서도 떠났다. 병호가 종철 형의 뜻을 헤아리게 된 것도 한참 후의 일이 됐었지만, 그런 자각이 있게 된 후 자기 아들 진명과 딸 진희를 생각하게 되었다. 그동안 자신의 자살 유희가 부끄러워졌다.

미국이라는 땅이 그에게 특별히 친절을 베풀 리도 없었고, 그와 가족의 삶도 한국에서처럼 어렵게 그리고 가난하게 사는 조건이었지만, 하나의 조그만 계기는 되었다. 이곳 한국 이민자들이 열심히 살고 있다는 것은 알고 있었으나, 그들은 아내 명종숙이 그랬듯이 하루에 투잡, 쓰리잡을 하고 있었고, 하루 24시간 가게 문을 열고 장사하는 사람들도 많았다. 남들이 노는 주말에도 불 켜놓고 장사하는 한인들이었다. 서로의 경쟁이 지나친 경우도 많았으나 그들의 의지는 그를 일깨우게 하였다. 그도 열심히 살아야겠다는 자각이 생겨나는 것이었다.

종철 형이 진희의 한국 방문 때의 일을 언급했을 때 병호 자신은 사실 놀랐었다. 사촌 형 강용환을 언급했을 때 그는 자신이 실어증 환자가 된 것이 다행이라는 심정이었다. 이명호는 강병호에게도 찾아왔었던 사람이었다. 고모가 그를 오랫동안 기억했듯이 자신도 그의 이름을 잊을 수 없다. 종철 형에게는 미안하지만, 자신이 이명호를 알고 있었다는 것을 밝히고 싶지 않았다. 강용환이 그래도 같은 집안의 형이라는 점이 작용했기 때문이다.

그럼에도 자신의 마음 한구석에 남아 있는 꺼림직한 마음을 떨쳐낼 수 없었다. 그런데 오랜 시간이 지난 이 시점에 진희가 이명호와 엮이게 된다는 것에 병호는 마음이 불편하다. 매우 그렇다. 여러 가지 이유에서다. 진희는 이번에 또 한국에 갔었다. 진희의 성격상 이명호를 마침내 찾아낼 것 같았다.

이명호가 그를 찾아왔을 때는 1987년 늦은 봄이었다. 그날은 때 이른 더위가 심해서 공장 사람들이 힘들게 작업을 하던 날이었다. 일과를 마칠 때쯤 공장 정문 경비원이 연락해 왔다. 면회 온 사람이 있다고 했다. 앳된 얼굴의 갓 고등학생이 된 정도의 나이로 보였으나 허름한 사복 차림을 하고 있었다. 전체적인 인상은 매서운 눈매에 야윈 모습으로 흰 피부의 갸름한 얼굴과 대비를 이루었다. 두 사람은 회사 휴게실로 가서 이야기를 시작했다. 그는 자신의 이름을 말하며, 강용환을 찾고 있다고 강병호에게 그를 만날 수 있게 해달라고 요구하고 있었다. 그는 무슨 일로 그러냐고 묻지 않을 수 없었다.

이명호는 언성을 높이며 강용환이 우리 아버지를 죽였다, 그래서 나는 그를 만나야 한다고 말했다. 복수할 것이라고 짧게 말했다. 그러면서 그에게 당신은 강용환의 사촌 동생이니까 강용환과 연락이 될 것 아니냐고 따졌다. 본인이 그의 동생이니까 강용환의 소재를 숨기면 좋지 않은 일이 생길 거니까 협조하라고 협박조로 말했다. 병호는 나이도 한참 어린 친구가 초면에 기분 나쁘게 말하는 것이 맘에 안 들었으나 참고 그에게 물어보았다. 왜, 어떻게 자기 형님이 그의 아버지를 죽였다고 말하는지.

이명호는 자기 큰아버지로부터 아버지가 바로 초봄에 돌아가신 후 전해 들은 얘기라고 대답했다. 큰아버지가 아버지를 감옥에 면회 하러 갔을 때 들은 얘기라고 했다. 그 얘기도 아버지가 교도소에서 건강이 회복 불능의 상태로 죽음을 앞둔 시점, 당국이 아버지가 형기를 거의 마치는 시점인 데다 아버지를 감옥에서 돌아가시게 할 수 없으니까 할 수 없이 형집행정지로 석방할 수밖에 없는 시점이었다고 대답했다.

아버지는 큰아버지에게 자신은 어차피 죽는다. 그러나 자기 죽음은 자신이 부당하게 체포된 것 때문이 아니라 체포된 후 엉터리 재판으로 감옥에 갇히게 되기 전에 심한 심적 그리고 신체적 압박과 고문 때문이라고 말했다고 했다. 아버지가 죄 없는 죄를 자백하지 않고 끝까지 버티니까 결국은 심한 고문으로 이어지게 되었다고 하며, 고문은 매일 수차례에 걸쳐 지속되었다고 한다. 정신적 피폐함 그리고 수감된 이후 시간이 지나면서 아버지는 고문의 후유증으로 사지가 떨리며 점차 마비되는 현상이 보이더니 나중에는 파킨슨병으로 진전이 되었다고 한다.

아버지가 자백을 안 하니까 나중에는 책임자가 직접 심문, 고문을 했다고 한다. 그 사람이 강 중령이라는 것이다. 당시 육군 중령으로 기억한다고 아버지가 말했다고 했다. 아버지도 처음에는 몰랐다고 했다. 부하들이 그를 중령님 혹은 강 중령님으로 부르는 것을 고문실 골방에서 몇 번 들은 것뿐이라고 했다. 아버지는 이후 재판정에서 강 중령의 고문을 진술했으나, 재판부는 이 인물을 특정하지 못했다는 이유로 무시하고 내란 선동죄로, 일사천리로 형을 선고해 버렸다고 한다.

이명호는 결국 자신의 아버지가 돌아가시는 것을 옆에서 목도하고 자신이 이 부당한 고문 사건의 주범을 찾아내 죽이기 전에는 아버지의 죽음을 애도하지 않겠다고 강병호에게 말해줬다. 그는 가까스로 이명호에게 그 강 중령이라는 사람이 반드시 자기 사촌 형 강용환일 수는 없는 것 아니냐고 대답했다. 그는 강병호에게 눈을 부라리며 역시 가족이라고 감싸는구먼! 하고 휴게실이 떠나가도록 소리를 질러댔다. 이명호는 그의 아버지는 그저 선량한 학교 선생님이었고 글을 쓰는 작가였을 뿐이라고 말했다. 아버지가 엄청난 죄를 지을 사람이 전혀 아니라고 했다.

나쁜 군인들이 아버지를 잡아다 죄를 만들었다고 했다. 아버지와 친분이 있던 사람들이 처음에 걸려들어 가서 고문 끝에 아버지의 이름을 댔다는 것이었다. 이명호의 말로는 당시 강용환 중령이 이로 인한 공을 세워 대령으로 조기 진급했음이 분명하다고 말했다. 병호는 여기에 대꾸할 필요를 못 느꼈다. 그는 다시 이명호에게 물었다. 강용환이 고문했다는 것을 사실로 입증할 수 있느냐고.

이명호는 아버지가 돌아가신 후 그의 큰아버지로부터 판결문을 받았다고 한다. 이 판결문도 이명호가 큰아버지를 겨우 설득해 받을 수 있었다고 했다. 아버지가 재판을 받았다면 판결문 정도는 있었을 것 아니냐고 큰아버지에게 항의했다고 말했다. 어머니 정옥임은 이미 정신을 놓고 사시는 처지가 되어 도움이 못 되었고, 그는 큰아버지에게 매달렸다고 한다. 아버지에 대한 진실은 자기도 알 것 같다. 자기가 아는 아버지가 내란 같은 큰일을 생각할 위치도 아니고 이를 기도하거나 선동한다는 것은 더욱더 아니라는 것을 알고 있기 때문이기에 자신은 진실에 대한 신념에는 변함이 없다고 했다. 그러면서 이 세상에 자신의 아버지를 가장 잘 아는 사람은 자신 이명호라고 강조했다.

판결문을 받아 들고 이명호는 어떻게 아버지 이선구가 기소되었는지를 알고 싶었다. 기소장이 필요했다. 여기에 가짜 진실이 적혀 있을 것이며 여기에 관여한 사람들이 나올 것이기 때문이었다. 이 대목에서 강병호는 그에게 물었다. 어떻게 아직도 어린 나이의 이제 고등학생 나이로 보이는데 이런 생각을 할 수 있었는지를 물었다. 이명호는 처음으로 살짝 미소를 지으며 대답했다. 아버지가 똑똑하셨으니까 아들인 자신은 당연히 똑똑할 것 아니냐고 대답했다. 그는 같이 웃어 보일 수 없었다. 결국 이명호는 학교 가기를 포기하고 법무사, 무료 변론인 등을 수소문하여 기소장을 습득할 방법을 알아냈다. 거기에는 애초 수사한 군 방첩 당국의 명칭이 적혀 있었다. 기소장의 날짜는 1980년 6월 5일이었다.

　강병호는 이 말을 듣고 이명호에게 들려줄 말이 생각이 나지 않았다. 이명호는 이미 강용환의 관사에도 찾아갔다고 한다. 문전박대당하고 수소문 끝에 강병호의 소재를 알아내 이제 찾아왔다고 말했다. 강 중령을 만날 수 있는 방법을 알려달라는 요구였다. 강병호는 차분히 이명호 씨, 일단 집으로 돌아가고, 학교도 다녀야 하지 않겠어요? 명호 씨의 억울한 가족 얘기를 내가 이해 못 할 것도 없겠지요. 그러나, 일단 어머니를 모시며 천천히 순리대로 풀어야 하지 않겠어요? 라고 말해줬다. 이명호는 코웃음을 쳤다. 순리요? 아저씨가 내 처지라면 순리 같은 얘기를 할 수 있겠어요?

　강병호는 강용환은 내 친척 형님이지만 사실 그동안 서로 잘 만나지도 않고 사는 사이라고 말해줬다. 이명호가 오해할까 봐, 강병호는 그의 사촌형 강용환은 준장으로 별을 달고 서울로 근무지를 바꾸어 이사했지만, 자신은 형의 집도 가보지 못한 사람이라고 덧붙여 말해줬다. 말하기 싫었지만, 그는 자신의 집과 강 준장 집과는 여러모로 차이가 크게 나 어렸을 때 강용환 형을 만났던 것 이외에는 가족 간에도 왕래가 없는 편이라고 대답했다. 그리고 이명호가 생각하는 그의 부친을 해친 강 중령이라는 사람이 자신의 친척 형인 강용환인지도 불분명하지 않냐고 다시 강조해서 말했다.

　그의 대답에 이명호는 생각에 잠기는 듯했다. 이윽고 그는 거짓말이 아닌 진실한 내용이냐고 물었다. 강병호는 언성을 높이며 내가 강 준장을 감싸고 숨겨줄 위치에 있는 사람이 아니지 않느냐, 나는 여기 공장에서 일하는 노동자일 뿐이다. 내가 무슨 말을 하는지 아느냐고 말해줬다. 이명호는 그의 말에 대꾸 없이, 그럼 나중에 강 중령의 문경 고향에 가보겠다고 말했다. 강병호는 당황하여 거기엔 친척들이 거의 없다. 다 타지로 이사 가고 고모님밖에는 안 계신다. 도움이 안 될 거라고 타이르듯 말했다. 그는 자신이 알아서 한다. 관여하지 말라고 말하며 그의 이름과 연락처가 적힌 쪽지를 강병호에게 건넸다. 강 중령의 소재에 대해 새롭게 알게 되면 자신에게 꼭 연락해 달라는 부탁과 함께 그는 사라졌다.

이명호가 떠난 후 강병호의 마음에 동요가 일었다. 이명호의 말과 태도에서 진정성을 느꼈기 때문이다. 당시 이명호의 부친 사건에 등장하는 강 중령이 사실 그의 형 강용환일 수도 있다는 것을 부인할 수 없을 것 같은 심정이 되었다. 그러나 그는 같은 집안 사람이었다. 그는 양심과의 갈등을 의식하게 되었다. 이 일이 있고 난 뒤 이명호는 다시 찾아오지 않았다. 설혹 그가 강병호를 다시 찾았었더라도 강병호는 없었을 것이다. 그를 만난 지 얼마 후 강병호에게 큰 불행이 닥쳐왔기 때문이다.

진희는 다시 바빠졌다. 오리건주 포틀랜드에서 지금쯤 신부가 되기 위한 마지막 단계를 밟고 있을 오빠 강진명 혹은 테오 강 신부를 만나고 싶은 충동이 일었다. 오빠가 신학대학을 가기 위해 이곳 엘에이를 떠난 지 벌써 10년이 되었다. 오빠는 학부 신학과, 신학대학원, 수습 사제를 비롯한 교단 내의 모든 과정을 착실히 밟고 있었다. 가톨릭 사제가 되기 위해 준비하는 것이 어려울 것이라는 짐작은 하고 있었으나, 아마도 오빠는 진희가 막연히 생각했던 것보다 더 힘든 수행을 겪어왔을 것이다.

오빠도 이곳 엘에이의 가족들을 보고 싶어 했을 것이 틀림없다. 자신도 오빠를 보고 싶었을 때가 많았다. 생활이 바쁘다는 것이 거의 기본값이 됐을지라도, 그녀는 오빠에 대한 그리움을 제어하기 어려울 때가 많았다. 부모님께 말 못 할 고민거리를 털어놓고 오빠와 상의하고 싶었던 때가 있었다. 사실은 수없이 많았다. 그럼에도 참아왔다. 오빠의 사제가 되기 위한 길은 절대 쉽지 않다는 것을 알았기에 진희는 오빠를 걱정하게 만들고 싶지 않다는 단순한 이유에서였다.

진희는 오빠가 어렸을 때부터 종교적 신심이 깊은 것을 알았다. 그러나 오빠가 사제가 될 줄은 몰랐다. 그녀가 기억하는 오빠는 어렸을 때부터 천주교 교회를 나갔다. 가족은 오빠가 교회에 친한 친구들이 있어서 호기심으로 나가고 있는 줄 알았다. 그러나 오빠는 가톨릭 경전에 파고들었고 신부님의 강론에 집중했다. 이곳 미국으로 이민 온 이후 오빠의 종교적 열성은 더 심해지는 것 같았다. 그때 진희는 오빠의 손에 이끌려 성당에 나간 적이 있었고 아그네스라는 이름으로 세례를 받기까지 했다. 그러나 이후 성당에 계속 다닐 수는 없었다.

오빠가 고등학교 1학년 때 육상에 소질이 있는 것을 알게 되었다. 진희는 오빠가 학교에서 800m와 1마일 육상선수로 이름을 내기 시작하고 있었음을 알고 깜짝 놀랐었다. 오빠는 학교 체육 시간 때 달리기 수업에서 같은 학년 학생들을 모두 물리치는 엄청난 실력을 발휘하였다. 선배 선수들의 기록과 별 차이가 없을 정도로 오빠의 실력이 대단했다.

오빠 자신도 놀랐다고 했다. 달리기를 즐겨 하는 편이었으나 정작 학교에서 경쟁적으로 뛴 적이 없었던 오빠는 처음 자기 기록이 잘 나와서 놀랐다고 했다. 학교 코치는 방과 후 연습을 권했다. 대학을 육상 장학금으로 갈 수도 있으니까 열심히 해보라는 것이었다. 진희는 안다. 우리 학교는 중학교와 고등학교가 통합된 캠퍼스의 큰 규모의 학교였고 따라서 학교 육상트랙도 수준급이었고, 진희는 가끔 하교 때 오빠가 연습하는 모습을 보곤 했다. 가끔은 훈련이 끝나기를 기다리기도 했다.

오빠는 진희가 보기에도 열심히 했다. 그러나 2학년으로 올라가서도 그리고 3학년이 되었어도 기록이 크게 좋아지지 않았다. 억지도 원한다면 육상 장학금으로 대학 진학을 할 수는 있었을지도 몰랐다. 그러나 대학에서 오빠가 훌륭한 육상선수로 성장하는 것을 기대할 수 없다는 것을 진희도 알게 되었고 오빠 자신도 자각했을 것이다. 오빠는 우리 고등학교에서 제일 잘 뛰는 육상선수였고 따라서 다른 학생들의 부러움과 경탄의 대상이 되는 것으로 만족해야 했다. 그래서 오빠는 여학생들과 데이트하는 데 어려움이 없는 편이었다.

그러나 오빠는 지금 사제가 되었고, 뛰어다니는 사제라는 수식어가 붙은 사제가 된 것이다. 아마도 젊은 사제 중에서 제일 빠른 사제가 됐을 것이다. 오빠가 진희와 통화할 때 신학교 캠퍼스를 뛰어다니면서 사람들의 주목을 받게 되었다고 알려줬지만, 나중에 사람들이 오빠가 훌륭한 아마추어 선수 출신임을 알게 되면서 그러려니 하게 되었다고 한다.

사제가 될 수 있다는 것은 한 사람으로서 천성적으로 착해야 한다는 것과 동시에 크리스천 하나님에 대한 믿음과 가톨릭 교리의 신봉에 대한 인간으로서의 무한한 다가섬의 자세라고 한다면, 오빠는 비범한 사람임이 틀림없었다. 그녀 자신은 이 세상에 무수히 많은 착하지 않은 사람들 속에서 종교적인 신념을 평생토록 유지한다는 것은 불가능하다고 믿는다. 오빠는 그래서 평소에 뛰듯이, 뒤도 돌아보지 않고 뛰듯이, 누가 옆에서 방해하는 것을 피하듯이 앞만 보고 하느님께 뛰어갈 것이었다. 우리가 사는 이 속계의 모든 유혹을 뿌리치고 전진해야 할 것이었다. 그리고 세상 사람들의 원죄라는 짐을 내려놓을 수 있도록 오빠는 온몸으로 하늘의 복음을 전달할 것이었다.

　진희는 오빠의 이러한 행로에 경탄과 함께 오빠의 길을 부인하고 싶은 마음이 동시에 생기는 것을 알았다. 그래서 그녀는 아마도 오빠가 10년 전에 집을 떠났을 때 이미 외로웠는지도 모른다. 그동안 자신의 외로운 마음을 속으로 달래면서 살아왔다고 하는 편이 보다 솔직한 심정이었다. 오빠도 외로움을 느꼈었는지 그녀는 솔직히 잘 알 수가 없었다.

　가족 모두 오빠의 사제 봉헌식에 참석했을 때, 오빠는 정식으로 사제복을 입고, 사제로서의 서약 후 사제가 되었다. 이제부터는 테오도르 강 신부님이 된 것이다. 우리는 모두 강 신부님과 사진을 찍고, 같이 식사하고 교회 주변을 둘러보고 같이 이야기하고 다시 로스엔젤레스로 돌아왔다. 의례적인 만남과 헤어짐이라고 강하게 느껴졌다.

　오빠 강진명과의 공식적인 이별이 된 것이다. 오빠는 우리 곁으로 영원히 오지 않는다. 그는 신부로서의 특수한 하느님의 임무를 수행하게 된다. 현 교구에서 근무하면서 어쩌면 언젠가는 먼 해외의 이름 모를 임지로 불현듯 떠나갈 수도 있을 것 같았다. 오빠의 의지가 아닌 교회의 의지로 살게 될 것이다. 진희는 테오 신부님을 신부님으로서 존경할 것이다. 그러나 그는 우리를 떠났다. 그래서인지 진희는 오빠가 마침내 가족을 영원히 떠난 후 새삼스럽게 자신의 부모님 아버지 강병호와 어머니 명종숙에 더욱 더 친밀함을 느끼게 된다. 명종철 외삼촌네도 솔직히 오빠보다 더 친근하게 느껴진다. 자신의 마음이 이렇게 흘러가는 것은 어쩔 수 없었다.

　지금까지 짧은 인생을 살면서 사실은 시간은 흐르지 않고 있었는지 모른다는 생각이 들었다. 모든 것의 변화를 의식하며 살아왔지만, 동시에 시간은 전혀 흐르지 않고 있었다는 의문도 들었다. 이 모순된 생각은 흐르지 않은 시간이 있었다면 그것은 무엇이었을까 하는 의문으로 이어졌다. 지난번 두 번째로 한국을 방문했을 때 자신은 이에 대한 자각이 생겼다. 돌아가신 할머니, 이명호와 그의 가족, 김상만 선생님과 외삼촌, 김송화 만신 언니, 그리고 자기 부모에 대해 다시 생각할 기회가 생겼다. 그것은 흐르지 않았던 시간과 머물러 있었던 기억에 관한 것이었다.

이명호라는 낯선 존재는 시간으로 흘러가서 소멸하지 않는 기억이 있었다는 사실을 상기시켜 줬고 결국은 자신이 이를 부인할 수 없는 것이라는 것을 알게 되었다. 이번 한국 여행은 지금 와서 생각해 보니까 시간이라는 낯선 존재는 과거와 현재를 연결하는 공간이라고 하더라도 결코 흘러가서 없어지지 않는다는 것을 알게 되었다. 엄마로부터 이에 대한 강한 인상을 받았다. 엄마는 진희 자신이 의식을 갖기 시작했을 때부터 항상 같은 모습으로 곁에 있었다. 그런데 이런 존재는 도식적이라고 느껴졌다. 한국 여행이 자신의 엄마를 새롭게 보게 되는 계기가 되었다.

새롭게 본다는 것은 엄마의 한국에서 삶에 관한 것이 될 수밖에 없었다. 마치 우리가 한국을 떠나왔어도 한국이 없어지지 않는 것처럼 말이다. 자신은 바보같이 자기 고향이 부평인 줄 알았다. 평택에서 그녀는 탄생했다. 미국인으로서 그녀의 탄생지는 한국이었지, 부평 혹은 평택이든 상관이 없었다고 생각했었다. 그녀는 평택에 가야 했었다고까지 느꼈다. 그 이유는 스스로 의식했던지의 여부와 상관없이 자신은 평택이라는 공간의 환경에서 그리고 당시의 특수한 시간 상황에서 태어났기 때문이다.

자신은 평택에서 생성되어, 이 사실 때문에 가족과 미국으로 이민을 오게 되었음이 분명했고, 사실 그녀는 그 이유를 알고 싶어졌다. 단순히 돈을 더 벌기 위하여, 더 나은 삶과 미래를 위하여서라기보다 우리의 특수한 상황에 대해 궁금해졌다는 것이다. 그것은 똑같이 강용환 큰아버지 가족도 해당이 되었다. 이민이라는 것이 어느 날 갑자기 짐을 싸서 외국으로 가는 단순한 행위가 아니기 때문이었다.

그녀는 오빠의 포틀랜드에서의 사제 봉헌식을 마치고 엘에이로 돌아오자마자 엄마와 대화를 시도했다. 그래, 시도했다. 이 말의 함의는 대화가 잘 안됐다는 뜻이 포함되어 있었다는 것이다. 자기 기억의 시작은 아마도 다섯 살 때 전후로부터였을 것이다. 그녀가 부평에서 살았을 때다. 그러나 기억에는 없는 아마도 자신의 의식 속에서 잠자고 있었던 무의식의 세계, 즉 평택에서의 탄생과 부평에서 의식의 기억 같은 시간의 거리가 분명히 자리 잡고 있었다.

지난번 한국 방문 때 엄마가 평택을 들러서 오랜 친구들을 만나고 왔듯이 자신도 평택을 마음속에서라도 들렸었더라면 어땠을까 하는 생각에까지 미치게 되었다. 자신이 대학에서 심리학을 전공해서 더 의식적으로 됐는지는 모르지만, 한 생명이 태어나 처음 몇 년간의 경험이 그의 일평생에 결정적인 영향을 준다는 이론이 유효하다면 자신의 의식 속에서 존재하지 않았던 평택이라는 고향은 무엇이었을까 궁금해졌다. 평택과 부평의 차이점은 한국과 미국이라는 차이만큼, 아니 더 클지도 모를 것 같았다. 마치 자신이 오랫동안 미국에서 미국인으로 살면서 한국에 대한 의식이 없었던 것처럼 말이다.

그동안 엄마는 평택을 그리워했음이 분명했다. 그래서 진희는 엄마에게 평택에 관해 물어보았다. 엄마의 대답은 이랬다. 거기서 학교 졸업 후 직장에 들어가서 아빠를 같은 회사의 직원으로 만났고, 서로 연애하고 결혼을 하며 오빠와 나를 낳았다는 지극히 평범한 말이었다. 그리고 아빠에 대한 칭찬. 훌륭한 기술의 소유자, 노래 잘 부르는 사람, 다정다감한 성격, 정의감이 많던 사람 등의 얘기. 진희는 또 물어보았다. 아빠가 장애인이 되신 것이 우리 가족이 이민할 수밖에 없는 요인이었는지를. 엄마는 그렇다고 답했다. 엄마는 장애인이 된 아빠를 떠날 수도 있었지 않았을까 조심스럽게 물어보았다.

내가 남편을 떠났다면, 아빠는 죽었을 거라는 엄마의 대답이었다. 아빠가 죽지 않기를 바라는 심정으로 우리가 이민을 결정한 거라고 엄마는 얘기해 줬다. 그 얘기는 외삼촌도 비슷하게 말씀하셨어, 라고 대답했다. 그런데, 어떻게 아빠가 갑자기 일하시다가 다치시게 됐어? 공장 일은 위험하기도 해, 진희야. 그래도 아빠는 노련한 기술자였지 않아? 그리고 아빠가 머리를 다칠 정도로 위험한 일이라면 회사에서 안전을 책임졌어야 하는 게 아니었냐 하는 진희의 반문에 엄마는 대답하지 못했다. 더 이상 엄마에게 물어보지 않았다. 더 이상의 질문으로 엄마의 불행을 떠오르게 하고 싶지 않았기 때문이다. 이제 와서 이 얘기를 한들 아무것도 바뀔 일은 없었기 때문이다.

8

처남의 도움으로 오게 된 이민. 그러나 이민 훨씬 전부터 자신은 명종철이라는 사람을 회사 동료로서, 정확히는 선배로서 만나서 하나의 커다란 인연을 만들었었다. 거기에 김상만이라는 친구를 만나서 우리는 3형제처럼 지낼 수 있었다. 당시 회사 노조 송년회를 앞두고 종철 형이 제안했다. 우리 같이 한번 무대에서 노래를 부르자고. 상만이 적극 찬성했다. 자기는 기타를 치고, 상만이는 바이올린을 연주할 줄 아니까 합주로 노래를 부르자고 했다. 병호는 노래를 선곡하고, 부르고 둘은 연주하며 따라 부르자고 했다. 재미있을 것 같았다. 공장 업무로 자주 만나는 사이였기에 노래를 같이 부른다는 생각도 자연스럽게 도출이 되었다.

노동자가 바이올린을 연주할 수 있다는 것이 신기해서 병호는 당시 상만에게 물어봤다. 그의 대답은 자기네 집이 한때는 잘 살던 집이었었다고.

그래서 부모님이 음악을 가르쳐 주셨는데 어느 날 갑자기 집안에서 하는 사업이 망해 버렸다고 했다. 강병호는 김상만과 같은 나이라 처음부터 친근해졌다. 종철 형과 한 3년간 같이 여러 회사 노조 모임에서 노래를 부르고 다녔다. 1982년 말에 시작하여 1985년 어느 날 갑자기 중단되었다.

우리가 공연하기로 한 회사에서 노조 모임에 타 회사 노조원의 출입을 금지하기 시작했다. 우리 트리오는 그저 타 회사 노조원이었다. 우리는 그들의 모임을 축하해주기 위해 초대받아 가서 노래만 하고 왔다. 그런데도 그 회사는 트집을 잡고 있었고, 이를 계기로 다른 회사들도 우리의 출입을 금지하였다. 노조의 항의는 무시되었다. 전반적으로 사회 분위기가 경직되어 가고 있었고 회사와 노조의 관계도 나빠져 가고 있었다. 우리가 모임에서 노래를 부르는 것을 금지하는 것은 표현과 집회의 자유를 억압하는 것으로 병호는 당시에 그렇게 받아들였다. 그러나 그는 또한 더 이상 어쩔 수 없는 것으로 이해했고 우리는 공장 업무에 전념하며 살아가고 있었다.

그런데 회사에 중대한 변화가 나타나기 시작했다. 처음에는 소문으로 나돌았다. 회사가 매각을 추진하고 있다는 것이었다. 회사 직원들이 동요하기 시작했다. 특히 노조가 민감하게 반응했다. 회사 경영진은 회사 매각을 추진하지 않는다는 애매한 답을 내놓았다. 그러나 소문은 서서히 확산하고 있었다. 이미 외국계 회사와 회사 매각을 전제로 협상이 시작되었다는 좀 더 구체적인 소문이 돌기 시작했다.

노조는 즉각 회사 경영진에 정확한 내용을 밝히라고 요구하고 나섰다. 경영진은 회사 매각은 추진하지 않지만, 만약에 추진한다고 하더라도 회사 최대한의 이익이 침해되지 않는다는 조건에서만 가능하므로 직원들은 동요하지 말라고 해명했다. 이는 즉각 직원들을, 특히 직원의 대부분을 차지하는 노조원들을 동요케 했을 뿐만 아니라 회사의 진의를 의심할 만한 사태라고 인식하게 하였다.

이러한 회사의 태도는 실제로 매각이 진행되고 있다는 신호탄으로도 받아들여졌다. 노조는 빠르게 대책위원회를 꾸몄다. 여기에 경영진이 민감하게 반응했다. 매각이 없는데 무슨 노조의 대책이냐, 라는 반응이었다. 이후 또 다른 소문이 떠돌았다. 이 소문은 노조 내에서 나왔다. 회사가 노조 지도부를 은밀히 설득하고 있다는 소문이었다. 노조 위원장, 부위원장 그리고 정책부장 같은 사람들을 회사 경영진이 비밀리에 접촉하여 모종의 양보를 획책하고 있다는 내용이었다.

노조 지도부는 그때까지 회사에 협조적인 모습을 보여 왔었다. 임금인상의 조건으로 회사의 요구를 수용하는 식으로 회사와 크게 노사문제를 일으키지 않는 선에서 타결됐다는 뜻이었다. 회사의 요구는 노조가 과도하게 회사 경영에 관여하지 말라는 것으로 회사의 전략적 결정, 연간 예산의 집행 권한, 노동생산성 향상 목표 설정 등이 내용이었다. 노조로서는 회사의 매출과 이익이 매년 지속되는 상황에서 회사와 불필요한 마찰 없이 노조의 실리를 챙기는 식으로 타협해 왔다. 타협의 내용은 노사 합의서로 만들어져 광범위하게 회사 경영권의 보장이 강화되었다.

이것이 노조의 실책이 되었다. 회사의 경영권과 노조의 권익이 충돌하는 시점이 될 때 노조에 일방적으로 불리하게 작용할 수 있다는 것을 간과한 것이다. 특히 노조 지도부는 오랫동안 회사에 근무하면서 회사에 대한 충성심이 강했고, 노동에 대한 신성함을 믿는 사람들로 구성되어 있었다. 그와 달리 많은 노조원은, 특히 20대, 30대 젊은 나이의 사람들은 생각이 달랐다.

앞으로 일할 시간보다 은퇴의 시간이 더 빠른 노조 지도부의 구성원과는 인식이 달랐다. 매년 갱신되는 노사 합의서는 한낱 고용계약서에 불과한 내용으로 점점 변질이 되어 가면서 노조의 권리가 훼손되어 가고 있다는 인식을 젊은 노조원들 사이에 폭넓게 공유되고 있었다.

명종철, 김상만 그리고 강병호 같은 평택 공장의 트리오 같은 사람들이 이러한 인식을 하고 있었던 주요 노조원이었다. 그들은 지난 몇 년 동안 주변 회사들의 노조 모임에 찬조 출연하면서 자연히 다른 회사들의 노조 사정을 알게 되었고 이를 통해 자신들의 회사와 비교하고 생각하게 되는 기회가 만들어졌다. 회사는 어느 시점에 이를 눈치채고 있었을 것이며, 이어 여러 형태로 그들 트리오의 공연에 딴지를 거는 일이 잦아지게 되었다. 노조가 다른 노조들과 공조하듯이 회사는 다른 회사들과 공조하고 있었고 상황을 항상 파악하려는 노력이 있었다.

금융회사 노조의 협조로 회사 매각의 소문은 소문이 아니라 실제로 진행되고 있었다는 것이 확인되었다. 그것도 이미 진행이 몇 달 전부터 시작되었다는 것이었다. 당시 노조 교육부장이었던 명종철, 조직부장 김상만 그리고 홍보부장 강병호 등이 주축이 되어 노조 지도부를 압박하기 시작했다. 지금까지 온건했고, 보수적이었던 노조의 태도에 반기를 드는 모양이 되었다. 회사의 중대한 변화에 노조가 강력하게 회사에 요구를 못 하고 있었기 때문이었다. 고용불안, 다시 말해 구조조정으로 회사 매각 시 발생할지도 모를 노조원에 대한 불이익을 방지하고 헐값 매각이라는 만약의 사태에 대한 회사의 입장 표명이 필요했다.

왜냐하면, 회사는 같은 업종의 외국회사로 매각을 추진하는 것이 아닌,

재무적 투자회사와의 협상에 들어간 것으로 판명이 되었기 때문이다. 결국 노조는 외국계 회사에 매각을 추진하고 있다는 것이 사실이냐고 따지게 되었다. 회사도 부인을 할 수 없게 되었다. 이로써 노조는 회사 경영진에 현 노사 합의서의 개정을 요구하고 나섰다. 회사는 거부했다. 회사 분위기는 삽시간에 긴장으로 휩싸이게 되었다.

상황이 바뀌었으므로 회사는 새롭게 노조와 협상해야 한다는 것으로, 그 주된 내용은 고용의 승계였다. 그러나 이 사안은 철저히 회사 경영진의 책임과 권리라는 것으로 노조원의 고용을 유연하게 함으로써 회사의 경쟁력을 유지해야 할 현실이라는 것이 경영진의 입장이 되었다. 노조는 타협안을 냈다. 회사가 새로운 투자자에 의해 인수를 당하더라도 최소한 5년간은 고용을 승계하고 보장할 것 그리고 이후 고용 상황에 변화가 있으면, 다시 말해 이른바 구조조정의 상황이 발생 때에는 노조와 사전 협의하고 최종 결정은 노조와의 합의가 필수라고 요구안을 내었다.

회사 경영진은 즉각 노조 안을 거부했다. 자연스레 노조는 태업 나아가 파업을 고려하고 있었다. 회사의 반응이 없자, 노조 지도부는 고용승계를 3년으로 그리고 구조조정의 건은 노조와의 합의에서 협의로 조정하되, 노동자의 임금은 동종업체의 최고 수준을 유지하는 것으로 새로운 타협안을 만들어냈다. 노조 내에서 찬성과 반대의견이 대립하였다. 대체로 반대의견이 압도적이었다.

문제는 바로 이 시점에 노조원들 사이에 이상한 소문이 나돌았다. 노조 지도부, 보다 구체적으로 노조 위원장, 부위원장 그리고 정책부장이 회사에 매수되었다는 것으로 그들이 주도해 낸 타협안은 어차피 회사가 매각되고 주주와 경영진이 새롭게 구성되면 무시될 수밖에 없다는 것이었다.

앞으로 정년이 닥칠 이 지도부 3인방에게 모종의 배려가 있었다는 소문의 내용은 그들에게 이미 현금을 살포했을지도 모른다는 확인되기 어려운 것이었다. 우려했던 대로 회사는 노조의 타협안을 거부했다. 명분은 새로운 투자자와의 매각 협상에 걸림돌이 되리라는 것이었다.

노조는 공식적으로 회사에 항의했으나, 회사는 아랑곳하지 않았다. 여기서 노조의 항의는 노조 지도부의 의견에 불과했다. 이 시점에서 대다수 노조원의 불만이 높아지기 시작했다. 이 상황의 의미는 회사가 이제는 공식적으로 회사의 매각을 부인하지 않을 뿐만 아니라 이 과정을 노조의 간섭 없이 밀어붙이겠다는 태도로 받아들이게 되었다는 것이다. 노조 상층부의 미약한 저항을 확보만 할 수 있다면, 매각 과정은 순조롭게 진행될 것이었다.

노조원들 사이에서 처음으로 어용노조라는 성토가 튀어나오기 시작하고 있었다. 자연스럽게 소장파 3인방 명종철, 김상만, 강병호에 대한 기대치가 높아지게 되었다. 결국 노조 내 갈등이 유발되었는데, 바로 이것이 회사의 노림수가 되었다. 회사는 노조원들끼리 싸우는 모습을 연출하고 싶었고 그렇게 전개될 것이었다.

회사는 예상대로 전 임직원을 상대로 선전술을 시작하였다. 새로운 회사로 인수된다는 것은 회사의 새로운 도약으로 될 것이다. 새 주주들은 회사를 위해 새로운 투자를 약속할 것이며, 새로운 선진 경영 기법을 도입해 회사의 선진화를 이룰 것이며 이를 통해 회사의 경쟁력이 향후 5년간 획기적으로 향상될 것이라며 구체적인 수치까지 제시하고 있었다. 회사 경영진은 회사의 도약을 위한 과감한 변화로 미래의 번영으로 나아갈 것인가 아니면 현실에 안주하여 치열한 경쟁 구도의 경영환경에서 도태될 것인가라는 천편일률적인 논리로 노조를 압박하기 시작했다.

노조 소장파 3인방 중 많은 정보망을 갖고 있었던 김상만은 회사의 말과 다르게 새로운 인수회사는 경영에는 관심이 없는 재무적 투자자로 오히려 회사를 3년 이내에 또 다른 투자회사에 매각하여 막대한 매각 이익을 챙기고 사라질 것이라고 주장했다. 새 투자회사가 전혀 알려지지 않은 회사라는 것이었다. 금융노조 쪽에서 나오는 정보로는 이 외국계 투자회사에 대한 정보가 없다는 것이었다.

노조 소장파는 회사 경영진에게 종래의 입장을 되풀이할 수밖에 없었다. 5년간 고용 보장과 구조조정 시 노조와의 합의. 그리고 한 가지가 덧붙여졌다. 회사가 선전하는 대로 새 투자자는 회사에 자본투자를 확약하라는 내용. 이러한 소장파 노조의 입장은 광범위하게 노조의 지지를 받았다. 이 사항을 회사가 새 투자자와의 인수 합의문에 명시할 것을 요구하였다. 만약 회사가 이를 거부하면 노조는 회사의 매각에 반대할 것이며 때에 따라서는 행동으로 입장을 밝힐 것임을 분명히 했다.

회사 창사 이래 처음으로 노조원들 사이에서 현 노조는 어용이라고 규정하고 필요하면 파업을 포함한 단체행동을 불사할 수도 있다는 급진적인 모습으로 변했다. 노조 위원장은 노조원들의 요구를 최대한 반영하도록 "노력"하겠다고 하며 회사 경영진에 "건의"하겠다고 견해를 밝혔다. 노조원들은 이러한 태도에 분노했다. 회사는 무응답으로 일관했다.

그러는 사이 회사의 매각 협상이 타결 단계에 들어갔다는 소문이 나돌았다. 이것이 소문인 이유는 회사에서 어떠한 내용도 노조원에게 알려주지 않았기 때문이고 김상만 조직부장의 금융노조와의 개인 네트워크를 통한 정보였기 때문이다. 이 소문에 한 가지 덧붙여진 것은 헐값 매각이라는 의혹이었다. 회사의 가치가 터무니없이 낮게 평가되었다는 것으로 투자사는 여러 가지 이유로 매수 가격을 낮추게 될 수밖에 없었다는 것이다. 그 중의 하나가 노조 문제, 다시 말하면 고용의 유연성이 약하다는 것이 지적되었다.

이 시점이 되자 명종철, 김상만, 강병호 3인방은 긴 시간의 토의에 들어가게 되었고, 결론은 회사 매각이 최종적으로 성사되기 전에 비상책을 마련해야 한다는 것으로 되었다. 노조 지도부를 더 이상 신뢰할 수 없으므로, 그들은 요구사항의 초안을 다음과 같이 마련하였다.

첫째, 노조의 요구가 받아들여지지 않는 매각에 반대한다. 둘째, 회사의 헐값 매각에 반대한다. 셋째, 노조 지도부의 즉각 총사퇴와 새로운 지도부의 결성을 위한 노조원 임시총회를 열 것. 넷째, 회사 경영진의 노조 무시 행위가 지속되면 파업을 포함한 단체행동에 즉각 돌입한다. 결국은 선전포고가 되었다. 어려운 시국에 노조가 분열되었고 회사는 하나의 목표로 일관하게 되었다. 파국이 예상될 수밖에 없는 상황으로 몰려갔다.

노조 소장파 3인방은 예상하였다. 회사는 어차피 매각될 것이라고. 그들에게 닥칠 최선의 결과는 회사 매각의 실패일 것이나, 이를 이루기 위해서는 많은 고통과 어려움이 따를 수밖에 없다는 것을 알고 있었다. 회사를 살리기 위해 파업을 해야 하는 상황은 피하고 싶었다. 지금까지 일하면서 파업이라는 상황은 그저 다른 회사의 일이라고만 여겼었는데 막상 이렇게 현실감 있게 다가오자, 그들은 긴장할 수밖에 없었다.

느닷없이 불거져 나온 매각은 무엇이며, 더구나 회사 경영이 위기 상황이 아닌데도 헐값 매각이라는 것이 도저히 이해되지 않았다. 그들이 주도하여 파업하였을 때, 파업은 성립될 것이었다. 노조의 권리행사가 되는 것이었다. 그러나 이 사태는 경찰력으로 손쉽게 제압될 것이며, 언론은 어려운 경제 상황에 과격한 노조에 의한 불법파업이라고 규정하고 나설 것이며, 공안당국에 의해 파업 주동자들을 체포하여 이상한 죄명으로 다스릴 수도 있었다. 이 1980년대 중반에서 후반으로 넘어가는 길목에서 상황의 엄중함이 그들을 떨게 했다.

결국 회사는 공식적으로 회사의 매각 추진을 발표하기에 이르렀다. 회사의 경쟁력을 높이고 선진 경영과 외자를 유치하여 한국산업의 발전에 이바지할 뿐만 아니라 회사의 장기적인 성장과 번영을 위한 결정이었음을 또다시 강조하고 반복하고 있었다. 노조가 보기에는 천편일률적인 수사에 불과했다. 3인방은 노조 지도부의 즉각 퇴진을 선언했다. 회사 매각에 따른 정당한 노조원들의 요구를 무시했다고 판단했다. 그 이유는 자명했다. 지도부는 어차피 회사가 팔렸으니 이제 새 회사 주인과 새롭게 협상해야 할 수밖에 없다는 것으로 애초 노조원들이 요구한 최소한의 보호 조항도 관철하려는 노력도 없었다.

김상만과 강병호는 금융기관 노조들을 찾아다녔다. 회사 매각에 대한 정확한 정보를 파악하고 싶었다. 회사 경영진이 진실을 말할 것 같지 않았다. 명종철은 회사 내에서 노조를 규합하고 있었다. 회사 매각의 내용을 파악한 후 파업을 위한 작업을 준비하고 있었다.

그들이 간접적으로 파악한 정보는 회사는 정상적인 평가금액보다 20% 정도 낮은 가격으로 합의되었고, 회사는 애초 인수 의사를 표명한 국내 동종업계를 배제하고 처음부터 외국계 투자회사와 단독으로 매각을 진행하였다는 것이었고 회사 임직원의 고용 보장 같은 내용은 매각합의서에 원론적으로만 언급되었다는 것이었다. 이 부분에 대해 새 경영진은 "노력"을 할 것이나, 회사의 경쟁력을 약화하면서까지 고용을 유지하지는 않을 것으로 파악이 되었다.

어렵게 매각합의서의 한글 요약판 사본을 입수할 수 있었으나 간직할 수는 없었다. 회사 노조원들은 압도적인 투표로 노조 지도부의 불신을 승인하였다. 명종철이 임시노조 위원장으로 선출되었다. 동시에 노조의 파업도 압도적으로 가결되었다. 공장은 멈춰 선 지 사흘 만에 경찰이 투입되었다. 경찰은 공장을 둘러싸고 공권력의 투입을 준비하였다. 이러는 와중에 명종철이 실종되었다는 소문이 퍼졌다. 김상만과 강병호는 몸을 숨겼다.

바로 이 시점에 회사의 경영진이 기민하게 움직였다. 명종철이 회사에 협조하기로 했으니, 나머지 두 사람도 그렇게 하라고 협박성 회유를 시도해 왔다. 여러 경로로 연락을 취해 왔다. 노조 조직을 통해서, 가족을 통해서 그리고 선후배 같은 친한 사람들을 통하여 압박으로 그리고 회유로 진행되었다. 강병호는 기존 노조 지도부도 비슷한 방법으로 회유됐을 것으로 생각했다. 김상만이 명종철의 소재를 찾아 나서는 동안, 강병호는 다시 금융기관 노조를 찾아갔다. 아무리 생각해도 회사 매각의 모든 과정이 이해되지 않았다. 비밀리에 평택에서 서울로 올라갔다.

강병호의 여러 질문에 금융회사 노조원인 이성표 대리는 조심스럽게 이면계약의 가능성을 말하고 있었다. 이면계약? 확실히 알 수 없습니다. 그러나 회사 주주들의 어떤 사정이 있었을지도 모릅니다, 강병호 님. 그리고 지배구조라는 용어를 끄집어냈다. 생소하게 여기는 강병호에게 이 대리는 친절히 설명해 주었다. 회사의 역사를 들여다볼 필요가 있다고 덧붙여 말해줬다. 회사의 역사? 그동안 일개 공장 직원으로 지내면서 전혀 생각하지 못했던 회사의 역사?

명종철은 회사의 매각 계약이 이루어지고 공식적으로 발표된 날 나타났다. 그의 실종 열흘만의 일이었다. 명종철 가족이 경찰에 실종신고를 해도 소용이 없었던 그였다. 강병호와 김상만은 명종철을 만났다. 명종철의 설명은 지난 열흘간 두 명의 신원 불명인 사람의 안내와 감시 속에서 전국을 누비고 다녔다고 했다. 이곳저곳 다니며 유람했다고 했다. 그러면서, 허탈한 웃음을 지었다. 이 열흘 동안 경찰은 파업을 진압했다. 다행히 물리적 충돌은 크지 않았다. 새 경영진이 들어올 날이 임박해 있었다.

이 와중에 김상만은 회사를 그만두겠다고 했다. 이런 회사에서 하루라도 일하고 싶지 않다고 했다. 강병호와 명종철은 그가 회사를 떠나는 것을 말리고 싶었으나 그렇게 하지 않았다. 사실은 그들도 떠나고 싶었다. 그러나 최소한 노조를 어느 수준까지는 정상으로 만들어 놓아야 한다는 책임감이 앞서 있었기 때문이었다. 김상만은 이렇게 말하고 있었다. 그동안 낯선 평택으로 와 공장에서 일했던 세월이 좋았었다고. 제일 좋았을 때가 병호와 종철 형과 자신과 셋이 같이 노래 부르고 다닐 때였다고. 고장 나 처박아 두었던 바이올린을 연주하면서 불렀던 시절을 잊을 수 없을 거라고. 어려울 때 혼자 떠나 미안하다고. 그리고 그는 떠나갔다.

예상대로 기존 노조 지도부 사람들은 퇴사했고, 자연스레 명종철은 노조 위원장, 강병호는 조직부장으로 선출이 되었다. 그렇게 시간이 흘러갔다. 그 시간의 흐름은 1년을 넘기지 못했다. 불안한 평화 같았던 시간이었다. 회사 매각으로 지체되었던 연례 노사 합의를 위한 협상에서 노사 양측이 대립했다. 새 회사는 봉급의 동결을 선언했다. 당시 치솟는 물가 수준을 고려할 때 노조는 두 자리 숫자의 임금인상을 요구하고 있었기 때문이다. 도저히 이해가 안 되었다. 회사의 이익이 지속적으로 창출되는 상황에서 어려운 국면으로 회사는 몰아가고 있었다.

강병호는 새 경영진이 노조를 길들이기 위한 책략이라고 판단했다. 명종철도 동의했다. 지루한 협상의 과정에서 회사는 10%를 훨씬 웃도는 연간 물가 인상률에도 불구하고, 달랑 5%의 임금인상에 합의해 주는 대신 인원 감축을 제안했다. 회사의 본심이 드러나는 순간이었다. 결국은 새 노조 집행부를 와해시키겠다는 것이었다. 파업은 할 수 있었다. 그러나 경찰은 곧 진압할 것이다. 그리고 명종철과 강병호는 이번에는 체포되어 처벌을 받을 수도 있었다. 왜냐하면, 지난번처럼 회사 매각이라는 명분을 사용할 수 없다는 분위기를 조성할 수 있었기 때문이다. 사회불안을 일으키는 어떤 행동도 용납될 수 없다는 분위기를 공권력이 주도하고 있었다.

이 답답한 상황에서 강병호는 다시 한번 생각하게 되었다. 회사의 매각은 어떤 의미로라도 불법이라는 것을 확신하게 되었다. 불법이란 실정법 위반이 아니라 그보다 더한 법을 뛰어넘는 그 무엇을 의심하게 되었다. 1년 전 이성표 대리의 말을 그동안 음미하고 있었다. 그리고 스스로에게 하나의 커다란 과제를 부여했다. 그는 이성표 대리를 그동안 수시로 만났었다. 문제는 이 대리도 그의 질문에 답할 수 없었다. 이 대리는 계약이 이행된 이후, 말하자면 자신의 면책에 대해 어느 정도 확신이 든 이후, 강병호에게 영어로 작성된 회사 매각 계약서의 사본을 넘겼다. 사전을 찾아가며, 수십 번의 독해 과정 끝에 복잡한 법률과 재무 용어로 된 계약서를 파악할 수 있었다. 그러나 내용은 일반적인 것이어서 결정적으로 도움이 안 되었다.

무언가 계약서에 하자 사항이 있었다고 하더라도 이미 시기적으로 늦었고, 이것을 안다고 해도 자신은 당사자도 아닌 일개 공장 직원에 불과했다. 고용승계에 관한 모호한 표현 같은 것은 이제 드러날 수도 없는 이미 알려졌던 하자 사항이었다. 답답했다. 강병호는 이성표 대리를 다시 찾아가 이면계약이 있었다면, 이것을 알아야 한다고 말하고 그가 도울 수 있을지를 물어보았다. 이 대리의 답은 알 수 없다, 영원히 알 수 없다였다. 단지, 외국계 투자사의 실체를 어느 정도 파악은 할 수 있을지 모르나, 결정적인 이슈가 있을지 모르겠다고 대답해 줬다. 조세회피국에 법인을 둔 투자자로 어쩌면 당연한 법인체라고도 그는 표현했다.

김상만이 연락해 왔다. 강병호는 그의 목소리를 들으니 반가웠다. 상만은 회사를 떠난 후 몇 개월을 쉬다 어쩔 수 없이 동종업계의 회사로 재취업했다고 말했다. 그의 회사는 하남에 있었다. 거기서 그는 우연히 나이 많은 동료 직원의 말을 들었다고 했다. 그 동료 직원도 우리가 근무했던 평택 공장에서 오래전 근무한 적이 있었다고 했다. 그는 원래 평택 출신으로 현 평택 공장의 용지는 군사 보호 구역 내 있었는데 구역 해지 후 민간으로 이양된 다음 평택항 수출 물류창고로 사용되다가 공장 용도로 변경하게 되었다고 했다. 이 과정에서 특혜 논란이 잠시 있었던 기억이 있다고 김상만에게 알려줬다고 했다.

강병호는 내면으로 갈등했다. 자신이 오지랖 넓게 이제 와서 사신과 관련도 없는 이러한 과거의 내용을 알아본들 무슨 소용이 있을까 하는 의문과 동시에 호기심이 발동되는 것이었다. 호기심의 실체는 수많은 왜? 라는 질문에 있었다. 왜 회사가 불합리한 방법으로 매각될 수밖에 없는가? 왜 기존 회사의 주주들은 헐값에 서둘러 매각을 감행했는가? 왜 이성표 대리는 이면계약이니 조세회피국 법인 같은 생소한 말을 했을까? 그리고 지금 막 김상만이 알려준 회사 용지의 민간화 과정의 특혜라는 것은 무엇이었을까? 강병호는 이제 외국회사가 된 자신의 일터에서 혼자 남겨진 것 같은 느낌을 받았다. 다행히 명종철 선배가 옆에 있었으나 근본적으로는 고립이라는 단어를 떠올렸다.

세상을 관통하고 있는 공기가 서슬이 퍼런 그리고 불투명한 상처로 인한 푸르뎅뎅한 멍 자국 같은 모습이라고 느꼈다. 노동자들을 팽개치고 나간 이제는 옛 회사의 주인들은 누구였을까에 대한 강한 호기심과 의문이 동시에 들었다. 이제 과거의 일이 되고 말았지만, 강병호가 회사 매각의 소용돌이 속에서 지푸라기라도 잡는 심정으로 서울에서 이성표 대리를 만났을 때 그가 했던 말이 불현듯 가슴에 와닿았다. 회사의 역사를 알아보라는 말. 역사를 거슬러 올라가는 과정은 호기심 없이는 가능하지 않다는 사실을 그가 강병호에게 일깨워줬다.

불가피하게 노조 지도부의 한 사람이 된 강병호는 책임감에서라도 그리고 새 회사 경영진과의 협상력을 높이기 위해서라도 회사에 대해 많은 것을 알아야 한다고 느꼈다. 더구나 회사가 외국인 소유가 되었어도, 회사 대부분의 경영진은 그대로 승계되었다. 한국인 경영진은 나이 많고, 노회한 사람들로 구성되어 있었다. 강병호는 긴장할 수밖에 없었다.

회사는 김상만이 귀띔해 준 대로 물류창고에서 시작되었다. 기록을 찾는 것은 시간이 필요한 것이었으나 파악하기는 어렵지 않았다. 또한 회사 주변 부동산업체들 그리고 주민들에게 물었다. 김윤식이라는 사람이 부지를 불하받아 물류창고로 운영하다가 자신이 부지를 현물 출자하여 공장을 세웠다고 했다. 강병호는 이 인물이 자신이 근무하는 회사 사장과 동일인이라고 짐작했다. 실제로 회사 자료를 보면 김윤식은 다른 세 명의 투자자와 함께 회사를 창업한 것으로 나와 있었다. 김윤식은 육군 장교 출신으로 알려져 있었고 나머지 사람들의 내용은 잘 알 수가 없었다. 제조업 출신 재산가, 과거 업계 임원 출신, 혹은 단순한 출자자 등으로 막연히 언급되었을 뿐이다.

회사는 약속과는 달리 투자를 전혀 하지 않았고, 회사의 인력구조조정을 발표했다. 인수된 후 1년이 채 지나지 않은 때였다. 사무직 직원의 감축뿐만 아니라 생산직 직원의 감축도 진행되었다. 주로 나이 많은 직원들이 대상이 된 것으로 회사의 임금구조를 개선하기 위한 것으로 이해되었다.

명종철 노조 위원장은 노조의 반대를 분명히 하고 구조조정의 중단 그리고 물가 인상률에 따른 임금의 즉각 인상을 요구했다. 회사는 거부했고, 노조는 파업 찬반투표를 즉시 실시하여 노조원의 압도적 찬성으로 파업에 돌입하게 되었다. 불과 1년 전 회사 매각 시 단행된 파업 이후 두 번째였다. 노사 간의 팽팽한 신경전이 1주일가량 계속됐다. 아직 공권력이 투입되지 않은 채, 긴장이 지속되었다.

회사가 타협안을 들고 나왔다. 4.5% 임금인상을 제안하면서 구조조정은 경영권에 해당하는 사안이므로 협상의 대상이 될 수 없다는 것이라고 했다. 명종철, 강병호 그리고 노조 간부들은 이를 회사의 새 노조 길들이기의 연장선에 불과하다고 해석했다. 회사 경영진은 노조를 적으로 보고 처음부터 대화와 타협을 거부하고 있었던 것에 근본적인 문제가 있었다.

그들은 거센 노조 때문에 경영이 힘들어진다는 도식적인 담화로만 일관하고 있었다. 노조가 제시한 자료는 그냥 무시되었다. 이는 노사가 앞으로 서로 정치적인 길로 걷게 되는 과정의 배경이 되었다. 노사가 추구하는 목표가 상호 아주 다르게 설정이 되어 있었다는 것은 갈등과 파국의 지루한 반복을 예고하였다. 그렇게 세상이 규정되어 굴러가게 되었다.

회사 주변의 소문은 새 투자회사는 조만간 회사 재매각을 통하여 투자 이익의 극대화를 실현한 후 떠나가리라는 것이었다. 공권력에 의해 노조의 파업이 진압된다는 공식하에서 이에 따른 회사의 생산 손실은 크지 않을 것이라는 계산이 깔린 결정임을 누구나 알 수 있었다. 즉, 노조를 한번 제대로 길들이기만 하면 앞으로 최소 3년간 회사 경영 목표를 달성하는 데 걸림돌이 제거될 것이라는 믿음이었다. 똑같은 회사의 임원진이라도 한국인 소유 때보다 더 노조 탄압이 심해졌다. 애초 노조의 요구였던 5년간 고용 보장은 매각 합의문에 전혀 포함되지 않았고, 현 상황의 구조조정 발표로 회사의 의도가 명확해졌다. 회사는 일방적으로 해고자 명단을 조만간 발표할 것이라는 소문이 돌았다.

명종철은 다른 대안이 없었다. 파업을 강행하고 노조원들은 공장을 떠나지 않는다고 선언했다. 그리고 지역 및 서울에 있는 언론기관에 회사의 부당성을 알렸다. 몇몇 기자들이 회사를 방문하고 노조의 의견을 청취했다. 그러나 보도는 없었다. 파업 열흘째 되던 날 공권력이 투입됐다. 한밤중 경찰기동대가 투입되어 공장 내에서 자고 있던 노조원들을 끌고 나갔다. 이틀 후 공장 가동이 재개되기 시작했다. 명종철과 강병호가 불법파업 주동자로 경찰에 잡혀갔다. 3일간 구금되어 있다가 일단 석방이 되었다.

석방 후 명종철은 다시 한번 실종 상태가 되었다. 과거처럼 누군가 그를 어디론가 데리고 간 것 같았다. 강병호는 회사 노무부장의 감시하에 놓이게 되었다. 노무부장은 충직한 회사의 불도그 같은 인물로 젊었을 때 군

생활을 정리하고 회사에 들어와 오늘에 이른 인물이었다. 근무시간 내내 강병호는 근무에서 열외 된 채 노무부장과 같이 지냈다. 귀가한 이후에야 그는 자유를 얻었다.

저녁에 이성표 대리로부터 연락이 왔다. 정보가 있다는 것이었다. 그를 평택까지 오게 하고 싶지 않았다. 그의 신분이 회사에 노출이 될지도 모를 일이었다. 자신이 서울로 올라가겠다고 했고, 강병호는 차와 지하철을 일부러 몇 번씩이나 갈아타고 늦은 밤에 이 대리를 광화문 근처 어느 사람 많은 카페에서 만났다.

이성표 대리는 긴장된 모습으로 나타났다. 그가 알고 있는 국제 법률 회사에서 일하는 지인을 통해 귀띔으로 들었다고 했다. 의심한 대로 조세회피처 법인이 애초 회사 매각에 제법 오래전부터 관여하고 있었던 듯하다고 했다. 은밀한 이 대리의 부탁을 그 지인이 파악한 바로는 역시 이면계약서가 존재하고 있었던 것이었다.

매각 본 계약서는 국내용으로 작성되었고 이면계약서는 이미 외국에서 만들어졌다는 확신이 들었다는 것이었다. 본 계약서를 자세히 들여다본 그 지인은 회사 매각자들의 한국 측 법률대리인 회사의 직원으로 계약서의 가장 마지막 문구에 주목했다고 한다. 언뜻 보면 지극히 평범한 문장으로 일반적인 계약서로서의 요체는 아니었다는 것이었다. 본 계약서 끝에 있는 문장을 이 대리는 강병호 앞에서 직접 읽어주었다.

"이 계약서에 기재되지 않은 사안은 별도로 매도자와 매수자의 상호 합의로 최종 결정된다." 그 지인은 이 문장에 주목하게 되었다고 했다. 애초 강병호가 계약서를 독해하면서 지나쳤던 이 평이해 보이는 문장은 사실은 결코 정상적인 계약서에 들어갈 수 없는 것이라는 것이다. 계약서는 그 자체로 완전한 합의여야 하는데 이 문장으로 완전성이 없다는 것은 특이하다는 것이 그의 의견이었다는 것이다. 이는 이면계약의 존재에 대한 확실한 심증을 낳게 했다.

그렇다면, 이면계약은 도저히 알 수가 없는데 우리가 무슨 수가 있느냐는 강병호의 질문에 이 대리는 조세회피처를 다시 끄집어냈다. 이 조세회피처 없이는 이면계약서가 성립될 수 없는 운명적인 존재가 된다는 논리로 말하고 있었다. 지난번 회사의 매각처럼 국제 거래의 경우 본 계약서가 완전하지 않다면 그럴 수밖에 없다는 자명함이 있다고 대답했다. 그렇다면, 그 조세회피 법인은 어디에 있고 어떻게 알아낼 수 있느냐고 강병호는 묻고 있었다. 이성표 대리는 파악하기는 너무 어렵다. 거의 불가능에 가깝다고 대답했다. 세계 수십 개국에 서류상으로만 존재하는 수많은 법인을 파악하는 것은 가능하지 않다는 엄연한 현실임을 말하고 있었다.

실망한 강병호에게 이성표 대리는 이렇게 말했다. 이면계약서와 매도자 측이 만든 조세회피 법인은 현실적으로 찾을 수 없을 것이다. 그러나 한가지 가능성은 한국 측 회사 주인들은 회사 설립 이후 이번 매각 때까지 그대로 남아서 이익을 챙겼을 것이 분명하므로 그들이 누구인지 추적할 수는 있지 않을까 한다고 말했다. 강병호의 어떻게? 라는 질문에 그는 회사의 과거를 추적해 보면 어떨까 한다는 의견을 냈다. 이 말을 하려고 강병호와 만나고 싶었다고 덧붙여 말했다.

강병호는 서울에서 평택으로 돌아오는 버스 안에서 생각에 잠겼다. 이제 무엇을 생각하고 행동을 해야 할지 고민이 되었다. 한 가지 확실한 것은 회사가 어떤 이유로든 헐값에 석연치 않은 방법으로 매각이 되었다는 것이었고, 이 매각을 주도한 사람들을 찾는 과정이 절대 쉽지 않을 것 같은 절망감이 몰려왔다. 집으로 돌아왔을 때는 이미 자정이 넘어가고 있었고 아내 명종숙이 아이들을 재우고 혼자 기다리고 있었다. 병호와 종숙은 간단히 대화했다. 밥은 먹었어요? 그래. 서울에 갔었던 일은? 글쎄, 모르겠어. 내가 할 수 있는 일이 무언지 모르겠어.

아마도 회사의 구조조정을 막는 것 외에는 내가 할 일이 없는 것 같아. 그것도 내 힘으로 막을 수 있을지 모르겠어. 여보, 힘을 내요. 해보는 데까지 해보고 안 되면 그땐…. 그땐? 우리가 회사를 떠납시다. 물론, 이것이 그들이 원하는 것이기는 하지만요…. 김상만 씨처럼 우리도 결국은 떠나야 할 수밖에 없을 것 같은 예감이 들어요.

최 노무부장님이 요즘은 나를 대놓고 괴롭혀요. 내가 당신의 아내라서요. 내가 업무를 하는데 하루 종일 부장님 눈치 보며 신경 쓰는 바람에 노이로제에 걸릴 지경이에요. 전부터 업무에 간섭이 많았어도 그렇게, 그렇게 견디고 지냈었는데, 회사가 팔리고 노조가 반대하니까 이제는 노골적으로 적대감을 감추지 않아요. 오빠도 힘들어지고, 당신도 힘들어지고… 노조원이라는 것이 이렇게 힘든 것인지 몰랐어요. 강병호는 대답할 말을 생각해 내지 못했다. 그저 미안해, 여보, 라고만 말했다. 미안하지만, 좀 피곤하구먼, 잠을 좀 자야겠어.

피곤한 몸이었지만, 강병호는 쉽게 잠들지 못했다. 겨우 몇 시간 잤을까? 그는 꿈을 꾸고 있었다. 들판이 나타났다. 나비가 날고 있다. 병호와 종숙은 아이들과 들판에서 뒹굴고 있다. 모두 웃고 있다. 어린 진명은 들판을 냅다 질러 뛴다. 진희는 오빠를 부르며 같이 가하며 쫓아간다. 마침내 오두막에 네 식구가 다다른다. 오두막에 하나씩 오른다. 그런데 오르자마자 하나씩 사라진다. 그 대신 오두막에서 이상한 사람들이 보인다. 군복을 입은 최 부장, 군복을 입은 김윤식 창립자 그리고 군복을 입은 또 하나의 인물 그러나 그의 얼굴이 누구인지 분간이 안 된다. 이상하게도 그는 얼굴이 없는 사람이다. 그들이 무표정하게 병호를 보고 있다. 그들의 무표정이 섬뜩하다. 병호는 명종철 선배를 부른다. 김상만 동지도 부른다. 대답이 없다. 가슴이 답답해진다.

병호는 비로소 꿈에서 깼다. 옆에서 자는 아내 명종숙은 조용하다. 다행이다. 그러나 자신은 외롭다. 그는 이제 무엇을 할 것인지 모른다. 아니다. 알기에 힘이 든다. 알기에 자신에게 닥칠 일을 본다. 꿈에서 본 그들의 무표정으로 그의 운명은 결정된 것 같았다. 꿈과 현실은 다르지 않을 것이었다. 꿈은 그저 앞으로 자신에게 닥칠 일에 대한 예고편에 지나지 않을 것이다. 그가 가지고 있는 카드가 없었다. 회사가 부당하게 매각되었고, 이를 그가 밝혀내지 못하게 되어 있는데, 할 게 무언가? 회사가 동료 노조원을 자르는데 자신이 할 게 무언가? 파업과 항의?

아침에 일어나 밥을 먹고 회사로 갔다. 작업을 끝내고 최 부장을 만나야 한다. 담판을 지어야 한다. 종철 형이 실종인 상태에서 최 부장은 강병호와 담판을 짓고 싶어 한다. 노조원 40명의 감축 대신 그가 회사를 그만두는 것으로. 그리고 자신이 명종철 노조 위원장을 설득하여 동반 사퇴하고 회사를 떠나는 대신 노조원의 감축은 없던 일로 하는 것으로 강병호는 제안했다. 최 부장은 반대로 그와 종철 형이 계속 노조 일을 해도 좋다. 그만둬도 상관없다. 40명 감축은 그대로 진행한다고 맞섰다. 결국 칼자루는 회사가 쥐고 있으니 알아서 하라는 식이었다.

강병호는 그렇다면 다시 파업할 것이라고 대답했다. 최 부장이 화를 냈다. 그가 협박과 회유를 시도했다. 일단 같이 저녁밥을 먹자고 해서 회사 앞 식당에서 식사와 술을 했다. 그가 자꾸 술을 권했다. 그와 노무부 직원 둘을 상대해서 술을 마셨다. 그동안 긴장과 피로가 겹쳐서였는지 술이 금방 올라왔다. 그들은 다시 회사로 들어가서 얘기하자고 했다. 파업만은 막아보자고, 말로 해보자고, 대화가 중요하다고, 좋은 게 좋은 거 아니냐 하면서 회유를 시도했다.

그러나 일단 회사로 다시 돌아오니까 그들의 태도가 급변했다. 노무부 회의실로 들어서자마자, 그들은 강병호에게 반말로 젊은 놈이 융통성도 없고, 싸가지도 없고, 세상 돌아가는 것도 모르고 일방적인 노조 선동으로 회사를 잡아먹으려고 한다고 막말하기 시작했다.

최 부장이 강병호의 얼굴에 주먹을 대고 난 네가 처음서부터 맘에 안 들었어. 네가 노래 부르고 여기저기 돌아다니며 선동질하고 다닐 때부터 눈여겨봤었지. 종철이와 상만이 놈들하고 한패가 돼서 말이야. 우리 부서 명종숙이와 네가 결혼한 사이라 내가 좀 봐주려고 했는데, 보니까 아니더라고. 노조한답시고 선동하고, 분란 일으키고, 회사 염탐이나 하고. 내가 네가 그동안 뭐 하고 다녔는지 모르고 있었는지 알아? 회사가 팔려서 모처럼 발전의 기회를 마련했는데 헐값 매각이라고 선동질을 해? 그리고 여기저기 쑤시고 다니고? 최 부장은 이미 취기가 올라 그의 분노를 더욱 자극하고 있었다.

이윽고 그는 강병호의 멱살을 잡았다. 그는 비록 강병호보다 스무 살 가까이 나이가 많았으나 완력은 훨씬 셌다. 강병호는 그를 뿌리치려고 했다. 그럴수록 그는 심한 욕설과 완력으로 강병호를 제압하고 있었다. 최 부장님, 저와 대화하자고 하시면서 제 멱살까지 잡고… 이러시는 이유가 뭡니까! 라고 강병호도 흥분이 되어 목소리를 높이게 되었다. 대화? 너희 같은 놈들과 대화? 이제 회사도 팔렸고, 어려운 일들은 다 지나갔다. 너희 새 노조 집행부만 잡으면 돼. 알아듣겠어? 그는 아직 강병호의 멱살을 잡고 있었다. 바로 그의 입에서 진한 김치와 고기 냄새가 풍겨왔다. 거기에 아까 먹은 소주 냄새까지 곁들여져서, 아주 역겨운 입냄새가 바로 강병호의 얼굴 가까이 풍겨오는 것을 견디기 어려웠다. 강병호는 외쳤다. 놓고 말씀하시죠, 최 부장님! 이런 식으로 대하시는 게 대화입니까?

최 부장은 이제는 웃고 있었다. 웃고 있는 그의 눈에서 강병호는 광기를 봤다. 섬뜩했다. 그러나 그는 강병호를 끌다시피 옆방으로 데려갔다. 옆방은 간이 회의실로 일부 공간은 비품실로 쓰고 있었다. 노조 간부들과 회사 실무진이 회의할 때 쓰던 방이었다. 이미 밤이 되었기에 실내는 어두 껌껌했다. 그는 강병호를 그의 손아귀에서 팽개치듯 밀쳐냈다. 강병호는 바닥에 쓰러졌다. 쓰러진 그를 최 부장은 일으켜 세우고 그의 큰 주먹으로 가슴을 후려쳤다. 강병호는 다시 바닥에 나동그라졌다. 쓰러지는 그 순간에 강병호는 무언가 날카로운 물체에 의해 자기 머리가 받히는 듯한 이상한 소리를 들었고 그는 쓰러져서 일어날 수가 없었다. 그리고 곧 정신을 잃었다. 이 순간은 불과 2, 3초 정도의 짧은 시간이었으나, 강병호는 쓰러지는 그 순간, 아 나는 죽나 보다는 생각이 들었고 곧 의식이 없어졌다.

강병호는 병원으로 긴급 호송되어 응급실로 옮겨져 조처하고 중환자실로 이송되었다. 그는 이 사건 후 1주일 동안 의식이 돌아오지 않았다. 그는 머리와 대퇴부에 심한 충격을 받았고, 실어증 증세를 보인다고 했다. 오른쪽 팔도 마비되어 움직일 수 없었지만, 1년 이내에 기능은 회복될지도 모른다는 진단이 떨어졌다.

뇌 정밀검사 결과, 최종적으로 그의 증상은 브로카 실어증으로 판명이 나서 언어능력이 상실될 것이라는 진단이 나왔다. 아내 명종숙은 남편의 병상을 줄곧 지키고 있었고, 처남 명종철 노조 위원장이 노조 간부인 강병호의 부상 사고에 대한 회사의 진상규명을 요구하며 무기한 단식투쟁에 들어갔다.

회사는 재빨리 움직였다. 회사 측 해명은 강병호가 사고 당일 최 부장과 저녁 식사 후 취한 상태에서 그에게 행패를 부리다 술기운을 못 이겨 회의실에서 쓰러졌는데, 그때 스스로 뾰족한 회의실 금속성 책상 모서리에 부딪혀 발생한 사고였다고 발표했다. 이 발표는 가해 당사자인 최 부장이 했고, 회사는 유감을 표명했다.

회사는 이 사고를 계기로 노조 인력구조조정을 백지화했고, 노조와 화해 차원에서 임금을 소폭 인상하는 것을 발표했다. 노조원 일부는 사고에 의혹을 제기하며 반발했으나 다수의 노조원은, 해고 대상 노조원들을 포함해, 회사의 발표를 내심 받아들이는 태도를 보였다. 경찰의 사건 조사는 최 부장과 강병호만 있었던 자리에서 일어난 일로서 당시 CCTV 같은 시설도 없던 때여서 증거 수집이 불가능했고, 일방적으로 최 부장의 진술에 의지할 수밖에 없었다.

피해 당사자가 진술할 능력이 없는 상황이었고, 무엇보다 당시 강병호는 생사의 고비를 넘기고 있었다. 진술할 수 없는 피해자는 피해자가 아니고 그냥 술 먹고 행패 부리다 술기운을 못 이기고 쓰러지며 스스로 사고를 냈다는 결론은 수긍하기 어려웠으나 그렇다고 아니라고 말할 증거가 없었다.

명종철 위원장은 자진 사퇴를 발표했다. 그리고 곧 회사를 떠났다. 명종숙 노무부 직원도 퇴사를 결심했고 남편의 치료가 끝나갈 즈음인 사고 난 후 반년 만에 회사를 떠났다. 당시 강병호는 산업재해의 보상도 못 받았고 단지 회사가 법정 퇴직금 외에 1년 치 봉급을 얹어주는 것으로 해서 강병호도 퇴사 처리됐다. 그리고 그의 가족은 평택을 떠나 부평으로 이사를 갔다.

서진애는 남편의 사업 실패 이후 스스로 집에 갇혀 사는 것을 택했다. 세상에 태어나서 처음으로 수치를 느꼈다. 자신과 한 몸으로 이제껏 달려 나왔던 강용환이 미국에 와서 실패했다는 것이 믿어지지 않았고 이를 현실로 받아들일 수 없었다. 실패했다는 것이 수치가 되었다. 실패가 인생에서 나타날 수 있는 하나의 과정이었다면 그리고 무엇보다도 이 실패를 딛고 앞으로 나아가 최종 성공이 될 수 있는 성질의 것이라면 수치가 될 수 없다는 믿음이 마지막으로 깨진 것을 의미했다. 그러나 수치라는 감정 이상의 것은 없었을까?

남편은 지하층 사무실에서 거의 매일 기거한다. 그러다 불쑥 차를 타고 사라진다. 옛날에 며칠씩 여행을 다녀오듯 사라진다. 서진애는 더 이상 남편이 미리 얘기하지도 않고 사라져도 지난번처럼 탐정을 부르지 않는다. 남편이 과거처럼 다시 집으로 올 것을 알고 있으니까. 남편도 서진애도 이제는 그의 행적에 대해 서로 얘기해 주지 않는다.

요즘 달라진 점은 그가 자다가 잠꼬대하다가 소리를 지르며 공포에 떠는 일이 잦아졌다는 것이다. 강인한 남편의 모습이 사라지고 그저 늙은 추함만 보인다. 그를 진정시키려 하지만, 별수가 없었다. 남편은 독주를 마시고 다시 잠을 청했다. 이제는 자기 전에 마시는 위스키의 농도가 더욱 진해졌을 뿐이다. 처음 한 잔에서, 두 잔, 석 잔 이런 식으로 늘어갔다.

잠은 갔다. 그러나 새벽녘에 남편은 깼다. 깨기 전에 고함을 지른다. 마치 잠에서 깨어남을 알리는 듯이 말이다. 아내는 그에게 의사를 찾아갈 것을 간절하게 얘기한다. 심각해지는 알코올 의존성 그리고 불안한 정신상태를 그냥 놔둘 수 없다고 말한다. 남편은 들은 체도 안 한다. 아내가 아무리 얘기해도 듣지 않으므로 이제는 포기했다.

남편이 이른 아침에 고함을 지르며 일어나는 동안, 이제 아내는 조용히 침대에서 내려와 자신의 일상을 시작한다. 아래층 문을 열고 집 앞 해변으로 간다. 소슬한 바람과 새벽의 한기를 느끼며 자신만의 고독한 아침 산책은 일상이 된 지 오래지만 이 고독함이 허무함과 상실감을 내재한 채로 서 있다는 것이 자신을 슬프게 한다. 하지만, 이 슬픔조차도 이제는 삶의 현실이 된 것임을 자각하게 된다. 자신의 슬픔이 누구와도 공유될 수 없다는 현실 속에서 삶을 살아간다. 이것이 수치심의 저변에 깔린 정서인 것 같았다.

서진애는 사촌 동서지간인 명종숙을 불현듯 떠올리게 된다. 그동안 그녀에게는 솔직히 철저히 타인 같은 존재였던 명종숙 그리고 그녀의 남편 강병호. 자기 가족이 한국에서 살 때도 그리고 미국으로 이민 와서 살아오고 있는 지금까지 자신은 명종숙과 철저히 타인으로 지냈다. 자신과의 차이점이 너무나 많았다. 명종숙은 서진애에게로 녹아들 수 없는 존재처럼 느껴졌다. 자신과 그녀가 크게 보아 강씨 집안에 며느리로 들어왔다는 것 외에는 공통점이 없었다. 물론 그동안 서로 바쁘게 살았다. 각자의 위치에서, 각자의 다른 환경에서 살아왔다.

명종숙은 자신과는 달리 실패한 남편 강병호와 살면서 고생깨나 했을 것이다. 반대로 자신은 성공한 강용환과 살며 행복한 그리고 보람찬 삶을 살아왔다. 명종숙은 어쩌다 장애인이 되어 정상적인 사람 구실을 못 하는 남편을 먹여 살리느라 몸고생 마음고생을 했을 것이다. 그러나 그것은 그녀의 불운일 뿐이었다. 마치 자신의 맏아들 재영이 미친놈이 쏜 총에 맞아 죽는 사고를 당한 것처럼 말이다. 그런 의미에서 서진애는 명종숙을 동정한다. 그러나 어쩌랴, 그 불행이 자기와는 무관한 것이었을 뿐이었던 것을.

그런데 서진애는 왜 지금, 이 시점에 갑자기 명종숙을 생각하게 되는 걸까? 자신이 그녀의 딸 진희를 예뻐하고 솔직히 도움도 받은 것은 인정한다. 그러나 명종숙은 다르다. 자신은 그녀에게 어떠한 도움도 주지 않았고 그녀 또한 자신에게 어떠한 도움을 줄 수 있는 형편도 못되었다. 그런데 왜 자신은 그녀를 생각하는가? 외로움 때문에? 고립감 때문에? 심지어 자신의 실패 때문에? 서진애의 자존심은 적어도 자기 자식들이 그녀의 품에서 영원히 떠나간 것을 명종숙에 보여주고 싶지 않다는 것은 분명하다. 명종숙의 아들은 이미 신부님이 되었고, 진희는 이제는 어엿한 전문직 중간관리자가 되었다. 그녀는 그 아이들의 성공을 속으로 질투할 만큼 속 좁은 인간은 아니라는 것을 안다. 그럼에도 서진애의 허무한 마음을 숨길 수는 없다.

남편 강용환이 비록 사업에 실패했어도 우리는 여전히 부자다. 사업으로 날아간 돈이 아깝기는 하지만, 정확히 말하자면 사업의 실패는 금융위기라는 외부적인 요인에 의한 것이었고, 그녀는 남편에게 이를 무수히 얘기해 줬다. 당신 잘못이 아니라고. 남편도 모를 리 없다. 그런데도 그는 칩거를 택했다. 스스로 고립의 길을 택했다. 자식들의 실패 때문만은 아니었다. 재영이 죽은 지도 이제는 이미 수년이 지났고, 재식은 언젠가는 자신들의 손녀딸을 데리고 찾아 올 거라는 희망을 버리지 않았다. 재아는 솔직히 재혼하여 다시 잘 살면 되는 것 아닌가? 그런데, 왜 남편은 괴로워하는

가? 왜 잠도 제대로 잘 수 없는 불안한 심리 상태가 되었나? 그리고 자신은 왜 고립을 택했는가?

　서진애는 명종숙을 만나야겠다고 결심했다. 솔직히 자신이 왜 만나는지를 몰랐다. 갑자기 하지도 않던 여자들끼리의 수다를 떨기 위해? 자신의 외로움을 덜기 위해? 그래도 친척은 친척이니까 그녀에게서 몇 마디의 의례적인 친절한 말을 기대하는 마음으로? 자신도 자신의 마음을 몰랐다. 서진애는 명종숙 가족이 최근 엘에이 근교로 이사한 것을 안다. 그러나 그들은 서진애 가족을 새집에 초대하지 않았다. 그녀는 섭섭한 마음은 없었다. 그러나 자신은 손윗사람으로 최소한 명종숙에게 근사한 점심을 사주며 축하해줘야 한다고 느꼈다.

　결론부터 말하면 자신이 명종숙을 만나지 말아야 했다. 그녀를 엘에이 번화가에 있는 최고급 프랑스 요리 레스토랑으로 초대했다. 이상했던 점은 전과는 다르게 명종숙은 서진애에게 상냥하지도 않았고, 특유의 미소도 짓지 않았고, 만나서 반갑다는 인사치레도 없었다. 오히려 자신은 프랑스 요리처럼 비싼 음식은 먹을 줄 모른다고 타박 아닌 타박을 그녀 앞에서 서슴없이 했다.

　서진애는 불쾌해지는 감정을 숨겨야 했다. 같이 밥을 먹으면서 명종숙은 서진애에게 한마디 말도 안 했다. 오히려 서진애가 이것저것 말을 꺼내야 했다. 새로 이사 간 집에 관해 물어도 시큰둥하게 대답할 따름이었다. 마치 우리가 알아서 이사 가서 잘 살고 있는데 웬 참견이냐는 태도같이 느껴졌다. 물론 새집으로 초대하겠다는 말도 당연히 없었다. 그녀와 가깝게 지냈던 진희에 관해 물어도 그저 잘 지내고 있다고 단답형으로 대답했다. 식사가 시작되고 얼마 안 있어 우리들은 서로에게 할 말이 없어졌음을 알

앗다. 서진애는 명종숙의 태도가 변해 있다는 것에 속으로 놀라고 있었고 솔직히 적지 않게 당황하고 있었으나 이를 내색하고 싶지 않았다. 그 대신 명종숙이 왜 그리고 언제부터 태도가 바뀠는지가 궁금해졌다. 당장 물어본다고 해도 솔직히 말해줄 것같이 않게 느껴지는 분위기였다.

높은 빌딩 창가 레스토랑에서 비치는 햇살은 따사하고 포근한 감을 주었다. 이와 대비되는 두 사람의 모습은 기이할 정도였다. 서로 말없이 각자의 식사를 했다. 푸아그라, 달팽이요리, 와인 소고기찜, 오리 가슴살 구이, 해산물 스튜…. 서진애가 평소 제일 즐겨 먹는 일 인당 1,000달러짜리 점심 요리의 맛이 마치 돌을 씹는 듯한 기분이 되었다. 마침내 명종숙은 메인 요리까지만 겨우 먹고 자리에서 일어났다. 자신은 비싼 프랑스 요리를 먹을 줄 모른다는 말을 한 번 더 되풀이하면서 먼저 일어나겠다고 말하고 나갔다. 서진애가 화를 낼 시간도 없이 그녀는 유유히 사라졌다. 마치 더 이상 서진애를 보지 않겠다는 듯이 말이다. 서진애는 화가 났고, 먹던 요리의 접시를 바닥에 집어 던지고 싶은 충동을 참을 수 없어 한참 동안 혼자서 숨을 들이쉬고 내리쉬고를 반복해야 했다. 자신이 모욕감을 느낀 것은 그렇다고 치고, 왜 명종숙이 자신에게 다른 사람처럼 나타났는지 알 수가 없었다.

서진애가 명종숙을 만나고 1주일 후 진희가 큰어머니에게 전화를 걸어왔다. 자기 엄마를 대신해 사과하겠다고 하며, 그녀를 만나기 전 명종숙은 자기 남편과 심하게 말다툼을 벌여 상당히 맘이 상하고 흥분된 상태에 있었기 때문에 아마도 제정신이 아닌 상태에서 큰어머님을 만나서 본의 아니게 마음을 상하게 해드린 것 같다며 자기 엄마 대신 사과를 드리겠다는 것이었다. 서진애는 즉답을 피하고 왜 싸웠는지 물어봐도 되냐고 물었다.

진희는 전부터 종종 부부싸움이 있었는데, 최근 들어 좀 심해진 것뿐이라고 대답했다. 그녀는 더 이상 꼬치꼬치 물을 수 없었다. 진희에게는 알겠다, 고맙다고 짧게 답하고 전화를 끊었다. 그러나 서진애의 찜찜한 마음은 가라앉지 않았다. 명종숙에 대한 괘씸함도 사그라지지 않았다. 그리고 진희는 역시 영리하고, 사리 분별할 줄 아는 아이라고 다시금 생각하게 되었다. 그 아이 집안에서 유일하게 똑똑하고 바르게 생각할 줄 아는 아이라는 자기 생각을 확인해 주는 또 하나의 계기가 되었다.

강병호는 부평으로 이사한 반년 후쯤 서형석의 편지를 받았다. 그의 편지는 형이 그동안 형수님을 통해 병이 많이 회복되었다는 소식을 들었다는 인사말로 시작되었고, 그는 구구절절하게 직장 선배인 강병호를 향한 마음을 적어 나갔다. 사고 후에 형이 혼수상태에 빠진 후 겨우 의식을 회복하고, 사고의 여파로 오른쪽 팔이 마비되었을 때 절망했었다는 얘기, 다행히 형이 6개월 만에 팔이 정상으로 돌아왔지만, 안타깝게도 언어소통에 어려움을 겪고 있다고 형수님이 말씀해 주셨을 때 그는 너무도 슬펐고, 그래도 형수님 말씀이 형이 머리의 충격으로 언어장애는 있을지라도 인지능력이 없어진 것은 아니다. 비록 말은 제대로 못 하여도 형은 생각할 수 있고 또 몸을 움직이는 데는 지장이 없다고 말씀해 주셨다는 얘기. 그래서 그가 일부러 형에게 전화 대신 편지를 쓰게 됐다는 설명을 덧붙였다.

그리고 그는 강병호에게 그동안 회사에 많은 변화가 있었다고 썼다. 우선 그가 노조에서 형이 하시던 역할을 맡게 되었다는 것, 또 노조는 명종철 큰형님이 떠나신 후 완전히 어용노조로 다시 바뀌었다는 것, 회사는 형님 때문에 취소되었던 노조원 구조조정을 최근에 기어이 단행했다는 것, 형 때문에 올랐던 봉급도 이제는 동결되었다는 현실. 회사는 인수합병 후 전보다 더 잘나가고 있는 것은 업계의 경기가 좋다는 증거임에도, 이를 새 경영진의 능력 때문이라고, 선진 경영 기법의 도입 때문이라고 선전한다고 썼다. 우리들 봉급을 안 올리고 이익을 내는 것을 신경영 기법이라고 합니다. 기가 막힐 노릇입니다, 라는 문장으로 그의 울분을 토하고 있었다.

옛날 주주 역할을 했던 김윤식 씨가 형님이 회사를 떠난 후 새로 대표이사로 됐으나 그가 꼭두각시 사장임은 누구나 다 알고 있다는 얘기. 인수합병의 주체인 외국인이 선임한 외국인 부사장이 실세라는 것은 회사 안팎에 다 알려진 것이라는 것. 형님이 의심했던 헐값 매각 의혹도 밝혀지기가 어려워졌다고 했다. 밝혀진들, 우리같이 힘없는 노조원들이 무엇을 할 수 있는지 답답하기도 하다고 덧붙여 썼다.

그런데 이 김윤식 사장의 동태에 수상쩍은 점이 있어서 형에게 편지를 쓰게 됐다고 했다. 형이 아셔야 할 것 같아 이렇게 편지로 쓴다고 그는 강조하고 있었다. 김 사장은 그동안 최소한 매 분기 한 번씩 혹은 그 이상 외국 출장을 가고 있다는 것을 우리 노조는 회사 총무과의 기록을 통해 그의 행적을 어느 정도 추적해 볼 수 있었는데, 그의 출장지는 모두 유럽 지역이었다는 것이었다.

가까운 일본, 동남아, 혹은 미국 같은 곳은 하나도 없어서 이상할 정도였는데, 런던, 파리, 바르셀로나, 제네바, 뮌헨 같은 대도시로 출장을 한 것으로 나와 있었다고 하며, 간혹 어느 특정 국가를 장기 여행한 흔적도 발견되었다는 것이었다. 가령 영국, 프랑스, 스페인, 북유럽의 특정 지역과 도시를 장기 여행했음이 확실한 여정이 출장에 섞여 있었다고 했다. 출장을 빙자한 유럽 관광을 한 것으로 드러난 셈인데, 이는 그리 놀랄 일도 아니었다고 했다. 바지 사장 노릇의 대가로 여겨질 만도 했기 때문이기에 가능하다고 서형석은 평가했다.

그보다 더 흥미로운 것은 새로운 사실의 발견 같은 것이라고 했다. 그는 이것이 중요한, 주목해야 할 것인지는 확실치 않으나, 형님이 사고 나기 전에 궁금해하던 회사 헐값 매각과 관련성이 있을지도 몰라 말씀드리는 것이라고 사족을 달았다. 김 사장은 그동안, 즉 강병호가 사고를 당한 후 지금까지 근 1년간 모두 여덟 번의 해외 출장을 갔었는데, 그때마다 한 번도 빼놓지 않고 방문했던 도시를 특정했다. 이 도시는 유럽으로 가기 위해서는 반드시 들려야 하는 큰 도시도 아니고 그렇다고 특별한 관광지도 아니었기 때문이었다. 서형석에 의하면 이 도시에서 김 사장은 최소한 이틀 혹은 사흘 정도 출장 갈 때마다 머무른 것으로 기록에 나온다고 했다.

서형석은 그 이유가 궁금해서 혹시 김 사장의 아들이나 딸 중에 누군가가 이 도시 안에 있는 학교에서 유학하고 있어서 출장 때 만나기 위한 것이 아닌가 하는 생각도 했다고 했다. 그러나 김 사장 가족 중에 유학생은 없었다. 총무과를 통해 확인했고, 실제로 김 사장의 자식들은 국내에서 활동하고 있는 것으로 파악되었다. 그렇다면 그는 왜 그리로 그것도 정기적으로 출장을 가고 있었을까 하는 의문이 남는다고 했다. 그러면서 형이 다치기 전에 여기저기 알아보고 있었던, 알고자 했던 내용과 어떤 연관이 있을지 몰라 편지로 썼다고 했다.

편지를 마치면서 서형석은 강병호에게 소액이지만 돈을 보내 드린다고 썼다. 너무 적은 액수라 죄송스럽다는 말과 함께. 아마도 그동안 회사에서 준 알량한 위로금도 형 치료비로 다 썼을 것이고, 형수님 고생하시는 것을 알기에 조합원들 사이에 얼마씩 갹출하여 보내 드리니 너무 부담감을 가지지 마시기를 부탁하면서 앞으로 새 소식이 있으면 또 연락드리겠다고 하며 끝맺음했다.

강병호는 이 편지를 몇 번이나 반복해서 읽었다. 그는 자신의 인지능력이 사고 전보다 분명히 떨어졌다는 것을 실감했다. 그래서 여러 번 읽어야 했다. 겨우 서형석의 편지 내용을 이해하게 될 수밖에 없는 현실이 된 것이 충격이 되었다. 이 제약은 그의 인지능력이 얼마나 저하 되었는지에 대한 하나의 척도가 된 것 같은 기분이 들었다.

서형석의 편지는 강병호가 부평으로 이사 온 후 처음 접하는 외부 세계와의 만남이 되었는데, 편지 내용에 대해 이제 와서 자신이 할 일이 하나도 없다는 무력감과 함께 그가 장애인이 되었다는 것을 객관적으로 인식하게 되는 계기가 된 것도 사실이었다. 이 계기는 그의 일상적 우울함을 넘어서는 충격으로 다가왔고 이 충격은 그의 삶의 의지를 꺾어버리는 결과로 작용했다. 자신이 평생 장애인으로, 바보로 살며, 가족에게 짐만 되는 존재로 남는 아무 쓸모 없는 인간으로 될 바에야, 차라리 여기서 자신의 인생을 끝내는 것이 낫다고 생각했다.

아내 명종숙이 이를 눈치채고 눈물로 호소했다. 당신은 바보가 된 것이 아니라고. 진명과 진희의 아버지로 살아남아야 한다고 호소했다. 나는 이제 당신에게 짐이 된 것이야, 라는 짧은 표현도 안 되고 ㄴ… 아… 이… 지… 로 아내에게 말해주었다. 아내는 울면서 여보, 알아, 난 다 알아들어. 당신은 내 인생에 짐이 된 것이 아니야….

당신 병은 앞으로 더 나아질 수 있어. 인지능력은 앞으로 점차 더 회복될 거야. 그리고 말도 지금보다 좀 더 잘할 수 있게 될 거야. 훈련이 필요해. 그리고 정말 다행인 건… 당신이 잘하는 노래를 부르는 능력은 괜찮다고 해. 이 능력은 반대편 뇌의 기능에 속해서 그렇대. 정말 다행이야. 의사 선생님 얘기는 노래를 부르는 것이 회복에 도움이 된대.

그리고 우리 이민 가자. 미국으로. 종철 오빠도 이민 신청을 해놨대. 올케언니네 가족이 오래전 미국 이민해서 살고 있는데, 오빠도 올케언니를 통해 가족 이민을 결심했어. 지난번 당신이 회사 노조 일로 사고를 당한 이후로 한국에 대한 정이 다 없어져 버렸다고 해. 나도 멀쩡한 조국을 뒤로하고 이민을 가는 것을 싫어했었는데… 듬직한 오빠를 믿고, 의지하고, 같은 회사에 다니며… 당신을 만나고, 재밌게 살았었는데… 이제는 아닌 것 같아.

오빠가 미국으로 가면 여기서 나 혼자 살기 싫어. 오빠도 우리 식구랑 같이 가자고 해. 여보, 나도 마찬가지야. 차라리 미국에 가서 당신 병도 고치고, 애들 교육하고, 거기서 새출발하고 싶어. 오빠가 몇 년 전에 이민 신청이나 해놓자고 해서 했었는데, 그동안 잊고 있었잖아. 올케네 미국 식구들이 같이 들어와 살자고 성화하는 바람에 마지못해 신청은 하게 됐었지.

결국 명종철 가족이 이민을 떠나고 얼마 후 강병호 가족도 미국으로 갔다. 이미 로스앤젤레스 지역에 오래전 이민 왔었던 올케네 가족처럼 말이다. 이때가 1989년 말이었다.

9

강용환이 저녁 라스베이거스 호텔에서 카지노 노름을 즐기고 늦은 밤 그의 방으로 돌아왔다. 이미 술에 취해 있었다. 말리부 집에서 차를 몰고 여기 그의 단골 호텔에 도착하자마자 카지노로 향했었다. 오랫동안 딜러로 일한 낸시가 그를 알아봤고, 친절히 대했다. 여행의 긴장을 풀고 집중하기에는 술과 노름이 좋았다. 그가 한동안 즐겼던 낚시는 오랜 기다림의 시간 동안 그에게 온갖 잡념이 들게 했고, 그 잡념의 내용은 모두 과거에 대한 회상 같은, 다시 말하면 잊고 싶은 것들이 떠오르게 되는 단점이 있었다. 철저히 혼자여야 하는 외로움을 견디기 어려웠다.

라스베이거스, 호텔, 카지노, 그리고 위스키의 조합은 그를 평안하게 했다. 말리부의 집은 과거를 회상할 수밖에 없는 공간, 집 앞의 해변은 아내 서진애가 매일 새벽에 몽유병 환자처럼 헤매는 공간, 너무나도 큰 집의 텅

빈 자리는 공허함을 더해 주었다. 그는 공간의 자유가 필요했고, 그 공간에서 과거라는 시간을 잊어버리고 싶었다.

평상시처럼 강용환은 잠을 청하기 위해 위스키를 마셨다. 그리고 아침까지 꿈도 꾸지 않고 잘 수 있기를 바랐다. 바로 그 순간, 그의 휴대전화가 울렸다. 그가 받았다. 낮게 깔려오는 목소리가 들려왔다. 강용환, 당신 오랜만이야! 당신이 라스베이거스에 숨어 있다고 내가 못 찾아낼 것 같았어? 이제 목소리는 날카로운 금속성의 음성으로 바뀌었다.

너는 누구냐? 당신 고모가 날 불렀어. 고모라니? 이 양반이 정신이 있나? 그 비싼 위스키를 쳐드시더니 치매기가 생기셨나…. 너, 이놈 너는 누구냐? 하, 이 양반 말귀를 못 알아들으시네… 대한민국 문경에 계신 당신 고모가 날 보냈어. 뭐, 고모님이 널 보내? 너 지금 어디야? 당신이 지금 라스베이거스에 있다는 걸 나는 알아. 내일 또 전화할게, 하고 상대편에서 전화를 일방적으로 끊었다.

강용환은 당혹함에 빠졌다. 돌아가신 문경의 고모님이 이 녀석을 보냈다? 목소리로는 아직 어린 것 같기도 했지만, 말하는 태도로 봐서는 아주 여유가 있어서 제법 나이가 든 녀석일지도 모를 인지적 혼란함이 있었다. 전화는 발신자 표기 제한으로 되어 있었다. 예상한 대로였다.

내일 녀석이 또 전화를 해올 것이고, 그때는 녹음장치를 사용해야겠다고 생각했다. 강용환은 전화를 피하고 싶지 않았다. 오히려 침착하게 대응할 터이었다. 나는 근본적으로 군인이다. 이런 일에 마음에 작아지지는 않는다고 다짐했다.

예상대로 다음 날 비슷한 시각에 다시 전화가 걸려 왔다. 네 고모를 봐서 내가 어제는 좀 신사적으로 너를 대했는데… 안 되겠네. 난, 너를 지난

30년 이상 찾아다녔어. 그런데 그 세월 동안 너는 아주 더 나쁜 놈이 되어 있더군. 그래서 난 너를 응징해야겠다고 마음먹었지. 너 내 말 알아듣고 있니? 이 개새끼야! 그의 말이 어제와 완전히 다르게 거칠어졌다. 강용환이 침착하게 대응했다. 너는 누구냐? 너 혹시 다른 사람과 착각하고 나한테 실수하는 것 아니야? 네 이름이 뭐냐?

착각? 내가 지나간 오랜 시간을 착각하고 살았다고? 소가 웃을 얘기다. 이 새끼야! 강용환 장군, 1994년 많은 죄를 지고 미국으로 도망쳐온 놈, 네 놈의 첫 번째 죄는 1980년 초에 자행됐지. 너 지금 네 첫 번째 범행을 기억이나 하니? 맨날 고급 양주나 처먹고 다니는 놈이 아직 알코올성 치매에 걸리진 않았겠지? 이제 네 입으로 자백해 봐! 자네 입이 아주 고약하군. 있지도 않은 일로 나를 욕하고 그러면 어떤 처벌을 받게 되는지나 아나?

네 놈이 이렇게 나올 줄 알았다. 나를 고소하든 말든 나는 상관하지 않아. 대신 너의 모든 범죄는 세상에 다 알려지게 될 거야. 다시 묻겠다. 네가 1980년에 저지른 범죄를 자백해라. 난, 네 놈이 무슨 말을 하는지 이해가 안 된다. 더 이상 너는 나와 대화할 상대가 안 되는군! 하며 강용환은 전화를 끊었다. 그리고 침대 옆에 놓인 위스키를 컵에 따르고 벌컥벌컥 들이켰다.

바로 그때였다. 서진애로부터 전화가 걸려 왔다. 여보, 거기 라스베이거스죠? 어떻게 알았어? 어떤 사람이 전화로 알려줬어요. 바로 조금 전에. 뭐? 그 사람 얘기로는 당신이 지금 위험하대요. 뭐라고! 누가 그래? 그 사람이 당신이 알코올성 치매가 있어서 당신이 1980년에 저지른 죄를 기억 못 하고 있다고… 그래서 알려주려고 전화를 나에게 했다고 해요. 나는 무슨 말인지 하나도 모르겠어요. 그 녀석이 당신에게도 전화했었나 보군. 아니 그 사람이 당신과 통화했어요? 그 친구 음성이나 태도가 어땠어? 목소리는 좀 날카롭고 어딘가 신경질적인 것 같기도 했어요. 그런데 나한테는 조용히 존댓말을 쓰더군요.

 아, 그리고 자기는 이명호라는 사람이라고 그러더라고요. 뭐, 이명호? 당신이 아는 사람이에요? 아니야. 전혀 감도 없어. 이명호라…. 그 사람이 나에게 그랬어요. 당신이 여기 말리부 집으로 오면 내가 당신을 설득해서 자백하라고. 그렇게 안 하면, 어떻게 되는지 알게 해줄 거라고 협박하고 조용히 전화를 끊었어요. 여보. 어떻게 된 거예요? 난, 뭐가 뭔지 도무지 알 수가 없어요. 당신 언제 말리부로 와요? 불안해서 잠도 안 와요. 주말을 여기서 지내고 갈게. 너무 염려하지 마! 나와는 상관이 없는 일이니까. 정말이에요?

 전화를 끊고 강용환은 생각에 잠겼다. 이명호. 1980년 초. 그의 기억 속에 아직도 남아 있었다. 이명호는 당시 사건에 연루된 가족일 수 있다고 느꼈다. 그렇게 느낄 수밖에 없었다. 자신의 진급에 결정적인 계기가 됐던 사건이었다. 그것을 잊을 리가 없었다. 군 정보 계통의 병과를 맡고 처음 담당했던 사건. 당시 세상에 거의 알려지지 않았던 사건이었다.
 그가 지금, 이 시점에서 해야 할 것은 자명했다. 이명호가 누구든 간에 자신은 그와 상관없다는 것을 말이다. 침묵은 금이다. 말하지 말아야 한다. 아내 서진애에게도 당연히 말하지 않을 것이다. 이명호가 누구든 그는 그를 모른다. 그가 그 사건을 모르면 그는 그를 모르는 것이 된다.
 그런데 강용환은 불면에 시달렸다. 하루 종일 카지노 노름을 하고 독한 술을 마셔서 몸은 피곤했을 텐데 잠을 잘 수가 없었다. 그는 이명호라는 놈은 분명히 당시 재판에 넘겨진 범인들 가족일 거로 생각했다. 이 점에 대해서는 의심할 필요가 없었다. 단지 이명호가 어떻게 이 시점에 나타나게 됐는지에 대한 의문이었다. 문제는 자신이 현재 아무것도 할 수 있는 일이 없다는 것이었다.

강용환이 이틀 후 말리부로 돌아왔을 때 발신자 불명의 편지가 그를 기다리고 있었다. 아내 서진애에 의하면 이 편지는 어제 그러니까 이명호로부터 전화를 받은 바로 다음 날 배달된 것이었다. 강용환은 편지를 황급히 열어 읽었다. 내용은 짤막했다. 이 편지를 받은 날로부터 이틀 후까지 지정된 은행 계좌로 100만 달러를 송금하라는 내용이었다. 발신인은 동일 인물인 이명호였다. 필적을 알아볼 수 없게 모든 내용은 컴퓨터 자체로 되어 있었다.

강용환은 허탈해졌다. 결국 돈 때문이었는가? 돈을 목적으로 사기를 치기 위한 술책이었던가? 그럼에도 왜 1980년에 있었던 오랜 기억이 소환되어야 하는지 알 수가 없는 꺼림칙함이 가슴에 남아 있었다. 강용환은 생각했다. 자신은 당연히 요구에 응하지 않을 것이다. 오히려 녀석의 의도를 파악할 기회가 될지도 모른다고 생각했다.

1주일 후 전화가 걸려 왔다. 강용환은 발신자 표시 없는 전화여서 안 받을까 잠시 망설였었다. 이명호의 반응을 알고 싶어서 전화를 받았다. 그러나 이번에는 다른 목소리가 들려왔다. 낮고, 느리고 어딘가 나이 먹은 남자의 목소리였다. 그는 이렇게 말하고 있었다. 강 장군, 나는 당신이 숨겨둔 돈이 어디 있는지 알아. 나에게 말하지 않으면 내가 당신의 정체를 세상에 다 알릴 것이다. 너는 누구냐? 강용환이 다급하게 외쳤다. 전화 속 인물은 당신이 나에게 소리친 건가? 뭔가 켕기는 것이 있다는 목소리인데 하며 오히려 더 천천히 나지막하게 속삭이듯 혹은 상냥하게 읊조리듯 말했다.

너는 누구냐? 하, 이 양반 똑같은 말씀을 하시네. 나는 당신이 은닉한 부정한 돈을 알고 있어. 그리고 어떻게 그 돈이 은닉되었는지도 알아. 너는 누구냐? 나는 너를 잘 아는 사람. 그러나 너는 날 알 수가 없어. 원하는 것이 뭐냐? 원하는 것? 그래. 그야 간단하지. 돈을 원하는 것이 아니야? 돈? 난 돈이 필요 없어.

네가 100만 불을 달라고 한 놈 아니야? 맞지? 이번에 목소리를 바꿔서 날 혼란에 빠뜨리려고 하는 수작임을 나는 알아! 전화 속 목소리의 남자는 껄껄 웃으며, 이 양반이 이제는 사람 목소리도 구분을 못 하는군. 난 다시 말하지만, 돈 따위는 필요 없어! 그럼 뭘 원하나? 난 자네 목숨을 원해. 자네 목숨을 나에게 줄 수 있나? 네가 날 위협해? 이 전화 통화가 자동 녹음이 된다는 것쯤은 너도 알겠지? 내가 널 못 찾아낼 것 같아! 네 마음대로 해, 이 자식아! 네가 장군인 줄 알았더니, 그저 시정잡배 같은 놈이었어. 내가 너를 잡지, 네가 날 못 잡아! 라는 말과 함께 전화 속 남자가 먼저 전화를 끊었다.

그로부터 사흘간 강용환과 서진애의 불면의 밤이 지속되었다. 강용환의 술의 양은 늘었고, 서진애는 신경안정제와 수면유도제에 의존하기 시작했다. 강용환은 지하층에 있는 자신의 넓은 서재에서 잤다. 거기에도 푹신한 킹사이즈의 침대가 있었다. 서재에서 책을 보거나, 비디오를 보거나, 술을 마시거나 할 때 편하게 혼자 잘 수 있는 시설이었다. 이제는 2층 부부 침실로 오지도 않는다. 그가 자면서 내는 크게 코 고는 소리가 아내의 숙면을 방해할 일도 없었다. 그는 그저 혼자 있으며 술을 마셔 댔다.

서진애의 불면의 밤 끝에 찾아온 이른 새벽의 어스름한 모습의 집 앞 해변을 배회하는 습관은 오늘도 영락없이 진행됐다. 몽유병자가 되어 혼자 해변을 맨발로 걸으며 쓸쓸히 옅은 웃음을 짓는다. 이 웃음이 미친 나의 모습인가? 마치 인생의 허무를 인제야 깨우치고 짓게 되는 허망한 웃음인가? 웃음을 지으며 걷고 있노라면 자신이 좀비가 된 것 같다는 생각도 하게 되었다. 아무도 없는 어둠의 해변을 걷고 있는 노파, 그 노파는 누구였던가?

오늘 이른 아침의 공기는 이곳 말리부 해변의 기준으로도 유난히 차갑다. 을씨년스럽다기보다 음산하다. 그래, 그녀는 이것을 즐긴다고 자신에게 위로하며 걸었다. 불어오는 쌀쌀한 바람은 자신의 얼굴을 때리고 콧등을 싸늘하게 한다. 온 가슴으로 받아내는 바닷냄새는 그 냉정함으로 치를 떨게 한다.

긴 치마 밑 맨발에 닿는 모래의 감촉은 오늘따라 서걱서걱한 냉정함과 공포를 준다. 발가락 사이로 스며드는 바닷물이 차다. 차다 못해 처절하다. 이대로 비틀거리며 걸을 것이다. 이 자학의 순간을 즐겨야 오늘 하루를 시작할 수 있을 것 같았다. 계속 걸었다.

그때였다. 해변의 반대쪽에서 어떤 움직임이 포착됐다. 약 100m 정도 정면에 어떤 사람이 움직이고 있는 것이 보였다. 이 이른 시간에 한 번도 서진애는 자신 외에 다른 사람을 자신의 집 앞 해변 주변에서 마주쳐 본 적이 없었다. 겁이 났다. 그런데도 발을 움직일 수 없었다. 그냥 그 자리에서 고개를 돌려 빠른 걸음으로 집 쪽으로 돌아가면 되는데, 이상하게 자신의 몸이 굳어져 버린 것 같았다.

반대편의 사람이 자신 쪽으로 천천히 걸어오는 것이 확실했다. 느리게 그러나 확실히 자신에게 오고 있었다. 어둠 속에서 그 사람이 누군지 식별하기 어려웠으나 가까이 올수록 한 가지는 확실해졌다. 그 사람은 여자의 모습을 하고 있었다. 긴 머리에 이상하게도 자신과 비슷한 옷을 입고 있었다. 단지 차이는 그 여자의 옷은 소복을 연상케 하는 흰색 치마, 저고리 그리고 하얀색의 고무신을 신고 있었다.

두 사람의 거리가 30m쯤 좁혀졌을까 하는 순간, 맞은편 여자는 서진애를 향해 큰소리로 YOU KILLED YOUR SON!(넌 네 아들을 죽였어!) YOU KILLED YOUR SON!(넌 네 아들을 죽였어!) YOU KILLED YOUR SON!(넌 네 아들을 죽였어!) 라고 반복하여 소리를 질러댔다. 쌀쌀하고, 교교한 이른 아침 동트기 직전의 어둠을 뚫고 느닷없이 바닷가에 소리가 울려 퍼졌다. 검은 배경의 해변에 홀연히 나타난 소복 입은 여자의 등장만으로도 공포를 자아낼 수 있었다. 그런데 자신의 죽은 아들을?

서진애는 현기증을 느낄 새도 없이 해변에 쓰러졌다. 자신이 까무러쳐진 것과 깨어난 것은 순식간의 일이었다고 서진애는 믿었다. 그러나 자신이 정신을 차렸을 때는 이미 해안의 구름 사이로 햇빛이 들어오고 있었다. 한기를 느꼈다. 아직도 주위에는 아무도 없었다. 물론 종전에 만났던 그 소복의 여인도 사라져 버렸다.

마치 자신이 악몽을 꾸다 깨어난 것이 아닌가 여겨지기도 했다. 혹시 자신이 진짜 몽유병 환자가 된 것일지도 모른다는 꺼림칙함이 자신의 마음 속에서 꿈틀거리고 있었다. 그렇지 않고서야 어떻게 매일 밤 자다 깨서 새벽어둠을 뚫고 해변을 배회할 수가 있을까? 서진애는 자신의 주치의를 만나서 이 병적인 현상을 고백해야 하나 마음의 결정을 못 하고 있었다.

무엇이 현실이고 무엇이 환상인지 가늠이 안 되었다. 아마도 환상의 세계는 현실을 회피하고자 하고 부정하고 회피하고자 하는 지극히 비현실적인 현실 같은 아이러니가 아닐까 하는 생각도 들었다. 남편이 술과 도박으로 현실도피를 한다면 자신은 몽상의 세계를 헤매고 다녀야 살아갈 수 있는 것은 아닌지 자문해 보았다.

이 일이 있은 지 이틀 후 서진애는 딸 재아의 전화를 받았다. 어떤 사람이 자신에게 협박 편지와 전화를 해오더라는 것이었다. 서진애는 곧장 물었다. 그 사람이 혹시 여자였는지. 대답은 반대였다. 남자. 남자? 누구야? 편지에 자신이 이명호라고 하더라고. 이명호? 이 인간이! 서진애는 자기도 모르게 소리쳤다. 맘, 이명호라는 사람을 알아? 아, 아니다. 뭐라고 협박하던? 내 가게를 자기에게 내놓으라는 거야. 뭐라고! 내 말 잘 들어라. 다음부터는 발신인 표시 없는 전화나 편지는 절대로 받지 말아라, 알겠지? 맘, 우리가 경찰에 신고해야 하는가 아냐? 글쎄, 좀 생각해 보자. 그러나 그가 누군지를 모르잖아? 엄마, 아빠도 그 이명호라는 사람한테 협박을 받았어? 아, 아, 아니다. 그보다 재아야, 너 빨리 여기 말리부로 좀 와라, 알겠지? 맘, 나 무서워 죽겠어. 어떻게 좀 해봐, 오케이?

거의 반년 만에 돌아온 말리부 집, 이제는 오래전부터 강용환과 서진애 부부만이 살게 된 이 큰 저택이 재아에게는 새삼스럽게 생경하게 느껴졌다. 그런데 집에는 아무도 없었다. 집 안 구석구석을 다 둘러보아도 아무도 없었다. 불과 며칠 전까지만 해도 자신의 어머니인 서진애는 딸이 빨리 와 주기를 말하고 있지 않았던가? 어머니, 아버지에게 몇 번이나 전화했고, 음성, 문자 메시지도 남겼다. 응답이 전혀 없었다. 재아는 이해할 수가 없었고, 바로 지금의 모습이 기이하게 느껴지기 시작했다.

진희에게 전화했다. 내키지 않았지만 어쩔 수 없었다. 진희는 지난 몇 달간 큰 프로젝트를 맞아서 정신이 없었다고 하고 자신의 큰아버지와 큰어머니와도 몇 달간 연락도 못 드렸다고 했다. 오히려 재아에게 그분들의 안부를 묻고 있었다. 재아는 조용히 전화를 끊었다. 망설인 끝에 당숙모 명종숙에게 전화했다. 자신이 그동안 한 번도 그녀에게 전화를 걸었던 적이 없었다는 사실이 스스로에게 민망함을 느끼게도 했지만, 어쩔 도리가 없었다. 당숙모는 재아가 직접 자신에게 전화를 해온 것에 좀 놀라는 듯했다. 그러나 그녀가 재아의 부모가 어디에 있는지를 알려줄 어떠한 단서도 가지고 있지 않으리라는 예상에서 벗어나지 않았다. 진희처럼 오히려 자신에게 물어 올 정도였다.

재아는 깨달았다. 자신이 이 이상 자신의 부모에 대해 누구에게도 물어볼 사람들이 주변에 없었다는 것을. 그동안 자신은 철저히 고립된 인생을 살고 있었다는 것을. 그동안 철저히 부모의 그늘에서 생존해 왔던 존재였다는 것을. 자신이 외롭고, 혼자 남았다는 것을.

자신과 피를 나눈 작은 오빠 강재식에게 전화를 걸 수도 있었으나, 이미 집을 떠난 지 오래되었을 뿐만 아니라 이제는 완전히 타인처럼 살고 있는 오빠에게 전화를 걸어 할 말이 없었다. 재식 오빠와 성혜 언니에게 자신이 가슴에 못이 박히는 말들로 상처를 준 것도 기억해 냈다. 그리고 큰오빠 강재영이 하늘나라로 간 지도 이미 오래되었다. 자신이 혼자 남을지도 모른다는, 아니 이미 혼자가 되었다는 자각이 들었다.

지금이 중요하다고 명종숙은 생각하고 있었다. 지난번 문경에 계신 시

고모님의 죽음으로 한국을 방문했을 때 자신이 진희에게 평택 방문에 대해 기대에 찬 것처럼 얘기해 준 것은 거짓이었음을 이제는 스스로에게 말하고 싶었다. 진희에게 옛날 친구들, 동료들과 만나느라고 평택에 예정보다 하루 더 머무른 것은 사실은 과거 직장 상사였던 최 부장, 최달수를 만나기 위해서였다.

자신이 평택을 방문한다고 옛 동료들에게 연락하였을 때 그의 현재 모습을 알고 있는 누군가가 조심스럽게 연락을 해왔다. 그를 만날 의향이 있냐고. 고민하지 않았다. 그럴 필요가 없었다. 그러겠다고. 자신이 최달수를 만나야 한다는 것은 남아있는 원한 때문이었으나, 이러한 자기 모습이 진희에게는, 옛 친구들을 만난다는 기쁨과 흥분만으로 비추어졌을 수도 있었겠다고 생각했다.

최달수는 안산에 살고 있었다. 정확하게는 안산의 어느 노약자 수용소 역할을 하는 요양병원에서 지내고 있었다. 전해 들은 말에 의하면, 최달수는 강병호 조합원의 사고 사건 이후 노조는 사건의 내막을 제대로 밝히라는 요구와 파업과 태업의 의사를 회사에 지속적으로 밝히고 있었다고 한다. 이 내용은 명종숙도 당시에 대충 알고 있었던 것이었는데, 강병호 가족이 마침내 평택을 떠나게 되면서 명종숙은 남편과 자신의 옛 회사의 소식을 일부러 알려 하지 않았다.

그들의 슬픔이 고통이 되고 마침내 삶의 의지를 빼앗아 버릴지도 모르는 사건을 의식적으로 잊고 싶었다. 특히 명종숙이 그랬다. 당시 자신의 오빠 명종철도 회사에 대한 남아 있던 정, 그것이 무엇이었던지 간에, 그것을 끊어 버리고 싶어 했었다.

그러나 당시 한국 방문 때 들은 소식은 최달수는 노조의 집요한 사건 진상규명에 대한 요구에 회사가 굴복하게 되면서 사건 발생 후 1년을 못 넘기고 사직하게 되었다고 한다. 그 후 그는 중소 건축업자로 변신하여 서산, 당진, 안성, 안산 등지에서 조그만 빌라나 상가를 지어 분양 사업을 시작했고 그럭저럭 살아가고 있었다고 했다.

그러다가 1997년 IMF 금융위기 때 회사가 망하게 되었고, 이후 재기에 성공하지 못했다고 했다. 이것저것 새로운 사업, 치킨집, 중국 식당, 노래방, 심지어 보도방 같은 업종에도 손을 댔으나 몇 년 못 가 다 망해 버렸다고 했다. 새로운 업종이 망할 때마다 그의 음주 버릇은 더욱 나빠져 갔고, 건강을 해치게 되어 3년 전에는 알코올성 뇌출혈로 거의 식물인간처럼 되었고 지금의 안산에 있는 병원에서 생의 마감을 기다리는 처지가 되었다는 것이다.

이 말에 명종숙은 순간적으로 멈칫하였으나 지금, 이 최달수를 환자로나마 맞닥뜨리지 않으면 앞으로 영영 그렇게 되지 못할 것임을 알았다. 그에 대한 어떠한 감정보다 그의 최후 모습을 봐야 했다. 자기 남편 강병호를 위해서라도 꼭 그를 봐야 했다. 그가 자신을 알아보지 못할지도 모른다는 우려는 전혀 생각하지 않았다. 알코올성 치매 환자로서의 최달수일지라도 자신이 그를 목격하는 것 자체가 그가 저지른 죄에 대한 가장 작은 벌이라도 되는 것임을 알기 때문이었다. 그의 비참함을 확인하는 것이 자신으로서는 괴로운 일이 되는 것이지만 그 사건 이후의 긴 세월의 시간은 자신을 단련시켰다고 확신했다.

병원 앞에서 과일 꾸러미를 사서 그의 병상을 찾았다. 병원 앞에서 그의 병상으로 가는 길은 불과 100m 정도의 거리였으나 최달수로 인해 남편이 사고를 당하고, 회사를 그만두고 미국까지 이민을 왔었던 그동안의 그

긴 세월이 흘렀다는 것에 새삼스레 명종숙의 가슴 가장 바닥에서부터 감정이 밀려 올라왔다.

지금, 이 순간의 감정은 축적된 시간의 감정이었으나 사실은 감정을 넘어선 어떤 결심 같은 것이었다. 감정의 단계를 넘어선 결심의 단계는 모든 난관을 바라다볼 수 있는 힘이 될지도 모른다고 명종숙은 스스로에게 말해주고 있는지도 몰랐다. 그렇게 자신은 잠시 후 한때 그녀 자신의 직장 상사였으며 자신의 남편을 직접 해친 최달수를 바라다볼 것이었다.

그의 병상에 들어갔을 때 명종숙을 안내해서 같이 왔던 옛 동료가 옆에 따라붙었다. 허름한 건물의 병상은 최달수의 모습과도 닮은 듯 누추했다. 최달수는 자는 듯 눈을 감고 있었다. 몰골이 옛 모습이 아님을 한눈에도 알 수 있었다. 건장한 체격에 근육이 붙은 운동선수 같은 다부진 모습은 당연히 없었다. 그저 죽음을 기다리는 초췌한 모습의 환자 모습이었다. 그럼에도 명종숙은 그를 알아볼 수 있었다. 그의 몸은 사그라졌어도 그의 얼굴은 비록 늙어 주름지고 더 시커먼 흉측한 모습으로 변했어도 그의 매서운 눈매 그리고 유난히 튀어나온 광대뼈는 그대로 남아 있었다.

옛 동료가 그를 깨웠다. 최 부장님, 손님이 오셨다고. 같은 말을 몇 번 반복한 끝에 최달수는 비로소 눈을 겨우 떴다. 그는 사방을 두리번거렸다. 그의 눈과 명종숙의 눈이 순간적으로 마주쳤다. 최달수의 반응이 없었다. 명종숙을 못 알아본 듯했다. 그러나 명종숙은 이제는 그를 세월의 시간으로 바라보기만 하겠다는 마음에 동요가 일기 시작했고, 가슴은 뛰고, 맥박은 빨라졌다. 감정을 숨길 수는 없었다. 비록 그녀의 결심은 가슴에 그대로 간직하고 있었다 하더라도.

잠시 침묵이 흘렀다. 최달수가 입을 열었다. 아, 누구십니까? 옛 동료가 말했다. 옛날 직장에서 같이 일했던 명종숙 씨가 왔어요. 기억나세요? 누구라고? 명종숙 씨요. 한참을 말없이 누워있던 최달수는 아, 알 것도 같아. 그럼, 여기 명종숙이가 옛날 회사에서 같이 근무했던 강병호 씨의 부인이었던 것도 기억하시겠네요, 그렇죠? 다짐하듯 옛 동료가 그의 기억을 돕고자 했다. 최달수는 말없이 눈을 감았다. 그리고 잠시 후 그가 앙상해진 팔을 천천히 올리면서 말했다. 나는 최달수가 아니야, 나는 최달수가 아니란 말이야! 라고 소리를 질러댔다. 당신들 나가!

이윽고 명종숙이 말했다. 최달수, 한동안 내가 최 부장님이라고 불렀던 당신, 당신은 지금 나를 분명히 기억하고 있어. 나를 기억한다는 것은 그때의 사건도 기억할 수밖에 없는 것이야. 지금 내 옆에 나를 안내해서 당신 병원에 같이 온 사람도 당시의 내 동료야. 심지어 당신이 상관으로 있었던 노무부의 동료 직원이었어. 이 사람도 모른다고 하지는 않겠지?

당신은 강병호를 해치면서 당신 인생은 끝난 거야. 사고였을 뿐이었다고? 의도된, 고의에 의한, 사고로 위장한 폭력의 희생자로서 내 남편이 쓰러졌던 거야. 그래서 최달수 당신은 강병호를 잊을 수가 없어. 기억에서 지워낼 수 없어. 명종숙은 기억하면서 강병호는 모른다? 당신의 몸이 그 죄를 기억하고 있어. 심지어 무의식적으로라도 당신의 영혼을 괴롭히고 있었던 거야. 나는 당신의 알량한 사과나 눈물을 기대하고 여기에 오지 않았어. 당신을 그저 바라다보고 싶었어. 환자가 되어 누워 있는 당신 지금의 모습을 그저 보고 싶었어.

최달수, 당신은 당신의 죄 많은 과거를 지울 수 없어. 나는 그걸 당신 지금의 모습을 통해 확인하고 돌아가고 싶었을 따름이야. 오늘 나는 무척 기분이 좋아. 나는 그 사건 후 당신을 꼭 만나고 싶었어. 왜? 당신이 안 변하기를 바라고 있었기 때문이야. 최달수 당신이 이제 와서 내 앞에서 내 남편 앞에서 무릎을 꿇고 눈물로 사죄 따위는 기대하지도 않았고 그러지 않기를 간절히 바랐지.

최달수는 조용히 명종숙의 말을 듣는 듯했다. 명종숙이 그의 눈물을 보았는지는 분명하지 않았으나 아주 짧은 순간 그의 오른쪽 눈매에 이슬이 맺혔다가 사라졌다. 이 모습을 목격한 옛 동료가 명종숙에게 말해주었다. 명종숙은 반응하지 않았다.

재아가 말리부 집을 갔었던 1주일이 지나서야 서진애의 전화를 받았다. 재아는 전화를 받자마자 짜증부터 냈다. 맘, 뭐 하는 거야? 내가 얼마나 기다렸는지 알아? 야, 재아야, 너는 엄마가 그동안 어떻게 지냈는지 걱정은 안 됐냐? 기껏 네가 불편했다는 식으로만 얘기해야 하니! 너 그렇게 나오면 전화 끊어야겠다. 서진애도 예전과 다르게 재아에게 대했다. 어린애 투정도 아니고,

서진애도 지난 1주일간 얼마나 힘들었었는데 이제 남은 딸이라는 것은 아직도 자기중심적으로만 생각하고 행동하는 게 새삼 못마땅했다. 재아의 태도 문제가 어제, 오늘의 일이 아님은 알고 있었고 그래서 그동안 큰아들 재영이 죽고 자신이 재아 대신 조카 진희에게 크고, 작은 어려운 일이 있을 때마다 도움을 청하지 않았던가.

서진애는 비밀리에 개인 정신과 클리닉에 입원해 있었다. 할리우드 유명 배우들의 단골 병원이었다. 그들의 프라이버시를 중요시하는 생활에 특화된 병원은 서진애의 요구와 환경에도 적용되었다. 입원해 있는 동안 외부와 철저히 단절되어 상담과 치료에 전념해야 했고 그래서 재아의 연

락을 받지 못했고, 미지의 이명호라는 인간의 위협과 새벽녘 말리부 해변의 귀신 같은 여자와의 조우도 다 피할 수 있었다. 그 1주일의 기간 동안 남편은 일단 그의 천국인 라스베이거스로 피신에 있기로 합의했었다.

다시 돌아온 말리부에서 서진애는 다시 불안해지기 시작했다. 이사를 해야 할지도 모른다고 생각했고 강용환이 돌아오면 이 문제에 대해 상의할 작정이었다. 그런데 1주일이 지나도 강용환이 오지 않고 있었다.

김상만은 진희에게 미안했다. 사실은 강병호에게 미안한 것이었다. 강병호의 딸이 커서 서울에 왔을 때 그때 커피숍에서 성인이 된 진희, 미국 이름으로 앨리스라는 젊은 아가씨를 만났을 때 자신이 그녀가 강병호의 딸임을 한눈에 알아볼 수 있었다. 그녀의 외모는 엄마 명종숙을 닮아, 큰 키에 시원시원한 이목구비를 갖추고 있었다. 완벽한 미인형이라기보다는 독특한 개성을 뿜어내고 있었다. 전체적인 내면의 모습은 아버지 강병호의 느낌이 났다. 만나서 얘기하는 동안 진희는 신중함, 배려심, 순수함, 내면의 열정과 치밀함 같은 인상을 보여주고 있었다. 이런 것들이 자신이 기억하고 있었던 강병호의 모습이었다.

김상만의 집안은 원래 부유했었다. 아버지가 제법 규모가 있는 공장을 운영하여 직원이 300명에 달하는 견실한 기업의 소유주였다. 상만은 서울 종로구 가회동 큰 한옥에서 태어나, 1남 2녀의 막내로서 어려서부터 삶의 윤택함을 맛보며 살았다. 상만 자신은 법과대학으로 가고 싶었으나 집안의 유일한 아들로서 장차 아버지의 사업을 이어받을지도 모른다고 생각하고 있었다. 부모님은 자녀들에게 악기를 취미로 가르쳐서, 큰 누나는 피아노를, 작은 누나는 첼로를 그리고 상만에게는 바이올린을 배우게 하셨다.

상만이 고등학교 때 아버지의 사업이 어려워지더니 금세 망하게 되었다. 그는 학교에 가기 싫어졌다. 그동안 아버지의 많은 도움을 받았던 친척들이 발걸음을 끊었다. 덩달아 친척 아이들도 발길을 끊었다. 원래 내성적인 자신의 성격이 더욱 움츠러졌다. 학교 가기 싫다는 것은 창피함 때문이었다. 그때 사춘기의 예민함 때문이었는지 학교의 모든 아이가 자신을 업신여기고 조롱하는 것같이 생각했다.

학교를 빠지는 일이 생기더니 그 횟수가 늘어나기 시작했다. 대를 이어 살아왔던 가회동을 떠나 경기도 용인으로 이사했다. 빚잔치를 하고 얼마 남은 돈으로는 서울에서 사는 것이 허용될 수 없는 상황이었을 것이라고 어린 상만은 짐작했다. 그는 오히려 잘 되었는지도 모른다고 생각했다. 가회동에서 이름을 날리던 집안의 막내아들로 5대 독자였던 자신이 갑자기 가난해진 처지를 남에게 보이기 싫었기 때문이다. 아버지의 재기 노력이 물거품이 되고 부모님은 용인에서 농장을 하며 남은 인생을 사실 것을 결심하셨다. 부모님은 유일한 아들인 상만만은 대학에 보내고 싶어 하셨다.

상만은 거부했다. 대학에 간들 그동안 공부를 등한히 했기 때문에 자신이 원했던 학교를 갈 수 없다고 생각했고 무엇보다 인생이 좀 허무해짐을 느꼈기 때문이다. 그럼에도 부모님은 비록 용인 근처의 이름 없는 대학이지만 상만을 강제로 입학을 시키셨다. 거기서 상만은 한 학기만 겨우 다니고 자퇴해 버렸다. 어린 나이에 허무를 느꼈다는 것은 패배 의식의 다른 이름이었다는 것을 상만은 나중에 깨닫게 되었지만, 이미 많은 시간이 흐른 후였다. 이것저것 아르바이트 일로 자신의 용돈을 쓰는 것이 일상이 되었다. 그러나 단기사병으로 징집이 되어 군복무의 의무를 마치니 자신의 인생이 막막해 보였다.

허구한 날을 아르바이트 잡일로 소일할 수는 없어 기능공 자격증을 따고 평택으로 갔다. 거기서 잘 적응을 못하고 몇 개월을 외롭게 지냈다. 그러다 새로 입사한 강병호를 만났다. 그는 다른 공장 직원들과는 좀 달랐다. 그도 자신을 닮은 듯 조용하고 내성적인 것으로 보였다. 다른 점은 점심시간 때 강병호가 빨리 식사를 마치고 사라지곤 했다는 점이다. 거의 매일 점심때 사라지는 것이었다.

김상만은 의아해하다 나중에는 그도 점심을 빨리 먹고 강병호를 찾게 되었다. 그를 공장 뒤 벽, 사람들이 잘 지나다니지 않는 곳에서 찾을 수 있었다. 그가 벽을 등지고 앉아 무엇인가를 읽고 있는 모습이 포착됐다. 상만은 살며시 그에게 다가가 조용히 말을 걸었다. 좀, 물어봐도 돼? 병호는 무표정하게 상만을 위로 쳐다보았다. 아, 그냥 좀 궁금해서… 점심때만 되면 사라져 버리니. 뭘 읽고 있는지 물어봐도 돼? 병호는 약간 멋쩍은 웃음을 지으며 그냥 작은 시집을 읽고 있어. 점심때 한, 두 편의 시는 읽을 수 있는 시간이 되어 좋다고 생각했어. 시?

이러한 계기로 상만과 병호는 회사 동료로서만이 아닌 친구가 되었다. 서로 동갑내기였던 점도 둘을 가깝게 해주었다. 병호가 시를 읽게 된 동기는 고도의 정확성을 요구하는 금형 성형 업무의 연속된 피로, 잦은 시간외 근무와 주말 작업까지 해야 하는 높은 노동의 강도 환경에서 하루의 일과를 끝내고 집으로 돌아가면 지친 몸으로, 그가 어렸을 때부터 좋아했던 문학작품들, 특히 소설 같은 긴 내용을 읽기가 수월치 않다는 현실 때문이었다.

그래서 짧은 시를 읽기로 했다고 상만에게 말해줬다. 그러면서 오히려 이렇게 시를 알게 된 것이 다행이라고 했다. 상만은 병호의 이런 진솔함에 매료되었다. 좁은 시간적 공간을 비집고 자신의 시간을 만들어내며 정제된 언어의 감정을 음미할 줄 아는 그런 사람으로 다가왔다.

이후 종철 형뿐만 아니라, 병호와 상만도 나중에 회사 노조의 간부가 되어 활동하게 되었는데, 그때 회사의 매각이 진행되고 있었다. 종철 형이 옛 어용노조를 몰아내고 노조 위원장이 되어 일방적으로 진행되는 매각에 강력히 대응하였고, 얌전하고, 감성적이기만 한 줄 알았던 병호도 기민하고, 논리적으로 대처해 나가기 시작했다. 상만은 그들의 영향을 받으며 여러 임무를 돕는 역할을 하게 되었다. 자신이 한때 부유한 가정 출신으로 이른바 부르주아 계급에 속했던 내성으로 처음에는 노조의 활동을 불안한 시각으로 바라보기도 했으나, 회사 경영진의 노조에 대한 태도는 그도 이해할 수 없었다. 상만은 트리오의 한 멤버로서 열심히 노조의 저항을 돕게 되었다.

노조 투쟁이 회사의 일방적인 승리로 귀결되면서 상만은 회사를 떠나기로 결심했다. 회사에서 그를 해고자 명단, 즉 블랙리스트에 포함하면서 어쩔 수 없는 상황이라 판단하고, 종철 형과 병호에게 이별 인사를 하고 떠나갔다. 그렇게 평택에서 몇 년간의 생활은 옛일이 되어 갔다고 생각했고, 몇 달간의 방랑 생활 끝에 다른 지역의 공장에 취직하게 되었다. 먹고 살아야 하니까. 일을 해야 먹을 수 있으니까. 그렇게 세월이 훌쩍 지나갔다. 이 시간 동안 상만은 결혼했고 아이들도 생기게 되었다. 병호처럼 같은 공장에 다니는 여직원과 하게 되었다. 그렇게 일상적인 생활로 사는 그런 나날이 계속됐다. 평택에서의 시간은 점점 추억으로 과거의 일로 가끔 기억 속에 남아있게 되는 줄 알았다.

그런데, 우연히 강병호의 사고 소식을 알게 되었다. 그 사고의 경위도 알게 되었다. 평택 공장에서 일했던 동료가 자신의 새 직장에 들어오게 되면서 그간의 얘기를 들려주게 되었기 때문이었다. 상만이 트리오의 멤버로 유명했기에 그를 쉽게 알아봤다고 말했다. 상만은 충격을 받았다. 이 사건의 여파로 병호와 종철 형의 가족이 결국에는 한국을 등지고 미국으로 이민을 택하게 됐다는 소식까지 듣고는 자책감에 빠졌다.

노조가 어렵게 되었을 때, 자신만 살아남겠다고, 당시 유포되고 있었던 블랙리스트 노조원이 되면 다른 공장에 취직할 수 없어지는 상황에서, 이를 모면하고 자신만 살겠다고 도망친 놈이 됐을 뿐만 아니라, 옆에서 가장 친하게 지냈던 친구가 불의로 평생 장애인이 되었다는 것에 자신 내면의 양심 소리를 듣게 되었다. 이렇게 된 구체적인 경위가 김상만 자신도 강병호와 함께 부당한 회사 매각의 진실을 밝히기 위한 부단한 노력의 과정에서 당한 사고였기에, 이는 사고로 위장한 가해, 즉 중대한 범죄일 수밖에 없다는 강한 의혹을 가질 수밖에 없었다.

이제는 평택 공장의 노조원도 아닌 신분이므로 상만 자신은 좀 더 자유롭게 병호가 못 끝낸 부당 매각의 진실을 파헤치는 것이 이 시점에서 병호와 종철 형에 대한 그의 조그만 사죄 같은 것으로 생각했다. 옛 평택회사는 그 사이 많은 변화가 있었다. 회사는 이미 또 다른 외국계 자본에 매각되는 경영권의 손 바뀜이 있었다. 따라서 바지 사장이었던 김윤식은 이미 회사를 떠난 상태였다.

상만은 주중에는 회사 업무를 마치고 귀가해 옛 평택회사에 관해 공부하기 시작했다. 회사의 설립 경위, 투자자와 경영진, 발전 과정, 그리고 매각 과정 등. 그리고 주말에는 필요한 현지 조사를 진행했다. 김윤식을 만나는 것으로 시작해야 한다는 결론에 도달했다.

회사 등기부등본, 지적도, 공장용지 매각, 매입, 용도변경 등에 관한 정보에 의하면 처음부터 김윤식이란 이름이 등장하고 있었기 때문이었다. 본사 및 공장용지는 원래 군사 보호 구역에 속해 있었는데 1980년 민간으로 이양되었고, 이때 이 부지가 평택 수출항에 인접해 있는 이유로, 물류기지로 용도변경 하여 민간에 매각된 기록이 나왔다. 매각은 공개경쟁 입찰로 되어 낙찰자는 김윤식으로 되어 있었다. 이 김윤식이 동명이인이 아니라면 바로 그 김윤식일 것이라고 상만은 확신했다. 그런데 이 물류기지는 공장용지로, 이후 공장으로 조성 공사를 일사천리로 진행되었다.

이 모든 과정에 김윤식이 관여되었다. 공사 마무리와 동시에 인근에 있던 기존 작은 회사를 인수, 합병하며 규모를 키워 부품회사로 공식 출범하였다. 그때쯤 종철 형, 명종숙이 회사 창립 멤버로 입사하였고, 곧이어 강병호와 김상만 같은 직원들이 입사하게 되었다. 회사의 설립자는 역시 김윤식으로 되어 있었고 회사의 이사, 감사들은 알 수 없는 이름의 사람들로 채워졌다. 여기까지 파악한 상만은 흥분을 감출 수 없었다. 그래서 김윤식이 어떤 인물인지를 추적해야 한다고 결심하게 되었다.

회사의 매각과 노조의 반발 사이에서 투쟁했던 강병호도 분명히 김윤식을 추적해야 한다고 당시 느꼈을 것이라고 김상만은 확신하게 되었다. 분명히 병호가 다쳐서 장애인이 되지 않았으면 그렇게 했으리라는 강한 믿음이 생겼다. 당시 그는 자신과 이 문제를 상의할 정도였으니 말이다.

그런데 이 시점에 이미 회사를 떠난 지 오래된 김윤식의 소재를 어떻게 파악할 수 있단 말인가? 혹시 외국으로 이주했다면 하는 불안감도 있었다. 옛 회사의 인사부에서 김윤식의 소재를 알려주지 않았다. 몰라서 못 알려준 것인지 알고도 안 알려준 것인지 분명치 않았다. 상만은 주말에 평택회사 근처의 부동산 중개업소들, 오랜 동네 유지들을 탐문하고 다녔다. 동사무소, 경찰서 등도 방문해 보았다. 허사였다.

김상만은 명종철과 명종숙 같은 옛 동지들로부터 김윤식에 대한 어떠한 정보라도 도움을 받고 싶었으나 그들의 미국 연락처를 알 수 없었다. 상만은 실망하였으나 이내 그들 남매의 고향이 평택이고 바로 이 이유로 같이 공장을 다니게 된 것을 기억하고, 그렇다면 그들의 친척들이 아직도 평택에 살고 있을 가능성이 있다고 봤다. 친척을 찾는 것은 비교적 쉽게 이루어졌다. 그들의 부모님이 회사 근처에서 살고 계셨다. 거기서 상만은 미국에 있는 종철 형에게 곧 전화했다.

이렇게 해서 비록 시간과 공간이 많이 흐르고 떨어진 후였지만, 〈평택 트리오〉는 다시 연결되었다. 종철 형도 김윤식에 대해 아는 것은 많지 않았다. 단지 그가 군 출신으로 당시 회사 근처에서 살고 있었는데, 나중에 타지로 이사한 것으로 얼핏 들은 것 같다고 했다. 그러면서 그가 살던 지역을 특정해서 말해주었다. 그 근처 부동산 중개업소나 주민들을 수소문하면 뭔가 나올지도 모른다고 말해주며 상만 아우가 잊지 않고 연락해 줘서 오히려 자신이 고맙다고 말했다. 그리고 강병호는 아내와 잘 살고 있으니 너무 걱정하지 말라고 했다. 병호는 비록 말은 못 하는 실어증 환자가 됐으나 말은 알아들을 수는 있어서 다행이라고 전해줬다.

상만은 종철 형과 통화를 마치고 생각에 잠겼다. 자신에 대한 부끄러움을 느꼈다. 가슴속 깊은 곳에서 올라오는 느낌은 자신의 평택에서 삶의 의미는 그저 공장에서 일하며 밥 벌어 먹고사는 그것이 아니었다. 〈평택 트리오〉로서 살게 되었던 것이 자신에게 사는 것이 무엇인지를 깨닫게 해주는 과정이었음을 알게 해준 것이었다.

평택으로 오기 전 변변한 친구 하나 없이, 몰락한 집안의 막내아들로 세상 물정을 모르고 그저 편하게 살기만 했었던 자신은 어떤 존재였었던가 하는 회의, 집을 떠나 방랑하면서 평택으로 흘러 들어오기까지 자신은 이 세상을 어떻게 살아왔었나 하는 반성, 세상이 자신을 위해 있는 것이 아니었다면, 세상이 자신의 처지를 위로는커녕, 냉정하게 내쳤었다고 믿었었다면, 자기 삶에 대한 태도는 부정적이거나 매우 수동적이었었다고 느꼈었다.

명종철과 강병호는 김상만을 인정하고, 동료로서, 친구로서, 아우로서 감싸안아 줬던 사람들 아니었던가? 회사가 부당한 매각이라는 예상치 못한 상황에, 회사의 모든 구성원의 권익을 무시한 사태에 노조가 반기를 들었을 때 우리 트리오가 그 투쟁의 선봉이 되어 있었지 않았던가? 그런데, 자신은 이 선봉의 대열에서 너무 쉽게 이탈하여 가장 어려운 순간 도망가지 않았던가? 병호가 장애인이 되고 종철 형이 새로운 삶을 개척하기 위해 타국으로 떠날 수밖에 없었던 상황에서 자신은 그동안 너무나 무심하게 관성적인 태도로 인생을 살아오고 있었지 않았나? 그에게 이것이 아픈 반성으로 다가왔다.

상만은 김윤식을 찾아내는 것이 이제 유일하게 한국에 남은 트리오의 일원으로서 자신의 임무라고 스스로에게 다짐했다. 비록 사건 발생 후 6년이 흐른 이 시점이라도, 이제는 아무도 관심이 없게 된 옛 회사의 진실을 파헤치고 싶어졌다. 이 일은 이제 자신만이 할 수 있게 됐다는 것도 알았다. 김윤식의 실체는 김상만이 주말마다 평택 바닥을 헤매고 다닌 지 3주째가 되던 때 희미하게나마 윤곽이 드러났다. 그가 살았던 집 주변의 사람들은 의외로 그를 잘 몰랐다.

김상만은 평택공단 경영자 협의회를 찾아갔다. 그곳에서 일하는 간부가 김윤식에 대해 말해준 내용은 이러했다. 그는 육군 소령 출신으로 처음서부터 군사시설의 민간 이양에 관여하였던 인물이었는데, 그들이 파악한 바로는 김윤식은 군대에서 모종의 비리에 연루되어 소령으로 일찍 전역하여 이런저런 일을 하며 지내던, 말하자면 군사 부지를 불하받을 수 있을 정도의 재력을 가진 인물이 전혀 아니었다는 것이었다. 여기까지는 김상만도 짐작하고는 있었던 내용이라 새로운 것도 없었다.
 그렇다면 실제 물주가 있었을 것 아니냐는 김상만의 질문에, 그 간부는 충분히 생각해 볼만하다고 대답해 줬고, 그러면 실제 재력가는 누구인지 아시는지에 대한 질문의 대답은 예상대로 모른다는 것이었다. 그러면서 왜 김윤식에 대해 알고 싶어하는지를 오히려 되물었다. 상만은 솔직하게 대답했다. 김윤식은 평택회사의 바지 사장으로서 많은 죄를 지은 사람이다. 그러나 그는 진짜 주인은 아니니 진짜 주인을 만나기 위해서는 김윤식을 만나야 하기 때문이라고 대답해 줬다.
 그 간부는 좀 생각에 잠기는 듯했다. 그의 대답은 현재 김윤식이 어디에 살고 있는지는 모르지만, 그가 공단 경영자 협의회에 마지막으로 참석하여 작별 인사를 했을 때 이제는 자신이 나이도 많고 해서 은퇴하여 고향으로 돌아갈 거라는 얘기는 들었던 기억이 난다고 말해줬다. 김상만은 재빨리 물었다. 혹시 그의 고향이 어딘지 아십니까? 미안합니다. 그것까지는 모르겠습니다.
 김상만은 1주일 후 전화를 받았다. 발신인은 김윤식에 대해 잘 안다고 했다. 그는 김윤식과 같이 군복무를 한 사람으로 서로 친하게 지냈다고 했다. 나중에 김윤식이 평택에서 기반을 닦게 되어 평택 출신이었던 옛 동료와 자연스럽게 연락이 되어 최근까지도 김윤식과 연락을 하고 지내고 있는 사이라고 했다. 김상만은 뛸 듯이 반가웠다. 그가 평택 일대를 돌아다니며 여러 사람을 탐문하고 다녔던 보람을 느꼈다. 이 발신인도 인근 부동산중개소를 통해 김상만이 김윤식을 찾고 있다는 소식을 이제야 들어서 연락을 준 것이라고 했다.

이 발신인은 오태준이라는 이름을 가진, 김윤식처럼 군에서 퇴역하고 조용히 여생을 지내는 늙은이였다. 상만은 오태준이 혹시 그에 대한 경계심을 갖게 될 것을 우려해 자신은 김윤식의 조카이며 오랜 해외 생활 끝에 꼭 찾아뵙고 싶어서 찾아 나서게 됐다고 둘러댔다. 오태준은 마침 할 일도 없었는데 맛있는 먹을거리를 선물로 사 들고 온 손님을 내칠 수 없었을 뿐만 아니라 반갑기까지 했다. 그가 한번 말문을 열자 거의 막힘이 없었다. 이 내용을 상만은 다 몰래 녹음했다.

그가 한 얘기 중 불필요한 내용을 빼면, 김윤식과 오태준은 군대 동기였고, 한때는 같은 부대에서 근무하게 되어 가까운 사이가 됐으며, 김윤식은 소령 때 중령 진급을 앞두고 예편되었다고 하는데 오태준은 그 이유를 정확히 말하지는 않았다. 이후 둘 사이 연락이 끊겼다가 1981년경, 오태준이 중령으로 예편하고 몇몇 중소업체에서 간부로 지내다 쉬고 있을 때 김윤식이 연락을 해왔다고 했다.

김상만은 짐짓 삼촌인 김윤식이 군사시설을 불하받아 큰돈을 버셨다는 소문을 들었다고 오태준에게 물어봤다. 오태준은 김윤식은 돈이 없었고 군대 선배들의 도움은 받은 것 같다고만 말했다. 혹, 어떤 도움이었는지 아시나요? 나는 몰라, 그리고 알아도 말 못 해주지. 당신이 아무리 윤식이 조카라 해도 말일세. 군사기밀 사항이지. 이런 것도 군사기밀인가요? 그렇지, 군대 내에서 일어나는 일은 원칙적으로 민간인이 알아서는 안 되는 것이지. 오태준은 비록 늙고, 오래전 퇴역한 사람이었어도 그는 철저히 군인이었다고 김상만은 생각했다.

민간에게 군사시설을 매각하는 과정도 군사비밀이란 논리였다. 김상만은 작전을 바꿨다. 오태준의 입을 더 열게 하려면 그에게 술을 먹여야 할 것이라고. 어르신, 제가 약주 대접해 드려도 되겠습니까? 약주라고? 하하, 나는 체질적으로 술을 잘 못해. 그래서 윤식이가 나에게 핀잔을 많이 줬지. 오태준은 그가 자신에게 철저히 방어적이라기보다는 아직도 군인정신이 남아있는 인물이라는 것 외에는 다른 인상을 주지 못했다. 군인다운 철저함과 절제 같은 것이 엿보였다. 결국은 김상만은 오태준으로부터 김윤식의 현재 사는 주소와 연락 번호를 입수하게 되었다. 엄청난 성공이었다. 그는 수원시 팔달구에서 살고 있었다.

김상만은 긴장하고 있었다. 김윤식은 그가 다녔던 회사의 사장이었으므로 그를 알아볼 수도 있었기 때문이고 무엇보다 김상만 자신이 원하는 것은 아주 민감한 비밀스러운 정보에 대한 접근이었기 때문이었다. 상만은 안경을 쓰고, 수염을 기른 모습으로 김윤식 앞에 나타나기로 했다. 회사 직원의 숫자가 500명을 넘는 큰 규모였고, 아무리 그가 노조 간부를 하고 〈평택 트리오〉의 일원으로 이름을 날리고 있었어도 회사 경영에는 거의 관여하지 않았던 그야말로 말만 사장 대표이사였던 김윤식을 한 번도 공장 작업장에서 맞닥뜨리지 않았던 일개 생산직 사원을 알아볼 가능성은 매우 낮다고 생각했다.

그럼에도 신중히 해야 한다고 김상만은 스스로에게 다짐했다. 김윤식이 은퇴하여 사는 집은 의외로 허름했다. 옛날 양옥식 단독주택으로 팔달산 기슭 수원화성 쪽 골목 한적한 곳에 있었다. 집도 그리 크지 않고 무엇보다 오래전에 지은 듯 낡아 보였다. 햇볕이 나는 오후 시간이어서 그랬지 만약 구름 낀 흐린 날이나 비나 눈이 오는 날에 그의 동네를 방문했으면 주변 분위기가 사뭇 칙칙하고 을씨년스러울 것 같다는 느낌을 받았다.

　김상만은 한눈에 김윤식을 알아볼 수 있었다. 그는 속으로 놀라고 있었다. 김윤식의 몰골이 지난 6년여 사이에 많이 변해 있었기 때문이다. 아직 50대 후반의 나이일 텐데도 그가 쇠약한 모습이었기 때문이었다. 등도 벌써 구부정하고, 잔기침에, 얼굴에 주름이 많이 보였다. 그리고 전에 안 썼던 안경도 걸쳤다. 김상만은 자신을 오태준의 조카라고 말했다. 그리고 준비해 간 선물을 건네줬다. 그가 좋아하는 술이었다. 그리고 안줏거리와 식사를 대용할 수 있는 우유와 빵이었다.

　김윤식은 김상만을 못 알아봤다. 심지어는 그를 정면으로 응시하지도 않았다. 둘은 집 안으로 들어갔다. 오태준이 친구인 김윤식을 그의 조카가 수원 가는 길에 찾아뵙고 안부를 묻고 조그만 선물을 전해줬으면 한다고 해서 이렇게 방문케 되었다고 상만은 둘러댔다. 김윤식은 매우 외로워 보였다. 그의 아내도 집에 없어, 그냥 있는 대로 먹자고 김윤식은 손님에게 말했다.

　김윤식은 은퇴 후 하릴없이 지낸다고 하며 오태준이 자신에게 신경을 써줘 고맙다는 말을 전해 달라고 했다. 둘은 김상만의 제의로 술을 마시기 시작했다. 어르신 제가 술 한잔 올리겠다는 말에 김윤식은 기분이 좋아졌다. 오태준의 말대로 김윤식은 술을 좋아하는 것이 틀림없었다. 초면의 나이 어린 조카뻘 되는 사람과 그것도 낮술을 즐기는 것을 보면 아마도 그는 좋은 말로 애주가 정확하게는 알코올 중독자인지도 몰랐다.

  김상만은 그가 말을 많이 하도록 유도했다. 물론 녹음장치도 작동하는 것을 잊지 않았다. 오태준과 다르게 김윤식은 말이 많았다. 김상만이 던진 '어르신이 한때 큰 회사의 사장을 지내셨다는 말을 들었는데요.'와 같은 제시성 질문에 김윤식은 막힘이 없이 말해줬다. 그때마다 김상만은 그에게 술을 따라줬다. 우리는 육사 동기였지. 한동안 잘나갔지. 그런데 우리는 진급의 고비를 못 넘어섰어. 그뿐이야. 말하자면 별을 못 달았지. 물론 별을 다는 친구들은 아무리 육사 출신이라도 소수가 될 수밖에 없지. 진급에서 빠지고 또 재수 없게 처벌을 받게 되면 견디다 못해 옷을 벗어야 해. 자네도 군 경험을 해서 알 거야.

  군대의 생리가 무엇인지, 일단 한번 뒤처지면 따라가기 힘들지. 태준이는 부하가 사고를 치는 바람에 나는 술 때문에 실수하게 됐어. 사실 큰 잘못도 아니었는데…. 그는 길게 한숨을 내쉬었다. 이윽고 그는 담배를 꺼내 피우기 시작했다. 그의 입과 코에서 길고 하얀 담배 연기가 내뿜어져 나왔다. 우린 담배를 피우지 않도록 훈련되어 있었어. 그런데 난 담배 그리고 술이 필요하게 되었지. 그런 내가 돈을 벌었다고? 아니야.

  도움을 주고받았지. 어르신 그게 무슨 말씀인지요? 군대 동료 그리고 선배들의 도움이 컸어. 내가 퇴역 후 한일이 무언지 자네는 아는가? 대한민국이 퇴역 장교를 어떻게 대우해 주는지 아는가 말이야! 그는 갑자기 언성을 높이기 시작했다. 알량한 군인연금? 목숨을 바쳐 나라를 지키고, 청춘을 바쳐 북한 괴뢰 놈들을 막아낸 애국자를 어떻게 대우했는지 자네는 아는가?

  자네들이 후방에서 자유를 만끽하며 지낼 때 우리 군인들이, 특히 군 장성과 장교들이 어떻게 살아왔는지 아는가? 우리 군은 혁명을 감행하여 나라를 혼돈으로부터 지키고 경제발전을 이뤄냈지 않은가? 그런 군인을 헌신짝 버리듯 했어, 알기나 해! 김상만은 울분에 찬 김윤식에게 술을 더 따라주었다. 그는 한숨에 다 들이켰다.

김상만은 도발하기로 했다. 그래도 어르신은 돈을 버셨다는 질문으로. 돈? 돈이 중요하지 않아! 그보다 더 중요한 것은 전우애야! 그럼, 어르신과 달리 지금 장군이 되신 과거 동료 혹은 선배들의 도움을 받으셨나 보네요. 김윤식은 한참 말이 없다가 그런 셈이라고 시인했다. 그분들은 지금 현역으로 계시겠네요? 말하기 싫어. 그만하자! 침묵이 흘렀다. 그래도 어르신이 평택회사 사장을 하셨으면 성공하신 것 아닌가요? 하며 그의 반응을 다시 떠 보았다.

사장? 사장이었지. 바지 사장. 그것도 우리 전우애로 뭉쳐진 의리 때문이야. 의리 때문이라니요? 사람은 의리가 있어야 해. 그의 말이 점점 더 혀가 꼬부라지는 모양이 되었다. 그래, 의리야. 그 공장이 어르신 사업체 아니었나요? 내 것? 그는 씁쓸한 웃음을 지었다. 그러더니 김상만을 갑자기 노려보기 시작했다. 자네는 누군가? 누가 보내서 왔어? 네? 김상만은 가슴이 떨리고 심장이 안에서 쿵쾅거리는 소리를 들었다. 그는 침착해야 한다고 생각했다.

아니 어르신 저를 의심하시나요? 오태준 삼촌의 조카입니다. 못 믿으시면 지금 당장 제 삼촌에게 전화해서 확인하시라고 대답했다. 김윤식은 김상만의 얼굴을 한참이나 뚫어지게 보았다. 그러더니 너털웃음을 지으며 말했다. 그러고 보니 자네 태준이 조카 맞네. 그래, 자네 얼굴에 태준이 모습이 좀 있어. 미안해. 내가 술이 좀 들어가면 옛날 일에 트라우마 같은 것이 생각나서 그런가 봐.

 어르신 저도 의리 있는 놈입니다. 남자가 의리 없이 살면 안 되죠, 안 그렇습니까? 하고 상만은 슬쩍 화제를 바꿨다. 그래, 그렇고말고. 사람은 서로 상부상조하면서 살아야 하는 법이지. 무슨 말인지 이해가 되나? 네, 어르신 말씀 잘 새겨듣고 있습니다! 그 회사도 설립 전부터 내가 힘을 썼고 그래서 나중에 도움도 많이 받았지. 선배, 동료들로부터…. 이게 진정한 상부상조 정신이지. 이 정신은 끈끈한 동료애 없이는 나올 수 없는 거야, 알겠나?

 우리 같은 군인들은 전쟁터에서 살아남으려면 동료애 그리고 나아가 상부상조하지 않으면 다 같이 죽는다는 것을 항상 체득하면서 살고 있는 것이야. 그래서 우리가 군대에서 제일 싫어하는 놈이 누군질 아나? 배신하는 놈이야. 조직에 충성하고, 나와 너는 한 몸이라는 것을 제일가는 덕목으로 여기는 것이야. 아, 알겠습니다! 어르신, 제가 비록 군 출신은 아니라도 말씀하신 내용 새기면서 살겠습니다!

 그러니까 어르신과 같이 근무했던 육사 동기나 선배들의 도움이 컸다는 말씀이네요. 그중에는 잘나가는 현역 장성들도 계시고요. 내 더 이상 말 안 하겠네. 김윤식의 안면이 굳어짐을 김상만은 순간적으로 포착할 수 있었다.

 김상만은 이제는 김윤식의 집에서 나와야 할 것 같았다. 나오면서 마지막 중요한 질문을 해야 했다. 사실 이 질문 때문에도 여기에 왔다. 어르신 혹시 이명호라는 사람을 아십니까? 이명호? 김윤식의 안색이 찌푸려졌다. 이명호라? 모르겠는데 왜 물어보나?

 아, 예, 다름이 아니고, 사실은 이명호가 제 친군데, 이 친구가 강용환이라는 사람에게 피해를 보았다고 그러더라고요. 강용환이라는 사람이 아마도 어르신과 비슷한 나이에 군 출신이라 한번 여쭤봤습니다만…. 강용환 장…군…? 내 잘 모르네. 이제, 그만 가보게. 하면서 어색함과 당황함이 묻어나는 태도로 김상만을 내쫓다시피 보냈다.

어차피 남편과 자신만이 남은 말리부 집. 집이라기보다는 저택이라는 표현이 더 어울리는 큰 공간이었다. 아이들이 뛰어놀 만한 큰 잔디밭, 개인 풀장, 울창한 나무들 그리고 집 앞에 바로 펼쳐지는 바닷가의 큰 공간까지. 서진애는 이제는 이러한 공간이 필요 없게 됐다는 것을 실감하기 시작했다. 이제는 남편 강용환도 집에 있는 날보다 없는 날이 더 많아진 것 같은 느낌이다. 지금, 이 순간에도 남편은 또 집을 나갔다. 아마도 라스베이거스에 갔을 것이다. 서진애는 이 집을 팔고 시내 쪽 콘도를 사서 입주하는 것을 생각하고 있었다. 말리부가 싫어졌다. 왜 이것을 진작 깨닫지 못했는지 자문해 보았다.

서진애는 남편의 권력 추구가 좌절되고 그의 조력자들도 남편과 비슷한 처지가 되며 각자도생이라는 길로 갔었던 상황을 생각해 본다. 남편처럼 그들도 별자리 끝까지 갔다 거기서 끝나는 것이 아닌 그 끝을 바탕으로 새로운 권력을 꿈꾸고 있었다. 새로운 정치 지도자의 길. 이 길에서 극한의 파트너쉽을 발휘하게 되어 있었다. 그러기 위해서는 사람들을 움직여야 하고 힘을 모아야 했다. 물리적인 힘은 군대가 장악하고 있었고, 이는 강용환의 플랜 A의 근간이 되었다. 그리고 차선책으로는 결국 돈이 필요했다. 플랜 B에서는 돈, 다시 말해 정치자금은 이러한 원대한 꿈을 위해 이미 저장되어 있었고, 이를 가장 적절히 사용할 시기를 엿보고 있었다. 사람들이 돈의 힘에 굴복할 수밖에 없다는 것은 인생의 경험에서 증명되었기 때문이었다.

돈으로 사랑을 살 수 없다는 것은 허구였다. 돈으로 국민의 사랑을 살 수 있다고 믿었다. 즉 이것은 기술적인 문제였다. 돈으로 사람들이 그를 사랑할 수 있게 하는 기법, 방법, 수단을 확보하는 것이 핵심이었다.

1994년의 어떠한 플랜도 작동 불가능한 상황에서 남편과 서진애는 권력 대신 오롯이 돈을 택했다. 돈은 이미 확보되었으니, 이것을 일단 활용하자. 그리고 앞이 안 보이는 정치 상황에서 잠시 떠나 있자는 우리 동지로서의 결심을 실행했다. 그래서 미국으로 왔다. 그리고 그 결정이 현명했음은 그 이후의 한국 내 정치 상황으로 증명이 되었다.

정치권력을 잡은 세력은 남편과 같이 할 수 없는 세력이었다. 1993년 이후 긴 시간 동안 만약 남편이 한국에 남아 있었어도 아주 완전히 잊힌 인물이 되었거나 혹시 불행히도 정치적인 탄압을 받을 수도 있었을 최악의 상황을 배제할 수 없었다는 판단이었다. 미국으로 와서 새로운 일을 하며, 교포 기업인으로 변신하여 나중에 한국으로 돌아가서 권력의 작은 일부분이라도 차지할 수 있다면 오히려 전화위복의 상황이 될 수도 있지 않을까 하는 판단이었다. 이 계획은 잘 진행이 되었었다.

서진애는 자신의 유럽산 고급 차를 몰고 집을 나섰다. 오늘 부동산 중개업자를 만나고 오랜만에 사우나에 마사지를 받고 피곤한 심신을 달래야겠다고 생각했다. 서진애는 한적한 말리부 도로를 힘껏 속력을 내어 차를 몰고 시내로 향했다.

강병호의 일상은 단순했다. 엘에이로 이민 왔을 때나 지금 이곳 교외 지역으로 이사해서 살고 있을 때나 크게 다르지 않았다. 아침에 일어나 아내가 준비한 아침 식사를 다 함께 같이하고 아내와 아이들은 직장과 학교로 서둘러 간 후 그는 설거지하고 집을 나선다. 집 근처를 산책하고 나면 소화도 잘되고 기분도 좋아진다. 집으로 온 후 아르바이트 일을 한다. 그가 할 수 있는 일이 한정되어 혼자 할 수 있는 일을 했다. 저임금의 노동이었으나 집에서 남의 눈치 안 보고 일을 하니 마음은 편했다. 단순한 일이라도 반복해서 하다 보니 능률이 올랐고 시간당 버는 돈도 좀 늘었다. 그는 번 돈을 차곡차곡 저금해 놨다.

일이 끝나면 저녁 식단을 준비하기 전에 혼자 노래를 불렀다. 매일 하는 습관이 되었다. 노래를 부르는 것이 그의 실어증 치료에 도움이 된다는 진단 때문이었다. 피곤한 아내와 학교에서 돌아온 배가 고픈 진명과 진희가 자신이 만들어 준 식사를 맛있게 먹어줘서 고마움을 느꼈다. 식사 후 그는 자기만의 시간을 가졌다. 조그만 거실에 있는 텔레비전을 보는 일은 드물었다. 대신 자기 방에 들어가 조용히 책을 읽었다. 옛날 습관처럼 시와 소설을 읽었다. 인근 한인 도서관이나 한인 책방에 가면 책들은 옛날 것부터 최신 발간된 것까지 얼마든지 있었다. 가끔 한국에 있는 김상만이 시집을 보내주기도 했다.

다행인 것은 실어증에 걸린 이후, 한국에서 읽지 못했던 소설을 읽기 시작했다는 것이다. 브로카 실어증 환자가 회복되어도 인지능력이 완전히 회복되지 못하는 경우가 대부분인데, 자신의 경우에는 비록 더디더라도 긴 문장의 글을 읽어 낼 수 있다는 능력의 발견이었다. 이 능력도 하루아침에 이루어진 것이 아닌 수많은 시간에 걸친 인고의 결과였다. 시를 읽는 것도 힘이 들었고, 같은 내용을 수차 반복해 읽어 내야 했고, 심지어는 시를 외우는 시도도 했었다. 사고 전처럼 쉽지 않음을 알고 있었으나, 해보았다.

그가 공장에서 점심 휴식 시간에 공장 벽에 기대어 눈을 감고 하늘에서 쏟아지는 햇빛을 맞으며 음미하곤 했던 시. 그때 그 시를, 시집을 다시 끄집어내어 읽는다는 것이 고통스러웠다. 그 옛날의 감흥이 재현되지 못했다. 이것은 자신의 실어증 때문인가 아니면 그때와는 사뭇 다른 환경과 시간이 흘러버린 것 때문인지 알 수가 없었다.

그는 답답함을 누르고 옛날 시들을 다시 읽는 것으로부터 시작했다. 그가 노래를 부르는 것이 치료의 과정이듯이. 이 시 읽기를 이민 온 후 몇 년간 지루하게 계속했다. 저절로 시가 읽히고 외울 수 있게 되자 은연중 감흥이 떠오르는 자신을 발견하게 되었다. 그리고 그 감흥은 그가 공장 벽에 기대어 읽었을 때와는 다른 감흥이었다. 이후 그는 새로운 시에 도전했다. 그리고 단편소설에 도전했다. 읽는 속도는 역시 회복될 수 없는 것으로 판명이 됐다. 그러나 실어증이란 병으로 인해 그가 얻은 것은 시간이었다. 환자가 된 이후 처음 단편소설을 읽어 냈을 때 그는 눈물을 흘렸다.

책을 읽다 보면 시간 가는 줄 몰랐다. 밤늦은 시각이 되어 진명과 진희의 방 불을 꺼주러 들어가면 그 아이들도 대개 그때까지 자지 않고 공부하고 있었다. 아내 명종숙에 의하면 아버지인 자신이 열심히 책을 읽는 것에 좋은 영향을 받아 아이들도 공부를 열심히 하는 것이라고 했다. 이 말에 강병호는 미소를 지었다.

강병호는 자신의 힘으로 돈을 모아 아내와 아이들의 생일에 작으나마 선물을 샀다. 선물을 사기 위해 올림픽가 근처 한인 상가를 둘러보는 것이 즐거웠고 가슴이 벅차기까지 했다. 선물이라 해도 소박한 물건들이었다. 항상 일을 하느라 거칠어진 아내의 손을 위해 스킨로션 크림을 샀고, 아내가 좋아하는 초록색의 블라우스도 샀다. 아이들에게는 동화책, 주니어 소설책 등 아이들이 크면서 나이에 맞는 책들을 골라줬다. 그리고 김상만을 위해 돈을 더 모았다.

진희가 지난번 한국을 아내와 방문했을 때 강병호는 김상만에게 바이올린을 선물하고 싶었다. 그런데 공교롭게도 명종철 형도 상만을 위해 바이올린 선물을 준비하고 있었다. 그래서 진희는 김상만 아저씨에게 좋은 바이올린을 선물할 수 있었다. 나중에 상만은 그가 새 바이올린으로 연주하는 영상을 만들어 보내줬다. 고맙다는 말과 함께. 그리고 강병호는 자신이 해야 할 일을 했다. 그것은 종철 형을 통해 상만에게 작으나마 돈을 보내는 일이었다.

시간은 흘러가고 있었다. 김상만이 김윤식의 집을 찾아갔었던 이후로도 근 3년의 세월이 지났다. 이 시간 동안 그의 삶에 변화가 생겼다. 용인에서 농장을 하며 남은 인생을 지내시던 그의 아버지가 돌아가셨다. 상만이 객지를 떠돌며 마음을 잡고 정착을 모색하는 삶을 지속하는 동안, 그의 아버지는 정작 마음의 평화를 얻지 못하셨던 것 같았다.

평생을 대대로 서울 토박이 부자로 사시며 남들을 부리고 사셨던 그의 아버지. 양반의 자손이라는 자존심과 가문의 영화에 대한 기억과 현실의 초라함이 대비되어 아버지는 재기하리라는 꿈을 꿀 생각을 못 하신 것 같았다. 그 아버지의 5대 독자로 자랐던 김상만은 아버지처럼 어느 날 뒤바뀐 운명 앞에서 길을 잃고 있었다. 아버지는 농장 일에 적성이 맞지 않았을 뿐만 아니라, 용인으로 내려간 것은 일종의 피신 같은 것이었다. 수치심에 의한 것. 그것을 회피하거나 부정할 수는 없어서 마지못해 내려온 용인이었다. 어머니도 마찬가지였다.

　아버지는 용인에 오신 지 얼마 안 되어 몸과 마음이 많이 상하게 되었다. 원래부터 약한 체질의 아버지였다. 어머니는 아버지 몸 간호로 용인에서 삶을 채워 나갔다. 김상만은 아버지를 하늘로 보내고 용인에 정착하기로 마음을 먹었다. 어머니를 모시며, 아내와 두 아들을 둔 자기 가족을 돌보며 살아야 한다는 것을 깨달았다.

　아버지의 농장은 한마디로 엉망이었다. 이를 바로 잡는 데만 꼬박 2년이 훌쩍 지나갔다. 농장을 하며 생계를 꾸려간다는 것은 과거와는 완전히 다른 삶을 살아야 한다는 것을 상만은 알고 있었다. 그러나 이제는 상만도 나이가 들고, 가정이 생기고 가족의 생계를 책임져야 하는 가장이 됐다는 것을 알았다. 그동안 공장에서 힘들게 일하며 돈을 벌었던 시간이 값진 경험이 되었다. 그럼에도 농장을 경험도 없이 운영한다는 것은 너무나도 힘들었다. 공장 때의 어려움은 상대적으로 아무것도 아닐 정도였다. 이제 3년이 지나니 일에 감이 잡히기 시작했다. 역시 절대적인 시간의 투자가 필요하다는 것을 깨달았다.

　그때쯤 미국에 있는 명종철 형에게서 연락이 왔다. 그동안 종철 형이 인내하며 기다리고 있었던 듯하다고 상만은 느꼈다. 정말로 미안하지만, 상만 아우의 도움이 필요하다고 했다. 상만은 종철 형에게 농한기인 겨울철을 이용하여 움직여 보겠다고 다짐하면서 그동안 자신도 먹고살기에 바빠서 정신이 없었다고 죄송하다고 말했다.

　평택을 떠난 지 6년여 만에 수원에서 김윤식을 만난 후 그의 조력자들이 될 수 있는 당시 군대 조직의 지도급 인물들의 명단을 파악할 수는 있었다. 김윤식의 육사 동기생들의 명단은 그가 애초 군사지역 부지를 불하

받았던 1980년대 초 당시의 현역 고급 장성과 장교들의 명단을 파악하면 되는 것이었다. 여기서 범위를 좀 더 좁혀서 당시 군사지역 해제 업무를 담당했던 군조직과 관할 장성과 장교의 명단을 파악하면 김윤식의 잠재적 조력자들을 알 수 있을 것이었다.

강병호도 평택 공장에서 파업을 주도하며 같은 방법으로 조력자들을 찾아다니다 불의의 사고를 당하게 된 것을 김상만도 나중에 알고 있었다. 급박하게 돌아가던 회사의 매각 과정에서 이성표 대리의 한미디, 회사의 역사를 보라를 강병호는 당시 김상만과 공유하고 있었기 때문이다.

명단을 입수하는 것은 생각보다 어렵지 않았다. 대략 열 명 안팎으로 1차 명단을 만들 수 있었다. 이 정보를 혼자 파악하기는 불가능해서 두, 세 곳의 공식, 비공식 정보망을 활용하여 확보한 자료와 정보를 취합한 결과물이었다. 이 중 누군가가 김윤식을 도와 불하받을 수 있도록 했을 것이다. 아마도 자금도 그에게 건네주었을 것이라는 추리도 쉽게 할 수 있었다. 심지어 불하 가격도 내정이 돼 있었는지도 모른다.

상만은 이 열 명의 명단을 하나하나 지워나가는 방법을 택하기로 했다. 그리고 이 방법을 종철 형과 당시 상의하게 되었다. 이 무렵 상만의 아버지가 돌아가시고 이 계획은 일단 실행이 미뤄지고 있었다. 이렇게 덧없이 3년이 흐르게 될 줄은 몰랐다. 이때 종철 형이 미국에서 돈을 좀 보내왔다. 필요하면 활동하는 데 도움이 됐으면 한다는 말과 함께. 정보를 알아내려면 돈이 필요하다. 흥신소를 이용하려 해도 돈과 시간이 든다. 그러니 작은 돈이나마 유용하게 썼으면 한다고 했다.

열 명 중 특정한 근무 시기, 근무처가 김윤식의 활동 시점과 다른 인물들은 지워져 나갔고 결국은 세 명 정도로 압축이 되었다. 대단한 성과였다. 물론 이들이 실제로 김윤식의 조력자일 물증은 없다. 오히려 엉뚱한 인물, 다시 말해 특정한 시점과 근무처와는 상관없는 인물도 얼마든지 조력자가 될 수도 있었다. 심지어는 군 관계자가 아닐 수도 있었다.

그러나 1차 용의선상에는 이 세 명이 주목받을 수밖에 없었다. 만약에 이들이 아니라면, 평택 공장의 실제 소유자 혹은 소유자들은 영원히 찾을 수가 없을 것이라는 비관적인 전망도 매우 현실적일 수 있었다. 부정부패는 연기처럼 나타났다가 연기처럼 흔적 없이 사라지는 은폐의 속성이 있었으니까.

김상만은 답답한 마음을 가눌 수 없었다. 혹시 그가 그리고 강병호와 명종철 형이 추적하고 있는 진실, 누가 옛 평택 공장의 숨은 실소유주였던가는 무모한 시도일 뿐인가? 그는 머릿속에 명단을 그려봤다. 박병철 장군, 김태성 장군 그리고 송명환 장군. 그들이 누렸던 별들의 합이 열 개였다. 그러나 그들은 이미 지난 1993년과 1994년 사이에 퇴역했다.

재아의 할리우드 가게의 최근 변화는 매출의 현격한 감소로 모든 문제를 보여주고 있었다. 그동안 모든 업무를 책임감 있게 처리했던 매니저가 떠났고, 재아는 가게를 돌보지 못했다. 몸과 마음이 다 떠나간 자리에서 재아는 하고 싶은 의욕이 없었다. 무엇을 할 것인가? 배고픈 몸이 있다면 먹기 위해서라도 일을 해야 했는데, 재아는 배가 고프지 않았다. 한 번도 그래본 적이 없었다. 대신 마음이 그녀 자신에게서 떠나갔기에 공허만 남았다.

프랭크와의 결혼의 실패는 재아에게는 치명상이 되었다. 실패할 수도 있는 결혼, 어쩌면 모든 결혼은 실패를 전제로 하고 있을 것이다. 이혼이 되었을 때 이는 결혼의 실패가 아니라, 중요도에 있어서 차이가 있을지라도, 마치 학생들에게서 목표했던 학교로의 진학의 실패 혹은 중도 탈락, 졸업 후 취직의 실패와 취업 후 직장 적응의 실패로 인한 퇴사 그리고 새 출발과 비슷한 의미가 있었다.

요체는 이혼이 반드시 인생 실패로 되는 것은 아니었다는 점이었다. 옛날 전통사회가 아닌 한, 결혼은 담보가 되는 것이 아니었다. 재아도 평소에 그런 생각으로 살았다. 그런데 재아는 이혼을 너무나 수치스러운 것으로 심각하게 받아들일 수밖에 없었다. 그 원인은 남편의 사기행위에 있었다고 믿게 됐으니 말이다.

엄마 서진애의 권유로 정신과 상담을 받았을 때, 의사의 태도가 맘에 안 들었다. 그냥 시간 낭비였다. 재아의 얘기를 듣고만 있었고 수차에 걸친 상담 후에도 속 시원한 답을 주지 못했다. 의사는 자기도 남편과 이혼한 사람으로서 이해한다. 이혼은 잘못이 아니다. 마음을 바꿀 수 없다면, 재아 당신이 좋아하는 일을 찾아서 해라. 그것이 무엇이든지 간에. 그리고 인생을 길게 봐라, 라고 했다. 재아는 그 의사를 때려주고 싶었다. 나는 내가 뭘 좋아하는지 그리고 내가 잘할 수 있는 것이 무엇인지 몰라, 알기나 하고 그런 한가한 말로 내 돈과 시간을 뺏어갈 수는 없다고 생각했다.

재아는 결국 가게를 처분했다. 아버지 의지의 결과물이었던 레스토랑과 카페가 헐값으로 남의 손에 넘어갔다. 할리우드 부동산 중개인의 농간으로 매수인은 요지의 상업건물을 싸게 살 수 있었고 중개업자는 두둑한 수수료를 챙겼다. 이 중개업자가 재아에게 어떤 커뮤니티를 소개했다. 업무의 특성상 오지랖이 넓고, 아는 체를 많이 하고, 현실에 대한 후각이 예민한 중개업자는 할리우드 부동산 업계에서 닳고 닳은 사람이었다.

그 커뮤니티는 지역의 특성상 엔터테인먼트 업계 사람들이 주축이 되어 운영되고 있었다. 참여자 중 몇몇은 이제는 한물간 배우들도 있었다. 조기 퇴직자들, 은퇴자들, 사회 부적응자들, 이혼을 밥 먹듯이 했던 여자들, 프리랜서들, 할리우드의 꿈을 쫓아왔던 방랑자들 등 다양한 루저들의 집단이었다.

루저. 한동안 잘나갔던 사람들도 있었으나 지금은 그냥 루저가 되었다. 이들은 이미 과거형의 인간들이 되었기 때문이다. 사회는 과거를 용인하지 않고 오로지 현재만을 본다. 미래도 없다. 그들은 그렇게 살아왔다. 마치 그들의 현재는 영원할 것이라는 막연한 생각으로 살아왔다.

돈은 있으면 썼고, 저축은 없었고, 투자와 연금 같은 것에 대한 개념은 없었다. 성공과 돈과 여자 혹은 남자 그리고 마약 그리고 모든 탐닉이 있었다. 그들의 삶은 할리우드의 영화 같은 것인지도 몰랐다. 대략 두 시간짜리 신나는 영화에 출연하는 배우들이 하는 연기처럼 인생을 살았다. 그들의 목표는 행복 추구였다. 그것이 그들의 권리인 양 행동했다. 그런데, 삶에서 행복의 과잉은 무엇이었는가를 그들은 알고 있었을까?

재아가 처음 그들을 만났을 때 무한한 행복감을 느꼈다. 그 커뮤니티에서는 절대로 그들의 행복권을 배척하지 않고 개개인이 어떻게 여기에 오게 됐는지를 묻지 않았다. 이것이 매력적이었다. 재아가 정신과의사를 만나 고백하듯, 자신의 인생이 잘못을 저지른 것처럼, 아무리 자신이 자신의 인생을 제3자처럼 말하려 해도 침울함을 감출 수 없었고 의사의 날카로운 시선을 피하는 것이 고역이 되었다면, 여기 새 커뮤니티는 모든 것이 개방되었다. 너는 누구냐, 나는 누구다라는 식의 입회식의 자기소개가 필요하지 않았다. 뭐라 할까? 재아는 심리적인 저항감이 없어졌고, 자신도 마치 기존 멤버들과 오랫동안 알아 왔던 것 같은 친밀감을 느꼈다.

해방감이란 여기 구성원들의 다양한 연령군, 재아처럼 30대에서 70대까지, 그리고 남녀 성비도 비슷하게 균형이 잡혀 있었고 무엇보다 그들이 어떤 특정한 신념 같은 것에 경도되어 있는 것 같지도 않았다. 가령 60년대의 히피적인 삶, 70년대 이후 히피 반대운동과 90년대의 세기말적 우울함 혹은 극단의 낙관적 사고 같은 것의 어느 것도 표방하지 않았다. 단지 행복추구권 같은 것에 경도된, 말하자면 에피쿠로스적인 편협한 집단성만이 있었다.

재아가 새로이 알게 된 이 세계는 자신에게 신선하게 다가왔다. 자기 부모로부터 그리고 자연스럽게 자식으로서 받아왔던 많은 편안함과 배려와는 차원이 다른 자유로움이 있었다. 아버지가 차려준 업소가 아무리 할리우드의 명소가 되었었더라도 그것은 자기 것 같이 느껴지지 않았다. 어머니가 아무리 열심히 하나밖에 없는 딸을 위해 헌신했어도 이상하게도 자신은 어머니에 대한 고마움을 못 느꼈다.

어머니는 늘 바빴다. 한국에서나 미국에서나 똑같이 바빴다. 바쁜 중에 나타나는 딸을 위한 모든 행동이 항상 낯설게 느껴졌다. 오히려 오빠들, 특히 죽은 첫째 오빠 재영에게서 따뜻함을 느끼지 않았던가? 이제 완전 타인인 새 커뮤니티의 사람들을 알게 되면서 새로운 희망이 생기게 되는 것 같았다.

김상만이 트리오 중 한국에 혼자 남아 어렵게 열 명에서 나중에 세 명으로 평택 공장 관련 장성 리스트를 작성한 후, 더 이상 행동으로 실천에 옮겨지지 못하고 시간만 흐르고 있었다.

상만 아버지의 사망, 그로 인한 상만의 집안 가장으로서의 새로운 역할을 하며 남겨진 용인농장을 일으켜야 했던 힘든 시간, 그리고 IMF라는 생각할 수 없었던 한국을 강타한 경제위기. 이에 따른 모든 삶의 터전이 물거품이 되어 지난 수년간 삶의 의미가 무효가 되다시피 하면서 힘들게 재기해야 할 엄중한 상황이 되었다. 이 모든 것들이 상만과 가족의 시간을 빨아들였다. 우선 먹고 살아야 했다.

미국에서 강병호와 명종철 가족은 그들대로 낯선 땅에서 가난한 이민자의 삶을 살아야 했다. 강병호의 특수한 어려움, 명종철의 이민 초기 경험 부족으로 인한 사업 실패, 종철과 그의 아내는 그야말로 투잡을 뛰었다. 주말도 없이 일했다. 사업 빚을 갚고 재기해야 하는 일은 시간이 걸리기 마련이었다. 병호는 병호네 대로 종철은 종철네 대로의 특수한 사정으로 돈을 모으지 못하고 있었다. 미국에서의 삶이 고단할 때마다 차라리 이민을 오지 않았으면, 그들의 삶은 좀 더 나았을지도 모른다고 스스로 생각한 적도 한두 번이 아니었다.

그러나 그들은 이민을 택할 수밖에 없었다고 생각했다. 회사가 그들의 삶을 철저히 배반하고 병호가 범죄행위로 인해 장애인이 되었어도 호소할 길 없는 상황에서 그들은 한국에 대한 애정을 접었다. 한이 남는다는 것을 모르고 단순하게 살고자 했던 그들에게 사는 게 왜 한으로 남아야 하는지, 왜 평범한 공장 직원으로 사는 것이 그토록 힘들어야 했는지 이해할 수 없었다.

작은 인간으로서의 그들의 삶에 대한 평범한 욕망은 기실 욕망도 아니었다. 더 큰 욕망이, 거대한 욕망덩어리들이 작은 소망을 없애버린 것이라고 믿을 수밖에 없었다. 이제 와서 과거를 바꿀 수도 없고 돌아갈 수도 없다면 그것은 너무나 부당할 수밖에 없다고 생각했다. 평택 공장의 옛 동료들 그리고 노조 동지들이 하나둘씩 떠나가고, 서로 잊히는 사이에 회사의 주인은 바뀌고 새로운 사람들로 채워지며 옛날의 일들은 추억으로만 남거나 아예 그 기억 자체가 부정되었다.

그런데 김상만은 남았다. 그래서 병호와 종철은 그를 피를 나눈 형제처럼 대했다. 그들과는 많이 다른 배경의 상만이었어도 상만은 그들에게 스며들기를 거부하지 않았고 그들도 상만에게 의지했다. 한국과 로스앤젤레스라는 지리적 차이에도 불구하고 그들은 항상 같이 있었다. 세월이 이제 덧없이 흘렀어도 그들 셋은 떨어져 있지 않았다. 그래서 그들은 서로 고마웠다.

시간은 하염없이 흘러갔다. 어느 날 명종숙은 강병호의 메시지를 김상만에게 전달했다. 서울에서 어떤 사람을 만나달라는 부탁이었다. 상만은 그 이유를 듣고 금방 이해할 수 있었다. 이 과제도 병호가 끝까지 수행해 낼 수 없었던 것이었다. 상만은 알고 있었다. 병호는 모든 것을 기억하고 있었다고. 병호는 비록 실어증 환자일지언정, 결코 바보가 된 것은 아니고 그의 속에 있는 것을 밖으로 내보낼 수 있는 언어 표현능력만 없었을 뿐, 그가 속에 감추어두고 있었던 그의 의식, 이성 아니 그보다 더한 그의 의지는 그대로 살아 있다는 것을 다시금 확인하게 되었다.

한동안 잊고 살아왔던 서울, 스스로 서울을 등지며 살고자 했던, 오랜 시간이 흐른 후에 찾아와 바라보는 서울은 그에게 낯설게 다가왔다. 대대로 서울 토박이로 살았었던 사실이 스스로에게 믿기지 않을 정도였다. 서울 한복판에 있는 투자자문회사를 찾는 일은 쉬웠다. 연락이 닿은 사람은 병호가 1987년 한여름에 당시 혼란스러운 정국의 소용돌이 속에서 만났던 인물이었다.

　정치적인 파장이 심했던, 민주주의에의 열망과 독재 타도라는 이상의 광장의 가운데에서 병호와 상만은 회사의 부당한 매각에 항의하기 위해 싸웠고, 싸우는 방법을 알기 위해 이 광장으로 갔었다. 거기서 이성표 대리를 만났었다. 금융노련의 주선으로 그를 만났었다. 이제 많은 시간이 흐른 이 시점에도 그는 아직도 같은 일을 하고 있었다. 그는 이제는 고위간부로 지위가 올라가 있었다. 상만은 이제는 먼 옛날이 된 1987년 당시 그를 만났던 사실을 상기시켜 줬다. 이성표 씨는 그때 상만과 친구 병호와 만났던 일을 생생히 기억하고 있었다.

　그는 병호와 종철 형이 결국은 회사를 뒤로하고 이민했다는 말에 믿기지 않는 표정을 지었다. 한참의 망설임 끝에 상만은 병호가 불의의 사고로 장애인이 되어 직장을 떠나야 했었던 경위를 말해줬다. 그는 이 말에 충격을 받은 듯 한참을 침묵했다. 그리고 이렇게 말했다. 아, 강병호 씨를 만났던 일이 어제 일처럼 기억이 납니다. 그분은 당시 절박하게 저에게 매달렸었지요. 제가 그분을 여러 사정상 많이 못 도와드렸던 게 죄스럽게 느껴지기도 합니다. 그는 큰 한숨을 내쉬었다. 선생님, 제가 이제, 이 시점에 제 친구 병호가 선생님께 드렸던 질문을 다시 드려도 되겠습니까? 상만은 강박증 환자 같은 모습으로 묻고 있었다.

　당시 강병호 씨가 저에게 찾아왔을 때, 제가 아는 모든 것을 다 말씀드리기 어려웠습니다. 매각 과정에서 비밀 유지 조항 때문에, 특히 매도, 매수 당사자 간의 실무 협약, 자금조달 등의 실무를 담당했던 주관 회사의 일원으로서 더욱 말씀드리기 어려웠습니다. 물론 당시 회사 매각의 전 과정이 일반적인 규칙과는 많은 다른 점이 있었고, 그래서 제가 자세한 내용을 모두 알 수는 없었다는 한계도 있었습니다.

그럼에도 당시 매각이 최종적으로 결론이 났을 때, 저도 특이한 사례로서 제 개인 파일을 만들어 놓았었습니다. 물론 그때 오늘 김상만 씨가 저를 찾아올 거라는 예상은 없었습니다마는…. 그간의 세월은 비밀 유지 조약이라는 것에서 많이 자유로워졌다는 뜻이기도 합니다. 그래서 이제는 제가 아는 범위에서 비교적 자유롭게 말씀드릴 수는 있겠습니다.

이성표 씨는 말을 이어갔다. 강병호 씨에게 당시 제가 매각 합의 서류의 사본을 주면서 아마도 이면계약이 있을 수 있다고 말씀드렸었습니다. 저는 이 말을 기억합니다. 이면계약의 존재에 대해서는 저는 지금도 똑같은 의견입니다. 김상만이 끼어들었다. 왜 그렇다고 생각하십니까? 우리 같은 회사가 하는 많은 일 중의 하나는 매각 자문회사로서 매각회사에 대한 듀딜리전스를 하는 일로부터 시작합니다.

듀 딜리전스? 무슨 뜻입니까? 아, 쉽게 말씀드리면, 인수 대상 회사의 현 상태를 평가하는 과정입니다. 회사의 자산이 포함되지만, 못지않게 회사의 경영진에 대한 평가 작업도 일반적으로 포함되지요. 매각회사의 김윤식 사장은 경영자로서의 경력도 별로 없는 인물이라는 평을 유럽의 매수회사에 보고했습니다.

그럼에도 매각은 진행되었습니다. 그렇다면, 유럽회사는 제가 파악한 세 명의 당시 육군 장성들과 실제로 매각 협상을 직접 했다는 뜻인가요? 상만이 서둘러 물었다. 당시 저는 일개 실무업무 사원에 불과했기 때문에 실소유주의 실체를 모릅니다. 지금 김상만 씨가 말씀하신 그 사람들과 협상했다면 했겠지요. 그만큼 이 부분에 대하여 저는 모릅니다.

당시 우리 회사의 이 매각 건에 대한 총책임은 우민근 부사장이 맡아서 했고 그분이 아마도 한국 측 실소유자들을 알고 유럽의 매수자에게 업무를 알선했을 것입니다. 이 내용은 가장 중요하고 비밀스러운 부분이기에 저 같은 사람은 알아서는 안 되는 사안이었겠지요. 우 부사장님은 이 시점에도 그분이 알고 있는 내용을 저를 포함한 누구에게도 발설을 안 하셨을 것입니다. 그리고 애석하게도 그분은 이미 3년 전에 돌아가셨고요.

　제가 김상만 씨께 오늘 말씀드릴 내용은 누가 소유주였나 하는 것이 아니라 이 매각 건을 어떻게 바라다보며 이해를 할 수 있는가입니다. 제가 이면계약을 말씀드렸죠? 저는 확신합니다. 유럽 매수인 측이 김윤식 사장과 맺은 계약은 형식상의 기본 골격만을 갖추고 있었을 뿐, 중요한 사항은 모두 별도로 정한다는 모호한 문장으로 일관하고 있었으니까요. 김상만이 다시 질문했다. 이면계약서는 위법 아닌가요? 음, 반드시 그렇지 않습니다. 이것도 법률적, 형식적 요건이 계약으로서 충족되면 얼마든지 유효합니다.

　이면계약서는 속성상 공개되지 않고 계약당사자와 공증인 같은 사람들끼리만 공유되기 때문에 저도 이 내용을 모릅니다. 다만, 그 내용을 유추해 볼 수 있습니다. 그런 점에서 김상만 씨 나아가 강병호 씨와 명종철 씨에게도 유용한 내용이길 바랄 뿐입니다.

　이성표 씨의 말이 이어졌다. 저는 매각 당시 평택 공장의 자산이 매수자에 의해 매각이 종료되지도 않은 시점에 담보로 잡혀 있는 것을 발견하고 매우 놀랐었습니다. 아주 비상식적인, 그리고 일방적인 매수자 측의 조처였기 때문이었고, 그래서 저는 이 거래를 처음부터 주목하고 있었습니다.

　당시 강병호 씨가 저를 찾아왔을 때 저는 놀라지도 않았습니다. 제가 매도자 측 회사의 직원이었었더라도 강병호 씨처럼 행동했을 거로 생각했으니까요. 헐값 매각의 실마리는 회사 자산이 미리 담보로 잡혀 있었기 때문에 가능했습니다. 한국 소유주 측에서 이 매각 거래가 시작되기 반년 전에 유럽 매수회사로부터 대출을 약속받는 조건으로 담보를 제공하고 이를 토대로, 궁극적으로는 회사의 매도, 매각을 상호 약속한다는 이면계약 같은 것이 있었을 것이라고 저는 추측을 했었습니다.

한국 매각 측의 불리한 조건의 결정적인 내용은 담보를 미리 잡았다는 것뿐만 아니라 담보자산의 평가가 너무나도 낮게 책정되었다는 것이었습니다. 우리가 실시한 자산실사 대비 약 20% 저평가되어 있었습니다. 평가 방식도 일반적인 기업 인수 때 인정되는 회사의 경영권 같은 무형자산이 전혀 반영되지 않았고, 미회수 매출채권, 재고자산과 각종 부채의 왜곡된 계산으로 회사 가치가 아주 낮게 평가되는 결과로 이어지게 되었다는 것입니다.

게다가 노조를 비롯한 회사 임직원에 대한 고용승계 의무에 관한 구체적인 조항이 없는 계약서 내용이었습니다. 제가 하도 답답해서 우리 회사 윗분들께 문제를 제기하기도 했었습니다. 그러나 제 얘기는 무시당하고 매각 협상은 그대로 진행이 되고 있었습니다. 그러다 급기야 평택 공장 노조가 들고 일어나 문제를 제기하기 시작했었던 것이지요.

당시 저는 고민에 빠졌었습니다. 도무지 회사를 굴욕적인 방법으로 헐값에 매각해야만 할 무슨 이유가 있었는지에 대해 생각해 보았고, 또 업계 선배들에게도 자문해 봤습니다. 회사가 매우 어려운 상황, 예를 들어 자금난, 경영 위기, 산업위기와 같은 상황이 전혀 아닌 경우라면, 헐값으로 회사를 넘기는 예는 없다는 결론은 쉽게 도출될 수밖에 없었는데, 그렇다면 회사 소유주는 모종의 긴급 자금을 만들기 위하여 급히 회사를 처분한다?

혹은 모종의 비자금 조성을 위해서였다? 같은 극단적인 생각도 해보았습니다.

업무를 계속하면서 몇 주간 고심하다, 결국엔 제 스스로 하나의 단서를 도출해 낼 수 있었습니다. 회사를 헐값에 판다면 국내에서도 얼마든지 매수회사를 찾고, 쉽게 계약이 성사될 수 있었는데, 굳이 외국회사를 굴욕적인 조건으로 끌어들인 것은 혹시 매각 대금을 외국으로 빼내려는 목적 때문이 아니었을까? 헐값으로 합의된 이유는 혹시 이 유럽회사가 한국 측 소유주가 합법적으로 돈을 외국으로 빼돌릴 수 있게끔 편의를 제공한 대가 때문은 아니었을까 하는 추론을 만들어낼 수 있었습니다.

그렇다면, 평택 부지의 불하에서 공장의 가동, 그리고 마침내 외국회사로의 매각은 어떤 일관된 목표를 위해 작용하였다는 것이고 이 목표를 위해 누군가가 오래전부터 기획하고 하나하나 실행에 옮겨진 거대한 프로젝트였을 것이라는 합리적 의심에 도달할 수 있었습니다. 그리고 오늘 김상만 씨가 밝혀낸 군 장성들의 이름은 그래서 저에게 의미가 있었습니다. 그 평택 부지가 원래 군사 보호지역이었다는 사실이 시사하는 바는 무엇이겠습니까? 아무도 접근할 수 없었던 군사정보의 비밀을 미리 파악할 수 있는 위치에 그 장성들이 있었다면, 평택 부지의 민간 이양에 관하여 관심을 가질 수 있었을 수도 있었을 것입니다. 중요 지역의 부지가 낮은 가격으로 민간에 이양이 될 때의 이익을 그들도 알고 있었으리라는 것이죠.

그리고 이것은 순전히 저의 상상력입니다만… 회사의 매각 시점이 군사 독재체제에 저항하는 국민의 에너지가 서서히 고조되고 있었던 바로 그때였다는 점도 주목할 만한 사실이었고, 이것은 우연의 일치였을까에 대한 강한 의문이 생겨났죠. 김상만이 이 말을 받아 말했다. 그러니까, 그들은

실어증 환자

만약의 사태, 즉 군사정권이 무너지고 민주적인 방식으로 나라의 새 지도자를 뽑아 민정으로 이양이 되는 사태를 예견했다는 뜻인가요? 이 사태를 대비하여 일단 그들의 이익을 현금화할 강한 필요성을 느꼈다는 것인가요? 그러나 사실은 바로 군사독재 체제 출신의 장성이 민주화 이후 새 지도자로 선출이 되지 않았습니까?

이성표 씨는 잠시 생각하는 듯하더니 상만의 질문에 조용히 말을 이어 나갔다. 혹시 그 장성들의 전역 시점도 조사하셨습니까? 네, 1993년에서 1994년이었습니다. 그렇죠. 그들의 사조직이 와해하였던 시점과 일치하지 않습니까? 그들은 미리 회사를 매각한 후 필요하면 정치자금의 목적으로 사용하려던 계획이 있었을지도 모르죠. 국제금융을 모르는 장성들에게 외국인들이 합법적인 수법을 가르쳐주는 대가로 헐값에 인수하여 막대한 이익을 남기고 한국 측 회사 주인들에게는 합법적으로, 해외로 매각 대금을 빼돌릴 수 있게 하는, 이른바 윈-윈 전략의 성공으로 되었지 않았을까 하는 것이 제가 내린 최종 결론이었습니다.

이 대목에서 김상만은 궁금해졌다. 이 합법적인 수법이란 구체적으로 무엇을 뜻합니까? 이성표 씨는 망설이지 않고 대답했다. 아마도 역외법인일 겁니다. 역외법인? 네, 조세회피처 법인 혹은 서류상 회사로도 불리는 회사로 돈을 빼돌렸을 가능성이 저는 크다고 보았습니다. 제가 이 결론에 도달할 수 있었던 이유는 애초 이 유럽회사가 역외법인이었다는 사실에 근거합니다.

이 회사가 매도자 회사의 자산을 담보로 잡고 매각이 성사됨과 동시에 이 담보를 풀고 합의된 매각 대금을 매수자의 주선으로 설립된 매도자의 새 역외법인에 송금하면 되는 것입니다. 그래서 이면계약이 필요했던 것이지요. 이 이면계약서는 본 계약서와 함께 한국의 금융 규제 당국이나 외환관리 당국에 보고 되었을 것입니다.

이로써 합법성을 부여받았을 것입니다. 제가 이 이면계약서의 사본을 입수할 수 없어서 100% 확실하게 제 말을 확인시켜 드릴 수는 없습니다만, 제 업계에서의 경험과 특히 이 매각의 당시 실무자의 관점에서 심적으로는 확신이 있다는 말씀을 드릴 수는 있습니다.

김상만은 허탈한 심정이 되었다. 이성표 씨 앞에서 한참 동안 어떤 말도 할 수 없었다. 겨우 꺼낸 질문은 그럼 그 역외법인은 찾아낼 수 있을까요? 당시 강병호 씨도 저에게 같은 질문을 하셨던 기억이 납니다. 불가능하다고 봐야 합니다. 왜 그렇죠? 세계 전역에 걸쳐 수십 군데에 존재하고 한 군데만 하더라도 수백, 수천 개의 법인이 운영될 뿐만 아니라 철저히 비밀에 부쳐지고 있기 때문이죠.

김상만은 이성표 씨의 사무실을 나왔다. 이제 오후의 늦은 시간이 되어 어둑어둑해지는 거리를 뚫고 상만은 좀 걷고 싶었다. 〈평택 트리오〉는 결국은 잡을 수 없는 무지개 같은 존재를 찾아서 이제까지 헤매고 지내왔는가 하는 회의감이 가슴속 깊은 곳에서 그의 목구멍을 타고 울컥 올라왔다. 소리라도 치고 싶었다. 미친놈처럼 울고 싶었다.

짐승처럼 괴성을 지르고 싶었다. 그 대신 그의 눈에서 하염없는 눈물이 흘렀다. 지금, 이 순간 병호와 종철 형과 같이 울고 싶었다. 그들이 그리웠다. 어두워진 서울 시내 중심가 광장은 바쁘게 오가는 사람들로 붐비고 있었다. 상만은 그 가운데에 서서 하늘을 보았다. 이제 무엇을 할 것인가? 스스로 생각하고 싶어졌다.

10

　서진애는 말리부 집을 헐값에 내놓았고 그런 만큼 집은 쉽게 팔렸다. 그동안 정든 집이었으나 이제는 떠날 때가 되었다고 느꼈다. 엘에이 시내와 좀 더 가까운 바닷가 콘도로 이사했다. 남편 강용환도 반대하지 않았다. 어차피 그는 새집에서 지내는 날도 많지 않았다. 그는 주로 라스베이거스에서 지냈다. 새집은 그냥 가끔 방문하는 수준으로 되었다. 새로 이사 오면서 자신과 남편 그리고 재아의 스마트폰 번호를 다 바꿨다. 그리고 극히 일부 사람들에게만 알렸다.
　서진애가 새로 이사 오면서 그녀의 고립감은 전보다 더 심해졌다. 재아와는 자신이 먼저 전화하지 않으면 전화를 해오는 일이 전혀 없었다. 재아는 통보하듯 할리우드 가게를 처분했다고 말하고 지금은 어느 커뮤니티에 나가고 있다고만 짧게 대답했다. 모녀 사이의 대화가 그냥 단답형 물음과 대답으로 일관되는 식으로 변했다. 전에 서로 전화로 수다를 떨었던 기억이 있었는지조차 기억에 감감해질 지경이었다.

그동안 소식이 감감하던 진희가 결혼한다는 소식을 알려왔다. 진희는 항상 그랬듯이 목소리에 생기가 있었다. 자신의 결혼 소식을 큰어머니에게 알리기 때문에 더욱 그렇게 들리는 듯했다. 서진애는 축하한다고 말했고 진희는 고맙다고 하면서, 신랑은 월 시만스키로 뉴욕에서 투자자문 회사를 다니고 있는데 결혼하면 이곳 엘에이로 전근해 올 거라고 했다. 서로 그동안 일 때문에 오래전부터 알게 된 사이였으나 최근 1, 2년 사이 급속도로 가까운 사이가 됐다고 했다.

그러면서 큰아버지와 재아의 안부도 물어왔다. 서진애는 그냥 건성으로 대답했다. 다들 잘 지내고 있다고. 진희는 결혼식에 큰아버지네 식구가 참석해 주시길 희망했다. 서진애는 미안하지만, 남편은 그때 타주에 있을 것이며, 재아도 가게를 판 후 다른 일 때문에 참석할 수 있을지 확실히 모르겠지만, 자신은 당연히 참석할 거라고 알려줬다.

진희는 재아가 가게를 팔았다는 것에 놀라워했다. 그러면서 결혼식은 남편의 본가가 있는 뉴욕주 버펄로에서 해서 주로 신랑, 신부 가족이나 남편과 가까운 친구들만 참석하게 될 거 같다고 말해줬다. 엘에이에서는 따로 신부 측 친지를 모시고 한국식으로도 예식을 하니까 그때 시간이 되면 큰아버지와 재아가 참석해 주시면 좋겠다고 했다.

서진애는 진희가 솔직히 말해 부러웠다. 그래서는 안되는 줄은 알고 있었으나 은연중 아니 사실은 항상 마음속에 자신의 딸 재아와 같은 나이의 친척 아이 진희를 비교하고 있었는지도 몰랐다. 모든 삶의 조건에서 비교가 될 수 없는 우위에 있는 재아의 현 상태와 진희의 현재 모습을 비교한다는 것 자체가 부질없는 일인 것을 알고 있어도 말이다.

새로 이사를 왔어도 서진애의 고립감에서 해방은 전혀 이루어지지 않았다. 스스로 외부 세계와 단절하며 살게 된 변화가 이제는 낯설지 않게 느껴졌다. 남편은 라스베이거스라는 신기루 같은 환상의 도시로 도피하기라도 했고 재아는 이제 때늦은 성장통이라도 겪고 있는 것일까? 그렇다면 서진애 자신은 이제 누구인가 반문해 보았다.

좋아했던 승마, 골프, 여행, 동창회 모임을 비롯한 각종 행사 참석, 고급 레스토랑 순방, 고급 찜질방 다니기, 마사지 요법, 성형수술로 주름 없애기와 얼굴 리프팅, 정기적인 머리 스타일링, 새 화장품의 구매, 명품 옷으로 시즌마다 갈아입기, 그리고 신형 유럽산 고급세단으로 매년 교체하기 등으로 가득 찬 삶의 방식이 다 귀찮아졌다.

서진애는 새로 이사 온 지 한 달 만에 배달된 편지를 받았다. 이명호가 보낸 것이었다. 지난번 내용보다 더 신랄했다. 서진애의 불안감이 공포로 변했다. 이제는 탐정의 도움을 받아야 할 때가 되었다고 결심했다. 남편 실종 소동 때 도움을 받았던 탐정 사무실로 연락했다. 이번에는 진희의 도움을 받지 않기로 했다. 진희가 결혼을 앞두고 바쁘기도 하려니와 남편의 실종 소동과는 차원이 다른 사안이어서 혼자 조용히 처리해야 할 것이었다.

윌이 진희에게 정식으로 프러포즈를 해왔을 때는 서로 업무로 알게 된 지 5년이 지난 시점이었다. 윌은 결혼을 자기 일을 이해할 수 있는 사람과 하기를 원했다. 그의 전 여자 친구와 헤어졌을 때쯤 진희가 윌 앞에 나타났다. 둘이 같은 업계에서 일하고 있다는 사실이, 말하자면 둘 다 바쁜 일로 주말도 반납하면서 일하는 경우가 많다는 사실이 묘한 동질감과 함께 심리적 안정감을 주었다. 특히 월에게 더욱 그러했다.

그는 진희를 만날 때마다 그녀의 업무에 대한 열정 밑에 숨어 있는 동양적인 내적 편안함 같은 것을 느낄 수 있었다. 진희가 대학 때 심리학을 전공한 바탕으로 재무, 금융, 증권투자 그리고 기업 인수합병 업무 같은 분석적이고 동시에 역동적이며 목표의 마지막 순간까지 승부를 가르는 과정을 차분하게 심리 분석 기법을 사용하며 자신의 역량을 발휘하고 있었다는 것에 감명을 받고 있었다. 진희의 승부사다운 냉철함 그리고 개인적으로 만났을 때의 안정감이 기묘한 매력으로 다가왔다. 그리고 이 세계에서, 이 정글과도 같은 승자독식의 업무 환경의 업계에서 진희는 의리를 지키려고 노력하고 있었다.

이것이 월의 마음을 결정적으로 움직이게 했다. 일의 성격상 어떤 프로젝트 혹은 임무가 끝나면. 그것에 관여했던 모든 사람과의 관계는 대부분은 일회성의 관계로 끝을 맺게 되고 서로 잊게 된다. 설령 다시 새로운 일로 만난다 해도 자신들이 맡은 일에 충성하지, 같은 사람과의 관계는 생각하지 않는, 말하자면 전혀 새로운 사람과 만나듯 일을 한다. 그럴수록 그 정도가 심할수록 그들은 프로페셔널이라는 칭호가 붙게 된다. 진희는 달랐다. 진희와의 거래에서 성사가 되지 못한 경우에도, 그녀는 따로 파일을 만들어 다음번 기회를 상대방에게 주려고 노력했다. 그런 방식의 연구를 했다. 월도 나중에 이를 바탕으로 진희와 공동으로 프로젝트를 수행할 수 있었음을 알고 있었다.

진희도 월의 경험을 높게 사고 있었고 무엇보다 그의 신중함과 분석력을 인정하고 배울 수 있었다. 서로 다른 고객사를 대표하여 많은 실무협의를 거치면서 월의 치밀함과 끝까지 파고드는 저돌성에 탄복하고 있었다. 월이 처음 엘에이로 출장을 빙자하여 자신을 찾아왔을 때 진희는 그가 의외로 순진함에 재미있어했다.

거구의 몸으로 대학 때 농구선수로 활약하기도 했었다는 월은 진희 앞에서 자주 웃음을 지었다. 그 웃음이 나쁘지 않다고 생각했다. 그가 운동경기 때에 재미있는 에피소드를 들려줬을 때 진희는 좀 부러움을 느꼈었다. 자신은 학부 4년 내내 돈 벌며 학교 다니느라고 교내 활동을 거의 못 했었다고 그에게 고백했을 때 그는 이해할 만하다고 말해줬다. 그의 조부모님도 폴란드 이민자였기에 자신도 부모님이 고생하신 것을 기억한다고 했다.

둘은 무사히 결혼을 마치고 8월 한 달간의 긴 신혼여행을 가기로 했다. 유럽으로 여정을 잡았다. 여정을 확정하기 전에 진희는 어머니 명종숙을 통해 아버지 강병호의 말을 경청했다. 그리고 마침내 아버지를 이해할 수 있었다.

월은 폴란드를 먼저 방문하고 싶었다. 조부모님의 생가가 있는 바르샤바, 그리고 체코 프라하, 오스트리아를 거쳐 이탈리아 북부에서부터 로마까지 가고 싶어 했다. 진희는 거기서부터 남프랑스를 거쳐, 파리로 가서 루브르 박물관과 오르세 미술관에 가고 싶어 했고 그다음으로 아일랜드의 더블린으로 가자고 제안했다. 월은 더블린? 하며 의문을 제기했다. 진희는 여기는 꼭 가봐야 한다고 했다. 그 이유를 한참 월에게 얘기해 줬다. 남프랑스를 거쳐 가는 것과 연관이 있다고 말해줬다. 월은 비로소 이해할 수 있겠다고 고개를 끄덕여줬다. 진희는 웃으며 이해해 줘서 고맙다며 그의 볼에 키스를 해줬다.

재아는 새로 나가기 시작했던 커뮤니티에 흥미를 점점 더 느끼기 시작했다. 그곳 사람들은 재아의 과거에 대해 심지어는 현재에 대해서도 아무 질문도 하지 않았다. 서로 이 순간의 행복을 위한 친교가 이 커뮤니티의 목적이었다. 아무도 그녀를 무시하지 않았다.

한국에서 자라면서 주위 친구들처럼 자신을 이상한 눈으로 쳐다보지도 않았고, 이민 초기 자신과 같은 나이로 이미 이민 와 있었던 진희처럼 잘 한 체하는 꼴을 하지도 않았고, 대학 생활할 때 자신이 술과 마약에 취해 있을 때 동료들의 이상한 빈정거림 같은 것도 없었고, 자신이 주인이었던 가게에서 종업원들이 자신 앞에서 순종적이었다가 나중에 표변하는 배신감도 주지 않았고, 그리고 프랭크처럼 자신을 속여먹는 식의 나쁜 종자의 남자들도 없었다.

여기 커뮤니티에서는 오늘의 행복 추구만이 주요 덕목이 되었다. 여기 사람들은 자신이 누구였던지 상관하지 않고 서로 자주 만나며 즐기고자 했다. 그들이 민주당 당원이든 공화당 당원이든 아니면 무소속이든 그들의 정치색에 관여하지 않았고, 그들이 백인이든 아니든 상관이 없었다.

재아는 이러한 자유스러움이 좋았다. 참여자들이 행복추구권을 행사하기 위해서는 그들의 과거와 현재에 대한 행복했던 혹은 지금 행복한 상태를 공유하여야 한다는 규칙만이 존재했다. 만나면 그들은 주로 대화했다. 일대일, 혹은 소규모로 여러 그룹으로 나눠서 식사와 술과 함께 오랫동안 얘기했다. 때로는 같이 당구, 탁구, 배드민턴, 배구와 같은 힘이 들지 않는 스포츠를 즐겼다. 그렇게 서로 만나고 즐기는 동안 그들 사이에 자연스러운 개인적 친숙함을 넘어 개인적 관계로까지 발전되는 일도 생겨났다.

재아에게도 이러한 개인적 관계성이 생기게 되었다. 40대 중반의 의사로 아내와 이혼한 사람이었다. 스티브라는 흔한 이름을 가진 그는 살아가는 데 싫증을 느껴, 징형적인 삶의 패턴에 실망하여 그리고 아내와의 성격 차이로 우울증에 빠졌었다고 재아에게 고백했다. 친지의 소개로 이 모임에 참여하게 됐다고 했다. 재아가 물었다. 그래서 지금은 행복하냐고. 스티브는 전보다 나아진 것 같다고 대답했고 이 커뮤니티에 참여해 보니 자신처럼 사는 데 지치고 사는데 의미를 상실한 사람들이 많다는 것에 위안을 받게 되었다고 말했다. 재아도 같은 기분이라고 대답했다.

이 커뮤니티에서도 리더는 있었다. 그들은 주로 오래전부터 이 모임에 참여한 사람들로 구성되었고 앞으로 이 커뮤니티의 지속가능성에 대한 책임을 지고 있었다. 행복 추구를 위한 기금이 필요했고 그들은 헌금을 호소하고 있었다. 재아는 많은 금액을 내놓았다. 이 커뮤니티의 정기 모임과 특별 행사를 위해 쓰일 것이었다. 헌금을 호소하는 데에는 이유가 있었다. 커뮤니티의 구성원들 대부분은 루저들이었기 때문이다.

재아도 모임에 참여하면서 알게 되었는데, 참여자들은 한동안 괜찮은 직종에 좋은 직장을 다녔던 경력을 지니고 있었다. 결국엔 그들은 사회 부적응자 무리였다. 말하자면, 그들 중 누군가가 이런 루저들을 위한 모임을 만들어 보자고 해서 시작이 되었다. 재아는 이런 이유에 이의가 없었다. 오히려 이러한 모임이 있다는 것을 발견했던 것을 반가워했었다. 자발적이든 그렇지 않았든지 간에 그들은 사회생활의 과정에서 루저가 되었을 뿐이었다. 수많은 자생적 친교 모임 중의 하나로 인정이 될 수 있다면 그들의 목적의식은 적절할 것이었다.

스티브는 병적인 거짓말쟁이임이 쉽게 드러났다. 우선 그는 생긴 거와는 달리 40대가 아니고 50대였고, 의사도 전혀 아니었다. 그는 대학교의 근처에도 가본 적이 없었고, 엘에이로 흘러 들어와 최근까지 여러 종류의 하급직 업무를 담당하는 직업을 전전해 왔다. 그에 대한 오직 한 가지 사실은 결혼은 했었던 것이었다. 그것도 재아에게 말했던 한 번의 결혼과 한 번의 이혼이 아닌 두 번의 결혼과 두 번의 이혼이었다.

재아는 이러한 사실을 여러 경로를 통해 알게 되었다. 모임 참여자들이 한결같이 재아에게 스티브를 조심하라는 경고를 보내며 그의 실체를 알려줬기 때문이다. 주로 여자들이었다. 스티브가 전에 그들에게 접근하여 친숙해졌거나 사귐이 있었던 사람들이었다. 재아의 마음이 씁쓸해졌다. 프랭크가 순수하게 느껴질 정도였다.

가게를 팔고 부모와의 연락도 없이 지내는 나날을 지탱케 해준 것은 그래도 이 커뮤니티였다. 사기성 성품을 가진 스티브 같은 인간을 제외하고는 그런대로 같이 사귈 만한 사람들이 있다고 스스로 마음속으로 자위하며 지내고 있었다. 이 커뮤니티에 나오지 않았으면 집에서 혼자 술을 마시거나 술집을 전전하며 밤의 적막한 시간을 보내며 살았을 것이었다. 재아는 서서히 이 커뮤니티에 스며들었고 급기야 열성적인 구성원이 되었다. 그녀 스스로 모임을 준비하고, 돈을 대고, 커뮤니티가 지속되게 할 수 있는 리더 중 한 명이 되었다. 그렇게 시간이 흘러가고 있었다.

그러한 나날을 살던 중, 재아는 어머니 서진애로부터 긴급 연락을 받았다. 이명호가 새로 이사 간 집 주소로 편지를 보내왔다는 것이었다. 혹시 그가 재아에게도 편지를 보냈는지를 알고 싶어했다. 재아는 대답했다. 이제는 이명호고 뭐고 신경 쓰지 않는다고. 집의 우편물을 확인하지 않은 지도 꽤 오래됐다고 대답해 줬다.

 자신은 이제는 과거와는 다른 삶을 살고자 하며 자신의 지상목표는 현실에 충실한 행복 추구라고 말해줬다. 어머니는 이 말에 대답하지 않았다. 재아는 오히려 어머니에게 신경쇠약적인 반응을 보이지 말라고 충고까지 했다. 서진애는 조용히 전화를 끊었다. 그리고 라스베이거스에 있을 남편 강용환에게 연락했다. 남편은 반복된 전화와 메시지에도 아무런 반응이 없었다.

 서진애는 미칠 것 같았다. 그러는 사이 그녀는 이명호로부터 또다시 편지를 받았다. 이번 편지에는 구체적으로 요구하는 내용이 적혀 있었다. 남편 강용환의 이름으로 앞으로 1주일 이내에 5백만 불을 지정한 은행 계좌로 송금할 것 그리고 이명호 본인에게 자필 서명으로 자신이 지은 죄를 자백할 것이었다. 단, 죄를 자백 시에는 5백만 불에 대해서는 불문에 부치겠다고 했다. 요구에 불응 시 이에 대한 대가를 치를 것임을 강력하게 암시하고 있었다. 사실상 백기를 들라는 마지막 선전포고 같았다. 서진애는 탐정사무소 독고 훈 소장에게 이 내용을 알렸다. 동시에 강용환을 찾아 달라고 했다. 서진애는 공포에 빠졌다.

 광기로 가득 찬 나치 정권은 윌의 할아버지와 할머니를 유대인이라고 규정하고 박해하기 시작했지. 그때가 1942년에서 1943년으로 넘어가는, 말하자면 그 광기가 최악으로 향해가던 시점이었어. 사실 윌의 조부모님은 1/8의 유대인 피를 이어받은 그때까지는 슬라브 혈통의 폴란드인이라고 믿고 살고 계셨다고 윌의 작은삼촌이 윌과 진희가 신혼여행의 첫 방문지로 윌의 바르샤바 조부모 고향집을 방문했을 때 말하고 있었다.

나치는 한 방울이라도 유대인의 피가 섞여 있으면 대독일 제국이 더럽혀진다는 가짜 신화를 스스로 만들고 광분하고 있었던 것이었어. 윌의 조부모님은 미국으로 탈출을 결심하셨고 나머지 친척들은 나치의 총칼 그리고 수용소의 죽음을 피해 사방으로 흩어져 버렸었지.

윌, 이제 네가 다 커서 결혼까지 해서 어여쁜 아가씨와 같이 이곳 고향에 오니 나는 한없이 기쁘다. 윌이 말을 받았다. 삼촌, 우리 폴란드인들이 2차대전 때 매우 힘든 삶을 살았었잖아요? 그런데 코리안들은 우리보다 더 힘들었어요. 그들은 이미 일본에 의해 나라를 뺏긴 식민지 사람들이었어요. 그래서 제가 진희와 결혼한 것도 나름대로 의미가 있다고 생각했어요.

아, 그리고 또 한 가지. 진희가 키가 좀 큰 편이잖아요? 그래서 우리 애가 태어나면, 딸이든 아들이든, 유전학적으로 키가 클 가능성이 커 보여요. 아이가 나중에 농구선수로 컸으면 해요. 윌은 반농담처럼 웃으며 말했다. 진희도 걱정 마, 내가 알아서 크게 낳아줄게, 오케이? 하고 화답했다. 그러고 보니 작은삼촌도 키가 큰 편이었다. 윌과 진희는 바르샤바 친척들의 안내로 시내를 관광하고 비고스, 폴라키, 피에로기 같은 폴란드 전통음식을 실컷 먹고 다음 목적지인 이탈리아로 향했다.

차를 타고 알프스산맥을 끼고 국경을 넘어 달리는 기분이 좋았다. 진희는 로스앤젤레스에서 줄곧 살아오면서 이렇게 오랜 시간에 걸쳐 직접 운전해 광활한 대지와 산, 강, 도시 그리고 유적을 찾아다닌 적이 없었다. 말하자면 미국 엘에이에서 온 시골뜨기인 셈이었다. 그들이 차를 몰아 로마에 입성했을 때 감동은 고조되었다. 거기서 남프랑스로 향해갔다. 한여름의 강한 햇볕에 그들의 얼굴은 이미 발갛게 타서 건강해 보였다. 남프랑스의 지중해에서 수영하는 맛은 일품이었다.

며칠을 쉬고 모나코로 향했다. 거기서 할 일이 있었다. 사실 신혼여행 여정을 짤 때 모나코를 집어넣으며 거기서 딱히 그들이 할 일이 없을 거라고 예상은 했었다. 그러나 어차피 다른 최종 목적지로 향하는 길목에 있었던 곳이라 그들이 할 수 있는 일이 없으리라는 것을 확인하고 싶었다는 다소 모순된 목적을 위해서였다.

모나코 현지에서 이것을 아주 쉽게 확인한 이상 이 작은 도시에서 더 이상 지낼 필요가 없다는 것에 둘은 동의했고 다음 목적지인 룩셈부르크로 향했다. 거기서 그들은 한 회사의 존재를 확인하고 싶었다. 한 회사의 존재가 확실히 있어서가 아니었다. 없을 수도 있었기에 막연했다. 회사의 존재 여부는 물론 회사의 이름도 모른 채 간다는 것은 맨땅에 헤딩 하기식이라는 것을 그들이 모를 리 없었다. 그들은 1986년부터 1987년 사이에 설립된 역외회사의 명단을 샅샅이 훑어볼 심산이었다.

많은 회사 이름이 등록된 법인 명부에 나열돼 있었다. 그때 이 2년 동안 설립된 법인의 숫자가 많다는 것에 새삼 놀랐다. 진희와 윌은 서로 쳐다보며 한숨을 쉬었다. 하나하나 확인 작업을 하는 수밖에 없었다. 회사 이름은 펀드 회사로 되어 있는 것이 대다수였고, 드문드문 중국계와 일본계로 보이는 이름도 나왔다. 심지어는 영문 약자만으로 되어 있는 회사 이름도 섞여 있었다. 디지털 시대에 친절하게 컴퓨터에 키워드를 입력하여 검색할 수 있는 기능이 없었다. 아마도 일부러 회사의 정보를 파악하기 불편하게 만든 것 아닌가 하는 의심이 들 정도였다. 첫날 아침 이른 시간부터 저녁 시간까지 꼬박 확인 작업 끝에 둘은 결론을 냈다.

1986년 이후 몇 년간 법인 결산을 하고 세율이 얼마나 낮고 세금의 규모가 얼마나 적은가에 상관없이 법인세를 납부한 실적이 있는 회사로 범위를 좁혀 검색하기로 했다. 이것이 이틀째 되는 날 그들이 할 일이 되었다. 예상과 달리, 룩셈부르크 당국은 비교적 협조적이었다. 진희와 윌은 1987년부터 1989년까지 3년간의 자료에 집중했다.

이미 전날 찾을 수 없었던 회사를 다음날 누군지도 모르는 회사의 세무자료를 확인하는 것 자체가 무모하다는 것을 그들이 모를 리 없었다. 그럼에도 그들이 이 일에 집중했던 이유는 그들이 예상할 수 있었던 법인세의 규모를 분석적으로 특정할 수 있었기 때문이었다. 그들은 또한 알고 있었다. 이 수많은 역외법인은 조세회피의 목적으로 설립되었지만 의외로 상당수는 유령회사로만 존재하여 실재가 없었다.

즉, 가짜 중에서 진짜를 파악할 수 있다면 이 방법이 더 빠르게 그들이 추적하고자 했던 회사에 다가설 수 있다는 믿음 때문이었다. 그러나 그러한 회사는 나오지 않았다. 진희는 실망했고 윌에게 미안했다. 즐겁고 달콤해야 할 신혼여행에 윌을 고생시키는 것 같아 속이 상했다.

룩셈부르크를 뒤로하고 다음 목적지인 파리로 향했다. 진희가 제일 가고 싶어 했던 곳이었다. 그러나 마음이 무거웠다. 윌이 옆에서 위로해 줬다. 진희는 윌을 봐서라도 자신의 실망감을 내색하지 말아야겠다고 결심했다. 윌에게 웃음을 보여줬다. 큰 키에 큰 덩치에 어울리지 않게 귀여운 구석이 있는 윌에게 진희는 평소에 곰돌이라는 별명을 붙여 주었었다.

그 곰돌이가 진희에게 무한한 신뢰감을 주었다. 뉴욕 증권가에서 잔뼈가 자란 사람들의 이기적이고, 약삭빠르고, 계산에 능한 태도와 같은 스테레오 타입에 물들지 않았던 그의 모습에 진희가 그동안 마음이 끌렸는지도 모를 일이었다. 아무튼 그들에게 파리는 충분히 즐길만한 많은 문화를 듬뿍 주었다. 이제 이번 여행의 실질적 마지막 여정이 그들을 기다리고 있었다.

파리 드골공항에서 출발한 비행기는 순식간에 아일랜드의 더블린에 도착했다. 여름 날씨임에도 공기는 좀 칙칙했고 햇빛이 나지 않는 회색빛의 하늘에 낮게 깔린 구름이 도시를 감싸고 있는 느낌이었다. 유럽에서도 변방인 이곳을 관광으로 찾아올 사람들이 많을 것 같지 않았다. 그럼에도, 이 작은 도시는 사람들로 넘쳐났고 모든 것이 활발히 움직이고 있었고 나름의 다이내믹한 매력을 풍기고 있었다. 약간 낯섦의 신선함 같은 분위기도 느껴졌다.

여기서 둘은 할 일이 많았다. 룩셈부르크에서와 유사한 방법으로 두 개 역외법인의 실체를 확인해야 했다. 아침 겸 점심을 먹자마자 법인 등기소를 찾았다. 첫 번째 회사는 이름을 알았기에 쉽게 찾을 수 있었다. 1981년에 설립된 것으로 나왔다.

두 번째 회사는 이름을 알지 못해 1986년에 설립된 회사들부터 검색을 시작했다. 회사의 숫자는 룩셈부르크의 것보다 몇 배는 더 되는 듯했다. 등기소 업무 마감 시간이 됐을 때까지 아직 1986년도 검색도 마치지 못하였다. 피곤한 몸을 끌고 그들은 호텔로 되돌아갔다. 다음날 다시 시작했다. 정오쯤 되니 1986년이 끝나 있었다. 소득이 없었다. 간단히 점심을 인근 식당에서 먹고, 일을 계속했다. 1987년 1월이 넘어갔다. 2월도 넘어갔다. 3월이 되었다. 무언가 발견되었다. Park, Kim & Kang Partners, Inc라고, 아직도 명부에 선명히 적혀 있었다!

진희의 가슴이 뛰기 시작했다. 월! 드디어 찾았어! 1987년 3월 14일이 이 회사의 설립일이었고 회사는 더블린시의 사서함 주소로 되어 있었다. 월도 흥분을 감추지 못했다. 둘은 이 회사의 법인세 등의 납부 실적을 확인하고자 시 세무서로 곧장 찾아갔다. 세무서 직원은 진희와 월에게 정보의 제공을 거부했다.

한참 승강이를 벌였다. 소용이 없었다. 그들은 이 내용이 공공의 이익에 위반되는 것이 아닌 오히려 그 반대의 경우인데 정보공개를 거부하는 것을 이해할 수 없다고 맞섰으나 같은 이유로 기업의 이익이 무분별하게 침해되는 것도 보호해야 하는 것이라는 설명에 더 이상 불필요한 언쟁을 하고 싶지 않아 포기했다.

그러나 결국 그들은 찾아냈다. 비록 완벽한 실체는 아니라 하더라도 이 정도라도 충분하다고 생각했다. 여기까지 오는데 25년이라는 시간이 걸렸다는 것이 믿기지 않았다.

둘은 런던으로 왔다. 남프랑스에서 모나코를 들렀던 것은 개인 계좌를 추적할 수 있는지 알고자 했으나 역시 불가능해서 미련이 없었고, 룩셈부르크는 가능성에도 불구하고 한국으로부터 자금이 흘러들어 가지 않았다. 더블린은 첫 번째 회사—오래된 한국 평택이라는 곳에 있었던 회사를 인수했던 회사—의 본적지인 셈이었다. 두 번째 회사—한국인들이 위 회사를 팔고 판매 대금을 안전하게 운반하기 위해 설립한 법인—는 첫 번째 회사의 주선으로 만들어진 회사였음이 확실해졌다.

옛 평택회사의 매각금액은 첫 번째 회사가 두 번째 회사 계좌로 송금했을 것이다. 송금의 확인과 동시에 첫 번째 회사가 애초 담보로 잡았던 평택회사의 자산의 해지가 이루어지며, 공식적으로 첫 번째 회사의 소유로 등기가 되었을 것이다.

이렇듯 복잡한 경로를 통해 매각금액이 해외에서 한국인 소유자들 손에 들어가게 하려면, 이면계약이 필요했을 것이다. 언뜻 보면 불필요하게 복잡하고 비효율적인 절차는 필요한 계약의 요건이었다. 이 과정에서 한국 측이 옥에 티라고 할만한 실수를 범했기에 진희와 윌의 눈을 피해 갈 수 없었다. 만약 그들이 회사의 명칭을 그들 성의 약자로 PKK Partners, Inc.로 했더라면 혹은 어떤 상징적인 이름으로 작명했었다면 완벽한 범죄가 되었을 것이다. 아마도 그들은 오랜 시간 후에 진희와 윌이라는 젊은이들이 지구 반대편 더블린이라는 변방까지 그들의 실체를 찾아다니리라는 것을 상상도 하지 못했을 것이다.

윌이 진희에게 축하의 말을 건넸을 때 진희는 윌 당신이 나를 도와줘서 정말 고맙다고 말하면서도 뭔가 석연치 않은 표정을 짓는 것을 간파하고 물었다. 뭐 잘못된 게 있어? 윌, 한 가지 이상한 게… 왜 회사 이름이 Park, Kim, Song Partners, Inc.가 아니고, Song이 빠지고 Kang이 들어갔는지 도무지 이해가 안 되네. 윌, 우리가 김상만 아저씨에게서 받은 정보와 살짝 다르니까…. 특히 Kang이라는 단어가 나는 너무 싫어. 왜 그래? 윌이 곧장 물었다. 몰라서 물어? 혹시 이 Kang이 General Kang (강장군)은 아니지? 동일인인지…. General Kang(강 장군)? 진희, 네 큰아버지를 말하는 거야? 설마!

이번에는 강용환이 정말 실종된 것 같았다. 탐정들의 정보 레이더망에 그가 포착되고 있지 않았다. 그가 라스베이거스에서 움직였다면 그의 움직임은 파악이 됐을 것이다. 그 움직임이 없었다. 제너럴 캉이 이번에 라스베이거스로 간 지 벌써 3주가 되었다. 그런데도 그의 동선이 안 떠올랐다. 라스베이거스 안에서 움직였어도 파악이 됐을 그의 동선이었다. 차 없이는 한 발짝도 움직일 수 없는 미국, 더군다나 사막 한복판에 있는 인위적 도시인 라스베이거스는 더욱 그러했다. 서진애는 미칠 것 같았다. 결국은 탐정들이 라스베이거스로 출장 가는 수밖에 없었다. 강용환 장군은 호텔에도 카지노에도 없었다. 그의 차는 호텔 주차장에 그대로 있었고 한동안 사용을 안 했는지 차의 곳곳에 먼지가 끼어 있었다. 탐문조사의 결과도 신통치 않았다. 경찰에 사건 및 사고의 내용을 조회했으나 강용환에 관한 내용은 전혀 없었다.

가족 중에서 남편 외에 연락할 수 있는 사람은 재아뿐이었다. 재아의 스마트폰이 꺼져 있었다. 발작적으로 계속 전화를 걸었다. 부재중이라는 메시지만 반복되어 들려왔다. 마침내 서진애는 지난번 실종 파동 때처럼 자신의 남편이 아무도 모르게 댈러스에 있는 둘째 아들 재식을 이번에도 만나러 갔을 수도 있었겠다는 데까지 생각이 미쳤다. 재식이 전화를 받았다. 서진애는 강용환의 실종을 알렸다. 재식은 의외로 놀라워하지 않았다. 과거에도 그랬듯이 이번에도 행선지를 알리지 않고 여행 가시는 아버지가 아니냐고 오히려 반문했다.

서진애는 이제 그의 실종이 3주가 넘어간다고 재식에게 알려줬다. 이 말에 재식은 좀 놀라는 듯했다. 그리고 경찰에 실종 신고를 빨리하시라고 다급하게 말했다. 서진애는 이미 탐정 회사에 일을 맡겨 강용환의 소재를 파악 중이라고 대답했다. 이 말에 재식은 화를 냈다. 경찰과 탐정이 같으냐고. 당장 경찰에 신고하시라고 강하게 말하고 전화를 끊었다. 어머니와 자식이 오랜만에 전화 통화한 내용이 그냥 사무적인 것이 됐다는 것에 서진애는 절망했다.

서진애가 경찰에 남편의 실종신고 했던 그날 늦은 밤 강용환은 집으로 돌아왔다. 서진애는 남편을 끌어안았다. 그리고 눈물을 쏟아냈다. 바로 그때 서진애의 스마트폰이 울렸고 그녀는 얼떨결에 받았다. 이제는 귀에 익

실어증 환자   373

은 그러나 소름 끼치는 목소리. 이명호였다. 이명호가 말했다. 지금 당신 남편이 막 집에 왔을 텐데, 전화 좀 바꿔봐.

강용환이 전화기에 대고 소리쳤다. 야, 이놈아! 내가 네놈의 수작에 넘어갈 줄 알아? 지금까지 내가 참았는데, 이젠 안 되겠군. 내 당장 경찰에 신고하면 넌 협박범으로 체포되는 거야, 알기나 하고 내 앞에서 까불고 있어? 이 자식아! 이명호는 목소리를 낮추며 말했다. 제발 그래 주세요, 강 장군님. 아마 당신 그렇게 못할걸!

난 당신이 어디 갔다 이제야 집에 들어왔는지도 알아. 너는 내 손안에 있다는 뜻이야, 알기나 해! 넌 조용히 마지막으로, 그래 마지막으로 네 아들, 그렇지 큰아들 강 누구더라? 응, 강재영이를 조용히 만나러 엘에이에 있는 공동묘지로 갔었던 거야. 라스베이거스에서 지내다 충동적으로 죽은 당신 아들, 당신 때문에 죽은 아들 재영이를 만나고 싶어서 갔었던 거야, 안 그래? 내 말이 틀렸어?

당신 아내 서진애 모르게 갔다 온 거야. 네 아들이 오래전 죽은 후 자주 찾아가지 않았던 것이 이제는 좀 후회가 됐었나 보지? 네 아내에게도 비밀로 하고 싶어서. 네 차도 안 타고 거기에 갔었던 거야. 거기서 네 사랑하는 재영이를 만나니 좋았니? 이 개자식아! 강용환은 둔기로 뒤통수를 맞은 듯 움찔했다. 그리고 갑자기 말이 없었다. 맞은편 전화기에서 이명호는 이제는 광분하듯 소리치며 말을 이어갔다.

강용환, 나는 너를 단죄한다. 내 아버지 이선구의 살해범으로. 그리고 이것만이 아니다. 부정한 방법으로 재물을 탐하고 이를 해외로 **빼돌린** 사실도 온 천하에 공개할 것이다. 당신, 아니라고는 말 못 하겠지? 입이 있으면 변명이라도 해봐, 이 천하에 나쁜 자식아! 이 말과 함께 이명호는 전화를 끊었다. 옆에서 이 통화 내용을 듣고 있었던 서진애는 강용환에게 말했다. 이명호를 경찰에 고발합시다, 여보. 강용환은 대답이 없었다. 대신, 피곤한 듯 아무 말 없이 침실로 걸어갔다.

서진애는 새로 이사 와서도 신경안정제 그리고 수면제를 계속 먹어야 했다. 말리부에서 시작된 불면증과 새벽녘 해변을 배회하는 몽유병 증상을 제거하고 싶어졌고, 특히 이명호란 미지의 인간이 자신과 가족을 괴롭히기 시작한 이래 심해진 불안 증상 또한 제거해야 할 것이었다.

무엇보다도 새로 이사를 오고, 전화번호까지 바꾸면 이명호를 따돌릴 수 있을 것으로 믿었다. 그런데 오늘 밤 이명호는 다시 나타났고 새로운 내용으로 협박하고 있었다. 서진애는 정신 불안을 넘어 미쳐 버릴 것 같았다. 남편도 재아도 자신의 곁에 없다는 현실을 받아들여야 했다. 이제 겨우 남편이 돌아왔으나 또다시 라스베이거스로 떠나갈 것임을 알았다. 남편은 헤어 나올 수 없는 사막 안에서 제한된 자유 그리고 망각을 위한 오아시스로 착각한 신기루를 찾아 다시 떠날 것이다.

새로 이사 왔다는 것은 자신의 새 콘도와 재아의 콘도와의 거리가 아주 짧아졌다는 것을 의미했다. 차로 대략 15분에서 20분이면 갈 수 있는 거리였다. 그럼에도 재아는 자신의 부모가 새로 이사 온 콘도로 아직 한 번도 가지 않았다. 서진애는 재아가 할리우드 가게를 처분하고 어떻게 살고 있는지 궁금했다. 그럼에도 자신도 재아를 찾아가지 않았다는 사실에 양심의 가책을 느꼈다. 늦은 아침 시간에 재아의 콘도로 찾아갔다. 재아는 초인종 소리에 겨우 잠에서 깬 듯했다. 부스스한 머리, 잠옷도 걸치지 못한 채 잠에 들었던 듯했다. 입에서는 술 냄새가 났고, 몸에서는 아직도 바랜 향수 냄새를 풍기고 있었다.
　재아는 오랜만에 방문한 자신의 어머니에게 커피를 타 주었고 자신도 마셨다. 자신은 지금 행복 추구를 목적으로 하는 커뮤니티에서 중요한 일을 하고 있다고 근황을 알려줬다. 행복 추구? 그게 뭔데? 어머니가 물었다. 맘, 행복 몰라? 거기 사람들은 한동안 사회에서 잘 나가다가 이제는 루저가 된 사람들이야. 그 사람들은 이제는 행복해지는 것이 인생의 목표가 된 거지. 재아는 좀 냉소적으로 대답했다. 그래, 넌 거기서 뭘 하는데? 말하자면 총무일 같은 것을 해. 그래서 제법 바쁘게 지내. 재아야, 너무 그쪽 일에 빠져들지 말아라. 이상한 사람들도 많으니까. 무슨 말인지 알아듣겠지? 맘, 나도 알아, 걱정하지 마.
　재아야, 그건 그렇고, 너 이명호란 사람 기억하지? 너에게 협박했던 사람 말이야. 혹시 그자가 최근에 너에게 접근한 적이 있었니? 아니, 전혀. 그럼 됐다. 왜, 그 사람이 또 나타났어? 아니야, 넌 몰라도 돼. 그냥 물어본 거야. 그리고 언제 우리 이사 온 콘도로 좀 와라. 아버지에게도 오랜만에 인사도 하고 말이야. 알았어. 그렇게 할 거라고 재아는 건성으로 대답했다. 맘, 나 오늘 오후에 커뮤니티 모임 준비로 나가야 해.
　강용환은 아내 서진애의 예상대로 또 집을 나갔다. 다행히 이번에는 행선지를 알리고 갔다. 라스베이거스라고. 서진애는 이제는 자신이 아무도 모르게 사라지고 싶어졌다.

　윌이 뉴욕 본사에서 엘에이 지사로 결혼과 함께 예정대로 전근해서 왔고 그들의 신혼집은 진희의 부모님 집에서 가까운 지역으로 정해졌다. 그러나 이 신혼집은 임시거처로 둘은 조만간 직장을 그만두고 독립하여 회사를 직접 경영하고 싶었다. 작은 규모의 부티크 투자자문 회사로 발돋움하는 것이 그들의 목표였다. 윌과 진희의 각자 전문 분야의 경험을 살려 서로 시너지 효과를 낼 것이었다.

앞으로 활짝 열리는 디지털 시대에 부응하는 전략으로 고객들을 확보할 것이었다. 이제는 과거처럼 주말을 반납하고 일을 하지 않고, 목표를 돈을 버는 것보다 일의 성취에 두기로 서로 맹세했다. 엘에이 시내 중심지에 사무실을 열고 태평양 바다가 보이는 곳에 그들만의 안식처를 마련할 것이었다.

윌의 꿈은 햇볕이 쨍쨍 쫴 구름 한 점 없는 주말에 농구하며 노는 것이었다. 아마추어 동호인 농구팀에서 포워드로 활약하거나 청소년팀의 주말 코치가 되는 소박한 행복을 꿈꾸고 있었다. 그가 진희와 사귀며 엘에이로 자주 놀러 오면서 이 꿈을 점점 더 현실로 만들고 싶어졌었다. 진희도 근본적으로 엘에이 지역을 떠나기 싫었다. 무엇보다 자신의 부모님과 친척들이 사는 이제는 고향과 같은 이곳을 떠난다는 생각을 쉽게 할 수 없었다.

여기서 윌과 평범한 일상을, 그러니까 남들처럼 여유 있는 삶을 살고 싶었다. 그 여유가 물질적이든, 정신적이든, 시간적인 것이든지 상관이 없었다. 모든 형태의 여유도 사실 필요하지도 않았다. 과거보다 좀 더 자유로운 삶이면 족했다. 이민자의 자식으로 살아왔다는 것의 힘든 과정을 뒤로 하고 이제는 안정을 찾고 싶었다.

자신의 마음을 윌이 이해해 줘서 다행이라고 생각했다. 이기적으로만 생각하는 미국인들이 많은 것, 그리고 자신의 편견이었는지는 모르지만, 동부, 그것도 뉴욕 맨해튼에서 경쟁적인 삶을 살아왔던 윌이 처음 자신에게 접근해 왔을 때 사실은 좀 경계했었다. 그러나 시간이 지나면서 경계심은 서서히 눈 녹듯 사라지게 되었다.

진희는 신중히 생각했다. 재아를 자신의 신혼집 집들이에 초대할까에 대하여. 망설인 끝에, 일단 재아에게 연락은 하기로 했다. 사실 재아가 그동안 어떻게 지내고 있었는지 궁금하기도 했다. 결론적으로 재아는 아무것도 변하지 않았다. 특유의 빈정거림 그리고 깔보는 듯한 태도를 그대로 취하고 있었다. 재아는 진희에게 결혼해서 좋으냐고 물었고 진희는 그게 무슨 뜻이냐고 반문했고 이에 재아는 자신은 이제 행복을 찾았다고 말해줬다. 이제는 자유롭게 마음 맞는 사람들과 행복을 추구하며 살고 있다고 말했다. 그러면서 진희에게 결혼을 축하한다는 말도 없이 그리고 신혼 집들이에 못 간다는 이유도 말하지 않고 전화를 일방적으로 끊어버렸다. 진희는 재아에게 화가 나기보다는 이제는 걱정이 되었다. 그러나 이제 다시는 재아에게 연락 같은 것을 하지는 않을 거라는 결심을 했다.

강용환이 라스베이거스로 다시 돌아온 날, 그는 카지노 게임에 몰두했다. 베팅에 성공하여 많은 배당금을 받았다. 그는 그 돈을 크게 썼다. 주로 팁으로 카지노와 호텔 사람들에게 썼다. 그들은 한결같이 땡큐, 미스터 캉 혹은 땡큐, 써를 연발하며 아부를 떨었다. 엘에이에서 온 큰손인 그를 그들은 제너럴 캉이라 호칭하였고, 강용환은 거기서 항상 우대를 받았다.

저녁에 피곤한 몸으로 자신의 안식처인 호텔 꼭대기 층의 스위트 룸에서 한숨 잠을 자고 싶었다. 그때 호텔 프런트에서 전화가 왔다. 미스터 이명호라는 사람이 통화를 원한다고 했고 그는 지금 호텔 로비에 있다고 알려줬다.

강용환은 쏜살같이 엘리베이터로 로비까지 단숨에 내려왔다. 넓은 로비에는 사람들로 넘쳐나고 있었다. 모두 분주히 오고 가도 있었다. 세계 각지에서 모여든 관광객들, 카지노 노름을 위해 미국 각지에서 몰려온 사람들 그리고 이 도시 특유의 환락을 쫓아 들어온 사람들 등 사람들로 넘쳐났다. 그는 이명호 같아 보이는 동양인 남자를 찾을 수가 없었다. 그는 다급히 프런트 데스크 직원에게 물었다. 이명호는 어디 있냐고. 그 직원은 바로 조금 전까지 제 앞에 있었는데요, 하며 주위를 두리번거렸다.

강용환은 화가 났다. 그리고 한국말로 소리를 질러 댔다. 야, 이명호 어디 있어! 나와 비겁하게 숨지 말고! 로비가 쩌렁쩌렁 울릴 정도의 큰소리에 주위 사람들의 시선이 강용환에게 향했다. 그는 다시 외쳤다. 이명호! 내 앞에 나와, 이 자식아! 로비에 있던 사람들이 강용환을 이상한 눈초리로 바라보기 시작했다. 강용환은 다시 외쳤다. 이명호! 이명호! 너 어디 있니? 이때 호텔 지배인이 강용환 앞에 나타나며 말했다.

미스터 캉, 무슨 일이신지 저에게 말씀해 달라고 하며 강용환을 로비 코너에 있는 소파로 안내했고 동시에 건장한 보안요원 둘이 강용환 양쪽에 섰다. 강용환은 아직 분을 풀지 못하고 말했다. 이명호라는 코리안을 찾아 달라. 아마도 이 근처에 있을 것이다. 이 말에 보안요원들이 민첩하게 움직이며 사라졌다.

약 한 시간 후에 보안요원들이 돌아왔다. 이명호라는 사람을 찾을 수 없었다고 보고했다. 강용환은 이제는 이해할 만했다. 그도 이명호의 얼굴도 모르고 있었으니까. 강용환은 비로소 좀 침착해졌다. 소란을 피워 미안했다고 말했다. 호텔 지배인은 우리 호텔의 주요한 고객이신 미스터 캉에게 불편한 일이 발생했다는 것에 유감이라고 사과했다. 앞으로 호텔 보안을 좀 더 철저히 하겠다고 말했다.

　강용환은 그의 호텔 방으로 돌아갔다. 그러나 잠을 잘 수가 없었다. 위스키를 평소보다 많이 마셔야겠다고 생각했다. 다음날 그는 카지노에서 돈을 또 땄다. 주변 사람들에게 딴 돈을 팁으로 다 주었다. 호텔 카지노에서 전날 그에게 기분 나쁜 일이 발생한 것에 대한 일종의 상업적 배려로 오늘 그에게 돈을 따도록 조처했는지도 모르겠다고 생각했다.

　오늘도 잠자리에 들기는 했으니 쉽게 잠을 잘 수 없다는 것을 알았다. 그나마 며칠 잠을 못 잤고 어제는 이명호 소동으로 잠을 거의 못 잤다. 그는 극도의 피로를 느꼈다. 카지노 게임 자체도 상당한 재미를 동반하는, 말하자면 긴장감 만점의 것이지만 그런 만큼 온통 신경이 쓰이고 정신 집중이 필요한 돈 먹기 놀이였다. 저녁에 게임을 끝내면 약간 몸이 탈진되기도 했다. 그래서 잠을 잘 자야 하는 것이 중요했다. 그래서 그에게 위스키는 오늘도 수면제의 역할을 해주는 것이다.

　강용환은 위스키 서너 잔을 거푸 마셨다. 술기운이 올라왔다. 아, 이제 잠 좀 자자고 생각했다. 그때였다. 전화벨이 울렸다. 프런트 데스크에서 온 전화였다. 직원은 어떤 여자분이 손님과 통화를 원하시는데 연결해 드릴까요? 라고 묻고 있었다. 강용환은 아내 서진애의 전화일 거로 생각하고 받기로 했다. 전화 속 여자의 목소리는 서진애의 것이 아니었다.

　여자는 나지막한 목소리로 강용환에게 이렇게 물었다. 강용환 장군님 맞으시죠? 네, 그렇습니다만. 아, 그럼 당신이 한국 평택에 있는 제일 모터스의 주주였던 것을 스스로 아시고 계시겠네요, 안 그렇습니까? 강용환은 대뜸 당신 누구야? 라고 언성을 높였다.

　전화 속 여자는 아랑곳하지 않고 물었다. 그런데, 당신은 그 평택회사를 헐값에 매각하고 외국으로 돈을 빼돌려 결국엔 미국으로 돈세탁하여 들어오셨지요? 그는 수화기에 대고 소리를 나지막하게 질렀다. 네년이 뭘 안다고 말을 함부로 해! 함부로요? 여자는 계속 말했다. 혹시 제일 모터스가 외국인에게 매각될 당시 당신 동생인 강병호가 공장 직원이었고, 그가 매각 반대운동을 벌이다 사고를 가장한 당시 최달수 노무부장의 폭력에 장애인이 됐던 것을 아시나요? 당신 사촌 동생 말입니다, 강병호 씨! 이 말에 강용환은 갑자기 할 말이 없어졌다. 수화기에서 여자는 계속 말하고 있었다. 저는 당신 강용환과 당신의 동업자 친구들이 강병호 씨에 대한 가해자라고 생각합니다. 그리고 매각에 반대한 노조에 대한 배반이라고 생각합니다. 답변해 주세요! 강용환은 힘없이 수화기를 떨어뜨리고 바닥에 쓰러졌다. 수화기에서는 당신이 가해자라는 말이 반복적으로 흘러나오고 있었다.

강용환의 시신은 다음 날 아침 호텔 직원에 의해 발견되었다. 호텔 VIP 고객 전용 의사 글랏츠 박사의 사망소견서에는 동맥경화증에 의한 심장발작과 심정지로 적혀 있었다. 그는 서둘러 엘에이에서 도착한 서진애에게 보충 설명을 했다. 미스터 캉은 비록 심장질환으로 사망했지만, 그는 평소에 스트레스성 우울증과 심한 불면증에 시달리고 있었으며, 사실은 전에도 두 번의 심장발작이 발생하여 자신이 응급조치를 취한 적도 있었고 약도 처방했었다고 말했다. 그리고 짧은 애도의 한마디를 남기고 사라졌다.
그의 시신은 엘에이로 운구되어 장례식이 치러졌다. 그의 둘째 아들 강재식이 상주 노릇을 했고, 그동안 엘에이에서 강용환이 심어 놓았던 인연과 인맥을 형성한 사람들이 참석했다. 강병호의 가족, 이제 신혼으로 독립한 진희와 월도 참석했다. 명종철도 참석했다. 그리고 이 장례식의 모든 과정을 먼발치에서 이명호가 바라보았다. 강용환은 첫째 아들 강재영의 옆에 묻혔다.

아버지 강용환을 떠나보내고 재아는 더욱 고립되었다. 자신이 참여하고 있는 행복 추구 커뮤니티는 이제는 자신의 금전적인 도움이 없이는 지탱될 수 없는 조직이 되어 가고 있었고, 재아도 마침내 이를 감지했다. 그러나 그보다 더 근본적인 문제는 거기 나오는 사람들이 결국엔 모두 재아와 비슷한 삶을 현재 살고 있었다는 데에 있었다. 그들이 표방하는 대로 과거를 불문하고 현재의 행복에 매달린다면 그들 자신이 행복한 것인가 하는 의문이 들었다. 거기에서 만날 때 사람들은 행복한 표정을 짓고, 웃고, 얘기하고, 노래하고 마시며 지낸다. 그러나 그것이 전부였다.

그들은 현재가 불행하기에 현재가 행복하다는 착각을 경험하기 위해 거기에 모여들었다는 의문이 커졌다. 재아가 한 명, 두 명, 개개인별로 우연히 알게 된 그들의 평소의 모습이 재아 자신의 모습을 연상시킬 정도로 비슷한 점을 발견하고 놀라는 것이었다.

자발적 혹은 타의에 의한 실업자, 취업 포기자, 희망 포기자, 이혼남, 이혼녀, 빚덩어리를 짊어진 자, 약물 중독 현상을 보이는 자. 그들은 한마디로 행복한 패배자들이 아니었다. 영속적인 행복을 추구하기 위해 세속적 욕심을 버리고 그보다 더 큰 의미를 추구하기 위한 꿈의 실천으로서의 행복을 원한 것이 아니었다. 그들은 패배자였기에 불행했고, 불행했기에 행복을 찾고 싶었을 따름이었다. 그들에게 행복은 판타지일 뿐이었다.

그들의 참모습을 통해 자신을 보게 되는 것에 참혹함을 느꼈다. 재아가 부모의 힘으로 세상을 살아갈 때 자신의 허물을 볼 수 없었다. 아니면 보기를 거부했거나 그 허물은 허물로서 인정이 될 수 없는 성질의 것이라고만 생각했었다. 그냥 좋은 점이 있다면 나쁜 점도 있다는 식의 이분법적 편리한 사고방식이었다. 이제 아버지도 돌아가시고, 거의 남남이 되다시피 했던 재식 오빠는 이제부터는 진짜 남남이 될 것 같았다.

어머니는 남편의 사망 이후 점점 더 폐인처럼 변해가고 있다. 자신이 이 변화를 받아들일 수 있을지, 이것을 감당할 수 있을 것 같지 않았다. 아버지의 유산을 재식 오빠는 거부함으로써 이제 완전히 가족과의 인연을 끊을 것임을 분명히 했다. 아버지가 남긴 돈은 모두 재아 차지가 될 것이다. 그러나 이제는 재아가 깨달았다. 돈은 더는 필요 없다는 것을. 아버지의 모나코 은행에 예치된 거액은 앞으로 그대로 주인 없이 남겨질 것임을 알았다.

재아는 마침내 행복 커뮤니티를 나왔다. 거기 사람들이 빗발치듯 재아에게 연락해 왔다. 제발 다시 나오라고. 우리 모임을 도와달라고. 재아는 자신이 누군가 타인에게서 도움을 요청받고 있는 처지가 된 것에 스스로 불쾌해졌다. 언제부터 재아라는 타인의 도움이 없으면 행복해지지 못할 사람들이라면, 그들은 행복해질 권리가 없는 사람들이라고 생각했다. 그저 경쟁사회에서 밀려난 인생의 실패자들이었다. 그런 실패자들이 또 다른 실패자인 재아 자신에게 행복을 위한 돈줄이 되어달라는 아이러니가 가소로웠다.

주디가 오랜만에 재아에게 연락을 해 왔다. 지금 엘에이에 와 있는데 만나줄 수 있는지 묻고 있었다. 주디 하야카와. 하와이 출신 일본계 이민자의 후예. 재아의 대학 동창. 재아처럼 3학년까지만 겨우 마치고 하와이로 되돌아갔던 그녀. 하와이에서 부동산 사업으로 큰돈을 벌었던 조상 덕에 부유한 삶을 살았던 주디는 이런 점에서도 부자 아버지를 갖게 된 행운의 재아와 비슷했다. 그리고 또 한 가지 중요한 공통점도 있었다. 주디도 재아처럼 결혼에 실패했다. 생긴 모습만 다를 뿐, 거의 쌍둥이처럼 비슷한 삶을 살았던 둘은 자연스레 친해질 수밖에 없었다.

그 밖의 공통점, 예를 들어 술을 좋아했고, 가끔 마약을 즐겼고, 남자아이들과 자주 어울렸던 것들은 다른 많은 또래 아이의 학교 때의 습관적인 생활 문화의 일부가 되었기에 사실은 그들 둘만의 공통점이라고 할 수는 없었다. 아무튼 그들은 친했었다. 대학 이후 서로 연락이 뜸해지면서 최근 몇 년간 SNS로만 간접적으로 서로의 소식을 파악하는 정도로 거의 서로 연락 두절 상태로 되었었다. 그런 주디가 갑자기 연락을 해왔다. 아마도 엘에이에 새 남자 친구가 생겼을지도 모를 일이었다.

재아는 주디와 오랫동안 얘기했다. 얘기 끝에 주디는 재아에게 하와이로 놀러 오라고 제안했고 재아는 사흘 후 하와이로 여행을 갔다. 실로 오랜만에 하는 여행이었다. 하와이는 엘에이와는 다른 모습과 분위기를 보여주고 있었다. 주디가 여러 곳을 친절히 안내해 줘서 하와이가 친근하게 다가왔다. 열흘을 주디와 하와이를 섭렵했다. 로스앤젤레스의 지독한 교통체증도, 스모그도 없었고, 사람들은 느긋한 자세로 살고 있었다. 날씨가 좋다는 로스앤젤레스 날씨와는 비교할 수 없는 남태평양의 포근한 기후도 재아를 기쁘게 했다. 그리고 무엇보다 로스앤젤레스에 있으면 이제는 돌아가신 아버지, 큰오빠, 떠나버린 둘째 오빠 그리고 혼자 남은 어머니의 존재를 자신의 머리에 항상 담아 놓으며, 어깨에 짊어지며 살아야 할 것 같았다. 그 도시의 친밀함이 거기서 벌어진 불행을 항상 자신에게 확인

시켜 주는 표지판 같은 것으로 다가왔다.

가족과 자기 삶의 영욕을 그 도시 안에서 호흡하고 살아야 한다는 것이 앞으로 더 이상 감당하며 살 수 있는 일이 될지 자신이 없어졌다. 그래서 옛 말리부의 집도, 새로 이사한 부모님의 새 콘도도 찾아가기 싫었다. 자신의 오래된 시내 콘도로 매일 일과 후 돌아가는 것도 자신의 실패한 삶의 현장이었다. 할리우드 가게는 자신에게 큰 의미 없는 아버지의 프로젝트일 뿐이었다.

차라리 진희처럼 자신이 가난했으면 삶의 루저가 되는 일은 없었을지도 몰랐겠다는 공상 같은 것도 해보았다. 주디는 이제는 실제로 독립할 때다라고 역설하고 있었다. 젠, 이제 하와이에서 새로 시작해 봐. 내가 도와줄게. 젠, 너나 나나 다 루저들이야. 그래서 난 너를 이해할 수 있다고 생각해. 이해할 수 있다는 이 말. 지금까지 누구도 자신에게 해준 적이 없었던 이 말을 듣는 순간, 재아의 눈에 눈물이 고였다.

재아가 하와이로 떠나기 직전 어머니 서진애의 새로 이사한 콘도를 찾아갔다. 서진애는 재아의 이번 방문이 처음이자 마지막 방문일지도 모른다는 생각이 들었다. 재아는 어머니에게 말하고 있었다. 맘, 내가 거기 가서 자리 잡으면 연락할게, 놀러 와. 그런데 그 말이 빈말처럼 들렸다. 재아는 자기 엄마에게 한 번도 친숙하였던 적이 없었음을 자신이 너무나도 잘 알고 있었다. 재아가 엄마가 필요할 때 엄마는 없었고 항상 바빴다. 한국에서도, 미국에서도 똑같이 항상 그랬다. 엄마가 해주는 밥을 먹어본 것은 아주 어렸을 때의 아련한 기억으로만 남아 있었다.

이제 엄마에게서 떨어져서 독립한다는 것은 사실이 아니었다. 재아는 이미 어렸을 때 언젠가부터 엄마의 품을 떠나 독립해 있었을 뿐이었다. 정신적인 공허함과 외로움 그리고 소외라는 현상이 항상 내재하여 있었기 때문에 재아의 외부적인 반응은 자신 내부의 실체일 뿐이었다.

서진애는 재아가 새 콘도로 찾아왔을 때 저녁을 같이 먹었다. 인근 프랑스 요릿집으로 같이 갔다. 둘이 서로 이렇다 하게 할 말이 없다는 것을 안다는 것이 서로를 속으로 당황케 했다. 죽은 아버지에 대해서도, 오빠들에 대해서도 말하는 것 자체가 금기같이 느껴졌다. 엄마는 재아에게 그냥 일상적인 몇 마디를 했을 뿐, 재아에게 어떤 말도 하지 않았다. 여자끼리 할 수 있는 수다 같은 것은 거북한 분위기에서 전혀 불가능한 일이 되었다.

무엇보다 서진애 여사 자신이 이제는 많이 지쳐 있었다. 말리부 저택 여주인의 위치에서 하나, 하나씩 가족을 보내야 한다는 것은 고통이었다. 마지막 보루였고 그녀 자신의 평생 파트너였던 강용환이 떠나고 재아까지 떠나니 이제 어떻게 이 엘에이 땅에서 살아가야 할지 막막해졌다. 정신적 황폐함과 신체적인 허약함을 이겨 낼 수 있을지 자신이 없었다.

절대적 고독이 밀려오는 노년의 삶에서 돌파구는 없었다. 자기 가족이 해체된 후, 이제 와서 한때 자신이 의지했던 혹은 이용했었던 진희와 그 아이의 가족과 진정한 친척으로서 관계를 맺는다는 것은 있을 수 없다는 것을 알았다.

그 이유는 자명했다. 서진애는 남편 강용환이 결국엔 그의 사촌 동생 강병호 때문에 죽었다고 믿고 있었다. 강병호가 장애인이 된 것이 형 강용환의 과욕과 잘못 때문이라는 것은 원인과 결과가 아주 잘못 적용된 것이며 오히려 남편이 피해자라고 믿게 되었다. 이명호 사건만 하더라도, 남편이 초기 장교 시절에 이뤄낸 많은 일 중의 하나에 불과했고, 당시 그가 맡았던 임무상 수행해야 했을 일을 행한 것이라는 생각이었다. 서진애의 신념은 남편 못지않게 굳었고 이것이 그녀 자신과 남편이 한 팀이 되어 앞으로 나아가는 원동력이 됐었다는 것에 이제 와서 이의를 달고 싶지 않았다.

그런데 재아가 떠나간 날, 서진애는 잠을 잘 수 없었다. 그다음 날 밤에도 잠을 잘 수 없었다. 그리고 그다음 날 밤에도 잠을 잘 수 없었다. 전에는 밤에 잠이 들면 새벽녘에 깨어 몽유병 환자가 되어 말리부 해변을 배회하다 돌아와 잠깐 잠이 들고 아침에 일어나곤 했었는데, 이제는 아예 잠을 잘 수가 없었다. 수면제, 신경안정제를 먹고 자도 두, 세 시간 자고 일어나 나머지 밤을 맨눈으로 지새기 일쑤였다.

결국에는 서진애는 강용환처럼 되었다. 위스키를 달고 살아야 했다. 위스키를 마셔야 잠을 잘 수 있는 상태가 되었다. 취한 상태로 미몽에 빠지면서 서진애는 어렴풋이 의식에 빠져들고 있었다. 아, 자기가 이러다 이렇게 죽게 될지도 모른다는 것을.

이상기온 현상 때문인지 날씨가 음산했다. 이제 9월로 접어들어 알맞은 온도와 적절한 바람이 살랑거려야 할 날씨여야 했는데, 전혀 그렇지 않았다. 하늘은 당장 비를 뿌려낼 듯 잔뜩 흐려 있고 바람도 제법 강했다. 강진희는 아침에 서둘러 혼자 차를 몰고 집을 나섰다. 시내를 빠져나와 북쪽으로 차를 몰았다. 산타클레리타, 베이커스필드, 셀마 같은 작은 지역을 지나가서야 날씨는 좀 개었다. 프레즈노, 머데스토, 스톡턴을 계속 지나쳐 갔다. 새크라멘토에서 늦은 점심을 먹고 1박을 했다. 그리고 차를 북서쪽으로 틀어 운전해 갔다. 조금 더 운전해 가니 자신이 나무와 숲으로 우거

진 사이의 도로를 지나쳐가고 있음을 알게 되었다. 점심을 먹고 서둘러 도착한 곳은 오리건주 포틀랜드시였다.

로스앤젤레스와는 사뭇 다른 느낌의 도시가 정겹게 느껴졌다. 오랜 운전 여행 끝에 진희는 약간 피곤함을 느꼈다. 그러나 도시의 공기는 살을 가볍게 애무하듯 부드럽게 감싸주는 듯했다. 이제 막 가을로 들어서는 도시의 모습 또한 로스앤젤레스의 인위적인 화려함과 선정성과는 다른 소박함과 경건함을 드러내고 있었다. 진희는 시내를 뚫고 운전을 계속하여 약간 외곽지역에 있는 고색창연한 분위기의 성당으로 들어섰다.

먼 여행길을 일부러 차를 직접 운전해서 오고 싶었다. 조용히 혼자 오면서 많은 생각을 정리하고 싶었다. 약속된 시간에 맞춰 성당에 도착할 수 있어서 다행이라고 생각하고 내부로 들어섰다. 곧장 고해 성소로 들어가 앉았다. 건물 안은 침울하다시피 조용했고, 경건했고, 성스러웠다. 진희는 앉아서 조용히 기도에 몰입하고 있었다. 한 10분쯤 지났을까, 고해소의 가운데 문이 적막을 깨며 조용히 열리는 소리가 났고, 신부님이 앉으셨고, 고해 창이 스르륵 소리를 내며 열렸다.

진희가 먼저 입을 열었다. 테오 신부님, 저는 오늘 저의 많은 죄를 신부님께 고하고자 이 자리에 오게 되었습니다. 제가 지은 죄에 대해 소상히 말씀드리겠습니다. 신부님은 짧게 말했다. 오, 나의 아그네스 자매님, 자매님이 지은 죄를 소상히 하나도 숨김없이 말씀해 주시기를 바랍니다. 예, 저의 고해가 신부님의 시간을 많이 뺏을지도 모르니 너그럽게 용서해 주시길 바랄 뿐입니다.

이렇게 말하고 진희는 자신이 5년 전 미국에 이민 온 후 처음 한국을 방문하여 문경에 계신 고모할머니를 찾아뵙고 거기서 이명호라는 청년이 오래전부터 큰아버지인 강용환을 찾고 있었다는 사실을 알게 된 경위 그리고 이로 인한 이명호의 아버지인 이선구 씨의 오래된 사건과 그로 인한 사망, 그리고 이명호를 진희 자신이 찾아야 한다는 강박감 등을 말했다. 결국엔, 흥신소의 도움으로 큰아버지 강용환이 이선구 씨의 사망에 연루됐었다는 사실을 알게 됐다고 말했다.

그리고 자신의 아버지 강병호를 통해 한국에 계신 김상만 씨의 도움으로 아버지의 그리고 명종철 삼촌과 다른 많은 한국 평택회사 공장 노조원들의 희생 과정, 특히 아버지가 어떻게 회사의 부당한 매각에 저항하다, 은폐된 범죄행위의 희생자가 되어 평생 장애인이 될 수밖에 없었던 연유를 지난 25년간의 세월을 거슬러 올라가 어렵게 찾을 수 있었다는 것을 설명하였다. 비밀의 마지막 퍼즐을 풀기 위해 자신과 남편 윌이 일부러 신혼여행을 유럽으로 갔었고 거기서 힘들게 찾을 수 있었던 사실은 큰아버지 강용환이 평택회사의 실제 주인 중의 하나였다는 충격적인 내용이었고, 진희는 이 사실을 알고 도저히 그대로 살아갈 수 없다는 것을 알게 됐으며, 이에 따라 자신의 인생관과 신앙심이 뿌리째 흔들리게 되었다고 말했다.

진희는 신부님께 이렇게 고백하고 있었다. 저는 이제까지 살면서 타인을, 이웃을, 친척을 미워해 본 적이 없었는데, 지난 25년 동안 묻혀 있었던 진실을 알게 되면서 인간을 미워하게 됐다는 죄를 지었으며, 그를 감히 벌하고 싶다는 충동과 유혹에서 헤어 나오지 못하고 그를 단죄하려 했다는 큰 죄를 지었다고 고백했다. 이 과정에서 김송화라는 무속인과 마음이 통하여 그녀의 도움을 받게 되어, 자신이 크리스천의 도리를 저버리게 되는 잘못을 저지르게 되었다고 말했다.

진희는 이제는 울먹이며 말을 이어갔다. 이렇게라도 해야, 아버지의 고통과 어머니의 희생에 대해 자식의 도리를 하는 것이라는 생각을 했다고도 말했다. 이 모든 과정에서 이명호는 결코 찾을 수 없어서 그의 사촌 형, 즉 이선구 씨 형님의 아들 이창호가 이명호의 대역을 하게 하여 이명호와 그 가족의 피맺힌 한을 조금이라도 풀게 해주고 싶었으며 그렇게 하여 강용환 큰아버지와 서진애 큰어머니를 속여 괴롭히고 위협을 가하는 연기를 하게 하는 죄를 짓게 되었다고 고백했다.

진희 자신도 목소리를 변조하여 강용한을 전화로 직접 위협을 가하는 큰 죄를 지었다고 말했다. 얄궂은 운명의 장난인지 형과 아우가 자신들도 알지 못했던 사건의 가해자와 피해자로 남게 되었다는 것 그리고 이 질긴 운명의 사슬은 미국이라는 새로운 이민의 땅에서도 끊어지지 않고 지금까지 연결되어 삶을 옥죄게 하고 있었다는 것을 진희는 말하고 있었다. 은폐되어 있던 추악한 진실을 파헤쳐서 이것이 알려지게 됐을 때 이것을 감당할 수 있는지, 어떻게 감당하며 살아가야 하는지 많은 고민이 있었다고 고백했다. 그 고민의 해답은 진희 자신만이 가장 작지만, 확실한 행동으로 반응해야 한다는 결론에 도달할 수밖에 없었다고 울먹이며 고백했다. 강병호와 명종숙 부모의 자식으로 그리고 명종철 삼촌과 김상만 아저씨를 비롯한 많은 사람들이 피해자였음을 알고 있는 이상, 가만히 있을 수는 없었다고 말했다. 이 과정에서 자신은 죄를 지었으며 신부님께 자신의 모든 죄악이 사하여질 수 있는지 말하여 달라고 하고 울면서 말을 마쳤다.

신부님은 한동안 말이 없었다. 탄식하는 듯한 소리를 내뱉었다. 신음하는 듯한 소리도 냈다. 이윽고 천천히 그리고 나직하게 말하기 시작했다. 아그네스… 아, 진희야, 내가 미안하구나, 내가 미안하구나…. 아, 네가 그 동안 이 엄청난 일을 하나하나 알게 되면서 혼자 감당해 가기가 어려웠을 텐데… 그동안 나는 신부가 되려고 세상과 동떨어져 살아왔다는 것이 너무도 창피하게 생각될 지경이다.

　아버지도 어머니도 내가 신부 수업을 위해 집을 떠났을 때 아들을 잃게 되었을 거라고 느끼셨음을 나는 알았어. 그런데 나는 비록 한 가정의 아들이 아니라, 온 하늘의, 온 세상 하느님의 아들로 세상 사람들의 아들로 태어나는 길로 가는 수련의 길로 내 한목숨을 바쳤다고 생각하여 나 스스로 위안을 받았고 부모님도 이해해 주시리라고 믿었지. 부모님이 나의 성직자로의 길에 방해가 될까 봐 지금까지 이 엄청난 비밀을 나에게 말씀을 안 해주신 것을 나는 바보같이 이제야 너를 통해 알게 된다. 나에게 조금이라도 나쁜 마음이 생기지 않게 하시려는 그분들 마음을 나는 헤아릴 수가 없었던 거지.

　내가 아버지와 어머니의 아들로 살지 못하는 동안 네가 나 대신 어렵게 공부하며 학업을 마치고 그뿐만이 아니라 이제는 아버지와 어머니를 위해 집까지 사드리게까지 하는 동안… 나는 하느님의 사제가 되겠다고 하느님의 성소에서 안전하게 그리고 편안하게 살며 비로소 신부가 되었던 거야.

　이 모든 시간 속에서 너는 과거 허물의 실타래를 풀어가야만 하는 고행을 나 대신 한 것이야. 진희야, 나는 내가 너의 오빠로서뿐만 아니라 일개 신부로서도 네가 죄를 지었다면 이를 사하여 줄 자격이 없어. 이것은 분명하다. 너의 양심을 내가 거부하는 것이 아님은 너도 알 것이다. 왜냐하면 네가 겪었던 모든 경험을 내가 겪었다면 나는 어떻게 했을까 지금 나는 스스로에게 묻게 되기 때문이야. 나는 어떻게 내가 이 악에 반응했을지 자신이 없다.

　네가 나에게로 먼 길을 와서 너의 죄를 고백했지만, 그 죄에 대해 내가 면죄부를 줄 수 없는 이유는 오히려 내가 신부로서 다른 신부님께 내가 고해성사를 구해야 하기 때문이야. 나는 테오도르 강 신부로서 다른 신부님께 나의 무지와 게으름과 안이함 그리고 나의 사제로서의 근본적인 태도에 대해서 고해해야 한다고 믿어. 네가 나를 일깨워 준 거지, 진희야. 그리고 나는 강병호와 명종숙의 아들 강진명으로서 부모님께 속죄한다. 부모님의 피맺힌 한을 모르면서 여태껏 내가 그들을 위해 기도드린 것이 진정한 기도였을까 의문도 해본다.

  테오 신부님은 손을 뻗어 진희의 손에 가져갔다. 진희야, 우리 같이 기도하자며 기도문을 낭송하기 시작했다. 진희는 그 기도문에 집중할 수가 없었다. 한없이 샘솟는 눈물을 손수건으로 닦아야 했다.